तेजेन्द्र शर्मा : एक शिनाख़्त

तेजेन्द्र शर्मा : एक शिनाख़्त

संपादक :
जितेन्द्र पात्रो

प्रलेक प्रकाशन
PRALEK PRAKASHAN

प्रलेक प्रकाशन

(an Imprint of "PRALEK PUBLISHING HOUSE PVT. LTD.")

मुख्य कार्यालय : 702, जे-50, ग्लोबल सिटी, विरार (वेस्ट), मुम्बई, महाराष्ट्र-401303
दिल्ली एनसीआर ऑफ़िस पता : 03/सी, ज्ञान खण्ड-4 इंदिरापुरम गाजियाबाद, उ.प्र.-201014
E-mail : pralek.prakashan@gmail.com
Website : www.pralekprakashan.com
दूरभाष : +91 7021263557

"Tejendra Sharma : Ek Shinakht" Edited by Jitendra Patro
Hypothesis : Jitendra Patro
ISBN : 978-81-9541-07-67
प्रथम पेपरबैक संस्करण : 2024

आवरण एवं पुस्तक सज्जा : प्रलेक स्टूडियो

अनुक्रम

आलोचनात्मक दृष्टि

कहानी

पाँच ग़ज़लें...

तेजेन्द्र शर्मा की 5 कविताएँ...

संपादकीय...

टूथपेस्ट हैं या ज़हर...!

हमारी पीढ़ी के बचपन में नीम और कीकर के दातुन लोकप्रिय थे। नानी दंदासा इस्तेमाल करती थीं जिससे मसूड़े और होंठ तक लाल हो जाते थे। कुछ लोग दुबई, कुवैत से वापिस आते थे तो साथ में मिस्वाक का दातुन ले कर आते थे। उसमें से भीनी-भीनी सौंफ़ जैसी ख़ुशबू महसूस हुआ करती थी।

श्रीलंका से बिनाका गीतमाला प्रोग्राम सुनने के बाद हम भी अपने माता-पिता को बिनाका टूथपेस्ट ख़रीदने के लिये तंग करने लगे। उस पेस्ट के साथ बच्चों को एक छोटा-सा प्लास्टिक का खिलौना भी मिलता था। उसका हरे रंग का स्वाद बहुत मज़ेदार लगता था।

अपने बुज़ुर्गों में यह बहस आम सुनने को मिलती थी कि कॉलगेटपेस्ट बेहतर है या फिफ़ोरहन्स। कुछ रिश्तेदार या मित्र नीम टूथपेस्ट की वकालत करते थे। हमारे घर में गुरुकुलकांगड़ी का दंत मंजन भी आया करता था...उसे शायद पायोकिल कहा जाता था। वैसे तो बंदर छाप काला nareatu भी आया करता था जबकि डाबर का लाल nareatu भी सिनेमा की विज्ञापन फ़िल्मों में दिखाई दे जाता था।

मगर हाल ही में जब भारत की आई.एम.ए. और बाबा रामदेव के बीच कुछ विवाद खड़ा हो गया तो मैं भी सोच में पड़ गया कि आयुर्वेद और एलोपैथी सिस्टम साथ-साथ क्यों नहीं एक राह पर चल सकते। तुरंत इलाज और सर्जरी के लिये एलोपैथी और बीमारी को जड़ से निकाल बाहर करने के लिये आयुर्वैदिक।

इसी सिलसिले में मेरी निगाह वह्टसऐप पर वायरल हुए एक वीडियो पर पड़ी जिसमें कॉलगेटटूथपेस्ट में ज़हरीले पदार्थ होने की बात कही गयी थी। मैंने कॉलगेटटूथपेस्ट के कार्टन को खंगाला तो उस पर एक वार्निंग लिखी दिखाई

दी-"6 वर्ष से छोटे बच्चों की पहुँच से दूर रखें। यदि ग़लती से इसे निगल लिया जाए तो पेशेवर सहायता ली जाए या फिर विष नियंत्रण केन्द्र से तत्काल संपर्क करें।"

मैंने तुरन्त सैंसोडाइन, क्रेस्ट और अन्य विश्व भर के टूथपेस्ट की ट्यूब एवं कार्टन पर लिखी वार्निंग पढ़ीं। सभी वो टूथपेस्ट जिनमें कि फ़्लोराइड मौजूद था, यही वार्निंग थी कि 6 साल से छोटे बच्चों की पहुँच से दूर रखे जाएँ। सेंसोडाइन तो 12 साल से छोटे बच्चों से दूर रखने की बात करता है।

मैंने भारतीय मूल का होने के नाते बहुत गर्व से अपने टूथपेस्टयानि कि बाबा रामदेव के पातंजलि दंत-कांति टूथपेस्ट की ट्यूब पर इस्तेमाल की जाने वाली सामग्री पढ़ी तो भौंचक रह गया। मेरे टूथपेस्ट का पूरा नाम है-'DantKanti A dvance Power Toothpaste'। इसमें इस्तेमाल की जाने वाली सामग्री की पहली पंक्ति में लिखा पाया-कैल्शियमकार्बोनेट, पानी, सॉर्बिटॉल, ग्लिसरीन, सिलिका, सोडियम लेरिलसल्फ़ेट, प्रोपाइलीनग्लायकॉल, टाइटैनियमडाइऑक्साइड, सुगन्ध, पी.ई.जी.400, सेल्युलोज़गोन्द, पोटाशियमएलम, सोडियम बेंज़ोकेल, सोडियम सैकेरीन, ज़िंकसिट्रेट, ट्राइसोडियमफ़ॉस्फ़ेट। यदि ये सब इस टूथपेस्ट में मौजूद है तो इसे आयुर्वेदिक टूथपेस्ट कैसे कहा जा सकता है? और मज़ेदार बात यह है कि इस टूथपेस्ट को आयुर्वेदिक औषधि कहा ही नहीं गया। और इसकी ट्यूब पर भी वार्निंग मौजूद है-"6 वर्ष या उससे छोटे बच्चे बड़ों की देखरेख में इस टूथपेस्ट का इस्तेमाल करें और केवल मटर के दाने जितना पेस्ट लें। इसे निगलें नहीं। ब्रश करने के पश्चात झाग को थूक कर जल्दी से मुँह पानी से कुल्ला कर के साफ़ कर लें।"

मगर दंत-कांति के एक दूसरे मॉडल 'नेचुरल' जिसे कि Proprietary Ayurvedic Medicinedg कर बेचा जाता है उसमें भी कैलशियमकार्बोनेट और सोडियम बेंज़ोनेट के साथ-साथफ़्लोराइड मौजूद है। यानि कि फ़्लोराइड हर पेस्ट में मौजूद रहेगा ही चाहे पेस्ट अंग्रेज़ी हो या फिर आयुर्वेदिक। मगर वीकोवज्रदन्ती टूथपेस्ट बनाने वालों का दावा है कि हमारे पेस्ट में फ़्लोराइड मौजूद नहीं है।

जो बात मेरी समझ में आई, वो यह है कि जिस भी टूथपेस्ट में फ़्लोराइड मौजूद है, वह बच्चों के लिये नुक़्सानदेह है। मगर अमरीका में भारत के मुक़ाबले स्वास्थ्य को लेकर क़ानून अधिक सख़्ती से लागू किये जाते हैं इसलिये सन् 1991 में अमेरिका के खाद्य एवं औषधि प्रशासन (Food and DrugA dministration) ने टूथपेस्टटयूब पर यह चेतावनी लिखवा दी थी-'इसे निगलें नहीं और 6 वर्ष से कम उम्र के बच्चों के लिए केवल मटर के दाने के बराबर

पेस्ट इस्तेमाल करें।' यदि पेस्ट निगल लिया जाए तो निकटतम 'विष नियंत्रण केंद्र' से संपर्क करने की सलाह दी गई थी। मटर के बराबर के पेस्ट में 1000 भाग प्रति दस लाख फ्लोराइड होता था अतएव निर्माताओं को दवाई के स्वाद की तरह लगने वाला टूथपेस्ट बनना चाहिए था। परंतु निर्माताओं ने इसके बजाए बच्चों के नाम के हिसाब से ऐसे ट्यूब बनाए जिनका स्वाद स्ट्राबेरी की तरह था।

अंग्रेज़ी टूथपेस्ट केवल दाँत साफ़ करने के लिये नहीं बनाए जाते। उनके बहुत से अलग उपयोग भी होते हैं। जैसे त्वचा का कोई भाग जल जाए और जलन कम न हो तो जैसे हम बर्नॉल का इस्ते
स्थान पर टूथपेस्ट लगाने से जलन कम
भी कम हो जाता है।

अगर आपके घर में कांच की मेज़
तो आप उसे तुरन्त अपने टूथपेस्ट से सा
किसी ब्लीच से कम नहीं है। यदि कि
निशान पड़ जाए तो घबराइये मत...आपके पास अपना टूथपेस्ट है न...बस थोड़ा-सा टूथपेस्ट उस निशान पर रख दीजिये और देखिये अपने टूथपेस्ट का चमत्कार।

वैसे उन नवयुवतियों के लिये तो टूथपेस्ट एक वरदान है जिन्हें मुहासों की समस्या से जूझना पड़ता है। रात को मुहासों पर अपना पेस्ट लगाइये और देखिये मुहासे कैसे सूखने लगते हैं।

नारी-शक्ति के लिये तो जैसे टूथपेस्ट एक वरदान ही है। यदि गहने काले पड़ जाएँ तो हल हाज़िर है...आपका अपना टूथपेस्ट! "लाख दुःखों की एक दवा है, क्यों न आज़माए!" कहा तो यहाँ तक जाता है कि टूथपेस्ट हीरे तक को चमका सकता है। गृहणियों के लिये तो इसका एक और ख़ास उपयोग है। यदि

दूध के बर्तन में या बच्चे के दूध की बोतल में दूध की महक रह जाए तो अपने टूथपेस्ट और पानी का घोल मिला कर उस बर्तन या बोतल में डाल दें। बस थोड़ी देर में महक ग़ायब।

यदि चेहरे पर झुर्रियाँ दिखाई देने लगें या फिर डॉर्कसर्कल तो बस नीबू में अपना पेस्ट मिलाइये और फ़ेसपैक बना कर चेहरे पर लगा लीजिये। और यदि आपके नाख़ूनों की चमक कम होती जा रही है तो नेल-पॉलिश साफ़ करके अपने नाख़ूनों की अपने टूथपेस्ट से मालिश करें। चमक वापिस लौटने लगेगी।

वैसे कौन है जो दर्पण में अपने चेहरे को निहारना पसंद नहीं करता! मगर कभी-कभी ऐसा भी होता है कि आपका घर का आईना गंदा हो जाए या फिर धुंधला पड़ जाए तो परेशान न होइये। निश्चिंत हो कर अपने टूथपेस्ट से आईने को साफ़ कीजिये और पाइये अपना चमकदार दर्पण!

वैसे आपको यह जानकारी भी देते चलते हैं कि मिस्त्र में करीब 5, 000 साल पहले टूथ-पेस्ट का आविष्कार किया गया था और करीब 3500-3000 साल पहले टूथ-ब्रश का इस्तेमाल भी शुरू कर दिया था। चीन में टूथ-ब्रश के वर्तमान स्वरूप की शुरूआत शायद चौदहवीं शताब्दी में हुई। 1780 में विलियमएडिस ने टूथ-बर्श का इंग्लैण्ड में डिज़ाइन तैयार किया। इसका हैण्डल जानवरों की हड्डी से बना होता था और ब्रिस्ल सूअर के बालों से। ड्युपौँ (Dupont) कम्पनी ने 1938 में नायलॉन का आविष्कार किया तो 1950 तक मुलायम ब्रिसल तैयार होने लगे। अमरीकी डेंटल एसोसिएशन मुलायम बालों वाले टूथ-ब्रश की वकालत करती है।

यह ज़रूरी है कि विश्व भर की सरकारों को इस मुद्दे की तरफ़ ध्यान दें। जिस फ़्लोराइड को अमरीका में विष कहा जा रहा है वही फ़्लोराइड भारत और बाक़ी विश्व में क्यों आसानी से बेचा जा रहा है। वैसे टूथपेस्ट बनाने वाली कम्पनियों का एक सवाल वाजिब है-हमारे द्वारा बनाए गये टूथपेस्ट से तो फिर भी आप केवल दांत साफ़ करते हैं। मगर जो फ़्लोराइड सरकारें पानी और अन्य माध्यमों से आपके शरीर में पहुँचा रहे हैं, आप उससे कैसे अपना बचाव करेंगे। क्या "फ़्लोरीफ़ाईड सरकारों" को टूथपेस्ट में इस्तेमाल किये जा रहे फ़्लोराइड से कोई फ़र्क पड़ेगा।

ब्रिटेन के टेलीफ़ोन-बॉक्स पुस्तकालय...

एक समय था जब लाल रंग के टेलीफोन-बक्से ब्रिटेन की पहचान होते थे। लंदन की लाल डबलडेकर बस, टेलिफ़ोन बूथ और लाल लेटरबॉक्स। फिर आहिस्ता-आहिस्ता लाल टेलिफ़ोन बूथ सीन से ग़ायब होने लगे। लेकिन स्थानीय

समुदायों और ब्रिटिश दूरसंचार के प्रयासों के लिये धन्यवाद कहना होगा कि उनमें से सैकड़ों लाल टेलिफ़ोन बक्सों को पुस्तकालयों के रूप में पुनर्जीवित कर दिया है।

वर्ष 2002 में ब्रिटेन की सड़कों पर 92, 000 ब्रिटिश टेलिकॉम फोन बॉक्स हुआ करते थे। यह आंकड़ा अब बुरी तरह गिर गया है और दस हज़ार से भी कम पारंपरिक लाल फोन-बॉक्स बचे हैं। पिछले 20 वर्षों के दौरान, कंपनी ने देश भर के स्थानों से हजारों प्रतिष्ठित स्थलों को इस पारंपरिक निशानी से वंचित कर दिया है क्योंकि लोगों ने मोबाइल फोन और इंटरनेट का उपयोग करना शुरू कर दिया है और लाल फ़ोन बॉक्स वीरान पड़े रहने लगे हैं।

लेकिन ब्रिटेन के कई कस्बों और गाँवों के लिए फोन बॉक्स समुदाय के इतिहास और पहचान का एक महत्वपूर्ण हिस्सा है। उसके बिना गाँव की पहचान पूरी नहीं हो पाती। लोग इस बात को लेकर परेशान हैं कि जहाँ कभी लाल फ़ोन बॉक्स खड़ा रहता था, अब वहाँ केवल ख़ाली जगह दिखाई देगी। कई समुदायों ने बी.टी। से पैरवी की है कि लाल फ़ोन बक्से देखने में मनोरम लगते हैं और उनका एक ऐतिहासिक महत्व भी है...तो क्यों न इन्हें आने वाली पीढ़ियों के लिये बचा लिया जाए और वहाँ उन्हीं लाल बक्सों में पुस्तकालय खोल लिये जाएँ।

सच तो यह है कि ब्रिटेन भर में, लोग अपने लोकप्रिय ब्रिटिश लाल टेलीफोन बॉक्स को छोटे-छोटे पुस्तकालयों में बदल रहे हैं-आकस्मिक पुस्तक विनिमय...जहाँ कोई पंजीकरण नहीं है, और कोई जुर्माना नहीं है। कोई भी पुस्तक घर ले जाने के लिए स्वतंत्र है, बशर्ते वे इसे वापस लाएँ या इस के बदले घर से लाकर कोई दूसरी पुस्तक रख दें।

ब्रिटेन में सार्वजनिक पुस्तकालयों के सामने बंद होने का ख़तरा तलवार की तरह उनके सिर पर छाया हुआ है। यह एक ऐसा नवीन एवं सरल विचार है जो इन सार्वजनिक पुस्तकालयों के सामने एक निरंतर खतरे के जवाब में उभरा है। इस तरह की पहली टेलीफोन बॉक्स लाइब्रेरी की स्थापना सोमरसेट में वेस्टबरी -सब-मेंडिप में की गई थी। यह स्थापना 2009 में स्थानीय परिषद द्वारा क्षेत्र

की मोबाइल लाइब्रेरी के लिए फंडिंग में कटौती के बाद की गई थी। यानी कि वहाँ का पैसा लाल टेलिफ़ोनलायब्रेरी में लगा दिया गया।

पैरिश काउंसिल ने एक पाउण्ड में ये टेलिफ़ोनबॉक्स-जिसे कि जाइल्सगिल्बर्टस्कॉट के-6 डिज़ाइन कहा जाता है-ख़रीदा, और वेस्टबरी-उप-मेंडिप के समरसेट गाँव के निवासियों ने लकड़ी की अलमारियों को अंदर रखा और अपनी किताबें दान कर दीं।

फ़ोन बॉक्सलायब्रेरियों में अब पाक-कला की किताबों से लेकर क्लासिक्स और ब्लॉकबस्टर से लेकर बच्चों तक की किताबें शामिल हैं।

इसी तरह की कहानी दक्षिण लंदन के इलाकों में भी देखी जा सकती है, जहाँ 'सेब हैंडली' नाम के एक स्थानीय व्यक्ति ने ब्रिटिश टेलिकॉम से एक पाउण्ड में एक पुराना टेलीफोन बॉक्स ख़रीद लिया। और फिर बॉक्स को अपने हिसाब से बदला। अंततः इसे लंदन के सबसे छोटे पुस्तकालयों में से एक में बदलने के लिए अपने स्वयं के पैसों और हाथ के काम के कौशल का उपयोग किया।

माइक्रो-लाइब्रेरी एक्सचेंज एक दूसरे पर विश्वास की प्रणाली पर काम करते हैं। इंग्लैंड भर के स्थानीय गाँवों में, जहाँ हर कोई हर किसी को जानता है, ऐसा लगता है कि यह अपेक्षाकृत आसानी से किया जा सकता है। हालांकि, कुछ बड़े शहरों में, माइक्रो-लाइब्रेरी को कभी-कभी स्थानीय समुदाय पर भरोसा करना पड़ता है कि वे यदि किताब ले गये हैं तो या तो वापिस लाएँगे या उसके स्थान पर कोई दूसरी पुस्तक वहाँ रख जाएँगे।

मैं लंदन के ओवर-ग्राउण्ड रेलवे में कार्यरत हूँ। मैं पाँच स्टेशनों की देखभाल करता हूँ-हैडस्टोन लेन, हैच-एण्ड, कारपेण्डर्स पार्क, बुशी और वाटफ़र्ड हाई स्ट्रीट। इन में से हैच-एण्ड और बुशी में भी इसी प्रकार की पुस्तकालय योजना शुरू की गयी है।

हैच-एण्ड में एण्ड्रूहैलिसे, लिएमनिक्सन और नेहा पटेल अग्रवाल काम करते हैं और बुशी में पैमेलामर्फ़ी और जैनिसक्लार्क काम करती हैं। इन दोनों रेलवे

स्टेशनों पर ऐसे ही पुस्तकालय स्थापित किये गये हैं। लंदन में रेलवे केवल यात्रियों को एक स्थल से दूसरे स्थल तक पहुँचाने का काम नहीं करती बल्कि अपने आसपास के रहने वालों के लिये एक मेलजोल का स्थल भी बनाती है।

हैच-एण्ड एवं बुशी में भी ठीक लाल टेलिफ़ोन बक्से की तर्ज़ पर हमारे स्टेशन के कर्मचारी अपने बलबूते पर ऐसे पुस्तकालय चला रहे हैं। यात्री जब लोकल रेलयात्रा करते हैं तो वहाँ से एक पुस्तक अपने साथ ले जा सकते हैं। और जब वापिस लौटें तो पुस्तकालय को अपने पुस्तक लौटा सकते हैं। यदि वे उस पुस्तक को लौटाना नहीं चाहते तो वे अपने घर की लायब्रेरी से कोई एक पुस्तक ला कर स्टेशन के पुस्तकालय में छोड़ सकते हैं।

याद रहे कि यह सारी कार्यवाही विश्वास पर निर्भर है। समाज के पास विश्वास करने के अलावा कोई विकल्प नहीं है। और दूसरा रास्ता भी है-क्योंकि आने वाली पीढ़ियों को हम पर भरोसा करना पड़ेगा कि हम उनके लिए इस तरह के काम कर रहे हैं ताकि इस उपग्रह को बचाया जा सके। उन्हें भरोसा करना होगा कि हम ऐसा प्रयास कर रहे हैं कि पुस्तकों का अस्तित्व बचा रहे।

शायद भारतवासियों को इस प्रकार के पुस्तकालय पर एकाएक विश्वास न हो पाए जहाँ कोई लायब्रेरियन नहीं बैठता। हम स्वयं अपनी मर्ज़ी से जाकर अपनी पसन्द की पुस्तक उठाते हैं और पढ़ने के लिये ले जाते हैं। मगर ऐसे हालात हमें पैदा करने होंगे कि समाज में पुस्तकों के महत्व को समझा जाए। यह आवश्यक है कि हर इन्सान जो पढ़-लिख सकता है उसे पुस्तकों को हाथ में लेकर पढ़ने का अभ्यास बनाए रखना चाहिये। पुस्तकों की अपनी एक ख़ुश्बू होती है। उस ख़ुश्बू में ज्ञान भरा होता है। भारत में भी ऐसे पुस्तकालयों की सख़्त ज़रूरत है-मोबाइल के पागलपन से बचने का यही एक तरीक़ा है।

हींग लगे न फिटकरी...

कोरोना काल ने हिन्दी भाषा और साहित्य में वेबिनारों की झड़ी-सी लगा दी है। जूम, स्ट्रीमयार्ड, गूगल मीट और फ़ेसबुकलाइव जैसे तमाम प्लैटफ़ॉर्म हर संस्था एवं व्यक्ति को मौक़ा दे रहे हैं कि वे ऑनलाइन कार्यक्रमों का आयोजन कर सकें। जहाँ एक ओर कोरोना के कहर के कारण लोगों का आपस में मिलना जुलना कम हो रहा है, वहीं विपत्ति में अवसर वाली कहावत को चरितार्थ करते हुए ऑनलाइन चर्चाओं, गॉष्ठियों, वेबिनारों, कवि सम्मेलनों एवं साक्षात्कारों का आयोजन शुरू हो गया।

हिन्दी साहित्य की गतिविधियाँ ऑनलाइन प्लेटफ़ॉर्मों के चलते विश्व भर में दिखाई देने लगीं। शुरू-शुरू में बहुत अच्छा लग रहा था कि हमारे प्रिय लेखक, कवि, आलोचक, पत्रकार अपनी बात कहते दिखाई देते हैं। जिन लोगों के केवल नाम सुन रखे थे अब उन्हें साक्षात स्क्रीन पर देखने और सुनने का अवसर मिल रहा था। मगर आहिस्ता-आहिस्ता इसका जादू फीका पड़ने लगा और कुछ सवाल उठने शुरू हो गये।

अमर उजाला में गौतम चटर्जी ने लिखा है, "पिछले महीनों में जब मैंने कला पर लाइव व्याख्यान दिया, तो कई वरिष्ठ कलाकारों ने मुझसे पूछा कि ऐसे व्याख्यान पर आयोजक कितना पारिश्रमिक दे रहे हैं। पारिश्रमिक न मिलने की जानकारी देने पर वे बोले, इस बारे में आप पूछिए, आख़िर कोई तो पूछेगा। उनकी शिकायत थी कि संगीत समारोह की ऑनलाइन घोषणा कर गायन, वादन और नृत्य कार्यक्रम तो वे हमसे करा ले रहे हैं, पर हम कलाकार पारिश्रमिक के बारे में चुप रह जा रहे हैं, क्योंकि संकोच है कि आयोजक को कैसा लगेगा और फिर शायद भविष्य में कार्यक्रम ही न मिले।"

यही हाल साहित्य में भी है। हिन्दी साहित्यकार हमेशा खा कर लिखता रहा है...लिख कर खाने वाले हिन्दी साहित्यकारों की गिनती उंगलियों पर की जा

सकती है। बहुत से लेखक और कवि तो अपनी किताबें प्रकाशित करवाने के लिये प्रकाशकों को पैसे भी देते हैं। साहित्यकार का शोषण इस ऑनलाइन वेबिनार काल में और भी अधिक मुखर रूप से होने लगा है। किसी भी वक्ता को मानदेय देने के बारे में मेज़बान कभी कुछ सोचता नहीं है।

इस शोषण का एक कारण यह भी है कि जो साहित्यकार किन्हीं कारणों से चर्चा में नहीं आ पा रहे थे, वे धड़ल्ले से वेबिनारों में अपना चेहरा दिखाने लगे और फिर उनकी गिनती भी वैश्विक साहित्यकारों में होने लगी जो किसी भी विषय पर बोल सकते हैं।

महाविद्यालयों और विश्वविद्यालयों ने इस स्थिति का पूरा लाभ उठाया। इस मामले में हींग लगे न फिटकरी और रंग भी चोखा आए वाली कहावत एकदम सटीक बैठने लगी। अमरीका, कनाडा, ब्रिटेन, युरोप, ऑस्ट्रेलिया, सिंगापुर, खाड़ी देश आदि से किसी एक साहित्यकार को वेबिनार के लिये आमंत्रित कर लिया और उनका वेबिनार बन गया-अंतर्राष्ट्रीय संगोष्ठी।

ऐसी संगोष्ठियों में शामिल होने के बाद बेचारे प्रवासी साहित्यकार को जीवन की कठोर सच्चाई का ज्ञान होता है। बेचारा प्रवासी विदेश में रहने के कारण समय की पाबंदी का पालन करने लगता है। उसी हिसाब से वह संगोष्ठी शुरू होने से दस मिनट पहले वेबिनार से जुड़ जाता है। वहाँ पता चलता है कि महाविद्यालय का प्रिंसिपल या विश्वविद्यालय के उच्चाधिकारी पंद्रह, बीस, पच्चीस मिनट लेट हो चुके हैं। हिन्दी विभाग का डरा-डरा चेहरा दिखाई देता है कि माई-बाप के आए बिना संगोष्ठी की शुरूआत कैसे करे।

प्रवासी लेखक तो पूरी शिद्दत से तैयारी करके बोलने के लिये बैठता है, मगर मुख्य अतिथि एवं अध्यक्ष अपनी आदत के अनुसार पूरे पैंतालीस मिनट का लेक्चर देता है। और किसी में इतनी ताकत नहीं कि उस बंदे को यह समझा सके कि भाई इतना लंबा लेक्चर सुन-सुन कर ही तो हिन्दी विभाग में बच्चों ने दाख़िला लेना बन्द कर दिया है।

आख़री मज़ा तो प्रवासी लेखक को तब मिलता है जब अगले दिन के समाचार पत्रों में उन्हीं उच्चाधिकारियों के घिसे-पिटे वाक्य प्रमुखता से हेडलाइन बने दिखाई देते हैं। बेचारे प्रवासी साहित्यकार को हैरानी होती है कि संगोष्ठी अंतर्राष्ट्रीय तो उसकी उपस्थिति के कारण हुई। संगोष्ठी में बार-बार यह कहा भी गया। मगर अपने उच्चाधिकारियों को खुश करने के लिये अगले दिन की हेडलाइन उन्हीं का वाक्य बनेगा।

इन महाविद्यालयों और विश्वविद्यालयों को अंतर्राष्ट्रीय संगोष्ठियों के लिये

यू.जी.सी. से एक अलग बजट मिलता है। मगर उस ग्रान्ट को पाने की एक प्रक्रिया होती है। आयोजक संगोष्ठी आयोजित करने की जल्दबाज़ी में है...तो बस बेचारा साहित्यकार, कवि, आलोचक भुगते इसका ख़मियाज़ा।

एक विचित्र प्रकार की स्पर्धा भी इन आयोजकों में चल रही है। हर कोई यह साबित करना चाहता है कि मैंने या मेरी संस्था ने अब तक सबसे अधिक संगोष्ठियों का आयोजन किया है। सप्ताह में एक, दो या तीन-तीन तक ऑनलाइन संगोष्ठियों का आयोजन किया जा रहा है। घोषणाएँ की जा रही हैं कि हमारा 60वां वेबिनार आयोजित होने जा रहा है तो किसी का 80वां...कहीं-कहीं तो संख्या सौ तक पहुँच गयी है। आजकल ज़ूम, स्ट्रीमयार्ड, गूगल मीट पर तो कोई ख़र्चा होता नहीं है...वक्ताओं को पारिश्रमिक देना नहीं है...तो बस चारों ओर थूक से वड़े पकाए जा रहे हैं।

वक्ताओं के दिल में यह भी कहीं आशा की किरण रहती है कि संगोष्ठी में शामिल होने से शायद उनकी कोई कृति किसी विश्वविद्यालय या महाविद्यालय के पाठ्यक्रम में शामिल कर ली जाए। तो गाय की तरह सिर नीचा करके वह गोष्ठियों में शामिल होते रहते हैं।

इन संगोष्ठियों के भी कई प्रकार हैं-कवि सम्मेलन, साक्षात्कार, किसी विषय विशेष पर वक्तव्य आदि-आदि। मज़ेदार बात यह है कि हर लेखक इन ऑनलाइन संगोष्ठियों में शामिल होने को लालायित भी दिखाई देता है और ऊपर-ऊपर से यह भी कहता दिखाई देता है कि वह तो फंस गया है। लोग छोड़ते ही नहीं।

इन संगोष्ठियों में भी एक बात उभर कर सामने आई कि स्पर्धा इस विषय में भी रहती है कि किस संस्था के वेबिनार में कितने ऊँचे ओहदे के लोग शामिल हुए। मंत्रियों, सांसदों, अध्यक्षों और उपाध्यक्षों की चांदी है। वे हर जगह मुख्य-अतिथि, अध्यक्ष या अतिथि विशेष के रूप में दिखाई दे जाते हैं। किसी बड़े ओहदे के व्यक्ति की पुस्तक पर चर्चा रख कर आयोजक अपने आपको कृतार्थ महसूस होते देखे जा सकते हैं।

ऑनलाइन सम्मानों का भी एक अलग चक्कर है। पैसा-धेला तो लगना नहीं है। बस एक आभासी स्मारिका या मानपत्र बनवा कर एक आयोजन कर दिया जाता है। एक ही आयोजन में बीस तीस लोगों को निपटा दिया जाता है। फिर वो सम्मान या पुरस्कार चाहे झुमरीतल्लैया से हो या फिर चीन-ओ-अरब से...ढर्रा एक ही होता है। न तो पुरस्कार देने वाला लेखक को जानता है और न ही लेखक यह समझ पाता है कि उसे किस अपराध के कारण सम्मानित किया जा

रहा है...बस हर तरफ़ एक होड़-सी लगी है।

ऑनलाइन संगोष्ठियों एवं वेबिनारों की एक विशेष उपलब्धि यह है कि आज एक ही समय में विश्व के तमाम देशों में कभी-कभी हम अपने प्रिय लेखकों, कवियों, आलोचकों एवं वरिष्ठ पत्रकारों को सुन सकते हैं। हर व्यक्ति के लिये भारत के उस शहर में सेमिनार के लिये उपस्थित हो पाना शायद संभव न हो पाए मगर ऑनलाइन गोष्ठी के लिये तो बस क्लिक ही करना होता है। विश्व सच में एक छोटा-सा गाँव बन कर रह गया है।

हंस कथा मासिक और अन्य कई संस्थाओं द्वारा आयोजित कार्यक्रम राष्ट्रीय और अंतर्राष्ट्रीय स्तर पर अपनी पहचान बनाने में सफल रहे हैं। क्योंकि वहाँ दूसरों के साथ कोई स्पर्धा दिखाई नहीं देती।

मगर इन ऑनलाइन गोष्ठियों में भी गुटबाज़ियाँ देखी और महसूस की जा सकती हैं। एक विशेष गुट के वेबिनार में कुछ ख़ास नामों की उपस्थिति ही दिखाई देगी। गुणवत्ता से कोई वास्ता नहीं...बस एक दूसरे की पीठ खुजाने की व्यवस्था होनी चाहिये। अमुक व्यक्ति अमुक गुट का मुख्य अतिथि होगा तो अमुक किसी दूसरे गुट का।

एक बात जो मुझे विशेष तौर पर कष्ट देती है-वो है इन ऑनलाइन गोष्ठियों का स्तर। जब सेमिनार होते थे तो उच्चकोटि के वक्ता या स्कॉलर को बुलाया जाता था। विद्यार्थी उनकी बात आमने-सामने सुनते थे। उच्चकोटि का व्याख्यान होता था...मगर इन ऑनलाइन संगोष्ठियों में उस गुणवत्ता की ओर आयोजकों का ध्यान कम ही जाता है...सुनिये...मुझे अब यह संपादकीय समाप्त करना ही होगा...क्योंकि मुझे स्वयं एक वेबिनार में एक लेक्चर देने के लिये तैयार होना है...

शब्दों के जादूगर साहिर लुधियानवी की जन्म शताब्दी...

साहिर लुधियानवी का जन्म 08 मार्च 1921 को अब्दुल हयी के रूप में हुआ था। उनके पिता ज़मींदार थे और साहिर की माँ उनकी ग्यारहवीं बीवी थीं। उनकी जीवनी पर तो बहुत से लेख मिल जाते हैं। उनकी साहित्यिक कृतियों पर भी बहुत लिखा गया है। कुछ मित्रों ने फ़िल्मी गीतों पर भी क़लम चलाई है। मेरा अपना मत यह है कि जिस भी विषय पर फ़िल्मों में साहिर लुधियानवी ने लिख दिया, उस विषय पर उससे बेहतर कभी नहीं लिखा गया।

साहिर के गीत कुछ इस तरह से मुहावरे बन गये जैसे कि शेक्सपीयर की कुछ पंक्तियाँ अंग्रेज़ी में। फ़िल्मों में आने से पहले साहिर लुधियानवी उर्दू अदब के एक प्रतिष्ठित शायर बन चुके थे। उन्होंने अपनी शायरी में जीवन की विसंगतियों को बहुत ख़ूबसूरती से उकेरा। उनकी नज़्में और ग़ज़लें समान रूप से लोकप्रिय हुईं। यह सोच कर हैरानी भी होती है कि यदि साहिर लुधियानवी पाकिस्तान छोड़ कर भारत न आते तो हिन्दी सिनेमा के गीतों का कितना नुकसान होता।

जब साहिर फ़िल्मों से जुड़े तो उन्होंने अपनी साहित्यिक कृतियों का इस्तेमाल हिन्दी सिनेमा में भी किया। 1950 से 1970 का काल एक ऐसा काल था जब मजरूह सुल्तानपुरी, राजा मेहदी अली ख़ान, शकील बदायुनी, हसरत जयपुरी, कैफ़ी आज़मी, राजेन्द्र कृष्ण, जांनिसार अख़्तर, क़मर जलालाबादी जैसे शायर सिनेमा में लिख रहे थे तो दीनानाथ मधोक, पंडित प्रदीप, नरेन्द्र शर्मा, शैलेन्द्र, इंदीवर जैसे गीतकार भी सक्रिय थे। जिस काल में इतना गुणवत्ता से भरपूर लिखा जा रहा हो वहाँ गीतकारों का सरताज बन पाना आसान काम नहीं था।

वैसे तो साहिर लुधियानवी ने नज़्में, ग़ज़लें, नग़में, भजन, देशप्रेम और कव्वाली यानि कि सभी विधाओं में श्रेष्ठतम रचनाएँ दीं, मगर उनके फ़िल्मी

लेखन की एक ख़ासियत ऐसी भी है जिस पर अभी आलोचकों का ध्यान कम गया है। जब हिन्दी साहित्य में अभी नारी-विमर्श की कल्पना भी नहीं की गयी थी, साहिर लुधियानवी अपने फ़िल्मीनग़मों में नारी को लेकर इतना गहरा और संवदेनाओँ से भरपूर लिख रहे थे कि यह कहना अनुचित न होगा कि नारी विमर्श की गंभीर शुरूआत उन्हीं के गीतों से मानी जा सकती है।

यह भी एक संयोग ही कहा जा सकता है कि साहिर लुधियानवी का जन्म उसी दिन हुआ जिस दिन अंतर्राष्ट्रीय महिला दिवस मनाया जाता है। ज़ाहिर है कि हमें साहिर की शायरी में नारी से जुड़ा लेखन अवश्य देखने को मिलेगा। और इस 8 मार्च को उनकी जन्म शताब्दी भी है। तो साहिर की शायरी में लययुक्त नारी विमर्श का अवलोकन करने का प्रयास हम भी करते हैं।

साहिर ने अपना बेहतरीन काम गुरुदत्त और बी.आर। चोपड़ा की फ़िल्मों में किया। बाद में साहिर के जीवित रहने तक यश चोपड़ा की हर फ़िल्म में भी उन्हीं के गीत होते थे। 1957 की फ़िल्म प्यासा में साहिर ने शायद पहली बार नारी की वेदना को सही मायने में प्रस्तुत किया। जिस इलाक़े में जिस्मों के सौदे किये जाते हैं उनके बारे में लिखा:

"ये पुरपेच गलियाँ, ये बदनाम बाज़ार
ये गुमनाम राही, ये सिक्कों की झन्कार
ये इस्मत के सौदे, ये सौदों पे तकरार
जिन्हें नाज़ है हिन्द पर वो कहाँ हैं
वो उजले दरीचों में पायल की छन-छन
थकी-हारी साँसों पे तबले की धन-धन
ये बेरूह कमरों में खाँसी की ठन-ठन
जिन्हें नाज़ है हिन्द पर वो कहाँ हैं
जवानी भटकती है बद-कार बन कर
जवाँ जिस्म सजते हैं बाज़ार बन कर
यहाँ प्यार होता है व्यापार बन कर
ये दुनिया अगर मिल भी जाए तो क्या है"

1958 में बी.आर। चोपड़ा की फ़िल्म 'साधना' में साहिर लुधियानवी ने पूरे समाज के सामने एक चुनौती भरा सवाल खड़ा कर दिया। औरत की समाज में क्या स्थिति उस समय थी, उसका सबस महत्वपूर्ण दस्तावेज़ है यह गीत-

"औरत ने जनम दिया मर्दों को, मर्दों ने उसे बाज़ार दिया
जब जी चाहा मसला कुचला, जब जी चाहा दुत्कार दिया।

......

मर्दों ने बनायीं जो रस्में, उनको हक़ का फ़रमान कहा
औरत के ज़िंदा जलने को, कुर्बानी और बलिदान कहा,
क़िस्मत के बदले रोटी दी, और उसको भी एहसान कहा।"

1955 में बिमलरॉय की फ़िल्म 'देवदास' में चन्द्रमुखी के मुँह से साहिर लुधियानवी उस समय की नृतकी की ज़िन्दगी का अफ़साना चन्द शब्दों में बयान कर देते है:

"मैं वो फूल हूँ कि जिसको गया हर कोई मसल के
मेरी उम्र बह गई है मेरे आँसुओं में ढल के
जो बहार बन के बरसे वह घटा कहाँ से लाऊँ
जिसे तू कुबूल कर ले वो अदा कहाँ से लाऊँ
तेरे दिल को जो लुभाए वह सदा कहाँ से लाऊँ..."

अपनी इस सोच को साहिर लुधियानवी बी.आर चोपड़ा की फ़िल्म 'इन्साफ़ का तराज़ू' में भी मार्मिक अभिव्यक्ति देते है:

लोग औरत को फ़क़त जिस्म समझ लेते हैं
रूह भी होती है उस में, ये कहाँ सोचते हैं
रूह क्या होती है इससे उन्हें मतलब ही नहीं
वो तो बस तन के तकाज़ों का कहा मानते हैं
रूह मर जाती हैं तो ये जिस्म है चलती हुई लाश
इस हक़ीकत को न समझते हैं न पहचानते हैं
कितनी सदियों से ये वहशत का चलन जारी है
कितनी सदियों से है क़ायम ये गुनाहों का रिवाज

साहिर लुधियानवी ने स्त्री पर प्रेमिका, माँ, बहन, बेटी, वेश्या हर रूप में क़लम चलाई है।

एक प्रेमिका के रूप में उनकी शायरी में खनक भी है और नख़रा भी तो वहीं अलग हो जाने का ग़म भी।

"मिलती है ज़िन्दगी में मुहब्बत कभी-कभी
होती है दिलबरों की इनायत कभी-कभी"

मगर जब इश्क में न मिल पाने का दुख शामिल हो जाता है तो उनका प्रेमी तो आसानी से कह देता है-

"चलो इक बार फिर से अजनबी बन जाएँ हम दोनों..."
"वो अफ़साना जिसे अन्जान तक लाना न हो मुमकिन

उसे इक ख़ूबसूरत मोड़ देकर छोड़ना अच्छा।"

मगर प्रेमिका की सोच अपने प्रेमी से एकदम अलग है। प्रेमिका अपने दिल का दर्द कुछ यूँ बयान करती है-

"तुम मुझे भूल भी जाओ, तो ये हक़ है तुमको
मेरी बात और है मैंने तो मुहब्बत की है..."

फ़िल्म मुझे जीने दो की माँ अपने बेटे को दुआ देते हुए भी भीतर से डरी हुई है। उसे मालूम है कि बेटा एक डाकू का पुत्र है। पूरा समाज उसके विरुद्ध होगा। बड़ा होकर वह डाकू का बेटा कहलाएगा। माँ के रूप में वहीदा रहमान पर्दे पर साहिर के शब्द गाती हैं-

"तेरे बचपन को जवानी की दुआ देती हूँ
और दुआ देके परेशान-सी हो जाती हूँ
मेरे मुन्ने मेरे गुलज़ार के नन्हें पौधे
तुझको हालात की आँधी से बचाने के लिये
आज मैं प्यार के आँचल में छुपा लेती हूँ
कल ये कमज़ोर सहारा भी न हासिल होगा
कल तुझे काँटों भरी राह पे चलना होगा
ज़िन्दगानी की कड़ी धूप में जलना होगा
तेरे बचपन को जवानी की दुआ देती हूँ..."

फ़िल्म 'त्रिशूल' की माँ का दर्द अलग ही किस्म का है। उसका प्रेमी उसे गर्भवती करके उसे छोड़ गया है। उसने किसी अमीर लड़की से अपने माँ बाप की मर्ज़ी के हिसाब से विवाह कर लिया है। अपनी ग़ैरकानूनी औलाद की परवरिश करती हुई माँ कहती है-

"तू मेरे साथ रहेगा मुन्ने, ताकि तू जान सके
तुझको परवान चढ़ाने के लिये
कितने संगीन मराहिल से तेरी माँ गुज़री
कितने पाँव मेरी ममता के कलेजे पे पड़े
कितने ख़ंजर मेरी आँखों, मेरे कानों में गड़े..."

ये पंक्तियाँ पढ़ते हुए लगता है जैसे साहिर की अपनी माँ उन्हें ये सब कह रही है। साहिर की परवरिश में उसकी माँ को कितनी कठिनाइयाँ उठानी पड़ी होंगी।

गीतकार जावेद अख़्तर अपने संघर्ष के दिनों में साहिर साहब के काफ़ी करीबी थे। साहिर साहब को शायद इसलिये भी जावेद अख़्तर से स्नेह था

क्योंकि वे जांनिसार अख़्तर के बेटे थे। जावेद अख़्तर का कहना है कि साहिर साहब हर बात में अपनी माँ से सलाह लेते थे। यहाँ तक कि वे किस जगह कौन से कपड़े पहन कर जाएँ, इस पर भी माँ की सलाह चलती थी।

जब एक बेटी के आगमन की बात होती है तो फ़िल्म कभी-कभी में साहिर के शब्दों में रुई के एक नर्म फाहे का-सा अहसास उभर आता है-

"मेरे घर आई एक नन्हीं कली
चान्दनी के हसीन रथ पे सवार...
उसके आने से मेरे आँगन में
खिल उठे फूल, गुनगुनाई बहार
देख कर उसको जी नहीं भरता
चाहे देखूँ उसे हज़ारों बार
चाहे देखूँ उसे हज़ारों बार"

साहिर लुधियानवी ने फ़िल्म चित्रलेखा में तो जीवन का पूरा फ़लसफ़ा ही एक नृतकी के मुँह से कहलवाया है। योगी कुमारगिरी को आईना दिखाते हुए चित्रलेखा साहिर के शब्दों का सटीक इस्तेमाल करती है और उसके पाखण्ड का पर्दाफ़ाश करती है-

"संसार से भागे फिरते हो, भगवान को तुम क्या पाओगे
इस लोक को भी अपना न सके, उस लोक में भी पछताओगे .
ये पाप है क्या, ये पुण्य है क्या, रीतों पे धरम की मुहरें हैं
हर युग में बदलते धर्मों को कैसे आदर्श बनाओगे
ये भोग भी एक तपस्या है, तुम त्याग के मारे क्या जानो
अपमान रचयिता का होगा, रचना को अगर ठुकराओगे।"

आम तौर पर देखा गया है कि साहिर लुधियानवी ने अपने जीवन के तल्ख़ अनुभवों को अपने पाठकों और श्रोताओं के साथ बांटा है। साहिर ने कहा भी है, "दुनिया ने तर्जुबा-ओ हवादिस की शकल में, /जो कुछ मुझे दिया है, लौटा रहा हूँ मैं।"

मगर फिर भी एक ऐसी फ़िल्म है जिसमें साहिर लुधियानवी ने एक ऐसी सुबह की कल्पना की है जो आज से बेहतर होगी। नारी को लेकर उस सुबह के बारे में साहिर का कहना है-

दौलत के लिये जब औरत की इस्मत को न बेचा जाएगा
चाहत को न कुचला जाएगा, इज़्ज़त को न बेचा जाएगा
अपनी काली करतूतों पर जब ये दुनिया शरमाएगी

वो सुबह कभी तो आएगी, वो सुबह कभी तो आएगी।

मेरा मानना है कि साहिर लुधियानवी की शायरी के साथ कोई संपादकीय या लेख कभी भी न्याय नहीं कर सकते। मगर यह एक प्रयास है कि हम जान सकें कि नारी को लेकर क्या सोच थी सदी के महान फ़िल्मी शायर साहिर लुधियानवी की।

मानव पुस्तकालय...(Human Library)

क्या आपने कभी मानव पुस्तकालय यानि कि ह्यूमनलायब्रेरी के बारे में सुना है? आइये आज एक ऐसी संस्था के बारे में जानते हैं जिसने विश्व में एक नया आंदोलन शुरू किया है, एक नयी सोच पैदा की है।

मानव पुस्तकालय (Human Library) डेनमार्क का एक अंतरराष्ट्रीय संगठन और आंदोलन है। इसकी शुरूआत वर्ष 2000 में कोपेनहेगन, डेनमार्क में की गयी। इसका उद्देश्य लोगों के पूर्वाग्रहों को दूर करने के लिए उन्हें उन लोगों से बातचीत करने में मदद करना है जिन्हें वे सामान्य रूप से नहीं मिलते हैं। संगठन पुस्तकों के बजाय इन्सानों को उधार देने के लिये पुस्तकालयों की प्रक्रिया का उपयोग करता है।

मानव पुस्तकालय® की शाखाएँ 80 से अधिक देशों में मौजूद हैं। मानव पुस्तकालय® अपने नाम के अनुसार, सही अर्थों में, इन्सानों का एक पुस्तकालय है। यह संस्था ऐसे कार्यक्रमों का आयोजन करती है जहाँ पाठक खुली पुस्तकों के रूप में स्वयंसेवी मनुष्यों को उधार ले सकते हैं और उनसे बातचीत कर सकते हैं। ज़ाहिर है कि ऐसे लोगों के पास सामान्य रूप से हमारी पहुँच नहीं होती है।

एक मानव पुस्तकालय में, पुस्तकों के स्थान पर, आप इन्सानों को "उधार" ले सकते हैं। ये लोग अपनी अनूठी जीवन कहानियों के साथ अपने आप को "किताबों" के रूप में प्रस्तुत करने वाले स्वयंसेवक होते हैं। एक निश्चित अवधि के लिये तयशुदा राशि का भुगतान करने पर, आप उनसे बातचीत कर सकते हैं, सवाल पूछ सकते हैं और उनकी कहानियाँ सुन सकते हैं। क्योंकि आप ये कहानियाँ पात्रों के मुख से सुनते हैं इसलिये यह छपी हुई किताबों से कहीं अधिक रुचिकर होती हैं।

इस संस्था का नारा है कि-"हम इन्सानों को पुस्तकों की तरह प्रकाशित

करते हैं। हमारे बुकशेल्फ से हर मानव-पुस्तक, हमारे समाज के किसी न किसी हिस्से का प्रतिनिधित्व करता है। ये मानव पुस्तकें अक्सर अपनी जीवन शैली, विश्वास, विकलांगता, सामाजिक स्थिति, जातीय मूल आदि के कारण भेदभाव का शिकार हो चुकी होती हैं। उनसे बातचीत करके हम अपने समाज को बेहतरी से समझ पाने में सक्षम हो सकते हैं।"

संस्था के संस्थापक, रोनी एबर्जेल का कहना है कि 'मानव पुस्तकालय' को एक ऐसे उद्देश्य के तहत शुरू किया गया था जिसके भीतर, "आप चल सकते हैं, एक इन्सान को उधार ले सकते हैं और एक बहुत ही चुनौतीपूर्ण विषय के बारे में बात कर सकते हैं। आदर्श रूप से, हम चाहते थे कि लोग उन मुद्दों के बारे में बात करें जिनके बारे में वे आम तौर पर बात नहीं करते हैं, या संभावित रूप से बात करना पसंद नहीं करते हैं, लेकिन हमें इन तमाम मुद्दों के बारे में बात करने की ज़रूरत है।"

जैसा कि मैंने पहले ही बताया है कि ये मानव "पुस्तकें" दरअसल स्वयंसेवक हैं जो विविध पृष्ठभूमि से आते हैं और उनके पास अनुभव हैं जिन्हें वे अपने मानव पाठकों के साथ साझा करने के इच्छुक हैं। पारंपरिक किताबों की तरह, मानव पुस्तकों में भी ऐसे शीर्षक होते हैं जो उनके अनुभवों का वर्णन करते हैं जैसे कि 'ब्लैक एक्टिविस्ट', 'क्रॉनिकडिप्रेशन', 'सर्वाइवर-ऑफ़ट्रैफिकिंग', 'मुस्लिम', 'लातीनी', 'ट्रांस-जेंडर' और भी बहुत से। कभी-कभी आमने-सामने और कभी-कभी छोटे समूहों में, मानव पुस्तकालय एक ऐसा सुरक्षित माहौल बना देता है जहाँ लोग किसी भी अन्य व्यक्ति के साथ जुड़ सकते हैं।

ज़ाहिर है कि कोविद 19 के ज़माने में इन मानव पुस्तकों से भी सुरक्षित दूरी बनाए रखना आवश्यक है। इसलिये संस्था ने ज़ूम एवं अन्य ऑनलाइन माध्यमों से पाठक एवं पुस्तक के सेशन आयोजित करने का रास्ता ढूंढ निकाला है।

भारत की अपनी एक केमिकल इंजीनियर अंदलीब कुरैशी ने कुछ साल पहले मुंबई में इस मुहिम को आगे बढ़ाया। अंदलीब अपनी कॉरपोरेट नौकरी से छुट्टियाँ मनाने घर आई थी जब उन्हें इस संस्था के बारे में पता चला।

"मैं एक सैनिक परिवार से आती हूँ। हमारा परिवार एक उदार मुस्लिम पृष्ठभूमि वाला परिवार है। परिवार की सोच सादी है लेकिन प्रगतिशील भी। और मैं अपने मूल्यों को बहुत गंभीरता से लेती हूँ। यह मेरे लिए बहुत महत्वपूर्ण है कि जीवन के प्रति हमारी सोच क्या है। शिक्षा और व्यक्तित्व की स्वतंत्रता को मेरे परिवार में हमेशा प्रोत्साहित किया गया है। हमारी माँ की मृत्यु हमारे बचपन

में ही हो गयी थी। इसलिये हमारा पालन पोषण हमारी दादी ने किया था।"

अंदलीब कुरैशी का कहना है कि, "ह्यूमन लाइब्रेरी अब वास्तविक और सच्ची कहानियों को जीवंत करने का स्थान बन गया है, जिनका संपादन नहीं किया गया है। मैं मुंबई में भी ऐसी शुरूआत करना चाहती थी क्योंकि यह शहर अद्‌भुत और अनूठी कहानियों वाले लोगों से भरा है," अंदलीब ने आगे कहा। "मेरे लिए किताबों के साथ समस्या हमेशा यह रही है कि वहाँ एकतरफ़ा बातचीत होती है। लेकिन एक 'मानव पुस्तक' के साथ, आपको सीधे-सीधे एक भुक्तभोगी के मुँह से अविश्वसनीय रूप से वास्तविक और दिलचस्प कहानियाँ सुनने को मिलती हैं...और यहाँ तक कि अपनी 'किताबों' के साथ बातचीत भी होती है, जो कि आप एक नियमित पुस्तकालय में नहीं कर सकते हैं।"

अपनी लॉन्च के साल भर के भीतर ही, 'मानव पुस्तकालय-मुंबई' ने कई मील के पत्थर पार कर लिए हैं। यह संस्था ने 13 आयोजन कर चुकी है और इनके पास 55 से अधिक पंजीकृत मानव-पुस्तकें हैं, और इसने 3, 700 से अधिक पाठकों को सेवा प्रदान की है। यह भारत के किसी भी अन्य शहर की तुलना में अधिक है-याद रहे कि भारत में दिल्ली, हैदराबाद, इंदौर और चेन्नई समेत करीब नौ शहरों में यह संस्था काम कर रही है।

जून 2018 से दिल्ली के कनॉटप्लेस में 'मानव पुस्तकालय-दिल्ली' की शुरूआत की गयी। और अब यह ब्रांच भी ख़ासी सक्रिय है।

आज विश्व भर में हर संस्था मानव को हटा कर मशीन का उपयोग कर रही है। रेलवे में टिकटें मशीन बेच रही है; बैंक में सारा काम मशीनों के हवाले किया जा रहा है ; सुपर मार्केट में भी मशीनें ग्राहक की सेवा कर रही हैं। मानव की उपस्थिति को गौण किया जा रहा है। बी.आर. चोपड़ा ने 1957 में एक फ़िल्म बनाई थी 'नया दौर'। इस फ़िल्म के कलाकार थे दिलीप कुमार, वैजयन्ती माला, अजित, जीवन, नज़ीर हुसैन और जॉनीवॉकर। संगीत था ओ.पी. नैय्यर का। इस फ़िल्म में एक तरफ़ तो मशीन (बस) और इन्सान (टाँगा) के बीच लड़ाई थी तो दूसरी ओर साहिर का गीत था-"साथी हाथ बढ़ाना, एक अकेला थक जाएगा, मिल कर बोझ उठाना।"

मानव पुस्तकालय भी आवाज़ दे कर कह रहा है-इन्सान बनो...कर लो भलाई का कोई काम!

आलोचनात्मक दृष्टि

सच्ची ख़ुशी की रोशनी और इश्क़ की चाशनी

-किरण सूद

उतार-चढ़ाव का जीवन धरा का नियम है...
आकाश तो तरल सुनम्यता के आवरण में स्थिर है...

उर्वर है धरती और आसमान चमकता है कभी सूरज-चाँद बनकर और कभी तारों और नक्षत्र का रूप लेकर...

अक्षुण्ण है यह क्रम!
दिन-रात सृजन का सिलसिला चल रहा है...
जन्म-मृत्यु का चक्र घूम रहा है लगातार...

यहीं से उपजतीं हैं कहानियाँ अनगिनत सदियों से ...एक था राजा और एक थी रानी बनकर और कभी एक था कौआ और एक थी चिड़िया...यह कभी यथार्थ है कभी कोरी कल्पना। जो भी है या जो भी कहो इस क्रम को...रहेगा यह सच हमारी स्मृतियों में दुनिया भर की सभ्यताओं का अभिन्न हिस्सा बन कर।

तेजेन्द्र ने बालपन में ही अपने पिता की रचनाओं को देखा-पढ़ा-गुना और ज़िद से विद्यानुरागी होने के साथ-साथ साहित्य का विद्यार्थी होने का मार्ग स्वयं चुना। फिर भी कहीं विज्ञान का प्रभाव मस्तिष्क पर रहा। फलतः तेजेन्द्र का कवि मन एक तार्किक विश्लेषण में पारंगत मस्तिष्क के साथ मिलकर संतुलित व्यवसायिक दृष्टिकोण में निपुण व्यक्तित्व का धनी है। बैंक में नियमित नौकरी के साथ सांयकालीन कक्षाओं में नियमित रूप से जाने वाले तेजेन्द्र को अंग्रेज़ी साहित्य के प्रोफ़ेसर ने सृजन का मार्ग दिखा दिया। चमत्कार स्वरूप पहली कहानी 'प्रतिबिम्ब' के नायक यही प्रवक्ता हैं।

यह सत्य है कि अन्य साहित्यकार बन्धुजन की तरह तेजेन्द्र ने भी कहानी का विचार अपने आस-पास के घटना क्रम या मैत्री तथा पारिवारिक सम्बन्ध से ही लिया है। अन्य लोगों से अन्तर मात्र इतना दिखाई देता है कि एयर इन्डिया

में नौकरी से दुनिया घूमी और लगभग बीस वर्ष पूर्व लन्दन में जाकर बस गए। परन्तु यह अन्तर महत्वपूर्ण सिद्ध होता है जब हम तेजेन्द्र के कहानी संसार पर दृष्टिनिक्षेप करते हैं। तेजेन्द्र का अनुभव वैश्विक है और कहानियों का फलक विस्तृत है।

स्त्री-पुरुष सम्बन्ध समाज का बुनियादी ढाँचा है तो विवाह रीढ़ की हड्डी है। अपनी पहली कहानी 'प्रतिबिम्ब' में ही तेजेन्द्र के नायक राममोहन को अपने शिष्य का शादी का कार्ड देखकर लगता है कि "गृहस्थी का दैत्य उसे भी निगल जाएगा" तो भी कहानी के अन्त में यह भय मिथ्या सिद्ध होता है क्योंकि राममोहन अख़बार में पढ़ते हैं कि उनका शिष्य राजेन्द्र पी-एचडी. हो गया है। यह तेजेन्द्र के महत्वाकाँक्षी मन की ओर भी संकेत माना जा सकता है।

बार-बार विवाहेत्तर सम्बन्ध से लबरेज़ कहानियाँ लिखने के बाद भी तेजेन्द्र विवाह संस्था को नकार नहीं सके।

तेजेन्द्र की नवीनतम कहानी है 'संदिग्ध'। यह कहानी समसामयिक लेखन में नगीना है क्यों कि नायक को निरन्तर अपने विवाहेतर सम्बन्ध को लेकर संकोच व अपराधबोध दोनों है। नायक का कथन है: "सिमोना ने कहा था कि शाहिद चाहे तो रात को वहीं रुक सकता है। ऊहापोह मची है, क्योंकि रात कभी बाहर गुज़ारी नहीं है। क्या अब एक नई शुरुआत करनी चाहिए? क्या यह बात शाहिदा से छिपी रह पाएगी? उसे कभी समझ नहीं आता कि शाहिदा का भूत उसका पीछा हर वक्त क्यों करता रहता है। उसने सिर को झटका दिया। शाहिदा के भूत से मुक्ति पानी ही होगी। कहीं सिमोना के सामने वह नामर्द न साबित हो जाए।" ये पंक्तियाँ विवाह के बन्धन का पुरुष मानस पर प्रभाव का दस्तावेज़ी प्रमाण है। और तेजेन्द्र की पकड़ मनोवैज्ञानिक विश्लेषण के साथ-साथ क़ानूनी दाँवपेच पर भी बराबर ही है। आमजन जिसे नियति समझने को बाध्य हैं वास्तव में यह विवाह की क़ानूनी सत्यता है कि पत्नी के टैररिस्ट लिस्ट में नामदर्ज होने पर संदेह की सुई पति की ओर भी घूम जानी क़ानून का सच है। सार्जेंट के सवाल कुछ ऐसे लिपिबद्ध किए हैं तेजेन्द्र ने: "आपका किन टेररिस्ट गुटों से वास्ता है? आपकी वाइफ़ आज तक किन-किन एक्टिविटीज़ में इन्वॉल्व रही हैं? आप किस हद तक अपनी वाइफ़ की एक्टिविटीज़ से जुड़े हैं? क्या आप पोस्ट का फ़ायदा उठा कर टेररिस्ट्स को इस देश में घुसने में हेल्प करते रहे हैं?"

स्पष्टत: ऐसी जटिलताएँ पकड़ कर सरल भाषा में वर्णन करने से ही तेजेन्द्र आम लेखकों से भिन्न दिखाई देते हैं। वह आम दिखाई देने वाली घटना को भी विशिष्ट बना सकते हैं। अपने प्लॉट पकड़ने की कला का भी वह अपनी पुस्तक

नयी ज़मीन, नया आकाश में संग्रहित 'एक छोटी कहानी' में लिखते हैं: 'दो सम्पादकों से एक ही माँग बार-बार दोहराई जा रही है। भाई बारह पंद्रह शब्दों में एक कहानी लिख कर भेज दीजिए'। अब तेजेन्द्र जैसे स्वतन्त्र चेता से महिला संपादक भी नाप तोल कर कहानी नहीं लिखवा सकी। लेखक महोदय सफ़ेद झूठ बोल गए: 'भाई आजकल उपन्यास लिख रहा हूँ'। तेजेन्द्र ने अपनी बहु चर्चित कहानी 'कब्र का मुनाफा' के कथानक का रहस्य खोलते हुए वह स्वयं उपरोक्त पुस्तक के प्राक्कथन में लिखते हैं: "ज़किया जी के पति श्री सलीम अहमद जुबैरी एक पार्टी में बैठे थे तो किसी ने पूछा, "जुबैरी साब, इस बार ज़किया जी के जन्मदिन पर क्या दे रहे हैं?' जुबैरी सांब ने जवाब दिया " कुछ नहीं देंगे। जो उपहार पिछले साल दिया था उसका तो इस्तेमाल नहीं किया आज तक'। यह पूछे जाने पर कि पिछले साल क्या उपहार दिया था, जुबैरी सांब ने मंद-मंद मुस्कुराते हुए बताया कि पिछले साल उन्होंने ज़किया जी की कब्र बुक करा दी थी।" इस प्रकार कब्र का मुनाफ़ा शीर्षक कहानी पाकिस्तान के संदर्भ में लिखी गई जिसमें बाक़ायदा व्यापार किया जा रहा है कब्र के नाम पर।

दरअसल तेजेन्द्र ने मृत्यु से लड़कर मृत्यु के भय पर विजय हासिल की है। कैंसर नामक कहानी में नायिका का विश्वास है कि वह इलाज से ठीक हो जाएगी, उसे चिन्ता है अपने पति की जो उसके जीवनदान के लिए अन्धविश्वास में घिर रहा है। उसकी सोच देखिए: "मेरा पति मेरे कैंसर का इलाज तो दवा से करवाने की कोशिश 'कर सकता है...मगर जिस कैंसर ने उसे चारों ओर से जकड़ रखा है...क्या उस कैंसर का भी कहीं कोई इलाज है?"

तेजेन्द्र को कोई विचारधारा भी कभी बाँध नहीं सकी। वह आज़ाद पक्षी की तरह अपनी सृजनात्मक कहानी कला में संलग्न हैं, बिना यह परवाह किए कि कहानी पर प्रतिक्रिया क्या होगी। यही कारण है कि वह बार-बार अनछुए कोनों में से कथावस्तु ढूँढने के लिए प्रसिद्ध हैं। 'देह की क़ीमत 'ऐसी ही एक अजब कहानी है। शीर्षक देख कर स्टीरियो माइन्ड स्त्री देह की बाज़ार में बोली लगने की बात सोचे तो आश्चर्य क्या। किन्तु कहानी ठीक इस सोच के विपरीत एक ऐसे पुरुष की मृत देह की क़ीमत का प्रश्न है जो 'इलीगल' तरीक़े से जापान जाकर मर गया। दिल को छूने वाली यह कहानी समाज को एक महत्त्वपूर्ण संदेश देती है बिना किसी उपदेशात्मक भाषण के। यह कहानी कालजयी है।

तेजेन्द्र की शुरुआती दौर की कहानियों में उनका फ़्लाइट परसर का अनुभव दिखाई देता है जैसे कि 'उड़ान' में एयर होस्टैस का कठिन संघर्ष व अकेलापन। 'काला सागर' कहानी में अपनों की मृत देह लेने के लिए आने वाले रिश्तेदारों

का विदेशी सामान ख़रीदने का क्रूर लोभ।

यह तेजेन्द्र का सरल सपाटपन है कि वह स्वयं स्वीकार करते हैं कि 'पहली बत्तीस कहानियों पर मेरे पिता और पत्नी इन्दु का असर और योगदान था, वहीं लंदन आने के बाद काउन्सलर ज़किया ज़ुबैरी का असर मेरे लेखन पर हुआ'। नि:संदेह तेजेन्द्र की रचनाओं में पाकिस्तान के मुस्लिम पात्र दिखाई देते हैं।

तेजेन्द्र ने इश्क़ को आधार बना कर भी कई कहानियाँ लिखीं। फिर ऐन्द्रिक सुख का भी अपनी तरह से बखान किया। ख़ास बात यह है कि वह वैवाहिक मर्यादा लाँघ रही स्त्री का भी बार-बार उल्लेख करते हैं। जैसे कि 'कल फिर आना' में चोर से दैहिक सम्बन्ध या 'श्वेत श्याम' में पत्नी के द्वारा अपने पति की अनुपस्थिति में धन-लोभ में पाँच सितारा होटल में देह व्यापार में संलग्न होना। ऐसे ही 'गन्दगी का बस्ता' में कहानी का निष्कर्ष करते हैं: 'शरीर का सुख क्या होता है, यह जया को पहली बार अपने पचासवें जन्मदिन पर महसूस हुआ'।

लीक से हटकर सरोगेसी को केन्द्र में रख कर कहानी लिखी है: 'कोख का किराया'। विदेश में जीवन भी वैसा नहीं है जैसा दूर से दिखाई देता है। 'अभिशप्त' कहानी में क्रन्दन सुनाई देता है : ऐसे दोहरे जीवन का।

'टेलीफ़ोन लाइन' में कैसे एक स्त्री अपने दोस्त पर दबाव बनाती है कि वह उसकी बेटी से शादी कर ले। रोंगटें खड़े करने वाली कहानी है: ..." तुम मेरी बात सुनो...तुम मेरे दोस्त हो...तुम तो मुझसे प्यार भी करते थे ...तुम आजकल हो भी अकेले...भला तुम...तुम ख़ुद ही मेरी बेटी से शादी क्यों नहीं कर लेते? तुम्हारा घर भी बस जाएगा और मेरी बेटी की ज़िन्दगी भी सैटल हो जाएगी '।

जी हाँ! स्त्री भी निष्ठुर हो सकती है, ऐसा ही कुछ दिखाई देता है: 'ओवर-फ्लो पार्किंग' में। फिर भी तेजेन्द्र बार-बार प्यार की तलाश करते हैं। कभी सवालिया कहानी है: 'प्यार!...क्या यही है?' और कभी 'इंतज़ाम' में हल ढूँढ लेते हैं: 'जिल के दिमाग में उथल पुथल जारी है "जेम्स के दिल में कितना प्यार बसता है! उसका तो पूरा व्यक्तित्व ही प्रेम का पर्यायवाची है। यदि जेम्स मेरे सुने जीवन में प्रेम की कोमल पत्तियाँ पैदा कर सकता है तो फिर एलियन के जीवन में ऐसा क्यों नहीं हो सकता?" ग़ज़ब की कहानियाँ हैं ये, लीक से हट कर। जहाँ पुरुष भी सताए हुए दीख जाते हैं।

'तरकीब' हो या 'या 'सपने मरते नहीं' अपनी भिन्न कथावस्तु के लिए विशिष्ट हैं। 'दूसरे श्रवण का शिकार' में मानवीय संवेदना साकार हो रही है, तो

'वह एक दिन' में नौकर के प्रति नायक कहता है: 'किस गधे ने अलार्म लगाकर मुझे जगा दिया'। परन्तु लेखक की आत्मा जानती है कि नौकर ड्राइवर को डाँटना ग़लत है। वह उसकी अपनी कुन्ठा का विस्फोट है "अपना पूरा गुस्सा या तो वह किशन पर निकालता है या फिर अपने ड्राइवर पर। और कोई है भी तो नहीं इस घर में, जो उसकी नाजायज़ डाँट-फटकार सुने।"

पाश्चात्य देश प्राय: हमारे देश में ग़रीबी और भिखारियों पर टिप्पणी करते हैं। हमारी सभ्यता पर प्रश्नचिन्ह लगाते हैं। उनका उत्तर है तेजेन्द्र की कहानियों में उल्लेखनीय है एक कहानी: 'होम-लैस'। जब ऐसे लोगों को खाना बाँटने का उपक्रम किया जाता है तो उन बेचारे लोगों के पास बर्तन भी नहीं हैं कि बिरयानी के साथ दही परोसने की सुविधा हो। यह तेजेन्द्र की संवेदनात्मक कहानी है।

तेजेन्द्र स्वयं लिखते हैं: "एक संवेदनशील लेखक और एक आम आदमी के बीच के सूक्ष्म से अन्तर को समझना बहुत आवश्यक है। एक आम आदमी जब कभी किसी हादसे या अन्याय को देखता है तो तुरन्त अपनी प्रतिक्रिया दे देता है, उसके मन का गुब्बार शान्त हो जाता है। जबकि लेखक उस हादसे उस अन्याय को भीतर पकने देता है, वाइन की तरह मैच्योर होने देता है। जब मामला पक जाता है, तभी रचना जन्म लेती है।"

यह मैच्योरिटी ही तेजेन्द्र को लेखकों की भीड़ से अलग स्थान पर खड़ा होने में सक्षम बनाता है। वरना कच्ची कहानियों का तो अम्बार है। रोज़ जन्मे और रोज़ ख़त्म हो जाँए। तेजेन्द्र कहते हैं: "मैं दिमाग़ी तौर पर अपने चरित्रों की सभी भावनाओं को जी लेना चाहता हूँ, जीता हूँ, तभी उन्हें काग़ज़ पर उतारता हूँ।"

'ज़मीन भुरभुरी क्यों है' एक अजब सवाल खड़ा करती है जब कोकिला बेन जज से पूछती है: कैसा फ़ैसला सुनाया आपने? ...आपकी सज़ा ने राजन को दोबारा नौजवान बना दिया। आज कम्प्यूटर का मास्टर बना हुआ है...मेरा क्या क़सूर था?...मेरे हिस्से में सिवाय संघर्ष और दुखों के और क्या रहा? यह कहानी ब्रिटेन की जेल में चल रहे मानव सुधार नीति की ओर संकेत है दूसरी ओर दैनिक जीवन में कठिन संघर्ष की खुली दास्तान।

तेजेन्द्र स्त्री-मन को बख़ूबी समझते हैं। 'क्या मुझमें कोई कमी है' जैसी कहानी लिखना सरल नहीं है। यह माँ अपने नवजात शिशु को दूध पिलाने में असमर्थ है। कैसे तानों से गुज़रती उस महिला को उसका पति फ़ीड देने की बात समझा लेता है।

तेजेन्द्र ने इसाई धर्म को स्वीकार नहीं किया। वह अपने मूल विश्वास पर

अटल हैं तथापि किसी संकीर्ण धारा के अनुयायी नहीं बन सके। दान पुण्य करना अलग बात है और अन्ध विश्वास अलग। वे धर्म व अध्यात्म के अन्तर को भली भाँति समझ कर लिखते हैं: "तर्क की दृष्टि से सोचा जाए तो धर्म मनुष्य की सोच को सीमित कर देता है; उसे अध्यात्म की राह पर जाने के अन्य मार्गों से विमुख करता है।"

ऐसे ही तेजेन्द्र जातिगत सीमाओं को भी लाँघने का साहस दिखाते हैं। वैश्विक सोच का यह सबसे बड़ा लाभ है कि अन्तरजातीय विवाह को वह सहज स्वीकार करते हैं। विवाहेतर सम्बन्ध में तो जाति का विचार जागता ही नहीं है। पश्चिमी चरित्रों में तो जाति भेद का प्रश्न ही नहीं है। भेद है तो सिर्फ़ धनजनित या लाइफ़स्टाइल का। मँहगे परफ़्यूम या डिज़ाइनर कपड़ों का।

'गन्ध' कहानी में अन्तरजातीय विवाह के बाद विदेश में बस जाने वाली नायिका भूमि जब अपने घर लौटती है तो उसे अपनी माँ के घर की गन्ध सताती है और वह टैक्सी में भी उस गन्ध से पीछा नहीं छुड़ा सकती। यह जीवन का कटु सत्य है कि तनिक दूर शहर में आ जाने के बाद ही लोग अपने गाँव की डगर से दूर हो जाने के लिए अभिशप्त हैं। जबकि शहरी जीवन या प्रवासी जीवन भी सहज है, यह कहा नहीं जा सकता।

तेजेन्द्र साहित्य को वर्गों में बाँटने के पक्षधर नहीं हैं। न ही वह साहित्य को किसी विचारधारा के आधार पर मूल्याँकन के समर्थक हैं। वह अंग्रेज़ी साहित्य के विद्यार्थी के रूप में कीट्स व शैली के प्रशंसक हैं। उन्होंने शेक्सपीयर व हार्डी को जाना है। वह स्वयं मानते हैं कि बायरन की डॉन जुआन और कीट्स की ओड्स प्रिय कविता है। वस्तुत: तेजेन्द्र का लेखन भी अंग्रेज़ी से ही शुरु हुआ था। मूल रूप से वह कवि का कोमल हृदय समझते हैं परन्तु ज़िन्दगी के कठिन थपेड़ों ने उन्हें भाँति भाँति के लोगों से मिलने का मौक़ा दिया। न जाने कितने लोग रोज़ मिलते हैं व बिछुड़ते हैं। लगभग बीस वर्ष से साहित्य के क्षेत्र में पुरस्कार के अनुभव ने कई रंग-बदरंग भी दिखा दिए। देह के ऑफ़र से बचना और अपनी सीमाओं में रहना कठोरतम परीक्षा है। सही-ग़लत के दायरे बनाना और भी कठिन। अपनी कुण्ठा के टोकरे लिए न जाने कितने लोग अपना बोझ हल्का करने का रास्ता ढूँढ रहे हैं। अपने पति से संत्रस्त कितने चरित्र तेजेन्द्र की कहानियों में बिखरे हैं।

तेजेन्द्र धैर्यपूर्वक लिखते हैं। बारीकी से चरित्र का विस्तार करते हैं। भाषा को निर्बाध बहने देते हैं झरने की तरह। घटना को कहानी पर हावी नहीं होने देते। वह अच्छी तरह से जानते। हैं कि कहानी में उत्सुकता बनाए रखना लेखक

का पहला गुण है। इसीलिए उनकी कहानियाँ पठनीय हैं और 'ढिबरी टाइट' और 'सीली आँखों के सपने' व 'दंश' जैसी कहानियाँ भुलाए नहीं भूलती। वह पिता के भाव को भी अच्छी तरह समझते हैं 'ग्रीन कार्ड' में। वहीं 'मर्द अभी ज़िन्दा है' में फ़िल्मी दुनिया के तिलिस्म को भेदने का सफल प्रयास किया है। बहस के दौरान कथन देखिए: "अरे शैलेन्द्र जैसा रोमान्टिक तो कोई हो ही नहीं सकता।" यह जादू है तेजेन्द्र की स्मृतियों के दायरे का कि वह शैलेन्द्र के गीत गुनगुनाकर बिज़नेस मीटिंग को भी रोमान्टिक बना दें। या ठोस व्यवसायिक बन कर रोमानी साँझ में भी अनुबन्ध की पोटली लेकर चलें। जीवन की उठा पटक की राह कभी भी सीधी सरल नहीं है तो फिर तेजेन्द्र का कथा संसार सपाट कैसे हो सकता है।

'यह इश्क़ इक आग का दरिया है और डूब कर जाना है' कुछ ऐसा ही अनुभव है तेजेन्द्र की अठहत्तर कहानियों को बिना अन्तराल के पढ़ने का। तेजेन्द्र का नायक बार-बार प्यार को पाता है, आहत होता है, प्यार को खोता है।

'कोष्ठक' की भाषा समझने वाला बार-बार उसी डगर पर चल देता है, नित नई तलाश में। जहाँ पन्द्रह बरस की बेटी भी मात्र संख्या हो वहाँ सच्ची ख़ुशी की रोशनी मिल जाए तो टूटे दिल पर मरहम लग जाती है। तेजेन्द्र के नायक को वेश्या से 'पेड सैक्स' की दरकार नहीं है और न ही खुले आम आदमी के गले पड़ने वाली औरतों की ज़रूरत है। तेजेन्द्र का नायक भावनात्मक प्रेम का प्यासा है। वह जानता है कि हरेक से सौदेबाज़ी करने वाली नारी संवेदनशील प्रियत्तमा कभी नहीं हो सकती है। सरेआम हाथ पकड़ना एक बात है और प्यार की छुअन कुछ और।

तेजेन्द्र की कहानियों में मीठी-सी कहानी है : 'कैलिप्सो'। स्टेशन के बाहर मँहगी कॉफ़ी पीने वाली औरत ने नायक के मन में उत्सुकता जगाई, परन्तु पत्नी के डर से वह उससे बात न कर सका। जी हाँ! तेजेन्द्र की कहानियों में पत्नी से डरने वाला पुरुष प्राय: दिखाई देता है। और पति-पत्नी की परस्पर बेवफ़ाई भी बहुतायत में है। यह महानगरी के जीवन का सच है शायद। लेकिन कैलिप्सो कहानी तो ग़ज़ब है। जब नायक को पत्नी से अनुमति मिल जाती है कि वह उस अजनबी औरत से बात कर ले। ...तब वह औरत ग़ायब हो गई।

यह है इश्क़ की चाशनी जो तेजेन्द्र जैसे बेचैन मन को ज़िन्दा रहने की ऊर्जा दे सकती है वरना भीड़ तो बहुत है चारों ओर, हर मोड़ पर। गली नुक्कड़ को लाँघ कर लन्दन में बसा यह कहानीकार दिल्ली की गलियों को पहचानता है। यही कारण है कि वह वैश्विक कहानी के साथ ही अपने घर की दहलीज़ पर

बसी किस्सागोई में भी पारंगत है। वह अपने को भाषा बोली के द्वन्द से दूर रख कर लिखते हैं, बस लिखते हैं।

यही कारण है कि राजेन्द्र यादव ने तेजेन्द्र की उदार मन से प्रशंसा की, "तेजेन्द्र ने बहुत अच्छी कहानियाँ लिखी हैं। मैं कहूँगा कि वह हिन्दी कहानी में एक नए तरह के पात्र लाए हैं, जिनका क्षेत्र देश भी है और विदेश भी। उनकी कहानियों में लंदन का व अन्य देशों का परिवेश है, वहाँ के सम्बन्ध हैं, वहाँ की समस्याएँ है, वहाँ के लोग हैं, और ये हिन्दी साहित्य की मूल धारा को काफ़ी समृद्ध और सम्पन्न करती है।"

अजय नावरिया का कहना है, "तेजेन्द्र निर्मल वर्मा की तरह कशीदाकारी के मोह में नहीं पड़ते। भाषा उनके लिए साध्य नहीं है, एक उपकरण मात्र है जिसके माध्यम से वे कथा-सत्य को उद्‌घाटित करते हैं। एक और मामले में तेजेन्द्र शर्मा ने प्रवासी कहानी को समृद्ध किया है, वह है निषिद्ध भाव-भूमियों में प्रवेश करना।"

वस्तुतः तेजेन्द्र का कथा जगत व्यापक है। वह नायक या नायिका के आदर्श स्वरूप के बन्धन से भी मुक्त होकर कहानी लिखते हैं। यही कारण है कि वह 'मुझे मुक्ति दो' जैसी दुरूह कहानी को भी सहज भाव से लिख सके। परमानन्द श्रीवास्तव ने ठीक ही कहा है: "तेजेन्द्र शर्मा की कहानियाँ जीवनधर्मी हैं। वे जीवन के अन्धकार में धंसती है और जीवन के लिए मूल्यवान सच बचा लेती हैं। कहानी तेजेन्द्र शर्मा के लिए समय को समय के पार देखने की प्रेरणा देती है।"

यह कारण है कि तेजेन्द्र मृत्यु के इर्द-गिर्द जीवन का जाल बुनते हैं। झूठ और घोर निराशा में से सच्ची ख़ुशी का तार जोड़ लेते हैं। इन्कार में से स्वीकार का स्वर खोज लेते हैं।

लेखन तेजेन्द्र के लिए व्याधियों का उपचार है। जीने के लिए किए गए समझौतों के भार को हल्का करने का तरीक़ा है। या यूँ कहें कि जीवन का सलीक़ा है। न जाने कितने दिन कितनी रातें तड़प से गुज़रने के बाद कहानी का प्रारूप बनता है दिमाग में और श्रमसाध्य साँझ से रूप धारण करता है कम्प्यूटर स्क्रीन पर।

किसी लेखक की जीवन यात्रा कितनी दुरूह है, यह संवेदना का धनी व्यक्ति ही समझ सकता है। फ़ेसबुकिया टिप्पणी करना आसान है। साहित्य के सागर की गहराई में उतर कर मोती ढूँढ लाना दुष्कर है।

तेजेन्द्र ने कई घाव सहे होंगे, कई दोराहों पर कठिन निर्णय लिए होंगे, कितने

कटाक्ष भुलाए होंगे, कितने प्रणय निवेदन ठुकराए होंगे; तप कर ही लेखन संभव हो सकता है।

समाज में रह कर फिर समाज से दूरी बना कर ही सृजनात्मक लेखन संभव होता है। वरना लेखकों की भीड़ में कौन दिखाई देता है। तेजेन्द्र सही कहते हैं कि पुरातन को नया रूप देकर लिखने वाले सृजन नहीं कर रहे हैं। वह भाषा की जुगाली है।

साहित्य का समसामयिक प्रयोजन होना ज़रूरी है। हम पाँच हज़ार पूर्व बीत गए समय में वापिस नहीं जा सकते हैं।

यही कारण है कि तेजेन्द्र अपने आप को भी दोहराने से बचते हैं और ऐसे लोगों से भी दूरी बना कर रखने की कला जानते हैं जो उनके लेखन क्रम के विकास में बाधक हों।

डॉ. किरण सूद
डी 4/2 राजपुर रैजीडैन्सी
मसूरी रोड, देहरादून
248003
मो. 9412054890
sood-kiran@gmail.com

प्रवासी हिंदी साहित्य के स्थान पर वैश्विक हिंदी साहित्य ज़्यादा सटीक होगा तेजेन्द्र शर्मा के साहित्य के लिये

पंकज सुबीर

इन दिनों हिंदी साहित्य को लेकर बहुत बहस चल रही है। ये बहस दरअसल उन वर्गों और उपवर्गों को लेकर है जिनमें हिंदी साहित्य को बांटा जा रहा है। कहीं विमर्श, विचार और वाद के नाम पर तो कहीं स्त्री और पुरुष के नाम पर। इन्हीं सारी बहसों में एक बहस और चल रही है, और वो बहस है प्रवासी हिंदी साहित्य को लेकर। इधर पिछले कुछ सालों से लगभग सारी प्रमुख हिंदी पत्रिकाओं ने प्रवासी साहित्यकारों पर विशेषांक निकाले हैं। इन विशेषांकों में लगभग सभी प्रमुख वे रचनकार प्रकाशित हुए हैं जो भारत से बाहर रहते हैं। और लगभग इन सभी ने ही साहित्ये के साथ प्रवासी शब्द के उपयोग पर अपना विरोध भी दर्ज किया है। इन साहित्यकारों का ऐसा कहना है कि ये प्रवासी साहित्यकार क्याभ होता है। है तो वो कुल मिलाकर हिंदी साहित्य ही। भारत से बाहर रह रहे साहित्यकारों के मन में ये दर्द है कि प्रवासी नाम देकर उनको साहित्य की मूलधारा से अलग किया जा रहा है। ये दर्द सही भी है। क्यों कि कहीं न कहीं ये सच भी है कि प्रवासी साहित्य का नाम देकर अलग से प्रकाशित करना भी एक प्रकार का आरक्षण ही है। खैर ये बहस तो बहुत लम्बीत है लेकिन अभी ये जिक्र जिस लिये छेड़ा है उसके पीछे एक कारण है। कारण ये कि यदि मुख्य धारा में नहीं रखा जाये तो तेजेन्द्र शर्मा जैसे कहानीकारों को कहाँ रखा जाये। वो कहानीकार जो भारत छोड़ने से पहले ही साहित्य की मुख्यधारा में शामिल होने योग्य साहित्य रच रहा था। उसे केवल इसलिये अब अलग कर दिया जाये कि वो अब भारत से बहार चला गया है, और भारत से बाहर जाने वाले के लिये हमारे पास एक अलग वर्ग है 'प्रवासी साहित्य' सो अब हम उसे उसी आरक्षित वर्ग में स्थाहन दे सकते हैं। अब वो मूलधारा का साहित्याकार नहीं रहा। ऐसा करके कही न कहीं हम उस साहित्यकार के साथ अन्याय कर रहे हैं। लेकिन इस परंपरा को तोड़ने की पहल इन साहित्यकारों को

ही करनी होगी। प्रवासी विशेषांकों की परंपरा को ये ही तोड़ सकते हैं, अपनी रचनाओं को ऐसे अंकों में छपने से रोक कर। मगर उसके लिये बहुत कड़ा मन करना होगा, और प्रतिरोध के साथ कहना होगा कि जी नहीं प्रवासी अंक में नहीं।

तेजेन्द्र शर्मा की एक कहानी है 'वह एक दिन' बात इसी कहानी से शुरू की जाये। कहानी एक पूरे दिन की कहानी है। एक अभिनेता के पूरे दिन की। उसके अपने जन्मंदिन की सुबह से शाम तक की कहानी। कहानी उस सफल अभिनेता के एकाकीपन को बारीकी से चित्रित करती है और चिह्नित करती है उन बिन्दुओं को जो उस एकाकीपन के सूने पटल पर दिखाई दे रहे हैं। लेखक ने स्वयं फिल्मी दुनिया को बहुत क़रीब से देखा है, इसलिये वो उस अभिनेता के अंदर के सूनेपन को चित्रित करने में सफल रहा है। ये कहानी भारतीय परिवेश में चलती हुई कहानी है। इसे आप प्रवासी कहानी नहीं कह सकते। हो सकता है कि ये लेखक द्वारा उस दौर में लिखी गई कहानी हो जब वे भारत में ही थे। लेकिन फिर भी ये कहानी साहित्य की मुख्यधारा में अपना स्थान बनाने वाली कहानी है। इसे अलग से किसी वर्ग या उपवर्ग में नहीं रखा जा सकता है।

यहाँ इन सबका अर्थ ये भी नहीं है कि जिन कहानियों की पृष्ठभूमि या परिवेश भारत का नहीं है उनको प्रवासी कहा जायेगा। उस हिसाब से तो हमें निर्मल वर्मा को भी प्रवासी खंड में रखना होगा। किन्तु हमें ये ध्यान रखना होगा कि विदेशों में रह रहे ये भारतीय रचनाकार जहाँ एक ओर वहाँ के परिवेश पर कहानियाँ लिख रहे हैं वहीं पूरी तरह से भारतीय परिवेश की कहानियाँ भी ये लिख रहे हैं। पात्र भले ही विदेशी हों लेकिन मानसिकता तो वही होती है। तेजेन्द्र शर्मा की ही एक कहानी है 'कल फिर आना' इस कहानी की नारी पात्र का विरोध, पूरी शिद्दत के साथ केवल एक वाक्य में मुखर होता है जब वो कहती है 'कल फिर आना'। पात्र यक़ीनन विदेशी हैं। लेकिन वे तीनों पात्र ऐसे भी नहीं हैं कि भारत में नहीं मिलते हों। हमारे अपने देश में भी शायद कई बार, कई पात्रों ने कहा होगा 'कल फिर आना'। कहानी का जिक्र इसलिये भी कि इसको लेकर बहुत सारी चर्चाएं हो चुकी हैं। कई सारी बातें कही जा चुकी हैं। मेरा अपना विचार ये है कि कहानी एक तरफ और अंत में कहा गया वाक्य 'कल फिर आना' एक तरफ। ये कहानी एक वैश्विक कहानी है। मुझे नहीं पता कि लेखक की ये कहानी अंग्रेजी में अनुवाद होकर प्रकाशित हुई है अथवा नहीं, किन्तु मुझे लगता है कि ये कहानी विश्व की हर भाषा में स्वीकार कर ली जायेगी। इसलिये क्यों कि कहानी के पात्रों से पाठक को कोई लेना देना ही नहीं है। पात्र का नाम भले ही कुछ भी हो लेकिन कथ्य वैश्विक है। यदि पात्रों का

नाम भारतीय कर दिया जाये तो क्या ये कहानी भारत की नहीं हो जायेगी। क्या ऐसे पात्र भारत में नहीं हैं। बिल्कुल हैं, तो क्यों न इसे वैश्विक कहानी कहा जाये। वैश्विक होने का अर्थ भी तो यही है कि जो विश्व में हर जगह स्वीकार्य हो। मुझे लगता है कि लेखक को इस कहानी के साथ प्रयोग करना चाहिये और इसे भारतीय परिवेश में बदल कर प्रकाशित करना चाहिये। या कभी इसका नाट्य रूपांतरण हो तो पात्र भारतीय हों। कहानी जिस प्रकार से सरहदें तोड़ती है उसको देखकर तो इसके साथ बहुत प्रयोग किये जा सकते हैं।

देशों के बीच खींची गई सीमा रेखाओं को पार कर इधर-उधर भटकती हुई एक कहानी है 'चरमराहट'। हैरानगी की बात है कि कहानी पर अभी तक कहीं कोई विशेष चर्चा नहीं पढ़ने को मिली है। जबकि कहानी सही मायने में वैश्विक है। जेद्दा से लेकर अयोध्याँ तक डोलती हुई ये कहानी अपने पीछे वे सारे वैश्विक प्रश्न लेकर चलती है, जिनके उत्तर पूरा विश्व तलाशने की कोशिश कर रहा है। प्रश्न ये कि धर्म नाम की इस संस्थां ने इंसान के जीवन को बेहतर बनाया है या उसका सत्यानाश कर दिया है। लेखक ने कहानी के नायक के माध्यम से अपने विरोध को बिना कोई समझौता किये अभिव्यक्त कर दिया है। धर्म समूचे विश्व में आज सबसे बड़ी समस्या बनकर खड़ा है। इंसानियत और धर्म के बीच कड़ी जंग चल रही है। और ये जंग विश्व में हर कहीं किसी न किसी रूप में चल ही रही है। 'जीवन में पहली बार जेद्दाह से ताईफ़ जाते हुए उसने मुसलमानों के लिये अलग से आरक्षित सड़क देखी। मंडल के कमंडल का एक और रूप। वहाँ की धार्मिक पुलिस आपका इकामा चेक करेगी।' मतलब ये कि धर्म के नाम पर दुनिया के हर देश में कमोबेश वही सब हो रहा है जो इंसानियत के खिलाफ़ है। क्या इसकी बात करना वैश्विक नहीं है। क्या आप इसको भी एक प्रवासी विशेषांक में छाप कर इतिश्री कर लेंगे। क्या आप इसको भी इसलिये महत्व नहीं देंगे कि इसमें केवल एक धर्म को निशाना न बना कर मानसिकता को निशाना बनाया गया है। लेखक अयोध्या से लेकर जेद्दाह तक उस मानसिकता को पढ़ने की कोशिश कर रहा है और उसे शब्द दे रहा है, किन्तु आपको ये सब साधारण लग रहा है। इससे तो यही लगता है कि हम अभी विश्व साहित्य के लायक ही नहीं हुए हैं। हमें तो आज भी परंपरावादी कहानियाँ चाहिये।

तेजेन्द्र शर्मा की ऐसी ही एक कहानी और भी है 'नई दहलीज़' हालांकि कहानी उस दौर की है जब पंजाब में समय विपरीत चल रहा था, लेकिन फिर भी कहानी के मूल में तो वही है 'धर्म'। लेखक ने कहानी में उस समय की कठिनाइयों को बखूबी चित्रित किया है। कहानी बहुत धीरे-धीरे, परत दर परत,

चीज़ों को उघाड़ती जाती है और पीछे का काला सच सामने लाती जाती है। वो काला सच जो छुपाया जा रहा है। जिसे धर्म नाम के मखमली कालीन के नीचे छुपा दिया गया है। कहानी उस बात को अपने तरीके से सामने रखती है कि हम उस समय तक हर हाल में संतुष्ट रहते हैं जब तक आग पड़ोसी के घर तक है। हमें उससे कोई लेना देना नहीं होता कि आग पिछले कई घरों को लीलती हुई हमारे पड़ोसी के घर तक आई है और उसका अगला शिकार यक़ीनन हम ही हैं। फिर भी हम प्रतीक्षा करते हैं कि वो स्वतः बुझ जाये। नई दहलीज़ को यदि साधारण तरीके से पढ़ लिया जाये तो इसके प्रश्न हमें महसूस ही नहीं होंगे, किन्तु यदि उन सारी बातों को ज़ेहन में रखते हुए इसे पढ़ा जाये, जो कहानी में गहरे बह रही हैं तो हमें उन प्रश्नों की चुभन महसूस होगी।

एक और कहानी है 'काला सागर' इस कहानी का जिक्र इसलिये कि ये कहानी मानसिकता की कहानी है। मानसिकता जो देश, काल और परिस्थितियों को पार करती हुई क़ायम रहती है। जिसको कोई फर्क नहीं पड़ता कि देश कौन-सा है। यदि हम बहुत सूक्ष्म स्तर पर जाकर देखें तो हम पाएँगे कि ये मानसिकता हर कहीं है। तो क्या इसे भी हम एक ब्रेकेट में रख कर बाहर लिख दें प्रवासी साहित्य। विमान हादसे में अपनों को खोकर उनके शव लेने लंदन आये परिवारजनों की मानसिकता को लेखक ने पूरी क्रूरता के साथ उकेरा है। लेखक स्वयं भी विमान सेवाओं से संबद्ध रहे हैं इसलिये कहा जा सकता है कि कहीं न कहीं कोई सच्चाई होगी जिसे कहानी में ढाला गया होगा। सारी लाशों का सामूहिक क्रिया कर्म हो जाने के बाद एक परिजन पूछता है 'जिस काम के लिये आए थे वो तो हो गया। जरा बताएँगे, यदि शापिंग वगैरह करनी हो तो कहाँ सस्ती रहेगी।' कहानी इस एक वाक्य पर आकर मानो स्तब्ध कर देती है। मगर क्या ये वाक्य झूठा है? क्या इस प्रकार के वाक्य बोलने वाले लोग आपको हर देश में नहीं मिल जाएँगे? यक़ीनन मिलेंगे। तो फिर क्या कहा जाये इस कहानी को। कहानी में परिजन सब कुछ कर रहे हैं, एयर लाइन द्वारा दी जा रही मुफ्त की शराब पी रहे हैं, शॉपिंग कर रहे हैं, टीवी, वीसीआर खरीद रहे हैं और फिर इस बात पर लड़ भी रहे हैं कि हमें तो अतिरिक्त वजन ले जाने की अनुमति होना ही चाहिये हमारा केस तो स्पेशल है हम तो अपने परिजन की लाश लेने आये हैं। कहानी किसी को माफ करने के लिये तैयार नहीं है। होना भी नहीं चाहिये। लेखक और पत्रकार जब माफ करने लगते हैं तो समाज में विकृति आने लगती है। उसमें भी लेखक का तो काम ही नहीं है माफ करना। लेखक जब माफ करता है तो उसे इग्नोर करना भी कहा जायेगा। और चीजों को इग्नोर करना

लेखक का काम नहीं है। तेजेन्द्र शर्मा भी किसी को माफ करने के लिये तैयार नहीं है। वो हर उस मानिसकता को कटघरे में खड़ा करते हैं जो समाज के लिये घातक है, या यूँ कहें तो समूची मानवता के लिये घातक है।

एक छोटी–सी कहानी है 'नवयुग' कहानी एक ऐसी समस्या को लेकर सामने आती है जो कम से कम हिंदी साहित्य के लिये बड़ा प्रश्न है। नये लेखकों की समस्या। हर दौर में ये प्रश्न यथावत रहता है कि नये लेखकों को कौन छापेगा। यद्यपि अब तो लगभग सारी पत्रिकाएँ नवलेखन विशेषांक प्रकाशित कर रही हैं। और अब नये लेखकों के पास पहले से बेहतर अवसर भी दिख रहे हैं (बावजूद इसके कि कहा जा रहा है कि पाठक ख़त्म हो रहे हैं, पत्रिकाएँ ख़त्म हो रही हैं)। नया लेखक जब पटल पर आता है तो उसके सामने बड़ी चुनौतियाँ होती हैं। ये क्रिकेट तो है नहीं कि राहुल द्रविड़ ने संन्यास ले लिया तो स्पनस खाली हो गया है नये के लिये। यहाँ साहित्न में तो मामला ही उल्टाट है यहाँ राहुल द्रविड़ तो क्या अभी तो सुनील गावस्कर भी मैदान में हैं तो भला नये के लिये स्पेस कहाँ से आयेगा। नवलेखन विशेषांक की बात छोड़ दें तो बाकी किसी विशेषांक में नये के लिये स्थान है ही कहाँ। क्या किसी साहित्य वार्षिकी में बिल्कुल नये लेखक को छापा जायेगा, नहीं। वहाँ तो सुनील गावस्कर ही होंगें। नये लेखक हो तो नवलेखन अंक की प्रतीक्षा करो। 'नवयुग' कहानी में तेजेन्द्र शर्मा ने इसी प्रश्न को अपने तरीके से उठाया है।

बात शुरू हुई थी प्रवासी शब्द से और हिंदी साहित्य में उसके उपयोग से। जहाँ तक तेजेन्द्र शर्मा की बात है तो मुझे नहीं लगता कि तेजेन्द्र शर्मा के साहित्य को किसी कोष्ठक में रखने की आवश्यकता है। शायद ऐसा ही कुछ राजेन्द्र यादव जी ने भी कहा है इनके लिये। हमें ये समझना होगा कि कहानी विषय की होती है परिवेश की नहीं। और इसीलिये मुझे लगता है कि यदि हिंदी की वैश्विक कहानियों की बात चले और चयन करने का मौका मिले तो मैं 'कल फिर आना' को उसमें जुरूर रखना चाहूँगा। जड़ों के छूट जाने का नास्टेल्जिया और उसको लेकर इमोशनल रचनाएँ लिखना, तेजेन्द्र शर्मा इन सबसे मुक्त हैं। वे शायद विश्व को अपना देश मान चुके हैं। और जब विश्व को ही अपना देश मान लिया जाये तो फिर काहे का प्रवासी?

पंकज सुबीर

पी.सी.लैब

सम्राट कॉम्लैक्स बेसमेंट, बस स्टैंड के सामने, सीहोर (म.प्र) 466001

मेल subeerin@gmail.com/ मोबाइल +91-9977855399

सामयिकता के कुशल अभिव्यंजकः तेजेन्द्र शर्मा (वायाफेसबुक)

-डॉ. जितेश कुमार

तेजेन्द्र शर्मा हिंदी के प्रवासी साहित्यकारों की जमात में सबसे अलग हैं। विमर्शों के उत्थान में झाँकती उनकी कहानियाँ पाठकों को न केवल गति देती हैं, बल्कि उन्हें गति में रहने को मजबूर भी करती हैं। बहुमुखी प्रतिभा के धनी तेजेन्द्र शर्मा ने जिस तरह से कहानियों और कविताओं का सृजन किया है, लगभग उसी संजीदगी से उन्होंने संपादन कार्य भी किया है।

हिंदी साहित्य के इतिहास में प्रवासी साहित्य को कहीं भी स्थान नहीं मिल पाया है, लेकिन इन चिंताओं से बेफ़िक्र भारत से दूर रह रहे हिंदी के प्रवासी साहित्यकार सतत हिंदी की सेवा में लगे हैं। यह निश्चय ही सराहनीय है। तेजेन्द्र शर्मा का व्यक्तित्व किसी पहचान का मोहताज नहीं है। आज जबकि संपूर्ण विश्व 'विश्वग्राम' की अवधारणा में सिमट चुका है, तब तेजेन्द्र शर्मा जैसे साहित्यकार की आवश्यकता महसूस की जा रही है। यह आवश्यकता इसीलिए महत्वपूर्ण है क्योंकि दूर देश में बैठे एक साहित्यकार की जो दृष्टि होनी चाहिए, वह उनमें पैने रूप में मौजूद है। सात समंदर पार लंदन में रहकर भी तेजेन्द्र शर्मा ने देश को जिस तरह से हृदय में समाया है, यही गुण उन्हें अन्य प्रवासी साहित्यकारों से अलग करता है। इंटरनेट के इस युग में तेजेन्द्र शर्मा की अहमियत लगभग उन सभी व्यक्तियों को है, जो सामयिकता को लेकर चौकन्ने रहते हैं। विश्व का एक बड़ा जनसमूह आज इंटरनेट से जुड़ा है। भारत के समाज में न रहकर भी इस समाज से सदैव जुड़ा रहना तेजेन्द्र की अपनी पहचान है।

अपने व्यस्त जीवन में भी इंटरनेट माध्यम से तेजन्द्र सामाजिक होने की भूमिका का बखूबी निर्वहन भी करते हैं। यहाँ प्रेमचंद के कथन को देखना उचित होगा जिसमें उन्होंने कहा है-"हमने समझ रखा है कि साहित्य-रचना के लिए आशुबुद्धि और तेज कलम काफी है। पर यही विचार हमारी साहित्यिक अवनति का कारण है। हमें अपने साहित्य का मान-दंड ऊँचा करना होगा, जिसमें वह

समाज की अधिक मूल्यवान सेवा कर सके; जिसमें समाज में उसे वह पद मिले, जिसका वह अधिकारी है; जिसमें वह जीवन के प्रत्येक विभाग की आलोचना-विवेचना कर सके और हम दूसरी भाषाओं तथा साहित्यों का जूठा खाकर ही संतोष न करे, किंतु खुद भी उस पंक्ति को बढ़ाएँ।" निश्चय ही साहित्यिक मानदंड को ऊँचा करने के लिए प्रत्येक साहित्यकार को समाज में हो रहे पल-पल के परिवर्तन से वाक़िफ़ रहना होगा।

यद्यपि तेजेन्द्र प्रवासी हैं, लेकिन इंटरनेट के जरिए उन्होंने भारतीय समाज में हो रहे परिवर्तनों पर अपनी नज़र तीव्र रखी है। इसके लिए उन्होंने सामाजिक मीडिया का इस्तेमाल किया है। दूर देश में रहकर उन्होंने लगातार कई अभिव्यंजनाओं द्वारा समाज को दिशा देने की कोशिश की है। देश की राजनीति को लेकर वे काफी सतर्क साहित्यकार हैं। यही कारण है कि उनकी रचनाओं में यह सतर्कता दूर तक देखने को मिलती है। उनकी कहानियों के बीच के कहानीकार का संवाद भारतीय समाज की सामयिकता का प्रतिबिंब है।

शायद तेजेन्द्र प्रेमचंद के उस कथन को अपना आदर्श मानते हैं जिसमें उन्होंने कहा है-"साहित्यकार का लक्ष्य केवल महफिल सजाना और मनोरंजन का सामान जुटाना नहीं है-उसका दरजा इतना न गिराइए। वह देशभक्ति और राजनीति के पीछे चलनेवाली सच्चाई है।" तेजेन्द्र देश की हालात और राजनीति को करीब से देखते हैं और उस पर अपनी टिप्पणी भी करते हैं।

देश में चल रहे कई विवादों पर वे प्रत्यक्ष रूप से अपनी बेबाक राय रखते हैं। 'देशप्रेम' जैसे संवेदनशील मुद्दे को लेकर उनकी एक कठोर टिप्पणी यहाँ द्रष्टव्य है-"बताया जाए कि देशप्रेम की परिभाषा क्या है?" -एक भारतीय के नाते अपने आप से केवल एक सवाल पूछिए कि "आपके लिए हनुमंथप्पा हीरो है या अफ़ज़ल गुरु।" इसका जवाब आपको बता देगा कि देशप्रेम का क्या अर्थ होता है।' देशप्रेम को लेकर भारतीयों से किया गया यह सवाल बेहद महत्वपूर्ण है। यह इस अर्थ में भी महत्वपूर्ण है क्योंकि यहाँ के समाज की एक धारा उस अफ़जल के साथ है जो संसद पर हमले का गुनहगार रहा।

हमारे देश के लिए यह निश्चित तौर पर चिंता का विषय है कि यहाँ हनुमंथप्पा जैसे वीर सैनिक को कोई नहीं जानता है, लेकिन अफ़ज़ल जैसा ग़द्दार आसानी से अपनी तस्वीर घर-घर में सजवा लेता है। रही-सही कसर मीडिया द्वारा भी पूरा कर दी जाती है। जे.एन. यू. प्रकरण में तो अफ़ज़ल को जैसे हीरो की तरह ही पेश किया गया। यहाँ भी तेजेन्द्र का दर्द सामने आता है-"जवाहरलाल नेहरू विश्वविद्यालय में लगे 31 नारों में से कुछ बार-बार दिमाग पर हथौड़ों की

तरह बजते हैं। ये नारे प्रवास में रहनेवाले हर भारतीयों को अंदर तक झकझोरता है तो यह उनके भीतर की मिट्टी की पुकार है। 'वतन की मिट्टी आई है।' इस पूरे घटना पर तेजेन्द्र के भीतर का देशप्रेम काफी आहत है। अपने दर्द को दूर करने के लिए वे कुछ उग्र भी होते दिखते हैं। देश में बन रही ऐसी स्थिति के लिए वे वामपंथी विचारधारा को खूब कोसते भी हैं। उनके शब्दों में हिंदी साहित्य में देश प्रेम की कविताओं के अचानक ग़ायब हो जाने का कारण भी वामपंथी विचारधारा का प्रसार है। उनका दर्द द्रष्टव्य है-"मैं आज दिन भर हिंदी फिल्मों के देश-प्रेम के गीत सुनता रहा। कहीं गलती से भी मित्रों की जे. एन. यू. जैसी भावना छू गई हो। ...एक सवाल दिमाग़ में उठा...हिंदी कविता में से देश-प्रेम क्यों गायब हो गया है...उसका एक ही कारण समझ में आया कि पिछले तीस वर्षों से हिंदी साहित्य पर वामपंथी विचारधारा का दबदबा रहा है...जाहिर है वहाँ देश-प्रेम के लिए स्थान ही कहाँ है?..."

तेजेन्द्र शर्मा यह मानते हैं कि यदि हिंदी साहित्य से अचानक देश-प्रेम जैसे गंभीर विषय का हाशिए पर चले की बात है तो इसका एकमात्र कारण वामपंथ है। उन्होंने सीधे तौर पर जे.एन.यू. की घटना को वामपंथ का उग्र स्वरूप ही करार दिया है। शिक्षा के सबसे आधुनिक गढ़ से यदि इस तरह की घटना का जन्म होता है, तो शिक्षा के इस मंदिर पर, उसके स्वरूप पर, वहाँ की फ़िज़ाओं में घुल रहे वादों पर सवाल उठना लाज़मी है।

यहाँ ध्यान देने की बात होगी कि यह घटना नरेंद्र मोदी के प्रधानमंत्री बनने के लगभग डेढ़ साल बाद हुई। तथाकथित नेता कन्हैया कुमार जैसे छात्रों ने इस घटना की व्यापकता को देखते हुए मार्क्स्वाद के विचार को देश की जनता पर थोपते दिखे। ग़रीबी, शोषण, असमानता, पूँजीवाद, मनुवाद, दलितों पर अत्याचार और आतंकवाद जैसे मुद्दे को इस तरह पेश किया गया जैसे यह मोदी सरकार की कोख से ही जन्म लिया है। यहाँ तेजेन्द्र का व्यंग्य और तीखा है-"कहने का तात्पर्य यह है कि 1947 से 2014 तक भारत का 'स्वर्णिम काल' था...देश के बौद्धिक पिताओं' द्वारा 30 साल तक शासित राज्य पश्चिम बंगाल दुनिया का सबसे खुशहाल और समृद्ध राज्य है...यह निश्चय ही चिंतन का विषय है। यदि समाज में संपूर्ण मानवीय सूचकांक की श्रेष्ठता मार्क्सवाद में निहित है, तो वाकई प. बंगाल विश्व का श्रेष्ठ राज्य होना चाहिए था, जहाँ 30 साल तक वामपंथी सरकार सत्ता में रही।"

तेजेन्द्र मीडिया पर भी बरसते हैं। उन्हें मीडिया द्वारा देशभक्ति और देशद्रोह की आड़ में रिपोर्टिंग के रसातल में जाने पर गहरा क्षोभ है। कन्हैया कुमार जैसे

आरोपी छात्र को अंतरिम ज़मानत मिलने पर वे कुछ मीडिया रिर्पोटर के नाम के साथ एक तीखा व्यंग्य करते हैं-"बरखा दत्त जैसे पत्रकार और सोशल मीडिया के बहुत से मित्र कन्हैया कुमार को मिली अंतरिम जमानत पर ऐसे प्रसन्नता ज़ाहिर कर रहे हैं जैसे उनके हाथ कोई ख़ज़ाना लग गया हो।" इन पत्रकारों द्वारा बरते जा रहे दोहरे मानदंड पर तेजेन्द्र का साहित्यकार मन काफी मर्माहत है। तभी तो वे अपने मन की बात रखते हैं-*"ऐसा नहीं है/कि मुझ में कोई ऐब नहीं है/पर सच कहता हूँ/कि मुझ में कोई फरेब नहीं है।"*

वामपंथियों द्वारा जे.एन.यू. को श्रेष्ठ संस्थान बताने के दावे को तेजेन्द्र, ब्रिक्स के 200 विश्वविद्यालयों की सूची सामने रखकर झुठलाते हैं। उनके शब्दों में-'हमें पिछले 15 दिनों से जवाहरलाल नेहरू विश्वविद्यालय को विश्व स्तर का संस्थान बताया जा रहा है। सच तो यह है कि ब्रिक्स की सूची में जो 200 विश्वविद्यालय शामिल किए गए हैं, इनमें जे.एन.यू. का जिक्र ही नहीं है। हम अपने आपसे झूठ बोलते हैं और बोलते-बोलते उसे सच मानने लगते हैं। जे. एन. यू. घटना को लेकर दूर बैठा एक प्रवासी साहित्यकार इतनी संजीदगी से देखता है, यह निश्चय ही उनकी सामयिकता और देश की गहरी समझ का द्योतक है। सबसे बड़ी बात तो यह सामने आती है कि वे मूक-दर्शक साहित्यकार नहीं हैं, उनकी अपनी समझ है। वे इस तत्कालीन घटना पर तर्कपूर्ण प्रतिकार भी करते हैं। अपने पाठकों को सचाई से अवगत कराना प्रत्येक साहित्यकार का धर्म होता है। यहाँ तेजेन्द्र अपने धर्म के लिए मात्र प्रतिबद्ध ही नहीं हैं, बल्कि उससे संबद्ध और आबद्ध भी हैं।

तेजेन्द्र की टिप्पणियाँ एक अर्थ में तथाकथित धर्मनिरपेक्षता (यद्यपि संविधान पंथनिरपेक्षता कहती है) को दिशा दिखाने का भी काम करती है। एक ठेठ ग्रामीण शब्द का प्रयोग करें, तो यह उन मतों को माननेवालों को 'ढिबरी टाइट' करने जैसा है, जो बेकार ही 'गंध' सूँघने का आदी हो चुका है। इसी संदर्भ में कुछ अन्य टिप्पणियाँ भी देखी जा सकती है-"भारतीय सेना को चाहिए कि अबसे अपने नए रंगरूटों को जे.एन.यू. के उमर ख़ालिद, कन्हैया कुमार और पत्रकार बरखा दत्त, निधि राज़दान, अभय कुमार, रवीश कुमार और राजनीतिज्ञ राहुल गाँधी, आज़म खान, कपिल सिब्बल, मनीष तिवारी आदि के पास देश-प्रेम की परिभाषा सीखने के लिए भेजे" तथा "जब आतंकवादी या दुश्मन की सेना भारत पर हमला करे तो वे जे.एन.यू. का देश-प्रेम मैन्यूअल निकाल कर देखें कि भारत पर आक्रमण होते समय उन्हें एयर-कंडीशन कमरे में बैठ कर बहस करनी है या शून्य से चालीस डिग्री कम तापमान पर देश के लिए जान

देनी है।"

तेजेन्द्र न सिर्फ साहित्यकार हैं, बल्कि एक खोजी व्यक्ति के रूप में संविधान से देशद्रोह की परिभाषा भी ढूँढते हैं और फिर उन पत्रकारों को चुनौती भी दे डालते हैं जो देशद्रोह से जुड़े सवाल पूछने में माहिर से हो गए हैं। उनके शब्दों में-"सच तो यह है कि इन एंकरों ने कभी स्वयं भी पता नहीं किया होगा कि देशद्रोह की परिभाषा हमारे बाबा साहब ने क्या बनाई थी।' तेजेंद्र राजनीति में जमकर रुचि लेते हैं। लंदन में बैठकर भी उसे अपने वतन की हर कहानी से जुड़ा रहना अच्छा लगता है।

वे यहीं नहीं रुकते हैं। अपने वतन की सरकार को लेकर भी कड़े शब्दों का प्रयोग करते हैं-"प्रधानमंत्री नरेंद्र मोदी को यह खुला पत्र है कि उनकी पार्टी को सरकार चलाने की सलाहियत नहीं है। हर पार्लियामेंट सेशन से पहले कुछ ऐसा घटित हो जाता है कि विरोधी दल संसद को चलने नहीं देती और सरकार गवर्नेंस करने से वंचित रह जाती है।" ये सलाहियत मात्र एक सलाह नहीं है, बल्कि इसमें एक टीस भी छिपा है जो संसद को लेकर व्यक्त है। यदि छोटे-मोटे और गलत मुद्दे को आधार बनाकर भारत की विपक्षी पार्टियाँ संसद नहीं चलने दे रही है, तो इसमें जनता को हो रहे भारी नुकसान पर किसी भी संवेदनशील हृदय का विकल होना लाजिमी है।

देश में प्रचलित शिक्षा व्यवस्था पर भी तेजेन्द्र का प्रश्न हमें सोचने को मजबूर करता है-"ये भारत का दुर्भाग्य ही कहा जा सकता है कि हमारी परंपराओं को समझने के लिए जिस विज्ञान की आवश्यकता है वो हमें पढ़ाया नहीं जाता और विज्ञान के नाम पर जो हमें पढ़ाया जा रहा है उससे हम अपनी परंपराओं को समझ नहीं सकते।" विज्ञान के ज़रिए परंपरा को जानना और परंपरा के जरिए विज्ञान का नाम लेना दोनों ही अंतर्विरोध पैदा करता है। यहाँ उनके प्रश्न को नए सिरे से समझना आवश्यक होगा। भारत में मैकाले की जिस शिक्षा पद्धति का अब तक विस्तार रहा है, उसे निश्चय ही अब बदलने का वक्त है। सरकार नई शिक्षा नीति को लेकर हमारे सामने प्रस्तुत हो रही है। निश्चय ही तेजेन्द्र के शब्दों को देखें तो यह समय की मांग है।

गाय पर छिड़ी बहस को लेकर और उससे उपजी कट्टरपंथी आंधी के बीच तेजेन्द्र का मन एक गंभीर प्रश्न में उलझ जाता है-"सेव टाइगर' कहनेवाले समाज सेवी होते हैं (और एनडीटीवी चैनेल के हीरो) और 'सेव डाग्स, केट्स एण्ड हॉर्सेस' कहनेवाले पशु प्रेमी होते हैं। और किसी भी जानवर के विरूद्ध हिंसा का विरोध करनेवाली मेनका गांधी मंत्री होती है। तब "सेव दि काऊ" कहनेवाले

कट्टरपंथी कैसे हो गए...? इसका जबाब ढूँढ रहा हूँ।' यह प्रश्न एक मज़ाक में ही बेहद गंभीर कथन है। गाय न हुई, गाय का विरोध इस देश में धर्मनिरपेक्ष होने का पक्का प्रमाणपत्र हो गया। क्या व्यवस्था की सड़ांध का इससे और भी बुरा वक्त आनेवाला है? धर्म के इन तथाकथित निरपेक्ष चमगादड़ों का प्रमाणपत्र लेने की होड़ आज आम जनमानस में नहीं है, बल्कि तथाकथित प्रबुद्ध जन ही गाय के नाम पर सबसे ज़्यादा रायता फैलाने का काम कर रहे हैं। तेजेन्द्र का प्रश्न विक्षुब्धता की पराकाष्ठा है।

तेजेन्द्र ने चिराग पासवान के एक कथन की जमकर तारीफ की है। जिसमें चिराग ने कहा है कि दलितों के समृद्धशाली तबके को उसी तरह आरक्षण त्याग देना चाहिए जिस तरह देश के संपन्न लोग गैस सब्सिडी का त्याग कर रहे हैं।' तेजेन्द्र, चिराग के बयान से इतने गद्गद् हैं कि वे तुरंत ही 'काश' पर आ जाते हैं-"काश यह बात भारत के अन्य वोट-प्रेमी नेता और राजनीतिक दल भी समझ सकें।" चिराग के इस कथन के संदर्भ में हमें तेजेन्द्र की प्रसिद्ध कहानी 'गंध' की नायिका 'भूमि' के कथन की भी पड़ताल करनी आवश्यक हो जाती है। वह कहती है-"हम दलित यह भी चाहते हैं कि लोग हमें दलित न कहें, न समझें। मगर हम अपनी सुविधाओं को खोना भी नहीं चाहते। हमें आरक्षण भी चाहिए और सम्मान भी।"

सच मायने में दलितों के लिए यह एक गंभीर समस्या है। तभी तो चिराग जैसा दलित नेता भी यह कहने को मजबूर है कि समृद्धशाली दलित आरक्षण का त्याग कर समाज की मुख्यधारा में सम्मिलित हो जाए। लेकिन चिराग के एक कथन की महत्ता यहाँ काफी बढ़ जाती है जिसका हवाला तेजेन्द्र भी देते हैं-"मेरे विचार से, सभ्य वित्तीय पृष्ठभूमि से आनेवाले लोगों को आरक्षण छोड़ देना चाहिए। इससे इस समुदाय के बाकी लोगों को आगे बढ़ने के और बेहतर करने के अवसर मिलेंगे। दरअसल, जिन्हें आरक्षण की सही मायने में ज़रूरत है, उन्हें अधिक-से-अधिक मदद मिल पाएगी।' यह वाकई एक राजनेता की अद्भुत पहल है। यह पहल तब और महत्वपूर्ण हो जाती है जब भारत जैसे देश में जहाँ जाति का डंका बजता है, वहाँ कोई दलित नेता, दलित को लेकर ही गंभीर टिप्पणी करता है।

देश की राजनीति से इतर हिंदी साहित्य में हो रही राजनीति पर भी तेजेन्द्र की पैनी नज़र है। आज हिंदी साहित्य विमर्शों के नाम पर कई खाँचों में बँटा है। तेजेन्द्र व्यंग्य में ही खाँचेवाद की जय-जयकार भी कर देते हैं-"तो बोलो साहित्यिक खाँचों की जय।" विभिन्न खाँचों में बँटा हिंदी साहित्य आज खुद के

सामूहिक अस्तित्व को लेकर आर्त्तनाद कर रहा है।

प्रवासी हिंदी साहित्य को लेकर उनकी एक टिप्पणी देश में विभिन्न खाँचों में बाँटी गई हिंदी के कर्त्ता-धर्त्ताओं को करारा तमाचा है-'हिंदी साहित्य के अलग-अलग खाँचे देखने के बाद मैं एक ही निष्कर्ष पर पहुँचा हूँ कि 'प्रवासी हिंदी साहित्य' सही मायने में सेक्युलर है। यहाँ हिंदू, मुस्लिम, सिख, ईसाई, महिला, दलित, अहिंदी भाषा, पहाड़ी, आदिवासी, ओबीसी-इत्यादि की बस एक पहचान है-प्रवासी।' तेजेन्द्र की यह टिप्पणी हमें सोचने को विवश करती है कि आख़िर क्या कारण है कि हिंदी अपने जन्म-स्थान में ही विभिन्न विमर्शों के अंतर्गत विभाजित हो रही है। क्या यह विभाजन हिंदी के लिए कल्याणकारी है? क्या हिंदी के समक्ष पहचान का संकट नहीं खड़ा हो गया है? प्रवासी हिंदी साहित्य में किसी वर्ग का नहीं बनना एक सुकून देता है। यहाँ तेजेन्द्र की टिप्पणी के बहाने क्या हिंदी के कर्ता-धर्त्ताओं को फिर से अपनी राह तलाशने की ज़रूरत नहीं है?

तेजेन्द्र की टिप्पणी 'हिंदू आतंकवादी' जैसे शब्दों पर गंभीर बन पड़ी है। उन्होंने कई उदाहरणों से इसे सिद्ध करने की कोशिश की है कि 'हिंदू सभ्यता' आतंक का पर्याय नहीं है। उनका निष्कर्ष राजनीति की रोटी सेंक रहे राजनीतिज्ञों के लिए एक आईना है-"जिस धर्म को माननेवालों को हथियार उठाने तक की अनुमति नहीं थी भला वहाँ आतंकवाद की परंपरा कैसे बन पाती? शायद इसीलिए हिंदू आतंकवादी कहते हुए जबान लड़खड़ा जाती है।" यदि हिंदूवादी नजरिए से तेजेन्द्र की इस टिप्पणी को देखा जाए तो यह उनके कथन की सही आलोचना नहीं होगी। हमें उस सभ्यता के इतिहास को देखना यहाँ ज़रूरी होगा, जो सबसे पुरानी मानव सभ्यताओं में से एक है। इतिहास साक्षी है कि हिंदू सभ्यता बर्बर नहीं थी। यदि यहाँ युद्ध भी हुए तो एक नियम-मर्यादा के तहत। आज के आतंकवाद की कोई मर्यादा नहीं है। मर्यादाहीन और दिशाहीन बर्बरता के कारण ही साहित्यकार इस निष्कर्ष तक पहुँचने में सफल होता है कि 'हिंदू आतंकवादी' कहना जुबान के लिए संभव नहीं है।

तेजेन्द्र भारत से जुड़ी हर चीजों से अवगत है। भारत से जुड़ी हर अच्छी खबर उसे आह्लाद से भर देती है, तो विपरीत स्थिति में वे शोकाकुल होकर आर्त्तनाद भी करते हैं। रियोओलंपिक में भारत द्वारा मात्र दो मेडल जीत सकने की स्थिति में वे बेहद द्रवित हैं। उनके शोक की नाद और तीव्र तब हो जाती है जब 125 करोड़ के देश में दोनों मेडल लाने के लिए सिर्फ दो लड़कियाँ ही खड़ी है। वे इस स्थिति में कुछ भावुक भी हैं तो बेहद कठोर भी-"भारत से

रियो गए राजनीतिज्ञों और उनके चमचों के साथ भारत वापिस आने पर क्या सुलूक किया जाए-मार दिया जाए या छोड़ दिया जाए...'

ओडिसा प्रांत में दाना मांझी की घटना ने पूरे देश को विचलित किया। तेजेन्द्र इससे कैसे अलग हो सकते थे? कई अर्थों में उनके मिजाज़ को पूरे देश का मिजाज़ माना जा सकता है। मांझी के दलित होने के प्रश्न ने तो इस विचलन को और भी बढ़ाया। उनके शब्दों में-"अपनी पत्नी की लाश अपने कंधों पर उठाकर मांझी ने हम सबकेमुँह पर तमाचा मारा है। हम एयरकंडीशन कमरों में बैठकर, खरीदे हुए टीवी चैनलों पर मेकअप की परत चढ़ाकर दलितों और आदिवासियों के हालात पर तबसरा करते हैं। हम अपने आपसे पूछें कि हमने उनके लिए क्या किया है? ऐसे हालात पर तो सरकारें गिर जानी चाहिए। हम बुरहान बानी को हीरो घोषित करने में व्यस्त हैं और ऐसी घटनाओं के प्रति बर्फ से ठंडे।" सामयिक घटना कई बार एक ऐसे परिवर्तन को जन्म देती है जो भविष्य तक याद रखी जाती है। तेजेन्द्र के इस कथन में उसी आमूल-चूल परिवर्तन की तलाश है। एक ऐसा परिवर्तन जो मात्र व्यवस्था तक ही सीमित न हो, बल्कि समाज का प्रत्येक तन-मन उसमें शामिल हो। यह परिवर्तन समानता के सिद्धांत पर हो और हाँ फिर समाज में किसी सिद्धांत, वाद या वर्ग का विभाजन देखने को न मिले।

तेजेन्द्र भारत में पानी की समस्या से भी विचलित हैं। यह निश्चित तौर पर तेजेन्द्र जैसे साहित्यकार को अनोखा सिद्ध करने के लिए पर्याप्त है कि वे हर समस्या से वाकिफ ही नहीं होते, बल्कि हल भी सुझाते हैं। आज जबकि हल और पहल के दायरे में फँसा समाज अपने-आप को यहाँ नहीं पाता कि 'हल कौन करेगा, पहल कौन करेगा।' इस स्थिति में तेजेन्द्र मात्र कहानीकार ही नहीं, बल्कि दिशा-प्रदर्शक के रूप में हमारे सामने उपस्थित होते हैं। हम इस कल्पना से ही डर जाते हैं कि भारत जैसे देश को पानी भी आयात करना पड़ेगा और हमारी आनेवाली पीढ़ियाँ पानी को तरसेगी। एक नागरिक के मानिंद हमें जल-संरक्षण के लिए हर वो संभव कार्य करने की तत्काल आवश्यकता है, जिससे हमें ऐसी समस्या से सामना ही न करना पड़े। यहाँ हमें अनुपम मिश्र भी याद आते हैं जिन्होंने जल के संरक्षण हेतु कई ऐसे कार्य किए हैं जो एक बेहतर नज़ीर है।

ईस्ट इंडिया कंपनी को कौन नहीं जानता? सैकड़ों वर्षों की ग़ुलामी में हमें रखनेवाली कंपनी आज एक भारतीय की जागीर है। इस खबर पर भी तेजेन्द्र अपनी ख़ुशी व्यक्त करने से खुद को नहीं रोक पाते। वे संजीव मेहता के लिए

शुक्रगुजार भी हैं।

तेजेन्द्र मदर टेरेसा को संत की उपाधि देने को हास्यास्पद मानते हैं। यह सच भी है कि टेरेसा जैसी महिला के सेवा भाव को 'संत' जैसे शब्द की तुला पर तौलना एक ओछी हरकत से और अधिक कुछ भी नहीं है। तभी तो वे मानते हैं-"कुछ अजीब-सा लगा...यह भी साबित हो गया कि संत जैसे कोई डिग्री है जिसे किसी विश्वविद्यालय का वी.सी. प्रदान करता है।' मदर टेरेसा के लिए सम्मान दर्शाना, उसे दिलों में बसाना होगा न कि उसे कोई डिग्री देना। टेरेसा के कार्य ही उसे दुनिया की बेहतरीन महिला सिद्ध करती है। उनके जैसा ही सेवा भाव अपनाना ही उनके प्रति सच्चा सम्मान होगा।

तेजेन्द्र भारत के दो राज्यों कर्नाटक और तमिलनाडु में हो रही हिंसा से भी द्रवित हैं। इसका कारण कावेरी नदी का जल विवाद है। उनकी कई टिप्पणियों को सिरे से देखने पर यह सिद्ध होता है कि उन्हें भारत से जुड़ी वैश्विक गतिविधियों पर मात्र नज़र रखना ही नहीं आता है, बल्कि वे इसके मूल कारण और निदान के लिए भी प्रस्तुत होते हैं। एक मामला पाकिस्तान मूल के ब्रिटिश अभिनेता मार्कअनवर को नस्लवादी टिप्पणियों के चलते ब्रिटिश टीवी शो से बाहर निकालने को लेकर था। उन्होंने भारत के संदर्भ में लिखा है कि यदि ऐसा कार्य भारत में होता तो वहाँ की स्थिति कुछ अलग होती, लेकिन यह तो ब्रिटेन है-"हैरानी की बात यह है कि ब्रिटेन में ना तो मोमबत्तियों के जुलूस निकाले जा रहे हैं, न ही मार्क के समर्थन में कोई प्रगतिशील लेखक आगे आकर अपना सम्मान वापिस कर रहा है और ना ही किसी प्रकार की हलचल है। शायद यहाँ माना जाता है कि बुरे काम का बुरा नतीजा।" यह भारतीय राजनीति के लिए एक कठोर टिप्पणी है।

ओ.आर.ओ.पी. (वन रैंक वन पेंशन) की तर्ज़ पर तेजेन्द्र ओ आर ओ एस (वन रैंक, वन सैलरी) की बात करते हैं। वहीं अन्ना आंदोलन की गर्भ से जन्मे केजरीवाल की राजनीति की शैली पर भी उनकी नज़र बनी रहती है। ओ आर ओ पी के नाम पर राजनीति करने वाले केजरीवाल को व्यंग्य में ही वे खरी-खरी कह देते हैं-"मैंने आत्महत्या का मन बनाया है, एक करोड़ का चौक मेरी बेटी के नाम तैयार रखो भाई केजरीवाल।" यह सही भी है कि केजरीवाल ने जिस वादे-इरादे के साथ भारतीय राजनीति में प्रवेश किया था, उसका मकसद ही धूमिल हो चुका है।

तेजेन्द्र ने भारत की संसद् की वर्तमान स्थिति के गड्डमड्ड स्वरूप पर भी प्रश्न उठाया है। उनकी मांग है-"भारत की संसद् में 11 दिन से कोई काम नहीं

हो रहा। ...समय आ गया है कि अब भारतीय संसद् को भी इसी एक्ट की धारा के तहत रखा जाए। हर सत्र में 'मिनिमिमबिल्सपास्ड' की शर्त होनी चाहिए। काम नहीं तो दाम नहीं की नीति के अनुसार उनकी पगार की राशि रोक देनी चाहिए।' इस तरह की चिंता उन्हें एक संवेदनशील नागरिक ठहराता है। उनके इस कथन में एक नागरिक की दर्द की अभिव्यक्ति है। आख़िर लोकतंत्र की सभा स्थली से इस तरह की निराधार खबरें क्यों आती है? सत्ता-पक्ष और विपक्ष में देशहित को ताक पर रखकर अपने स्वार्थ हित की पूर्ति के लिए संसद में तमाशा क्यों किया जाता है?

8 नवंबर, 2016 के नोटबंदी के फैसले को लेकर भी तेजेन्द्र की टिप्पणी देखने लायक है। यहाँ एक आम आदमी की आवाज बनकर तेजेन्द्र हमारे सामने आते हैं-"मगर सवाल यह है कि क्या सरकार ने यह निर्णय भारत की जनता पर थोपने से पहले इसके नतीजों से निपटने का इंतज़ाम किया था?' यह प्रश्न तेजेन्द्र साधारण रूप से सबके सामने रखते हैं। वहीं इस नोटबंदी के बीच 'दंगल' जैसी फिल्मों की कमाई सौ करोड़ तक हो जाने को बिलकुल विरोधाभाषी मानते हैं। इतना ही नहीं वे भारत को अजीब विडंबनाओं का देश तक करार देते हैं। उनके शब्दों में-'पूरे देश में नोटबंदी का आलम है...लोग ए.टी.एम. के सामने कतारें बांधे खड़े हैं...रा.गा., मायावती, ममता जैसे नेता प्रधानमंत्री को कोसते नहीं थकते...और तीन दिन में आमिर खान की फिल्म दंगल की कमाई हो जाती है सौ करोड़...भारत अजीब बिडंबनाओं का देश है।' वाकई भारत में अपनी ढपली और अपना राग वाली उक्ति चरितार्थ है। यहाँ सरकार के सच्चे और अच्छे फैसले का स्वागत नहीं करना विपक्ष का आम चलन रहा है। यहाँ की राजनीति के ढलते स्तर के लिए निश्चय ही उनका कहानीकार मन विचलित होता है।

तेजेन्द्र के भीतर के एक साहित्यकार का अंदाज तो देखिए। वे हिंदी फिल्मों में भी गहरी रुचि लेते हैं और उसे देखते भी हैं। फ़िल्मों से उनका जुड़ाव उनके भीतर के मौजूद कलाकार हृदय के कारण है। वे दूरदर्शन के लिए 'शांति' धारावाहिक के लेखन से जुड़े रहे हैं। उनकी बेटी आर्या शर्मा भी टी.वी. कलाकार हैं। ज़ाहिर है एक साहित्यकार के भीतर कलाकार का हृदय होना तो लाज़मी ही है।

बहरहाल, तेजेन्द्र अपनी व्यस्त दिनचर्या में यदि फुर्सत के दो पल निकालते भी हैं तो उन्हें दूर लंदन के प्रवास में अपने देश की मिट्टी की याद आनी स्वाभाविक है। वे देश की हर अच्छाई और सचाई से अवगत हैं। एक साहित्यकार के रूप में अपने कार्य का वे बखूबी निष्पादन करते हैं। तेजेन्द्र वास्तव में अपने

नाम के अनुरूप ही एक राजा के मानिंद विविध कार्य को बखूबी करते हैं। सच मायनों में वे सामयिकता के कुशल अभिव्यंजक हैं। उनकी चिंताएँ देश के विविध प्रसंगों पर बारीकी से प्रकट होती रही है। प्रवासी साहित्यकारों में तेजेन्द्र उस पहाड़ की भाँति अवस्थित है जो दूर से ही हमारी साहित्यिक यात्रा में दिख जाता है।

तेजेन्द्र शर्मा का हिन्दी साहित्य में योगदान

-डॉ. योग्यता भार्गव

दिल में जब दर्द जगा हो, तो लिखा जाता है।
घाव सीने में लगा हो, तो लिखा जाता है। ।

इन पक्तियों को लिखने वाले तेजेन्द्र शर्मा वर्तमान के सबसे चर्चित वरिष्ठ कथाकार, ग़ज़लकार और कवि, नाटककार के साथ पैनी नज़र रखने वाले संपादक के रूप में जाने जाते है। इनका जन्म 21 अक्टूबर, 1952 में पंजाब के जगरांव शहर में हुआ पर अपने अध्ययन के सिलसिले में ये दिल्ली में जा बसे। परन्तु अपनी कर्मठता और ऊर्जा ने इनकी कर्मभूमि लंदन स्थापित कर दी। ये 90 के दशक में ब्रिटेन में जा बसे तथा वही रहकर हिन्दी की सेवा का दायित्व निभा रहे है। वे केवल एक कथाकार ही नहीं कवि, अभिनेता, पटकथा लेखक के साथ ही साहित्य और सिनेमा के मर्मज्ञ आलोचक भी है। तेजेन्द्र शर्मा प्रवासी हिन्दी साहित्य के अकेले ऐसे हस्ताक्षर है जिन्होंने प्रवासी हिन्दी साहित्य को एक नई दिशा देकर पुनः चर्चा के केन्द्र में लाकर खड़ा किया है।

उनकी कहानियाँ भारत से लेकर लंदन की पृष्ठभूमि के साथ मानवीयता, भौतिकता और उसके पतन की भूमि के साथ मनुष्य के मन की परतों का एक ऐसा दस्तावेज है, जो वर्तमान युवा पीढ़ी को सोचने पर विवश कर दे। यहाँ युवाओं का जिक्र इसलिए क्योंकि जो स्थिति आज बदलते परिवेश के कारण युवाओं में उत्पन्न हुई। जिसकी चर्चा तेजेन्द्र जी अपनी कहानियों में करते है वे परिवर्तन तथा नयेपन में सर्वाधिक युवा शामिल है। यहाँ यह कहना गलत नहीं होगा कि युवाओं की पहली पंसद तेजेन्द्र जी गद्य और काव्य है वैसे प्रवासी लेखन में अपने देश से दूर होने की पीड़ा घर और देश की स्मृतियाँ और नये देश के वातावरण से सामंस्य की झलक अधिकतर मिलती है, परंतु तेजेन्द्र शर्मा का लेखन अपने आस-पास की घटनाओं, गतिविधियों से कहाँ अनभिज्ञ रह पाया। वे एक सरल, भावुक और सामाजिक प्राणी है, जो न अपने समाज से दूर

रह सकते है न ही कठिनाइयों से दूर भाग सकते है।

इन्होंने हिन्दी साहित्य को निम्न रचनाओं से संमृद्ध किया-स्मृतियों के घेरे, नयी ज़मीन नया आकाश कहानी संग्रह में पूर्व की सभी कहानियों को शामिल किया गया। इसके साथ मौत...एक मध्यांतर, गौरतलब कहानियाँ, सपने मरते नहीं, दीवार में रास्ता, कब्र का मुनाफा, बेघर आँखें, यह क्या हो गया!, देह की कीमत, ढिबरी टाईट, काला सागर आदि प्रमुख कहानी सग्रह है। इसके साथ ही इन्होंने 'ये घर तुम्हारा है' और 'मैं कवि हूं इस देश का', 'टेम्स नदी के तट पर' कविता संग्रह देकर हिन्दी प्रेमियों को आनंदित किया।

इनकी ग़ज़लों और कविताओं में विषय वैविध्य महसूस किया जा सकता है। उन्होंने 'समुद्र पार रचना संसार' और यहाँ से वहाँ तक संग्रहो का संपादन किया। इसके साथ ही उन्होंने कई कहानी संग्रहो और कविता संग्रह का संपादन कर हिन्दी साहित्य की साहित्यिक निधि को बढ़ाया।

तेजेन्द्र जी के पास वैश्विक समुदाय की खास पहचान है तथा देश-विदेश के व्यापक अनुभवों से उनकी रचनाधर्मिता को एक व्यापक फलक मिला।

उनकी पहचान नई सदी के सबसे दूरदर्शी कहानीकार के रूप में लंदन-भारत के साथ अमेरिका मोरिशस आदि देशों में स्थापित हो चुकी है उनका प्रवासी जीवन अनेक अनुभवों जैसे मार्मिक स्थितियों, कार्य व्यापार, मानवीय संवेदनाओं, सूक्ष्म बौद्धिक दृष्टि के साथ यथार्थ और उत्तर आधुनिक समाज की अनेक समस्याओं को दर्शाता अपने लेखन को सम्रग रूप देता है कथाकार तेजेन्द्र जी का कथा-वैविध्य बड़ा विशेषता लिए हुए है। क्योंकि जितनी सरल अभिव्यक्ति उनके लेखन में है वे उतने ही सरल दृश्य खींचते चले जाते है। वे अपने पात्रों का चुनाव बहुत सोच के साथ कर उनसे वही कहलवाते है जितना आवश्यक हो।

एक ओर उनकी कहानियाँ यूरोप में निवास कर रहे भारतीयों की समस्याओं से अवगत कराती है तो दूसरी ओर वह दिल्ली, पंजाब के गाँव और मुंबई के महानगरीय जीवन को प्रस्तुत कर पाठक के मस्तिष्क को झंझोर देती है। तेजेन्द्र शर्मा के पास अनुभवों का पिटारा है इसलिए अपने अनुभवों के सहारे अपनी कहानियों में समसामयिक सरोकार और नए विमर्शों को लेकर उसे विस्तृत आयाम देने में सफल हो पाते है। यूँ तो उनके सजग साहित्यकार होने का प्रमाण उनकी प्रत्येक कहानी से मिलता है। पर कुछ महत्वपूर्ण कहानियाँ जैसे-काला सागर, ढिबरी टाईट, देह की कीमत, यह क्या हो गया, कैंसर, बेघर आँखें, पासपोर्ट के रंग, गंध, मलवे की मालकिन, मौत...एक मध्यान्तर, शवयात्रा, कब्र

का मुनाफा, ख़्वाहिशों के पैबंद आदि। कहानियों में जीवन की विविधता, अनेक विमर्शों के आवर्ती फलन और वैश्विक मनुष्य की बौद्धिक संवेदना मानवीयता का बोध उभरता है यही कारण है कि उनकी पहचान नई सदी के कहानीकार हिन्दी साहित्य के महत्वपूर्ण हस्ताक्षर के रूप में आज हमारे सामने है। जितनी बेबाकी से वह अपना पक्ष रख तर्क को स्थापित करते है वह अद्‌भुत है। जहाँ वर्तमान में कहानियों के स्वरूप में परिवर्तन आया उसका कारण बदलते जीवन मूल्य है। क्योकि आधुनिकता के पसरते पैर और औधोगिकरण के साथ परिवार का स्वरूप और मानव सोच के नई पीढ़ी के संघर्ष सब आज परिवर्तित होते जा रहे है ऐसे में प्रेमचंद, गुलेरी जी की कहानियाँ इस परिदृश्य में जीने की राह कहाँ दिखा रही है। वर्तमान में घटित घटनाओं के चक्र से परिचित भी नहीं करा रही है। आज सारा विश्व वैश्विक स्तर पर एक है ऐसे में न केवल किसी एक देश विशेष की पृष्ठभूमि को लेकर लिखा जा सकता न एक ही विषय को लेकर।

तेजेन्द्र शर्मा एक दम नये विषय का उद्देश्य अपनी कहानियों में लेकर चलते है। वे लंदन में निवास से पहले भारत में जन्में और उनका कार्यक्षेत्र दिल्ली रहा फिर लंदन में जाकर बसना और विश्वभर की यात्राएँ उनके जीवन और व्यवसाय का हिस्सा रही हैं तो प्रवासी जीवन के साथ उन समस्याओं के उल्लेख तथा भारतीय होने के नाते अपने देश का समकालीन यथार्थ और अतीत उनकी कहानियाँ का महत्वपूर्ण हिस्सा है। इसके कारण उनकी कहानियों में विषय भी बहुत है। कभी वे अंतर्मन पर लिखते है तो कभी व्यवस्था पर तो कभी समाजिक ढाँचे पर।

वे स्वयं लिखते है-"मुझे लगता है कि परिष्कृत सोच एवं संवेदनाशीलता एक लेखक को एक आम आदमी से अलग करती है। जहाँ आम आदमी समय के साथ-साथ उस घटना को भुला देता है, वहीं एक संवेदनशील लेखक उस घटना को अपने दिमाग में मथने देता है। समय के साथ-साथ वह घटना तो अवचेतन मन में चली जाती है, लेकिन एक रचना का जन्म हो जाता है।" [1]

इस प्रकार अच्छे साहित्यकार की कसौटी उसकी संवेदनशीलता होती है-वह दूसरों पर बीती बातों को आत्मसात करना जानता है। वह वस्तुपरक होता है। वस्तुपरक लिखने के लिए अन्य के दुखों के साथ रचनाकार को उन्हें महसूस करना पड़ता है और तब कहीं कालांतर में एक अच्छी रचना का जन्म होता है। इसी प्रकार की उनकी रचनाओं में शामिल है।

'कालासागर' कहानी में माध्यम से तेजेन्द्र शर्मा एक अलग और ज्वलंत प्रश्न उठाते हैं। आंतक और मृत्यु आंतक को देखने वाले भी आपदा के बीत जाने पर

कैसे लालच और मोह से भरे रहते है इस कहानी में पात्र जीवन मूल्यों को ताक पर रख अपने निजी स्वार्थ में अंधे होकर सिर्फ हवसी-सा जीवन जी रहे है-इस कहानी के मुख्य पात्र विमल-महाजन है। , इसमें एक प्लेनक्रेश की घटना को लिया गया है-एक प्लेनक्रेश हो गया है, सारे यात्री मारे जा चुके हैं। आंतकवादियों ने इस दुर्घटना की जिम्मेदारी ली है। एक एयरलाइन के एम्लॉइ के तौर विमल महाजन पर जिम्मेदारी है कि वे न केवल मृतक यात्रियों के संबंधियों को कंपनी की ओर से सांत्वना दें और उन्हें एक विमान से लंदन लेकर आए, मृतकों की पहचान के लिए। यह नायक खुद मर्मातक पीड़ा में है। वह दुखद हैरानी से भर जाता है। जब मृतकों के रिश्तेदारों को मुआवजे के धन मे रूचि लेते देखते है। तब वह सोचने पर मजबूर हो जाता है तथा अवसाद से भर जाता है। संबंधी उन्ही से आकर पूछते है कि लंदन मे शॉपिंग कहाँ से की जाए।

जब वे लौटते हैं जहाज में तब भी विमल महाजन उनकी बातें सुनते-सुनते भीतर से शून्य हो जाते है। इस कहानी के अंत के वाक्य भी पाठक को एक प्रश्न दे जाते है। "मौसम में थोड़ी खराबी हुई, यात्रियों को एक झटका-सा महसूस हुआ। विमान 'ब्लैक सी' के नज़दीक उड़ान भर रहा था।" [2]

'काला-सागर' ही है मनुष्य का मोह। उन्होंने एक साक्षात्कार में स्वयं कहा-एयर इण्डिया ने मुझे कुछ ऐसे अनुभव दिए जो आज हिन्दी लेखक के लिए उपलब्ध नहीं थे। उड़ान, कालासागर, ईंटों का जंगल, ढिवरी टाइट, देह की कीमत, भंवर जैसी कहानियाँ संभव ही नहीं हो पाती यदि मैं एयर इण्डिया में नौकरी ना कर रहा होता। यह सच है कि मैंने बहुत-सी कहानियाँ विदेशों में अपने दौरे के दौरान ही पाँच सितारा होटलों में रहते हुए लिखी। मुझे अच्छी तरह याद है मैंने कहानी 'काला सागर' एम्स्टर्डम (हॉलैण्ड) में लिखी।

'काला-सागर' कहानी में जहाँ एक ओर दुर्घटना ग्रस्त प्लेट में मृत लोगों के परिवार का दर्द है, वही दूसरी ओर स्वर्थी प्रवृत्ति का बखूबी उल्लेख हुआ है। यथार्थ और आदर्शवाद में द्वन्द, देवी और राक्षसी प्रवृतियों के बीच संघर्ष मानवीय और अमानवीयता का टकराव तेजेन्द्र शर्मा की कहानियों में दिखाई देता है।

उनकी कहानी 'देह की कीमत' वर्तमान समय और समाज को देखते हुए अत्यंत प्रासंगिक कहानी है। इस कहानी की विषय वस्तु विदेश जाने के लिए लालायित 'हरदीप' की कहानी है इस कहानी में अन्य और पात्र है। हरदीप (मुख्य) की माँ (बीजी) पिता-'दारजी' तथा पत्नी (परमजीत) इस सभी पात्रों को लेखक ने प्रतीकात्यकता में गढ़ा है। कहानी में नायक 'हरदीप' की विदेश जाने की चाहत और अधिक धन अर्जन की इच्छा उसके मन मस्तिष्क को जकड़

लेती है। वह विदेश तो चला जाता है पर इस लालच में वह अपने परिवार के साथ अपने जीवन को भी खो देता है। वह विदेश (जापान) जाकर वह सब काम करता है जो भारत में किसी भी कीमत में नहीं कर सकता था-

"फरीदाबाद का वैध नागरीक, खाते-पीते घर का 'काका' जापान में अवैध काम करने को अभिशप्त था। ...वहाँ वो कुली भी बन जाता था तो कभी रेस्टोरेंट में बर्तन भी माँज लेता था...हर वह जो अपने देश में किसी भी कीमत पर नहीं करता, जापान में रहकर सहर्ष कर लेता था...कारण? झूठी शान के अतिरिक्त और क्या हो सकता है...कि लड़का जापान में काम करता है।"[3]

इस कहानी गैरकानूनी ढंग से किसी अन्य देश में जाकर, जो स्थिति होती है या किन-किन परेशानियों का सामना करना पड़ता है पर लेखक ने प्रकाश डाला और लेखक ने 'हरदीप' के माध्यम से बुहत सारे युवाओं को संदेश देते हुए बड़े मार्मिक ढंग से कथानक को चित्रित किया। हरदीप की सड़क हादसे में मृत्यु के बाद का घटनाचक्र और उसके परिवार के वार्तालाप, पाठक को विचलित कर देता है। क्योंकि हरदीप के जिन्दा होने पर कुछ और परेशानी थी मौत पर कुछ और "हरदीप के साथियों में शोर मच गया। हडकंप की-सी स्थिति थी। अवैध लाश...लावारिश...उसे लेने कौन जाये?...हरदीप के दसों दोस्त भी अवैध थे लावारिश जिन्दा लाशें...जो भी लाश लेने जायेगा वही धर लिया जायेगा।"[4]

जहाँ एक तरफ ये स्थिति है वही दूसरी तरफ परिवार के सदस्यों के मूल्यों और मानसिक स्थिति पर भी लेखक ने प्रहार किया यहाँ एक स्त्री या यूँ कहे बेसहारा परमीत जिसके पति की मौत हुए उसे कितना कुछ सहना पड़ रहा है। परमीत के माध्यम से मध्यमवर्गीय परिवारों की स्थिति का जो दृश्य दिखाया है वह सोचने पर मजबूर कर देता है कि हम कहाँ हैं-"पूरा घर तनाव से भर गया। बीजी ने पूरा घर सिर पर उठा लिया, 'ऐसे कमीनी नूं तां पैसे मेरे पुत्तर तो ज़्यादा प्यारा हो गया। ...अपने पुत्तर दे आखरी दर्शन वी नहीं कर सकांगी...खसमाँ नूं खाणिये तेरा कख ना रहे।"[5]

वही दूसरा दृश्य इस कहानी के शीर्षक लेखक की बैद्धिकता और संदेश को प्रकट करता हैं-"अस्थियाँ और बैंक ड्राफ्ट उठाया ...उसे समझ नहीं आ रहा था कि यह उसके पति की देह की कीमत है या उसके साथ बिताये पांच महीनों की कीमत।"[6]

तेजेन्द्र शर्मा ने मृत्यु को बहुत गहराई से समझने का प्रयास किया है, उसके विविध रूपों और देखा है, महसूस किया है और जिया है। कहीं मृत्यु पर व्यंग्य

है, कहीं उसका मजाक बनाया गया है, कहीं मृत्यु के बाद मिलने वाले रूह के चैन की चर्चा है। तेजेन्द्र शर्मा की कहानियाँ हमें सुख, दुख, करूणा, क्रोध, विरह, अकेलेपन, विस्मय और सामंजस्य के झूले में झुलाती है, कभी सामाजिक विषमताओं के प्रति उत्तेजित करती हैं तो कहीं मोह और प्रेम का गुणगान। कैसंर, रेत का घरौंदा, मौत एक मध्यान्तर, ढिवरी टाइट इसी तरह के फलक की कहानी हैं। -कहानी 'रेत का घरौंदा में नामक नरेन की पहली पत्नी शिवांगी की कैंसर से मृत्यु हो जाती है वह दीपा नायक स्त्री से दूसरा विवाह कर लेता है परन्तु शिवांगी की स्मृतियों में डूबा रहता है। वह उसी प्रकार जीवन जीता है जैसे उसने शिवानी से वादे किए थे। पर उसकी दूसरी पत्नी दीप सोचती हैं-"यह नरेन की नई आदत है। ...गुस्सा आता है तो आधी रात को भी बेडरूम छोड़कर लिविंग रूम में चला जाता है। आवाज ऊँची नहीं करता।...यह भी शिवांगी के लिए करता है..."[7] यह लेखक ने नरेन के अमिट प्रेम को दर्शाया क्योंकि नरेन चाहकर भी दीपा को उस रूप में नहीं अपना पाता। वर्तमान में समाज में एक ओर जहाँ संबंधों में कड़वाहट, अलगाँव, धोखेबाजी, अनबोलापन, कुंठा और झूठ बढ़ता जा रहा है ऐसे में इस कहानी मे पत्नी की बीमारी की पीड़ा को अपनी पीड़ा बना लेना, कदम-कदम पर उसका साथ देना, उससे गहरा प्रेम समाज और नई पीढ़ी के समझ आदर्श प्रस्तुत करती कहानी है।

वही उनकी कहानी 'ढिबरी टाइट' वर्तमान व्यवस्थाओं के शिकार हुए परिवार की विदेश की पृष्ठभूमि के लिए बहुत ही मार्मिक संवेदनशील कहानी है। जिसका नायक गुरमीत है जो अपने दिवा स्वप्न को साकार करने कुबैत में जाकर बस जाता है। वहाँ जाकर वह देखता है कि कुबैत की पुलिस सिर्फ अरबी में वार्तालाप करती है उसे न अंग्रेजी आती है न अन्य कोई भाषा। कुछ दिन अकेले रहने के बाद वह अपनी पत्नी कुलवंत जब दोबारा गर्भवती होती है तो वह बहुत उत्साहित होता है वह अपनी बेटी के लिए एक भाई की मांग ईश्वर से हमेशा प्रार्थना करता है किन्तु कहानी तब नया मोड़ लेती है जब कुलवंत प्रसव वेदंना में घर अकेली होती है और गुरमीत ने जब कोई अनहोनी के डर से तेज रफ्तार में गाडी भगा दी तो पुलिस ने उसे पकड़ लिया तथा उसकी बात सुने बिना हवालात में डाल दिया, वह अपनी पत्नी की स्थिति के बारे में बताता रहा यहाँ तक की एक फोन भी नहीं कर पाया। इधर कुलवंत प्रसव वेदना में मर चुकी साथ भूख के कारण बच्ची भी। ईद के कारण उसे 4 दिन बाद हवालात से छुट्टी मिली तो उसकी दुनिया लुट चुकी थी। उसकी मामूली-सी गलती को वहाँ की व्यवस्था ने अपराध माना जिसकी सजा केवल उसे नहीं, उसके साथ

कुलवंत, बेटी और उस नवजात को भुगतनी पड़ी जो जन्म के साथ ही मृत्यु को प्राप्त हो गया।

गुरमीत भारत आ गया था परन्तु 2 साल से उसके मुँह से न कोई शब्द निकला न कोई प्रतिक्रिया जड़ हो गया था वह जब एक दिन उसने टी.वी। पर ईराक द्वारा कुवैत पर कब्जा करने की खबर सुनी तो वह खिलखिला कर 'चीख पड़ा'

"इराक द्वारा कुवैत पर कब्जा जैसे गुरमीत के जीवन की सबसे सुखद घटना बन गई थी। कहीं उसके दु:खी और अशांत मन को लगने लगा था जैसे उसने स्वयं ही कुवैत पर कब्जा कर लिया हो। वह कमरे से बाहर आया। ...बत्ती जलाई और सहन में पड़े दो-तीन खानी डिब्बों को ठोकरें मारने लगा...यह साला अमीर गया, यह गया क्राउन प्रिंस...सायाला कहता था सोने की चादर की कार बनाऊँगा. ..भाग गया उल्लू का पट्ठा। सब सायालये भाग लिए...ओये दारजी खुषियाँ मनाओ ओए आज तो जी भर के शराब पियों...ओये ओन्हो दी तां माँ मर गई ओए...लै गया सौरयाँ नू...करती सालयाँ दी ढिवरी टाइट"[8] इस प्रकार तेजेन्द्र शर्मा के लेखन में उद्वेलन, बेचैनी के साथ एक आम व्यक्ति की पीड़ा है वह कल्पित पात्र का दु:ख स्वयं झेलते से प्रतीत होते है। एक लेखक जब पात्र के साथ जुड़कर उस स्थिति में खुद को रखकर लिखता है तो उसकी लेखनी को विशेष से भी विशेष बना देता है। तेजेन्द्र शर्मा जो लिखते है स्वभाविक होकर रोचक ढंग से स्पष्ट करते चले जाते है। उनका दृष्टिकोण आत्म विश्लेषण का है आत्मश्लाघा का नहीं यही उनकी विशेषता और लेखकीय शक्ति हैं।

उनकी कहानी गंध दलित विमर्श से जुड़ी हुई एक प्रेमी युगल की कथा है जो भारतीय जाति व्यवस्था नियम से बगावत कर विदेश जाकर रहने लगते है, इस कहानी में लेखक ने वे तमाम प्रश्न उठाये जो आज भी हमारे समाज को दूषित कर भेदभाव की देहरी पर खड़े है। इस कहानी की शुरूआत में ही लेखक एक प्रश्न खड़ा कर देता है छोटी मानसिकता और व्यवस्था पर-

"ओए! तुझे नहीं पता...इन नीची जात वालो के बदन से एक अलग किस्म की बू आती है। ...हमारे घर में भला यह लड़की कैसे अपने आप को एडजस्ट कर पाएगी?"[9]

वही वह दूसरा प्रश्न भी दलित जाति व्यवस्था में पल रहें ऐसे लोगों पर उठाते है जो बहुत सम्पन्न है सामार्थवान है पर दलित यह भी चाहते हैं कि लोग हमें दलित न कहें...न समझें...मगर हम अपनी सुविधाओं को खोना भी नहीं चाहते...हमें आरक्षण भी चाहिये और सम्मान भी।" [10]

इस प्रकार कहा जा सकता है कि कथाकार तेजेन्द्र शर्मा ने अपनी कहानियों के माध्यम से उन रिश्तों, संबंधों एवं घटनाओं से साक्षात्कार कराते है जहाँ पर एक आम रचनाकार का पहुँचना कठिन होता है। वे सरल शब्दों का जाल बुन बहुत हल्की-फुल्की कल्पना के साथ अपनी बात कह जाते है जिस गाँव, देहात, शहर का पात्र है वह उसी भाषा में बात कराते हुए पात्र को विशेष बना डालते है इसी प्रकार उनकी 'भंवर' एक अलग पृष्ठभूमि लिए हुए एक स्त्री की कहानी है। जिसमें सांसारिक सुखों से भरी रमा, इन्द्र के साथ रहते हुए भी इसलिए अकेली है क्योंकि उनका बच्चा नहीं है। लंदन जाते समय रमा की मुलाकात असिस्टेंट फ्लाइट परसर भरत से हुई। भरत रमा के खुले स्वभाव से और रमा अकर्षण के कारण बंध गए। रमा ने भरत को इन्द्र से मिलवाया और मुलाकात दोस्ती में बदल गई। भरत रमा की दोस्ती इतनी बढ़ गई कि एक दिन रमा ने भरत को पति की गैरमौजूदगी में घर बुलाया और अकेले में उससे एक बच्चे की मांग की और स्पष्ट कह दिया कि इसके बाद दोनों में कोई शरीरिक संबंध नहीं रहेगा। भरत के इंडिया में खुशहाल ग्रहस्थी थी। रमा भी इन्द्र के साथ खुश थी किन्तु वह बच्चा गोद न लेकर खुद का बच्चा चाहती थी।

"भरत मुझे एक चीज दे दो...बस एक ही चीज...मुझे एक बच्चा दे दो... अपना बच्चा...अपनी निशानी...उसे अपनी जान से भी ज़्यादा प्याद देकर पालूँगी"[11] इस कहानी का पात्र भरत एक अजीब भँवर में फँस चुका था कि आख़िर वह क्या करे क्या ना करे। एक तरफ उसका आकर्षण दूसरी तरफ उसके संस्कार। उसकी पत्नी स्मिता और बच्चे इस अजीब भावनात्मक कहानी में ऐसे पहलू से अवगत कराया गया है कि आख़िर इंसान क्या करे। विवाहेतर संबंधों का जमाना सदा से रहा है, परन्तु लेखक ने इस कहानी में विवाहेत्तर संबंध को एक ठोस कारण प्रदान किया। उसने रमा द्वारा की गई बच्चे की मांग में भी स्त्रियोचित गरिमा को बनाए रखा। अपनी कहानियों में मानवीय संवेदनाओं और रोचकता को समेटे वे चर्चित कहानीकार के रूप में नए विषय दे जाते है फिर चाहे उनकी कहानी 'कल फिर आना' ही क्यों न हो। ये कहानी स्त्री उन्मुक्तता की विशेषता लिए हुए है जिसकी विषय वस्तु बोल्ड है। जिसमें नायिका रीमा तर्क के साथ स्त्री जाति का प्रतिनिधत्व कर प्रश्न उठाती है। "कबीर मेरा भी तो जी चाहता है कि कभी आप मुझ से भी प्यार की दो बातें करें। ...भला मेरा क्या कुसूर है कि मैं अकेली बिस्तर पर करवटें बदलती रहूँ?"[12]

उनकी 'कैंसर' कहानी में कैंसर की पीढ़ा दर्द और अपनों को खोने की दहशत सब एक साथ उभरा है। "पूनम को कैसे बताऊँगा?...कल उसका

जन्मदिन का तोहफा है?...क्या उससे झूठ बोल जाऊँ?...पर वह...क्या दूध पीती बच्ची है?...रिपोर्ट तो मांगेगी ही...देखेगी भी...और पढ़ेगी भी ...तो फिर?"[13]

इस प्रकार एक कैंसर पीड़ित व्यक्ति के परिवार के सदस्य कैसे दौर से गुजरते है इस दर्द को बहुत सजहता से तेजेन्द्र जी ने वर्णन किया। वे खुद इस दर्द को समझते थे इस पीड़ा को उन्होंने खुद सहा। जैसे निराला जी ने 'सरोज स्मृति' के माध्यम से अनुभूति को सर्वानुभूति बना दिया। ठीक वैसे ही तेजेन्द्र जी भी अपने दर्द को पाठक के साथ बाँट गये क्योंकि उनकी पत्नी इंदु जी की मृत्यु कैंसर से मात्र 33 वर्ष की उम्र हो गई थी। उन्होंने 'स्मृतियों के घेरे' में मैं क्यों लिखता हूँ में लिखा है कि कैंसर को मैंने बहुत करीब से देखा है इसलिये कैंसर पर खुल कर लिख भी पाया हूँ। जब तक मेरे अक्षरों से मेरी कहानी के पन्नों से कैंसर की दवाओं की महक न आने लगे, मुझे चैन नहीं मिला। अपनी दिवंगत पत्नी इंदु के कैंसर से लड़ते हुए मैंने शरीरिक कैंसर से तो लड़ाई की, वहीं दूसरी ओर एक सामाजिक कैंसर से जूझना अधिक मुश्किल महसूस होता था।

तेजेन्द्र जी के जीवन में ऐसा नहीं दुःख न आए हो परन्तु उन्होंने अपनी साहित्य साधना को कभी रूकने नहीं दिया। वे हर मुश्किल के साथ लड़े और निखरे भी। तेजेन्द्र जी की 'कब्र का मुनाफा' अत्यधिक आधुनिक होने के दम के साथ सभ्य-अमीर वर्ग के जीवन स्तर स्टेटस के कारण परेशान रहते उन लोगों को केन्द्रित कर लिखी गई है जो बाजार में आई इश्योरेंस कंपनी के द्वारा अपनी मृत्यु को, अपनी चिता को प्रीमियम द्वारा सुरक्षित करना चाहते हैं। अपनी मृत्यु की इतनी अधिक चिंता है कि बच्चों तक पर उसका बोझ ना पड़े। साथ मृत्यु को स्टेटस बनाते छोटी मानसिकता की प्रतीक इस कहानी के कथानक में ख़लील और उसके मित्र नज़म के अग्रिम कब्र बुकिंग को व्यापार में बदल देते है। ये दोनों मित्र दो-दो कब्रों की अग्रिम बुकिंग करवा लेते है। दोनों एक फाइनंशियल कंपनी में काम करते हैं, जीवन किंग साइज जीने के कारण कब्रिस्तान भी पॉश इलाके का चाहते हैं, क्योंकि वे चाहते है कि आस-पास की कब्र में उनके स्तर के लोग हो और मरने के बाद वे कम से कम अपनी बेगम के साथ चैन से कब्र में रह लें। लेखक ने मृत्यु जैसे विषय को बड़े चुटकीले ढंग से पाठक के सामने रखा।

"ख़लील भाई, मरने पर याद आया, आपने कार्पेण्डर्स पार्क के कब्रिस्तान में अपनी और भाभी जान की कब्र बुक करवायी है या नहीं? देखिये उस कब्रिस्तान की लोकेशन, उसका लुक, और माहौल एकदम यूनीक है। ...अब

जिन्दंगी भर तो काम, काज से फुर्सत नहीं मिली, कम से कम मर कर तो चैन की जिन्दगी जियेंगे।" [14] वही उनकी 'कोख का किराया' कहानी परम्परागत कहानियों से हटकर सरोगेसी को केन्द्र में रखकर लिखी गई हैं। जिसमें दो स्त्रियों की अपनी-अपनी चाह को बखूबी व्यक्त किया गया। ये कहानी समसमायिक भी है। स्वछन्द जीवन शैली व्यक्तिगत लालसाएँ, किस तरह आधुनिक जीवन शैली निजी आकाक्षाएँ, किस तरह आधुनिक जीवन में अकेलापन ला रहे हैं अपने एक निर्णय की कितनी कीमत चुकाना पड़ता है। कितना अकेलापन सहना पड़ता है इसे उद्घृत करती यह एक अनोखी कहानी है। जिसमें मैनी का डेविड के प्रति आकर्षण ही उसे सरोगेसी माँ बनने के लिए बाध्य करता है, लेकिन मैनी का पति गैरी के समझाने पर भी वह सरोगेसी माँ बनने का निर्णय लेती है। इधन डेविड की पत्नी जया उसको मात्र कोख का किराया देकर माँ की समता खरीदी जा सकती है। यह कहानी एक महत्वपूर्ण प्रश्न छोड़ती-"अगर तुम हमारे बच्चे से मिलोगी तो हम लोगों के बीच कंपलीकेशन्स बढ़ेंगी। हम सब के लिए बेहतर यही है कि तुम अपना जीवन जियो और हम अपना जिऐ ठीक है कि हमने अपने बच्चे के लिए तुम्हारी कोख का इस्तेमाल किया है पर उसका पूरा किराया भी तो हमने दिया है"[15] तेजेन्द्र शर्मा की एक प्रसिद्ध कहानी उन्हें बहुत ऊपर स्थापित करती है-'ख़्वाहिशों के पैबंद' जो मार्च 2021 में हंस पत्रिका में प्रकाशित हुई। जिसकी पृष्ठभूमि थाई जेन्डर और एक स्त्री के प्रेम पर आधारित है। जिसका नायक माइकेल है जो एक पुरुष होते हुए भी पूरा पुरुष नहीं। सैली को पहली नज़र में माइकेल से प्यार हो जाता है। पर यह सत्य जानने पर यही एक कमी उसके ख़्वाहिशों का पैबंद बन जाती है इसी तरह ये क्या हो गया, दीवार में रास्ता, जिन्दगी और मौत के बीच चुप्पी, बेघर आँखें, इंतज़ाम, यह सन्नाटा कब टूटेगा, गंदगी का बक्सा, सीधा सवाल, नरक की आग, अभिशप्त, पासपोर्ट का रंग, एक बार फिर होती आदि प्रमुख कहानियाँ है।

तेजेन्द्र शर्मा एक ऐसे कथाकार है जो माध्यम शहरी वर्ग से संबंधित कहानियों के विषय को उठाते है वे साधारण व्यक्ति की परेशानियाँ, उसकी सोच और चाहतों को प्रमुख रूप से रखते है, वे मनुष्य की भावनाओं को समझने और समझाने की कोशिश करते है। उन्होंने स्वयं लिखा-"हमारी पीढ़ी ने जितने बदलाव इन्सानी जीवन में देखे हैं, वे अचंभित कर देने वाले हैं। मैं उस गाँवनुमा रेल्वे स्टेशन पर भी रहा हूँ जहाँ रात को लैम्प या मोमबत्ती जलानी पड़ती थी। हमारे माँ ने वर्षो कोयले की अंगीठी और मिट्टी के तेल का स्टोव जला कर खाना बनाया है। हमारी पीढ़ी ने बिजली से चलने वाली रेलगाड़ी भी देखी है,

जम्बो जेट विमान और कान्कॉड भी, हमारे जीवन मे मनुष्य चांद पर कदम भी रख आया"[16]

इस प्रकार उनका अनुभव विस्तार लिए हुए है एक तरफ एयर इण्डिया फ्लाइट परिसर की नौकरी दूसरी तरफ ब्रिटिया रेलवे की नौकरी साथ भारत और लंदन के निवासी के अलावा कई देशों की यात्राएँ जो उन्हें समृद्ध कर विषय प्रदान करती रही और अब ये अनुभव कहानी, ग़ज़ल और संपादकीय रूप में हिन्दी की अमूल्य पूँजी है। वे लेखन के साथ कोई समझौतावादी नीति पर नहीं चलें वे लिखते हैं–"मैं दिमागी तौर पर अपने चरित्रों की सभी भावनाओं को जी लेना चाहता हूँ, जीता हूँ, तभी उन्हें कागज पर उतारता हूँ।" [17]

अब मैं बात करूँगी उनके कविता संग्रहों की जिसमें प्रमुख रूप से 'ये घर तुम्हारा है' में उन्होंने अपने कवि कर्म को पूरी ईमानदारी के साथ निभाया है। वे हमेशा मानते है कि गद्य और पद्य में अंतर दिखना चाहिए। यही सकारात्मक सोच उन्हें एक कवि के रूप में एक अलग पहचान देती है। उन्होंने माहौल को देखा और महसूस किया तथा उसे जीवंत कर अपनी लेखनी के माध्यम से कागज पर उकेर दिया। विदेशों की व्यवसायिकता, संवादहीनता और सोच उन्हें अंदर तक झकझोर देती है। तेजेन्द्र शर्मा कभी-कभी अपने आपको अकेला महसूस करते है। और उस वेदना का शंखनाद कर देते हैं–

"वतन को छोड़ इस शहर से बनाया रिश्ता, यहाँ मगर न कोई यार, न याराना है, सुबह की सर्द हवाओं से लड़ता जाता हूँ, शाम तक थक के चूर होके लौट आना है।" [18]

कविता संग्रहों में उन्होंने लंदन की गतिविधियों के साथ भारतीय संस्कृति के मेल का सरल भाषा में वर्णन किया जो पाठक को पढ़ने पर विवश कर दे वे इंग्लैड के समाज में हो रही उथल-पुतल, राजनीति के क्षेत्र में आ रही निरन्तर गिरावट, स्मृतियों में अपने प्रिय की याद में सभी लेकर चलते है। 'डरे, सहमें, बेजान चेहरे...' में वे इसे स्पष्ट करते है–

"डूबे हैं गहरी सोच में भयभीत मां, परेशान पिता अपने बच्चों में देखते हैं। अपने ही संस्कारों की चिता"[19]

वे श्रेष्ठ कवि भूमिका अदा कर बेहतर से बेहतरीन पंक्तियों से हिन्दी काव्य को अपनी कोमल भावनाओं से सींचते है, वे परिन्दे के माध्यम से विदेश में बसे होने के दर्द को कुछ इस प्रकार रखते हैं–

" कहाँ कहाँ के परिन्दे, बसे हैं आ के यहाँ, सभी का दर्द मेरा दर्द, बस खुदारा है।" [20]

वे कही-कही हिन्दी भाषा के महत्व को हमारी भारतीय संस्कृति की वाहक मान उसे माँ-सा सम्मान दे उसे हमारे संस्कारों की प्रणेता के रूप में देखते हैं-

"जब भाषा को दे दी विदाई कहाँ से पाएँ संस्कार अंग्रेजी भला कैसे ढोए भारतीय संस्कृति का भार समस्या खड़ी है मुँह बाये यहाँ रहें या वापस गाँव चले जाएँ?"[21]

तो वही उनकी प्रखर वृद्धि और देश के प्रति प्रेम (भारत) पर हो रहे आक्रमणों को भी नज़रअंदाज नहीं कर पाती वे कराह कर कह उठते हैं-

" खबर वहाँ के पहाड़ों से रोज आती हैं-पड़ोसी गोली से अपनों की जान जाती है।" [22]

तेजेन्द्र शर्मा तमाम पाठको के मन को बांधे हुए खुद भी अपनी कविताओं और कहानियों में भारत में मौजूद होते है यही कारण है कि वे अपने को प्रवासी साहित्यकार कहलाना पसंद नहीं करते। इसलिए कभी-कभी कह उठते हैं-

"हाँ मैं कवि हूँ। मैं कवि हूँ इस क्षेत्र का कहलाता हूँ ऊँची नाक वाला समझता हूँ समस्याएँ अपने क्षेत्र की यहाँ के निवासियों का दर्द मेरा दर्द है।" [23]

कवि होने के लिए सरल ह्रदय चाहिए, वे करूणा तथा दया की प्रतिमूर्ति हैं उनकी करूणा उनकी, उनका प्रकृति देश प्रेम कर्मभूमि के प्रति प्रेम अपनी कविताओं में फूट पड़ता है-

"बहुत दिन से मुझे अपने से यह शिकायत है वो बिछड़ा गाँव, मेरे सपनों में नहीं आता। वो भोर का सूरज, वो बैलों की घंटियाँ वो लहलहाती सरसों भी मेरे सपनों की चादर को छेद नहीं पाते और मैं...सोचने पर विवश हो जाता हूँ"[24]

अंग्रेजी भाषा में स्नात्तकोत्तर होने तथा लंदन में रहने के बाद भी हिन्दी की स्तुति करना उसके माध्यम से भावों को रखना साथ उर्दू के शब्दों से परहेज न करना उन्हें एक अच्छे कवि के रूप में खड़ा करता है-'मैल' कविता का शब्द चयन यहाँ अज्ञेय की कविता की अनुभूति करता है वे विरले प्रतिभा के धनी है-"मुझे धोने हैं आज भीतरी कपड़े लगने लगे हैं मैले से।" [25]

इस प्रकार वे सरल तथा सहज शब्दों में असाधारण काव्य को रच मनुष्य को मनुष्य बनने का संदेश देकर अपनी बात रख देते है। उनके ही शब्दों में-"मेरे लिए कविता केवल विचार मात्र नहीं है। कविता में अभिव्यक्ति बहुत महत्वपूर्ण है। कविता को दिमाग से कहीं अधिक मैं दिल के करीब मानता हूँ"[26]

तेजेन्द्र जी हमेशा कहते है कि भारत से बाहर रची जा रही कविता या साहित्य का मुख्य उद्देश्य यही होना चाहिये कि यह प्रवासी भारतीयों एवं स्थानीय

नागरिकों के बीच पुल बनाने का काम करें। इस प्रकार उनकी लेखनी अनगिनत लेखन के रंग बिखेर प्रखर नज़र रखे, मानवीय दृष्टिकोण के मद्देनजर अपनी पैनी दृष्टि डालती रहती है। जिसका सबसे बड़ा उदाहरण उनकी 'पुरवाई' पत्रिका की संपादकीय लेख है जो हमेशा एक नयी खोज लिए देश दुनिया से पाठको को मिलवाते हुए तमाम प्रश्न उठाते से परहेज नहीं करते अंत में बस इतना ही कहना चाहती हूँ कि तेजेन्द्र शर्मा न केवल हिन्दी के प्रवासी साहित्यकार है बल्कि हिन्दी साहित्य को अनके महत्वपूर्ण कहानियों, कविताओं और ग़ज़लों से संवारने वाले प्रमुख हस्ताक्षर है,

तेजेन्द्र शर्मा बहुमुखी प्रतिभा के धनी एक बहुत अनुभवी प्रवृति रख सत्य के यथार्थ के साथ रखने वाले लेखक है जो अपने लेखन में न मूल्य को छोड़ते है न यथार्थ की बात करते है। वही प्रकृति पर्यावरण के प्रति गंभीर हो पूर्ण मनुष्य होने के साथ भारतीय होने पर गर्व से अपनी रचनाओं में भारतीय संस्कृति को महान मानते है, तो वही उनकी कविताओं का दर्शन की प्रेम की सूक्ष्म अभिव्यक्ति, आध्यात्मिक, भावों का शिल्प उन्हें सुसज्जित कवि बना जाता है। मैं आशा करती हूँ और उन्हें शुभकामनाऐं देती हूँ कि वे निरंतर हिन्दी साहित्य को नित्य नए आयाम प्रदान करें।

संदर्भ :

1 प्रवासी कथाकार तेजेन्द्र शर्मा: कथा आलोचना, अंक वाड्मय (त्रैमासिक हिन्दी पत्रिका) संवादन एम.फिरोज, अहमद पृष्ठ-10

2 कहानी 'काला सागर' तेजेन्द्र शर्मा, स्मृतियों के घेरे (समग्र कहानियाँ-1) यश पब्लिशर्स एण्ड डिस्ट्रीब्यूटर्स दिल्ली-110032 पृष्ठ-280

3 कहानी 'देह की कीमत' तेजेन्द्र शर्मा, स्मृतियों के घेरे (समग्र कहानियाँ-1) यश पब्लिशर्स एण्ड डिस्ट्रीब्यूटर्स दिल्ली-110032 पृष्ठ-29

4 तेजेन्द्र शर्मा, स्मृतियों के घेरे (देह की कीमत) यश पब्लिशर्स दिल्ली-110032 पृष्ठ-30

5 वही पृष्ठ-31

6 वही पृष्ठ-31

7 कहानी 'रेत का घरोंदा' तेजेन्द्र शर्मा, स्मृतियों के घेरे (समग्र कहानियाँ-1) यश पब्लिशर्स दिल्ली-11032 पृष्ठ-60

8 कहानी 'ढिबरी टाइट' स्मृतियों के घेरे (समग्र कहानियाँ-1) तेजेन्द्र शर्मा पृष्ठ-142

9 कहानी गंध तेजेन्द्र शर्मा प्रतिलिपी डॉटकॉम गूगल

10 वही

11 कहानी 'भंवर' तेजेन्द्र शर्मा 'स्मृतियों के घेरे' (समग्र कहानियाँ-1) यश पब्लिशर्स एण्ड डिस्टीब्यूटर्स दिल्ली 110032 पृष्ठ-166
12 'कल फिर आना' तेजेन्द्र शर्मा ;ॅ त्बींदामतण्वतहद्ध गूगल से
13 कैंसर कहानी तेजेन्द्र शर्मा 'स्मृतियों के घेरे' (समग्र कहानियाँ-1) यश पब्लिशर्स एण्ड डिस्टीब्यूटर्स दिल्ली 110032 पृष्ठ-44
14 कहानी 'कब्र का मुनाफा' 'नई ज़मीन नया आकाश', सम्रग कहानिया-2 लेखक-तेजेन्द्र शर्मा यश पब्लिशर्स एण्ड डिस्टीब्यूटर्स दिल्ली 110032 पृष्ठ-271
15 'कोख का किराया' (नयी ज़मीन नया आकाश) समग्र कहानियाँ-2 यश पब्लिशर्स एण्ड डिस्टीब्यूटर्स दिल्ली 110032 पृष्ठ-310
16 'स्मृतियों के घेरे', समग्र कहानियाँ भाग-1(तेजेन्द्र शर्मा) पृष्ठ-8
17 'स्मृतियों के घेरे', समग्र कहानियाँ भाग-1(तेजेन्द्र शर्मा) पृष्ठ-11
18 'ये घर तुम्हारा है' तेजेन्द्र शर्मा (प्रकाशक-मेघा बुक्स नवीन शाहदरा दिल्ली 110032)
19 'टेम्स नदी के तट से'-तेजेन्द्र शर्मा प्रलेक प्रकाशन प्रथम संस्करण 2020 पृष्ठ-31
20 कविता-इनको न कहो बेगना' टेम्स नदी के तट से तेजेन्द्र शर्मा-प्रलेक प्रकाशन, पहला संस्करण पृष्ठ-30
21 कविता-'डरे, सहमे, बेजान चेहरे' टेम्स नदी के तट से तेजेन्द्र शर्मा-प्रलेक प्रकाशन, पहला संस्करण पृष्ठ-31
22 कविता-बर्फ भी आज हमारा बदन जलाती है। टेम्स नदी के तट से तेजेन्द्र शर्मा-प्रलेक प्रकाशन, पहला संस्करण पृष्ठ-67
23 कविता-हाँ, मैं कवि हूँ इस देश का टेम्स नदी के तट से तेजेन्द्र शर्मा-प्रलेक प्रकाशन, पहला संस्करण पृष्ठ-122
24 कविता-कर्मभूमि पृष्ठ-158
25 कविता-मैले पृष्ठ-127
26 कविता-मेरे लिए कविता केवल विचार मात्र नहीं है-पृष्ठ-25 टेम्स नदी के तट से तेजेन्द्र शर्मा-प्रलेक प्रकाशन, पहला संस्करण

जीवन के जटिल प्रश्नों के सरल कथाकार तेजेन्द्र शर्मा

-डॉ. जया आनंद

कथाकार तेजेन्द्र शर्मा अपनी तेजस्विता से हिन्दी साहित्य जगत को आलोकित करते आ रहे हैं। यह तेज अपनी अनन्य आभा से संपृक्त हो जाता है जब ऐसे व्यक्तित्व से साक्षात्कार होता है। तेजेन्द्र शर्मा एक कथाकार की व्याख्या करने से पहले मैं स्वानुभूति के आधार पर तेजेन्द्र शर्मा एक व्यक्तित्व को रेखांकित करना चाहूँगी जो सरल और सहज व्यक्तित्व के स्वामी हैं, हम जैसे नव लेखकों को प्रोत्साहित करते हैं।

मैंने एक बार किंचित भय के साथ तेजेन्द्र शर्मा जी से उनकी कहानी का वाचन करने के लिए पूछा था और उनका उत्तर था 'ज़रूर पढ़ो'...इन शब्दों ने मुझमें विश्वास का बीजारोपण कर दिया...और फिर सहज भाव से उनकी कहानियों को पढ़कर प्रतिक्रिया देने का साहस भी बन पड़ा। तेजेन्द्र शर्मा के व्यक्तित्व की सरलता उन्हें जीवन के जटिल प्रश्नों को सहजता से उठाने में अत्यंत सहायक है।

कहानी 'कैंसर' में तेजेन्द्र शर्मा जी की संवेदनाएँ जिस तरह से उभर कर आयीं हैं वो मन को भिगोए बिना नहीं रहतीं। कैंसर से पीड़ित पत्नी की वेदना हृदय को छलनी कर देती है। यहीं पर कथाकार तेजेन्द्र शर्मा जी समाज में धर्म के नाम पर व्याप्त आडम्बर और अंधविश्वास के कैंसर से समाज को निजात दिलाने जैसा जटिल प्रश्न उठाते हैं।

एक साक्षात्कार में तेजेन्द्र शर्मा जी ने स्वयं कहा है कि साहित्य को किसी विमर्श के दायरे मे नहीं लिखना चाहिए कि यह दलित विमर्श या स्त्री विमर्श का साहित्य है, विमर्श उस विशेष साहित्य से उत्पन्न होना आवश्यक है...वस्तुतः तेजेन्द्र शर्मा ऐसे ही कथाकार हैं जिनकी कहानियों से विमर्श उत्पन्न होता है। 'हथेलियों में कम्पन' कहानी में अस्थि विसर्जन के समय धर्म के नाम पर पंडों के पाखंड का चित्रण करते हुए आस्था, विश्वास बनाम अंधविश्वास का विमर्श

पैदा करते हैं और वही धीरे से समाज को सवालों से जूझने के लिए छोड़ भी देते हैं। पर सवाल करते हुए भी तेजेन्द्र शर्मा के मस्तिष्क के साथ उनका कोमल हृदय स्पंदित होते हुए उन्हें भारतीय संवेदनाओं से जोड़े रखता है इसलिए जब कहानी का नायक जो सबकी अस्थियाँ विसर्जित करता था, अपने पुत्र की अस्थियाँ विसर्जित करते हुए भाव विह्वल है और उसके हाथों में कम्पन है।

स्त्री विमर्श भी उनकी कहानियों में स्वतः ही गुंथा रहता है जैसे 'मौत...एक मध्यांतर' कहानी में तेजेन्द्र शर्मा जी ने मात्र सैंतीस साल की उम्र में कैंसर पीड़ित पति को खोने वाली स्त्री की मनोदशा को बहुत गहराई से उभारा है। जब पति ही उसे भावी जीवन में किसी अन्य के साथ विवाह करने का सुझाव देता है। स्त्री का पति के प्रति स्वाभाविक रूप से जो अधिकार भाव होता है उसका मनोवैज्ञानिक चित्रण वे सहज ही कर जाते हैं। 'क़ब्र का मुनाफ़ा' कहानी में वे अमीर घराने की स्त्रियों की स्थिति का वर्णन कहानी के प्रवाह के साथ करते जाते हैं जहाँ उन स्त्रियों को कभी भी मालिकाना हक नहीं मिल पाता। पति के जीवन मे दूसरी औरत होने का दर्द, घरेलू हिंसा झेलने के बाद भी चेहरे पर कृत्रिम मुस्कान ले कर अपने मन को बहलाने वाली स्त्रियों का चित्रण करते हुए तेजेन्द्र शर्मा मन-मस्तिष्क को स्त्री विमर्श के प्रश्नों से दो चार करते चलते हैं।

'देह की क़ीमत 'कहानी में स्त्री पात्र पम्मी को कन्यादान शब्द से चिढ़ है, लेकिन वह चुप रह जाती है क्योंकि समाज मे स्त्रियों को बोलने का अधिकार नहीं है! पति की मृत्यु के बाद उसकी सास उसकी मर्ज़ी के बिना देवर से चादर ओढ़ाने का आदेश सुना देती है, उसकी कशमकश, उसका ऊहापोह लेखक इतनी गहराई से प्रस्तुत करते हैं कि आँखों के सामने सवालों का अदृश्य पेंडुलम मन को आंदोलित करने लगता है।

कथाकार तेजेन्द्र शर्मा की कहानियों मे स्त्रियों के प्रति आदर, स्नेह का भाव भी कथानक में मुख्य तत्व की भांति गोचर होता है। उनकी अधिकांश कहानियों में जब भी वे स्त्री पात्र को समुचित सम्मान देते वहाँ उनके नितांत निजी अनुभव की छाया मिलती है जैसे 'कैंसर' कहानी में पत्नी के लिए पति का प्यार पवित्रता के साथ छलकता जाता है, पत्नी पति के लिए मात्र उपहास का विषय नहीं होती, वो एक विचारवान, बुद्धिमान व्यक्तित्व की स्वामिनी सदृश परिलक्षित होती है। वास्तव में लेखक कहानी में इसका स्वरुप स्वाभाविक रूप से गढ़ते चलते हैं इसलिए स्त्री विमर्श उनकी कहानियों में स्वतः उभरता है और मन-मस्तिष्क को कहीं झकझोरता है तो कहीं मरहम-सा असर करता है।

स्त्रियों का जीवन संघर्ष जहाँ वे सहज रूप मे दिखाते हैं वहीं दाम्पत्य जीवन मे पुरुष की पीड़ा को उसके मनोभावों को भी प्रतिकात्मक रूप से बड़ी ही सरलता के साथ कहानियों में व्यक्त कर देते हैं, ओवर फ्लो पार्किंग उनकी ऐसी ही कहानी है। निश्चय ही तेजेन्द्र शर्मा जी किसी विमर्श की परिधि में नहीं लिखते बल्कि वे कोरे कागज पर एक बिन्दु से कथानक गढ़ते चलते हैं और विमर्श की परिधि साथ-साथ बनती जाती है।

तेजेन्द्र शर्मा जी एक ऐसे कथाकार हैं जो पाठक के समक्ष कथानक का पूरा चित्र खींचते चलते हैं, उनका रेखांकन इतना स्पष्ट है कि पाठक की आँखों के सामने चलचित्र-सा घूमने लगता है और सम्भवतः इसलिए उनकी कहानियाँ हम भूल नहीं पाते। उनको कोई भी कहानी ले जैसे 'ख़्वाहिशों के पैबंद' या 'देह की क़ीमत' आदि। वे शब्दों का रेखांकन करते हुए जीवन के विविध रंगों को भरते चलते हैं, वे रंग कहीं चटकीले तो कहीं उदास हैं। उनमे कहीं भारतीय रंग है तो कहीं विदेशी रंग की छटा है।

'ख़्वाहिशों के पैबंद' कहानी में सैली और माइकल का प्रेम विदेशी पृष्ठभूमि पर बुना गया है। प्रेम का स्वरुप भी विदेशी संस्कृति पर आधारित है पर वहीं तेजेन्द्र शर्मा जी कथानक में भारतीय रंग बिखेर देते हैं जब सैली को जब माइकल के रेस्टोरेंट का बिल चुकाने पर गर्व की अनुभूति होती है। कहानी के अंत में वे पाठक के सम्मुख ट्रांसजेंडर का प्रश्न उठाते हुए उसे हतप्रभ कर देते हैं। पाठक बहुत देर तक इस ताने-बाने में उलझा हुआ रहता है। वरिष्ठ साहित्यकार प्रेम जनमेजय जी मित्रवत भाव लिए तेजेन्द्र शर्मा को सीधे संबोधित करते हुए कहते हैं "तुम्हारी कहानियों की तो आदत बन गयी है अपने पाठकों को डिस्टर्ब करना...समझ गया कि मैं किसी लीक से हटकर लिखने वाले लेखक को पढ़ रहा हूँ।"

तेजेन्द्र शर्मा जी की कहानियों में मृत्यु बोध अनेक रूपों में मिलता है। मृत्यु स्वयं ही जीवन का एक जटिल प्रश्न है कब, कहाँ, कैसे...? तेजेन्द्र शर्मा जी मृत्यु बोध को इतनी सरलता से प्रस्तुत करते हैं कि उसमें भी फैंटेसी का सर्जन होने लगता है। 'वन्स अ सोल्जर' कहानी में सेना से निवृत्त पायलट, उनकी पत्नी और उनके मित्र की मृत्यु के बाद आत्मा में परिवर्तित हो जाना और आत्माओं के माध्यम से कथानक रच देना अद्भुत है। 'मुझे मार डाल बेटा 'कहानी में असहाय पीड़ित वृद्ध द्वारा मृत्यु की याचना का दृश्य हृदय भेदने जैसा है। उनकी अनेक कहानियों में मृत्यु का स्वर उभरता है जैसे जीवन चक्र का हिस्सा मृत्यु है उसी तरह सम्भवतः उनकी कहानियों में मृत्यु कभी प्रश्न बन कर उभरती है,

कभी समाज के कटु यथार्थ को अभिव्यक्त करती है तो कभी आँसू बन कर आँखों से छलकती है और कभी करारा व्यंग्य प्रस्तुत करती है जैसे 'क़ब्र का मुनाफ़ा' कहानी में तेजेन्द्र शर्मा जी ने कहानी के मुख्य चरित्र को मृत्यु में भी व्यापार की इच्छा व्यक्त करते दिखाया है।

तेजेन्द्र शर्मा ने अपने एक साक्षात्कार में कहा था "प्रवासी लेखक अपनी जन्मभूमि के प्रति अपने नास्टेलजिया के बारे मे लिखता है...प्रवासी लेखक भारत से प्रेम भावना रखता है" (साभार-समालोचना)। देश के प्रति अनुराग उनकी कई कहानियों में अभिव्यक्त हुआ है। 'पासपोर्ट का रंग' कहानी में मुख्य पात्र का ब्रिटिश नागरिकता प्राप्त करने के बाद भी भारतीय नागरिकता बनाये रखने की जद्दोजहद भारतीय जड़ों से जुड़े रहने की ही मनोवृत्ति को अंकित करती है।' वन्स अ सोल्जर 'कहानी में भी लंदन में रहने वाले भारतीय सेवानिवृत्त कैप्टन का देश प्रेम मृत्यु के बाद भी उसकी आत्मा में स्थापित है और इसलिए' राफ़ेल युद्ध विमान आने पर वह गौरवान्वित है।

तेजेन्द्र शर्मा स्वयं कहते हैं कि मैं कहता आँखिन की देखी...इसलिए वे ऐसे कथाकार हैं जो अपने अनुभवों को कहानियों में पिरोते चलते हैं, वे विचार व्यक्त करते चलते हैं किसी विचारधारा का अनुमोदन करते नहीं चलते इसलिए उनकी कहानियाँ ताज़गी से परिपूर्ण होती हैं, नयापन होता है उनमें। देश, काल, वातावरण, चरित्र के अनुकूल भाषा सभी का समायोजन बहुत ही संतुलित और प्रभावी ढंग से होता है। वरिष्ठ साहित्यकार नीना पॉल कहती हैं, "तेजेन्द्र शर्मा के पास अनुभवों का भंडार है इन अनुभवों के साथ इनके जीवन संघर्ष की गाथा जुड़ कर विचित्र रस पैदा करती है। इसी रस में गोते लगाते हुए पाठक कभी हँसते हैं तो कभी पलकें छलकाते हैं "(साभार-साहित्य कुंज)

एक साक्षात्कार में तेजेन्द्र शर्मा जी ने एक प्रसंग की चर्चा की थी कि उन्होंने स्वयं साहित्यकार राजेंद्र यादव से कहा था कि मैं यदि मजदूर और किसानों पर लिखूँगा तो झूठ लिखूँगा..। यह साफ़गोई यह स्पष्टता उनके सरल व्यक्तित्व के कथाकार होने को रूपायित करती है। विगत चालीस वर्षों से हिन्दी साहित्य को समृद्ध करने वाले ख्याति प्राप्त वरिष्ठ साहित्यकार तेजेन्द्र शर्मा जब अपने फेसबुक प्रोफाइल पर लिखते हैं "हिन्दी साहित्य को मैं जानने का प्रयास कर रहा हूँ" तो उनका सरल व्यक्तित्व और भी मुखर होता है और यही सरलता उनकी कहानियों में प्रकट हो कर समाज के जटिल से जटिल प्रश्नों को अनायास ही उठा कर पाठक को सोचने-विचारने पर विवश कर देती हैं और पाठक बहुत समय तक उससे निकल नहीं पाता।

वरिष्ठ प्रवासी साहित्यकार ज़किया ज़ुबैरी जी तेजेन्द्र शर्मा के विषय मे कहती हैं "कहते हैं लेखक कभी नहीं मरता, तेजेन्द्र शर्मा जैसा लेखक यदि स्वयं को मारने का प्रयास भी करे तो भी उसका लेखन उसे मरने नहीं देगा।"

वस्तुतः तेजेन्द्र शर्मा ऐसे कथाकार हैं जो किसी बनी-बनाई परिपाटी पर नहीं चलते। वे अपना रास्ता स्वयं तय करते हैं। वे स्वयं कहते हैं कि मैं प्रशंसा से बहुत प्रसन्न नहीं होता और आलोचना से डरता नहीं"। उनका यह वक्तव्य कथाकार तेजेन्द्र शर्मा के आत्मविश्वास का और सरलता का परिचायक है और सम्भवतः इसलिए वे समाज के जटिल प्रश्नों को उठाने वाले सरल कथाकार हैं जिनकी कहानियाँ पुराने और नए दोनों पाठकों को प्रभावित किए बिना नहीं रहतीं।

डॉ. जया आनंद
प्रवक्ता, स्वतंत्र लेखन
(मुम्बई)

प्रश्न मुख्यधारा का या प्राणधारा का?
(संदर्भः तेजेन्द्र शर्मा का कथा-साहित्य)

-कमलेश कुमारी

मुख्यधारा का प्रश्न आज साहित्य जगत में विवाद का विषय बनता जा रहा है। यूँ मुख्यधारा के साहित्य की कोई निश्चित परिभाषा भी नहीं मिलती फिर भी यह कहा जाता रहा है कि जो केन्द्रीयधारा का साहित्य है या कह सकते हैं दिल्ली धारा का साहित्य है और जो दिल्ली से निकलने वाली प्रतिष्ठित पत्र-पत्रिकाओं में साहित्यिक देवताओं द्वारा 'सर्टीफाइड' साहित्य है। साथ ही जिस साहित्य पर शोधार्थी शोध कर रहे हों तथा विशेषतः उसे दिल्ली विश्वविद्यालय के पाठ्यक्रम में समुचित स्थान मिला हो। मुख्यधारा के साहित्य का यह तो सामान्य अर्थ हुआ।

इसे अन्य अर्थों में भी आज देखा-समझा जा रहा है। आजकल किसी साहित्यिक सभा या गोष्ठी में मुख्यधारा पर खूब जोर-शोर से चर्चा सुनाई पड़ती है और यह आरोप लगाया जाता रहा है कि साहित्य में जो नई धाराएँ आयी हैं जैसे दलित-विमर्श, स्त्री-विमर्श अथवा आदिवासी विमर्श इन्हें मुख्यधारा में शामिल क्यों नहीं किया जाता? साहित्य की इन धाराओं को हाशिये का साहित्य क्यों माना जाता है?

इस संदर्भ में वहाँ मुख्यधारा का एक दूसरा ही अर्थ देखा जाता है इसके अनुसार मुख्यधारा का साहित्य यानि सवर्णों अथवा ब्राह्मणों द्वारा रचित साहित्य माना जाता है। स्त्री-विमर्श के संदर्भ में इसका अर्थ निकाला जाता रहा है कि जो पुरुष वर्चस्ववाली साहित्यिक धारा है और जो स्त्रियों द्वारा रचे गए साहित्य को बहुत महत्त्व नहीं देता तथा उसे गौण मानती है। इस प्रकार दलित, स्त्री अथवा आदिवासी साहित्य के अनुसार मुख्यधारा के मायने उच्चवर्ग या ऊँची जातियों द्वारा लिखित साहित्य है उनका तर्क है कि यह मुख्यधारा जातिगत भेदभाव के आधार पर साहित्य का मूल्यांकन करती है और साहित्यिक क्षेत्र पर अपना एकाधिकार समझती है। इस तरह दलित या आदिवासी साहित्य इस

तथाकथित मुख्यधारा वाले साहित्य की दृष्टि में गौण या उपेक्षणीय है जिसे मुख्यधारा में स्थान नहीं दिया जाना चाहिए।

इस दृष्टि से मुख्यधारा के साहित्य में सामंती मानसिकता की जकड़न दिखाई देती है जो साहित्यिक उत्कृष्टता के आधार पर न होकर जाति और वर्ग के आधार पर तय होती है। उसी के आलोक में साहित्य का मूल्यांकन किया जाता है। लेकिन इन अतिवादों, वाद-विवादों से हटकर सही अर्थों में मुख्यधारा की पड़ताल करते हैं तो प्रश्न उठता है कि आख़िर मुख्यधारा या उपेक्षित धारा जैसे सवाल साहित्य में आए ही क्यों? साहित्य के वे कौन से मानक हैं जिसके आधार पर किसी साहित्य को विशिष्टता प्रदान करते हुए उसे 'ए' कैटेगरी का मान लिया जाता है और शेष को 'बी' कैटेगरी का मानकर उसकी उपेक्षा कर दी जाती है। यद्यपि सामान्यतः मुख्यधारा का संबंध एक ऐसी साहित्यिक धारा से है जो समुचित सामाजिक वर्गों के हितों को ध्यान में रखकर चलते हुए मानवीय अन्तर्संबंधों की जटिलताओं को राष्ट्रीय-अन्तर्राष्ट्रीय स्तर पर देखती समझती है। साथ ही जो पाठकों के एक बड़े वर्ग द्वारा प्रतिष्ठा पा चुकी हो।

इस संदर्भ में यदि हम प्रवासी कहानी साहित्य और विशेषतः इंग्लैंड के अकेले तेजेन्द्र शर्मा की कहानियों का विश्लेषण करें तो यह निश्चित रूप से कहा जा सकता है कि मुख्यधारा ने जो लीक बनाई थी या जो मानक तय किये थे तेजेन्द्र जी की कहानियाँ उन तमाम बैरियर को तोड़ती हुई लीक से हटकर चलने वाली कहानियाँ हैं। ये कहानियाँ मुख्यधारा की हों न हों वरन् साहित्य की प्राणधारा की कहानियाँ अवश्य हैं और इसलिए ये मुख्यधारा से गिड़गिड़ाकर भीख नहीं मांगती कि वह इन्हें कुछ जगह दे दे जिससे ये भी प्रतिष्ठित हो जाएँ। इसके विपरीत तेजेन्द्र जी तो एक प्रतिष्ठित साहित्यकार हैं ही उन्हें साहित्यिक मंच पर स्थापित होने के लिए किसी 'ब्राण्ड' की आवश्यकता नहीं।

दरअसल साहित्य साहित्य होता है उसमें मुख्य या गौण जैसे वर्ग बनाकर उन्हें विभाजित करना एक साहित्यिक षडयंत्र के अतिरिक्त और कुछ नहीं। यदि कोई साहित्य समाज के उन तमाम सांस्कृतिक, राष्ट्रीय-अन्तर्राष्ट्रीय, वैयक्तिक, एवं पारिवारिक मुद्दों को उठाता है तो ऐसे साहित्य को बजाय सम्मान और प्रतिष्ठा देने के हम उसे प्रवासी साहित्य कह कर उसे गंभीरता से न लेकर उसकी उपेक्षा कर दें यह हिन्दी के साहित्य-संसार के लिए बहुत खतरनाक होगा, क्योंकि हिन्दी साहित्य को अन्तर्राष्ट्रीय स्तर पर पहचान और उसका प्रचार-प्रसार का कार्य मुख्यधारा ने नहीं किया वरन् इन प्रवासी साहित्यकारों के कारण ही संभव हुआ है।

वर्तमान युग वैश्वीकरण, टेक्नोलॉजी, बाजारवाद एवं उपभोक्तावाद का तो है ही इसके परिणामस्वरूप मूल्य संक्रमण का युग भी है। जो परंपरागत मूल्य थे उनका बड़ी तेजी से सहास हुआ है और दिन प्रतिदिन नित नई चुनौतियाँ एवं जटिलताएँ और नए-नए प्रश्न देश और दुनिया के समक्ष उठ रहे हैं जिनका समाधान साहित्यकार अपने साहित्य में निरन्तर तलाशता रहता है। इस आधार पर तेजेन्द्र शर्मा का कहानी जगत अपनी एक विशिष्ट पहचान रखता है। इनकी कहानियों का फलक बहुत व्यापक है। भारत ही नहीं वरन् पूरे वैश्विक समाज और संस्कृति का आइना हैं ये कहानियाँ। लेखक का अनुभव संसार इतना समृद्ध है कि उनके रचना जगत में सम्पूर्ण विश्व की समस्याएँ समायी हुई हैं। चाहे समाज का मध्यवर्ग, निम्नवर्ग या उच्च मध्यवर्ग हो ये कहानियाँ सभी की आन्तरिक जटिलताओं को बखूबी समझती हैं। साथ ही मानवीय संवेदनाओं और सामाजिक सरोकारों के ठोस यथार्थ को भी व्यक्त करती हैं।

वस्तुतः लेखक की कहानियों में विषय वैविध्य इतना अधिक है कि पूरी दुनिया और मानवीय जीवन की सूक्ष्म से सूक्ष्मतर भावनाओं का सच (चाहे नकारात्मक हो अथवा सकारात्मक) इन कहानियों में गहराई से पिरोया हुआ है। ये कहानियाँ मुख्यतः नगरीय जीवन के मध्यवर्गीय समाज के यथार्थ को उद्‌घाटित करती हैं। शहरी जीवन से जुड़ी आम आदमी की समस्याएँ, उनके सपने, उनके संघर्ष, घुटन, संत्रास और उनके यथार्थ सभी कुछ तो हैं इन कहानियों में। एक ओर 'देह की कीमत' मानवीय संवेदनाओं के षस की कहानी कहती हैं जिसमें पम्मी तीन लाख रुपये का ड्राफ्ट लेकर यह नहीं समझ पाती कि 'यह उसके पति की देह की कीमत है या उसके साथ बिताए पांच महीनों की कीमत'। दूसरी ओर प्रस्तुत कहानी उस सत्य की भी पड़ताल करती है जिससे एक निम्न मध्यवर्गीय परिवार का प्रतिदिन का वास्ता है और वह है पम्मी की गरीबी, हरदीप का जापान में अवैध प्रवास और सबसे बड़ा सच आत्मीय संबंधों का सूखता रस और इसका स्थान लेती इंसान की भौतिकवादी सोच।

'कब्र का मुनाफा' कहानी जो भूमण्डलीकरण के दौर में पूँजीवादी बाजारवाद के यथार्थ को उद्‌घाटित करती है। यह कहानी एक ओर भौतिकता की अंधी दौड़ के यथार्थ को रेखांकित करती है जिसमें कब्र की ज़मीन से भी मुनाफा कमाने की जुगत है तो दूसरी ओर साम्प्रदायिक मनोवृत्ति का भी परिचय देती है। साथ ही मुस्लिम समुदाय में स्त्री की उपेक्षित स्थिति, भोग-ऐश्वर्य की वस्तुओं का प्रदर्शन सभी कुछ भूमंडलीय बाजारवादी संस्कृति के यथार्थ को व्यक्त करते हैं। अर्थात् आज के उपभोक्तावादी युग में एक अति महत्त्वाकांक्षी

इंसान की अंतहीन अंधी दौड़ के कारण स्वार्थ परायणता की पराकाष्ठा तथा संवेदनहीनता या कहें कि मशीन के रूप में तब्दील होते इंसान की कहानी ही दरअसल 'कब्र का मुनाफा' है। यद्यपि एक लम्बी सूची है तेजेन्द्र जी की कहानियों की लेकिन यहाँ केवल कुछ कहानियों की चर्चा ही अपेक्षित है।

दरअसल ये कहानियाँ अपने समय की नब्ज को टटोलने वाली कहानियाँ हैं जिस तरह आज बड़ी तेजी से समय और समाज बदल रहे हैं और समाज तथा विश्व नई-नई चुनौतियों-समस्याओं से जूझ रहा है कहानीकार ने अपनी कहानियों में समाज के इसी संकट और सिकुड़न को बड़े ही अनोखे अंदाज में व्यक्त किया है। यहाँ 'चरमराहट' कहानी की चर्चा करना आवश्यक है। आज धर्म एक प्रमुख मुद्दा बन गया है। यह विश्व की एक ऐसी ज्वलंत समस्या है जिस पर अधिकांश साहित्यकार या तो लिखने से बचते हैं अन्यथा कोई टिप्पणी भी करते हैं तो बड़ी सावधानी से। ऐसे में 'चरमराहट' कहानी लेखक के साहस और उनकी तटस्थता का प्रतीक है। यह कहानी सही अर्थों में वैश्विक प्रश्न को उठाती है। लगभग पूरा विश्व इस प्रश्न के उत्तर खोजने में लगा है। इंसान के जीवन में धर्म का क्या और कितना योगदान है, इसकी परख ही नहीं करती वरन् धर्म का अर्थ आज क्या हो गया है इसका खुलासा भी कहानी करती है। देश में अयोध्या का बाबरी-मस्जिद-ढाँचा ही नहीं चरमराया वरन् उसके साथ इंसानी रिश्ते भी चरमराए और बहुत कुछ चरमरा गया था...लोगों का विश्वास, प्यार, भाईचारा, समाज की नींव सब चरमरा गया। धर्म हमें हजारों साल पीछे ले जा रहा है और इसके नाम पर हम कट मरते हैं।' क्या यही धर्म है? यह कैसी विडम्बना है कि विज्ञान और टेक्नोलॉजी के युग में भी धर्म के नाम पर पूरी दुनिया इंसानियत के खिलाफ हो रही है। यह एक ऐसा मुद्दा है जो विश्व को आज सोचने पर मजबूर करता है। कहानी इसी विद्रूप धार्मिक मानसिकता के सच को उजागर करती है। मानवीय संवेदन शून्यता की पराकाष्ठा आज के भौतिकवादी युग की मुख्य पहचान बनती जा रही है।

ऐसे में लेखक की 'काला सागर' कहानी का उल्लेख करना संगत प्रतीत होता है। लेखक पूरी ईमानदारी से मानवीय मानसिकता की क्रूरता को व्यक्त करने में समर्थ है विमान हादसे में अपने परिवार वालों के शव लाने वालों की संवेदनशून्यता स्तब्ध कर देती है। लाशों के क्रियाकर्म के पश्चात परिजनों का टी. वी., वी.सी.आर. खरीदना, शॉपिंग करना, शराब पीना और अधिक वजन ले जाने के लिए लड़ना कि उनका तो स्पेशल केस है हमारे समाज की विकृत मानसिकता को व्यंजित करता है जो निःसंदेह आज के हर समाज का नंगा सच

भी है। जड़ होती मानवीयता या कहें मशीनी सभ्यता में मशीन बनते मानव की कहानी है 'काला सागर'। कहानी में मूल्य स्तर पर अनेक सवाल उठाए गए हैं। अपने समय-समाज के ये ज्वलंत प्रश्न कहानी के यथार्थ की विस्तृत और व्यापक फलक की सूचना देते हैं।

इसी तरह आज स्त्री-विमर्श या स्त्री-चेतना के नारे साहित्य में खूब सुनाई पड़ते हैं। कहानीकार तेजेन्द्र की अधिकांश कहानियाँ बिना शोर-शराबे के बिना किसी नारे या वाद के चुपचाप स्त्री अस्मिता के उन तमाम अनछुए सूत्रों की तलाश करती हैं जो नारी अस्मिता की गढन्त और पितृसत्तात्मक समाज में आज की नारी के विद्रोह को नए साँचे में ढालते हैं। 'कल फिर आना' कहानी स्त्री-विमर्श का एक नया अध्याय है। दरअसल अपना हक, (शारीरिक या मानसिक) अपना सुख पाना स्त्री का अधिकार है। प्रस्तुत कहानी पुरुष की उपेक्षा का विरोध एक नए ढंग से करती है यदि पुरुष पर स्त्री से संबंध बना सकता है तो वह क्यों नहीं? कहानी स्त्री की ज़रूरतबोध के आधार पर 'सेक्स' को एक दवाई, एक ट्रीटमेंट के रूप में प्रस्तुत करती है। सही अर्थों में देखा जाए तो यह एक उपेक्षिता या वंचिता का पुरुष सत्ता के विरुद्ध एक अलग किस्म का विद्रोह है, जिसका कारण कोई और नहीं स्वयं पुरुष ही है। इसी प्रकार उनकी अन्य उल्लेखनीय कहानियों में 'बेघर आँखें', 'ईंटों का जंगल', 'पासपोर्ट का रंग', 'कैंसर', 'ढिबरी टाइट', 'अभिशप्त' आदि अनेक श्रेष्ठ कहानियों के नाम लिये जा सकते हैं पर फिर 'बाढ़े कथा पार नहीं लहहुँ' वाली उक्ति चरितार्थ हो जाएगी।

अभिव्यक्ति कला की दृष्टि से यदि एक ओर रीतिकालीन बिहारी 'गागर में सागर' भरने की कला में निपुण थे तो तेजेन्द्र जी की कहानियाँ भी शिल्प की इस कला में निराली हैं ये कहानियाँ भी सहज रूप में कुछ न कहकर भी बहुत कुछ कह जाती हैं। इस संदर्भ में असगर वजाहत की टिप्पणी उल्लेखनीय है कि "तेजेन्द्र की कहानियाँ सामाजिक, पारिवारिक, राजनैतिक विसंगतियों को जिस तरह सामने लाती हैं और जैसा मार्मिक विवरण करती हैं वैसा कम ही देखा जाता है। वे विसंगतियों के शिल्पी हैं।" इसी प्रकार पुष्पा भारती इनकी कहानियों को 'एक बेहतर इंसान को जगाने की कोशिश' बताती हैं। क्योंकि बात मुख्यधारा के साहित्य की हो रही है तो उसके अनुसार शिल्प भी तो मुख्यधारायी होना चाहिए। इस दृष्टि से राजेन्द्र यादव की टिप्पणी का उल्लेख करना पर्याप्त होगा। वे कहते हैं कि "तेजेन्द्र को आर्ट ऑफ नैरेशन की गहरी समझ है। वह बखूबी

जानते हैं कि स्थितियों को, व्यक्ति के अंतर्द्वन्द्वों, संबंधों की जटिलताओं को कैसे कहानी में रूपांतरित किया जाता है। तेजेन्द्र की कहानियाँ परिपक्व दिमाग की कहानियाँ हैं।" इसके अतिरिक्त इनके चुस्त संवाद और भाषा गहराई लिए हुए है। इनकी भाषा में व्यंग्य, चुटीलापन और कहानी कहने का एक अलग अंदाज उन्हें एक स्थापित कहानीकारों की श्रेणी में ला खड़ा करता है जिसके लिए किसी प्रकार की पैरवी करने की आवश्यकता नहीं। वरन् उनकी कहानियाँ मुख्यधारा के साहित्य में खुद ब खुद अपनी जगह बना लेती हैं।

अब प्रश्न उठता है कि प्रवासी साहित्य और विशेषत: तेजेन्द्र शर्मा के कथा-साहित्य का (तथाकथित) मुख्यधारा में क्या स्थान है? इस संदर्भ में दरअसल मुख्य मुद्दा है चर्चा का, अर्थात इन साहित्यकारों की निरंतर मांग रही है कि इनके साहित्य की चर्चा होनी चाहिए मुख्यधारा या दिल्ली-धारा के साहित्य में। इस साहित्य को वहाँ स्थान मिले। साथ ही इस साहित्य पर शोधार्थी शोध करें एवं विश्वविद्यालयों के पाठ्यक्रम में यह साहित्य पढ़ा-पढ़ाया जाए। यहाँ यह प्रश्न उठता है कि क्या ये साहित्यकार कुछ गलत मांग कर रहे हैं। एक ओर हम इंग्लैंड, अमेरीका, जर्मनी, इटली, फ्रांस आदि देशों के अंग्रेजी साहित्य को पढ़ते-पढ़ाते हैं या फिर अनुवाद रूप में उस साहित्य को अपने यहाँ के पाठ्यक्रमों में शामिल करते हैं जो कि विदेशी साहित्यकारों का साहित्य है तो फिर तेजेन्द्र शर्मा तो हमारे अपने हैं, भारतीय और उनका साहित्य किसी भी दृष्टि से विश्व साहित्य कमतर नहीं है। फिर उनके या उनके जैसे अन्य साहित्यकारों के साथ यह सौतेला व्यवहार क्यों?

यहाँ यह उल्लेख करना आवश्यक है कि तेजेन्द्र शर्मा की अनेक कहानियाँ 'हंस' पत्रिका में प्रकाशित होती रही हैं और उनकी कहानियों पर सभा गोष्ठियों में पर्याप्त चर्चा-परिचर्चा निरन्तर होती रहती है इतना ही नहीं, उनकी कहानियों पर कई शोधार्थी शोधकार्य भी कर रहे हैं और चौधरी चरण सिंह विश्वविद्यालय तथा आम्बेडकर विश्वविद्यालय दिल्ली में उनकी कहानियाँ पाठ्यक्रम में भी शामिल हैं इसके अतिरिक्त हिंदी साहित्य के क्षेत्र में उनकी उत्कृष्ट कहानियों के लिए उन्हें अनेक पुरस्कार प्रदान किये जा चुके हैं अभी हाल ही में उन्हें 'केन्द्रीय हिन्दी निदेशालय' की ओर से एक श्रेष्ठ साहित्यकार के रूप में पुरस्कृत करने की घोषणा भी हुई है आदि-आदि।

यहाँ तेजेन्द्र जी की साहित्यिक उपलब्धियों का वर्णन करना मेरा मकसद नहीं था वरन् मैं यह कहना चाहती हूँ कि ऐसा साहित्य जो देश से बाहर भी

हिन्दी साहित्य को समृद्ध कर रहा है और प्रत्येक स्तर पर न केवल खरा उतरता है वरन् अपनी एक जबरदस्त पहचान बनाते हुए वैश्विक मंच पर अपनी उपस्थिति दर्ज कराता है। यह वह साहित्य है जिसने अपनी ज़मीन अपना आसमान खुद तलाशा है बिना किसी विचारधारा (मार्क्सवाद) की बैसाखियों के। ऐसे साहित्य को हम यूँ ही 'रिजेक्ट' नहीं कर सकते क्योंकि एक बड़े पाठक वर्ग ने उसे दिल से स्वीकार किया है और मैं समझती हूँ कि किसी भी साहित्य की सबसे बड़ी कसौटी यदि कोई है तो वह है उसके पाठक न कि कोई विचारधारा या वर्ग।

इस संदर्भ में डॉ. कमल किशोर गोयनका के शब्दों का उल्लेख करना ज़रूरी है कि 'अब यह निःसंकोच कहा जा सकता है कि हिन्दी के प्रवासी साहित्य की एक स्वतंत्र सत्ता बन गई है और अब उसे हिन्दी साहित्य की मुख्यधारा के साथ रखना, देखना, पढ़ना तथा परीक्षण करना अनिवार्य हो गया है।' इस प्रकार तेजेन्द्र शर्मा का कथा साहित्य स्वदेश-परदेश के द्वन्द्व से नयी-नयी अनुभूतियों से गुजरता हुआ नये भाव-बोध एवं नये दृष्टिकोण और हिन्दी कहानी साहित्य को एक नये प्रकार की संवेदनाओं को लेकर चलता है ये कहानियाँ हिन्दी साहित्य को एक नई दिशा देती हैं और उसका अनेक अज्ञात सन्दर्भों में विस्तार करती हुई खुद-ब-खुद मुख्यधारा का अंग बन जाती हैं। यहाँ ज्ञातव्य है कि इन कहानियों को मुख्यधारा का अंग बनाने की ज़रूरत ही नहीं वरन् अपनी आत्मा और अपने कलेवर की श्रेष्ठता के कारण अब तेजेन्द्र शर्मा कथा साहित्य के क्षेत्र में एक स्थापित स्तंभ हैं। यदि मैं एक वाक्य में कहूँ तो इन कहानियों में 'जान' है। अतः मुख्यधारा नहीं वरन् ये साहित्य की प्राणधारा की कहानियाँ हैं।

अंत में डंके की चोट पर यह उद्घोषणा करने में कोई संकोच नहीं कि तेजेन्द्र शर्मा की भारतीय ही नहीं वैश्विक हिन्दी मंच पर प्रतिष्ठा है और इनके पाठकों की संख्या किसी भी लोकप्रिय हिन्दी लेखक से कम नहीं। इस स्थिति में तेजेन्द्र जी के साहित्य की विशिष्टता एवं प्रतिष्ठा की उपेक्षा निश्चित रूप से एक साहित्यिक अपराध होगा। डॉ. गोयनका के शब्दों में "हिन्दी के प्रवासी साहित्य की गति और विकास को अब कोई भी विरोधी शक्ति नहीं रोक सकती। वह हिन्दी साहित्य की एक सशक्त धारा बन चुकी है और उसे हिन्दी साहित्य की प्रमुख धारा में सम्मानपूर्वक स्थान देना ही होगा।" एक सशक्त हस्ताक्षर के रूप में तेजेन्द्र शर्मा एक प्रतिष्ठित कहानीकार हैं और रहेंगे। अंत में कहना होगा-

'अपनी ज़मीन अपना आसमान पैदा कर
एक नया विश्वास पैदा कर
यहाँ मांगने से कुछ नहीं मिलता 'ए' दोस्त
अपना एक नया इतिहास पैदा कर'

कमलेश कुमारी

वरिष्ठ सहायक प्रोफेसर
(हिन्दी-विभाग)
शहीद भगत सिंह कॉलेज
दिल्ली विश्वविद्यालय, दिल्ली
Mob: 9810543073
Email&kamleshsbsc-kumari@gmail.com

बेचैन करती कहानियां

-मधु अरोड़ा

बदलते समय के परिदृश्य में हिंदी कथा साहित्य का क्षेत्र भी बदला है है और आज हम सभी इस बदलाव को पूरी तरह से न सही सही परंतु आंशिक रूप से थोड़ा और अधिक स्वीकार कर चुके हैं। या यूँ कहें कि हम स्वीकार कर रहे हैं।

प्रश्न यह है कि किस स्वीकारोक्तिं की बात हो रही है? तो उत्तर है कि भारत से इतर रचे जानेवाले साहित्य की।

प्रत्येक देश और उस देश में स्थित समाज का अपना कोई न कोई महत्व? होता है। है। वह महत्व सामाजिक क्षेत्र का भी हो सकता है, आर्थिक क्षेत्र का भी और राजनैतिक क्षेत्र का भी हो सकता है और सांस्कृतिक क्षेत्र का भी।

परंतु हर वह देश प्रत्येक व्यक्ति के लिये महत्वपूर्ण एवं सुखद अनुभूति प्रदान करनेवाला करनेवाला होता है, जहाँ उसके नागरिक सुखी एवं स्वतंत्र रूप से निवास कर सकें। वह देश एवं उसका समाज तभी अपने नागरिकों के लिये गौरव का विषय बन सकता है, जब वहाँ के नागरिकों को प्रवासी होने का तनिक आभास न हो या कोई उसके साथ सौतेला व्यवहार न करे।

परंतु क्या वास्ताविकता में ऐसा है? उत्तर मिलेगा...नहीं।

इस प्रश्नं का उत्तर केवल और केवल वही मात्र दे सकता है है जो अपने मुल्क़ की सौंधी मिट्टी की खुशबू को छोड़कर प्रवासी हो गये हैं।

आज के दौर में प्रवासी साहित्य के क्षेत्र में तेजी से से उभरकर आनेवाला नाम हैं...तेजेन्द्र शर्मा का, जिन्होंने अपनी कहानियों में इस दर्द को बहुत ही मार्मिकता एवं कारुणिक शब्दों के साथ उकेरा है। जिन्हें पढ़ने के बाद एक ऐसी बेचैनी और छटपटाहट का रेशा मन-मस्तिष्क में कौंधने लगता है। साथ ही इसका प्रभाव काफी लंबे समय तक पाठक वर्ग के ज़ेहन में बना रहता है।

इससे पहले मैंने विस्थापन शब्द को केवल पढ़ा था, किंतु उसका सही

मायनों में क्या अर्थ होता है और विस्थापन किसे कहते हैं, इसकी पुष्टि मुझे तेजेन्द्र जी की कहानियों को पढ़ने के बाद हुई।

विस्थापन का दंश क्या होता है? विस्थापन का दर्द कैसा होता है, इसे आप उनकी हर कहानी को पढ़कर समझ सकते हैं।

कहानी भले ही अपने कलेवर में अन्यय विधाओं से छोटी होती है, परंतु थोड़े में ज़्यादा कहने की प्रवृत्ति हमेशा बनी रहती है। है। अर्थात् 'गागर में सागर' भरने की कला में निपुण होती हैं कहानियाँ।

प्राय: हम किसी लेखक को पढ़ते हुए पाते हैं कि उनमें कथा कहते-कहते भटकाव आ जाता है परंतु तेजेन्द्र शर्मा की कहानियों में उन्हें इस स्थिति से बचते हुए देखा जा सकता है।

हर वो कहानी, चाहे 'काला सागर' हो या 'क़ब्र का मुनाफ़ा', या 'देह की कीमत', 'मुझेमार डाल बेटा' या 'टेलीफोन की लाइन'।

इन कहानियों को पढ़ते हुए ऐसा लगता है जैसे पाठक स्वयं उस स्थाान पर खड़ा हो हो और वे सारी घटनाएँ स्वहयं पाठक वर्ग के साथ घटित हो रही हों।

भू-मंडलीकरण के इस दौर में आज मनुष्य भले ही स्व। तंत्र हो कहीं भी आने-जाने एवं कहीं भी जाकर रहने के लिये स्वतंत्र हो, परंतु स्थाई रूप से कहीं जाकर रहने एवं वहाँ जाकर अपना रोज़गार शुरु करने की कल्पना उतनी ही भयावह है, जैसे चट्टान को काट-काटकर मूर्ति बनाने की चेष्टा।

यदि आप स्थितियों का सही सही मूल्यांतकन करेंगे तो आप देखेंगे कि आज प्रवास में जाकर रहना और नागरिकता को प्राप्ता कर लेना मात्र एक शौक नहीं रह गया है, यह कहीं न कहीं मनुष्य के भटकाव की स्थिति को भी दर्शाता है आप प्रश्न करेंगे कि कैसे?

हाँ, इससे इन्कार नहीं किया जा सकता सकता कि शिक्षा का विस्तार हुआ है, शिक्षित वर्गों की संख्या में बढ़ोत्तरी हुई है और इस नाते उनमें अपनी प्रतिभा का सही मूल्याँ कन करने की क्षमता भी बढ़ी है। परंतु क्या आपको नहीं लगता कि शिक्षा से भी ज़्यादा महत्वपूर्ण भूमिका यहाँ पैसों की है। विकसित देशों की यही तो विशेषता है कि वहाँ पैसा अधिक है और पैसे के साथ-साथ नाम भी, भले ही आदमी वहाँ जाकर कूड़ा उठाता हो, या फिर स्वीपर का ही काम करता हो, परंतु प्रवास में जाकर रहने और रोज़गार करने में ही कितना बड़ा नेम-फेम है।

कहानी 'देह की कीमत' से तेजेन्द्र जी की यही स्थिति स्पष्ट होती है कि किस तरह क नव-विवाहित युवक जापान जाने की चाह में ग़ैरकानूनी तरीके को

अपनाता है और ज़्यादा पढ़े-लिखे न होने की वजह से लेबर का काम करने पर विवश हो जाता है और अंततः काल के गाल के समा जाता है।

इसे विस्थापन कर दर्द कहेंगे या कहेंगे मनुष्य की कभी पूरी न होने वाली लालसा। अथवा इसे कहेंगे सो-कॉल्डर शो ऑफ, जिसका खोल मनुष्य उम्र ओढ़े रहना चाहता है। उदाहरण के तौर पर 'देह की कीमत' का अंश देखें,

'फरीदाबाद का वैध नागरिक, खाते-पीते घर का 'काका' जापान में अवैध काम करने को अभिशप्त था...वहाँ तो कुली भी बन जाता था, तो कभी रेस्टॉरेंट में बर्तन भी मांज लेता था...हर वह काम जो हरदीप अपने देश में कभी किसी भी कीमत पर नहीं करता, जापान में सहर्ष कर लेता था...कारण? झूठी शान के अतिरिक्त और क्या हो सकता है? कि लड़का जापान में काम करता है।' (पृष्ठ 28)

उपर्युक्त गद्यांश से यह स्वतः ज्ञात हो जाता है कि मनुष्य में दिखावा करने की चाह किस हद तक हावी रहती है, जिसके लिये वह कोई भी कीमत चुकाने को तैयार है। इस दिखावे और इंपोर्टेड चीज़ों की चाह हरदीप को कहाँ पहुँचा देती है, इसकी कल्पना भी उसने कभी नहीं की होगी।

सवाल यह है कि हरदीप की ये हालत हुई क्यों? क्या, उसकी आकांक्षा को रोका नहीं जा सकता था? बिल्कुल रोका जा सकता था, पर रोकेगा कौन? ज़ाहिर-सी बात है कि घर के बुज़ुर्ग। लेकिन जब घर के बड़े बुज़ुर्गों में ही विदेशी वस्तुओं के प्रति तीव्र लालसा हो तो यक़ीनन बच्चों में लालच का बीज अंकुरित होगा ही।

भारत के दिवंगत पूर्व राष्ट्रपति डॉक्टर एपी जे अब्दुल कलाम ने बहुत ही मूल्यवानशब्द कहे थे, 'बच्चों के भविष्य का निर्माण तीन ही लोग बेहतर तरीके से कर सकते हैं।। माता, पिता और प्राइमरीटीचर्स। 'इन तीनों के ऊपर ही दारोमदार रहता है बच्चोंत की परवरिश और भविष्य निर्माण का।

ठीक इसी प्रकार विस्थापन की स्थिति में जी रहे लोगों की मनःस्थिति जायज़ा ले सकते हैं। इसका उदाहरण हमें उनकी कहानी, 'मुझे मार डाल बेटा' में मिलता है, जहाँ बाऊजी (चार्टर्ड अकाउटेंट) अपनी संपूर्ण मातृभूमि के दर्शन कर लेना चाहते हैं, परंतु विस्थापन का डंक उन्हें इसकी इज़ाजत नहीं देता।

'शरणार्थी! अपने ही देश में शरणार्थी!, पीड़ा...विस्थापन की पीड़ा! अपनी मर्जी से विदेश में जाकर बसने जाना एक अलग बात है, परंतु तलवार के ज़ोर पर अपने ही देश में विस्थापित हो जाना? (पृष्ठ-52)

इसके साथ ही उन्हें अपने वतन की याद किस कदर सताती है, इसका

अनुमान उनकी इन्हीं पंक्तियों से लगाया जा सकता है,

'करवां है मन मत्थेजलांवां, भुड़ वतन दी खाक नूं
करके सजदे सिर झुकावां, उस ज़मीने पाक नूं (पृष्ठ2-53)

एक तिलमिलाहट, एक छटपटाहट और कुछ न कर पाने की बेबसी तेजेन्द्र शर्मा की कहानियों में अद्यतन देखने को मिलती है और यही उनकी कहानियों को अन्य कहानियों से अलग करती है। इनकी कहानियों को पढ़ने के बाद पाठक के मन पर जो असर पड़ता है, उसे परिभाषित करने के लिये एक ही शब्द-पद है..."बेचैन करती कहानियाँ"

प्रवास में रहने जाने का जो अनुभव है, वह कितना सुखद है और उससे कहीं अधिक वहाँ रहने का जो दुखद अनुभव है, उसे समझने के लिये ये कहानियाँ एक सच्चे मार्गदर्शक की भूमिका निभाने में समर्थ हैं।

लोग भले ही विदेश में जाकर रहने का दंभ भरते हैं, परंतु उन्हें यह नहीं पता कि उनकी अपनी पहचान उन्हें केवल अपनी ही सरज़मीं से मिल सकती है न कि प्रवासी रूप में रह रहे विदेश की मिट्टी से।

प्रवासी शब्दश अपने आपमें भिन्नता को, विस्थापिन को दर्शाता है। प्र+वासी. ..प्र अर्थात...अन्यन, दूसरा, भिन्न, और 'वासी' याने दूसरे देश में जाकर निवास करनेवाला, बसर करनेवाला।

जो अपने आप में परिपूर्ण न हो, जो अपने आपसे ही भिन्निता को दर्शाता हो, वह कैसे किसी के लिये संपूर्णता का परिचायक हो सकता है? सभी साधनों एवं सुविधाओं से लैस होने के बावजूद एक अलगाव, एक अजनबीपन की स्थिति सदैव बनी रहती है प्रवासियों के जीवन में।

तेजेन्द्रे शर्मा की कहानियों की सबसे बड़ी खूबी यही है कि वे कहानी को कब किस मोड़ पर पहुँचा देंगे, इसका कयास लगाना भी पाठक वर्ग के लिये दूर की कौड़ी मालूम होती है। प्रत्येचक कहानी का एक टर्निंगपॉइंट हैरान कर देनेवाला एक वाक़या प्रतीत होता है।

प्रत्येक कहानी का अंत पाठकों को आश्चर्यचकित कर देने के साथ-साथ उसकी अपेक्षा अलग उठकर जा खड़ी होती है। पाठक वर्ग की अपेक्षाओं से बिल्कुल अलग नतीजे घोषित करती हैं सभी कहानियाँ।

उदाहरण के लिये उनकी कहानी 'क़ब्र का मुनाफा' देख लीजिये जिसमें मनुष्य पर झूठी शान हावी होती हुई दिखाई गई है। मरने के बाद भी मनुष्य नेम-फेम कमाना चाहता है है और अपनी आन-बान-शान में कोई कमी नहीं आने देना चाहता।

आय से भी अधिक पैसा कमाने जिसे मुनाफ़ा कहते हैं, की चाह में इसके पात्र अंततः एक ऐसा रोज़गार ढूंढ़ निकालते हैं, जो मनुष्य के सोच के बाहर की चीज़ है। अर्थात क़ब्र के लिये तय की हुई ज़मीन को समय के साथ दोगुनी कीमत पर बेचना...और उससे डबल मुनाफ़ा कमाना।

इंसानी दिमाग़ में उपजने वाला एक अनैतिक रोज़गार, जहाँ दया, करुणा, स्नेघ्ह, ममता एवं संवेदना के लिये कोई स्थान नहीं। संवेदनहीन होकर ही यह बिजनेस किया जा सकता है, संवेदनशील होकर नहीं।

"अरे भाभी, आपको ख़लील भाई ने बताया नहीं कि उनकी स्कीम की ख़ास बात क्या है? उनका कहना है कि अगर आप किसी एक्सीडेन्ट या हादसे का शिकार हो जाएँ, जैसे आग से जल मरें तो वो लाश का ऐसा मेकअप करेंगे कि लाश एकदम जवान और ख़ूबसूरत दिखाई दे। अब आप ही सोचिये ऐसी कौन-सी ख़ातून है जो मरने के बाद ख़ूबसूरत और जवान न दिखना चाहेगी? "
अंतिम पृष्ठ पर निम्नलिखित पंक्तियाँ देखें...

और अब इन्फ़लेशन की वजह से उन कब्रों की कीमत हो गई है ग्यारह सौ पाउण्डय ानि कि आपका हुआ है कुल चार सौ पाउण्ड का फ़ायदा।"

ख़लील ने कहा, "क्या चार सौ पाउण्ड का फ़ायदा, बस साल भर में!" उसने नज़म की तरफ़ देखा। नज़म की आँखों में भी वही चमक थी।

नया धन्धा मिल गया था!

इस कहानी का अंत चौंकाने वाली प्रवृत्ति लिये हमारे सामने प्रकट होती है।

'टेलीफोन लाइन' जिसका अंत पाठकों की सोच से परे होता है, जब सोफिया अवतार सिंह से कहती है, 'तुम मेरे दोस्त हो...तुम तो मुझ से प्यार भी करते थे...तुम आजकल हो भी अकेले...भला तुम...तुम खुद ही मेरी बेटी से शादी क्यों नहीं कर लेते? तुम्हारा घर भी बस जाएगा और मेरी बेटी की ज़िंदगी भी सैटल हो जाएगी...तुम सुन रहे हो...'

ये जो अंतिम पंक्ति है, 'मेरी बेटी की ज़िंदगी भी सैटल हो जाएगी।' एक बहुत बड़ा सवाल खड़ा करती है कि सैटलमेंट! आख़िर किस सैटलमेंट की बात हो रही है? तो विदेश में रहकर वहाँ की नागरिकता प्राप्तं करने का सैटलमेंट? वहाँ के अधिकारों को प्राप्तव करने का सैटलमेंट? या वहाँ स्थायी रूप से बस जाने का सैटलमेंट?

इस प्रवासी होने के मोह में इंसानियत किस कदर मर जाती है एवं इंसान किस प्रकार विवेकशून्य हो जाता है, इसका एक यथार्थ और जागरुक उदाहरण है यह कहानी। सैटलमेंट के चक्कर में सोफिया अपनी बेटी की ज़िंदगी की

बागडोर एक ऐसे बूढ़े आदमी के हाथों में सौंप देना चाहती है, जिससे कभी वह खुद प्यार करती थी, सिर्फ़ इसलिये कि वह बंदा (अवतार सिंह) लंदन का स्थोयी नागरिक है और वहाँ की स्थाई नागरिकता प्राप्त कर चुका है।

इस सैटलमेंट की महत्वाकांक्षी प्रवृत्ति के कारण वह इतनी अंधी हो चुकी है कि उसे अपनी बेटी और अवतार सिंह के बीच की उम्र का फासला भी नज़र नहीं आया। न उसे अनमेल विवाह का खयाल आया और न ही अपनी बेटी की खुशी का। और न ही बेटी को मिलने वाले शारीरिक सुख का, जो युवा व्यक्तित्व में होता है। इन तमाम बातों एवं यथार्थ से बेफिक्र सोफिया को केवल मात्र सैटलमेंट ही दिखाई दिया...आश्चर्य है...!!

क्यो आज मनुष्य की इच्छाओं ने इतना छद्म रूप धारण कर लिया है कि वह अपनी सारी नैतिकताओं को ताक़ पर रखकर केवल एक अंधी दौड़ के पीछे भागते रहने को ही अपना परम कर्तव्य मान लिया है। नैतिकता! अच्छा शब्द है किसीको उसका कर्तव्य बोध एवं इंसानी फितरत को याद दिलाने के लिये। इसी शब्दक से जुड़ी उनकी एक कहानी है, 'काला सागर।' जहाँ सारी नैतिकताओं को तार-तार करते हुए दिखाया हैं तेजेन्द्रजी ने। यह कहानी न केवल मनुष्य की संवेदनहीनता को दर्शाती है, बल्कि मनुष्य किस तरह स्वानर्थी, निर्दयी, क्रूर और लालची हो सकते हैं, इसका भी खुलासा करती है।

मनुष्य का एक अन्य रूप उस गिद्ध के समान भी होता है जो लाशों की चिंदी-चिंदी हुई बोटियों को भी नोंच-नोंचकर खा जाने के लिये तैयार रहता है।

एक ओर मनुष्य की संवेदना उनके साथ इस बात के लिये रहती है कि जिन्होंने अपनों को खोया, उनका दुख कितना ग़हरा होगा, तो वहीं दूसरी ओर उनके मरणोपरांत उनकी चीज़ों के प्रति लोभ और मोह मनुष्य के खोखले और दिखाबटी आँसू का भंडाफोड़ करती नज़र आती है। इसका परिचय इन्हीं पंक्ति यों से हो जाता है:-

'मिस्टर महाजन!'

'जी।' उन्होंने आँखें मूँदे ही पूछा।

'आपसे एक सलाह चाहिए।'

'कहिए।' नेत्र खुले।

'जिस काम के लिए आए थे, वो तो हो गया। जरा बताएँगे, यदि शापिंग वगैरह करनी हो तो कहाँ सस्ती रहेगी? नए हैं न...(पृष्ठह..46)

किस कदर संवेदनहीनता चरम सीमा को पार कर जाती है। है। इंसानियत किस कदर लालच का चोला ओढ़ सकती है, इस कहानी से बेहतर कोई

विकल्प हो ही नहीं सकता।

कुछ यात्री ग़म ग़लत करने के लिए पेग-पर-पेग चढ़ा रहे थे।

'यार, पी ले आज, जी भरके। हमें कौन-से पैसे देने हैं। यह काम अच्छा किया है एअरलाइन ने।'

विमल महाजन थोड़ा और आगे बढ़े

'क्यों ब्रदर, आपने कौन-सा वीसीआर लिया?'

'मुझे तो एनवी450 मिल गया।'

'बड़ी अच्छी किस्मत है आपकी। मैंने तो कई जगह ढूँढ़ा। आख़िर में जो भी मिला, ले लिया। हमें कौन-सा बेचना है!'

'आपने सोनी ढूँढ़ ही लिया। कितने इंच का लिया?'

'27 इंच का। और आपने?'

'हमारे भाग्य में कहाँ जी! जेवीसी का लिया है। पर देखने में अच्छा लगता है। फिर च्वाइस कहाँ थी!'

लोभ मनुष्य के भीतर छिपा बैठा सबसे बड़ा दैत्य। है है जो एक दिन उसीको निगल जाता है। तृष्णाँ एवं भोग करने की पराकाष्ठा मनुष्य का सबसे बड़ा शत्रु है जो उसके चरित्र और उसके व्यक्तित्व, दोनों के पतन करने के प्रमुख औजार हैं।

इसी संदर्भ में घटित होने वाली ऐसी कई घटनाएँ स्वत: ही हमारे सामने उपस्थित हो जाती हैं जो हमें अपने दैनिक जीवन में कहीं न कहीं सुनने को मिल जाती हैं।

तेजेन्द्रजी की ये कहानियाँ महज़ एक कहानी नहीं हैं, बल्कि आज के यथार्थ जीवन में घटित होने वाली वे सारी घटनाएँ हैं जो किसी न किसी रूप में प्रत्येक मनुष्य के साथ जुड़ी हुई दिखाई देती हैं और हर मनुष्य को वह अपनी ही कहानी प्रतीत होती है।

पाठक वर्ग का साधारणीकरण व आत्मसातीकरण होते हुए पाया जाना एक सफल रचना की विशेषता है। साथ ही मानव-मन की परतों को उकेरकर उसका सामान्यीकरण कर देना यह एक रचनाकार की विशेषता है और तेजेन्द्र शर्मा इसमें खरे उतरते हैं।

उन्होंरने अपनी कहानियों में ऐसे ज्वलंत एवं महत्वपूर्ण मुद्दों का समावेश किया है जिससे आज की युवा पीढ़ी सबसे अधिक जूझ रही है और वह है. ..बेरोज़गारी।

इन कहानियों में तेजेन्द्र शर्मा की भाषा एकदम सरल, सहज, स्पष्ट और

प्रवाहपूर्ण है, जिसमें पंजाबी में उल्लिखित छोटे-छोटे वाक्य कहानी के प्रभाव को और उत्सुकतापूर्ण बनाते नज़र आते हैं। भाषा में चुटीलापन भाषा को और अधिक ग्राह्य बनाने में कारगर सिद्ध हुआ है।

तेजेन्द्र शर्मा की कहानियों में स्त्री-पुरुष संबध

-मधु मेहता साथी

आधुनिक हिंदी कथा साहित्य में प्रवासी कथाकार के रूप में तेजेन्द्र शर्मा का नाम आदर से लिया जाता है। तेजेन्द्र शर्मा लंदन में रहकर हिंदी कथा साहित्य के प्रहरी के रूप में हिंदी के विकास के लिए काम कर रहे हैं। इन्होंने यू.के। में रहकर वहाँ के परिवेश, स्थितियों, रहन-सहन वहाँ के चाल-चलन सभी से प्रभावित होते हुए भारत की सभ्यता और संस्कृति को महत्वपूर्ण मानते हुए हिंदी साहित्य को एक नया पड़ाव दिया है। इनकी सभी कहानियों में भारत की मीठी मिट्टी की सोंधी सुगंध से लेकर भारत की संस्कृति, सभ्यता, परम्परा सभी कुछ इनके साहित्य में विराजमान हैं।

तेजेन्द्र शर्मा ने अपनी कहानियों में बहुत से प्रयोग किये हैं तथा इनकी कहानियों में रिश्तों का स्वर प्रमुख रहा है। उन्होंने अपनी कहानियों में ब्रिटेन में रहकर भी भारतीय सरज़मीं पर पनप रहे विभिन्न रिश्तों को अपनी कहानियों में बड़ी गहराई से प्रस्तुत किया है। तेजेन्द्र की कहानियों में दुर्लभ सहजताएँ हैं इसके कारण ही पाठक इनके पात्रों से सहानुभूति पूर्वक जुड़ जाता है। इनकी हर कहानी में नया विषय और नयी थीम होती है। कहानियों में नयेपन की ललक तो है ही साथ ही मृत्युबोध स्त्री विमर्श और मानवीय संवेदनाओं का स्थायी भाव मूल स्वर है।

सामाजिक जीवन चूँकि निरंतर विकासशील है इसलिए मानवीय संबंधों और उसकी अभिव्यक्ति प्रणाली में भी अंतर आना सहज है। उन्नीसवीं शताब्दी के मध्य से जब हम आधुनिक युग की शुरुआत मानते हैं। प्रवासी साहित्य के हिंदी कहानीकारों में तेजेन्द्र शर्मा एक ऐसे कथाकार हैं, जिन्होंने अपनी कहानियों में संबंधों के चित्रण को प्रमुखता दी है। उनकी कहानियाँ विदेशों में बसे भारतीयों के उस परिवेश में ढलने के संघर्ष और देश तथा परिवार की यादों के साथ जीने की कशमकश से जुड़ी है। अर्थ-आधारित जीवन में रिश्तों का खोखलापन,

इंसानी सोच पर हावी बाजारवाद को बेहतरीन रचनात्मक ढंग से कहानियों में उकेरते हैं। उनके कहानी संग्रह-काला सागर (1990), ढिबरी टाइट (1994), ये क्या हो गया! (2003), बेघर आँखें (2007), दीवार में रास्ता (2012), सपने मरते नहीं (2014) एवं मौत...एक मध्यान्तर (2019) हैं। इसके अतिरिक्त उन्होंने कविताओं एवं ग़ज़लों का भी सृजन किया है। उन्हें अनेक पुरस्कार व सम्मान साहित्य क्षेत्र में प्राप्त हैं। विदेशी परिवेश में भारतीय जीवन मूल्यों के साथ जीवन जीना चुनौतीपूर्ण कार्य है। उनकी कहानियों में बयाँ दर्द पात्रों के प्रति सहानुभूति पैदा कर देता है। समस्याओं से जूझते पात्रों की मानसिक स्थिति को वे बेहद सटीक ढंग से अपनी कहानियों में व्यक्त करते है।

उनकी कहानियों में स्त्री-पुरुष सम्बन्धों को बेहद बारीकी से और बेबाकी से प्रस्तुत किया गया है। इन सम्बन्धों पर आर्थिक और सामाजिक हालत किस तरह हावी हो जाते हैं। कभी स्त्री-पुरुष सम्बन्धों पर कोई कुंठा हावी हो जाती है और साथ होते हुए भी रिश्ता ख़त्म हो जाता है, कभी सिर्फ यौन इच्छाओं की पूर्ति के लिए संबंध बनते हैं। इनका चित्रण उन्होंने काफी कलात्मक ढंग से अपनी कहानियों में किया है जो अन्यत्र कहीं नहीं दिखाई पड़ता।

तेजेन्द्र शर्मा की कहानी 'हाथ से फिसलती ज़मीन' कहानी एक निम्न जाति के भारतीय लड़के नरेन के विदेश में बसने, यूपोपियन लड़की से शादी करने और फिर उसके साथ घर बसने की तथा उसके बाद वर्णभेद के कारण उसके जीवन में आये बदलावों, मोड़ों को बताती कहानी है। वह कैसे विदेश में सब कुछ से भरपूर हो कर पैसा, घर, पत्नी, बच्चे, नाती, पोते के बीच रह कर भी अकेला है। नरेन का भारत में जीवन प्रतिभा के बावजूद जाति दंश के कारण प्रभावित रहा। उसके प्रेम प्रसंग में भी उसकी जाति आड़े आती है। वह भारत छोड़ लंदन जा बसता है। रेलवे में नौकरी करते हुए उसकी जैकी से मुलाकात होती है और पहली मुलाकात में प्यार हो जाता है। बच्चे होने के बाद जैकी बच्चों में मसरुफ हो जाती है और नरेन से उसकी दूरियाँ बढ़ जाती हैं। जैकी बच्चों में भारतीयता नहीं आने देती। नरेन अपने घर में हाशिये पर जाने को मजबूर हो जाता है। एक यांत्रिकता से घर चलता है। नरेन कमाता है जैकी घर परिवार संभालती है। दोनों एक-दूसरे की भूमिकाओं में कोई हस्तक्षेप नहीं करते। नरेन को उसके भारत के घर परिवार की याद सताती है; किन्तु वह वापस जा नहीं पाता। विदेश में परिवार में भारतीय और विदेशी संस्कृति के बीच वर्चस्व का द्वंद्व यहाँ केंद्रीय समस्या है।

स्त्री-पुरुष संबंधों के परिप्रेक्ष्य में बात की जाये तो जैकी अच्छी अंग्रेजी

बोलने वाले भारतीय लड़के नरेन, जो रेलवे में नौकरी करता है पर साहित्य की अच्छी समझ रखता है, से प्रभावित होती है। उसे नरेन की चमड़ी का रंग तब बहुत भाता है। वह उसी से शादी भी करती है। पर बच्चे होने के बाद बच्चों के लालन-पालन की और घर चलाने की बागडोर अपने पास रखती है। नरेन को अपनी पत्नी से कोई तकलीफ नहीं होती पर जब उसे लगता है कि जैकी अपने देश, परिवेश और सम्बन्धियों से बच्चों को जोड़ रही है तो स्वाभाविक रूप से एक पिता होने के नाते उसका भी मन चाहता है कि वह अपने बच्चों को भारतीय भाषा सिखाये, वहाँ की संस्कृति, सभ्यता से परिचित करवाए परन्तु जैकी ऐसा नहीं होने देती। वह एक बार जिद करके परिवार सहित भारत जाने का इरादा करता है पर किस्मत साथ नहीं देती। बच्चों के बड़े होते-होते पति-पत्नी के बीच आत्मीयता का रिश्ता समाप्त होने लगता है। जैकी नरेन के पैसों से घर तो चलाती है पर उसे परिवार का मुखिया नहीं मानती। वह खुद अपने बच्चों की शादी तय करती है और नरेन को मेहमान की तरह बुलाया जाता है। नरेन के आत्मसम्मान को चोट तो लगती है पर उसकी हीन भावना उसे कुछ करने नहीं देती। बल्कि उसे किसी से कोई शिकायत नहीं है। नरेन ने धीरे-धीरे परिवार से अलग दुनिया बसा ली। उसने हिंदी उपन्यास पढ़ने शुरु कर दिये, पुराने गाने सुनने लगा है और फेसबुक पर ढेरों मित्र बना लिये हैं। जैकी अपने बच्चों के साथ घुल मिलकर रहती है। उसे नरेन के अलग हो जाने से फर्कनहीं पड़ा। ये पति-पत्नी का ऐसा रिश्ता हो गया है जो सम्बंधों के नाम पर केवल औपचारिकता है। फिर भी उनमें आपस में वैमनस्य नहीं है। बस नरेन के दिमाग में एक सोच है कि नाती-पोतों से भरे घर में उसका परिवार कहाँ है? वह अकेलेपन का शिकार क्यों है? कहानी संवेदनात्मक स्तर पर प्रेम और अवसाद दोनों से भरी है। स्त्री-पुरुष सम्बंधों की विदेशी धरातल पर पड़ताल तेजेन्द्र शर्मा ने इस कहानी में की है। प्रसिद्ध आलोचक शम्भू गुप्त के अनुसार "तेजेन्द्र अपनी कहानियों में प्रवासी-जीवन के अजनबीपन, असुरक्षा एवं असहायता-बोध इत्यादि की शिद्दत से व्याख्या करते हैं। अकेलापन प्रवासी-जीवन का वह दंश है, जिसे उसे राजी न-राजी झेलना ही है अकेलेपन और अजनबीपन से असुरक्षा एवं असहायता का बोध पैदा होता है विदेश में कोई अपना नहीं! कहीं-कहीं तो नागरिकता ग्रहण कर लेने के बाद भी प्रवासियों का दोयम दर्जा बरकरार रहता है।"

'कोख का किराया' तेजेन्द्र शर्मा की एक अन्य संवेदनात्मक कहानी है। जिसमें इंग्लैंड में पैदा हुई दो भारतीय लड़कियाँ जो दो अंग्रेजों से शादी करती

हैं-संगीतकार जया मशहूर फुटबॉल खिलाड़ी बीफी डेविड से तो मनप्रीत उर्फमैनी रेलवे ड्राईवर गैरी से। दोनों अंग्रेज लड़के प्रचलित व्यभिचार से दूर रहने वाले अपनी पत्नियों को समर्पित हैं। सभी अच्छे मित्र हैं। गैरी की दो संतानें हैं जबकि डेविड की शादी के छः वर्ष बाद भी एक भी संतान नहीं है। जया माँ नहीं बन सकती। डेविड को बच्चा गोद लेना स्वीकार्य नहीं उसे एंग्लो इण्डियन बेबी चाहिए। जया मैनी को सरोगेसी के लिए राजी कर लेती है। गैरी मैनी को कई बार समझाता है कि इस निर्णय का उसके आने वाले जीवन पर, संबंधों पर बुरा प्रभाव पड़ेगा पर वह नहीं मानती। और फिर वही होता है जिसकी दस्तक तो मैनी ने सुनी थी, पर तब उसे अनसुना कर दिया। बच्चो होने के बाद जया और डेविड उससे दूर हो जाते हैं। उसे बच्चे की शक्ल तक नहीं दिखाई जाती है। गैरी मैनी की हरकतों ओर लापरवाही की वजह से बच्चों समेत घर छोड़कर अन्य भारतीय लड़की नीना के पास चला जाता है। मैनी अकेली रह जाती है घर की चार दीवारी के साथ। जिस फंतासी की दुनिया में मैनी उड़ान भरी थी, वह उड़ान यथार्थ की भूमि पर आ कर ध्वस्त हो जाती है।

'ढिबरी टाइट' संग्रह की कहानी 'भँवर' तेजेन्द्र शर्मा की एक जबरदस्त कहानी है। बम्बई में स्मिता और भरत अपने दो बच्चों के साथ खुशहाल ज़िंदगी जी रहे हैं। दोनों बचपन से एक-दूसरे को जानते हैं और अब पति-पत्नी हैं। बैंक अफसर की नौकरी छोड़ भारत एयरलाइन में परसर की नौकरी करने लगता है, क्योंकि उसका सपना लन्दन-अमेरिका घूमना है। भरत की महिलाओं को प्रभावित करने की आदत को रमा जानती थी। साथ में उसे ये भी पता था कि डरपोक किस्म का उसका पति घर तोड़ने की हिम्मत नहीं करेगा। दोनों को एक-दूसरे से प्रगाढ़ प्रेम है और भरोसा है। भरत की मुलाकात रमा से होती है। रमा अपने पति इन्दर के साथ छह साल से लन्दन में रह रही है पर दोनों की कोई औलाद नहीं है। रमा और भरत एक दूसरे के प्रति आकर्षित हैं। रमा भरत के बच्चों और पत्नी को महंगे तोफेदेती है। स्मिता झिझकती है और भरत से कहती है कि 'अगली बार जाओगे तो उनके लिए भी कुछ ले जाना ऐसे दूसरों का एहसान चढ़ता है।" रमा भरत से एक बच्चा चाहती है। भरत के दिमाग में उसकी पत्नी स्मिता और बच्चों की छवि घूमने लगती है वह अपनी पत्नी से विश्वासघात कैसे करे।

कहानी स्त्री-पुरुष संबंधों को भारतीय परिप्रेक्ष्य में देखने को मजबूर करती है। लन्दन में लम्बे समय से रह रही रमा अपने पुराने भारतीय संस्कारों को नहीं त्याग पाती। उसे बच्चे के लिए पति की जगह परपुरुष से संबंध अपराधबोध से

भर रहा है पर अपनी माँ बनने की इच्छा को पूरा करने का उसे ये ही एकमात्र रास्ता नज़र आता है। माँ बनने की लालसा यहाँ सब नैतिक मूल्यों से परे हट कर उससे ये करवाती है। साथ ही रमा का संवाद-'एक बात याद रखना भरत इसके बाद मुझे अपनी रखैल मत समझने लगना ना ही मुझे दोबारा होटल के कमरे में अकेले आने के लिए कहना। तुम चाहो तो भी इसे नहीं पाओगे। हमारे शरीर मिलेंगे तो केवल इसलिए कि मुझे तुम्हारा बच्चा चाहिए...इसके बाद अपने संबंधों की प्रतिष्ठा बनाये रखना..." उसके चरित्र को और उभारता है। वह भरत को वासना से दूर रहने की चेतावनी भी दे देती है। भरत के लिए यहाँ एहसान का बदला एहसान से उतारने का पराक्रम नज़र आता है। जब वह रमा के गर्भवती होने की सूचना पाता है तो उसे अपनी पत्नी रमा के बच्चे की आँखें भी उसके अपने बच्चों जैसी नीली हुई तो? उस दिन से ही वह सही-गलत के भँवर में फँसी हुआ है। यहाँ यांत्रिक रूप से एक-दूसरे के काम आने की स्थिति दिखाई गई है। प्रेम जैसी उदान्त भावना यहाँ नहीं है। किन्तु इसे केवल यौनानंद का संबंध भी नहीं कहा जा सकता। यह किस प्रकार का स्त्री-पुरुष संबंध है? कहानी इस प्रश्न को पाठकों पर छोड़ देती है।

तेजेन्द्र शर्मा की कहानी 'अभिशप्त' में रजनीकांत विदेश जाकर बसता तो है पर वहाँ की संस्कृति और सभ्यता में ढल नहीं पाता। वह अपने से तीन साल बड़ी उम्र की स्वच्छंद सोच वाली लड़की निशा से शादी करता है। पर निशा की सारी बातें मानने को विवश है। निशा के पास उसकी बातों को न मानने के अकाट्य तर्क हैं। बेटा होने के बाद वह उसे भी अपनी तरह अंग्रेजी कायदे सिखाती है। रजनीकांत अपने बेटे से आत्मीय संबंध नहीं बना पाता। पति के रूप में भी निशा के सामने उसकी कोई अहमियत नहीं है। दोनों एक घर में रहकर भी एक-दूसरे के लिए संवेदनहीन होते जाते हैं। उसे अपने गाँव, संस्कृति हमेशा याद आते हैं। अजनबीपन, अकेलापन, संत्रास, कुंठा आदि भाव रजनीकांत को महानगरीय जीवन बोध स जोड़ते हैं। स्त्री-पुरुष संबंधों के संदर्भ में यहाँ संबंध केवल नाम का होता है वह सिफ' इस रिश्ते को ढोता है। तेजेन्द्र शर्मा का यह मानना है कि 'विदेशी परिवेश में वैवाहिक बंधन व्यक्ति की अभिरुचि इच्छा व दृष्टिकोण के अलग-अलग होने के कारण अप्रासंगिक हो जाते हैं। अपनों से विलग होकर असहनीय पीड़ा को व्यक्ति अन्दर ही अन्दर महसूस करता है और प्रत्येक स्थिति को नियति मानकर भोगने के लिए अभिशप्त हो जाता है।"

तेजेन्द्र शर्मा की कहानियों के कथानक सिर्फ विदेशों में ही नहीं है। उनकी कहानियों का विस्तार प्रमुख रूप से दिल्ली, मुंबई और लन्दन शहरों से जुड़ा है।

एक तरह से उन्होंने पूरे विश्व के रिश्तों को अपनी कहानियों में स्थान दिया है।

'ग्रीन कार्ड' कहानी में स्त्री-पुरुष संबंधों की कथा शारदा-अभय-सुगंधा के प्रेम त्रिकोण में चलती है। यहाँ दम्भी पुरुष अभय अपने अमेरिका जाने के सपने को पूरा करने के लिए शारदा से प्यार का नाटक करता है, क्योंकि वह उसे अमेरिका का ग्रीन कार्ड दिलवा सकती है, उसका सपना पूरा कर सकती है। उसे फंसा कर उससे विवाह करता है सिर्फ अपने अमेरिका जाने के टिकट के लिए। शारदा से उसे कोई भावनात्मक लगाव नहीं। उसके अमेरिका जाने पर वह उसकी चिट्ठियों के भी औपचारिक जवाब देता। दूसरी तरफ शारदा अभय से बेहद प्यार करती है। वह उससे बिना घर वालों को बताये शादी के लिए भी तैयार हो जाती हैं। अमेरिका पहुँचने के अगले दिन से ही वह अभय को वहाँ बुलाने के लिए भाग दौड़ करने लगती है। भारत में अभय के सुगंधा से मिलने के बाद अमेरिका में भी उसकी रुचि कम हो जाती है। वह अब सुगंधा से शादी करना चाहता है। पर अचानक शारदा के भारत आने से सब भेद खुल जाते हैं। शारदा के प्रति उसका विश्वासघात, उसे विदेश जाने की सीढ़ी समझना, उसके पत्रों के प्रति उपेक्षा भरा रवैया अभय के चरित्र की दुर्बलताओं, बुराइयों को परिलक्षित करते हैं। सुगंधा का अभय के लिए प्रेम सच्चा था पर उसकी गलती सामने आने पर वह उसे छोड़ कर चली जाती है। कैरियर और प्रेम के बीच फंसे अभय ने अपने जीवन में आने वाले तूफानों को जान कर भी अनदेखा कर दिया जो उसके लिए अंत में दुखदाई बने।

'क्रमशः' कहानी में रेखा और प्रमोद की कहानी है। नए पति-पत्नी एक दूसरे से तो संतुष्ट हैं पर बुआ जी के आने पर घर के वातावरण में परिवर्तन आ जाता है। बहू के दहेज का सामान कम लाने, घर के कामकाज में कमी निकलने का दौर शुरू हो जाता है। गर्भवती बहू की नौकरी के लिए मजबूर किया जाता है। पति का दहेज के लिए ताने मारना, प्रेम से न बोलना, उसके माता-पिता को बुरा कहना उसकी सहनशक्ति समाप्त कर देता है और एक दिन वह अपने ससुराल को छोड़ कर भरी कोख के साथ चली जाती है। प्रमोद जो रेखा को छिप-छिप कर देखता था, उसकी एक झलक पाने को आतुर रहता था, आज उसे वो प्यार के काबिल नहीं लगती। कथा के अंत में बेटा होने पर रेखा को कभी न लाने का रुआब दिखाने वाला पति अस्पताल के बाहर चक्कर लगाता है। कहानी का अन्तिम वाक्य है 'क्या प्रमोद सचमुच बदल गया है या लड़का होने पर उसे ससुराल से तगड़ा माल मिलने की आशा है? ये अन्तिम वाक्य ही पति-पत्नी के बीच के संबंध की व्याख्या कर देता है।

'वेत श्याम'कहानी में एक अलग तरह का स्त्री-पुरुष सम्बन्ध नज़र आता है। फौजी हेमंत की पत्नी संगीता पति की पोस्टिंग के बाद अकेलेपन को भरने के लिए पार्टियों का सहारा लेती है। रंगीन पार्टियों का हिस्सा बनते हुए वो खुद रंगीन मिजाज बन जाती है और अपनी देह का सौदा भी होने देती है। उसकी अपने पति की आमदनी से अपने बड़े शौकों को पूरा न हो पाने की कुंठा इस देह व्यापार से मिटने लगती है। पति की वर्दी में लगे छह सितारे उसे पांच सितारा होटल के आगे फीके लगते हैं। उसकी मध्यवर्गीय मानसिकता उसे धिक्कारती है अपराधबोध करवाती है वो पीछे हटना चाहती है पर मिसेज कोहली के अकाट्य तर्कों के आगे निढाल हो जाती है। वह अपने पति से प्रेम करती है पर 'एक घंटे की बात है' के आगे झुक जाती है। प्रेम कमजोर पड़ जाता है, रिश्ता छोटा पड़ जाता है और पैसों की चमक बड़ी हो जाती है। कहानी में दिलचस्प मोड़ तब आता है जब मिसेज कोहली उसे कुमार के पास जाने के लिए आग्रह करती हैं।' वेत कपड़े पहने वो काला काम करने पहुँचती है पर दरवाजा खुलते ही वो चक्कर खा कर गिर पड़ती है। कुमार अंत में उसी का देवर निकलता है। यथार्थ का सामना उसे भारतीय संस्कारों के तहत अपने प्रति ग्लानि और घृणा से भर देता है। वह अस्पताल में भी यही सोचती रहती है कि वह अपने पति हेमंत का सामना कैसे करेगी? सच जानने पर हेमंत की क्या प्रतिक्रिया होगी? घरेलू पत्नियों का सारे सुख होते हुए भी कॉल गर्ल जैसा काम करके पैसे कमाना भारतीय शहरों में विकसित नए यथार्थ की ओर इंगित करता है। यहाँ स्त्री-पुरुष संबंधों में स्त्री की ओर से पति के प्रति वफादारी नहीं की जाती। महानगरों में खालीपन को भरने के लिए ऐसी स्त्रियों और पैसे वाले पुरुषों की एक दबी छुपी संस्कृति पनप रही है। स्त्री-पुरुष दोनों ही अपनी यौन लिप्सा शांत करने के लिए अपने नैतिक मूल्यों और रिश्तों को ताकपर रख देते हैं।

'ढबरी टाइट'कहानी संग्रह की कहानी 'धुंधली सुबह' स्त्री और लेखक पुरुष के सामान्य से वैवाहिक जीवन में प्रेम और प्रेरणा को लेकर पैदा हुए द्वंद्व पर केन्द्रित है। माता-पिता का घर छोड़ एक काल्पनिक दुनिया में जीने वाले लेखक से शादी करके दिव्या को मिलता क्या है? जिस आदमी की कविताओं में वह अपने को उसकी प्रेरणा मानती थी, उसकी कहानियों की नायिका मानती थी शादी के बाद वह पाती है कि उसकी हर शहर में एक प्रेरणा है। जिसके लेखन पर वह मुग्ध होकर मुस्कुराती थी, स्वप्न बुनती थी आज उसी लेखक की सपाट बयानी पर उसे आश्चर्य है। "मैंने तुममें अपना प्यार देखा था-तुम मेरी प्रेयसी थीं मेरी प्रेरणा। ...जरा अपना चेहरे देखो! तुम्हें देख कर क्या कोई कविता

या कहानी लिखने की प्रेरणा पा सकता है क्या? ...यू बोर मी दिव्या।" पति के लिए पत्नी से कई तरह की अपेक्षाएँ हैं। दिव्या उन अपेक्षाओं पर खरा उतरने की कोशिश भी करती है। कम बजट में घर को अच्छे से चलाती है किसी चीज की माँग नहीं करती बच्चे को भी अच्छे से पाल रही है। देर रात शराब पीकर आये पति से झगड़ती भी नहीं। सभी स्तरों पर वह अपने को एडजस्ट करती है। लेकिन पुरुष की आकांक्षाएँ बढ़ती जाती हैं। वह उसे भौतिक सुख नहीं दे सकता, उसके गिरते स्वास्थ्य का ध्यान नहीं रख सकता पर अपनी इच्छाएँ भी नहीं मारता, बल्कि पत्नी को दिए अभावों के जीवन में भी अपने लिए एक अतिरिक्त सुविधा की माँग करता है। यहाँ संबंधों में निभाने की चाह दिखती तो है पर स्त्री की ओर से ज़्यादा पुरुष की ओर से कम। वह नई प्रेरणाएँ तलाश कर लेता है। दिव्या का मन विद्रोह करता है। वह सब छोड़ने की सोचती है पर माँ-बाप को वह पहले ही छोड़ आई। उसे राह नहीं दिखती। वह सब कुछ को नियति मान कर स्वीकारने को बाध्य है। सामान्य से दैनिक जीवन में घटने वाली घटनाओं को अपनी सूक्ष्म दृष्टि से तेजेन्द्र शर्मा जी देखते हैं और सम्वेदनात्मक ढंग से अपनी कहानियों में व्यक्त करते हैं।

इसी तरह तेजेन्द्र शर्मा की कहानी 'कोष्ठक' स्त्री-पुरुष संबंधों की परिणति है। कामिनी एक चौदह वर्षीय किशोरी है जो अपने पड़ोसी नरेन अंकल के प्रति आकर्षित होती है। धीरेधीरे कामिनी का किशोर मन नरेन से प्रेम करने लगता है। इस कहानी में कथाकार ने बहुत सूक्ष्म ढंग से किशोरी कामिनी के मनोविज्ञान को चित्रित किया है। वास्तव में कामिनीका नरेन के प्रति रागात्मक लगाव किशोरावस्था का क्षणिक उन्माद भर था जिसे नरेन भी समझता था। किन्तु अपने पुरुषवादी अहम की तुष्टी के कारण वह अनभिज्ञ बना रहता है।

'मुट्ठीभर रोशनी' कहानी एक अलग तरह की कहानी है। अनचाही बेटी, परिवार में भाई के साथ भेदभाव में पली। अपने को उसने हमेशा परिवार के साथ न रहकर अकेला ही महसूस किया। उसके जीवन का अकेलापन मनीष के आने से भर गया था। अवसाद से घिरी सीमा को मनीष बड़ी बहन का प्यार और सम्मान देता है। सीमा के भाई विकास को अपने दोस्त मनीष का सीमा से मिलना जुलना अच्छा नहीं लगता। माता-पिता सीमा की शादी का फ़ैसला करते हैं। लेकिन सीमा अपने मंगेतर से गर्भवती होती है जब उसके मंगेतर की हवाई दुर्घटना में मृत्यु हो जाती है। अब मनीष पर सीमा से शादी के लिये दबाव बनाया जाता है। मनीष द्वन्द्व में है कि जिसे हमेशा बहन माना उससे शादी कैसे कर सकता है। फिर लोग क्या कहेंगे, क्या वह सीमा को अपनी पत्नी बना पाएगा।

वह रात भार इसी तरह सोचता रहा और दुनियाँ वालों के तानों को सुनकर दुखी मनीष शादी के पांचवें दिन आत्महत्या कर लेता है। सीमा का गर्भ भी गिर जाता है। वह फिर अवसाद की दुनियाँ में गिरफ़्त हो जाती है। वह स्वयं नहीं जानती कि किसके लिये वह रसहीन, लक्ष्यहीन ज़िन्दगी जी रही है।

तेजेन्द्र शर्मा दोनों के जीवन को अँधेरा और उजाला के प्रतीकों के माध्यम से सुंदर ढंग से प्रस्तुत करते हैं। सीमा के जीवन के अँधेरे को अरविन्द रोशनी से भर देना चाहता है। उसके अतीत के बारे में जान कर भी वह सीमा को अपनाने के लिए तैयार है। यहाँ स्त्री-पुरुष संबंधों की कथा दो स्तरों पर प्रकट होती है। एक सामाजिक स्तर जहाँ सीमा और मनीष के रिश्तों को समाज गलत दृष्टि से देखता है, मजबूरी में की गई शादी के बाद लांछनों का दौर शुरू हो जाता है जिसे मनीष सह नहीं पाता और मृत्यु का वरण करता है। जो सम्बन्ध वात्सल्य का था, स्नेह का था, दुनिया की नज़रों में वो अपवित्र था। वहीं दूसरे स्तर पर अरविन्द और सीमा का संबंध कशमकश भरा रहा। अरविन्द उसे अवसाद से बाहर निकालना चाहता है। वह इसका मित्र, हितैषी, प्रेमी, रक्षक, पति बनकर उसके अंधकार भरे जीवन में प्रकाश लाना चाहता है। ये संबंध भावनाओं व प्रेम की उमड़-घुमड़ में घूमता दिखाई देता है।

स्त्री-पुरुष का संबंध जुड़ता ही तभी है जब वह एक दूसरे में सहारा तलाशते हैं, एक दूसरे में अपनी परिपूर्णता खोजते हैं। पर रिश्ता बनने के बाद उसमें उतार-चढ़ाव भी आने ही है। पर जब कोई असामान्य घटना जीवन में घटित होती है तो जीवन में उलझाव आ जाते हैं। हर पुरुष या स्त्री समाज से अलग अपने लिए कोई ऐसा इंसान चाहता है जो उसकी परवाह करे, उसे चाहे, उसका होकर रहे, सुख-दुख में साथ दे। स्त्री-पुरुष का एक-दूसरे के नज़दीक आना नैसर्गिक भी है और ज़रूरत भी। यह प्राकृतिक नियम है। सामाजिक रूप में इसे विवाह संस्था के अंतर्गत मान्यता मिली हुई है। समाज में यह प्रेम के रूप में भी प्रचलित है। स्त्री-पुरुष सम्बन्धों में प्यार, शादी, कभी बेवफाई, कभी एक तरफा प्यार, कभी अनचाहा रिश्ता, कभी पैसों से बंधा संबंध, कभी प्यार पाने के लिए किया गया विश्वासघात, कभी अवैध संबंध, कभी शरीर की भूख, कभी वही पुरातन प्रश्न क्या एक लड़का और लड़की सिर्फ दोस्त नहीं हो सकते आदि कई रूप देखने को मिलते हैं।

उनकी कहानियों के पात्र टूटे हुए उलझे हुए, अपने लिए संवेदना ढूँढ़ते पात्र हैं। सामान्य जीवन जीते हुए भी वे कहीं न कहीं अपे जीवन में दुखी हैं, उदास हैं, अतृप्त हैं। उनके पात्र अपने जीवन में ऊब लिए हुए हैं। तेजेन्द्र शर्मा की

कहानियों के पात्रों के बारे में सूरज प्रकाश ने बिल्कुल सटीक बात कही है कि "तेजेन्द्र की कहानियों के पात्र अपनी कमजोरियों, अच्छाइयों, बुराइयों और यहाँ तक कि अपनी बेशर्मियों और बदत्तमीजियों के साथ ज्यों के त्यों हमारे सामने आते हैं लेकिन इन्हीं साधारण पात्रों के असाधारण कहानियों के साथ तेजेन्द्र जब हमारे सामने आते हैं तो चमत्कृत करे के बजाए हमें सोचे पर मजबूर करते हैं कि कहाँ क्या गलत हो रहा है।"

अकेलापन, अजनबीपन, संवेदनहीनता, मानवीयता का ह्रास सभी शहरी जीवन की चुनौतियों, समस्याओं की ओर उनकी कहानियाँ इंगित करती हैं। उनकी कहानियों के विषय में भावसिंह हिरवानी ने लिखा है "तेजेन्द्र शर्मा की कहानियाँ शहरी जीवन की उस बदसूरत तस्वीर की बड़ी सफाई के साथ हमारे सामने प्रस्तुत करती हैं, जहाँ हर पहलू को आर्थिक दृष्टि से देखना लोगों की आदत बन गई है। रिश्ते नाते सब कुछ दायरे में सिमट कर अर्थहीन हो गये हैं। इन कहानियों को पढ़ते वक्त हमारे अंतस में ज़मी काई उसी तरह साफ-साफ दिखाई देने लगती है, जैसे कि सीन दिया तालाब के स्थिर जल में उसके तल में फैली गंदगी दिखाई देती है।" तेजेन्द्र शर्मा देश-विदेश और समाज में होने वाले परिवर्तन के प्रति संवेदनशील हैं। उनका रचनाकार इस बदलते यथार्थ को वाणी देता है। तेजेन्द्र शर्मा की कहानियाँ संत्रस्त स्त्री-पुरुष के प्रति एक सहज सहानुभूति है। जिसके नाते हम तेजेन्द्र शर्मा को एक ऐसे कहानीकार के रूप में देखते हैं, जो रिश्तों को अपने ढंग से अलग और आधुनिक समाज के अनुसार चित्रित करते हैं।

मधु मेहता साथी एक शोधार्थी हैं जो इन दिनों तेजेन्द्र शर्मा की कहानियों पर पीएच.डी। कर रही हैं।

जीवन संघर्ष और तेजेन्द्र शर्मा की कहानियाँ

-नीतू परिहार

पिछले कुछ समय से प्रवासी साहित्य तथा साहित्कारों को केन्द्र में रखकर विचार विमर्श किया जा रहा है। प्रवासी कहने का क्या तात्पर्य है यह भी एक विचारणीय विषय है। अमूनन जो अपने देश से दूसरे देश में जाकर रहते हैं या बस जाते हैं वे प्रवासी कहलाते हैं। "प्रवासी साहित्यकारों की संख्या में दिन-प्रतिदिन वृद्धि हो रही है। इन साहित्कारों ने अपने साहित्य के माध्यम से इतिहास, मिथ्क, सभ्यता को सुरक्षित रखने का प्रयास किया।" भारतीय मूल के लोग लगभग समस्त विश्व में फैले हुए हैं। उन्होंने विदेशों को अपनी कर्मस्थली बनाया है और स्वयं का विकास करने के साथ-साथ भारत देश का नाम भी ऊँचा किया है। विभिन्न क्षेत्रों के साथ-ही-साथ उन्होंने लेखन में भी हाथ अजमाया है। भारतीय विदेशों में भले बस गए हों लेकिन वे अपनी परंपराओं, अपने रीति-रिवाजों, अपनी भाषा को नहीं भूले हैं। विदेशों में रहकर भी लिखा हिंदी में ही। हिन्दी में लिखने वाले विदेशों में बसे लेखक प्रवासी हिन्दी साहित्यकार व लेखक कहलाये। ये लेखक साहित्य की विभिन्न विधाओं में लिख रहे हैं। कहानी, उपन्यास, यात्रा वृतांत, कविताएँ आदि सभी में सक्रिय लेखन प्रवासी लेखक कर रहे हैं-"हमारे यह अति गौरव का विषय है कि हिन्दी साहित्य के इतिहास में एक लम्बे अरसे के बाद हिन्दी भाषा और साहित्य का प्रचार-प्रसार, विस्तार पूरे विश्व में जोर शोर से होने लगा है।"

प्रवासी हिन्दी साहित्य ने अपनी एक अलग पहचान बनाई है। इनके साहित्य को पढ़कर विदेशों के अनेक अनुभव, संवेदनाओं और भावनाओं से हम जुड़ जाते हैं। साथ ही यह भी कि मानवीय संवेदनाएँ की देशकाल की मर्यादाएँ नहीं होती। प्रवासी साहित्य में नास्ट्रेल्जिया या परायेपन की अनुभूति दिखाई देती है। व्यक्ति विदेश में बसता है, नए लोगों से सामंजस्य बनाने की कोशिश करता है। वह अपनी नई पहचान को स्थापित करने के लिए हमेशा प्रयासरत रहता है।

प्रस्तुत आलेख तेजेन्द्र शर्मा की कहानियों पर केन्द्रित है। तेजेन्द्र जी का जन्म जगराव, पंजाब में हुआ और स्कूली शिक्षा दिल्ली में हुई। दिल्ली विश्वविद्यालय से अंग्रेजी विषय में एम.ए किया। अंग्रेजी के अलावा हिन्दी, पंजाबी, उर्दू तथा गुजराती भाषाओं का भी ज्ञान आपको है। दूरदर्शन पर 1994 में धारावाहिक 'शांति' आपके द्वारा लिखा गया अंतर्राष्ट्रीय ख्याति प्राप्त है। आप के कई कहानी संग्रह प्रकाशित हुए हैं। यहाँ आपकी 'श्रेष्ठ कहानियाँ' नाम से प्रकाशित पुस्तक की कहानियों को आधार बनाया गया है।

तेजेन्द्र शर्मा ऐसे कहानीकार हैं जो अपनी कहानियों में अपने अनुभवों का आधार खोजने का प्रयास करते हैं। ये यात्राओं के शौकीन हैं। वे जहाँ-जहाँ जाते हैं वहाँ की संस्कृति, आहार-व्यवहार सबको आत्मसात करते जाते हैं। फिर जब कोई कहानी की रचना करते हैं तो अपने अनुभवों का उपयोग उसमें करतें हैं। तेजेन्द्र शर्मा की कहानियों में जीवन संघर्ष का दर्द तरह-तरह से दिखाई देता है।

'अभिशप्त' कहानी में रजनीकान्त के माध्यम से विस्थापित जीवन की कथा का मर्मस्पर्शी चित्रण है। रजनीकान्त ने गुजराती माध्यम से बी.ए। पास किया किन्तु इस डिग्री के आधार पर उसे कोई नौकरी नहीं मिली। अनपढ़ बापू जी तो मजदूरी करते थे पर पढ़े-लिखे बेटे से तो मजदूरी नहीं करवा सकते थे। रजनीकान्त भी चाहता है कि कहीं दूर चला जाऊँ जहाँ कोई न पहचानता हो, ताकि मजदूरी करने में कोई शर्म महसूस न हो। लंदन आकर यही किया उसने। मजदूरी, शादी और घर सब लंदन में है। एक ही दिनचर्या रोज की है। चाहकर भी अपने वतन नहीं जा सकता। बँधा है निशा से, गुलाम की तरह जीवन जी रहा है, बावजूद इसके उसके भीतर का स्वाभिमानी इंसान अभी भी जीवित है फिर भी वह कुछ कर नहीं पाता, सिर्फ सोचता है कि अब यह जीवन नहीं जिया जायेगा और उसे याद आने लगती है-"गाँव की मिट्टी की सुगंध, सरसों के पीले फूल और खेत सभी अपनी तरफ बुला रहे हैं...मुझे नहीं खाना क्रिकेट बैट वाला केक-मुझे बाजरे की रोटी और पालक का साग ही चाहिए। ...मेरा गाँव मुझे बुला रहा है।"

रजनीकान्त अपने हालात और परिस्थितियों के भँवर में इस तरह फँसा है कि चाहकर भी अपने मन की नहीं कर सकता है। वह 'अभिशप्त' है एकाकी, अजनबीपन और विदेशों में उपेक्षित जीवन जीने के लिए। तेजेन्द्र ने इस कहानी के माध्यम से जीवन के कटु सत्य को उजागर किया है तथा यह बताया कि विदेशों में बसना या वहाँ की दिनचर्या में ढलना प्रत्येक को सुकून की ज़िंदगी नहीं दे सकता।

तेजेन्द्र की 'देह की कीमत' कहानी भी बहुत मर्मस्पर्शी है। हरदीप के माध्यम से तेजेन्द्र ने युवाओं का विदेशों में कमाने जाने के जुनून को रेखांकित किया है। आजकल के थोड़े भी पढ़-लिख जाने वाले युवा विदेश जाकर कमाने के सपने देखता है। अपने देश में तो कोई छोटा-मोटा काम नहीं करता, विदेशों में वह कुलीगीरी कर लेगा, बर्तन धो लेगा। इस कहानी में भी हरदीप को विदेश जाना है न कोई डिग्री है, न ही कोई परीक्षा पास की फिर भी-"उसे तो किसी भी तरह विदेश जाना था...बस...वहाँ जाना था...पैसा कमाना था और ऐश की ज़िंदगी जीनी थी।" इस ऐश की ज़िंदगी के लिए हरदीप अवैध तरीके से जापान जाता है, दो-तीन साल वहाँ बिताकर पैसे कमाकर वापस आ जाता है। उसे ईलीगल जाने आने में डर नहीं लगता बल्कि वो मानता है-"जब तक रिस्क नहीं लेंगे, तो यह ऐशो-आराम के सामान कैसे जुटायेंगे।"

अवैध तरीके से विदेशों में पहुँचने पर जीवन भी आपको अवैध तरीके से ही जीना पड़ता है। अवैध कर्मचारी को तो रोज के पैसे रोज के काम से कमाने पड़ते हैं वरना वहाँ खाने के भी लाले पड़ जाते हैं। हरदीप बीमारी पर भी काम पर निकला और एक कार की चपेट में आ गया। अब हरदीप अवैध लाश था दोस्तों ने चँदा जमाकर लाश को भारत भेजने की व्यवस्था की तो दूसरी ओर हरदीप के भाई लाश लेने के बहाने टोकियो में बसना चाहते हैं-"दार जी, हम वहाँ वीर जी की जगह टोकियो में रहने का चक्कर चला सकते हैं।" भाई की मौत से सबक नहीं ले रहे बल्कि अब भी विदेश जाने का मोह रख रहे। भले वहाँ जाने की कीमत भाई का कफन ही हो।

'देह की कीमत' कहानी में तेजेन्द्र शर्मा ने एक और कटु सत्य को रेखांकित किया। हरदीप जबतक ज़िंदा था तब तक पम्मी उस घर की बहू थी। लेकिन उसके मरने के बाद पम्मी के लिए उस घर में कोई जगह नहीं। पम्मी की सास उसे गालियाँ देती हैं। उसे अपने पति को खा जाने वाली कहती हैं। लाश को भारत भेजने के लिए एकत्र किए पैसे भी वो खुद रखना चाहती है। जब उसे लगता है कि पैसे उसे नहीं मिलेंगे तो वह पम्मी को अपने छोटे-सा चादर ओढ़ा कर घर में रखने की बात करती है-"औरत के ऐसे स्वार्थी चेहरे को तेजेन्द्र ने बड़ी ही कुशलता से उकेरा है।"

'पासपोर्ट का रंग' कहानी में भी अपने देश जाने की झटपटाहट दिखाई देती है। पंडित गोपालदास त्रिखा, पत्नी की मृत्यु के बाद अपने इकलौते पुत्र के पास लंदन आ गए। लंदन आए तो खुशी भी किसी अपने के साथ रहने की लेकिन अब लंदन उन्हें पराया लगने लगा है। वे लंदन में रह तो रहे हैं किन्तु उन्हें अपना

देश, अपना हिन्दुस्तान बहुत याद आता है। जब उन्हें ब्रिटिश पासपोर्ट मिल रहा है, पासपोर्ट मिलने से पहले ब्रिटेन की महारानी के प्रति वफादारी की कस्में खानी पड़ी तो वे अपने आप को धिक्कारते हैं और अपने बेटे से कहते हैं-"बेटा तू नहीं समझ सकता मेरे लिए ब्रिटेन की नागरिकता लेने से मर जाना कहीं बेहतर है। मैंने अपनी सारी जवानी इन गोरे साहबों से लड़ने में बिता दी, जेलों में रहा।"

गोपालदास को बहुत बुरा लगता है कि जिन अंग्रेजों ने हम पर जुल्म किया, जिन्होंने बँटवारा करवाया उसी देश की महारानी के प्रति हम वफादारी की कस्में खा रहे हैं। कैसी बिडंबना है अपने देश का भी बीजा लेना पड़ रहा है। गोपालदास जी को अपनी नागरिकरता बदनना बिल्कुल अच्छा नहीं लगता। वे अपने बेटे से पूछते हैं-"क्या कोई ऐसा तरीका नहीं हो सकता कि मैं हिन्दुस्तान का नागरिक भी बना रहूँ और मुझे तुम अपनी खुशी के लिए ब्रिटेन की नागरिकता भी ले दो?"

तेजेन्द्र की कहानियों में जीवन संघर्ष के कई आयाम देखने को मिलते हैं, जिनमें विस्थापन के अतिरिक्त अकेलापन, आर्थिक पक्ष, स्त्री संघर्ष आदि कई विषय हैं जो उनको दूसरे कहानिकारों से अलग खड़ा करते हैं। 'खिड़की' उनकी एक अनाम साठ वर्षीय पुरुष की कहानी है जो अकेला है। पत्नी की अकाल मृत्यु हो गई और पुत्र-पुत्री दूर रहते हैं। वह अकेला स्वयं का खाना खुद ही बनाकर एक ही तरह का जीवन जीने को अभिशप्त है। जहाँ नौकरी करता है वह वहाँ अपनी उम्र के लोगों को देखता है जो उसे उसके जैसे ही अकेलेपन के शिकार लगते हैं। उनका दर्द उसे अपने-सा लगता है। वह अपनी 'खिड़की' जिससे टिकट देने का काम करता है उसे दोस्ती का साधन बना लेता है-"दर्द सबका एक ही सा...टीस उठती...हैरानी भी होती है कि सबकी समस्या एक-सी क्यों है? यह अकेलापन किसी मजहब, किसी जाति, किसी समुदाय का मोहताज नहीं होता।"

बेहतर ज़िंदगी के लिए विदेश गए सभी लोगों को बेहतर जीवन ही मिले यह ज़रूरी तो नहीं। अधिकांश तो ठीक-ठाक जीवन ही जी पाते हैं। 'बेतरतीब ज़िंदगी' कहानी में तेजेन्द्र ने उस शायर के दर्द को बयाँ किया है जो अपनी आर्थिक स्थिति मजबूत करने विदेश आया है। शायर है, हिन्दी और अंग्रेंजी दोनों ही अच्छी बोल लेता है फिर भी ब्रिटेन में उसका पेट पालना मुश्किल हो रहा है। उसे हमेशा लगता है कि-"मैं जब भारत में था अमीर आदमी था, यहाँ बिलायत में आकर गरीब हो गया हूँ।" भारत में पैसा कम था पर उसकी कला का सम्मान तो था। यहाँ ब्रिटेन में दौलत खानों के बीच उसकी कला वेश्या से

ज़्यादा नहीं है।

तेजेन्द्र ने अपनी कहानियों में स्त्री संघर्ष को भी स्थान दिया है। उनकी कहानियों में स्त्रियों के संघर्ष उम्र के अलग-अलग पड़ाव पर दिखाई देते हैं। 'टेलीफोन लाइन' में सोफिया के संघर्ष की कहानी है। सोफिया की शादी जल्दी हुई और बच्चे भी जल्दी-जल्दी हो गए। दो बच्चों के बाद उसका पति उसे छोड़ गया। दोनों बेटियों को प्राइवेट नौकरी कर पाल रही है। बेटी की शादी भी यह सोचकर कर दी कि मनहूस बाप का साया न पड़े लेकिन संघर्ष यहाँ कम न हुआ। बेटी का पति आतंकवादी निकला और पुलिस के साथ मुठभेड़ में मारा गया। वह अपने पुराने स्कूल के दोस्त जो लंदन में बसा है उससे बात करती है टेलीफोन पर। वह चाहती है उसकी बेटी को अवतार लंदन में सेट कर दे। अवतार पूँछता है कैसे मदद करें सोफी कहती है-"तुम मेरी बात सुनो...तुम मेरे दोस्त हो...तुम तो मुझसे प्यार भी करते थे...तुम खुद ही मेरी बेटी से शादी क्यों कर लेते?" कैसी मजबूरी है, कैसी आर्थिक परेशानी है कि एक स्त्री उस पुरुष से अपनी बेटी का विवाह करना चाहती है जो उससे प्रेम करता था किन्तु अवतार के लिए उसकी बेटी का हाथ थामना पाप से कम नहीं लगता है।

'फ्रेम के बाहर' एक ऐसी लड़की के संघर्ष की कथा है जहाँ जब वह अकेली थी तो माता-पिता का पूरा ध्यान उस पर था लेकिन बेटी के बाद बेटा पैदा होने से माँ नेहा को समय नहीं दे पाती। पहले उसकी हर फर्माइश एक बार में पूरी होती थी। माता-पिता पूरा समय उसको देते थे लेकिन अब वही उसे हॉस्टल भेज देते हैं। इसका नेहा पर इतना बुरा असर होता है कि नेहा फिर कभी घर नहीं आती। पिता को लगता भी है कि ठीक नहीं किया हॉस्टल भेजकर-"उसे हॉस्टल भेजकर शायद हमने उसे एक अलग संसार में भेज दिया है। ...मैं उस दुनिया से वापस आने का रास्ता देख नहीं पा रहा हूँ।" इस कहानी में तेजेन्द्र के बाल मनोविज्ञान की अभिव्यक्ति बहुत सटीक है। यह कहानी मन्नू भण्डारी के 'आपका बंटी' की याद दिला देता है।

तेजेन्द्र की 'एक बार फिर होली' कहानी भी नज़मा के एकांकी जीवन के संघर्ष को अभिव्यक्त करती है। विवाह कर करांची भेज माँ-बाप तो उससे मुक्त हो जाते हैं, लेकिन नए देश, नए घर में उसे सामंजस्य बैठाने में बड़ा कष्ट उठाना पड़ता है। उसके ससुराल वाले, पति सब चाहते हैं कि वो हिन्दुस्तान में बिताये जीवन को भूल जाए। हिन्दी के बजाय उर्दू में लिखे। वहाँ के रीति-रिवाजों के बजाय यहाँ के रीति-रिवाजों को अपनाए। जबकि नज़मा अपने देश के गाँव, मिट्टी की सुगन्ध और होली-दिवाली जैसे पर्वो को न तो भूलती है न भूलना

चाहती है। लेकिन उसके सौहर की कड़वी बातें उसे सालती हैं-"चुभती बातें, कट ु वचन, हर वक्त याद दिलाया जाना कि वह हिन्दुस्तान की यादों से बाहर आये।"

नजमा को सब पराया लगता है, पराया देश, पराए लोग यहाँ तक की पति भी पराया। वह प्रत्येक क्षण संघर्ष करती रहती है अपनों के साथ। चाह कर भी कोई कोमल तंतु नज़मा को इमरान से नहीं जोड़ पाया। सालों साथ रहने पर भी दोनों के बीच विश्वास की कमी ही रही।

तेजेन्द्र ने अपनी कहानियों में स्त्री जीवन के हर पक्ष को देखा है। 'मलवे की मालकिन' कहानी ऐसी स्त्री की कहानी है जो बेटी को जन्म देने के कारण घर से निकाल दी गई। घरवालों ने पहले तो यह कह कर अधिक नहीं पढ़ने दिया कि लड़की अधिक पढ़ गई तो लड़का कहाँ से मिलेगा। जिस घर में विवाह कर भेजी गई वहाँ अमिता सिर्फ श्रीमती यादव थी। दिन भर गरीब बैल की तरह जुटी रहती कामों में। किसी को लगाव नहीं उससे। अमिता के जीवन का संघर्ष विवाह के पूर्व ही शुरू हो गया था। लाख बातें बराबरी की कर ले, लेकिन लड़का और लड़की का भेद कहाँ मिट पाया है। जैसी ही अमिता के लड़की हुई लक्ष्मी के पुजारी ससुराल वाले सहन ही न कर सके लक्ष्मी को। तुरंत निर्णय कर दिया-"इस परिवार को तुम्हारी कोई ज़रूरत नहीं। अपनी मनहूस सूरत और उससे भी अधिक मनहूस बेटी को उठाओ और यहाँ से दफ़ा हो जाओ।" अकेली स्त्री अपनी बेटी को ले जीवन के नये रास्ते खोजने निकलती है। अपने जज्बे से जीवन को नये सिरे से जीना शुरू करती हैं और अपनी बेटी को पालने में ही अपना जीवन लगा देती है। अपने पति से मिले दर्द और बेइज़्ज़ती उसे किसी पुरुष पर विश्वास नहीं करने देते।

तेजेन्द्र की कहानियों में स्त्रियों का संघर्ष भिन्न-भिन्न स्तर पर दिखाई देता है। कभी वह घरेलू हिंसा की शिकार है, तो कहीं कम पढ़ी-लिखी होने का खामियाजा भुगतती दिखाई देती है। कहीं अपने पति के गुनाहों की सजा भोगती दिखाई देती है।

"ज़मीन भुरभुरी क्यों है...?" की कोकिला बेन अपने पति के द्वारा किए गए गबन का कष्ट भोगती है। पति के 'गिल्टी' कह देने से उसे तीन साल की कैद हो जाती है। कोकिला समझ नहीं पाती की वह इन तीन सालों में कैसे घर चलाएगी, कैसे बच्चों को सम्भालेगी। फिर भी वह सब करती है, जो नहीं जानती थी, वह सब सीखती है। वह सोचती है कि अब उसे भीतर से मजबूत बनना होगा, और वह बनती है। पति जेल में है जिसके कुछ कायदे हैं जो सभी कैदियों

को मानने हैं। सुबह एक्सरसाइज फिर नाश्ता और फिर कम्प्यूटर क्लास। इस दिनचर्या में राजन ढल गया और जवान हो गया। उसका निकला पेट पिचक गया, और चेहरे पर रौनक आ गई। वहीं जिसने कोई गुनाह नहीं किया, कोकिला अपने को आईने में देखती है-"सफेद बाल, चेहरे पर चिंता की छपी रेखाएँ और थकावट जैसे टूट गई थी वह।" कोकिला सोचती है कि जज ने कैसा फैसला सुनाया, मुजरिम तो राजन था लेकिन सजा उसे मिली-"मेरा क्या कसूर था? मुझे क्या सजा मिली? मेरे हिस्से में सिवाय संघर्ष और दुःखों के और क्या रहा।"

तेजेन्द्र की कहानियों में जीवन की जटिलताएँ बदली जीवन शैली और इस शैली से आए कष्टों का भी सजीव चित्रण है। 'कैंसर' कहानी आज के युग का एक भयावह चित्र प्रस्तुत करती है। छोटी उम्र में ही पूनम ब्रेस्ट कैंसर की शिकार हो जाती है। एकांकी परिवार में रहने से कोई आस-पास नहीं है। बच्चों और पति की देखरेख कौन करे। उसका खुद का ख्याल कौन रखे। इन चिंताओं के साथ ही चिंता है अपने एक अंग को खोने के बाद कैसे रहेगी। नरेन पूनम को बेहद प्यार करता है, वह उसे समझा देना चाहता है कि -"एक छाती के साथ भी पूनम मेरे लिए उतनी ही आकर्षक, प्यारी और ज़रूरी होगी।" चाहकर भी हम कहीं कहीं हालात से हार जाते हैं। कैंसर आज बहुत फैल गया है। पहले इस बीमारी का नाम कभी-कभी, कहीं-कहीं सुनते थे किन्तु आज तो बाजारवादी युग में कैंसर जैसी बीमारी का भी बीमा होने लगा है। बीमा कंपनियों ने विभिन्न प्रकार के कैंसर रोगों के लिए अलग-अलग पॉलिशी बाजार में उतार दी है। तेजेन्द्र ने इस बदलाव को भी देखा और अपनी कहानियों में व्यक्त किया।

तेजेन्द्र ने अपनी कहानियों में कुछ नये विषयों पर भी लिखा। आज की उपभोक्तावादी संस्कृति ने नैतिक मूल्यों को बिल्कुल भूला दिया है। व्यक्ति की सोच सिर्फ पैसा कमाने की है और उसका शैतान दिमाग हर समय दो की चार करने का प्रयास करता रहता है। नैतिक मूल्य जब हममें नहीं हैं तो अगती पीढ़ी को क्या देंगे। शायद यही डर 'कब्र का मुनाफा' के ख़लील को है। ख़लील अपने और अपनी पत्नी के लिए कब्र बुक करवा लेता है ताकि-"कम-से-कम हमारे बच्चे हमें दफनाते वक्त अपनी जेबों की तरफ नहीं देखेंगे।" क्या वाकई ऐसा समय आ रहा है कि हमें अपने मरने और उसके बाद तक का इंतज़ाम करके जाना होगा। मैत्रेयी जी ने भूमिका में बहुत सही लिखा है-"हमारे बच्चे या मित्र अथवा नाते रिश्तेदार क्या जब इतने बेमुरव्वत, बेगाने या खुदपरस्त हो गए कि आख़िरी विदा का इंतज़ाम भी हमें ही करके जाना होगा।"

कहानीकार ने दुनिया को बेपर्दा कर दिया है। अब कब्र को भी मुनाफे का

व्यापार कहा जाने लगा है। इसका भी विज्ञापन दिया जाने लगा है कि मरने के बाद नहलाकर अच्छे कपड़े पहनाए जायेंगे, बड़ी कार में आपकी लाश लायेंगे। दिखावे की कोई हद तो होगी। जीते जी तो हम दुनिया के आगे दिखावा करते ही हैं क्या मरने पर भी यही करेंगे। तेजेन्द्र ने बहुत अहम और सटीक प्रश्न इस कहानी के माध्यम से उठाया है।

अत: कहा जा सकता है कि तेजेन्द्र की कहानियों का विषय फलक व्यापक है। वे विभिन्न विषयों को अपनी कहानियों में लेते हैं उनकी कहानियाँ सिर्फ घटनाओं का कथन नहीं करती बल्कि एक संदेश भी देती हैं। वे ये मानते हैं कि जीवन में सिर्फ पैसा ही महत्वपूर्ण नहीं क्योंकि पैसा कभी भी प्यार की भरपाई नहीं कर सकता। तेजेन्द्र शर्मा की कहानियों में लंदन में रह रहे भारतियों के जीवन की गहरी तस्वीर नज़र आती है। वे खुद भारत में जन्में, पले-बड़े और जीविकोपार्जन के लिए लंदन गए तथा वहीं बस गए। उन्होंने दोनों देशों के समाज को बहुत करीब से देखा और जीया। इसीलिए भी वे अपने अनुभवों को कहानियों में बेहतर ढंग से कह पाए। उन्होंने कहानियाँ कहीं भी उसी भाषा में जैसे पात्र रचे गए। वे सहज और सरल भाषा में अपनी बात कहते हैं। इनकी भाषा प्रभावकारी है, कहीं क्लिष्टता या गरिष्ठता दिखाई नहीं देती। वे अपनी बात को बहुत अच्छे से समप्रेषित करते हैं। यही इनकी कहानियों की सफलता भी है। वे शब्दों के जादू से चमत्कार नहीं करते बल्कि अर्थ स्पष्ट करते हुए पाठक के हृदय में स्थान बनाते चलते हैं। प्रवासी साहित्य में तेजेन्द्र शर्मा का स्थान निश्चित ही विशिष्ट है।

संदर्भ-ग्रन्थ

1. तेजेन्द्र शर्मा, तेजेन्द्र शर्मा श्रेष्ठ कहानियाँ, राष्ट्रीय पुस्तक न्यास, भारत, प्रथम संस्करण-2015।
2. विभोम स्वर, पत्रिका, अप्रैल-जून-2017, आई.एस.एन नं। 2455-9814।
3. विभोम स्वर, पत्रिका, जुलाई-सितंबर-2017, आई.एस.एन नं। 2455-9814।

डॉ. नीतू परिहार

जन्म : 26 नवम्बर 1974

शिक्षा : पीएच. डी., एम.ए. (हिन्दी, संस्कृत)

संप्रति : सह आचार्य एवं अध्यक्ष, हिन्दी विभाग, मोहनलाल सुखाड़िया विश्वविद्यालय, उदयपुर, राजस्थान

स्वाभाविकता का रचनाकार

-पीयूष द्विवेदी

आज सौ वर्षों से अधिक की हो चुकी हिंदी कहानी ने अपनी इस विकास-यात्रा में विभिन्न आन्दोलनों और विमर्शों से गुजरते हुए परिवर्तन के विविध पड़ावों को पार किया है। इस कालखण्ड में हिंदी कहानी युद्ध के मैदानों से सड़कों, सड़कों से घरों और घरों में रसोई से लेकर शयनकक्ष तक पहुँची है। सरल शब्दों में कहें तो हिंदी कहानी के विषयों का फलक इन सौ वर्षों में निरंतर रूप से विस्तार को प्राप्त हुआ है; और तेजेंद्र शर्मा की कहानियाँ भी अपने में इसी विस्तार के एक बड़े हिस्से को समेटे हुए हैं।

1980 में 'प्रतिबिम्ब' नामक कहानी से अपने कथा-लेखन का आगाज करने वाले तेजेंद्र शर्मा की कहानियों में समय के साथ कथ्य के स्तर पर व्यापक परिवर्तन दिखाई देते हैं। देखा जाए तो तेजेंद्र शर्मा के समग्र कथा-साहित्य के विषयों के तीन स्रोत प्रतीत होते हैं। एक, जो खुराक जीवन से उन्हें मिली यानी जो उन्होंने खुद भोगा; दो, जो उन्होंने अपने इर्द-गिर्द घटित होते देखा; और तीन, जब अन्यान्य माध्यमों से प्राप्त किसी जानकारी या खबर ने उनके मन को सहज ही ऐसी संवेदना से भर दिया कि उस पर बिना लिखे रहना उनके लिए संभव नहीं रह गया। इनमें दूसरे और तीसरे तरह के विषय ऐसे हैं जिनमें कहानी की खोज और विरचना वही लेखक कर सकता है जिसमें संवेदना की सूक्ष्म दृष्टि विद्यमान हो। लेखक की संवेदनात्मक दृष्टि, एक गतिशील मछली का जल प्रतिबिम्ब देखकर उसकी आँख वेधने जितनी सामर्थ्य से युक्त होनी चाहिए, क्योंकि ऐसी दृष्टि होगी तभी लेखक उससे दूर कहीं घटित किसी घटना के विषय में किसी अन्य माध्यम से जानकारी पाकर, उसमें मछली की आँख की तरह ही, कहानी की संभावना को लक्ष्य कर सकता है।

इस संदर्भ में तेजेंद्र शर्मा की कहानी 'देह की कीमत' का उल्लेख समीचीन होगा जिसके विषय में वरिष्ठ व्यंग्यकार ज्ञान चतुर्वेदी ने लिखा है, 'एक

मुकम्मल कहानी कही है तेजेंद्र ने और किस्सागोई की शर्तों पर अच्छी बांधने वाली कहानी कही है'। भारत और जापान, दो देशों के बीच तैरती इस कहानी में तेजेंद्र शर्मा ने न केवल अर्थ-संचालित पारिवारिक संबंधों के खोखलेपन को उघाड़ा है, बल्कि अपनी अयोग्यता के भार में दबे भारतीयों के एक तबके के विदेशी कमाई के आकर्षण में वैध-अवैध ढंग से विदेश जाने की स्थिति को भी बाखूबी उजागर किया है। इस कहानी का विषय कैसे जेहन में आया, इसपर तेजेंद्र शर्मा का कहना है कि वायुसेवा के ही एक मित्र ने तीन लाइन में इस प्रकार की एक घटना उन्हें सुनाई थी, जिसके बाद उनके मन में यह कहानी आकार लेने लगी। अगल-बगल बैठे लोगों में उन्हें इस कहानी के पात्र नज़र आने लगे थे। इस तरह यह कहानी बन पड़ी। तीन लाइन की एक घटना को सुनकर कटु सामाजिक यथार्थ को उकेरने वाली ऐसी मर्मस्पर्शी और भावनात्मक गहराई से पगी कहानी कह डालना तेजेंद्र में संवेदना की सूक्ष्म दृष्टि के विद्यमान होने की घोषणा करने के लिए पर्याप्त है।

'चरमराहट' कहानी की चर्चा करना भी समीचीन होगा। इसमें बाबरी ध्वंस जैसी एक अलग और खुद से दूर घटित घटना पर आधारित कथा-वितान की रचना में हम तेजेंद्र शर्मा की यथार्थ को उकेरने वाली विराट कल्पना-शक्ति के साथ-साथ उनके कथा-कौशल का प्रकर्ष देखते हैं। कहानी-विधा पर केन्द्रित कई पुस्तकें लिख चुके चर्चित लेखक शम्भू गुप्त लिखते हैं, 'तेजेंद्र ने इस (चरमराहट) कहानी में विश्व-स्तर पर व्याप्त धार्मिक व अन्य प्रकार के तत्ववादी आग्रहों पर तीखी नज़र दौड़ाई है। भारत में ही नहीं बल्कि पूरी दुनिया में ही धर्म एवं जाति किस तरह से आज भी आदमी की पहचान का एकमात्र आधार बने हुए हैं, इसे तेजेंद्र इस कहानी में बहुत प्रभावशाली ढंग से सामने लाते हैं। 'कुछ कल्पना और कुछ देखी-सुनी चीजों के मिश्रण से तैयार इस कहानी की सबसे खास बात यह रही है कि पाठक को अंत तक कहीं भी हिन्दू-मुस्लिम सम्बंधित विषयों को लेकर लेखक का कोई झुकाव पकड़ में नहीं आता। पाठक को किसी पंक्ति में लगता है कि लेखक ने कोई पाला पकड़ा है, तभी अगली पंक्ति उसके इस विचार को बहा ले जाती है। दरअसल इस कहानी में तेजेंद्र सब पालों की बातें कह भी जाते हैं, मगर क़िसी एक पाले में खड़े नज़र भी नहीं आते। कथानक की ये संतुलित किन्तु प्रभावी प्रस्तुति जो अंत तक बनी रही है, विषयवस्तु पर लेखक के दृष्टि की गहरी पकड़ को ही दर्शाती है। बाबरी-ध्वंस की घटना के वैश्विक प्रभाव, मानव-मन से लेकर व्यावहारिक जीवन तक में गहरे पैठ चुके धर्म और आस्तिकता-नास्तिकता की उलझन जैसे गंभीर विषयों

को बड़े सधे हुए और साहसिक ढंग से इस कहानी में पिरोया गया है।

अपने जीवनानुभवों से कोई विषय उठाकर उस पर कहानी लिखना ऐसा कर्म है जो एक मायने में सरल भी है और एक मायने में कठिन भी। सरल इसलिए है कि विषय के स्तर पर लेखक से कोई पहलू छुपा नहीं रहता, वो छोटी-छोटी बातों से भी अवगत रहता है; और कठिन इसलिए कि सब पहलुओं से अवगत रहने के कारण उन सबको कहानी में ढाल देने की चाह चुनौती की शक्ल लेकर खड़ी हो जाती है और इस क्रम में यह भी ध्यान रखना पड़ता है कि कहानी कहीं यथार्थ का कोरा कथन बनकर न रह जाए। यह तेजेंद्र शर्मा का कथा-कौशल ही है कि अपने जीवनानुभवों पर कई कहानियाँ लिखने के बावजूद वे इस कठिनाई से अपनी कहानियों को बचाने में कामयाब रहे हैं। यहाँ 'कैंसर' कहानी का जिक्र करना ज़रूरी है। इसमें पत्नी के स्तन कैंसर से ग्रस्त हो जाने के बाद पति के हृदय और परिवार में व्याप्त त्रासदियों और विकृतियों की कथा कही गयी है। तेजेंद्र शर्मा को जानने वाले जानते हैं कि वे स्वयं इस कहानी की त्रासदी को कटुतम स्वरूप में भोग चुके हैं। अपने इस भोगे हुए यथार्थ पर कथा-वितान बुनते हुए भी तेजेंद्र शर्मा ने अपनी कलम को जिस ढंग से भावनाओं के आवेग में बहने नहीं दिया है और कहानी के कहानीपन को सुरक्षित रखा है, वो उनके समर्थ कथा-कौशल का ही सूचक है। प्रख्यात लेखक राजेन्द्र दानी की टिप्पणी उल्लेखनीय होगी, 'संत्रास में जी रहे परिवार का भावुकता से बचते हुए चित्रण करना किसी भी रचनाकार के लिए एक चुनौती है जिसका सामना रचनाकार ने इस कहानी (कैंसर) में अपने कौशल के साथ किया है। कथ्य की मार्मिकता पाठक के अंतर्मन में पैबस्त हो जाती है।'

तेजेंद्र शर्मा के कथा-संसार की एक और विशेषता यह है कि वे अपनी कहानियों के विषयों के प्रति बेहद ईमानदार रचनाकार हैं। तेजेंद्र शर्मा ने उन्हीं विषयों पर लिखा है, जिन पर उनकी कलम स्वाभाविक रूप से लिख सकी। इस क्रम में साहित्यिक विमर्शों, विचारधाराओं या चर्चादायक विवादों की लालसा से प्रभावित होकर उनके द्वारा कोई लेखन किया गया हो, ऐसा कहीं नहीं दिखता। तेजेंद्र शर्मा ने अबतक ग्रामीण पृष्ठभूमि पर आधारित एक भी कहानी नहीं लिखी है। इस विषय में एक बार मैंने उनसे पूछा था कि आपकी कहानियों में गाँव-खेती-किसानी आदि क्यों नहीं है? इसपर उनका जवाब था-भई, मैंने गाँव देखा ही नहीं है, मुझे गाँव के विषयों की कोई समझ ही नहीं है, तो उस पर कहानी कैसे लिख दूँ। उन्होंने अपने एक लेख में भी लिखा है, 'मैं पूरी तरह से एक शहरी उत्पाद हूँ। इसीलिये मेरी कहानियों में गाँव नहीं आता।' दरअसल

तेजेंद्र शर्मा हिंदी के उन कमसंख्यक लेखकों में से हैं, जो अपने वातानुकूलित कमरे में बैठकर जलती धूप में पसीना बहा रहे किसान की पीड़ा लिखने में यक़ीन नहीं रखते। कहानियों के विषयों के प्रति तेजेंद्र की ईमानदारी का अनुभव उनके कहानी-संग्रहों और उनके जीवन की घटनाओं के कालक्रम का एक तुलनात्मक अध्ययन करने पर भी होता है।

तेजेंद्र शर्मा का पहला कथा-संग्रह 'काला सागर' जो 1990 में प्रकाशित हुआ था, की कहानियों के विषय मोटे तौर पर पारिवारिक रिश्ते-नातों, महानगरों में जीवन की जद्दोजहद और विमानन क्षेत्र से सम्बंधित विषयों पर आधारित हैं। इस प्रकार के विषय कोई संयोग नहीं थे, बल्कि ये उस वक्त तक लेखक को मिली मानसिक खुराक का परिणाम थे। अड़तीस साल का एक युवा जिसका बचपन अभाव से अधिक परिस्थितियों के कारण संघर्षमय रहा था, के मन में पारिवारिक रिश्तों के प्रति हल्के रोष की भावना होनी स्वाभाविक ही है। परिवार के प्रति एक युवा का यह हल्का रोष, अर्थ-संचालित पारिवारिक रिश्तों के खोखलेपन का शिकार समाज के अन्य लोगों से जब एकाकार हुआ होगा तभी संभवतः 'रिश्ते', 'दंश' और 'कड़ियाँ' जैसी कहानियों ने आकार लिया होगा। ऐसे ही, विमान सेवा में कार्य करते हुए जब किसी दुर्घटना के पश्चात् कोई विद्रुप दिखा होगा, तो विमान दुर्घटना पर आधारित हिंदी की पहली कहानी 'काला सागर' की रचना हुई होगी। यूँ ही विमान सेवा की मशहूर चरित्र 'एयर होस्टेस' की चुनौतियों देखते-देखते जब किसी दिन लेखक का हृदय द्रवित हुआ होगा तो एयर होस्टेस पर केन्द्रित हिंदी की पहली कहानी 'उड़ान' रची गयी होगी। पत्नी के साथ मुंबई में एक अदद घर के लिए जद्दोजहद करनी पड़ी तो लेखक का मन-मस्तिष्क 'ईंटों का जंगल' लिखने को आकुल हो उठा होगा।

गल्फ देशों में बसे भारतीयों के दर्द को बयान करती तेजेंद्र की एक कहानी है 'ढिबरी टाईट'। यह कहानी भारत में रहने वाला कोई कथाकार शायद उतना बेहतर नहीं लिख सकता था जितना तेजेंद्र शर्मा ने लिखा है। इसका कारण यही प्रतीत होता है कि विमान सेवा में कार्य करते हुए गल्फ देशों में बसे भारतीयों के दर्द को वे काफी करीब से देख और समझ चुके होंगे इसीलिए यह कहानी यथार्थ के निकट और प्रभावी बन पड़ी है।

तेजेंद्र शर्मा की कहानियों में भारत के अलावा ब्रिटेन, जापान, पाकिस्तान आदि अनेक देश मौजूद हैं। साथ ही उनकी बहुतायत कहानियों में विमान सेवा में कार्यरत पात्र भी मिल जाते हैं। इसका मुख्य कारण यही प्रतीत होता है कि वायुसेवा में रहने के कारण वे इस क्षेत्र के पात्रों के विषय में सब जानते-बूझते

थे, इसलिए उनको ही उन्होंने ज़्यादातर अपनी कहानियों का हिस्सा बनाया न कि बिना जाने-बूझे कागजी किरदार गढ़ने की कोशिश की। हालांकि इसका यह अर्थ नहीं कि तेजेंद्र शर्मा की कहानियों में अन्य प्रकार के चरित्र नहीं आते।

तेजेंद्र शर्मा की कहानियाँ पढ़ते हुए मुझे उनमें एक नाम 'नरेन' बहुत अधिक दिखा। हर दूसरी-तीसरी कहानी में इस नाम का कोई न कोई पात्र मौजूद है। मैंने तेजेंद्र जी से पूछा कि क्या इस नाम को रखने का कोई खास कारण है? इसपर उनका जवाब था, 'नरेन का अर्थ है राजा जो प्रजा की स्तुति-निंदा सब ग्रहण करता है, शिव की तरह अमृत-विष सब धारण करता है; मेरी कहानियों में उपस्थित इस नाम का पात्र भी अच्छाई-बुराई दोनों को धारण करने व प्रशंसा-निंदा सब ग्रहण करने वाला होता है।' उनका यह भी कहना था कि इस नाम के पात्र के रूप में प्रायः वो खुद भी अपनी कहानियों में मौजूद होते हैं।

'ढिबरी टाईट' संग्रह की कहानी 'नवयुग' और 'धुंधली सुबह' भी उल्लेखनीय होंगी जो साहित्यिक समाज की विडम्बनाओं को उजागर करती हैं। नवयुग जहाँ संपादक और लेखक की स्थिति की विडम्बनाओं पर तंज करती कहानी है, तो वहीं 'धुंधली सुबह' सामाजिक-उद्धार की बड़ी-बड़ी कथाएँ लिखने वाले लेखकों के व्यक्तिगत धरातल पर अनैतिक और पतनशील आचरण की स्याह तस्वीर पेश करती है। अगर हम देखें तो तेजेंद्र शर्मा के पहले कथा-संग्रह 'काला सागर' में हमें इस प्रकार की कोई कहानी नहीं मिलेगी, जिसका कारण यह प्रतीत होता है कि तब तक वे साहित्यिक समाज के लिए नए थे, लेकिन 'ढिबरी टाईट' कहानी-संग्रह के आने तक वे इस समाज की अंतर्कथाओं से सुपरिचित हो चुके होंगे और तब इन कहानियों ने स्वाभाविक रूप से आकार लिया होगा।

1999 का वर्ष था, जब तेजेंद्र शर्मा के तीसरे कहानी-संग्रह 'देह की कीमत' का प्रकाशन हुआ। इस संग्रह में भी एयर इंडिया की नौकरी के कारण बटोरे अनुभवों पर आधारित देह की कीमत, चरमराहट, कोष्ठक जैसी कहानियाँ हैं, तो साहित्य में स्त्री-विमर्श की विद्रुपता पर चोट करती 'मुझे मुक्ति दो' जैसी कहानी भी है। लेकिन, इस संग्रह की उल्लेखनीय कहानी है-कैंसर। इससे पूर्व के दो संग्रहों में हमें कैंसर जैसी बीमारी पर कोई कहानी नहीं मिलती। शायद तेजेंद्र शर्मा ने सोचा भी न हो तब तक कि उन्हें इस जानलेवा बीमारी पर कहानी लिखनी होगी। परन्तु, 1995 में कैंसर से पत्नी के अकाल निधन के पश्चात् इस कहानी के बीज पड़े होंगे, जिन्होंने तेजेंद्र शर्मा की भावी कथा-रचना में कैंसर पर आधारित कई कहानियों के रूप में आकार लिया।

गौर करें तो नये विषय तो तेजेंद्र शर्मा की प्रवास से पूर्व की कहानियों में भी हैं, परन्तु प्रवास के पश्चात् इस नयेपन को और अधिक विस्तार मिला है। अनेक ऐसे विषय और पात्र, जो तेजेंद्र शर्मा के साथ-साथ समग्र हिंदी कहानी के लिए भी एकदम अपरिचित थे, का समावेश प्रवास बाद की उनकी कहानियों में दिखाई देता है। यहाँ वरिष्ठ साहित्यकार राजेन्द्र यादव का कथन उल्लेखनीय होगा, "तेजेंद्र ने बहुत अच्छी कहानियाँ लिखी हैं। मैं कहूँगा कि उन्होंने हिंदी कहानी में एक नए तरह के कथानक और नए तरह के पात्र लाए हैं, जिनका क्षेत्र देश भी है और विदेश भी...उनकी कहानियों में लंदन का व अन्य देशों का परिवेश है, वहाँ के संबंध हैं, वहाँ की समस्याएँ हैं, वहाँ के लोग हैं और ये चीज हिंदी साहित्य की मूल धारा को काफी समृद्ध और संपन्न करती है।"

लन्दन प्रवास के बाद तेजेंद्र शर्मा का पहला कहानी-संग्रह 'बेघर आँखें' 2007 में प्रकाशित हुआ जिसमें संकलित कहानियों में विषय के स्तर पर व्यापक बदलाव स्पष्ट रूप से देखे जा सकते हैं। इस संग्रह में संकलित 'अभिशप्त' कहानी, तेजेंद्र शर्मा द्वारा लंदन प्रवास के बाद लिखी गयी पहली कहानी है। यह भारत से अच्छे जीवन की उम्मीद में लन्दन जाकर बस गए रजनीकांत की कहानी है जो वहाँ भी सुख नहीं पाता। भारत में बीए करने के बाद यहाँ कथित छोटे काम वो नहीं करता, लेकिन लन्दन में बोझा ढोने का काम करने में उसे कोई हिचक नहीं होती। अपने से बड़ी लड़की से विवाह करता है और धीरे-धीरे उसके द्वारा उपेक्षित होने लगता है। जल्द ही ये उपेक्षा और उदासी ही उसका जीवन बन जाती हैं। रजनीकांत की मानसिकता के पात्र हमें अपने आस-पास मिल जाएँगे जो जिस स्तर के जीवन को भारत में निकृष्ट मानते हैं, उससे भी बुरे ढंग से विदेश में रहने को तैयार हो जाते हैं। इस कहानी में प्रवासी भारतीयों के दर्द के साथ-साथ ब्रिटेन की पृष्ठभूमि में पुरुष-विमर्श का एक वितान भी बुना गया है। भारत में पत्नी की इच्छा-अनिच्छा के प्रति पतियों की जो बेपरवाही प्राय: देखने को मिलती है, ब्रिटेन में रजनीकांत के प्रति उसकी पत्नी की वही बेपरवाही हम देखते हैं। निशा, पति के रूप में अपेक्षित कोई सम्मान और अधिकार रजनीकांत को नहीं देती, मगर रात को बिस्तर पर उसे भोगे बिना उसको नींद भी नहीं आती। अपनी इच्छा-अनिच्छा को भूल रोज बिस्तर पर पत्नी को संतुष्ट करना भी रजनीकांत का एक काम है। भारत में लिखी कहानियों में ऐसी दशा स्त्री की मिलती है, ब्रिटेन में इसका पात्र एक पुरुष है। चर्चित लेखिका डॉ प्रीत अरोड़ा ने इस कहानी को पुरुष-विमर्श का सशक्त उदाहरण बताते हुए लिखा है, "इस कहानी के माध्यम से कहानीकार ने पुरुष-मन के

भीतर आर्थिक स्वावलम्बन, अधिकार-चेतना, व्यक्तित्व की महत्ता व स्वतंत्र जीवनदृष्टि आदि जैसी भावनाओं को प्राप्त न कर पाने की टीस को प्रस्तुत कर पुरुष-विमर्श को एक नया आयाम दिया है।"

इसी संग्रह की कहानी है-कब्र का मुनाफा। एक ऐसी कहानी जिसका विषय और कथानक भारतीय पाठकों की कल्पना से भी परे होने जैसा है। धन के आगे कैसे मानवीय संबंधों से लेकर खुद मनुष्य तक का अस्तित्व बौना होता जा रहा है, इस सामाजिक विसंगति को 'कब्र का मुनाफा' कहानी में बड़े अनूठे ढंग से प्रस्तुत किया गया है। कहानी के दोनों प्रमुख पात्रों ख़लील और नज़म, जिन्होंने अपने देश से दूर एक विदेशी कंपनी को बढ़ाकर काफी पैसा कमा लिया है, द्वारा जब अपने लिए कब्र की बुकिंग करवाई जाती है, तो पाठक चकित रह जाता है। कब्र की बुकिंग? कहानी की शुरुआत में ही आने वाली यह बात किसी भी भारतीय पाठक को चकित करने के लिए काफी है। ख़लील और नज़म कब्र की बुकिंग करते हैं ताकि मरने के बाद उन्हें पूरी शानो-शौकत के साथ दफनाया जाय और उनकी कब्र भी पूरी आलिशान बने, जिससे वे थकान भरे जीवन के खत्म होने पर मौत के बाद आराम से रह सकें। इस दौरान शिया मुसलमानों के लिए अलग से 'रिजर्व्ड कब्रिस्तान' की चर्चा के जरिये मुस्लिम समुदाय में मौजूद ऊँच-नीच के भेदभाव को भी लेखक ने हल्के से छू लिया है। अधिक पैसा आदमी को किस हद तक संवेदना और भावना से हीन तथा दम्भी बना देता है, यह कहानी इसको शानदार ढंग से अभिव्यक्त करती है। सबसे बढ़कर इस कहानी का जो तथ्यपरक ढंग से व्यंग्यात्मक अंत लेखक ने किया है, वो इसे हिंदी की श्रेष्ठ कहानियों में शुमार कर देता है। इस विषय में वरिष्ठ व्यंग्यकार ज्ञान चतुर्वेदी को उद्धृत करना समीचीन होगा, "कहानी (कब्र का मुनाफा) का अंत एक सपाट व्यंग्यकार द्वारा रचा अंत है और कहानी को नये अर्थ देकर नई ऊँचाई भी देता है। जीवन ऐसा हिसाबी-किताबी हो गया है कि 'क़ब्र का मुनाफा' कमाया जा सकता है और मरने जीने को भी एक नये धंधे में तब्दील किया जा सकता है।"

कोख का किराया, ये क्या हो गया, पासपोर्ट का रंग आदि भी तेजेंद्र की कुछ उल्लेखनीय कहानियाँ हैं। कोख का किराया सरोगेसी के मुद्दे पर व्यापक परिप्रेक्ष्यों में बात करती है। 'पासपोर्ट का रंग' कहानी में मुख्य पात्र बाऊजी की पीड़ा यह है कि उन्हें लन्दन में बसे बेटे के साथ रहने की मजबूरी में भारत की नागरिकता छोड़ उस ब्रिटेन की नागरिकता लेनी पड़ रही है, जिसके खिलाफ आजादी की लड़ाई में वे गोलियाँ खा चुके हैं। इस दौरान भारत सरकार की तरफ

से यह ऐलान कि वो पांच देशों के भारतीयों को दोहरी नागरिकता देगी, उन्हें खुशी से भर देता है। मगर, यह ऐलान सिर्फ ऐलान ही रह जाता है। सरकारें बदल जाती हैं, मगर इस ऐलान को अमलीजामा नहीं पहनाया जाता। इस कहानी में लेखक ने उन बुजुर्ग भारतीयों के देशप्रेम और प्रवास की विवशता के बीच के विकट द्वंद्व को तो चित्रित किया ही है, जो मजबूरी में अपनी जड़ो से अलग हो विदेशी धरती में जा बसे हैं, साथ ही प्रवासी भारतीयों के प्रति भारत सरकार की ढुलमुल कार्यप्रणाली को सामने लाने में भी लेख प्रभावी ढंग से सफल रहा है।

ब्रिटेन में बसने के बाद लिखी गयी तेजेंद्र शर्मा की कहानियों में दो बातों का विशेष रूप से प्रवेश नज़र आता है–मुसलमान और सेक्स। ऐसा नहीं है कि प्रवास पूर्व की कहानियों में ये बातें रही ही नहीं हैं, लेकिन प्रवास बाद की कथा–रचना में लेखक का इन विषयों पर विशेष जोर दिखाई देता है। इस दौरान मुसलमान पात्रों को लेकर तेजेंद्र शर्मा ने तरकीब, होमलेस, दीवार में रास्ता आदि कई कहानियाँ लिखी हैं।

'तरकीब' कहानी का जिक्र ज़रूरी होगा। इसमें भारत–पाकिस्तान से ब्रिटेन में आकर बसे मुसलमान दम्पति अदनान और समीना को केंद्र में रखकर कथा का ताना–बाना बुना गया है। इस्लाम की मर्दवादी मान्यताओं और स्त्री को पुरुष का गुलाम बना देने वाले मजहबी कायदों की इस कहानी में खूब खबर ली गयी है। अदनान के जुल्म और तानाशाही भरे बर्ताव से तंग आकर समीना जब उससे तलाक मांगती है, तो वह सोच में पड़ जाता है क्योंकि ब्रिटेन में तलाक देने पर वहाँ के क़ानून के मुताबिक उसे संपत्ति में बड़ा हिस्सा समीना को देना पड़ेगा। इस मुश्किल के हल के लिए वो कोई ऐसी तरकीब सोचने लगता है जिससे समीना से छुटकारा भी मिल जाए और संपत्ति में से कुछ देना भी न पड़े। कहानी के अंत में जो तरकीब सामने आती है, वो शरीयत की वहशी व्यवस्था को उजागर करने वाली है। वैसे तेजेंद्र शर्मा सिर्फ मुसलमानों के मजहब की समस्याओं को ही सामने नहीं लाते बल्कि उनके जीवन की चुनौतियों और मुश्किलों पर भी बात करते हैं।

इस संदर्भ में 'दीवार में रास्ता' कहानी का उल्लेख उपयुक्त होगा जिसमें लेखक ने हिन्दू–मुस्लिम द्वंद्व का विषय उठाते हुए मुसलमानों के दुःख–दर्द को रेखांकित करने का प्रयास किया है। ये कहानी अपने शीर्षक से लेकर कथानक तक रूपकाभिव्यक्ति का भी उदाहरण है। मोहसिन के घर के आगे संध्या ठाकुर की शह पर हिन्दुओं द्वारा रास्ता बाधित करने को खड़ी की गयी दीवार, सिर्फ

ईंट पत्थरों का एक ढांचा भर नहीं है, बल्कि दोनों समुदायों के बीच खड़ी अविश्वास और वैमनस्यता का प्रतीक है। मोहसिन छोटी जान के आने से उम्मीद लगाता है कि वे संध्या ठाकुर पर दबाव डालकर दीवार हटवा देंगी, मगर वे संध्या ठाकुर से बात करने के बाद कहती हैं, "देखो मोहसिन, मैंने संध्या जी से बात कर ली है। तुम मेरे पीछे इनसे मिलकर इनकी मदद मांग लेना। अब यही तुम्हारी मुश्किल हल करेंगी।" यहाँ छोटी जान का चरित्र अविश्वास की दीवार में विश्वास के एक रास्ते जैसा प्रतीत होता है। '..इनसे मिलकर इनकी मदद मांग लेना' इस बात का व्यापक सन्देश यही है कि हिन्दू-मुसलमान को आपस में मिलजुलकर अपने अविश्वास को दूर करना होगा और अपने मसले सुलझाने होंगे, दूसरा कोई मार्ग नहीं है। 'होम-लेस' कहानी की बात करें तो ये एक तरफ जहाँ ब्रिटेन के बेघर लोगों से परिचित करवाती है, वहीं विश्वव्यापी इस्लामिक आतंकवाद के कारण अंतर्राष्ट्रीय स्तर पर अविश्वास का सामना कर रहे मुसलमानों की व्यथा को भी स्वर देने का काम करती है।

अब जहाँ तक बात 'सेक्स' की है, तो ये विषय तेजेंद्र शर्मा की कहानियों में प्रायः स्त्रियों की एक दमित इच्छा के रूप में आया है। तेजेंद्र शर्मा की कहानियों की स्त्री अपनी शारीरिक इच्छाओं के प्रति उदासीन नहीं है। वो 'संभोग' को उसके वास्तविक अर्थ, जिसमें स्त्री-पुरुष दोनों को समान सुख मिले, में प्राप्त करना चाहती है। इसके लिए वो नैतिकता और मर्यादा के खांचे को तोड़ने से में भी नहीं हिचकती। पराई औरतों में उलझे पति के सुख को तरसती 'तरकीब' की समीना हो या 'प्यार...क्या यही है?' की अपने से पंद्रह वर्ष युवा लड़के को भोगने वाली पूजा हो या 'अभिशप्त' में रोज रात को पति के बिना सो पाने में असमर्थ निशा हो अथवा सबसे बढ़कर पति द्वारा शारीरिक सुख न मिलने की स्थिति में घर में घुसे चोर के साथ संबंध में पड़ जाने वाली 'कल फिर आना' की रीमा हो-ये सभी स्त्रियाँ अपने शारीरिक सुख के प्रति अत्यंत सचेत और आग्रही हैं। 'कल फिर आना' की रीमा तो पति के मुँह पर कहती है, "कबीर आप पचास के हो गए तो इसमें मेरा क्या कसूर है? मैं तो अभी सैंतीस की ही हूँ। जिस तरह पेट को भूख लगती है, कबीर, जिस्म को भी वैसे ही भूख महसूस होती है।" सेक्स को लेकर ऐसी 'बोल्डनेस' तेजेंद्र शर्मा की प्रवास पूर्व की कहानियों में नहीं दिखाई देती। यहाँ लिखना ज़रूरी होगा कि तेजेंद्र शर्मा की कहानियों में सेक्स तो है, लेकिन वो कहानी के ज़रूरी हिस्से की तरह है न कि तमाम लेखकों द्वारा क्षणिक लोकप्रियता के लिए चित्रित की जाने वाली पोर्नोग्राफी की तरह। तेजेंद्र की कहानियाँ 'संभोग' की ज़रूरत और

उससे पूर्व की सामाजिक-मानसिक परिस्थितियों की जटिलता को विषय बनाती हैं, संभोग दृश्यों के चित्रण में नहीं डूब जातीं। ये प्रमुख कारण है कि यह कहानियाँ अपने विषय के साथ न्याय करने में सफल हैं।

कुल बातों का मजमून यही है कि तेजेंद्र शर्मा ने उन्हीं विषयों पर लिखा जिनपर उनकी कलम स्वाभाविक रूप से लिख सकी। साहित्यिक विमर्शों या चर्चादायक विवादों की लालसा से प्रभावित होकर उन्होंने अस्वाभाविक या जबरन कुछ भी नहीं लिखा। ऐसे में ये कह सकते हैं कि तेजेंद्र शर्मा की कहानियों की स्वाभाविकता ही उनकी सबसे बड़ी यूएसपी है और उन्हें स्वाभाविकता के रचनाकार के रूप में भीड़ से अलग करती है।

कथानक कोई भी हो, तेजेंद्र शर्मा की भाषा-शैली उसे रोचक बना देती है। जैसा कि वरिष्ठ व्यंग्यकार ज्ञान चतुर्वेदी ने लिखा है, 'तेजेन्द्रै शर्मा के पास किस्से क भी हैं और किस्सागोई भी। भाषा से खेलना भी उन्हें बढ़िया आता है। उर्दू-हिन्दी के लोकभाषा तथा प्रवासी हिन्दी भाषी की अपनी अंग्रेजी-हिन्दी का सटीक इस्तेमाल करके वे चुटीले संवाद बनाते हैं और कहानी की भाषा में वह रवानगी कायम रखते हैं जो पाठक को कथा से बांधकर रखती है।' तेजेंद्र शर्मा की कहानियों की प्रस्तुति ऐसी है कि ये शुरू होते ही पाठक को बाँध लेती हैं। शुरू में किसी सूत्र का एक सिरा देकर उसके दूसरे सिरे की रहस्यात्मकता बनाए हुए अपनी बहती हुई-सी भाषा-शैली के बलबूते वे पाठक को कथा के अंतिम बिंदु तक ससहज लिए जाते हैं, जहाँ उसे शुरूआती सूत्र का दूसरा सिरा मिलता है और वो उस कथा-लोक से चमत्कृत-सा एक अलग अनुभव लिए हुए बाहर आता है।

तेजेंद्र शर्मा के कथा संसार की वीथियों से गुज़रते हुए

-प्रगति गुप्ता

समकालीन प्रवासी कथा साहित्यकारों में तेजेन्द्र शर्मा का नाम चर्चित कहानीकारों में से है। प्रवासी साहित्यकार अपनी अन्वेषणीय व मनोवैज्ञानिक दृष्टिकोण के माध्यम से न सिर्फ़ भारतीयों बल्कि पश्चिमी संस्कृति से जुड़े लोगों की वेदनाओं और पीड़ाओं को महसूस करके, नई-नई कथाओं का सृजन कर रहे हैं। इससे कथा संसार को बहुत विस्तार मिला है।

जो भारतीय विदेशों में नौकरियाँ करने जाते हैं वह अपने परिवेश और आत्मीय संबंधों से दूर रहकर एक नई दुनिया बसाते है। उनके लिए वहाँ की संस्कृति, स्थितियों-परिस्थितियों और लोगों के साथ तारतम्य स्थापित करना आसान नहीं होता है। जिसकी वज़ह से अनगिनत द्वंद्वों-अंतरद्वंद्वों से उनका सामना होता है और बहुत-सी समस्याएँ सामने आती है। जिनको एक उत्कृष्ट साहित्यकार अपनी सूक्ष्म दृष्टि से पकड़ कर कहानियों या कविताओं का रूप देता है।

अगर हम तेजेंद्र शर्मा जी की कहानियों की बात करें तो उनका अन्वेष्णात्मक दृष्टिकोण ही उनकी कहानियों को विषयगत विविधता देता है। तेजेन्द्र जी ने वर्तमान कहानीकारों एवं पाठकों के सामने सृजन के काफ़ी नए-नए विषय प्रस्तुत किए हैं। उनकी कहानियों में विषयवस्तु की विविधता को देख कर यह लगता है कि वह आसपास घटित होने वाले घटनाक्रमों पर सूक्ष्म दृष्टि रखते है तभी उनकी प्रत्येक कहानी नवीनता का पुट समेटे हुए है।

उनकी कहानियों में यथार्थवादी दृष्टिकोण और आधुनिक यथार्थ के दर्शन होते है। तेजेंद्रजी की कहानियों के संसार को वास्तविकता के धरातल पर स्थित सामान्य मनुष्यों का यथार्थ माना जा सकता है जो कि विभिन्न समस्याओं और विसंगतियों से परिपूर्ण है। भौतिकवादी दृष्टिकोण, पारिवारिक बिखराव एवं संवेदनहीनता उनकी कहानियों में जगह-जगह दिखाई देती है। इनकी कहानियाँ

न सिर्फ़ मानवीय संबंधों की पोल खोलती हैं बल्कि स्वार्थी रिश्तों को बेनक़ाब करती हुई नज़र आती हैं। देह की कीमत, काला सागर, दंश, रिश्ते, क़ब्र का मुनाफ़ा, कुछ आख़िरी दिन, अभिशप्त और कैंसर जैसी कई कहानियाँ इन मुद्दों की गहराई से पड़ताल करती हैं।

तेजेंद्र जी के पात्रों का अधिकतर मानवीय दृष्टिकोण होता है। वह कहानियों में पात्रों को यथार्थ व आदर्श से जोड़ते हुए दृष्टिगत होते हैं। साथ ही उनके पात्रों का व्यक्तित्व चित्रण इस तरह होता है कि वो पाठक की कल्पना में भी साकार हो उठते हैं। साथ ही अपनी जीवन्त भूमिका को निभाते हैं। लन्दन में रहने के बाद भी तेजेंद्र जी हिन्दुस्तान के मूल्य, संस्कारों और बातों को सहेजते नज़र आते हैं। उनका यह प्रेम उनकी कहानियों में रचा बसा मिलता है। तभी तो बचपन से जवानी तक की यादों को सहेजते समय वो उन्ही बातों और चीज़ों का ताना-बाना बुनते हैं, जिनमें हिन्दुस्तान की स्मृतियाँ बसी हैं। दूसरी ओर ब्रिटेन में बसने के बाद उनकी कहानियों में विदेशों की कड़वी सच्चाईयों की भी बयानी है।

पात्रों के संवाद

कहते हैं जब घटनाएँ स्वयं लेखक से वार्ता करने लगे तो संवाद स्वयं ही पन्नों पर अपनी जगह बना लेते हैं। लेखक जब घटित या मानवीय संवेदनाओं की गहरे उतरकर कुछ गढ़ता है तब यथार्थ ही रचा जाता हैं। मानवीय भावों और संवेदनाओं को परखना बहुत टेढ़ी खीर होता है। जो लेखक इसमें महारथ हासिल कर लेता है वही शब्दों के माध्यम से मौलिक सृजन कर पाता है। जैसे कि कुम्हार को बर्तन गढ़ते समय यह पता होता है कि कहाँ पर हल्की-सी थाप देने मात्र से ही कुम्भ संवर जाएगा, उसी तरह का भाव कहानीकार हो या कविताकर सृजन करते समय उसकी चेतना में रहता है। भावों और संवेदनाओं से जुड़े संवाद थाप के जैसे ही होते है जोकि सीधे जाकर पाठक के मस्तिष्क पर दस्तक देते हैं। कहानियों को पढ़ते हुए मुझे उनके उस मनोवैज्ञानिक दृष्टिकोण का भी आभास हुआ जिससे वो पात्रों के संवाद लिखते हैं।

संवाद किसी की कहानी के महत्वपूर्ण अंश होते हैं इनसे कहानी में आकर्षण, सजीवता व रोचकता आती है। बहुत सरल संवादों में इंसानों की प्रवृत्तियों का मनोवैज्ञानिक विश्लेषण कर कहानियों को लिखना उनको बख़ूबी आता है। किस संवाद या संवेदना को प्रकाश में लाने से कहानी में रोचकता बनी रहेगी या प्रभाव बना रहेगा इसकी उन्हें भली-भाँती पहचान है। उनके संवाद सजीव व संवेदनशील है जो कि पाठकों के हृदय पर सीधे ही दस्तक देते हैं और पाठक उनके प्रवाह में खो जाता हैं।

संवाद सरल और सहज होने से पाठक को रोचकता महसूस होती है। क्लिष्ट शब्दों का प्रयोग ना के बराबर दिखाई देता है इसलिए कम हिंदी जानने वाले भी अगर कहानी पढ़ने के शौक़ीन हो तो वह तेजेंद्र जी की कहानियों में रोचकता व प्रवाह महसूस करेंगे। पंजाबी, उर्दू और अंग्रेजी जैसे विविध भाषाओं के शब्दों का प्रयोग उनकी कहानियों को विविध रंगों से भर देता है।

यहाँ अगर हम उनकी एक कहानी "प्यार की इंटेलेक्चुअल जुगाली" की बात करते है जोकि ममता और मानव दो विपरीत विचारधाराओं के स्त्री-पुरुष से जुड़ी कहानी है। यह पूरी की पूरी कहानी दूरभाष पर हुए संवादों से बुनी गई। आत्मिक, आध्यात्मिक, प्यार-मोहब्बत जैसी बातों पर वार्तालाप, न सिर्फ इसको अनूठा बनाता है बल्कि इंसान के अंदर घुमड़ने वाले विचारों का भी बहुत अच्छा चित्रण इस कहानी में किया गया है। यह कहानी अपने आप में सारे नाटकीय गुण सहेजे हुए है।

यहाँ मैं कहना चाहूँगी कि जटिल भावों और संवेदनाओं को सहज व सरल रूप में अभिव्यक्त करना तेजेंद्र जी को बख़ूबी आता है और तेजेंद्र जी का कथा संसार न सिर्फ सशक्त व मौलिक है बल्कि अनूठा भी है। उनकी अनुसंधानिक दृष्टि इसमें सहयोगी है। उनके पात्रों का वार्तालाप पाठक को प्रारंभ से अंत तक पढ़ने के लिए बाध्य करता है।

तेजेंद्र जी की कहानियाँ पढ़ते समय काफ़ी कहानियों की कुछ पंक्तियों ने मुझे रेखांकित करने के लिए उकसाया। मैं ऐसा मानती हूँ जब पाठक किसी भी विधा तो पढ़ते समय रेखांकित करने पर मज़बूर हो जाए इसका अर्थ यह है कि वह भविष्य में जब भी उस सृजन को खोले पढ़े, तो उसकी सर्वप्रथम दृष्टि उस रेखांकित किए पर पड़े यही उसकी मंशा होती है। यह उनके लेखन की विशिष्टता भी है।

मानवीय संवेदनाएँ

उनकी कुछ कहानियों में हुए वार्तालाप का यहाँ उल्लेख करना चाहूँगी जिनकी कथानक पाठकों को विविध पहलुओं पर सोचने के लिए मजबूर कर देते हैं।

"देह की कीमत" कहानी में पुरुष सत्तात्मक समाज का प्रतिनिधि हरदीप कहता है...

"ओये तुम जनानियों को मर्दों की बातों में दख़ल नहीं देना चाहिए...तुम अपना घर संभालो बस...पैसे कमाना हम मर्दों का काम है। वह हमारे ऊपर ही छोड़ दो"...

यह पात्र अपने संवाद से न सिर्फ़ स्त्री के बात करने की सीमाओं को बांध रहा है बल्कि अपने पुरुष अहम की भी तुष्टि करता हुआ नज़र आता है। इसी कहानी में सास के बहु के लिए तानों में प्रयोग की गई भाषा भी बहुत स्वाभाविक से प्रवाह में बहती है...

"पुत्तराअसी सारे बेगाने!...उसका अपणा तो बस, तू ही है।" सास के व्यवहार में स्वार्थपूर्ण संवेदनाहीनता वहाँ साफ़-साफ़ नज़र आती है जब बेटे कि मौत का पता चलता है और वो कहती है, "हाय ओय, कुड़ी न निकली, डायण निकली, लोको!माँ-पयो ने अपनी डायण हमारे हवाले कर दिती...हुण मैं की करां जी?"

जापान में अवैध तरीकों से नौकरियों के लिए पहुँचे लोगो के साथ कोई हादसा या त्रासदी होने पर, किन मुश्किलों का सामना करना पड़ सकता है इस कहानी का कथानक उन्ही परिस्थितियों को लेकर बुना गया है। इस कहानी में मानवीय संवेदनाओं की शुरू से लेकर अन्त तक कई बार धज्जियाँ उड़ती हुई देखी जा सकती है। कहानी के अंत में स्त्री दर्द की पराकाष्ठा पाठक को अति द्रवित करती है। जब पम्मी अपनी सूज़ी आँखों से अस्थि कलश देखती हैं और तीन लाख के ड्राफ्ट को उठाकर सोचती है कि यह उसके पति की देह की क़ीमत है या उसके साथ बिताये पांच महीनों की क़ीमत।

"काला सागर" को पढ़ते हुए मुझे घोर यथार्थवाद का अनुभव हुआ जिसमें मृतकों के सगे-सम्बन्धी अपने बहुत करीबी रिश्तेदारों की मृत्यु को भी अपनी कमाई का जरिया बनाने में संकोच नहीं करते हैं। उनको मरने वालों से कोई मतलब नहीं है अपने स्वार्थों को पूर्ण करने की चाहत ने मनुष्य को किस हद तक नीचे गिरा दिया है उनकी इस कहानी में इसकी सच्ची तस्वीर दृष्टव्य है. ..

"मिस्टर महाजन...मैं रमेश का पिता हूँ। आजकल मैं और मेरी पत्नी तलाक लेकर अलग-अलग रह रहे हैं। आपको याद होगा कि पिछले क्रैश में मेरी बेटी नीना की मौत हो गई थी। उस समय भी एयरलाइन और क्रू यूनियन ने मुआवजा मुझे ही दिया था...मैं चाहता हूँ कि मेरे बेटे और बहू की मृत्यु का मुआवज़ा मुझे ही मिले इससे पहले कि मेरी पत्नी इसके लिए अर्ज़ी दे, मैं आपके पास अपने क्लेम की यह अर्जी छोड़े जा रहा हूँ ताकि आप इंसाफ कर सकें...मैं तो अब बूढ़ा हो चला हूँ। कमाई का अब और कोई जरिया है नहीं।"

तेजेंद्र जी की ऐसी कई कहानियों को पढ़ते हुए मुझे उनके पास अन्तरदृष्टि के होने का भी आभास हुआ, जिसके माध्यम से वो व्यक्ति में उठने वाले

अन्तर्द्वंद्वों और संबंधों की जटिलता को समझकर कथासृजन करते है। तभी उनकी कहानियों में स्वाभाविकता व सजीवता नज़र आती है।

तेजेंद्र जी की एक और कहानी "क़ब्र का मुनाफ़ा"इंसान की मानसिकताओं पर तीक्ष्ण व्यंग्यात्मक प्रहार करती हुआ लगी। इस कहानी में दिखाया गया है कि इंसान रुपया-पैसा कमाने में तो पूरा जीवन लगा ही देता है मगर मरने के बाद भी वह अच्छी आबोहवा और सकूँ के माहौल की कब्र में दफ़न होने की ख़्वाहिश रखता है। इस कहानी के पात्र नज़म और खलील के माध्यम से लेखक ने इंसान की मानसिक प्रवृत्तियों का सजीव चित्रण किया है। अगर इंसान रुपया-पैसा ख़र्च कर अपने लिए कब्र बुक करवा रहा है तो किन बातों का पूरा ध्यान रखता है ताकि रुपया पूरा वसूल हो..."आपने कार्पेंडर्स वालों की नई स्कीम के बारे में सुना क्या? वो ख़ाली दस पाउंड महीने के प्रीमियम पर आपको शान से दफ़नाने की पूरी जिम्मेवारी ले रहे है...लाश को नहलाना, नए कपड़े पहनाना, कफ़न का इंतज़ाम, रोल्सरॉयस में लाश की सवारी और कब्र पर संगमरमर का प्लाक...ये सब इस बीमे में शामिल है।" ..."अगर आप किसी एक्सीडेंट या हादसे का शिकार हो जाये ...तो वो लाश का ऐसा मेकअप करेगे की लाश एकदम जवान और खूबसूरत दिखाई दे। अब लोग तो लाश की आखिरी शक्ल ही याद रखेगे न"

इस कहानी में कब्र बुक करवा कर महंगे में बेचने के धंधे को भी उजागर किया है जो की वैश्विक परिदृश्य में पूँजीवाद को अभिव्यक्त करता है।

तेजेंद्र जी के पास वह पारखी नज़र है। जिसके माध्यम से ही घटनाओं के अनुरूप कहानी लिख पाते हैं। मेरी दृष्टि में यह उनके चिंतन और मनन का ही परिणाम हो सकता है क्योंकि किसी भी विधा में गहराई होने के लिए यही उसकी पहली शर्त होती है।

स्त्री-पुरुष पात्र

तेजेंद्र जी के कहानियों में स्त्री पात्र हो या पुरुष पात्र उनकी अपनी स्वतंत्र विचारधारा होती है। जिनके विचारों में परम्परों के साथ-साथ आधुनिकता बोध भी दिखाई देता है। उनकी कहानियाँ नारी विमर्श पर ही कलम नहीं चलाती अपितु "अभिशप्त" जैसी कहानी में पुरुष विमर्श भी है। जहाँ बेमेल विवाह और घुटन भरा वैवाहिक जीवन, घोर नैराश्य की स्थिति होने पर भी पात्र विवाह-विच्छेद का नहीं सोच पाता है। मानसिक रूप से प्रताड़ित व भावनात्मक रूप से शोषित होने के बाद भी अपनी परिस्थितियों के आगे घुटने टेक देता है। दूसरी ओर तेजेंद्र के नारी पात्र आम इंसानों के जैसे सभी गुणों और दोषों से संपन्न है।

"कोख का किराया" की पात्र मनप्रीत उन्मुक्त ख्यालों की महिला है जिसे किसी भी प्रकार के नियम कानून-कायदे अपने उपर बंधन से प्रतीत होते है।

कहानी "देह की कीमत" में बीजी का पात्र एक स्वार्थी नारी के रूप में गढ़ा गया है। जो रूपये-पैसे के लिए किसी भी हद तक अपनी बहु परमजीत को बोल सकती है, जो कि एक समर्पित महिला के रूप में कहानी का पात्र है।

तेजेंद्र जी के महिला पात्र पाठक के लिए कहीं तो जिज्ञासा उत्पन्न करते हैं, तो कहीं रिश्तों में खोखलापन दिखाकर कहानी को यथार्थ के क़रीब पहुँचा देते हैं। उनकी एक और कहानी "कल फिर आना" की नारी पात्र रीमा अपने समर्पण के बाद भी जब तिरिस्कृत व प्यार में अछूता महसूस करती है तो उसका विद्रोह करना उचित ही लगता है।

तेजेंद्र जी की कहानियों के नारी पात्रों को अपने अस्तित्व का बोध है, साथ ही वो विपरीत परिस्थितियों में डटकर मुक़ाबला करती हुई भी नज़र आते हैं।

उनकी काफ़ी कहानियाँ ऐसी है जहाँ तेजेंद्र जी इंसानी मनोविज्ञान के अन्वेषक नज़र आते है। शेष वह अपनी कल्पना के माध्यम से अनुसंधान कर कहानिओं को बहुत ही सहज रूप में सामने लाते हैं ऐसा प्रतीत होता है।

भाव और मानवीय संवेदनाएँ पाठक और लेखक के बीच में तार बांधने का काम करती हैं। जब कहानी में यथार्थ का पुट हो तो सजीवता कहानी को नए आयाम देती है। इनकी कहानियों में देश-विदेश दोनों के तौर तरीके समस्याएँ उजागर होती है।

यहाँ मैं उनकी कुछ और कहानियों का एक-एक कर ज़िक्र करना चाहूँगी जिनमें न सिर्फ़ कहानियाँ भावों और संवेदनाओं का भण्डार समेटे हुए हैं बल्कि आधुनिक यथार्थ के दर्शन होते है जैसे "मुझे मार डाल बेटा" कहानी एक बेटे के अपने लकवाग्रस्त पिता और अपने प्री-मेच्योर जुड़वां बेटों के जीवित रखने, न रखने से जुड़े द्वंदों-अंतर्द्वंदों का बहुत यथार्थवादी चित्रण है। जिसमें पिता स्वयं इच्छा मृत्यु के आकांक्षी है। जैसे ही पात्र अपने बेटों को दर्द से मुक्ति दिलाने का निर्णय डॉक्टर को सुनाता है, जुड़वां बच्चों की मुक्ति के साथ-साथ पिता का भी शरीर छोड़ देना, उसको अपराधबोध में घेर लेता है। इस कहानी में घटनाओं का बहुत सजीव यथार्वादी चित्रण किया गया है।

तेजेंद्र जी की एक और कहानी "हथेलियों में कम्पन" हरिद्वार की पृष्ठभूमि में लिखी गई है। मानवीय भावों और संवेदनाओं की परतों को इस कहानी में बहुत मार्मिकता के साथ खोला गया है। कहानी का उत्तरार्द्ध और भी अधिक

संवेदनशील है जब कहानी का पात्र नरेन अपने तीस वर्षीय बेटे की अस्थियों का विसर्जन करने जाते है। उनका भविष्य उनके साथ एक कलश में बंद था ...आज उल्टी गंगा बहने वाली है ...आज पुत्र अपने पिता की मृत्यु बहीखाते में नहीं भरेगा ...आज पिता अपने पुत्र का नाम लिखकर हस्ताक्षर करेगा...ठीक उसी पन्ने के नीचे जहाँ उसने अपने पिता की मृत्यु का विवरण भरा था। यह कहानी न सिर्फ़ संवेदनाओं को समेटती है बल्कि हिन्दू धर्म की सांस्कृतिक परम्पराओं का दुरूपयोग, उनका व्यवसायीकरण करने वाले पंडों की गाथा की भी बयानी है।

इस कहानी को पढ़ते समय घटनायें एक प्रवाह में चलते हुए सजीव चित्रण को साकार रूप देती चलती है। कहानी का अन्त बहुत हृदयस्पर्शी है जब कथावाचक नरेन मौसा का हाथ अपने हाथ में लेता है...

"मैंने नरेन मौसा का हाथ अपने हाथ में ले लिया, उनकी नम आँखों की तरफ देखा। मेरी हथेली उनकी हथेली से कह रही थी 'नरेन मौसा बस..आज से आपको आपकी जिम्मेवारी से रिटायर कर रहा हूँ...अब परिवार की यह जिम्मेवारी मेरी है...मैं हूँ न..." नरेन मौसा की हथेलियों में कम्पन सुना जा सकता था।

विभिन्न जातियों और धर्मों के प्रेमी-प्रेमिका के प्रेम की कथा "एक बार फिर होली" कहानी की नायिका नज़मा हिन्दू लड़के से प्यार करती है और उसका विवाह कट्टर पाकिस्तानी सेना के कैप्टेन से हो जाता है। अपने प्रेम और भारत की यादों के साथ वह अपना जीवन काट रही है। फिर अचानक शौहर की मौत के बाद ससुराल के कठोर रीति-रिवाजों को छोड़ कर भारत लौटने का निर्णय लेती है। अपनी स्मृतियों के बीच सालों बाद लौटना उसको किसी उत्सव से कम नहीं लगता।

सोशल मीडिया फेसबुक और व्हाट्सएप जैसी सोशल साइट्स से जुड़ी हुई कहानी "शव यात्रा" आज के समय की कहानी है जिसका पात्र इनकी लत व नशे का शिकार है। इन पर आए हुए पोस्ट लाइक कमेंट उसकी ज़िंदगी में ऑक्सीजन का काम करते हैं।

तेजेंद्र शर्मा की कहानियाँ इंसानों की लगभग सभी प्रवृत्तियाँ के तत्वों को लेकर बुनी गई हैं। उनमे आदर्श, प्यार, मुहब्बत, समर्पण, छल, विद्रोह इत्यादि सभी देखने को मिल जायेंगे। उनकी कहानियों को पढ़ते समय इंसान की विभिन्न मानसिकताओं, भावों और संवेदनाओं से पाठक का कुछ इस तरह साक्षात्कार होता हैं मानो उन्होंने आसपास से पात्रों और घटनाओं को उठाकर कथाएँ गढ़ी

हो। प्रवासी साहित्यकारों की एक खासियत होती है कि वह किसी स्थान विशेष से जुड़कर सृजन नहीं करते हैं अपितु उसके सोचने और विचार करने का दायरा बहुत विस्तृत हो जाता है और वह विभिन्न संस्कृतियों से जुड़ी समस्याओं और घटनाओं पर भी अपनी कलम चलाते है। तेजेंद्र शर्मा अपनी कहानियों में अलग-अलग कथानकों के माध्यम से इंसान की बहुरंगी मानसिकताओं का अनावरण करते हैं। तभी पाठक को अपने ही आसपास का यथार्थ उनकी कहानियों में ज़िंदा होता नज़र आता है।

प्रवासी साहित्यकार के रूप में तेजेंद्र शर्मा ने कहानियों का एक अनूठा संसार रचा है। यथार्थ के ताने-बाने में बुनी हुई उनकी कहानियाँ किसी भी पृष्ठभूमि को लेकर लिखी गई हो हमारे आस-पास की कहानियों-सी ही लगती हैं। यह पाठक को न सिर्फ़ रोचकता व सजीवता देती है बल्कि उनको बाँध कर भी रखने की क्षमता रखती है। उनकी कहानियों की यही खासियत उनको एक विशिष्ट व सुप्रतिष्ठित कहानीकार के रूप में स्थापित करती है।

तेजेन्द्र शर्मा की कहानियों में बाल-मनोविज्ञान

-डॉ. परवीनकुमारी

तेजेन्द्र शर्मा हिन्दी कथा-नभ के एक ऐसे दैदीप्यमान तारे हैं, जिनका कथा-साहित्य जनमानस पर अपनी अमिट छाप छोड जाता है। आपकी प्रत्येक कहानी मानवीय संवेदनाओं की जीती-जागती तस्वीर है। आपने अपनी अनेक कहानियों में बाल-मनोविज्ञान को महता प्रदान की है। जो अत्यन्त मर्मस्पर्शी तथा हृदयस्पर्शी रही है। निःसंदेह कहा जा सकता है कि आप अत्यन्त संवेदनशील हृदय के एक अद्वितीय कहानीकार है। आप अपने लेखन के माध्यम से प्रत्येक पाठक के हृदय को बरबस ही छू लेते है। आपकी अनेक कहानियों में बाल-सुलभ संवेदना अपना उच्च स्थान रखती है।

तेजेन्द्र शर्मा ने 'ढिबरी टाइट' कहानी को अत्यन्त संवेदनशील बनाया है। आपने इस कहानी की डेढ़ वर्ष की नन्ही गुड्डी का चित्रण अत्यन्त सूक्ष्मता से किया है। गुड्डी अपनी माँ की प्रसव वेदना से घबरा जाती है। घर में गुड्डी की मदद करने वाला अन्य कोई नहीं है, "डेढ़ साल की गुड्डी माँ की हालत देखकर रोने लगी थी। पर माँ की कराहटें उसके बाल सुलभ मन को पीड़ित किये जा रही थीं।"

तेजेन्द्र शर्मा ने गुड्डी का बाल मनोवैज्ञानिक रूप में चित्रण किया है। जिसे पढ़कर पाठकों का हृदय तक पसीज जाता है, "गुड्डी भी रोये जा रही थी। उसकी माँ का शरीर खून से लथपथ था और उसके साथ बंधा हुआ था एक छोटा-सा नन्हा मुन्हा। मुन्ना तो रोये जा रहा था। वह भी तो रक्त से सना पड़ा था। गुड्डी ने उसे हाथ लगाया तो उसे अपने हाथ में चिपचिपाहट महसूस हुई। अब वह पूर्ण रूप से घबरा गई। अपने नन्हें-नन्हें कदमों के सहारे दरवाजे की ओर भागी। किंतु दरवाजे की चिटकनी तो उस नन्हीं-सी गुडिया की पहुँच से काफी ऊपर थी। काफी देर तक दरवाजा पीटती रही। मगर कोई सुन पाता तभी तो खोलता। ... अब न तो माँ की कराहटें सुनाई दे रही थीं और ना ही मुन्ने का रोना। पूरे घर

में एक भयानक-सा सन्नाटा छाया हुआ था। रोते-रोते ही गुड्डी की भूख तेज होने लगी। वह बेचारी फ्रिज खोलने की कोशिश करने लगी। किंतु फ्रिज था कि खुल ही नहीं रहा था। -गुड्डी पूरे घर में कुछ-न-कुछ खाने को खोज रही थी। आख़िर थक कर चूर हो गई और रोते-रोते सो गई।"

तेजेन्द्र शर्मा ने 'ढिबरी टाइट' कहानी को अति सूक्ष्मता से विश्लेषित किया है। यह अत्यन्त करुण कहानी है कि दिल पसीज जाता है। "सोते-सोते गुड्डी के पेट में मरोड ज़रूर उठा होगा। जाकर माँ को जगाने की कोशिश करने लगी। पर कुलवंत तो गहरी नींद में सो चुकी थी। गुड्डी के लिए एक बार फिर खाना ढूंढने और रोने का काम शुरू।"

तेजेन्द्र शर्मा ने 'ढिबरी टाइट' के दो बालक नन्हा मुन्ना तथा डेढ वर्ष की गुड्डी को वड़े ही मनोविश्लेषनात्मक रूप से उत्कृष्ठ किया है। दोनों बच्चों की मृत्यु अति संवेदनशील तथा मार्मिक है। कहानी का नन्हा मुन्ना जहाँ माँ से बंधा हुआ मृत्यु को प्राप्त होता है वहीं दूसरी ओर नन्हीं गुड्डी भूख से व्याकुल होकर रोते-रोते सदा के लिए सो जाती है। तेजेन्द्र शर्मा ने इस कहानी को बेहद सच्चाई, बारीकी एंव गहराई से बांधा है। मौत जैसा शाश्वत सत्य इस कहानी में स्पष्ट रूप से उजागर हुआ है। जिसे पढ़ते हुए पाठक को विशेष वेदना का अहसास होता है।

तेजेन्द्र शर्मा की कहानियाँ निजी विचार, विचारधारा तथा प्रवृत्ति को थोपती नहीं हैं, बल्कि हृदय को छूकर निकल जाती है। आपकी कहानियाँ अपनी समग्रता में मानवीय जीवन का संवेदनात्मक आख्यान है।

तेजेन्द्र शर्मा की 'कड़िया' कहानी बाल-मनोविज्ञान का विश्लेषण करती है। एक बालक जिसका भरा-पूरा परिवार है किन्तु फिर भी उसे अपने हिस्से का प्रेम तथा स्नेह प्राप्त नहीं होता। दादाजी का कठोर व्यवहार उसके बाल सुलभ हृदय को बहुत ठेस पहुँचाता है। राज को कदापि यह समझ ही नहीं आता कि उसके दादजी उसके साथ ऐसा व्यवहार आख़िर क्यों करते हैं, "वह चीख-चीखकर दादाजी से कहना चाहता था कि "मैं भी आप ही का खून हूँ दादजी। मुझे भी आपका प्यार पाने का उतना ही हक है जितना कि बिरजू चाचा के बच्चों को। मैं भी आपका सूद हूँ। मुझे मूल से मत तोलिये। मेरे तो नाना-नानी भी नहीं हैं। आपके प्यार का जितना हक़दार मैं हूँ, उतना तो कोई भी नहीं।"

तेजेन्द्र शर्मा मानव मन के कथा शिल्पी है। आपका उद्देश्य कहानियों में न तो घटनाओं के बाहुल्य का निर्माण करना है, न बाह्य क्रिया-कलापों का विवरण प्रस्तुत करना, अपितु व्यक्ति चरित्र की अन्त: चेतना के उद्घाटन और निरूपण

को ही सार्थक मानना है।

तेजेन्द्र शर्मा की 'कडिया' कहानी में घटनाओं की अधिकता न होकर संश्लिष्ट अनुभूति और भावना के सम्प्रेषण की प्रधानता है। "यह तो हो नहीं सकता कि दादा जी का दिल न हो। बिरजू चाचा और नारायण चाचा से तो बहुत प्यार था उन्हें। उनके तो बच्चों को भी बहुत प्यार करते थे वे। फिर राज का ही भाग्य ऐसा क्यों? राज बेचैन हो उठा।" ...दादाजी के दोहरे मानदंडों को वह समझ नहीं पाता था। बिरजू चाचा के बच्चों के बारे में कहते थे-"भई, असल में सूद ज़्यादा प्यारा होता है।" और राज के लिए-"देखो, राज, तुम्हारे साथ हमारा जो भी रिश्ता है, वह मनोहर की वजह से है। अगर मनोहर हमसे बनाकर नहीं रखेगा तो हम तुम्हें कैसे प्यार दे पाएँगें?"

तेजेन्द्र शर्मा एक ऐसे विरल कथाकार हैं जो मनोविज्ञान को साहित्य के रस में घोलकर इस प्रकार के रसायन के रूप में प्रस्तुत करते चलते हैं। यही कारण है कि आपकी कहानियों में मनोवैज्ञानिक तीव्रता का स्वभावतः अत्यधिक बोध होता है, "राज स्वयं से ही तर्क-वितर्क करता रहता। यदि दादाजी की पापा से नहीं बनती तो इसमें उसका क्या दोष? वह तो दादाजी, दादी व चाचा का समान रूप से आदर करता है। फिर वह दादाजी के प्यार से वंचित क्यों रहे? लाख चाहकर भी वह दादाजी व पापा के मन की गांठें नहीं खोल पाया था।"

तेजेन्द्र शर्मा ने 'कड़िया' कहानी को मनोविश्लेषण शैली को अपनी प्रक्रिया से सँवारा है तथा आपकी कला समन्वित रूप में परिलक्षित होती है। संवेदना के सूक्ष्म अंकन में और कहीं-कहीं भावनात्मक प्रवेश में यह विशेषता इस कहानी में अधिक प्रतिफलित हो सकी है। "पिता-पुत्र के संबंधों के कारण तीसरी पीढ़ी क्यों यातना भोगे? क्या दादाजी को मुझसे अधिक प्यार नहीं होना चाहिए था? पापा के हिस्से का प्यार क्या उसके हिस्से में नहीं पड़ना चाहिए था?"

कहानी का अंत दिल को झकझोरने वाला है। तेजेन्द्र शर्मा ने यहाँ राजा की भावनाओं को अति सूक्ष्मता से मार्मिकता प्रदान की है। "सब रो रहे थे। चिता सजाई जा रही थी। सबकी आँखें नम। राज दादाजी की ओर देख रहा था। अपनी घड़ी और साइकल के बारे में पूछ रहा था। उसके मन से एक ही आवाज़ उठ रही थी, "दादाजी आप कैसे मर सकते हैं? आप तो मेरे देनदार हैं। आप नहीं मर सकते।" ....एकाएक राज को लगा की चिता में से एक साइकल निकली और शोलों के ऊपर स्थिर हो गयी। कुछ ही क्षणों में साइकल का एक पहिया घड़ी बन गया और दूसरा पापा का मुंड़ा हुआ सिर और दोनों पहिये घूमने लगे। घड़ी, मुंड़ा हुआ सिर, साइकल। -राज से देखा नहीं गया। उसने मुँह फेर लिया।"

तेजेन्द्र शर्मा की यह कहानी आपके निजी व्यक्तित्व के अर्न्तसत्यों एवं अन्त: स्त्रोतों से अद्‌भूत हैं। आपकी कहानी के पात्र सर्वदा सजीव होते हैं। वे एक विद्रोह करते हैं तो दूसरी ओर सृजन भी आपकी कहानी पर फ्रायड के मनोविश्लेषण का प्रभाव स्पष्ट लक्षित होता है। आपने मनोविज्ञान के सिद्धान्तों के परिप्रेक्ष्य में जीवन की अनूभितियों बोधों और व्यक्ति की मन:स्थितियों को प्रकट किया है।

'फ्रेम के बाहर' कहानी एक बच्ची के मनोविज्ञान को विश्लेषित करती है। नेहा अपने माता-पिता की इकलौती संतान है। किंतु उसके जुड़वा भाईयों के जन्म पश्चात वह अपने ही घर में उपेक्षा का शिकार बनती है। "क्या कर रही है नेहा। रूला दिया न दोनों को। अब तुम बड़ी हो रही हो। थोड़ी मैच्चोर हो जाओ। . ..एकाएक सहम गई नेहा। अचानक बड़ी हो गई। आँसुओं को आँखों की सीमा के भीतर ही रोक लिया। बाहर नहीं लुढ़कने दिया।"

नेहा की सभी इच्छाएँ अपनी बाध्य अभिव्यक्ति न पाकर अन्तर्मुखी हो जाती है। नेहा के माध्यम से बाल-मनोविज्ञान को अतल गहराई तक समझने का प्रयत्न किया गया है, नर्सरी कक्षा की नेहा को अपने कार्य करने हेतु माँ से डाँट सुननी पड़ती है, "नेहा अब तुम बड़ी हो गई हो। कम से कम अपना कोई काम तो खुद किया करो। मेरा तो दिमाग खराब हो जाता है। सुबह सुबह उठ कर ये करो, वो करो! तुम अपनी यूनिफॉर्म तो खुद पहन लिया करो।" -नेहा ने अपनी माँ की बात को बहुत गंभीरता से ले लिया है। वह अपना दूध भी स्वयं ही गरम करने के लिए गैस चूल्हे के पास पहूँच गई। नन्हीं-सी नेहा एडिया उचका कर गैस के ऊपर रखे दूध को देखने का प्रयास करती है। बहुत आसान नहीं है। वही होता है जो नेहा नहीं चाहती। दूध नेहा की यूनिफॉर्म पर गिर गया। चिल्लाई नेहा।"

बच्चे वहीं करते हैं जो परिवार में देखते हैं। वह माँ के प्रेम से वंचित होती जा रही थी। उसके बाल सुलभ ह्दय पर गहरी ठेस पहूँचती है। "नेहा सन्नाटे से भरी आँखें झपक भी नहीं पा रही थीं। मन में बस एक ही विचार आ रहा था-'मम्मी ने एक बार भी नहीं पूछा कि नेहा तुम जल तो नहीं गई? आँसुओं को अब आँखों की कैद में रख पाना छोटी-सी नेहा के लिए कठिन हो रहा था। दर्द शरीर से कहीं अधिक अब दिल में हो रहा था। दर्द शरीर से कहीं अधिक अब दिल में हो रहा था। दिमाग सुन्न हो रहा था।" सच में यह कहानी ह्दय की गहराईयों को छू लेने वाली है। पढ़कर मन भावुक हो जाता है। एक नन्हीं बच्ची के लिए यह अति विड़म्बना का समय रहा था कि उसे माँ के प्रेम के

स्थान पर उपेक्षा झेलनी पड़ती है।

नेहा के जुड़वा भाईयों के जन्म के पश्चात जो उपेक्षा की स्थिति में फर्क आते हैं, वह उसे बडे़ होने पर इस कठोर निर्णय पर पहूँचा देते हैं कि वह कभी भी माँ नहीं बनेगी। नेहा का मानना है कि, जब कभी किसी बच्चे को रोते सुनती हूँ तो यह लगता है कि दुनियाँ का सबसे कर्कश शोर सुन रही हूँ।"

तेजेन्द्र शर्मा ने नेहा के बाल सुलभ मन को अति सूक्ष्मता से चित्रित किया है। एक छोटी बच्ची जब बड़ी हो जाती है तब भी वह अपने परिवार को स्वीकार नहीं कर पाती। उसे एकाकी जीवन अधिक बेहतर प्रतीत होता है। नेहा के लिए, "रिश्ते केवल एक नाम हैं उसके लिए। कोई अहमियत नहीं रह गई। मगर फिर भी उसके घर के एक कोने में एक तस्वीर रखी है जिसमें नरेन, पूनम, मिंकू और चिंकू मौजूद हैं। ...हमेशा की तरह वह उस फ्रेम से बाहर खड़ी है।"

तेजेन्द्र शर्मा की कहानी 'फ्रेम से बाहर' में एडलर का मनोविज्ञान स्पष्ट रूप से प्रकट होता है, 'हीनता और उच्चता की भावनाएँ वे सामान्य स्थितियाँ हैं जो मानव व्यवहार को भावनाएँ वे सामान्य स्थितियाँ हैं जो मानव व्यवहार को अधिकृत और अनुशासित करती है।' तेजेन्द्र शर्मा ने इस कहानी में नेहा के माध्यम से स्वीकृत किया है कि उसके चेतन तथा अवचेतन की स्थितियों से उसकी जीवन-शैली कैसी रही है।

अत्यधिक प्रेम एंव स्नेह से पली संरक्षण क्रियाओं पर पूर्णतः निर्भर नेहा से अचानक बिना आदत डाले उसकी आयु एवं अवस्था से ऊँचे दर्जे के कार्य के अभ्यास की माँग तथा माँ द्वारा 'तुम कभी नहीं सुधर सकती' की फटकार नेहा को पुनम से दूर और फिर आत्मकेंद्रित बनाती है। अब नेहा की माँ भावनात्मक संबंधों के टूटने के कारण उसकी माँ नहीं रहती, पूर्णतः छिन जाती है। नेहा के जीवन में प्रेम एंव सुरक्षा का अवलंब ही छूट जाता है। बिना इस्तरी किए कपड़े तथा अधबँधे फीते के जूते पहन अकेले बस में तथा अकेले कमरे की सर्द दीवारें के साथ जुड़ते हुए नेहा बस यहीं सोचती 'कि उसका कसूर क्या है।' यह सब उसे आत्मनिर्भर बनता है वहीं परिवार से असंपृक्त भी। उसके दोनों भाई अपनों की चाह से वंचित नेहा के हिस्से के प्रेम एवं अधिकार के अपहरणकर्ता बन गए थे। स्थिति पर सूक्षमता से दृष्टिपात किया जाए तो संपूर्ण समस्या बाल सुलभ मनोविज्ञान को केन्द्रित करती है। अतः आपकी बाल-सुलभ कहानियाँ अपना विशेष स्थान तथा महत्व रखती हैं।

तेजेन्द्र शर्मा का लेखन हिंदी की थाती है

-प्रो. राम बख़्श

(आज से क़रीब दस-ग्यारह वर्ष पहले आदरणीय ज़किया ज़ुबैरी जी की संस्था एशियन कम्यूनिटी आर्ट्स ने तेजेन्द्र शर्मा की 19 कहानियों का एक ऑडियोसीडी बनवाया था। इस सी.डी. में तेजेन्द्र शर्मा की कहानियों का पाठ किया टीवी एवं मंच कलाकार शैलेन्द्र गौड़ एवं रेडियो कलाकार प्रीति गौड़ ने। इस सीडी की भूमिका लिखी थी मरहूम जगदम्बा प्रसाद दीक्षित जी ने।

जवाहर लाल नेहरू विश्वविद्यालय के पूर्व प्रोफ़ेसर श्री राम बख़्श जब वाशिंगटन अमरीका में अपने पौत्र के साथ रिटायर्ड जीवन का आनन्द उठा रहे थे तो तेजेन्द्र शर्मा ने उन्हें अपनी ऑडियो कहनियों का लिंक भेज दिया और वहाँ 5 मार्च से उन्होंने लगातार उन कहानियों को सुनना शुरू कर दिया। वे कहानी पढ़ते जाते और छोटी/लम्बी प्रतिक्रियाएँ भेजते रहते। किसी भी लेखक के लिये इससे अधिक संतोष की स्थिति नहीं हो सकती कि उसकी कहानियाँ एक वरिष्ठ प्राध्यापक सुन रहा है और साथ ही साथ लेखक को अपनी प्रतिक्रिया से भी अवगत करवा रहा है। यह लेख उनकी टिप्पणियों को जोड़ कर ही बनाया गया है।)-संपादक

पासपोर्ट का रंग:

"आज पासपोर्ट का रंग कहानी सुनी। बहुत खूबसूरत कहानी है। मुझे लगा कि नायक अनिर्णय में ब्रिटिश पासपोर्ट के साथ ज़िंदा रहेगा। कहानी का तर्क इस दिशा में जा रहा था। बहुत सुंदर कहानी। एक नए पात्र से मिलना हुआ।"

मलबे की मालकिन:

मलबे की मालकिन स्त्री की पीड़ा को व्यक्त करने वाली सशक्त कहानी है। कहानी में कई उतार चढ़ाव है। घुमावदार गलियाँ है। नायिका एक संवेदनशील आधुनिक स्त्री है। संवेदनशील होने के कारण उसका दर्द है। इसमें मुझे एक

समस्या लगी। यह स्त्री यादव नहीं हो सकती। यादव बनाते ही कहानी अपनी विश्वसनीयता खो देती है। मध्यवर्ग के शिक्षित परिवार के कपड़े पहनाते ही कहानी जीवंत हो जाती है। जहाँ पहली लड़की होते ही समस्या हो जाती है। यादवों की संवेदनहीनता तो हो सकती है, परंतु उस घर में यह नायिका नहीं हो सकती। कहानी के अंत में थोड़ी-सी दिक्कत लगी। वह लड़का रोमांस तो माँ जैसी किसी स्त्री से कर सकता है, लेकिन विवाह? थोड़ा मुश्किल है। यदि प्रेम प्रस्ताव तक इस प्रकरण को रखते तो शायद बेहतर होता। ऐसे ही पढ़ते-पढ़ते मन में बातें आ गयी, जो सोचा आपके साथ साझा करूँ। बाकी आपकी भाषा और कहानी का ढांचा तो बेहतरीन होता ही है।

ढिबरी टाईटः

हाँ तो आज 'ढिबरी टाइट' कहानी सुनी। बाकी तो ठीक है, बस एक बात है। कहानी में एक नया मौलिक चरित्र है, जिसे आपने कुवैत युद्ध के प्रकरण में डाल दिया। प्रवासी की पीड़ा का एक नया रूप।

अपराध बोध का प्रेत!

'अपराध बोध का प्रेत'। बहुत मार्मिक। निःशब्द। अपने में पूर्ण रचना। पूरी तटस्थता के साथ संवेदनशील गठन।

पापा की सज़ाः

'पापा की सज़ा'-इस कहानी पर क्या बात करूँ?नए ढंग के पात्र और उनकी मौलिक परिस्थितियाँ। इनसे एक अद्‌भुत कहानी बन सकती थी। परंतु हर घटना घटने से पहले पाठक समझ जाता कि पापा हत्या कर देंगे। बेटी का व्यवहार! चूँकि पहले से पाठक पहले से तैयार रहता है, इसलिये उस पर वह कलात्मक प्रभाव नहीं पड़ता, जो कहानी का उद्देश्य है। जो यदि पड़ जाता तो अद्‌भुत रचना होती। कोई बात नहीं, अच्छे लेखक की असफल रचना भी किसी सामान्य लेखक की सर्वश्रेष्ठ रचना से बेहतर तो होती ही है। ऐसी कहानी अपनी संभावनाओं के सामने असफल है। ऐसा मुझे लगता है।

ईंटों का जंगलः

'ईंटों का जंगल' यथार्थवादी कहानी है। जिन लोगों ने इसे भुगता है, वे बहुत आसानी से इस कहानी से जुड़ सकते हैं। बारीक निरीक्षण। भाषा और कथन शैली प्रभाव शाली।

काला सागर:

'काला सागर' अत्यन्त प्रभावशाली। अंग्रेजी में कहना हो तो picture perfect इतने सहज और प्रभावशाली तरीके से आपने भावनात्मक पीड़ा और क्षुद्रता का वर्णन किया है। आवेग रहित अभिव्यक्ति। बहुत सुंदर। सचमुच की रचना।

कोख का किराया:

'कोख का किराया'–पहली बात तो यह कि आप कहानी की शुरुआत बहुत सुंदर करते हैं। शुरू होते ही पात्र को जीवंत कर देते हैं। फिर धीरे-धीरे कहानी के प्रमुख पात्र को प्रस्तुत करते हैं और तब कहानी आगे बढ़ती है। यह कला अब तक पढ़ी गयी लगभग सभी कहानियों में है। इसके कारण पाठक कहानी से जुड़ता जाता है। इसके बाद जब कहानी शुरू होती है तो पाठक लेखक की गिरफ्त में होता है। अब यह कहानी। एकदम नया पात्र। कम से कम मेरे लिए। फिर उसकी समस्याओं को आपने फुरसत से और विस्तार से निर्मित किया। कहानी की अंतिम दो पंक्तियाँ हटा दें तो भी चलेगा। अत्यंत कलात्मक और समर्थ कहानी। बीच में आये हुए जीवन ज्ञान से भरी हुई पंक्तियाँ बेहद सार्थक समझ से भरी हुई। इसकी कुछ पंक्तियों को कोई racial कह सकता है।

पांच कहानियाँ और...

अब तक मैं पांच और कहानियाँ सुन चुका हूँ। 'बेघर आँखें' मुम्बई के मकान की समस्या है। इससे मिलती जुलती कहानी पहले भी पढ़ चुके हैं।

'अभिशप्त' ऐसी कहानी है जो मैं प्रवासी लेखक से सुनना चाहता हूँ। भारतीय मानस की जड़ मान्यताओं को तोड़ने वाली। इसमें आई हुई समस्या के कारण नहीं, हालांकि वे भी महत्वपूर्ण है, इसके पात्र, मनुष्य के रूप में उनकी उपस्थिति प्रभाव शाली है। वैसे यह कहने की आवश्यकता नहीं है कि पात्रों का चयन आपका बहुत प्रभावशाली है।

'एक ही रंग' ने मुझे ज़्यादा प्रभावित नहीं किया।

'मुझे मुक्ति दो' भी समर्थ कहानी है। परंतु हिंदी में यह कहानी कही जा चुकी है। मुझे आपकी कहानियों का वह संसार पसंद आ रहा है, जिसका वर्णन हिंदी में अब तक नहीं हुआ है। अर्थात नया और मौलिक जीवन।

'चरमराहट'–मुझे बहुत पसंद आई। भारत भूमि के लोग जो कुछ करते हैं, उनके कर्म प्रवासियों को कितना प्रभावित करते हैं, इस दृष्टि से तो यहाँ कोई सोचता ही नहीं। आसपास के लोग जो कुछ करते हैं, वे तो करेंगे ही, लेकिन आप उन्हें मौका क्यों देते हो। कहानी सुनने की विधा तो है, परंतु सुनने में बहुत

कुछ छूट भी जाता है। अतः कहना चाहता हूँ कि आपकी कहानियाँ पाठ्य कहानियाँ है, बहुत–सी बातों के लिए इन्हें फिर फिर पढ़ने की ज़रूरत है। अगली कहानियाँ पढ़ कर फिर अपनी पाठकीय प्रतिक्रिया भेजूंगा।

भंवर:

'भंवर' एकदम सम्पूर्ण कहानी है। कोई किंतु परन्तु नहीं है। पात्र नए, उनका रिश्ता नया, उनकी समस्या नई। वह समस्या भी नई जो आई नहीं है। आने वाली है। आ भी सकती है। निपटने का कोई रास्ता दिख नहीं रहा है। भरत, रमा, और भरत की पत्नी, सब नए। कोई खल पात्र नहीं। तब भी खल कर्म तो हुआ। बैचेनी तो असली है। भरत खल पात्र होता तो बैचेन क्यों होता। मुस्कराते हुए निकल जाता। ज़्यादा विस्तार में न जाकर संक्षेप में यह की इस कहानी की पढ़ा जाना चाहिए।

तीन और कहानिया:

आज बाकी बची सारे कहानियाँ पढ़ ली। 'श्वेत श्याम ', 'गंदगी का बक्सा 'और 'मुझे मार डाल बेटा 'यथार्थवादी ढंग की कहानियाँ हैं। उसमें जीवन की कुछ कड़वी सच्चाइयाँ है। ये पाठकों का अनुभव समृद्ध करती है, परन्तु मुझे कहानी से अपने अनुभव का विस्तार नहीं चाहिए। अलग तरह के पाठकों को ये अच्छी लग सकती है। यह मेरी अभिरुचि का मामला है।

आज मुझे थोड़ा विस्तार 'सिलवटें' कहानी पर बात करनी है।

इस कहानी की परिकल्पना बहुत अद्‌भुत है। नायक नायिका को बहुत पसंद करता है। परंतु उसका व्यक्तित्व नायिका से कमजोर है। अतः सामान्य प्रेम प्रस्ताव से उसे नायिका मिलने वाली नहीं है। अतः वह योजना बनाकर अंधेरे में उसका बलात्कार करता है। इससे उसे गर्भ रह जाता है। फिर वह बलात्कारी प्रेमी उससे विवाह करता है। उनके बेटा होता है। नायिका उस बलात्कारी अज्ञात व्यक्ति से घृणा करती रहती है। उसे भूलती नहीं। कहानी के अंत में नायक यह स्वीकार करता है कि बलात्कार उसी ने किया था। नायिका बेटे की शक्ल से यह मानती है कि उसका पति ही उसका बलात्कारी है। अब उसका आरोप यह है कि इतने दिनों तक पति ने इस सत्य को स्वीकार क्यों नहीं किया? यह कहानी की कहानी है। अब इसका विखंडन करते हैं। इस विखंडन से कहानी की पुनर्रचना करते हैं। यदि ऐसा मान लिया जाय कि सुहाग रात को ही नायिका को पता चल जाता है कि उसका पति ही उसका बलात्कारी है। तब? कहानी कैसे बढ़ती। नायक के पसीने की गंध से उसको एहसास हो जाता है। या उसके काम

संबंधों के तरीके से वह जान सकती है। शरीर के ढांचे से वह जान सकती है। फिर उसकी बलात्कारी को खोजने की निष्क्रियता से उसको विश्वास हो जाता है और तब बेटे के नाक नक्श उसके पति से ही मिल रहे हैं। तब क्या कहानी अधिक प्रभावशाली नहीं होती? फिर नायक का अंतर्द्वंद्व? अपनी प्रेमिका के प्रति प्रेम? उसकी पीड़ा में सहभागिता? उसके मन की हलचल? अर्थात इस कहानी के भीतर कितनी कहानी छुपी हुई है। कई बार रचना के भीतर छुपी हुई यह सम्भावना भी रचना के सामर्थ्य की सूचक नहीं हो सकती? मुझे तो लगता है। जो भी है इन कहानियों के माध्यम से तेजेन्द्र शर्मा को जानना एक सुखद अनुभव है।

कब्र का मुनाफ़ा

इस कहानी का शीर्षक व्यंग्य प्रधान है। देखो कैसा जमाना आ गया है, कैसी दुनिया और कैसे लोग हैं, जो कब्र से भी मुनाफा कमाना चाहते हैं। सतही स्तर पर यह अर्थ दिखाई भी देता है, लेकिन तेजेन्द्र शर्मा की कहानियाँ थोड़ी पेचीदा होती है। इसमें अर्थ के कई स्तर है। कहानी के प्रमुख पात्र प्रवासी पाकिस्तानी हैं। इस कारण कहानी में भारत पाकिस्तान के साथ शिया सुन्नी का संदर्भ भी आता है। दोनों पारिवारिक पात्र है, इसलिये पति-पत्नी के आपसी रिश्तों की तकरार भी मौजूद है। पति-पत्नी के रिश्तों के अबोलेपन को, उनके व्यक्तित्व की टकराहट को और फिर भी साथ रहने की संस्कारगत मजबूरी को बहुत खूबसूरत अंदाज में व्यक्त किया गया है। यह कहानी एक लाजवाब कहानी है।

कहानी का संदर्भ यह है कि दो सेवानिवृत व्यक्ति कोई नया धन्धा शुरू करना चाहते हैं। इसी में लन्दन में कब्र की एक स्कीम आती है। एक व्यक्ति उसमें दो कब्रें बुक कर लेता है। पति-पत्नी के नोकझोंक के बीच यह पता चलता है कि जो कब्रें उन्होंने कम पाउंड में खरीदी थी, अब उनका बाजार मूल्य बहुत बढ़ गया है। उन्हें नया धंधा मिल गया है। सस्ते में कब्रें खरीदो और महंगे में बेचो।

बात तो इतनी ही है, लेकिन कहानी के बीच लन्दन का प्रवासी समाज और उनकी सोच अभिव्यक्त हो जाती है।

उपसंहार अति संक्षेप में-

1. तेजेन्द्र शर्मा की कहानियों का फलक आमतौर से बहुत व्यापक होता है। लगभग उपन्यास की तरह। ऐसा फलक तैयार करने के लिए लेखक का जीवन अनुभव व्यापक होना चाहिए। जो इन कहानियों में

है।

2. तेजेन्द्र शर्मा अपनी कहानियों में कई तरह के मनुष्यों से परिचित करवाते हैं। मुझे यह बात सबसे अच्छी लगती है। मुझे बातों में, विचारों में उतनी रुचि नहीं रहती, जितनी मनुष्यों में रहती है।
3. उनकी भाषा बहुत सधी हुई और गंभीर है, जो जटिल जीवन को व्यक्त करने में सक्षम है।
4. फिर कहानी कहने का ढंग बहुत आत्मीय है।
5. सबसे बड़ी बात। वे Global World को हिंदी पुस्तकों के सामने खोलते हैं। यदि आप यूरोप अमेरिका जाना चाहते हैं, उनको समझना चाहते हैं तो आप उनको पढ़क़र जाएँ तो किसी भरम में नहीं रहेंगे। मैंने उनको ठीक से इसी बार जाना। और मुझे अच्छा लगा। उनका लेखन हिंदी की थाती है।

कहानीकार तेजेन्द्र शर्मा की कहानियों में मृत्यु के रंग

-रेखा राजवंशी, ऑस्ट्रेलिया

पिछले साल भोपाल में विश्वरंग साहित्य और कला उत्सव का आयोजन हुआ था और ऑस्ट्रेलिया से मुझे भी आमंत्रित किया गया था। भावना कुंअर और अपनी बेटी के साथ जब मैं भोपाल के पलाश होटल में पहुँची तो सबसे पहले हमें जो लेखक दिखाई दिए, वे थे तेजेन्द्र शर्मा। फेसबुक पर मित्र होने के कारण उन्हें पहचानने में देर नहीं लगी और अच्छी गर्मजोशी से वे हम सबसे मिले।

लन्दन की दो लेखिकाओं दिव्या माथुर और ऊषा राजे सक्सेना से मेरी सिडनी में मुलाकात हुई थी और ऊषा राजे जी की कहानी की पुस्तक मैंने पढ़ी थी। काव्य में मेरी रूचि रही थी और अनेकों कवियों को मैं पढ़ चुकी थी। मैंने बैचलर तक तो अनेकों कहानीकारों को पढ़ा था बल्कि दिल्ली में भी करीब छह साल से पुनः साहित्यकारों से मुलाकात हुई थी तो मैंने नासिरा शर्मा जी, श्री कमलेश्वर जी, महीप सिंह, मन्नू भंडारी, शिवानी आदि को भी थोड़ा बहुत पढ़ा था। कुछ पत्रिकाओं और रेडियो की मांग पर कुछ कहानियाँ लिखीं भी थी परन्तु पिछले उन्नीस सालों में सिडनी प्रवास के दौरान समय न मिल पाने के कारण अधिक कहानियाँ पढ़ने का समय तो नहीं मिला अलबत्ता पुनः कुछ कहानियाँ पत्रिकाओं की मांग पर लिखीं। भोपाल में न्यूयॉर्क की सुषम बेदी और अर्चना पैन्यूली के लेखन के बारे में भी पता चला। परन्तु बाद में सिडनी आकर तेजेन्द्र शर्मा जी की कहानियाँ पढ़ने का अवसर ज़रूर मिला। सच तो यह है कि उनकी कहानियों से मैं बहुत प्रभावित हुई।

किसी भी साहित्यकार द्वारा लिखा गया साहित्य उसके व्यक्तित्व के बारे में बहुत कुछ दर्शाता है। उसके सोच, चिंतन, मनन, जीवन शैली के साथ-साथ उसके अनुभवों को भी पाठकों के सामने लाता है।

'मृत्यु के इंद्रधनुष' पुस्तक का उल्लेख इसलिए करना चाहूँगी क्योंकि मैंने भी मृत्यु को करीब से देखा है, महसूस किया है, जिया है। मेरे सामने ही मेरे

बत्तीस साल के खूबसूरत इंजीनियर भाई का कैंसर से जूझना और फिर पूरे परिवार के सामने प्राण त्याग देना कितना दर्दनाक हादसा रहा होगा आप सोच भी नहीं सकते। तीस साल की पत्नी और छह महीने की बेटी को बिलखता छोड़ जाना किस तरह का न्याय था? हम सब ये प्रश्न बारे बार पूछते, और उत्तर न ढूंढ पाते।

दूसरी बार मैंने मृत्यु को समीप से देखा व महसूस किया, जब डॉक्टर्स ने बताया मुझे ब्रेस्ट कैंसर है। बच्चे छोटे थे और पति शिप में। मैं टेस्ट के परिणाम आने तक अक्सर सोचा करती कि आख़िरी स्टेज हुई तो मेरे बच्चों का क्या होगा। मेरा भाग्य शायद अच्छा था कि डॉक्टर्स ने सिर्फ ट्यूमर निकालने की ही आवश्यकता समझी और मेरा कैंसर एग्रेसिव नहीं निकला।

अपने एक मित्र के अनुरोध पर उन दिनों मैंने एक पुस्तक पढ़ी जिसका शीर्षक था The Tibetan Book Of LivingA nd Dying by Sogyal Rinpoche, जिसमें स्पष्ट लिखा था कि व्यक्ति अपने जीवन के बारे में बहुत-सी योजनाएँ बनाता है, सोचता है कि कैसे उसे बेहतर बनाया जाए परन्तु मृत्यु के बारे में कभी विचार नहीं करता। अधिकतर देशों में मृत्यु की बात करना ही निषिद्ध-सा है। लोग या तो इसके बारे में नहीं जानते हैं या इससे डरते हैं। प्रायः हम मृत्यु की तैयारी नहीं करते। हमारे लिए यह एक ऐसा रहस्य है जिसको समझना मुश्किल है, परन्तु मृत्यु अवश्यम्भावी है, जिससे हम बच ही नहीं सकते उसके बारे में चिंतन करने से डरते हैं। मृत्यु हमारे जीवन के अगले चरण की तैयारी है।

हालांकि हिन्दू धर्म-दर्शन में मृत्यु की विवेचना की गई है, मृत्यु के बाद क्या होता है इस बारे में भी चिंतन किया गया है। सभी जानते हैं कि महान योगियों और मुनियों ने मृत्यु पर इतना नियंत्रण कर लिया था कि वे अपनी इच्छा से अपनी देह विसर्जन का समय चुनते थे। हिंदू दर्शन के अनुसार, मृत्यु के बाद मात्र यह भौतिक शरीर या देह ही नष्ट होती है, जबकि सूक्ष्म शरीर जन्म-जन्मांतरों तक आत्मा के साथ संयुक्त रहता है। यह सूक्ष्म शरीर ही जन्म-जन्मांतरों के शुभ-अशुभ संस्कारों का वाहक होता है।

हिन्दू संस्कारों में अंत्येष्टि संस्कार ही अंतिम संस्कार है, मृत्योपरान्त किया जाने वाला षष्ठदश संस्कार।

ओशो ने भी मृत्यु पर अपनी पुस्तक लिखी 'द आर्ट ऑफ़ लिविंग एंड डाइंग' और अपने एक व्याख्यान में कहा कि मृत्यु उस सर्जरी की तरह है कि जिसमें रूह, और आत्मा को मस्तिष्क, हृदय, विचार और शरीर से निकाल लिया जाता है। व्यक्ति चेतन रूप में मृत्यु ग्रहण करना चाहता है तो उसे एनलाइटनमेंट

यानि प्रबुद्ध होने की आवश्यकता है।

तेजेन्द्र शर्मा ने मृत्यु को बहुत गहराई से समझने का प्रयास किया है, उसके विविध रूपों और रंगो को देखा है, महसूस किया है और जिया है। कहीं मृत्यु पर व्यंग्य है, कहीं उसका मज़ाक बनाया गया है, कहीं मृत्यु के बाद मिलने वाले रूह के चैन की चर्चा है। तेजेन्द्र शर्मा की कहानियाँ हमें सुख, दुःख, करुणा, क्रोध, विरह, अकेलेपन, विस्मय और सामंजस्य के झूले में झुलाती हैं, कभी सामाजिक विषमताओं के प्रति उत्तेजित करती हैं तो कहीं मोह और प्रेम की थपकी देकर सुलाती हैं। कहीं चरित्रहीन नायक के लिए मन में गुस्सा पैदा करती हैं तो कभी आदर्श नायक या नयिका के प्रति आदर के भाव जगाती है। हर कहानी अनूठी पटकथा पर आधारित है।

'मृत्यु के इंद्रधनुष' की चौबीस कहानियाँ अजन्मे बच्चे से लेकर वृद्ध पिता की मृत्यु तक के बारे में हैं, कहीं विभिन्न रोगों और उनके उपचारों का विस्तृत वर्णन है जो उनकी समझ और शोध को दर्शाता है, कहीं वे सोशल मीडिया पर कटाक्ष करने से नहीं चूकते और कहीं मृत व्यक्तियों के रिश्तेदारों की खुदगर्जी खुलेपन से बयान करते हैं। स्त्री-पुरुष के संबंधों का विश्लेषण भी वे बखूबी करते हैं और विशेषतः प्रवास के खट्टे बुरे अनुभवों की अभिव्यक्ति में सिद्धहस्त हैं।

कहानी संकलन में 'कब्र का मुनाफा' कहानी आज के उच्च वर्गीय लोगों की मानसिकता को दर्शाती है, जो मृत्यु को भी स्टेटस का प्रतीक बना लेते हैं। और बाद में उसे अपने वित्तीय फायदे के लिए व्यवसाय के रूप में बदलने में देर नहीं लगाते।

'किराए का नरक' एक ऐसी कहानी है जिसमें नायक अपनी अमीर पत्नी से बदला लेने के लिए एच आई वी ग्रस्त हो जाता है और फिर खुद को एक ऐसे मोड़ पर पाता है जहाँ से लौट पाना संभव नहीं है। वह अंत में किसी अपरिचित गंतव्य की ओर मृत्यु को गले लगाने चल पड़ता है। कहानी की विषय वस्तु एकदम भिन्न और नई है जो तेजेन्द्र शर्मा जैसा लेखक ही सोच सकता है। कल्पना और यथार्थ में एक सामंजस्य बिठाना उनकी कलम की खासियत है।

श्मृत्यु के इंद्रधनुष' पढ़ी तो देखा तेजेन्द्र जी की तीन कहानियाँ कैंसर को लेकर ही हैं। ये कहानियाँ वास्तविकता के कितनी समीप हैं यह मेरे जैसा भुक्तभोगी ही बता सकता है। जिसने मृत्यु की विभीषिका बहुत समीप से अनुभव की हो। जिसे न सिर्फ रोग के बारे में बल्कि उपचार की भी पूरी प्रक्रिया ज्ञात हो। सद्‌गुरु ने भी अपने व्याख्यान में मृत्यु के विविध रूपों के बारे में चर्चा की।

पहली कहानी 'मौत एक मध्यांतर' में लेखक ने पैन्क्रियाज़ कैंसर ग्रस्त हरजीत की मनोदशा, संवेगों और भावनाओं का सजीव चित्रण किया है। तो वहीँ 'अँधेरे उजाले' में पति अली की मृत्यु के बाद अनवर और सहर के बीच पनपे प्रेम को एक व्यावहारिक दृष्टिकोण से दर्शाया है। एक भाषा कुशल कहानीकार के लिए ही यह संभव है।

दूसरी कहानी 'अपराध बोध का प्रेत' कैंसर ग्रस्त सुरभि और नरेन की कहानी है। ब्रेस्ट कैंसर में प्रयुक्त सभी दवाइयों और चिकित्सा के बारे में तेजेन्द्र शर्मा की कलम बखूबी चली है। मृत्यु को समीप पाकर सुरभि और नरेन की मनोदशा का वर्णन कोई अच्छा साहित्यकार ही कर सकता है।

'रेत का घरौंदा' कहानी भी ब्रेस्ट कैंसर से ग्रस्त शिवांगी की कहानी है, जो मरने से पहले नरेन का हाथ लन्दन में रहने वाली दीपा को दे जाती है। परन्तु नरेन शिवांगी के प्रेम कभी भूल नहीं पाता।

'मुझे मार डाल बेटा' एक ऐसी कहानी है जिसमें बीमार पिता की लाचारी है और अजन्मे अस्वस्थ बच्चों के जीवन का प्रश्न है। और अंततः मृत्यु ही सब समस्याओं का हल के रूप में आती है। कहानी पढ़कर लगता है जैसे कहानीकार ने यह सब बहुत करीब से देखा है, जिया है, समझा है और फिर उसे कहानी के रूप में सुन्दर और सजीव भाषा में व्यक्त किया है।

'काला सागर' कहानी में जहाँ एक ओर प्लेन क्रैश में मृत लोगों के परिवार का दर्द हैं, वहीं दूसरी ओर लेखक ने मुआवज़े की रकम के लिए नज़दीकी रिश्तेदारों का स्वार्थ भी बखूबी दर्शाया है। मृत्यु का यह रंग भी तेजेन्द्र शर्मा की कहानियों में जगह जगह अपने नग्न रूप में परिलक्षित होता है।

यथार्थ और आदर्शवाद में द्वन्द, देवी और राक्षसी प्रवृतियों के बीच संघर्ष और मानवीयता और अमानवीय मूल्यों में टकराव लेखक की कहानियों में दिखाई देता है। मनुष्य कभी भी, किसी भी स्थिति में अचानक भावनात्मक संघर्ष में घिर जाता है, इस मनःस्थिति का मनोवैज्ञानिक चित्रण एक अच्छे कहानीकार की कलम ही कर सकती है।

'सीली आँखों में भविष्य' कहानी मोटर साइकिल के दीवाने प्रतीक की सड़क दुर्घटना में मृत्यु की कहानी है। इसमें आजकल की युवा पीढ़ी के शौक और ज़िद पर प्रकाश डाला गया है।

'हथेलियों में कम्पन' कहानी में तेजेन्द्र लिखते हैं-"मृत्यु क्या केवल एक शारीरिक स्थिति है? क्या किसी की मृत्यु पर रोना आवश्यक है? आदि प्रश्न लेखक के मन को मथते रहते हैं। मृत्यु का सीधा व सरल न होना भी उनकी

समझ से परे है। कहानी में मृत्यु किए गए कर्मकांडों का औचित्य तलाशने का प्रयास भी है।

'कड़ियाँ' एक ऐसे रिश्ते की कहानी है जिसमें दादा के मरने के बाद पोता अपने पिता और दादा के रिश्ते को समझने का प्रयास कर रहा है। दादा द्वारा किये गए अपूर्ण वादों का बालमन पर प्रभाव उसके अचेतन मन में कैद है, इसकी अभिव्यक्ति तेजेन्द्र शर्मा ने बहुत संजीदगी से की है।

'ज़िन्दगी और मौत के बीच की चुप्पी' एक ऐसी कहानी है जिसके माध्यम से तेजेन्द्र ने मृत्यु के कटु सत्य के दर्शन को इतनी आसानी से लिख दिया है, श्मौत का रंग भी सफ़ेद होता है। मृत्यु एक विराम है जो रिश्तों को भी विश्राम देता है और चाहत को भी। फिर नए रिश्ते बनते हैं, नई चाहते पैदा होती हैं। मौत चाहे असाधारण हीरो की हो या फिर साधारण जीरो की...शरीर की हालत वही होती है।.एक सी।'

आधुनिक टेक्नोलॉजी के भावनात्मक प्रभाव पर लिखी गई कहानी 'शवयात्रा' एक ऐसी कहानी है जो आज की पीढ़ी पर सोशल मीडिया के प्रभाव को प्रदर्शित करती है। यह एक अद्‌भुत कहानी है जो सोशल मीडिया के दीवाने नरेन की मानसिकता को न सिर्फ व्यक्त करती है बल्कि बखूबी यह जताने में सक्षम है कि कैसे लोकप्रियता की ललक किसी की मृत्यु का कारण बन जाती है।

'कश्मकश' पश्चिमी सभ्यता पर आधारित कहानी है जिसमें बिल की माँ का ब्वॉय फ्रेंड प्रोस्टेट कैंसर का शिकार हो जाता है और बिल समझ नहीं पा रहा है कि अपनी माँ को नशे का आदी बना देने वाले पीटर से वह नफरत करे या नहीं।

'तरकीब' में बड़ी कुशलता से आजकल मियाँ बीवी के ठन्डे रिश्तों को तो दिखाया ही गया है बल्कि पत्नी से निज़ात पाने के लिए उसे मरवा देने के कुत्सित विचार और शरिया क़ानून की कमज़ोरियों पर भी नज़र डाली गई है।

'दूसरे श्रवण का शिकार' नाजायज औलाद रंजीत की कहानी है जो अपने पिता से बदला लेने और हक़ माँगने वाले की लड़ाई में मारा जाता है। समझ नहीं आता तेजेन्द्र इस तरह के विषय कहाँ से ढूंढ कर लाते हैं और अपनी सशक्त भाषा शैली से उसे सजीव बना देते हैं।

तेजेन्द्र शर्मा की एक और सुप्रसिद्ध कहानी श्देह की कीमत' एक ऐसी कहानी है जहाँ एक तरफ जापान में अवैध रूप से रहने वाले हरदीप की महत्वाकांक्षा है तो दूसरी ओर ज़िन्दगी का कड़वी सच्चाई है। हरदीप की लावारिस लाश की कीमत का कौन असली हकदार है, जैसे प्रश्नों के जवाब

भी हैं।

मृत्यु के अनेक रूप हैं, विविध रंग भी हैं, कभी-कभी मृत्यु बिना किसी चेतावनी के आ जाती है और कभी अचानक आकर हमें ले जाती है। तेजेन्द्र की मार्मिक कहानी 'ढिबरी टाइट' में कुवैत में बसा गुरमीत पत्नी और बच्चों की असामान्य मृत्यु के सदमे से नहीं उबर पा रहा है, तो 'पापा की सज़ा' में जैनी यह समझ नहीं पा रही कि कैसे उसके पिता उसकी माँ की हत्या कर सकते हैं।

संकलन की कहानी 'सपने मरते नहीं' है जिसमें एक माँ के स्टिल बोर्न बेटा होने का दर्द इतनी अच्छी तरह उभारा गया है, तो तरफ डिप्रेशन जैसी गंभीर समस्या को भी बड़े अच्छे ढंग से प्रदर्शित किया गया है। अच्छी बात यह है कि कहानी का अंत सकारात्मक ढंग से होता है।

संकलन की आख़िरी कहानी 'खिड़की' एक आशावादी खिड़की की कहानी है जो लोगों के निराश मन में ऊर्जा भर देती है और जीने का नया उत्साह पैदा कर देती है। तेजेन्द्र शर्मा ने न सिर्फ इन कहानियों को जिया है बल्कि कहानी के विभिन्न पात्रों की ज़िन्दगी को भी बड़ी तन्मयता के साथ जिया है।

तेजेन्द्र शर्मा ने मृत्यु के बारे में लिखकर न सिर्फ मृत्यु के भय को जीत लिया बल्कि लोगों के मन को भी यह स्वीकार करने की शक्ति दी कि मृत्यु भी जीवन का ही एक हिस्सा है। यह जीवन का अंत नहीं, किसी नए अध्याय की शुरूआत है। बिलकुल उसी तरह जैसा भगवद्गीता में लिखा है कि आत्मा अजर अमर है-'नैनं छिन्दन्ति शस्त्राणि नैनं दहति पावकः।' आत्मा को शस्त्र काट नहीं सकते और न अग्नि इसे जला सकती है, आत्मा का शरीर को छोड़ देना भी जीवन का ही एक भाग है। मृत्यु के इंद्रधनुष पढ़ कर एक शांति महसूस होगी और मृत्यु भी जीवन के विविध रंगों की तरह ही खूबसूरत रंग में रंगने लगेगी।

तेजेन्द्र शर्मा की कहानियों में मृत्यु बोध...

-डॉ. साधना अग्रवाल

तेजेन्द्र शर्मा हिंदी साहित्य समाज में एक प्रतिष्ठित नाम है। वे पिछले चार दशकों से हिन्दी कहानी लेखन में सक्रिय हैं। उनकी कहानी 'क़ब्र का मुनाफा' मेरी प्रिय कहानियों में से एक है क्योंकि यह कहानी एक बिल्कुल नये थीम और नई विषय-वस्तु को हमारे सामने लाती है। मेरे जानते अब तक हिंदी में संभवत: इससे पहले इस थीम पर कोई कहानी नहीं लिखी गई।

तेजेन्द्र शर्मा की कहानियों पर एक आरोप यह लगाया जाता है कि मृत्यु उनकी कहानियों में बार-बार आती है लेकिन हम इसे यूँ भी कह सकते हैं कि तेजेन्द्र शर्मा ने मृत्यु को इतने नज़दीक से देखा और अनुभव किया है कि उनकी कहानियों में इसके अनेक शेड्स देखें जा सकते हैं यानी कोई भी एंगल उनसे ओझल नहीं हुआ है। वह कहते भी हैं कि "मैंने मौत को बहुत करीब से देखा है। पहले पिताजी की दिल की बीमारी से मृत्यु और फिर इंदु जी की कैंसर से मौत। इसके पहले भी विमान दुर्घटना में 329 यात्रियों की मौत जैसे हादसे किसी भी लेखक को लिखने के लिए मजबूर कर देंगे।"

उनका यह कहना सही हो सकता है लेकिन यह भी उतना ही सच है कि जन्म, मृत्यु और प्रेम दुनिया का शाश्वत नियम है, जिसे कोई चाहकर भी नहीं रोक सकता। और यह भी सच है कि हर मनुष्य की ज़िंदगी में ऐसे कई क्षण आते हैं कि वह अपने प्रिय की मृत्यु से विचलित होता है लेकिन तेजेन्द्र शर्मा की विशेषता इस अर्थ में हैं कि उन्होंने अपनी कहानियों में मृत्यु के इतने रंग उकेर दिए हैं कि हैरानी होती है। दरअसल तेजेन्द्र एक संवेदनशील मनुष्य हैं जो अपनी पत्नी इंदु जी से बेहद प्रेम करते थे और असमय उनके निधन से वे टूटे तो ज़रूर लेकिन उनकी कहानियों में मृत्यु एक नया आकार लेने लगी जो उनको भी पता नहीं चला।

तेजेन्द्र शर्मा की मृत्यु बोध से संबंधित लगभग दो दर्जन से अधिक कहानियाँ

हैं जिनका कथ्य तो मृत्यु के इर्द-गिर्द घूमता है लेकिन उनका ट्रीटमेंट बिल्कुल अलग है। सभी कहानियों पर एक लेख में बात करना शायद संभव ना हो, इसलिये मैनें उनकी चन्द कहानियों पर यहाँ अपनी बात प्रस्तुत की है।

'मौत एक मध्यांतर' कहानी में कैंसर-ग्रस्त हरजीत की मृत्यु हमारे सामने एक ऐसे सच को सामने लाती है कि कहना पड़ता है कि मौत तो एक मध्यांतर है यानी ज़िंदगी का इंटरवल है अभी तो शेष ज़िंदगी बाकी है। एक इंसान के न रहने पर पीछे छूटे लोगों की ज़िंदगी पर क्या-क्या असर पड़ता है, यह कहानी हमारे सामने इस स्थिति को बखूबी लाती है। साथ ही एक औरत की दशा दिशा को चित्रित करती है कि कैसे एक स्त्री को कोई भी निर्णय लेने का अधिकार तक नहीं मिलता। हरजीत की मृत्यु कैंसर जैसी जानलेवा बीमारी से हो जाती है। 15 दिनों तक वह अस्पताल में भर्ती था, ऐसी दशा में उसकी पत्नी पुनीत अंतर्द्वंद्व से जूझ रही है। हरजीत अपनी पत्नी को सांत्वना देता है कि 'मेरी मृत्यु के बाद तुम कल्पना कर लेना कि मैं तुमसे अलग होकर किसी दूसरे कमरे में बैठा कुछ पढ़ रहा हूँ।' यही नहीं वह कहता है कि 'मेरे नाम के साथ कभी था नहीं लगाना ...मैं हूँ और हमेशा तुम्हारे साथ रहूँगा ...यह केवल एक मध्यांतर है...मौत ज़िंदगी का अंत नहीं है ...याद रखना ...' लेकिन ऐसे अनेक प्रश्न मन में उठते हैं कि क्या ऐसा कर पाना संभव है? क्या भ्रम में हम पूरी ज़िंदगी जी सकते हैं? क्या मौत सचमुच एक मध्यांतर है? क्या सच में उसके बाद भी ज़िंदगी शेष है? इनका उत्तर अंशतः हाँ में मिलता है क्योंकि जो व्यक्ति मर जाता है वह अपने पीछे बहुत सारे लोगों को छोड़ जाता है जो उससे जुड़े होते हैं, ऐसे में मौत एक मध्यांतर ही तो है क्योंकि मृत्यु से पहले और मृत्यु के बाद की ज़िंदगी। कहानी का अंत पुनीत के उस विजयी भाव से होता है जब हरजीत की मृत्यु होती है, उस समय यद्यपि उसकी सास साथ में नहीं थी और हरजीत ने अंतिम समय अपनी माँ को याद किया था लेकिन पुनीत इस सच को नहीं बताना चाहती बल्कि वह इस बात को अपने ढंग से बताना चाहती है क्योंकि अभी तक उसे निर्णय करने का कोई अधिकार नहीं होता जबकि अब ऐसा अवसर है कि वह निर्णय ले सकती है। वह सोचती है कि 'मैं बीजी को यह बात कभी नहीं बताऊँगी...मैं उनकी आँखों में विजय की भावना को सह नहीं पाऊँगी ...हरजीत के अंतिम पलों के बारे में लोग वही जान पाएँगे जो मैं बताऊँगी ...' इस कहानी में पुनीत का पति अपनी देह की बीमारी से जूझ रहा है वहीं पत्नी मानसिक तनाव से।

'शवयात्रा'

यह कहानी आभासी दुनिया के उस कठोर सच को हमारे सामने लाती है जिसमें पागलपन की हद तक लोगों को लगता है कि फेसबुक और व्हाट्स अप की दुनिया ही सच्ची दुनिया है। हालांकि हम यह भी जानते हैं कि न यह दुनिया सच्ची है और न यहाँ के लोग क्योंकि झूठ, धोखा, दिखावा, कपट, बेईमानी, फरेब सब कुछ यहाँ हो सकता है। लोगों का ध्यान अपनी ओर आकर्षित करने के लिए लोग अजीबो-गरीब फोटो डालते हैं, संदेश डालते हैं, यहाँ तक कि अपनी रोजमर्रा की ज़िंदगी को सार्वजनिक करने में भी गुरेज नहीं करते। इस कहानी का नायक नरेन अपनी मृत्यु की झूठी खबर फेसबुक पर अपलोड कर यह देखना चाहता है कि उसकी पोस्ट पर कितने लाइक और कमेंट्स आएँगे। लेकिन दिक्कत तब होती है कि इस झूठी खबर से आख़िर कब तक लोगों को बेबकूफ बनाया जा सकता है। इसमें भी मृत्यु का चित्रण है लेकिन गहराई से सोचने पर लगता है कि यह आज के समय और उसकी तकनीक पर एक बड़ा व्यंग्य और प्रहार है। आज इस तकनीक ने हमें इस कदर प्रभावित कर दिया है कि परिवार के लोग एक साथ होते हुए भी साथ में नहीं होते। सब अपने -अपने मोबाइल फोन में व्यस्त हैं। कितनी बिडम्वना है कि पूरे विश्व में क्या हो रहा है, इसकी जानकारी तो उन्हें है लेकिन उनके घर में क्या हो रहा है, इसका पता नहीं। यदि आज हमें इस तकनीक से सहूलियत है तो दूसरी तरफ लगता है कि धीरे-धीरे कहीं हम संवेदनशून्य भी होते जा रहे हैं। इस कहानी के माध्यम से तेजेन्द्र शर्मा लोगों की मानसिकता को बखूबी हमारे सामने लाने में कामयाब रहे हैं।

काला सागर

तेजेन्द्र शर्मा की यह कहानी एक सच्ची घटना पर आधारित है। जैसा कि बहुत लोगों को पता है कि तेजेन्द्र शर्मा एअर इंडिया में नौकरी करते थे। अपने जन्म स्थान को लेकर भी उन्होंने इसमें मुख्य पात्र विमल महाजन की मार्फत कहा है कि 'जगरांव में दो महान लोगों ने जन्म लिया है एक थे लाला लाजपत राय, और दूसरा! और यह कहकर वे अपनी ओर देखते वह हँस पड़ते।' कनिष्क विमान दुर्घटना में मारे गए 329 यात्रियों की मौत ने उन्हें इस कदर विचलित कर दिया जिसका परिणाम यह कहानी हमारे सामने है। इस कहानी में छीजते रिश्तों को देखकर कहा जा सकता है कि पैसा और स्वार्थ किसी भी रिश्ते पर भारी पड़ सकता है। इस कहानी में दुर्घटना में मारे गए यात्रियों एवं क्रू के सदस्यों के परिवार वालों की अमानवीयता को उन्होंने उघाड़ कर रख दिया है। हर व्यक्ति

उस दुर्घटना में मारे गए अपने परिजन के बदले ज़्यादा से ज़्यादा फायदा उठाने का प्रयास करता दिखता है। रिश्तों की गर्माहट कब ठंडी पड़ने लगती है, यह इसमें दिखाया गया है। यह कहानी संवेदनशून्यता का चरम बिन्दु है, जहाँ लोग अपने स्वार्थ सिद्ध करने के लिए मृत्यु जैसी दुर्घटना को भुनाने में भी कोई संकोच नहीं करते। उनकी दिलचस्पी है कि परिजनों की मृत्यु पर किसको कितना मुआवजा मिलेगा, यही नहीं विदेश जाने की ललक और विदेशी वस्तुओं के प्रति अतिरिक्त मोह उनकी मनुष्यता को तार-तार कर देता है। कुछ उदाहरण देखिए -...एक यात्री विमल महाजन तक पहुँचा-मिस्टर महाजन खाना पीना तो ठीक है, पर हमें कुछ एलाउंस वगैरह भी दिलवाने का प्रबंध कर दें तो अच्छा होगा। हम सब इतनी जल्दी में आए हैं कि एफ.टी.एस. का प्रबंध नहीं हो सका। कम से कम इतना रोजाना भत्ता तो हमें मिलना ही चाहिए कि जिससे हमें कहीं बाहर आने-जाने में मुश्किल न हो।'

'जिस काम के लिए आए थे वो तो हो गया। जरा बताएँगे, यदि शॉपिंग वगैरह करनी हो तो कहाँ सस्ती होगी? नए हैं न...'

इस कहानी को पढ़ते हुए हमारे भीतर इतनी वितृष्णा हो जाती है कि कैसे लोग अपने स्वार्थ के चलते अपने परिजनों की मौत से दुखी होने के स्थान पर अधिक से अधिक मुआवज़ा पाने या लाभ उठाने की सोचते हैं। उन्हें हादसे में मारे गए अपने परिजनों से ज़्यादा दुख इस बात का है कि उनको अपने मनचाहे ब्रांड का टीवी या वीसीआर नहीं मिल पाया। तेजेन्द्र की इस कहानी में मृत्यु एक लाभ का साधन बनकर आती है। यह तेजेन्द्र के ही वश की बात है कि वह मृत्यु के इस एंगल की ओर हमारा ध्यान आकृष्ट करते हैं। इस कहानी को पढ़कर हमारे मन में गहन निराशा और क्षोभ भर जाता है और मानवीयता से भरोसा उठने लगता है।

कैंसर

कैंसर तेजेन्द्र की कहानियों में बार-बार अपनी उपस्थिति दर्ज करवाता है। जैसा कि उनके अधिकांश पाठक जानते हैं कि तेजेंद्र की पत्नी इंदु जी को भी कैंसर जैसी असाध्य बीमारी के कारण ही मृत्यु ने असमय ही अपने आगोश में ले लिया था, जाहिर है जिस कारण तेजेंद्र बिल्कुल टूट ही नहीं गए बल्कि खुद को बहुत असहाय महसूस करने लगे। उन्होंने लिखा भी है कि 'इंदु की बीमारी के दौरान बहुत से ऐसे अनुभव हुए जो मेरी भिन्न कहानियों में देखे जा सकते हैं।' वे मानते हैं-'मेरी शुरुआती कहानियाँ सच्ची घटनाओं पर आधारित हैं। क्योंकि जीवन में कुछ ना कुछ ऐसा घटित होता रहता है जो लेखक को कलम

उठाने के लिए प्रेरित भी करता है और मजबूर भी। किंतु उन कहानियों में भी घटना से कहीं अधिक महत्वपूर्ण रही है उन घटनाओं के पीछे की मारक स्थितियाँ। फिर वह चाहे 'काला सागर' थी या 'ढिबरी टाइट' या फिर 'कड़ियां' या 'एक ही रंग'। मेरी कहानियों में एक अंडरकरंट महसूस किया जा सकता है कि आज की दुनिया में रिश्ते अर्थ से संचालित होते हैं। यह मेरी 80 और 90 की कहानियों में तो महसूस किया जा ही सकता है, आज की मेरी कहानियाँ भी इस थीम से अछूती नहीं है। कहीं अन्याय होता नहीं देख सकता। अपने आप को कमजोर के साथ खड़ा पाता हूँ। हालांकि मानता हूँ कि दर्द सबका एक-सा होता है।'

इस कहानी में मृत्यु से पहले का भय और तनाव तथा द्वंद्व, निराशा, दुख, मार्मिकता साफ साफ दिखाई देती है। नरेन को जब यह पता चलता है कि उसकी पत्नी पूनम को ब्रेस्ट कैंसर है तो वह अपनी पत्नी के दुख को और उसकी ओर बढ़ती मृत्यु के कदमों की आहट को महसूस करता है। चूँकि अभी पूनम की उम्र ही क्या है मात्र 33 वर्ष। दो छोटे बच्चे। हालांकि नरेन खुद को बहलाता है कि कैंसर आरंभिक अवस्था में है और पड़ोस की चावला आंटी कैंसर के बावजूद लंबा जीवन जीने वाली ही नहीं बल्कि खुश भी है। वह मानसिक द्वंद्व से जूझता है। उसे कभी ख्याल आता है कि जब पूनम का लेफ्ट ब्रेस्ट का ऑपरेशन होगा तो सपाट छाती के साथ पूनम कैसे रहेगी? वह खुद से सवाल करता है -'क्या विवाह के 10 वर्षों का प्रेम छातियों के कारण है?' लोग उन्हें तरह-तरह के सलाह मशवरा देते हैं। टोना टोटका भी किया जाता है, चमत्कार की कल्पना की जाती है। कोई सरसों के तेल की मालिश की सलाह देता है तो कोई चने खाने की। कोई गंडा ताबीज बांधने की तो कोई धर्म परिवर्तन की।

इस कहानी में कैंसर के कारण एक ओर पति-पत्नी के संबंधों में आए बदलाव की ओर इशारा किया गया है वहीं दूसरी ओर समाज में फैली बुराई को कैंसर के रूप में दिखाया गया है और इसकी भयावहता की ओर संकेत किया गया है। पूनम नरेन से सवाल करती है -'मेरा पति मेरे कैंसर का इलाज दवा से करने की कोशिश कर सकता है ...मगर जिस कैंसर ने उसे चारों ओर से जकड़ रखा है ...क्या उस कैंसर का कोई इलाज है?' हद तो तब हो जाती है जब बार्न अगेन क्रिश्चन मिस्टर मेहरा से कहते हैं-'आप कन्वर्ट होकर बार्न अगेन ईसाई बन जाइए। जीसस आपकी पत्नी को ठीक कर देंगे।' लेखक समाज के इसी कैंसर को लेकर चिंतित है।

मृत्यु के संत्रास में जीवन जीना कैसी उथल-पुथल मचा देता है इस का चित्रण इस कहानी में दिखाई देता है हालांकि कीमोथेरेपी आदि की डिटेल्स से लेखक बच सकता था और पत्नी के कैंसर ग्रस्त होने पर उसके दांपत्य जीवन में आए बदलाव को या उसके तनाव पर ज़्यादा फोकस कर सकता था फिर भी यह कहानी हमें विचलित अवश्य करती है।

अपराध बोध का प्रेत

यह कहानी भी कैंसर को लेकर ही बुनी गई है इसीलिए कई बार लगता है कि जैसे लेखक एक ही थीम को कई एंगेल्स से देख रहा है तो कभी पुनरावृति भी दिखाई देती है। एक और कारण यह भी है के पात्रों के नाम भी जस के तस रख दिए गए हैं जैसे नरेन और बेटे का नाम अपूर्व। इसमें पत्नी के कैंसर ग्रस्त पति के मन में जो अपराधबोध है वह है पत्नी की तमाम अप्रकाशित रचनाओं को अपने नाम से प्रकाशित करने की लालसा। चूँकि नरेन एक नाकामयाब लेखक है जिस की रचनाएँ लौटा दी जाती हैं, उसके मन में निराशा और हीन भावना भरने लगती है जबकि इसके उलट उसकी पत्नी सुरभि ने न जाने कितनी कविताएँ और कहानियाँ लिखी तो ज़रूर लेकिन कभी उन्हें प्रकाशित करने का ख्याल उसे नहीं आया क्योंकि वह तो केवल आत्म संतोष के लिए लेखन करती थी। नरेन अपने अपराधबोध के लिए सुरभि से माफी मांगना तो चाहता है लेकिन हिम्मत नहीं कर पाता और इसी उहापोह से गुजरते कि अब माफी मांग कर अपने मन में आए ख्याल के अपराध बोध से मुक्ति पा लूँगा। वह बेचैन होकर सोचता है कि वह सुरभि से कहेगा-"मुझे माफ कर दो सुरभि मैं सोच रहा था तुम मर जाओगी तो तुम्हारी सारी कहानियाँ और कविताएँ अपने नाम से छपवाऊँगा। मुझे माफ कर दो।" लेकिन नरेन को प्रायश्चित करने का अवसर नहीं मिलता क्योंकि उससे पहले ही सुरभि की मृत्यु हो जाती है।

यह कहानी पति-पत्नी के संबंधों, कैंसर जैसी असाध्य बीमारी से पीड़ित व्यक्ति के दुख-दर्द, उसकी मनोदशा तथा व्यक्ति के इस कदर स्वार्थ को हमारे सामने लाती है कि इंसानियत के नाम पर एक वितृष्णा ही ज़्यादा पैदा करती है।

हथेलियों में कंपन

तेजेंद्र शर्मा की कहानियों में मृत्यु जहाँ एक और हमें रुलाती है तो दूसरी ओर इसका व्यावसायिक पक्ष भी सामने रखती है। वह कहते भी हैं कि 'मृत्यु

क्या केवल एक शारीरिक स्थिति है? क्या कर्मकांड जीवन और मृत्यु के साथ जुड़ा रहना चाहिए? क्या किसी की मृत्यु पर रोना आवश्यक है? इन सवालों पर लंबी बहस हो सकती है। कुछ हद तक यह सही हो सकता है कि मृत्यु एक शारीरिक स्थिति है लेकिन यह भी सच है कि जब तक वह मृत व्यक्ति किसी भी तरह हमारी स्मृतियों में रहता है तो उसे हम मृत नहीं मान सकते लेकिन जिस क्षण वह हमारी स्मृतियों से निकल जाता है तब वह मृत हो जाता है। यहाँ मैं साहिर लुधियानवी के उस वाक्य को उद्धृत करना चाहती हूँ जो उन्होंने पंडित जवाहरलाल नेहरु की मृत्यु पर लिखा था, 'जिस्म की मौत कोई मौत नहीं होती/ जिस्म के मर जाने से इंसान नहीं मरा करते'।

यह कहानी एक अविस्मरणीय कहानी है जिसका उत्कर्ष इसके अंतिम पैरा में है। पूरी कहानी में मृत्यु का लेखा-जोखा है जो अपने आप में अनूठा है। कहानी का नायक अपने पिता की अस्थियाँ विसर्जन करने अपने मौसा के साथ हरिद्वार जाता है लेकिन जो बात इस कहानी को विशेष बनाती है वह है कि पिता की मृत्यु को रजिस्टर में दर्ज करा कर हस्ताक्षर करना। कहानी के नैरेटर को रोमांच का अनुभव होता है क्योंकि उन पोथियों में वह अपने पूर्वजों की खुशबू को महसूस कर सकता है। वह सोचता है कि 'उन पोथियों में कितने मृतकों के नाम दफन होंगे ...उन्हीं में मैं भी अपने बाऊजी का नाम भरकर अपने हस्ताक्षर कर दूँगा ...वहाँ बाऊजी के हस्ताक्षर भी होंगे...दादा जी का भी नाम होगा...कल को मेरा पुत्र भी यदि यहाँ आता है तो, वह भी मेरा नाम दर्ज करवा के अपने हस्ताक्षर करेगा ...इनके पोथियों में मरे हुए नामों के साथ ज़िंदा लोगों के हस्ताक्षर साक्षी हैं कि जीवन धारा अविरल बहती रहती है कभी रुकती नहीं।'

नैरेटर को उस बहीखाते में विवरण लिखते हुए ख्याल आता है कि 'क्या ये सभी नाम एक दूसरे से बातचीत करते होंगे।' सच में अगर देखा जाए तो यह पंडे लोग मौत को रजिस्टर करके एक इतिहास ही तो बना रहे हैं क्योंकि ये आपकी पिछली सात पुश्तों की हिस्ट्री आपको बता सकते हैं।' तो फिर इन पंडों के बहीखाते तो गिनेस बुक में रजिस्टर होने चाहिए।

एक तरफ इस कहानी में मृत्यु का शोक है तो दूसरी तरफ कुछ लोगों के लिए यह उनके जीवन यापन का जरिया। लगता है कि मृत्यु का बाजार लगा है जहाँ सब कुछ पैसे का कमाल है अपनी हैसियत के हिसाब से आपको दान पुण्य करना है और कर्मकांड करने हैं और आपको पता भी नहीं लग पाता कि आप को ठगा जा रहा है। मरने वाले की आत्मा की शांति के नाम पर आप को भावनात्मक रूप से कमजोर करके यहाँ बाजार सजा है। उसे हैरानी होती है जब

एक पंडा उससे कहता है, 'देखो बेटा हम यहाँ क्रिया कर्म करते हैं। मरने वाले की आत्मा की शांति के लिए हम वे सब चीजें यहाँ रखते हैं जिनकी उसे अगली ज़िंदगी में ज़रूरत होगी। तुम यहाँ मृतक के नाम से जो जो दान कर जाओगे, वे सब उसे स्वर्ग में मुहैया हो जाएँगी। यहाँ 500 से लेकर 5000 तक के क्रिया कर्म की सुविधा मौजूद है।' कहा जा सकता है कि इस कहानी में लेखक ने धर्म के व्यवसायीकरण की ओर साफ संकेत किया है। हद तो तब हो जाती है जब बेशर्मी से मोलभाव किया जाता है। लेखक समझ नहीं पाता कि वह यहाँ अपने पिता की अस्थि विसर्जन के लिए आया है या सब्जी खरीदने।

कहानी के अंत में लेखक ने इतना मार्मिक प्रसंग का चित्रण किया है कि आँखें नम हो जाती हैं क्योंकि इस बार-बारी पिता की है जो अपने पुत्र की अस्थि विसर्जन करने और रजिस्टर में हस्ताक्षर करने आया है। नरेन मौसा की आँखों में मौत का सन्नाटा पसरा हुआ था। उनका भविष्य उनके साथ एक कलश में बंद था ...आज उल्टी गंगा बहने वाली है। आज पुत्र अपने पिता की मृत्यु बही खाते में नहीं भरेगा ...आज पिता अपने पुत्र का नाम लिखकर हस्ताक्षर करेगा ठीक उसी पन्ने में नीचे जहाँ उसने अपने पिता की मृत्यु का विवरण भरा था।'

यह कहानी हमें भीतर तक झकझोर देती है। यहाँ मृत्यु के कारण सन्नाटा पसरा हुआ है। ऊपर से खामोशी है लेकिन भीतर हलचल का उमड़ता समंदर है जिसके गहरे पैठना मुश्किल ही नहीं नामुमकिन है। तेजेंद्र के कहानीकार के भीतर एक व्यंगकार भी है जो मृत्यु के व्यवसायीकरण पर व्यंग करते हुए सच को सामने लाता है। हमारे पितृसत्तात्मक समाज में धर्म की आड़ में मृत्यु का व्यापार खूब फल-फूल रहा है। ऐसी कुप्रथा पर उंगली रख कर उन्होंने हमारा ध्यान आकृष्ट किया है जिसके लिए वह बधाई के पात्र हैं। यहाँ उन्होंने जीवन और मृत्यु के शाश्वत सच को भी स्वीकारा है। 'ज़िंदगी और मौत की धारा अविरल बहती है कभी नहीं रुकती।' इस कहानी में तेजेंद्र शर्मा ने मृत्युबोध के व्यावसायीकरण का पक्ष भारतीय परिप्रेक्ष में रखा है वही कब्र का मुनाफा कहानी में पाश्चात्य परिप्रेक्ष को उभारा है।

क़ब्र का मुनाफा

तेजेन्द्र शर्मा शहरी ठाठ के कहानीकार हैं और उनकी यह कहानी हमारे समय के बढ़ते बाजारवाद से उत्पन्न उपभोक्ता संस्कृति के दुष्प्रभाव को बड़ी खूबसूरती से सामने ही नहीं लाती, बल्कि हमारी संवेदनशीलता को भी झकझोरती है। ख़लील जैदी और नज़म जमाल मूलतः पाकिस्तान और हिंदुस्तान के रहने वाले हैं, लेकिन लंदन में बस गए हैं। दोनों के बीच घनिष्ठ मैत्री है,

लेकिन विचारधारा ही नहीं, आचार-व्यवहार में भी फर्क है। ख़लील सिगरेट पीता है, शराब नहीं और नज़म शराब पीता है, सिगरेट नहीं, लेकिन दोनों एक दूसरे को बर्दाश्त करते हैं। लंदन के फाइनेन्शियल सेक्टर में ख़लील की खासी इज़्ज़त है। दोनों काफी धनाढ्य हैं, लेकिन नौकरी से रिटायरमेंट के बाद दोनों ही कुछ नया काम करने की योजना बनाते हैं। इस बीच लंदन के पॉश इलाके कार्पेंडर्स पार्क में कब्र की बुकिंग के विज्ञापन पर नज़म की नज़र जाती है और वह ख़लील से कहता है, 'वो खाली 10 पाउंड महीने के प्रीमियम पर आपको शान से दफनाने की पूरी जिम्मेदारी अपने पर ले रहे हैं। ...लाश को नहलाना, नए कपड़े पहनाना, कफन का इंतज़ाम रॉल्स रॉयस में लाश की सवारी और कब्र पर संगमरमर का प्लाक-ये सब इस बीमे में शामिल है। 'ख़लील को नज़म का आईडिया पसंद आता है, लेकिन धार्मिक कट्टरता के मारे वह पूछता है, ये साला कब्रिस्तान शिया लोगों के लिए एक्सक्लूसिव नहीं हो सकता क्या? वरना मरने के बाद पता नहीं चलेगा कि पड़ोस में शिया है, सुन्नी है या फिर वह गुजराती टोपीवाला। यार सोचकर ही झुरझुरी महसूस होती है। मेरा बस चले तो एक कब्रिस्तान बना कर उस पर बोर्ड लगा दूँ शिया मुसलमानों के लिए रिजर्व्ड।'

ख़लील जैदी में न केवल धार्मिक कट्टरता है, बल्कि अपने स्टेटस का भी उसे पूरा ख्याल है, इसलिए वह नहीं चाहता कि मरने के बाद हम किसी खानसामा, मोची या प्लंबर के साथ पड़े रहें।' ख़लील की बातें उसकी पत्नी नादिरा, जो एक सोशल एक्टिविस्ट है, को पसंद नहीं आती और वह ख़लील के इस तर्क को, 'अपने जैसे लोगों के बीच दफन होने का सुख और ही हैश्-काटना चाहती है कि 'ख़लील अपने जैसे क्यों? अपने क्यों नहीं? आप पाकिस्तान में क्यों नहीं दफन होना चाहते? वहाँ आप अपनों के करीब रहेंगे, क्या ज़्यादा खुशी नहीं हासिल होगी?

ख़लील जैदी का सोचना है कि चूँकि उसने अपनी पत्नी और परिवार को जमाने की सारी सुख-सुविधाएँ, ऐशो-आराम दिए हैं, झो जिसके लिए उसकी पत्नी को उसका कृतज्ञ होना चाहिए, लेकिन नादिरा को इन तमाम भौतिक सुविधाओं के बीच रहते हुए भी कभी सच्ची खुशी महसूस नहीं होती और अपने तमाम दुख दर्द को वह अपने सीने में दबा कर बनावटी हंसी अपने होठों पर टांक लेती है और ख़लील के साथ ज़िंदगी जीने का समझौता कर लेती है। उसे मालूम है कि दूसरे पुरुषों की सामंती मानसिकता की तरह ही ख़लील को भी कंट्रोल करने की बीमारी है। वह हर चीज, हर स्थिति, हर व्यक्ति को कंट्रोल कर लेना चाहता है कंट्रोल फ्रीक। नादिरा ख़लील से कब्र का आरक्षण कराने

की बात सुनकर इसलिए भी ज़्यादा चिंतित हो जाती है कि सारी उम्र तो ख़लील जैसे इंसान के साथ बिता ली लेकिन मरने के बाद भी ख़लील की बगल में ही रहना होगा। क्या मरने के बाद भी चैन नहीं मिलेगा?' उसे एक घटना की याद आती है, जब वे लोग एक बार परवेज अहमद के घर गए थे और वहाँ बातों-बातों में नादिरा ने कह दिया था कि भारत का प्रधानमंत्री सिख, वहाँ का राष्ट्रपति मुसलमान और कांग्रेस की मुखिया इसाई। क्या दुनिया के किसी भी और देश में ऐसा हो सकता है?' जिसको सुनकर ख़लील अपने आपे में नहीं रह पाया और नादिरा को तलाक देने तक की धमकी दे डाली थी।

कब्रें आरक्षित कराने के काफी समय बाद ख़लील और नज़म, दोनों ही इस विषय को भूल जाते हैं और नया धंधा करने की योजना बनाते हैं। नादिरा को जब कब्र आरक्षण की मासिक किस्त में पैसे बढ़ाने की चिट्ठी मिलती है, वह नाराज हो जाती है। वह ख़लील पर कब्र के आरक्षण को कैंसिल करवाने के लिए जोर डालती है, लेकिन ख़लील उसकी बात पर ध्यान नहीं देता है। अचानक यहाँ कहानी में एक नाटकीय मोड़ आता है, जब वह विज्ञापन एजेंसी को फोन करके कब्र का आरक्षण कैंसिल करवाने के लिए कहती है तो उसे पता चलता है कि कब्र का आरक्षण करवाने में भी मुनाफा हुआ है। वह ख़लील से कहती है कि आपने साढ़े तीन सौ पाउंड एक कब्र के लिए जमा करवाएँ हैं यानी कि 2 कब्रों के लिए 700 पाउंड और अब इन्फ्लेशन की वजह से उन कब्रों की कीमत हो गई है 1100 पाउंड, यानी कि आप को कुल 400 पाउंड का लाभ।' इतना सुनते ही ख़लील की आँखों में चमक आ गई, क्योंकि उसे नया धंधा मिल गया था।

बाजारवाद हमारी ज़िंदगी में चुपचाप किस तेजी से प्रवेश कर रहा है, इसकी मिसाल है यह कहानी। यहाँ यह सवाल भी उठता है कि क्या बाजारवाद की इस आंधी में हमारी मनुष्यता, संवेदना कहीं खो गई है कि हम कब्र से भी अर्थात मरने के बाद भी मुनाफे की ही बात सोचें।

इस कहानी की दूसरी स्त्री पात्र नज़म जमाल की पत्नी आबिदा है। आबिदा यद्यपि अपने पति नज़म के विवाहेतर संबंधों को जानती है, फिर भी मस्त रहती है और भरपूर ज़िंदगी जीने की कोशिश करती है, क्योंकि वह अपने मन की सारी बातें नादिरा से कहकर हल्की हो जाती है। महसूस तो नादिरा भी करती है, लेकिन वह हर बात केवल अपने सीने में दबाए रखती है। दोनों जानती हैं कि उनके पतियों के पास उनके लिए कोई समय नहीं है, जबकि दोनों के पति एक आम पुरुष की तरह यह सोचते हैं कि जमाने भर की सुविधाएँ मुहैया कराना ही काफी है, जबकि एक स्त्री को असली खुशी एक सामान्य ज़िंदगी जीने में

या एक बेडरूम के फ्लैट में मिल सकती है। दूसरी ओर महलों में रहने के बावजूद उसे वहाँ मकबरे का-सा आभास ही मिल सकता है। इस कहानी का दूसरा पुरुष पात्र नज़म जमाल एक शांत पात्र है, कहीं भी लाउड नहीं। ख़लील की योजना में वह कहीं विरोध नहीं करता, सहमति अवश्य देता है।

आज के स्त्री विमर्श के इस दौर में यह एक सशक्त कहानी है। जब तक एक औरत को मन की और अभिव्यक्ति की आजादी नहीं मिलेगी, तब तक सही मायने में सारा स्त्री-विमर्श केवल दिखावा मात्र ही होगा। नादिरा आर्थिक रुप से अपने पति ख़लील पर आश्रित है, किंतु वह दासी बनकर रहने को तैयार नहीं है। वह उसी स्थिति में जीते हुए भी विद्रोह करने से चूकती नहीं हैं। ख़लील भी उस हव्वा की औलाद से खौफ खाता दिखाई देता है। नादिरा के विद्रोह के फलस्वरुप ही ख़लील को पता चलता है कि कब्रों के बुक कराने और बेचने में कितना लाभ हो सकता है और उसे नया धंधा मिल जाता है। नादिरा का विद्रोह नारेबाजी वाला विमर्श नहीं है। वह सामंती सोच के सामने शालीन ढंग से अपनी बात मनवाने के लिए अपना समाजवाद इस्तेमाल करती है।

यह कहानी वहीं ख़त्म नहीं होती जहाँ ख़त्म होती है, बल्कि अपने पीछे बहुत सारे ऐसे सवालों को उठाती है, जो हमारी ज़िंदगी से गहराई से जुड़े हुए हैं। पहला सवाल धार्मिक कट्टरता का है और यह कट्टरता दोनों मुस्लिम पुरुष पात्र-ख़लील और नज़म में स्पष्टता दिखाई पड़ती है, जो मृत्यु के बाद कब्र में होते हुए भी धार्मिक कट्टरता से दूर नहीं होना चाहते यानी शिया की बगल में सुन्नी ना हो और सुन्नी की बगल में शिया ना हो। दूसरा सवाल ज़्यादा अहम है और वह है कि भौतिक सुविधाओं से उत्पन्न चमक-दमक के बीच मौत को भी खूबसूरती प्रदान करना, इसके लिए एक पॉश इलाके में कब्र का आरक्षण ही काफी नहीं है, बल्कि धूमधाम से मेकअप के साथ रॉल्स रॉयस पर चढ़ाकर जनाजे का निकलना। यह हमारे समय की एक बड़ी विडंबना ही नहीं, बल्कि यह एक ऐसा विपर्यय भी है, जो हमसे हमारी मनुष्यता भी छीन लेता है, लेकिन ख़लील और नज़म की मानसिकता और धार्मिक कट्टरता के विपरीत इन दोनों की पत्नियों की सोच है। नादिरा सेकुलर और प्रगतिशील विचारों की है और आबिदा अपने में अलमस्त है। गौर करने की बात है कि इनकी असली ज़िंदगी मौत के बाद शुरू होती है। यह कहानी मौत जैसे भयावह यथार्थ को भी भुनाती है, जबकि मौत लोगों को डराती है।

इस कहानी की थीम नई इस अर्थ में है कि यह पश्चिम का बाजारवाद है, जहाँ विज्ञापन के सहारे मृत्यु को भी आकर्षक और मोहक बनाया जा सकता है,

क्योंकि वहाँ अपेक्षाकृत भौतिक सुविधाएँ ज़्यादा हैं, इसलिए भी आपस में प्रतिस्पर्धा है। इस कहानी में मृत्यु और कब्र दोनों नए विस्तार पाते हैं। लंदन बसने से पहले जहाँ तेजेंद्र की कहानियों में मृत्यु एक दूसरे रूप में आती है, वही लंदन प्रवास के बाद वे मृत्यु को भी एक खिलंदड़े अंदाज में सामने लाते हैं यानी उनकी कहानियों में रचनात्मकता साफ दिखाई देती है। वरिष्ठ कथाकार और 'हंस' के संपादक राजेंद्र यादव की इस बात से सहमत हुआ जा सकता है कि 'कब्र का मुनाफा' ऐसे मुसलमान दोस्तों की कहानी है, जो न अपने भीतर के लखनऊ को निकाल पाए हैं, न कराची को और अपने लिए खरीदी गई कब्रों की जगह को मुनाफे में बेचकर सफलता का संतोष पाते हैं। यह मरते-मरते विदेश से कुछ -न-कुछ झटक लेने का लालच है।'

लाश के मेकअप का सामान और उसका दुल्हन की तरह श्रृंगार करने का दावा कहानी को नया आयाम प्रदान करता है। कंपनी का दावा कि वे आग से झुलसे चेहरे या फिर दुर्घटना से विकृत चेहरे को भी खूबसूरत बना सकते हैं, आने वाले भविष्य की भयावह सोच को सामने लाता है। तेजेंद्र शर्मा इस सब को इतने सहज ढंग से कह जाते हैं कि इसका गहरा असर कहानी पढ़ने के बाद देर तक भीतर तक बना रहता है।

दरअसल इस कहानी में मानवीय मूल्यों की टकराहट है, जिसकी अनुगूँज सुदूर अतीत का स्पर्श करती हुई वर्तमान के बीच से भविष्य को भी सुनिश्चित करना चाहती है। नादिरा और ख़लील की सोच में ज़मीन -आसमान का अंतर है। नादिरा ज़्यादा व्यवहारिक है, जबकि ख़लील स्वप्न जीवी, इस तरह यह कहानी यथार्थ और फैंटेसी के मिश्रण से बनी हैं। यदि आप हिंदी के लगभग विस्मृत कहानीकार इसराइल की कहानी 'मुर्दों का रखवाला '(फर्क संग्रह में संकलित) को याद करें और तेजेंद्र शर्मा की कहानी 'कब्र का मुनाफा' को आमने-सामने रखकर देखें तो यह स्पष्ट होगा कि पहली कहानी में मानवीयता है, जबकि दूसरी कहानी में अमानवीयता यानी इन दोनों कहानियों में दो सांस्कृतिक मूल्यों की टकराहट है। पश्चिमी संस्कृति बाजारवाद की गिरफ्त में है जबकि भारतीय संस्कृति में बाजारवाद की पैठ अभी इतनी गहरी नहीं हुई है। हालांकि अब यह कहने में संकोच नहीं रह जाता क्योंकि तेजेंद्र ने 'हथेलियों में कंपन' जैसी कहानी लिखकर इस बात को भी झुठला दिया है क्योंकि बाजारवाद भारतीय संस्कृति में भी उसी तरह अपनी पैठ बना रहा है जितना कि पाश्चात्य संस्कृति में। कहना न होगा कि तेजेंद्र की यह कहानी इसलिए भी उल्लेखनीय है कि यह ज़िंदगी के मुहाने पर मनमोहक और भयावह मौत को हमारे सामने

प्रस्तुत करती है।

संदर्भ पुस्तकें

1. काला सागर-तेजेन्द्र शर्मा, वाणी प्रकाशन नई दिल्ली 1990
2. देह की कीमत-तेजेन्द्र शर्मा, वाणी प्रकाशन नई दिल्ली 1999
3. बेघर आँखें-तेजेन्द्र शर्मा,
4. मौत एक मध्यांतर-तेजेन्द्र शर्मा, यश पब्लिकेशन 2019
5. वक्त के आइने में तेजेंद्र शर्मा-संपादक बृजनारायण शर्मा, हरि भटनागर, रचना समय, 2009

संपर्क
B&2/T
दिल्ली पुलिस अपार्टमेंट्स
मयूर विहार फेज-1
दिल्ली-110091
मोबाइल-9891349058
ईमेल-agrawalsadhna2000@gmail.com

मध्यमवर्गीय मनुष्य के जीवन के संघर्षों, सपनों और हकीक़त के कहानीकार-तेजेन्द्र शर्मा

-वन्दना पुष्पेन्द्र

कुछ वर्ष पहले हंस पत्रिका में एक कहानी पढ़ी थी। उस कहानी की मुख्य किरदार के जीवन का अकेलापन और आस-पास की घटनाएँ मन को भीतर तक छू गईं। पारिवारिक रिश्तों, आपसी बातों से आगे बढ़ती हुई कहानी अंत तक पहुँच कर चौंका गई थी, तभी तो'कल फिर आना'आज भी याद है। बिल्कुल उसी तरह आज भी जब तेजेन्द्र जी की कहानियाँ पढ़ती हूँ तब हर बार अंत तक पहुँच कर वे चमतकृत कर देती हैं।

तेजेन्द्र शर्मा की कहानियाँ अलग-अलग विषयों, समस्याओं से उपजी आम इंसान के जीवन की कहानियाँ हैं जो निम्न मध्यमवर्गीय मनुष्य के जीवन के संघर्षों, सपनों और हकीक़त का ताना-बाना हैं। ये कहानियाँ वर्तमान समाज का आईना हैं। इन कहानियों का समाज वह है जिसे इस कहानीकार ने देखा, जीया और भोगा हैं। तेजेंद्र शर्मा शहरी परिवेश के कहानीकार हैं; वे घटना को पीछे रखते हुए कहानी का ताना-बाना इस तरह बुनते हैं कि उसका चित्रण ना जाने कब हमारे जीवन का सच बन जाता है। तेजेन्द्र शर्मा जहाँ एक ओर पुरुष वर्ग की नुमाइंदगी करते हैं तो वहीं दूसरी और इनकी कहानियों में स्त्री मन की भावानाओं का इतनी गहराई से चित्रण होता है कि कभी-कभी बीच कहानी में लेखक का नाम पढ़ने का मन होता है;लगता है कि कहीं यह किसी महिला लेखिका की कहानी तो नहीं है क्योंकि एक महिला के मन की इतनी गहरी समझ तो किसी महिला को ही हो सकती है। आपकी रचनाओं के किरदार आम नागरिक हैं जो कहीं ना कहीं ठगे गए या मुश्किल हालत में हार गए हैं। फिर भी उनमें कमाल का जीवट है और वे निरंतर संघर्ष करते नज़र आते हैं। जीवित रहने के लिए चाहे उन्हें समझौता करना पड़ा हो मगर उनका आत्म-सम्मान स्वयं उन्हें सही मार्ग की पहचान करवाता है। कहीं सरल, कभी गंभीर, कहीं हृदयहीन कठोर भी है यह लेखक मगर इनके किरदारों की जिजीविषा कमाल की है।

आपकी कहानियों में वह ख़ास बात है जिसे आज पाठक ढूंढ़ रहा है।

तेजेन्द्र शर्मा विविधतापूर्ण लेखन में महारत रखते हैं। कोई भी विषय इस लेखक से अछूता नहीं रहा। "क़ब्र का मुनाफ़ा" कहानी हर काम में हमारी मुनाफ़ाखोरी और लालची प्रवृति का जीता-जागता उदाहरण है। कहानी दो दोस्तों की बातचीत में हँसी-मज़ाक के साथ आगे बढ़ती हुई वर्तमान समय में दरकते पारिवारिक रिश्तों, सामाजिक दिखावे और बेवजह ओढ़े गए रिश्तों का ख़ूबसूरत चित्र खींचती है। बाज़ारीकरण पर कटाक्ष करती इस कहानी में अति आधुनिक समाज की शोषित नारी का चित्रण हैरत में डालता है।

तेजेंद्र शर्मा अपनी कहानियों में व्यंग्य की भाषा में बहुत कुछ कहते हैं। कभी-कभी व्यंग्य गुदगुदाता भी है जब वे "कफ़ परेड" का अर्थ ढुंढते हुए उसे खाँसी की परेड या कमीज़ की बाँह पर बने कफ़ में उसका अर्थ तलाशते हैं। "कोष्ठक" कहानी शिक्षा के क्षेत्र में शोधार्थियों की स्थिति पर करारा व्यंग्य करती है जब वे कहानी के किरदार से कहलवाते हैं, "कोई भी प्रोफ़ेसर भला यह कैसे बर्दाश्त कर सकता है कि उसका विधार्थी सोचने लगे...इम्तहान में यह मत लिखना कि शेक्सपीयर ने क्या लिखा है बस यही लिखना कि ब्रैड्ले, डॉ. जॉनसन या टी.एस. इलियट उसके नाटकों के बारे में क्या कहते हैं...।" यह कहानी आज के समाज की सच्चाई उधेड़ती है परत दर परत।

"कोष्ठक" कहानी शुरू में एक नवयुवती की मानसिकता का चित्र खींचती है। कहानी में वर्णित युवती में हम अपने आस-पास की किसी किशोरी को आसानी से देख सकते हैं जो आकर्षण को प्रेम मान बैठी है। वर्तमान परिवेश में पारिवारिक मित्रता में भटकन का बारीक चित्रण है यह कहानी। आज के युवाओं में जिसे चाहे उसे पा लेने की जिद्द का, सही-गलत की परवाह ना करने का और अपनी खुशी में अंधे हो कर निर्लज्जता की सीमा पार करने का वर्णन तो है ही मगर पुरुषों की मानसिकता से पर्दा उठाने में भी लेखक ने कोई कमी नहीं छोड़ी है। कहानी का मुख्य पात्र अपने आप से कहता है "उसके अहम् को एक विचित्र प्रकार की संतुष्टि मिल रही थी। अपने से पंद्रह वर्ष छोटी युवती के सपनों का राजकुमार बनता जा रहा था वह...।" कहानी के अंत में पुरुषों की घटिया सोच का वर्णन कहानी को नई ऊँचाई पर ले जाता है जहाँ ना सिर्फ कहानी चौंका देती है बल्कि पाठक को झकझोर भी देती है। पावन अर्थ वाले राष्ट्र गीत का भी किस तरह शैतान दिमाग के लोग अपनी सहूलियत से अलग मायने ढुंढ लेते हैं।

"काला सागर" जिस विषय पर लिखी गई है वह अपनी तरह की एकमात्र

कहानी प्रतीत होती है। विमान दुर्घटना पर इस तरह का चित्रण अब तक कहीं और नहीं पढ़ा। कहानी अपने अंत तक पहुँचते-पहुँचते रिश्तों पर हावी होते जा रहे पैसों के सच को उजागर कर देती है। "एक ही रंग" तेजेन्द्र जी की ऐसी कहानी है जिसमें लगातार अनेक मुहावरों का प्रयोग करते हुए भी कहानी की भाषा सरल है और यह पाठक पर अपना गहरा प्रभाव छोड़ती है। कहानी का विषय हमारे आस-पास से लिया गया लगता है। संभवत: हिंदी साहित्य में यह एकमात्र ऐसी कहानी है जिसमें कोई महिला पात्र नहीं है और तो और इसमें किसी स्त्री चरित्र का ज़िक्र तक भी नहीं है फिर भी इसका शिल्प, कथानक एवं कहानीपन कमाल का है। यह तेजेन्द्र जी की अति महत्त्वपूर्ण कहानियों में से एक है। आपकी नवीनतम कहानी "बेतरतीब ज़िन्दगी" प्रवास में रह रहे नायक का जिजीविषा के लिए संघर्ष और उसके आत्मसम्मान के मानसिक द्वंद्व का अनोखा चित्र खींचती है। एक कलाकार मन के लिए धनोपार्जन के मार्ग में आने वाली विषमताओं का मन को छू लेने वाला वर्णन है जो पाठक की आँखें नम कर देता है। यह कहानी तेजेन्द्र जी की अब तक की बेहतरीन कहानी है। "कैंसर" और "अपराध बोध का प्रेत" कहानियाँ एक ही विषय पर आधरित होते हुए भी अलग-अलग सन्देश छोड़ती हैं। वैसे तो तेजेन्द्र जी की हर कहानी एक-दूसरे से अलग है मगर यहाँ सभी कहानियों का ज़िक्र नहीं किया जा सकता।

तेजेन्द्र जी छोटे-छोटे वाक्यों में बड़ी-बड़ी बातें कहने की महारत रखते हैं। ये वाक्य इतने गहरे और प्रभावपूर्ण होते हैं कि समूची कहानी की जान बन जाते हैं जैसे "कैंसर" कहानी का वाक्य-"यह शरीर अपने विरुद्ध क्यों हो जाता है, क्यों यह आत्म-हत्या करनी शुरू कर देता है..." कैंसर की बीमारी की इससे छोटी, इतनी गहरी एवं इतनी अधिक विस्तृत परिभाषा कहीं और मिलनी नामुमकिन है। "देह की क़ीमत" कहानी का वाक्य-"ग़ैर-कानूनी ढंग से दूसरे देश में जा कर सिंह भी कैसे चूहे हो जाते हैं।" ग़ैर-कानूनी तरीकों से परदेस में रह रहे युवकों की पोल खोल देता है। इसी कहानी का एक अन्य वाक्य पति-पत्नी के रिश्ते की गहराई बखान करता है-"पुतरा असी सारे बेगाने। उसका अपणा तो बस तूं ही है।" इसी तरह "मलबे की मालकिन" की नायिका के जीवन का चित्रण लेखक एक ही वाक्य में कर देते हैं; "ग़रीब पिता के घर भी गरीब थी और अमीर ससुराल में भी ग़रीब।" "मुट्ठी भर रोशनी" में लेखक नायक से कहलवाते हैं "जहाँ हम अतीत में जी रहे हैं, वहीँ आप अतीत को जी रही हैं।" इसी कहानी का एक अन्य महत्वपूर्ण वाक्य-"अपना होने के लिए

किसी का अपना ना होना कितना ज़रूरी है।" "क़ब्र का मुनाफा" कहानी में भी लेखक का एक ही वाक्य पति-पत्नी के दरकते रिश्तों का सच कहने में काफ़ी रहा..."एक ही रंग" कहानी में लेखक कहते हैं-"वैसे दीवारें तो बंटवारे का ही काम करती हैं चाहे बर्लिन की हों या दिल की, काम तो उनका बाँटना ही है।" अपनी ताज़ा कहानी "बेतरतीब ज़िन्दगी" में लेखक ने कहा है-"कला सदा से ही वैभव से शाबाशी पाने को अभिशप्त है।"

तेजेन्द्र शर्मा की कहानियों में वाक्यों, चरित्रों के अतिरिक्त भी अन्य वर्णन अपनी अहम् उपस्तिथि दर्ज करवाते हैं फिर चाहे वे "मुझे मार डाल बेटा" में बाऊजी के किचन टॉवेल हों या "बेतरतीब ज़िन्दगी" में कुनिंग की पेंटिंग्स। "सपने मरते नहीं" में बैंग-एंड-आलुफ़सन के म्यूज़िक सिस्टम से भी पाठक रूबरू होते हैं। कहानी में किरदारों के अतिरिक्त आस-पास का माहौल, साज-सज्जा का बारीक चित्रण पाठक को अपने साथ बांधे रखते हैं। ख़ासतौर से संवादों का इस्तेमाल तो इनकी कहानियों की विशेषता है।

तेजेन्द्रशर्मा की कहानी पढ़ने में कई बार तो पाँच से छः घंटों का समय लग जाता है; क्योंकि ना जाने कब कहानी के चरित्र हमारे अपने जीवन का अंग बन जाते हैं और जो चीज़ अपनी हो उससे पार पाना सरल नहीं होता। इतने पर भी कहानी वहीँ पर ख़त्म नहीं होती, वह पाठक के साथ-साथ चलती है, उसके ज़ेहन पर काबिज़ हो जाती है। उसकी सोच को ज़कड़ लेती है। तेजेन्द्र जी की कहानियाँ पाठक को चौंका देती हैं तब भी उनमें इतनी गुंजाइश रहती है कि पाठक उस का हिस्सा बन कर उससे जुड़ा रहे और उसमें अपनी सोच के रंग भर सके। कभी उसे लगता है कि आगे शायद यह हुआ होगा या नहीं, ऐसा नहीं. ..शायद यह होना चाहिए। यही तो वह कारण है कि लेखक कि कहानियाँ मस्तिष्क में मंथन करती रहती हैं।

तेजेन्द्र जी कि कहानियाँ एक पीढ़ी की कहानियाँ नहीं हैं; इनमें भविष्य का वह आसमान दिखाई देता है जो खुले कैनवास की तरह है जहाँ युवा वर्ग अपनी पसंद के रंग भर सकता है मगर हाँ उन्हें भी वे विचलित नहीं होने देते। उन्हें वे अपनी सोच की डोर से बाँध कर स्वतन्त्रता से विचरण करने की आज़ादी देते हैं।

तेजेन्द्र शर्मा वर्तमान समय के एक मात्र ऐसे कहानीकार हैं जो वैश्विक कहानियाँ रचते हैं। बेशक उनकी कहानियों के पात्र एशियाई मूल के हैं मगर वे विभिन्न देशों, भौगोलिक स्थितियों और अलग सामाजिक सरोकारों में जीवित रहने के संघर्ष के क्रम में अलग-अलग संस्कृतियों से रूबरू होते हैं। नितांत

निराशाजनक हालात में आर्थिक-मानसिक दबाव झेल रहे किरदारों का रिश्तों से मोह भंग होने के बाद भी कोई ना कोई नया मार्ग ढूंढ कर नई ऊर्जा के साथ मंज़िल की और बढ़ना। हर बार अलग मुद्दों पर केन्द्रित कहानियाँ पाठकों के लिए कोई नया सन्देश देती हैं यही कारण है की तेजेन्द्र शर्मा का नाम अन्य लेखकों से अलग दिखाई देता है।

जहाँ तेजेन्द्र जी की कहानियाँ पाठकों को झकझोरती हैं वहीँ इनके भीतर का कवि मन आस-पास के घटनाक्रम पर अपनी पैनी नज़र रखता है। आप की कविताओं में सामाजिक मुद्दों के चित्रण की बहुलता है। अपनी कविता' गिलहरी 'में कवि पश्चिमी जीवन शैली की सुख-सुविधाओं और आरामदायक जीवन का चित्र खींचते हुए प्रवास के सुखों का बखान करते हैं मगर इसी कविता की अंतिम पंक्तियों में ये भारत की महानता का चित्र कुछ इस तरह खीचते हैं-" देखो मेरे इस साधारण बदन को / यह तीन उँगलियाँ जिसकी हैं / उसका नाम है राम! इस तरह देती है सुख / मुझे असीम, वो जो मेरे शहर की गिलहरी है।" यही भावानाएँ "टेम्स का पानी", "नहीं है कोई शान" और "दोहरा नागरिक" में और अधिक गहराई से दिखाई देते हैं। तेजेन्द्र जी की कविताओं में नास्टेल्जिया स्वाभाविक तौर पर दिखाई देता है।

तेजेन्द्र जी की कविताओं में प्रकृति दर्शन सहज-सुलभ हैं। विपरीत परिस्थितियों में भी कुछ अच्छा ढूंढ लेने की अपनी आदत के कारण "पतझड़" की सूखी टहनियों और झड़ चुके पत्तों मेंभी वे कमाल की सुन्दरता खोज लेते हैं। कहीं नदिया की कल-कल में संगीत पकड़ते हैं तो कभी पंछियों के कलरव में माधुर्य तलाश लेते हैं। साधारण से शब्दों में गहरी बात कहने में माहिर यह कवि हमारी कथनी और करनी के फ़र्क को अपनी लेखनी से नापते हुए कहते हैं-" बहुत दिन से मुझे / अपने से यह शिकायत है / वो बिछड़ा गाँव मेरे / सपनों में नहीं आता..." जहाँ हम ग्रामीण जीवन की बातें तो करते हैं मगर पसीने से लथपथ शारीर की कल्पना और गोबर की गंध के बारे में सोचने भर से असहज हो जाते हैं। इस तरह की हमारी दोगली सोच पर व्यंग्य है यह कविता। अपनी आदत के अनुसार ये आस-पास के सामाजिक परिवेश में घटने वाले घटनाक्रम पर कठोर प्रहार करते हैं। अपनी कविता' नहीं है कोई शान 'में कवि ब्रिटेन के युवाओं की मानसिकता को ले कर चिंतित दिखाई देते हैं। तेजेन्द्र जी की एक खूबी है कि ये औरों के साथ-साथ अपनी ग़लतियों को भी माफ़ नहीं करते और खुद को "ग़लतियों का पुतला" तक कह देते हैं। इनकी कविताओं में जहाँ प्रकृति और प्रेम जैसी भावनाएँ दिखाई देती हैं वहीँ ये सामाजिक

विसंगतियों और हमारी दोहरी सोच को भी आड़े हाथों लेते हैं।

कहानी और कवितायेँ कहने से भी तेजेन्द्र जी के भीतर की बैचेनी और छटपटाहट कम नहीं होती इसीलिए वे गज़लें भी कहते हैं। प्यार-मोहब्बत जैसे अहसासों पर तो आपने लिखा ही है; मगर लीक से हट कर भी आपने शे'र कहे हैं मसलन औरत के दर्द को इन्होने कुछ इस तरह बयाँ किया है

"औरत को ज़माने ने बस जिस्म ही माना है
क्या दर्द उसके दिल का कोई नहीं जाना है।"

इसके इलावा आम इंसान की सोच पर अपना नज़रिया आप कुछ इस तरह रखते हैं-

"तू ये ना सोच शीशा सदा सच है बोलता
जो ख़ुश करे वो आईना ईजाद किया है।"

तेजेन्द्र जी इंसानी जज़बात में उस मिट्टी की आवाज़ को ढाल कर ख़ुद को बेगाना बनाये रखने वालों को नसीहत देते हुए कहते हैं -

"ये घर तुम्हारा है इसको ना कहो बेगाना
मुझे तुम्हारा, तुम्हें अब मेरा सहारा है..."

एक और शे'र ये ग़ज़लगों कुछ इस तरह कहते हैं कि उसे पढ़ कर ही उसकी गहराई का अंदाज़ हो सकेगा -

"जो भी मसला नज़र में हो इनकी, ये उसीका जवाब लिखते हैं
ज़िन्दगी को मज़ाक में ले कर, ज़िन्दगी कि किताब लिखते हैं।"

हर हाल में ख़ुद को बेहतरीन मानने वालों को आड़े हाथों लेते हुए तेजेन्द्र जी कहते हैं -

"वो शख़्स जिसको गुमाँ है कि वो ही बेहतर है
अकेला काँच के घर में ही बंद रहता है।"

कलम के यह जादूगर अपने छठे दशक की दहलीज़ पर कदम रखने जा रहे हैं। तेजेन्द्र जी को निरंतर लिखने की, उत्तम स्वास्थ्य की और अनंत ख़ुशियों की दुआएँ देती हूँ।

तेजेन्द्र शर्मा की कहानी में किशोरावस्था

"वय:संधि के पूर्व तथा पश्चात बच्चों की जीवन की दो स्पष्ट अवस्थाएँ होती हैं। वय:संधि के पूर्व बच्चे का व्यक्तित्व अभी निर्मित नहीं होता है और इस समय उसके जीवन को दिशा निर्देश देना आसान होता है, नियम, अनुशासन तथा कार्य की आदत डालना सरल होता है: वय:संधि के पश्चात व्यक्तित्व प्रचंडता और आवेग के साथ विकसित होता है जिसमें सारे बाहरी हस्तक्षेप अप्रिय, अत्याचारी और असह्य हो जाते हैं। होता ऐसा है कि अभिभावक ठीक इसी दूसरी अवस्था में बच्चों के प्रति उत्तरदायित्व अनुभव करते हैं, जबकि विलम्ब हो चुका होता है: और तब डंडा और आक्रमक व्यवहार दृश्य पर उपस्थित होता है जिसका बहुत कम नतीजा निकलता है। तब क्यों नहीं पहली अवस्था में बच्चे में रूचि ली जाए?"-एन्टोनिओ ग्राम्शी

मनुष्य जीवन में विकास की कई अवस्थाएँ आती हैं। वह शिशु से बालक, बालक से किशोर, किशोर से युवा, युवा से प्रौढ़, और प्रौढ़ावस्था से वृद्धावस्था की ओर बढ़ता है। एक अवस्था से दूसरी अवस्था में संक्रमण के दौरान उसमें कई शारीरिक, मानसिक, सामाजिक और संवेगात्मक परिवर्तन होते है। स्पष्ट रूप से सबसे ज़्यादा परिवर्तन किशोरावस्था में दीख पड़ते हैं। किशोरावस्था को आज सामान्यत: १०-१३ वर्ष की उम्र से लेकर १८-२१ वर्ष की उम्र तक माना जाता है। यह अवस्था प्रत्येक किशोर में भिन्न उम्र से प्रारम्भ होती है और भिन्न उम्र तक रहती है। लड़कियों तथा लड़कों की किशोरावस्था की उम्र सीमा में भी अंतर पाया जाता है। किशोरावस्था में तमाम तरह के शारीरिक, मानसिक, संवेगात्मक, विचारात्मक तथा अभिवृत्यात्मक बदलाव होते हैं, ये परिवर्तन व्यक्ति में अन्तर्द्वंद्व उत्पन्न करते हैं, साथ ही उसके व्यक्तित्व निर्माण में महत्वपूर्ण भूमिका भी निभाते हैं। इस अवस्था में किशोर अपनी सामाजिक पहचान बनाता है। इस कारण सही-गलत को लेकर काफ़ी भ्रमित और मानसिक द्वंद्व की स्थिति

में होता है। मनोवैज्ञानिक जी। स्टेनली हाल के अनुसार यह "तूफ़ान और तनाव" (स्टोर्म एंड स्ट्रेस) का काल है। उनके अनुसार विकास की इस अवस्था में अंतर्द्वंद्व होना सामान्य बात है। उन्होंने अभिभावकों से संघर्ष, मूड बिगड़ना तथा खतरा मोल लेना "तूफ़ान और तनाव" के तीन प्रमुख पहलू बताएँ हैं। बाद के मानवशास्त्रियों तथा मनोवैज्ञानिकों ने इसमें संस्कृति की भूमिका को भी महत्वपूर्ण स्थान दिया है, मानवशास्त्री मार्ग्रेट मीड उनमें से एक हैं।

तेजेन्द्र शर्मा ने बहुत-सी कहानियाँ लिखीं हैं, वे प्रवासी हिन्दी साहित्यकारों में विशिष्ट स्थान रखते हैं। उनकी कहानी 'छूटता फ़िसलता जीवन' कई स्तरों पर चलने वाली कहानी है। उन्होंने इसे कई कोणों से विकसित किया है। हालांकि यह उनकी एक शुरुआती कहानी है। इसके बाद उन्होंने बहुत सारी विशिष्ट और चर्चित कहानियाँ लिखी हैं। यह एक किशोरी के युवति बनने, 'कमिंग ऑफ़ एज़' की कहानी है। इस कहानी में किशोर वय की मैंडी यानी मंदीप ब्रार की इच्छाओं, आंकाक्षाओं का बहुत मुखर चित्रण है। वह विदेश में पैदा हुई और वहीं पली-बढ़ी लड़की है, उसके माता-पिता भारत से गए है। दोनों पीढ़ी के संस्कार भिन्न हैं। मैंडी एक हंसती-खेलती, बेफ़िक्र किशोरी है मगर जीवन के क्रूर अनुभव ने उसे संवेदनहीन, जड़ व्यक्ति में तब्दील कर दिया है। वह अवसन्न है, अवश है और हताशा-निराशा के गर्त में डूब कर पत्थर बन गई है। उस पर किसी के कहे-सुने का कोई असर नहीं होता है, यहाँ तक कि अपने नवजात के भूख से रोने का भी नहीं। वह प्रारंभ में ऐसी न थी। जीवन से लबालब भरी जवानी की दहलीज पर कदम रख रही थी। प्रकृति के नियमानुसार उसे लड़के आकर्षित करते थे। जेम्स के प्रति वह खासतौर पर आकर्षित थी। जेम्स उसके भाई कमलजीत का दोस्त और एक अंग्रेज युवक है। वह उससे प्रेम के दो शब्द सुनने को तरसती है, उससे विवाह कर, उसके लिए बच्चे पैदा करना चाहती है। उसने मन ही मन जेम्स को समर्पण कर दिया है।

एक दिन वह वास्तव में समर्पण को प्रस्तुत हो जाती है। पर जेम्स के मन में उसके लिए कोई विशेष भावना नहीं है। कहने को उसकी अपनी एक अलग गर्लफ़्रैंड है। मगर उसके लिए लड़की का मतलब है मात्र सैक्स और सैक्स। वह मैंडी की कोमल भावनाओं को अपनी वहशत में कुचल डालता है, उससे बलात्कार करता है। इस कटु अनुभव के बाद भी मैंडी के मन में इच्छा है कि केवल एक बार जेम्स कह दे कि वह उससे प्रेम करता है। जेम्स दूसरी मिट्टी का बना है। वह उसे धमकी देता है, "लुक मैंडी, किसी को कुछ बताना नहीं। वर्ना मुझसे बुरा कोई नहीं होगा।" और वह मैंडी को उसी दयनीय हालत में

कब्रिस्तान में पड़ी छोड़ कर चलता बनता है।

किशोरावस्था में जब कोई हानि होती है तो पहचान का संकट तथा अवसाद की स्थिति उत्पन्न हो जाती है। किशोर तथा उनके अभिभावकों के बीच बदलता रिश्ता उनके लिए सबसे बड़ी हानि होती है। इसी समय अक्सर उन्हें अपने दोस्तों से भी मतभेद और विवाद का अनुभव होता है। किशोरावस्था में शारीरिक और हारमोन्स में परिवर्तन के कारण इस काल का अवसाद बहुत भयंकर हो सकता है। बहुधा अवसाद का प्रमुख कारण संवेगात्मक अस्थिरता होती है। शारीरिक बदलाव और अन्य लोगों से संबंधों में होने वाला परिवर्तन किशोर को तनाव से भर देता है और वह इसे समझ न पाने के कारण इससे डरा रहता है। इन कारणों से वे बहुत जल्दी अवसाद में चला जाता है।

मैंडी के विश्वास को चोट पहुँची है। उसके रिश्तों की हानि हुई है। जेम्स के साथ-साथ अपने माता-पिता से भी उसके रिश्ते टूट गए हैं। उसका अवसाद में जाना स्वाभाविक है। मैंडी आहत मन और घायल तन लिए काफ़ी देर स्तब्ध वहीं पड़ी रहती है, फ़िर घर लौट आती है। माता-पिता के कहे पर मेडिकल चेकअप जैसे दुःखद और शर्मनाक अनुभव से गुजरती है। उसकी तिल-तिल कर मरने की प्रक्रिया प्रारम्भ हो चुकी है। जब पता चलता है कि वह माँ बनने वाली है तो माता-पिता के दबाव में आकर गर्भपात के लिए भी कठपुतली की तरह राजी हो जाती है। पर तब तक बहुत देर हो चुकी है। डॉक्टर उन लोगों को खतरे से आगाह करती है और मैंडी की माँ उसे अपनी एक सहेली के यहाँ दूर ले जाती है। यहाँ मैंडी एक प्यारे से शिशु को जन्म देती है। मगर वह उसे अपनाने, यहाँ तक कि देखने से भी इंकार कर देती है। जीते जी वह मर चुकी है। माँ बन कर भी उसके भीतर ममता का कोई जज्बा जन्म नहीं लेता है। ममत्व की कोई सुगबुगाहट नहीं होती है। इन्द्र की ओर आकर्षित अहल्या का इन्द्र ने जब बलात्कार किया तो क्या वह भी पत्थर नहीं बन गई थी।

मैंडी को अपनी सुधबुध नहीं है। वह अपने आसपास की जिन्दगी से पूरी तरह से कट कर अपने आप में सिमट कर रह गई है। उसके मन में बच्चे के लिए कोई संवेदना नहीं जगती है। बच्चे की सारी देखभाल मैंडी की माँ करती है। गर्भकाल में उसे यह सालता था कि यदि जेम्स स्वीकार लेता तो पूरे परिवार में इस समय कितना उत्सव होता। कहानीकार यहाँ गर्भावस्था में होने वाले भारतीय संस्कारों का चित्रण करता है। आने वाले बच्चे को लेकर पति-पत्नी के बीच उछाह की बात करता है। मगर मैंडी के संदर्भ में ऐसा कुछ नहीं होता है। पहले जेम्स उसके सपनों में कुछ दिन आता रहा, वहाँ भी उसके धमकी भरे

शब्द ही उसे सुनाई देते हैं। फ़िर मैंडी के भीतर जेम्स के प्रति घृणा पनपने लगती है। मैंडी, बच्चा, मैंडी के माता-पिता सब वही हैं मगर जेम्स के अपराध के कारण सबके अर्थ बदल गए हैं। सामाजिक स्वीकृति की मोहर लगे बिना स्त्री का माँ बनना भारतीय समाज में उसकी बदनामी के अलावा कुछ और नहीं है। चाहे वह समाज इंग्लैंड में ही क्यों न हो। माता-पिता सामाजिक बदनामी की फ़िक्र में घुल रहे हैं पर मैंडी इतनी संज्ञाशून्य हो गई है कि जेम्स को सजा मिलने से भी उस पर कोई असर नहीं होता है। वह अवसाद की भयंकर स्थिति में है।

कहानीकार बहुत संवेदनशील और सकारात्मक सोच वाला है। वह मैंडी को इस दशा में नहीं छोड़ देता है। वह दिखाता है कि इस ठूँठ हो गई स्त्री के भीतर जीवन शेष नहीं हुआ है। इसमें कोंपल फ़ूटने की संभावनाएँ हैं। और एक दिन यह कोंपल फ़ूटती है। "ग्यारह महीने के पैरी ने आज अपना पहला कदम बढ़ाया। वह अपने आप को संभाल नहीं पा रहा था।" वह गिरने वाला था कि "मैंडी ने भागकर उसे अपनी बाँहों में भर लिया। पहली बार उसे महसूस हुआ कि वह पैरी की माँ है। पैरी की संभावित चोट ने उसके भीतर की औरत (यहाँ यदि कहानीकार 'माँ' शब्द का प्रयोग करता तो वह अधिक सटीक होता) को अचानक जीवित कर दिया था।" इसी दृश्य से कहानी प्रारम्भ होती है और कहानी का अंत बच्चे के माँ को चूमने से होता है। (यहाँ भी अच्छा होता यदि कहानी माँ द्वारा बच्चे को चूमने और बच्चे के मुस्कुराने पर समाप्त हो जाती) बच्चे का स्पर्श उसकी सोई हुई ममता को जगा देता है। यहाँ मुझे एक अन्य कहानी स्मरण हो रही है। संदर्भ बिलकुल भिन्न है। इस कहानी में एक युवक अपनी प्रेमिका के कहे पर अपनी माँ का कलेजा निकाल कर प्रेमिका को देने जा रहा था कि ठोकर लगने से गिर पड़ता है और उसके हाथ से छिटक कर माँ का दिल दूर जा गिर पड़ता है। उस दिल से आवाज आती है, "बेटा तुझे चोट तो नहीं लगी।" ऐसा होता है माँ का दिल। मैंडी का दिल भी बेटे के लिए धड़कना प्रारम्भ कर देता है। मृत मैंडी एक बार फ़िर से जी उठती है।

कहानी एक अन्य स्तर पर भी चलती है। मैंडी के माता-पिता के स्तर पर। मैंडी के माता-पिता यानि सरदार जी और गुरप्रीत भारत से इंग्लैंड गए हैं। वे पहली पीढ़ी के प्रवासी हैं। उनकी सोच, उनके मूल्य अभी मूल देश से काफ़ी हद तक जुड़े हुए हैं। भारतीय संस्कृति में अभी तक अधिकाँश अभिभावक अपने किशोर बच्चों के मनोविज्ञान से परिचित नहीं हैं। उन्हें बस अपने बच्चों की सुरक्षा, भलाई की चिंता होती है। बच्चों को निर्देश देना, उन पर नियंत्रण कायम रखने में ही वे अपनी भूमिका की सार्थकता मानते-समझते हैं। कमलजीत जब

जेम्स को मार डालना चाहता है तो दारजी बेटे को रोकते हैं। उन्हें मालूम है कि ऐसा करने से कमलजीत का जीवन बरबाद हो जाएगा। कहानीकार ने अपनी कई कहानियों में ब्रिटिश न्याय व्यवस्था पर अपनी आस्था जताई है। दारजी को भी अंग्रेजों की न्याय व्यवस्था पर पूरा भरोसा है। जब उन्हें पता चलता है कि जेम्स ने उनकी बच्ची के साथ गलत काम किया है तो वे पत्नी और बेटी के साथ तुरंत पुलिस चौकी पहुँच जाते हैं। हालाँकि उन्हें वहाँ न काफ़ी इंतज़ार करना पड़ता है, वरन ऊपर शिकायत की धमकी तक देनी पड़ती है। तब कहीं जाकर उनकी रिपोर्ट लिखी जाती है। शायद पुलिस सब जगह की एक जैसी होती है। तेजेन्द्र यहाँ भाषा के लहजे में होने वाले परिवर्तन की शक्ति को दिखाते हैं। कहानी में इंग्लिश, पंजाबी शब्दों का प्रयोग हुआ है। यह कहानी को आधिकारिकता प्रदान करता है। बेटी का मेडिकल चेकअप होता है। न्याय और प्रशासन अपना काम करते हैं और प्रकृति अपना। जेम्स को सजा होती है और किशोरी मैंडी गर्भवती हो जाती है।

यहीं दारजी जब पातें हैं कि बेटी गर्भवती है तो बदनामी के भय से बेटी का गर्भपात कराने की सलाह पत्नी को देते हैं। पत्नी भी उनकी बात मान कर इसके उपाय करती है। वे लोग बात गुप्त रखना चाहते हैं। उन्हें जाति-बिरादरी का डर है। इसमें काफ़ी देर हो जाती है। लड़की की जान का खतरा होने के कारण यह जघन्य काम नहीं हो पाता है। मगर माँ गुरप्रीत अपनी बेटी को दूर अपनी एक सहेली के यहाँ ले जाती है। इन कटु परंतु सत्य रहस्यों को छिपाए रखने में स्त्रियाँ कुशल होती हैं। उनका बहनापा काम आता है। मनप्रीत वहीं एक बच्चे को जन्म देती है। एक बार बच्चा सामने आते गुरप्रीत सब भूल कर बच्चे की देखभाल करने लगती है। बच्चे का सारा काम वही संभालती है क्योंकि मैंडी बच्चे को देखना भी नहीं चाहती है। दारजी भी कुछ दिनों बाद बच्चे के प्रति नरम पड़ जाते हैं। मगर मैंडी को इसमें काफ़ी वक्त लगता है।

मैंडी का भाई कमलजीत भी ब्रिटेन में पला बढ़ा युवा है। इसीलिए वह बहन के मामलों में पहले कभी दखल नहीं देता था। मगर जब जेम्स का अतिचारी व्यवहार होता है तो उसका सरदार खून खौल उठता है। वह इतना ज़्यादा क्षुब्ध है कि जेम्स को जान से मार डालना चाहता है। लेकिन पिता के समझाने पर, बात की गम्भीरता समझ कर, न्याय को अपना काम करने देता है।

और इस सारे फ़साद की जड़, खलनायक जेम्स का नई पीढ़ी का एक लापरवाह ब्रिटिश किशोर का है। घर के भीतर वह शर्माता रहता है मगर बाहर सूने स्थान में लड़की को अकेली पाकर खुली आवाज में बात करता है। इतना

ही नहीं दुष्कर्म करने के बाद लड़की को धमकी भी देता है। वह मनप्रीत के घर आया करता था, मजे से भारतीय चटपटा भोजन किया करता था। लेकिन दोस्त की बहन के साथ बलात्कार करने में तनिक भी हिचकता नहीं है। उसे अच्छी तरह मालूम था कि मैंडी उसके प्रति कोमल भावनाएँ रखती है। तब भी वह अपना रंग दिखाने से बाज नहीं आता है। वह किसी बात की कोई जिम्मेदारी नहीं लेना चाहता है। किसी की भावनाओं की कद्र नहीं करता है। किसी कमिटमेंट के लिए तैयार नहीं है। यह सही है कि मैंडी उसे सैक्स के लिए उकसाती है मगर वह प्रेम का अर्थ मात्र सैक्स समझता है। उसके लिए अपनी हवस की पूर्ति मायने रखती है। वह नादान नहीं है, वह अपनी करतूत का नतीजा जानता है। उसे मालूम है कि उसने अपराध किया है। इसीलिए वह मैंडी को धमकी देता है। किसी को यह बात न बताने के लिए कहता है। बाद में जब अदालत भी कहती है कि वह अपन जुर्म कबूल कर ले, मैंडी को स्वीकार ले। तो भी वह अपनी बात पर अड़ा रहता है कि मैंडी ने मर्जी से सैक्स किया। उसके मन में मैंडी के लिए या अपने आने वाले बच्चे के लिए कोई कोमल भावना नहीं है। कहानी में पोयटिक जस्टिस होती है, उसे सजा होती है।

कहानीकार ब्रिटेन की न्याय व्यवस्था पर विश्वास करता है। उसे वहाँ के कल्याणकारी कार्यों का भी अनुभव है। अपनी कई कहानियों में वह कई बार उनकी भी प्रशंसा करता है। मगर एकाध अवसरों पर ब्रिटेन में नस्लीय भेदभाव की ओर भी इंगित करता है। पहली बार वह यह तब दिखाता है जब मैंडी सहायता के लिए गुहार लगा रही थी। वह लिखता है, "उस कब्रिस्तान के अधिकतर मुर्दे ब्रिटिश राज के लोग थे जो इस बात के शायद आदी थे कि एक गोरा युवक एक भारतीय मूल की लड़की के साथ जबरदस्ती कर सकता है।" दूसरी बार जब पुलिस स्टेशन में दारजी की रिपोर्ट एक घंटे के बाद भी नहीं लिखी जाती है। एक गोरी औरत उनके बाद आकर भी पहले रिपोर्ट लिखा जाती है। मगर जब सरदारजी चिल्ला कर कहते हैं कि वे भी ब्रिटेन में टैक्स भरते हैं। उनके साथ यह नज़रिया नहीं चलेगा और ऊपर शिकायत की धमकी देते हैं, तो बात नरम पड़ जाती है। स्पष्ट है कि पुलिस स्तेशन में भारतीय होने का खामियाजा उन्हें भुगतना पड़ता है।

किशोरों को एक ओर बच्चा माना जाता है दूसरी ओर उनसे वयस्क व्यवहार की अपेक्षा की जाती है। यह उनके प्रति एक प्रकार की ज़्यादती है। कानून भी इस विषय में बहुत सही न्याय नहीं करता है। एक अन्य कहानी 'कोख का किराया' में तेजेन्द्र शर्मा ने ब्रिटेन के कल्याणकारी राज्य की नीति की विसंगति

का संकेत किया है। जहाँ "सोलह वर्ष से कम उम्र की लड़की दुकान से सिगरेट नहीं खरीद सकती, माँ बन सकती है। वयस्क हुए बिना विवाह नहीं हो सकता, किंतु माँ बना जा सकता है! दोनों अभी काम तो करते नहीं थे। एक और टीनएजर माता-पिता! सोशल सिक्योरिटी की सहायता जिन्दाबाद!" 'छूटता फ़िसलता जीवन' की मैंडी को सरकारी सहायता की आवश्यकता नहीं पड़ती है क्योंकि उसके माता-पिता उसके साथ हैं। वे अपनी बेटी और उसके बच्चे का भार उठाने के लिए आर्थिक रूप से भी समर्थ हैं। इस कहानी में एक अल्हड़ किशोरी एक जिम्मेदार माँ के रूप में रूपान्तरित हो जाती है। यह रूपांतरण मात्र शारीरिक प्रक्रिया नहीं है। यह सामाजिक, मानसिक, भावात्मक प्रक्रिया भी है। परिवार और समाज का सकारात्मक रुख, सहायता अगर हो तो यह रूपान्तरण बहुत सहज स्वाभाविक होता है, हो सकता है। पर मैंडी के लिए यह प्रक्रिया बहुत कटु और कष्टदायक साबित होती है। एक व्यक्ति का अविवेक, दम्भ उसे कभी न समाप्त होने वाले मानसिक और भावात्मक घाव देते हैं। उसके व्यक्तित्व पर ऐसा विषाक्त दाँत लगा है जिसने उसकी आत्मा को लहु-लुहान कर दिया है। जिसके दंश से वह जीवन भर न उबर सकेगी।

कहानी में संवाद की कला
(संदर्भ-तेजेन्द्र शर्मा का कथा संसार)

-डॉ. प्रभा मिश्र

हिन्दी कहानी के आधुनिक परिसर में निहायत नई आवाज़ों और किरदारों का संसार का सृजन करने वाले तेजेन्द्र शर्मा के रचनात्मक मूल्यांकन की अनेक कोटियाँ हैं। पाठक आलोचकों के बड़े कुनबे ने उनकी कहानियों को सराहा-स्वीकारा तो असहमतियों के विवादी स्वर भी यदा-कदा सुनाई दिये। दिलचस्प यह कि तमाम वादी-विवादी और संवादी स्वरों को समेटकर तेजेन्द्र लंदन के एकांत में अपने दुनियावी तजुरबों को कहानी की चौखट में जड़ रहे हैं। बहरहाल भारतीय मूल के इस प्रवासी कथाकार ने अगर हिन्दी कहानी के रास्तों पर चलते हुए अपने क़दमों के नक्श उकेरे हैं तो बेशक उनकी मौलिकता को ठीक से पहचाने जाने की दरकार है।

एक अंतराल हुआ, तेजेन्द्र शर्मा की कहानियों के साथ मेरा भी राब्ता बना। ज़ाहिर है कि उनकी रचना के थीम आम हिंदी कहानी से हट कर हैं। आधुनिक संवेदनाओं का घटाक्षेप है वहाँ। रूढ़ियों की लौह दीवारों को उनके क़िरदार ध्वस्त करने का हौसला रखते हैं। उनके पास अपने तर्क और दलीले हैं। सपने, रिश्ते, प्रेम, स्मृतियाँ, महत्वाकांक्षाएँ, जय-पराजय, विपदाएँ, पश्चाताप, खुशियाँ और खरोचे यहाँ भी हैं। आज़ादियों के उत्सव हैं और तनहाई में बिलखती ज़िंदगियों की आहें-कराहें भी लेकिन इस सबको जिस आंतरिक लय और शक्ति में तेजेन्द्र थामते हैं वह उनकी संवाद की अनूठी कला की निष्पत्ति है। संगीत के आरोह-अवरोह की तरह संवाद उनकी रचना की रंगशाला में गमक भरी तान छेड़ते हैं। बंदिश मुकम्मल हो उठती है। यहाँ अनायास ही एक रूपक कौंध उठता है तेजेन्द्र के कहानी पाठ का। वे जिस नाटकीय प्रखरता से अपनी रचना सुनाते हैं वह श्रोताओं को सम्मोहित करने वाली होती है। यानि तेजेन्द्र स्वाभाविक रूप से संवाद की वाचिक कला में निखरे हैं। उनके इस हुनर को अगर कहानी के क्राफ्ट से जोड़कर देखें तो वे संवाद के अनूठे चितेरे हैं।

यूँ हर विधा बुनियादी तौर पर संवाद ही है। ऐकांतिक वार्ता। आत्म-संवाद। मन से मन की बात। एक ऐसी गुफ्तगू जिसमें गहरे तक उतर गये संवेगों की अनुगूँजें सुनाई देती हैं। तेजेन्द्र की कहानियों की रचना प्रक्रिया में संवाद का यही दिलचस्प रसायन अहम हो उठता है। यह सब इतना रम्य, रोचक और प्रभावी है कि कहानी में लयबद्ध होता जीवन के अनेक कूल-किनारों से गुज़रता एक रोमांचक यात्रा का हमसफ़र बना लेता है।

यहाँ इन संदर्भों को जान लेना ज़रूरी है कि तेजेन्द्र की कहानी प्रवासी परिवेश में सांस लेते मन के आन्दोलनों का आख्यान है। यहाँ जाति, वर्ण, भाषा, समुदाय, खान-पान, लिबास आचार-विचार, संस्कार और तहज़ीब के बेशुमार रंग हैं। गहरे अंतर्विरोध है तो वर्जनाओं के बंद दरीचों को खोलकर नए आसमानों में उड़ान भरती आरज़ुओं के अफ़साने भी हैं। कहानी 'गंदगी का बक्सा' का पात्र राज भी तो खुले विचारों की हिमायत करता हुआ कहता है-"मुझे समझ नहीं आता कि तुम्हारी संस्कृति इतनी जल्दी ख़तरे में कैसे आ जाती है? तुम्हारी परेशानी यह है कि तुम जीवन को व्यापक रूप में नहीं देख पाती हो। यदि दुनिया के सभी लोग मुसलमान हो जाएँ या फिर ईसाई हो जाएँ उससे अंतर क्या होगा? यह अस्मिता, यह पहचान, यह संस्कृति कोई जड़ वस्तु नहीं हैं। यह परिवर्तनशील है। इस पृथ्वी पर कुछ भी स्थायी नहीं है। अब तुम सोचो क्या सभी मुसलमान एक हैं?"

तेजेन्द्र के संवादों का ज़ायका कहानी के कथानक की बुनावट का नतीजा होता है।' ज़मीन भुरभुरी क्यों है?' में कोकिला बेन अपने हवालाती पति की याद करते हुए जिस आत्मालाप से गुज़रती है वह रोचक है-"...जीरा चिकन पक गया है, ढोकला, पंजाबी दाल मक्खनी, पुलाव, बैंगन मटर की सूखी सब्जी, घीये का रायता और गाजर का हलवा भी तैयार हैं। कोकिला के कपड़ों में गुजराती मसालों की महक पूरी तरह घर कर गई थी। सोच रही है क्यों न ऐसे ही राजन का घर आने का स्वागत करूँ?"

कहानी के प्रवाह में संवाद पाठक के मानस में काल्पनिक दृश्यों का सृजन करते हैं। 'सपने मरते नहीं' की मिसेज़ अमीन और नीलेश के बीच हुआ वार्तालाप सुनिये-विमान उड़ चला...रास्ते भर नीलेश के दिमाग़ में मिसेज़ अमीन की बातें गूँज रही थीं, "देखिए नीलेश, इला को ऐसा माहौल चाहिए जहाँ छोटे बच्चे ना दिखाई दें। थोड़े बड़े बच्चे जो अपने माँ बाप का कहना मानें, उनके लिए काम करें, पढ़ाई लिखाई करते दिखाई दें, मैदान में खेलते हुए दिखें...ऐसे बच्चे जो इंडिपेंडेंट होते हुए भी माँ बाप पर आश्रित हों, उनसे जुड़े हों।"

"इला ठीक तो हो जाएगी ना? ...मैंने पहली बार किसी डिप्रेशन के मरीज़ को देखा है। समझ में नहीं आ रहा कि यह सब हो कैसे गया।"

तेजेन्द्र शर्मा की कहानी भी वैवाहिक जीवन के आसपास घिर आए कलह-काँटों से अछूती नहीं है लेकिन द्वन्द्वात्मक संवाद में यहाँ लेखक का क़िरदार सुनहरे सपने का साथ नहीं छोड़ता-"तुम हर वक्त्त जो ये ज़हर उगलती रहती हो, इससे तुम्हें कभी कुछ हासिल हुआ है? तुम हमेशा मुझे हराने की फ़िराक़ में रहती हो। याद रखो अपने पति को हराना बहुत मुश्किल होता है जबकि उसे जीत लेना बहुत आसान। इस तरह की बातों की जगह अगर तुम मेरे बच्चों को प्यार देतीं और मेरे साथ प्यार से पेश आतीं तो हमारा घर दुनिया का सबसे सुखी घर बन गया होता।" वह एक शांत, सुखी घर का सपना देखने लगता है।" यह 'ओवर फ्लो पार्किंग' का एक नाटकीय मोड़ है जहाँ स्त्री और पुरुष के मन की परतों को भेदने का जतन है। सोचने में आता है कि तेजेन्द्र कथानक में आए क़िरदारों के खुद ही प्रवक्ता हो सकते थे। कहानी अपनी रवानी में आगे बढ़ती रहती लेकिन वे संवादों के ज़रिये एक रसता को तोड़ते हैं और चरित्रों के भीतर चल रही उधेड़बुन का पटाक्षेप करते हैं।

कहानी 'फ्रेम से बाहर' में नायक की उथल-पुथल को देखिए-"तुमने मुझे बहुत मुश्किल इम्तहान में डाल दिया है नेहा। लेकिन मैं तुम्हारी बात से न तो नाराज़ हूँ और न ही इस रिश्ते को तोड़ने के बारे में सोच रहा हूँ। यह प्रॉब्लम सिर्फ़ तुम्हारी ही नहीं है। हम दोनों की है। हमें इसकी तह तक जाना होगा और इसका कोई न कोई हल ढूँढना होगा।"

इसी तारतम्य में एक संवाद और। कहानी 'हाथ से फिसलती ज़मीन' की नायिका के मुख से यह सुनना कितना भला है-"तुम्हें एक बात बताऊँ नरेन, तुम भारतीय बहुत जिम्मेदार क़िस्म के लोग होते हो। तुम्हारी उम्र में अधिकतर ब्रिटिश बच्चे तो भटक रहे होते हैं और तुमने दो बेडरूम का घर भी बना लिया है! मुझे तुमसे रश्क होता है...प्यार भी बहुत आता है।"

तेजेन्द्र की कहानियों की बस्ती से गुज़री तो वहाँ उठ रही आवाज़ें इंसानी हालात और जज्बात के अनेक रंग रौशन करती हैं। मुस्लिम समुदाय की एक तरक्की पसंद स्त्री समीना के तर्क मौलवी साहब के सामने किस तरह भारी पड़ते हैं-"साहब के साथ निजी दोस्ती उसे स्थानीय मस्जिद से दूर नहीं जाने देती थी। अदनाम का कम पढ़ा लिखा होना मौलवी साहब के पक्ष में होता है। अदनान कभी सवाल नहीं खड़े करता, बस सुनता है और सच मान लेता है। उन्हें दिक्कत होती है समीना बेग़म से बात करने में। समीना उनकी हर बात पर सवाल

करती है, "मौलवी साहब, आप मुसलमान युवकों को यह सलाह क्यों नहीं देते कि जिस मुल्क में रह रहे हैं, जहाँ का खा रहे हैं, उसे अपना मुल्क समझें। पढ़ाई लिखाई करें और यहाँ की पॉलिटिक्स में हिस्सा लें। आप हमारे बच्चों को माडर्न शिक्षा के लिए 'एनकरेज' क्यों नहीं करते?" समीना का सामना करने से मौलवी साहब घबराते भी थे और बचते भी थे। दरअसल उन्हें आदत पड़ चुकी थी कि लोग उनके सामने झुकें और उनकी बातों और बयानों पर कोई सवाल न करें। मुश्किल सवाल मौलवी साहब को परेशान कर देते थे।"

'तरकीब' के इस संवाद के साथ 'कब्र का मुनाफा' का भी मुआयज़ा फरमाईएगा जहाँ ख़लील धर्म और निकाह के सवाल पर फट पड़ता है-"आप तो बस हिंदू हो गई हैं। आप सिंदूर लगा लीजिये, बिंदी माथे पर चढ़ा लीजिये और आर्य समाज में जा कर शुद्धि करवा लीजिये। ...लेकिन याद रखिएगा, हम आपको तलाक दे देंगे।"

ग़ौर से देखें तो तेजेन्द्र संवादों के नायाब शिल्पी हैं। उनके संवाद नए विमर्शों का क्षितिज खोलते हैं। एक श्रेष्ठ कहानी संवाद में ही अपना अस्तित्व खोजती है। तेजेन्द्र इस अर्थ में एक कुशल दिग्दर्शक की भांति हिन्दी कहानी को नया संसार देते नज़र आते हैं।

कहानी

बेतरतीब ज़िन्दगी...

कुछ डरते-डरते वह बॉम्बे ब्रैसरीरेस्टॉरेण्ट में घुसा।

वैसे राजीव प्रसाद उसके साथ थे। वे अपनी मर्सिडीज़ में बैठा कर उसे अपने साथ ले गये थे। वरना इतने बड़े समारोह में वह आ भी कैसे सकता था। जब राजीव जी ने उससे पूछा था, "भाई नरेन जी आजकल नौकरी के क्या हाल चल रहे हैं?"

बस किसी तरह अपनी हिम्मत संजोते हुए कुछ शब्द उसके मुँह से निकल पाए थे, "जी भाई साहब, लड़ाई चल रही है। वैसे रिडंडैन्सी का पत्र तो मिल गया है। यदि अगले सप्ताह तक कोई बात नहीं बनी तो बस नौकरी से बाहर ही समझिये।"

"आपको अब नौकरी से आगे सोचना चाहिये। आपकी क़लम में ताक़त है। आप अब फ़ुल-टाइम क़लम चलाइये। आप की कहानियाँ, ग़ज़लें और नज़्में सभी तो कामयाब हैं।"

"भाई साहब, इतना आसान भी तो नहीं। हिन्दी में लिख कर जब कोई भारत में पेट नहीं पाल सकता तो फिर यहाँ ब्रिटेन में यह कैसे संभव हो सकता है?"

"वैसे मुझे एक जगह से बुलावा आया है। बड़े लोग है। अपना सत्तरवां जन्मदिन मना रहे हैं। आज शाम को उन्होंने बुलाया है, हैरो ऑन दि हिल पर ही बड़ा-सा घर है उनका। वे अपने जन्मदिन के बारे में कुछ बातचीत करना चाहते हैं कि क्या कुछ किया जाए।"

वह बड़े लोगों से हमेशा दूर रहने की कोशिश करता है। अमीर लोगों ने हमेशा उसे संदेह भरी नज़रों से देखा है। उन्हें लगता है जैसे अभी कुछ मांग लेगा। उसमें आत्म-सम्मान कूट-कूट कर भरा है। किन्तु ग़रीबी भी इफ़रात में मिली है। लंदन में बसे भारतीय मूल के लोगों के हिसाब से वह ग़रीब ही कहलाएगा। पचपन साल की उम्र हो गई है। उसका अपना घर आज तक नहीं बन पाया। पत्नी

से बनी नहीं। उसे भी एक ग़रीब प्रवृति के पति से निबाह करने में मुश्किल पेश आने लगी थी। दरअसल वह है भी फक्कड़ किस्म का आदमी। न अपने पहनावे को ले कर सचेत है न रख रखाव को लेकर सचेत है। चेहरे पर खिचड़ी दाढ़ी भी कुछ हद तक बेतरतीब ही लगती है।

दाढ़ी रखने का भी एक कारण था। पत्नी ने कह दिया कि अपना ख़र्चा कम करो। उसे समझ नहीं आया कि कौन-सा ख़र्चा काटे। शराब और सिगरेट वह पीता नहीं। चाय दिन में तीन बार पीता है। दो बार घर में और एक बार दफ़्तर में। फिर करे तो क्या? बस यही समझ में आया कि शेविंगक्रीम और रेज़र के पैसे बचा सकता है। सिर के बाल भी तीन चार महीने तक नहीं कटवाता। साल में बस तीन या चार बार नाई की दुकान पर चक्कर लगता है। नाई भी उसने सबसे सस्ता चुना है जो पांच पाउण्ड में ही उसके बाल काट देता है। जब दूसरों को टिप देते देखता है तो उसका भी दिल चाहता है कि नाई को टिप दे दे। मगर हालात...!

ग़ज़लें लिखता है। वही पत्नी को पसन्द नहीं था। उसे शिक़ायत रहती कि घर में काग़ज़ बिखरे रहते हैं। उसे यह भी शक़ रहता कि इस उम्र में उसके शेरों में रोमांस कहाँ से आता है। कौन है उसकी प्रेरणा? पत्नी को उर्दू भाषा से भी एलर्जी थी। वह समझाने का यत्न भी करता कि ग़ज़ल में उर्दू के लफ़्ज़ खुद-ब-खुद चले आते हैं। मगर पत्नी को न समझना था न समझी।

वह अब अकेला रहता है। कहीं एक कमरा किराए पर ले रखा है-चार सौ पाउण्ड प्रति माह पर। कमरा भी उसकी दाढ़ी की ही तरह बेतरतीब-सा है। एक कोने में उसका लैपटॉप और एक सिंगल पलंग। इधर-उधर बिखरे हुए काग़ज़ और उसके कपड़े। खाना वह बाहर ही खाता। वैम्बले में बहुत से दक्षिण भारतीय रेस्टॉरेण्ट हैं। बदल-बदल कर हर रेस्टॉरेण्ट में जाता है।

राजीव प्रसाद उसे हैर-ऑन-दि-हिल ले गये हैं। आज उसे एक अमीर बिज़नेसमैन को अपनी लेखनी से प्रभावित करना है। राजीव प्रसाद को उम्मीद है कि चूनावाला सेठ अपने सत्तरवें जन्मदिन पर ज़रूर अपनी शान में क़सीदे लिखवाने की चाह रखते होंगे। उन्होंने उसे समझाया भी, "देखिये शायर साहब, ज़िन्दगी सिर्फ़ उसूलों से नहीं चलती। ज़िन्दगी बहुत कठोर चीज़ है। एक ठोस सच्चाई है। भूख भी लगती है और रहने को मकान भी चाहिये। ...देखिये हम तो आपके फ़ैन हो गए। अब इसका मतलब यह तो नहीं कि आप बस पैसे लगाकर अपनी किताब छपवाएँ और मुफ़्त में बांट दें। यह तो घाटे का सौदा हुआ न? यही शिक़ायत हमारी भाभी साहिबा को हमेशा आपसे रही कि आप हमेशा

घाटे का सौदा करते हैं। आज...वहाँ आप कम से कम बोलियेगा। बस जब मैं कहूँ आप कुछ शेर सुना दीजियेगा। जितनी आपकी महीने की पगार है, हो सकता है कि उतने पैसे आप एक शाम में ही कमा लें।"

आजकल उसमें आत्मविश्वास की कमी होती जा रही है। पत्नी ने तो उसे नाकारा घोषित कर ही दिया है। अब तो काम पर भी उसकी नौकरी पर प्रश्न चिन्ह लग चुका है। राजीव प्रसाद की काले रंग की मर्सिडीज़ कार और उनके हैम्पस्टेडगार्डन के पांच बैडरूम के घर का दबाव वह अपने व्यक्तित्व पर महसूस कर रहा है। उसका प्रिय वाक्य उसे हर वक्त कोंचता रहता है, "मैं जब भारत में था, अमीर आदमी था। यहाँ विलायत में आकर ग़रीब हो गया हूँ।" बात भी ठीक है। लंदन उसे रास नहीं आया है। सोचता रहता है कि लंदन में अब और रहा जाए या फिर ...

सोचता-सोचता राजीव प्रसाद की कार में बैठकर चूनावाला सेठ के हैरो-ऑन-दि-हिल वाले घर पर जा पहुँचा। चूनावाला सेठ एक बड़ा बिल्डर है। लोगों के लिये घर बनाता है, "राजीव जी अल्लाह जानता है कि हम तो बस ईंट गारा इस्तेमाल करके मकान बनाते हैं। घर तो उसे रहने वाले लोग बनाते हैं। हम जब मकान बनाते हैं हमें पता नहीं होता कि इसमें अंग्रेज़ रहेगा, मुसलमान या फिर हिन्दू। हमने इस बारे में कभी कुछ सोचा ही नहीं।

वह चाह कर भी अपने आप को चूनावाला सेठ के घर का मुआयना करने से रोक नहीं पाया। लग रहा था जैसे पैसा दीवारों और फ़र्श पर चिपका दिया गया था। मगर चाय बना कर सेठ की पत्नी ही लाईं। साथ में गुजराती फ़रसाण। मेज़ पर रखे ढोकला, खाण्डवी और बम्बई मिक्स गृहस्वामिनी की सुघड़ता का परिचय दे रहे थे। दरवाज़े से अन्दर घुसते ही राजीव प्रसाद जी ने छेड़ते हुए कहा था, "लीजिये लेखक साहब आज आप असली ब्राह्मण परिवार के घर आए हैं। अपने जूते घर में घुसने से पहले उतारने होंगे...मुझे चूनावाला के घर आने में सबसे अधिक समस्या यही होती है कि यह मेरे आर्थराइटस का भी कोई लिहाज़ नहीं करते। जूते उतारने और चढ़ाने के लिये झुकना ही पड़ता है। भाभी जी इस मामले में पूरी तानाशाह हैं।"

उसे अपना मुंबई वाला घर याद आ गया। उसके पड़ोस के फ़्लैट में भी बोरी मुसलमान परिवार ही रहता था-सलमान लिम्बुवाला और परिवार...उनके मुख्यद्वार के सामने भी जूतों और चप्पलों की एक क़तार-सी लगी रहती थी। उनका छोटा-सा पोता अदनान...अधिकतर उनके घर ही भोजन करता...पोलियो-ग्रस्त टांग से चलता अदनान जैसे उसके अपने परिवार का एक हिस्सा ही बन गया था।

बहुत मीठी बातें करता...

चूनावाला सेठ संभवतः बहुत दिनों बाद राजीव प्रसाद से मिले थे। सच्चाई तो यह है कि चूनावाला के इस घर की सजावट का काम क़रीब एक वर्ष से चल रहा था। "राजीव जी पूरा एक साल बाहर फ़्लैट में रहे। अभी दो हफ़्ते पहले ही वापिस घर आए हैं। ...ये जितनी टाइल्स हैं सब इटैलियन मार्बल है...घर में जितनी भी पेंटिंग्स लगी हैं वो मेरे प्रिय पेंटरकूनिंग की हैं। एक्सप्रेशनिस्ट है...यह पेंटिगवुमैन उसकी सबसे फ़ेमस पेंटिंग है...1952-53 की है शायद...उसकी कलर स्कीम कमाल है। कूनिंग डच ओरिजिन का अमरीकी पेंटर है...आजकल ऐब्सट्रैक्ट का ज़माना है प्रसाद जी।" राजीव प्रसाद और चूनावाला सेठ जिन पेंटरों के नाम ले रहे थे, उस बेचारे ने कभी सुने ही नहीं थे। उसके लिये हुसैन की पेंटिंग समझ पाना ही कौन-सा आसान काम था।

"अरे राजीव भाई यह बाहर जो फ़ाउण्टेन लगवाया है उसका सिस्टम लगने में ही दो महीने लग गये थे। अभी तो बाहर रौशनी है, जब आप बाहर जाएँगे न तो आपको कमाल दिखाएँगे लाइटिंग और फ़ाउण्टेन का।"

"यह कार्पेट की वीविंग क्या 80:20 है?" राजीव प्रसाद ने टोह ली।

"उससे भी कहीं बेहतर है...यह मेरे लिये ख़ास तौर पर बनाया है मेरे दोस्त मुस्तफ़ा कार्पेट वाले ने।" डाइनिंग टेबल से लेकर दीवार के पेंट तक पर बातें हो रही थीं। वह सोच रहा था कि पैसे वाले लोग कितनी अलग बातें करते हैं।

बातें तो ताहिरा भाभी भी बहुत मीठी कर रही थीं। दरअसल उसे मौक़ा ही नहीं मिल रहा था कि वह अपने बारे में चूनावाला सेठ को कुछ बता पाता। वह बैठा-बैठा कुर्सी पर ही पहलू बदलता रहा। अचानक उसे एक सिरा मिला जब ताहिरा ने भारत की तारीफ़ करते हुए अंग्रेज़ी कल्चर की कमज़ोरियाँ गिनवानी शुरू की। बस वह कूद पड़ा "ताहिरा जी, मैं इस मुल्क़ को अपना मुल्क़ मानता हूँ। भारतीय उपमहाद्वीप के लोग यहाँ आते हैं, कमाते हैं, खाते हैं और अपने रिश्तेदारों को भी पैसे भेजते हैं मगर इस देश की बुराई करते नहीं थकते...मैं इससे सहमत नहीं हूँ।"

महफ़िल में अचानक जान-सी आ गई। राजीव प्रसाद भी मन ही मन प्रसन्न हो रहे थे कि आख़िर उसे मौक़ा मिल ही गया अपने आप को सही ढंग से प्रस्तुत करने का। वह कहे जा रहा था, "बात ये है नसीर भाई कि मैं कविता या ग़ज़ल भी लिखता हूँ तो उसमें इस देश की बात करता हूँ। मैं अपने शहर की दिक्कतों को अपने साहित्य में दिखाता हूँ।" थोड़ी ही देर में वह आसानी से चूनावाला सेठ को उनके पहले नाम के साथ बुलाने लगा था...नसीर भाई!...राजीव प्रसाद

मन ही मन मुस्कुरा रहे थे।

"ताहिरा भाभी, मैं जानता हूँ कि आपने सेठ के सत्तरवें जन्मदिन की ख़ूब तैयारी की होगी...मुझे लगता है कि एक नज़्म सेठ के बारे में ज़रूर सुनाई जानी चाहिये। और देखिये अब तो हमारे पास ऊँचे दर्जे के शायर भी मौजूद हैं। वैसे आपको एक राज़ की बात बताता हूँ, कि हमारे शायर साहब ने अंग्रेज़ी में लॉर्ड सय्यद जीलानी की जीवनी भी लिखी है।"

ताहिरा चूनावाला अपनी मासूमियत नहीं छिपा सकी, "तो क्या आप शायरी भी अंग्रेज़ी में ही करते हैं?"

"जी मैं अंग्रेज़ी में प्रोज़ लिखता हूँ मगर शायरी हिन्दी...या आप कह सकती हैं कि उर्दू में करता हूँ।"

शाम भर ग़ज़लों का दौर चलता रहा। रात का खाना भी वहीं खाया गया और तय हो गया कि सेठ नसीर चूनावाला के सत्तरवें जन्मदिन पर उसे एक नज़्म पढ़नी होगी...कार्यक्रम बॉम्बे ब्रैसरीरेस्टॉरेंट में होगा।

वह परेशान है कि बॉम्बे ब्रैसरी में जाए या कैंसिल कर दे। उसे अमीर लोगों से मिलने में हमेशा से ही उलझन होती है। राजीव प्रसाद सम्भवत: अकेले अपवाद हैं जिनके साथ वह उठ-बैठ लेता है। राजीव प्रसाद उसे लगभग ठेलते हुए अपने साथ अन्दर ले गये।

तीन दिन पहले तक उसे समझ ही नहीं आ रहा था कि वह इतने महंगे रेस्टॉरेण्ट में घुसेगा कैसे। भला वह ट्यूब और बस से यात्रा करके, पैदल जूते फटकारता उस रेस्टॉरेण्ट में कैसे दाख़िल हो सकता है? राजीव प्रसाद ठहाका लगा कर हंस पड़े, "गुरुदेव, आप भी महान आत्मा हैं। अरे एक बात बताइये, क्या मैं अपनी कार रेस्टॉरेण्ट के अन्दर तक ले कर जाने वाला हूँ? मैं भी तो अपनी गाड़ी आसपास कहीं पार्किंग खोज कर पार्क करूँगा और फिर पैदल रेस्टॉरेण्ट में एंट्री मारूँगा। वही आप भी करेंगे। अब यह तो होने से रहा कि मैं जा कर दरबान से कहूँ, सुनो भैया, मैं काले रंग की मर्सीडीज़ में बैठ कर आया हूँ और आप कहें कि भाई मैं तो अण्डरग्राउण्ड और बस में बैठ कर यहाँ पहुँचा हूँ।" राजीव प्रसाद एक बार फिर ठहाका लगा कर हंस पड़े। उसके होंठों ने हंसी को महसूस किया और फिर उससे दूरी बना ली।

बॉम्बे ब्रैसरी की भव्य साज सज्जा उसे अपने बौनेपन का अहसास करवा रही थी। उसने इधर-उधर देखा। एक भी चेहरा पहचाना हुआ नहीं दिखाई दे रहा था। उसने जीवन में पहली बार इतने अधिक अमीर लोगों को एक साथ देखा था। सबके चेहरों पर एक विचित्र-सा आत्मविश्वास था। मगर वह...! अचानक

उसे उस्ताद ज़हूर अहमद दिखाई दे गये। अपनी पत्नी के साथ। दिल में एक सहज-सा सवाल उठा, "भला अमीरों के महफ़िल में यह ज़हूर मियाँ क्या कर रहे हैं। लपका...और दोनों ऐसे गले मिले जैसे बरसों बाद बिछड़े हुए भाई मिले हों। दोनों को एक दूसरे का जैसे सहारा मिल गया था। उसे महसूस हुआ कि ज़हूर अहमद भी कम परेशान नहीं दिख रहे थे।

और फिर उसे दिखा पहला अमीर चेहरा जिसे वह पहचानता था। इस्लामी बैंक का चीफ़ मैनेजर। वह लपका, "कैसे हैं इक़बाल भाई?" इक़बाल साहिब के चेहर पर साफ़ द्वन्द्व दिखाई देने लगा। एक ठण्डी से हैलो उनके मुँह से निकली। "अरे शायर साहब, आप यहाँ इन लोगों की महफ़िल में कैसे?...कोई नया चक्कर चलाया है क्या? मानना पड़ेगा कि आप भी अपने आपको कहीं न कहीं फ़िट कर ही लेते हैं।"

वह शर्म से गढ़ा जा रहा था। उसे वह दिन भी याद आ गया जब इक़बाल साहिब ने बैंक के चीफ़ मैनेजर का पद संभाला ही था। उसने आगे बढ़ कर उन्हें बधाई दी तो वे बोले थे, "दोस्त, बस एक ही तमन्ना है। अल्लाह ताला इस तरक्क़ी को मेरे दिमाग़ में न चढ़ने दे। मुझे एक अच्छा इन्सान बना रहने दे।" और उसके मुँह से एकाएक निकला था, "आमीन!" ज़ाहिर-सी बात थी कि अल्लाह मियाँ ने उसकी बात सुनी नहीं थी...अरे जब ग़रीब की इन्सान नहीं सुनता तो भगवान के पास कहाँ समय होगा।

राजीव प्रसाद हमेशा उसे प्यार भरी मीठी डांट पिलाते रहते हैं, "यार तुम अपने आप को ग़रीब क्यों समझते हो। तुम जितनी पगार पाते हो वह ब्रिटेन के सत्तर प्रतिशत लोगों से ज़्यादा है। फिर तुम में यह हीन भावना क्यों है...यह ठीक है कि तुम बिज़नेस वालों का मुक़ाबला नहीं कर सकते मगर तुम ग़रीब नहीं हो।"

आज राजीव प्रसाद जी की बात दिल में बैठा कर वह अपने चेहरे पर आत्मविश्वास वापिस लाने का प्रयास कर रहा था। राजीव मुलाक़ात भी तो ऐसे लोगों से करवा रहे थे। "लो भाई इनसे मिलो, यह लंदन के मिठाई किंग हैं। इनकी रसमलाई ब्रिटेन के हर इंडियन रेस्टॉरेण्ट में मिल जाएगी। ...और ये हैं ब्रिटेन के राइसकिंग...यह जो टिलडाबासमती चावल खाते हैं न आप...बस यही लाते हैं बाज़ार में..."

कोई शिपिंगमैगनेट था तो कोई आई.टी. किंग। भला ऐसे लोगों की उपस्थिति में आत्मविश्वास जागता भी तो कहाँ से। मन में बार-बार बस एक ही बात आ रही थी,-अगर उसे जन्मदिन पर लिखी ग़ज़ल यहाँ सुनाने का मौक़ा मिल गया

तो वह सबके दिल में जगह बना लेगा। मगर रह-रह कर वह वापिस ज़हूर अहमद के पास ही जा कर बैठ जाता था।

राजीव प्रसाद उसे बार-बार समझा रहे थे, "मेरे भाई तुम उस गवैये से दूर हटो। उसे तो अंग्रेज़ी तक बोलना नहीं आता। आप तो अच्छी ख़ासी अंग्रेज़ी बोल लेते हैं। जाइये और लोगों पर अपने ज्ञान की धाक जमाइये...यहाँ बहुत-सी अमीर महिलाएँ मिलेंगी...उनसे दोस्ती बनाइये। वे सब अपने-अपने पतियों की जीवनी लिखवा कर बहुत ख़ुश होंगी। यार अपने हुनर से फ़ायदा उठाओ। इस तरह दबे दबे मत रहो। यह पार्टी है...एन्जॉयमैन...ख़ुश रहो।"

अमीर महिलाएँ क्या ग़रीब शायर को पसन्द करेंगी?...थोड़ा हैरान भी था. ..वहाँ या तो बहुत बूढ़े लोग थे या फिर बहुत जवान...शायद चूनावाला सेठ के बच्चों के दोस्त होंगे। उसके हम-उम्र लोग नहीं दिखाई दे रहे थे। वह जहाँ किसी ग्रुप के साथ खड़ा होता, वहाँ केवल बिज़नेस की बात हो रही होती। उसकी दिक्क़त यह भी थी कि वहाँ सभी बिज़नेस से जुड़े लोगों के गुट बने हुए थे और सबकी मेज़ों पर नो-एंट्री का बोर्ड लटका दिखाई दे रहा था।

अचानक घोषणा हो गई कि लंच लगा दिया है। सब जा कर भोजन कर सकते हैं। वह भी जा कर कतार में खड़ा हो गया। उसने एक बार फिर कोट के ऊपर वाले जेब पर हाथ फेरा। उसने निश्चित कर लिया कि उसके विज़िटिंग कार्ड जेब में मौजूद थे। कतार में उसके आगे खड़ी महिला उसकी ओर देख कर मुस्कुरा दी। जवाब में उसके दांत भी निपुर गये।

"आपको पहले कभी देखा नहीं।" महिला शायद जानना चाहती थी कि लोअर मिडल क्लास का बाशिंदा यहाँ अमीरों की महफ़िल में क्या कर रहा है।

"जी एक शायर हूँ। आज शायद मुझे भी नसीर भाई के बारे में दो लफ़्ज़ कहने का मौक़ा मिलेगा।" वह जैसे ढिठाई पर उतर आया था। उसे अपने आप पर आश्चर्य भी हो रहा था कि वह कैसी मानसिकता का शिकार हो रहा है।

"अरे वाह! तो नसीर भाई ने अपनी शान में क़सीदे भी लिखवा लिये हैं. ..चलिये जी हमें एक हैण्डसम शायर का क़लाम तो सुनने को मिल जाएगा।"

उसे समझ ही नहीं आ रहा था कि उसकी तारीफ़ हो रही है या फिर उसका मज़ाक उड़ाया जा रहा है। उस महिला ने मुस्कुराते हुए अपना नाम बताया, "बाई दि वे, मेरा नाम सुरैया है।"

"हाँ शायर साहब, यह सुरैया जी और इनके पति बहुत कमाल के लोग हैं। इनकी अपनी शिपिंग कम्पनी है। आप इनकी ज़िन्दगी पर ज़रूर एक किताब लिख डालिये।" पीछे से राजीव प्रसाद की आवाज़ सुनाई दी।

सुरैया मुस्कुराते हुए अपनी प्लेट लेकर अपनी मेज़ की तरफ़ बढ़ गई।

वह परेशान-सा खड़ा था। उसके सामने तरह तरह के पकवान सजे पड़े थे। गोश्त की इतनी वेराइटी भला वह कहाँ देख पाता। राजीव प्रसाद से एक ही बात सीखी थी कि 'कभी भी अपनी प्लेट को इतना मत भरो कि सब की निगाहों में आ जाओ। याद रखो किसने कितनी प्लेट भरी है उससे उसके स्टैंडर्ड का पता चलता है। बीच-बीच में जा कर चाहे दस बार प्लेट में कुछ डाल लो... मगर प्लेट पर चावलों का पहाड़ और मीट का अम्बार कभी न लगाओ।'

उसने दो हरे भरे कबाब और मटनचॉप्स के साथ पुदीने की हरी चटनी डाली और राजीव प्रसाद की ओर ऐसी निगाहों से देखने लगा कि अभी उसे शाबाशी मिलेगी...राजीव प्रसाद आँखों-आँखों में ही मुस्कुरा दिये, "सुरैया के हस्बैण्ड से दोस्ती करो। सुरैया से बात करो। बहुत पैसा है उनके पास। ज़रूर बताना कि तुम बॉयोग्राफ़ी लिखते हो। अंग्रेज़ी में बात करना। यार तुम तो अच्छी अंग्रेज़ी बोल लेते हो।"

"जी।"

"देखो, अपने अंदर हीनता का भाव न आने देना। इसमें बहुत से लोग हैं जिनका हाथ बीसीसीआई बैंक को डुबाने में था। मगर वो सब यहाँ इस ठाठ से घूम रहे हैं जैसे कुछ हुआ ही न हो। फिर तुम तो एक शरीफ़ आदमी हो। तुम्हारे पास शब्दों का धन है जिस मामले में ये सब दरिद्र हैं।"

राजीव प्रसाद जी के हौसले से लैस वह सीधा सुरैया की मेज़ की ओर बढ़ दिया, "जी मैं यहाँ..."

सुरैया ने बीच ही में टोकते हुए, चमकती हुई आँखों से कहा, "अरे श्योर-श्योर, आप बेतक्क़लुफ़ हो कर बैठिये।"

इससे पहले कि वह अपनी प्लेट मेज़ की तरफ़ बढ़ा भी पाता, सुरैया के पति की आवाज़ सुनाई दी, "माफ़ कीजियेगा, यहाँ हम किसी का इंतज़ार कर रहे हैं। अगर आपको बुरा न लगे तो आप किसी और टेबल पर जम जाइये।"

उसने सुरैया की ओर देखा...सुरैया की आँखों में भी बेबसी का दर्द दिखाई दे रहा था जैसे वहाँ झील नहीं कोई खंडहर था...बेआबरू हो कर उस मेज़ से अपनी प्लेट उठाए वह आगे की ओर बढ़ चला...उसे महसूस हुआ कि बेइज़्ज़ती उसकी आँखों में नमी बन कर उतर आई है। उसे समझ ही नहीं आ रहा था कि अब वह किस मेज़ पर जा कर अपनी इज्ज़त की ऐसी तैसी करवाए।

अचानक सामने से ताहिरा भाभी मुस्कुराती हुई दिखाई दे गईं। वे उसके हाथ में प्लेट देख कर चहकीं, "आपने प्लेट में इतना कम डाला है, भला ख़ाली प्लेट

से कैसे काम चलेगा। देखिये शर्म से काम नहीं चलेगा...जी भर कर खाना होगा. ..यहाँ पेट का सवाल नहीं है जी...दिल का मामला है।" और वे जैसे हंसती हुई सामने से आईं थीं, बस उसी तरह पास से निकल भी गईं।

उसकी समस्या ज्यों की त्यों मुँह बाए सामने खड़ी थी कि वह बैठे तो कहाँ बैठे। भला अपनी सवारी टिकाए तो कहाँ और फिर अपनी आँखों की नमी को भी छिपाए रखना था। लौट के बुद्धू राजीव प्रसाद के सामने वाली ख़ाली कुर्सी पर जा बैठा। उनसे आँखें भी चुरा रहा था कि कहीं वे आँखों-आँखों में ही न डांट दें। उसने कोट की ऊपर वाली जेब पर हाथ लगाया जहाँ उसने अपने विज़िटिंग कार्ड रखे थे। जब पिछली बार दिल्ली गया था तो अपने लिये विज़िटिंग कार्ड छपवा लाया था।

उसकी बगल में बैठे दो बिज़नेस टाइकून अपने-अपने बिज़नेस की बातें कर रहे थे। शिष्टाचार वश एक ने पूछ ही लिया कि "आप किस चीज़ का बिज़नस करते हैं?"

राजीव प्रसाद ने उसे मुँह खोलने का अवसर ही नहीं दिया। "चावला जी, यह शब्दों का व्यापार करते हैं। इनके क़लम से निकला हुआ हर शब्द लाखों रुपयों का होता है।"

"यही तो मुश्किल है प्रसाद जी, यहाँ पाउण्ड चलते हैं और आपके दोस्त अभी तक रुपयों के चक्कर में हैं।"

"जी बस यूँ ही कुछ लिखने की कोशिश करता हूँ।" कहते हुए उसने अपना विज़िटिंग कार्ड चावला जी को थमा दिया। उसे कुछ अच्छा भी लगा कि यहाँ कोई और ग़ैर-मुस्लिम भी मौजूद है। चावला जी ने कार्ड देखा, हल्का-सा मुस्कुराए और कार्ड को मेज़ पर ही रख दिया। उसने देखा था कि चावला जी ने साथ बैठे आग़ा साहब का कार्ड जेब में रखा था। अपने दिये गये पहले कार्ड की नियति उसे और बावला किये जा रही थी।

मुस्कुराते हुए चूनावाला सेठ उनकी मेज़ तक चले आए। उसकी आँखों में चमक आ गई कि अब उसके पास बैठे लोग जान जाएँगे कि वह सेठ का कितना क़रीबी है। चूनावाला सेठ ने आते ही पूछा, "हाँ जी, सब ठीक चल रहा है न! भाई यहाँ तो राइस-किंगचावला जी मौजूद हैं। हमारे घर में तो इनके चावल के अलावा और कोई चावल आ ही नहीं सकता। हम ग़रीबों का पेट तो यही भरते हैं।"

उसने अपने चारों ओर फैली ग़रीबी का मुआयना किया। कितनी हसीन ग़रीबी थी। चूनावाला सेठ बोले जा रहे थे, "चावला जी, आप इक़बाल साहब

को तो जानते ही होंगे–बैंकर हैं।"

"जी, जी मुलाक़ात है इनसे।" चावला ने शिष्टता दिखाई।

"और ये आग़ा साहब बहुत बड़े इन्वेस्टमेंट बैंकर हैं। भाई इनके एक–एक मिनट की वैल्यू हज़ारों में है। दिन भर तो लाखों करोड़ों का चक्कर चल जाता है। और ये हमारे मिठाई किंग मुहम्मद रसूल साहब। इनके साथ मैंने पैंतालीस साल पहले क्रिकेट खेला है। अभी भी खेल लेता हूँ।" चूनावाला लहके।

"चलिये आपको नसीर की एक ख़ास बात बताता हूँ। ये बॉलिंग कर रहा था तो इसकी लेंथ और डायरेक्शन ठीक नहीं पड़ रही थी। मैंने कहा कि एक शिलिंग का एक सिक्का अगर क्रीज़ के सामने रख दें तो काम हो जाएगा। हमने वही किया और एक शिलिंग का सिक्का वहाँ रख दिया। नसीर की हर बॉल उसी सिक्के पर जा कर गिरी।" मुहम्मद रसूल की बात पर ज़ोर का ठहाका लगा।

"अब राजीव जी को भला कौन नहीं जानता। इंडिया और पाकिस्तान में अगली लड़ाई इस बात पर होने वाली है कि राजीव इंडिया के हैं या पाकिस्तान के। कहीं मन में कोई नेगेटिव भावनाएँ नहीं। ऐसा आदमी हमारे बीच है...वीआर वैरी लक्की।"

वह प्रतीक्षा करता रहा कि चूनावाला सेठ उसका परिचय भी करवाएँगे। मगर चूनावाला मेज़ छोड़ कर चलने लगे। भला राजीव प्रसाद कहाँ उसे बख़्शने वाले थे, "अरे चूनावाला सेठ, तुम इस ख़ास शख़्सियत को सबसे मिलवाना तो भूल ही गये।"

भला नसीर चूनावाला यह कैसे मान लेता कि उसने जानबूझ कर इस टूटपूँजिये का परिचय अपने अमीर दोस्तों से नहीं करवाया। फिर भी बोल पड़ा, "अरे अब इनके बारे में बोलना शुरू करूँगा तो पूरी पार्टी का टाइम ख़त्म हो जाएगा। यह राइटर भी हैं और पोयट भी हैं...और भी बहुत कुछ हैं।" नसीर चूनावाला ने पूरी मेज़ को चुपके से समझा दिया कि यह एक फ़ालतू आदमी है जो आपके साथ बैठने के काबिल तो नहीं है, मगर आपकी मजबूरी है कि आपको इसके साथ बैठना पड़ रहा है।

उसे अब अपनी प्लेट में पड़ी मटनचॉप उठाने का भी मन नहीं हो रहा था। उसके भीतर का स्वाभिमानी शायर बीच बीच में सिर उठाने लगा था। सवाल बस एक ही था–'वह यहाँ क्या कर रहा है?' उसकी आँखों की बेबसी राजीव प्रसाद तक पहुँच रही थी। शायद पहली बार राजीव प्रसाद उसके दर्द से बचने के लिये उससे आँखें चुरा रहे थे। वे अपनी प्लेट में कुछ डालने के लिये उठ

खड़े हुए। उसे ये पल काटे खाये जा रहे थे। वह भी उठ खड़ा हुआ।

वह अभी कुछ क़दम ही चला था कि सुरैया उसके सामने आकर खड़ी हो गई। "माफ़ कीजियेगा, मेरे पति को कुछ ग़लतफ़हमी हो गई थी। हमारी मेज़ पर एक सीट अभी भी खाली है। आप वहाँ आ कर बैठ सकते हैं।"

भला जहाँ से बेआबरू कर के निकाला गया था, वहाँ वापिस कैसे चला जाता। फिर भी सुरैया को धन्यवाद कहा और इतने में कार्यक्रम शुरू हो गया। नसीर चूनावाला के भाई, बेटी, बेटा, दामाद, पत्नी, ख़ासख़ास मित्र एक-एक करके माइक पर बुलाए जा रहे थे। ग़ुलाम रसूल ने तो सभी मेहमानों को पुरानी यादों से ख़ूब हंसाया।

बार-बार उसके चेहरे पर एक आशा की चमक आती कि अगला नाम उसका ही होगा। मगर फिर किसी दूसरे का नाम आ जाता। उहापोह इस बात को ले कर भी हो रही थी कि क्या नसीर भाई को याद भी है कि वह उनकी शान में एक नज़्म लिख कर लाया है। हर बार जब कभी ताहिरा भाभी या नसीर भाई उसकी मेज़ के सामने से गुज़रते, उसकी आँखों में भिखारी से भाव जागृत हो जाते। उसका बस चलता तो वह खड़ा हो कर उनसे पूछ ही लेता कि आख़िर उसका नंबर कब आएगा।

जब बॉम्बे ब्रैसरी के अंग्रेज़ी गायक ने गीत गाने शुरू कर दिये तो उसका दिल ही बैठ गया। यानि कि अब संगीत का कार्यक्रम शुरू हो गया। इसका सीधा अर्थ यही हुआ कि अब उसे अपने जौहर दिखाने का मौक़ा नहीं मिलेगा। उसकी हालत कुछ ऐसी थी कि उसके इर्द-गिर्द रत्न और जवाहरात बिखरे हुए हैं मगर उसकी झोली ख़ाली है। जब जब चूनावाला सेठ या उनकी पत्नी उसकी मेज़ के सामने से गुज़रते, उसकी याचक निगाह उनकी ओर उठ जाती।

उसने राजीव प्रसाद की ओर देखा। उसकी आँखों ने अपना दर्द राजीव प्रसाद की आँखों में उतार दिया। वहाँ भी आँखों में अनिश्चितता के बादल मंडराने लगे थे। राजीव प्रसाद ने भी जैसे हार मान ली थी। उन्होंने आवाज़ दबाते हुए कहा, "देखो मियाँ, अगर यह तुम्हें नज़्म पढ़ने को नहीं कहते तो अपना नुक़सान करेंगे।"

उसका दिल जैसे बैठ ही गया था। क्या यह भी संभव है कि उसे बुलाया ही न जाए। हाँ, ठीक भी तो है, इतने अमीर लोगों के बीच भला वह कौन होता है कि इतने बड़े आदमी के बारे में बोले। तय कर लिया कि आज के बाद कभी भी ऐसे झंझटों में नहीं फसूँगा। 'साले अपने आपको समझते क्या हैं। क्या मेरी कोई इज्ज़त नहीं है? मैं यहाँ रुक कर क्या कर रहा हूँ? मुझे अब चल ही देना

चाहिये।'

वह अभी सोच ही रहा था कि इक़बाल भाई उठ खड़े हुए। मन में विचार आया कि अगर इक़बाल भाई के जाने के बाद उसे बुलवाया गया तो इन्हें तो पता ही नहीं चलेगा कि मेरा रुतबा क्या है। इक़बाल ने एक-एक कर मेज़ पर बैठे सभी मेहमानों से विदा ली। जानबूझ कर उसकी तरफ़ देखा तक नहीं। वह इंतज़ार में ही रह गया कि वे अभी उसे भी 'बाय' कहेंगे। किन्तु ऐसा कुछ भी नहीं हुआ। वह अपनी कुर्सी के भीतर तक धंस गया। उसे न तो वहाँ की साज सज्जा में कोई रुचि रह गई थी और न ही भोजन में कोई स्वाद।

ताहिरा भाभी पास से गुज़रीं तो अचानक रुकीं, "अरे, आपने अपना गीत नहीं सुनाया? क्या बात है? लाए हैं न अपने साथ?"

"जी, मुझे किसी ने बुलाया ही नहीं।" उसने एक बार फिर जेब में रखे काग़ज़ के पुलिन्दे को छूते हुए कहा।

कुछ ही पलों के बाद उसका नाम पुकारा गया। बहुत ही फुसफुसी-सी घोषणा की गई थी। किसी को कुछ समझ नहीं आया था कि क्या होने जा रहा है। उसने माइक अपने हाथों में पकड़ा। अपनी धीर गंभीर रेडियो वाली आवाज़ में बात शुरू की। सुरैया ने उसकी आवाज़ माइक पर सुनते ही अपने पति से कहा, "कितनी कमाल की आवाज़ है आबिद! यह तो सच्चा आर्टिस्ट मालूम होता है।" जवाब में आबिद ने गर्दन हिलाई और चिकन टिक्के का एक टुकड़ा मुँह में डाल लिया।

उसने चूनावाला सेठ के बारे में कुछ मज़ेदार बातें कहीं। उसके छोटे क़द का हल्का-सा मज़ाक उड़ाया और ऊँचाइयाँ हासिल करने पर बधाई दी। अपनी नज़्म में उसने चूनावाला के संघर्ष और उपलब्धियों का ख़ूबसूरत चित्रण किया था और उसका सुनाने का अंदाज़ बहुत ही प्रोफ़ेशनल था। पूरा हॉल तालियों से गूँज पड़ा। राजीव प्रसाद की गर्दन में भी सफलता दिखाई देने लगी। चूनावाला सेठ की आँखें गीली हो आईं थीं। उन्होंने उठ कर उसे गले से लगा लिया।

मंच से वह पहले सीधा अपनी मेज़ की तरफ़ बढ़ा। मगर उसके मन में अचानक एक कामना उभरी। अब वह सबको जताना चाहता था कि वह कितना महत्वपूर्ण व्यक्ति है। मुर्ग़े की तरह गर्दन तान कर कुछ क़दम हॉल में चला। कुछ मेज़ों से उसे मुबारक के स्वर सुनाई दिये। सीना और तन गया। फिर वह सीधा सुरैया की मेज़ की तरफ़ बढ़ गया। सुरैया ने उठ कर ताली बजाते हुए अंग्रेज़ी में कहा, "आप तो सचमुच के आर्टिस्ट हैं। आपकी नज़म बहुत उम्दा थी। ताहिरा और नसीर सचमुच लक्की हैं जो उनको आप जैसा दोस्त मिला है।"

"शुक्रिया। ...वैसे आपके पति को मेरी नज़्म कैसी लगी।" उसने आबिद को सुनाते हुए कहा।

"इनको शायरी में कोई ख़ास रुचि नहीं है...ज़्यादा काम अंग्रेज़ी से चलाते हैं।"

उसने हिक़ारत की नज़र से सुरैया के पति को देखा। फिर आहिस्ता-आहिस्ता हर टेबल की तरफ़ हाथ हिलाता आहिस्ता-आहिस्ता चलता हुआ अपनी मेज़ पर आ बैठा। मेज़ ने उसे बधाई दी और शाबाशी भी। कला सदा से ही वैभव से शाबाशी पाने को अभिशप्त है।

ताहिरा भाभी ठुमकती हुई मेज़ तक आईं और उसे बुलाया। वह आदरपूर्वक खड़ा हो गया। "आपने तो कमाल ही कर दिया। पूरी महफ़िल में आप ही की बातें हो रही हैं।" एक लिफ़ाफ़ा उसे पकड़ाते हुए कहा, "देखिये इसे अपनी फ़ीस न समझियेगा। यह हमारा प्यार है। बस हमारे प्यार को अपने दिल के पास रखियेगा।" ताहिरा भाभी ने वह लिफ़ाफ़ा उसकी कमीज़ की जेब में डाल दिया।

पार्टी को ख़त्म होना ही था...वह राजीव प्रसाद के साथ बाहर निकल आया। राजीव प्रसाद अपनी कार की ओर बढ़ रहे थे। उसने विदा ली और अण्डरग्राउण्ड स्टेशन की ओर बढ़ने लगा। उसका जी घर वापिस जाने का नहीं हो रहा था। वह पिकेडिलीसर्कस की ओर चल दिया। निरुद्देश्य चल रहा था। मन में घमासान हो रहा था। आख़िर आज उसने क्या खोया क्या पाया।

कुछ युवतियाँ पास से गुज़र रही थीं। उनकी छोटी ऊँची स्कर्टें देखने लगा। पास से एक वेश्या गुज़री। उसने कुछ भद्दे इशारे किये और उसे अपनी ओर आने का संकेत किया। वह ध्यान से उसे देखने लगा। वह उसे एक घंटे...और रात भर साथ रहने के रेट बता रही थी। उसे बहुत परेशानी हो रही थी।

अचानक उसे महसूस हुआ कि आवाज़ तो उस वेश्या की है, मगर उस वेश्या के कंधों पर उसका अपना चेहरा लगा है।

देह की क़ीमत

परमजीत कौर अपने कमरे में गुमसुम बैठी थी। उसकी आँखें सामने पड़े कलश पर टिकी हुई थीं। उसका दो वर्षीय पुत्र गहरी नींद सो रहा था। कमरे की निस्तब्धता को उसके पुत्र की जुकाम से बंद नाक की सांस की आवाज ही भंग कर रही थी। कमरे का टेलिविज़न भी चुप था, टेलिफ़ोन भी गला बंद किये कोने में पड़ा था। किन्तु यह चुप्पी किसी शांति का प्रतीक नहीं थी। परमजीत के मन में तूफान की लहरें भयंकर शोर मचा रही थीं।

और फ़रीदाबाद के सेक्टर पंद्रह के बाहर एक कुत्ता ज़ोर से रो रहा था।

रोना तो अब शायद पम्मी के जीवन का अभिन्न अंग बनने वाला था। ... पम्मी। ...हाँ, हरदीप उसे इसी नाम से तो पुकारा करता था। पम्मी और हरदीप एक-दूसरे के जीवन का अटूट हिस्सा बन चुके थे। पम्मी का उजला खिला रंग रूप, बेदाग मुलायम चेहरा और अंग्रेजी (आनर्स) तक की पढ़ाई; ...यही सब गुण तो उसे फ़रीदाबाद के सेक्टर अट्ठारह से सेक्टर पंद्रह तक ले आये थे। हरदीप ने पम्मी को अपने किसी रिश्तेदार के विवाह में देख लिया था। ...बस! ...तभी से बीजी के पीछे पड़ गया था, 'बीजी, जे ब्याह करना है, तो बस उस लाल सूट वाली से।'

'लाल सूट वाली दा नाम तां पुछ लैंदा!' बीजी को अपने पुत्र की व्यग्रता कहीं अच्छी भी लगी थी ...उनका लाडला बेटा जापान जाने की तैयारी में है। यदि, वहाँ से कोई चपटी नाक वाली जापानी पत्नी उठा लाया तो बीजी का क्या होगा! बीजी लग गईं लाल सूट वाली की तलाश में।

तलाश जाकर पूरी हुई सेक्टर अट्ठारह में। बीजी के मन में थोड़ा झटका लगा। ...पुत्तर की पसंद टिकी भी तो जाकर सेक्टर अट्ठारह में। भला पन्द्रह सेक्टर वाले अट्ठारह वालों के घर रिश्ता लेकर जायें तो कैसे! ...बात बड़ी सीधी-सी है-सेक्टर पन्द्रह है कोठियों और बंगलों वाला सेक्टर...हर बंगले में कम से कम

एक कार तो है ही...और सेक्टर अट्ठारह में हैं हाउसिंग बोर्ड के दो कमरों वाले मकान। ...बीजी सोच में पड़ गईं।

बीजी सोचते-सोचते ही सेक्टर अट्ठारह में पहुँच गईं। भला-सा घर! ...सीधे सादे लोग! ...छोटा-सा परिवार! सरदार वरयाम सिंह, पत्नी सुरजीत कौर, परमजीत और छोटा भाई सुखविंदर! ...बस इतना ही परिवार। दीवार पर गुरु नानक देव और गुरु गोबिंद सिंह के चित्र...और लाल कपड़े में लिपटा गुरु ग्रंथ साहिब परिवार के आस्तिक होने का ऐलान कर रहे थे। बाहर गुरुद्वारे के लाउडस्पीकर पर आवाज आ रही थी...'श्लोक महल्ला पंजवां...अपने सेवक की आपे राखे... आपे नाम जपावे...जहां-जहाँ काज किरत सेवक की...' बीजी को लगा ऐसे समय में यह श्लोक उनकी सफलता का ऐलान है। ...परमजीत उस दिन कालेज नहीं गई थी। ...उसे हल्का-सा बुख़ार था।

बुख़ार में जो लड़की इतनी सुंदर लग सकती है, वो सजने-संवरने के बाद क्या लगेगी! वरयाम सिंह और सुरजीत कौर प्रसन्न कि उनकी बेटी विवाह के बाद नज़दीक भी रहेगी और रहेगी भी सेक्टर पंद्रह में। ...होने वाला जमाई जापान में काम करता है। माता-पिता के लिए इतना ही काफ़ी था। ...उन्हें हाँ करने में देर ही कितनी लगनी थी। ...वे दोनों भी कन्यादान कर स्वर्ग में अपना स्थान पक्का करने की योजना बनाने लगे।

परमजीत को तो कन्यादान शब्द से ही वितृष्णा हो उठती थी। ...दान वाली वस्तु बनना उसे गवारा नहीं था। ...इसीलिये विवाह कचहरी में करना चाहती थी। ...परन्तु शादी विवाह के मामले में बेटियों को नहीं बोलना चाहिए। ...सम्भवत: इसीलिये परमजीत बोलना चाह कर भी कुछ नहीं बोल पाई। और 'लाल सूट वाली कुड़ी' लांवा फेरे लेकर, ज्ञानियों के श्लोकों पर सवार होकर सेक्टर अट्ठारह से पन्द्रह के बीच की सड़क लांघ गई। रास्ते में भीम बाग़ और जैन मंदिर उसके विवाह के मूक साक्षी बने खड़े थे।

साक्षी बनने के लिए बिजली तैयार नहीं थी। इसीलिये तो जब घर पहुँचे तो बत्ती नदारद थी...फरीदाबाद में बिजली तो हर रोज़ गुल हो जाती है...दिन में लगभग चार से छह घंटे तो बत्ती के बिना बिताने ही पड़ते हैं। 'साड्ढे घर बिजली दी की ज़रूरत है जी, साड्ढी तां बहू ही ऐनी चमकीली है कि सारा घर उजला होया पाया है।' ...बीजी अपनी खुशी छिपा नहीं पा रही थीं।

उजली बहू तो आज भी घर में है। पर आज घर में गहरा काला अंधेरा छाया हुआ है। ...बीजी अपने कमरे में रो-रोकर आँखें सुजा रही हैं। तो हरदीप के दोनों भाई अपनी भाभी को पत्थर दिल करार दे रहे हैं। ...चुप हैं तो केवल दारजी!

दारजी ने सदा ही पम्मी को पिता का-सा प्यार दिया है। वास्तव में उनका व्यवहार सरदार वरयाम सिंह के साथ समधियों जैसा रहा ही नहीं...दोनों ऐसे दोस्त बन गये, जैसे वर्षों से एक-दूसरे को जानते हों। ...निकले भी तो पड़ोसी ही। सरदार वरयाम सिंह मौड़ मण्डी के रहने वाले थे और दारजी का बचपन मानसा में बीता था। भला मानसा और मौड़ में दूरी ही कितनी थी! ...बस इतनी ही दूरी फ़रीदाबाद में भी थी। ...किन्तु हरदीप तो बहुत दूर चला गया था। हरदीप को दूर जाने का शौक भी बचपन से ही था। उसके ताऊजी जब से आस्ट्रेलिया जाकर बस गये थे...तब से हरदीप के मन में बस एक ही साध थी कि कहीं विदेश में जाकर ही बसना है। ...पर पढ़ाई-लिखाई में तो उसका मन लगता ही नहीं था। ...बस, किसी तरह दारजी के रसूख से हर वर्ष पास हो जाता था। ...परन्तु हायर सेकण्डरी में तो बोर्ड की परीक्षा होती है। ...वहाँ तो रसूख नहीं चलता है ना! बस, उसी साल थोड़ी मेहनत की थी। ...बी.ए। की डिग्री तो कुकुरमुत्तों की तरह उगे किसी 'पब्लिक कालेज' से खरीद ली गई थी।

खरीदने को तो दारजी नौकरी भी ख़रीद देते। परन्तु हरदीप को तो न नौकरी करनी थी और न ही दारजी के व्यापार में हाथ बंटाना था...उसे तो किसी भी तरह विदेश जाना था...बस...वहाँ जाना था...पैसा कमाना था और ऐश की जिन्दगी जीनी थी। ...उन्हीं दिनों एअरलाइन में उड़ान परिचारकों की नौकरी निकली थी। विदेश की सैर का खुला न्यौता! ...हरदीप को कहीं से भनक लग गई कि पगड़ी-धारक सिखों को यह नौकरी नहीं मिल सकती...बस! कर आया केशों का अंतिम संस्कार! कर दिया दारजी की भावनाओं का ख़ून! ...हो गई नौकरी की तैयारी!

पर क्या नौकरी ऐसे मिलती है? ...लिखित परीक्षा देनी होती है...पास करनी पड़ती है...साक्षात्कार! ...या फिर तगड़ी सिफ़ारिश। ...हरदीप के पास तो कोई भी अस्त्र-शस्त्र नहीं था इसलिए कोई भी बाधा लांघ नहीं पाया। ...पहली ही सीढ़ी से फिसल कर गिर पड़ा।

आज पम्मी न जाने कितनी सीढ़ियों से नीचे गिर पड़ी है। उसमें उठकर बैठने की ना तो ताकत ही है और ना ही हिम्मत! ऐसा कैसे हो जाता है? ... एक ही घटना आप के समूचे जीवन को कैसे तहस-नहस कर देती है। ... जिजीविषा बहुत निदर्यी वस्तु होती है। इंसान को जीवित रहने के लिए मजबूर करती रहती है। वरना क्या आज पम्मी के पास जीने का कोई बहाना है। उसके जीवन पर छाया अंधेरा तो और भी विकराल होता जा रहा है।

अंधेरे में जीने का अभ्यास है पम्मी को! ...तभी तो बीजी की कटु बातें और

देवरों का निर्दयी व्यवहार भी उस अंधेरे को चीर कर उसे क्षत-विक्षत नहीं कर पा रहे हैं। ...श्मैं तां पहले ही कहन्दी सी, कुड़ी मंगली है। ...ऐथे ब्याह नहीं करणा! ...मेरी तां कदी कोई सुणदा ही नहीं!' ...बीजी का विलाप जारी था।

'ना, उसके माँ पयो ने कुछ छुपाया था क्या? ...साफ़-साफ़ बोल दिता था कि हमारी कुड़ी तां मंगली है। ...ओस वक्त तो तेरे काके ने ही कह दिया था कि वोह इन बातों को माणता ही नहीं। ...फिर आज किस बात की शिकैत है?'

'मेरा तां पुत्तर चला गया! ...तुसी मैंनूं ही लेक्चर दे रहे हो?'

'ओये जे तेरा पुत्तर गया है तो, ओस अभागन का भी तो खसम चला गया! ...ओय सोच भागवाने, विधवा का जीवन किसी को चंगा लगदा है?'

'हाय ओये, कुड़ी न निकली, डायण निकली, लोको! माँ पयो ने अपनी डायण हमारे हवाले कर दिती...हुण मैं की करां जी?'

'करणा क्या है; बस अपणी बहु नू संभालो! ...हरदीप की निशाणी है उसदे पास...निक्के बच्चे नूं उसने संभालणा है। ...मैं तो कहता हूँ...!' और दारजी चुप्प हो गये।

'की कहंदे हो...कुछ बोलो तां सही!'

'मैं तो कहता हूँ...असी आप ही थोड़े वक़्त के बाद कुड़ी दा दूसरा ब्याह कर दें। ...कुड़ी दा जीवन संवर जायेगा...ते साड़ी इज़्ज़त रह जायेगी।'

'हाय ओये रब्बा! ...कैसा बाप है एह बन्दा! ...अभी पुत्तर नूं मेरे हफ्ता नहीं होया, ते बहू दे दूजे ब्याह दी गल करदा पया है! ...हाय ओये!'

'अपणे बैण बस कर! ...पम्मी की तरफ ध्यान दे।' दारजी का धैर्य चुकता जा रहा था।

पम्मी अब भी उस कलश को ताके जा रही है...जो मरा है, उसकी राख इसी कलश में पड़ी है। मरने वाला मरा भी तो जापान जाकर। 'काका, जा पान लै आ!' ...बीजी की बात सुनकर पम्मी की हंसी छूट गई थी। ...भला उनका काका पूरा जापान कैसे ला सकता है! ...किन्तु आज तो उसी जापान ने उनके काके को और पम्मी के हरदीप को पूरे का पूरा निगल लिया था।

जापान जाने की हठ भी तो हरदीप की ही थी। ...कोई पक्की नौकरी तो वहाँ थी नहीं। ...फिर भला क्या आवश्यकता थी वहाँ जाने की। विवाह से पहले पम्मी को यह कहाँ बताया गया था कि काका अवैध तरीके से जापान जाता है और दो-तीन वर्ष वहाँ बिताकर, जेबें भरकर, वापिस आ जाता है।

'क्यों जी, आप ऐसा 'इल-लीगल' काम क्यों करते हैं। ...अगर कभी पकड़े गये तो?'

'ओय झलिल्ये, जब तक रिस्क नहीं लेंगे, तो यह ऐशो आराम के सामान कैसे जुटायेंगे। ...यह सारी इम्पोर्टड चीजें कहाँ से आयेंगी?'

'मुझे इन चीजों में कोई दिलचस्पी नहीं जी! ...आप बस यहीं रहिये जी! ...हम बस अपनी दाल-रोटी में ही खुश हैं।'

'तो, आदरणीय पम्मी जी, तुसी दाल-रोटी विच खुश रहो। ते बस आह ही खांदे रहो! ...सरदार हरदीप सिंह दाल-रोटी में खुश रहने के लिये नहीं पैदा हुआ!'

'नहीं जी, मैं अब आपको वहाँ नहीं जाने दूँगी। ...आप एक बार तो वहाँ हो ही आये हैं। ...शौक तो पूरा हो ही चुका है...फिर दोबारा जाने की क्या ज़रूरत है? ...यहाँ दारजी का अच्छा-भला बिजनेस है...वही संभालिये।'

'ओये तुम जनानियों को मर्दों की बातों में दखल नहीं देना चाहिए। ...तुम अपना घर संभालो...बस पैसे कमाना हम मर्दों का काम है। वोह हमारे ऊपर ही छोड़ दो।'

बुरी तरह से आहत हो गई थी पम्मी! ...उसने अंग्रेज़ी साहित्य में पढ़ाई इसलिये नहीं की थी, कि घर के आंगन में गाय की तरह बंधी खड़ी रहे और पति अपनी मनमानी करता रहे...पम्मी अपने पति के हर काम में बराबर की भागीदार होना चाहती थी...उसे अपने काम में भागीदार बनाना चाहती थी। ...उसकी ताकत बनना चाहती थी पर काका तो दारजी और बीजी की कमज़ोरी था...वोह भला एक कमज़ोरी की ताकत कैसे बन पाती?

ताकत की तो पम्मी में कोई कमी नहीं...उसका चरित्र इतना शक्तिशाली है कि वह किसी भी मुसीबत का सामना करने में सक्षम है। परन्तु जब से हरदीप ने उसे बताया है कि वह किस तरह अवैध तरीके से टोकियो पहुँचता है, तो उसकी शक्ति भी जवाब देने लगी थी।

'बड़ी सीधी-सी जुगत है पम्मी! तीन वर्ष पहले भी चल गई थी; अब की बार भी चल जायेगी। ...अपना एजेंट हमें दिल्ली से बैंकाक तो अपनी देसी एअरलाइन से भेजेगा। वहाँ से सिडनी का टिकट बनवायेगा, वाया टोकियो। .. .टोकियो में आठ घंटे का ट्रांज़िट हॉल्ट होगा...बस, उसी आठ घंटे में अपना एजेंट हमें एअरपोर्ट से बाहर निकाल कर ले जायेगा...मैं पहुँच जाऊँगा टोकियो में अपने अड्डे पर!'

'मुझे तो डर लगता है जी!'

'ओये, मैं वहाँ कोई अकेला थोड़े ही होऊँगा। ...कितने लड़के पाकिस्तान से होते हैं, कितने बंगलादेशी, और कितने अपने पंजाबी भाई। ...यही नहीं

फिलीपीन और कोरिया वाले भी 'इल-लीगल' होते हैं।'

'पर होते तो 'इल-लीगल' ही हैं न जी!'

'ओ तू यहाँ कानूनी और ग़ैर-कानूनी के चक्कर में पड़ी है और मुझे अपनी ज़िन्दगी बनाने की फिक्र है।'

पम्मी को तो कुछ समझ ही नहीं आ रहा था। उसके पल्ले तो यह बात ही नहीं पड़ रही थी कि इतने पचड़ों में पड़कर जापान जाने की ऐसी मजबूरी क्या है? ...क्या इसी को ज़िन्दगी बनाना कहते हैं? ...पर...काका तो बहुत अकलमंद है न...पिछली बार ही पांच लाख बचाकर लाया था...इम्पोर्टेड चीजें अलग...भला सफल आदमी भी कभी गलत हुआ है!...किसकी मजाल जो सफलता को उसकी कमियाँ बता सके?...फिर पम्मी ही भला कैसे अपने हरदीप को समझा सकती थी!

उल्टा हरदीप ने ही उसे समझा दिया था। ...हरदीप के समझाने का नतीजा भी महीने भर में सामने आ गया था। ...शर्म से लजाकर पम्मी ने बताया था कि उसका जी खट्टा खाने को करने लगा है। ...दारजी तो बच्चों की तरह भंगड़ा पाने लगे थे। ...बीजी ने बलैयाँ ली थीं...बहू को काला टीका लगाया...उसकी नज़र उतारी...गुरुद्वारे ले जाकर माथा टिकवाया...घर में अखण्ड पाठ रखवाया। ...अबकी बार बीजी ने भी पुत्तर को समझाने की कोशिश की थी, 'पुत्तरा, कुड़ी दा पैर भारी है। मेरी गल मन, ऐस वार नां जा...पहला बच्चा है, तूं साथ होएंगा, तां कुड़ी चंगा महसूस करेगी।'

'बीजी, कोई निक्की बच्ची थोड़े ही है पम्मी! ...फिर आप हो, दारजी हैं ने, दो छोटे वीर ने, कोई इकल्ली थोड़ी है।'

'पुत्तरा असी सारे बेगाने! ...उसका अपणा तो बस, तू ही है।'

कितना सच कहा था बीजी ने! ...आज हरदीप की मौत के बाद सब बेगानों का-सा व्यवहार ही तो कर रहे हैं। हरदीप तो बेटे का मुँह देखे बिना ही चलाना कर गया।

'पम्मी, इंसान अपने भविष्य के लिये क्या कुछ नहीं करता! ...दिल छोटा नहीं करदे पगली!'

'पता नहीं क्योंजी, मेरा तो दिल ही नहीं मानता कि आप जापान जाओ। . ..मेरी तो बस यही तमन्ना है कि जब अपना बच्चा पैदा हो, तो सबसे पहले आप ही उसका चेहरा देखें।'

चेहरे कैसे दूर चले जाते हैं। गायब हो जाते हैं। ...पम्मी की माँ जचगी के लिये अपनी बेटी को अपने घर ले गई थी। ...आजकल घर में कहाँ बच्चे पैदा

किये जाते हैं? ...दाइयाँ तो केवल कहानियों में रह गई हैं...या फिर पिछड़े हुए गाँवों में। ...शहरों में तो बच्चे नर्सिंग होम में ही पैदा होते हैं। मायके वाले तो बस पैसे खरचते हैं...परेशानी उठाते हैं ताकि होने वाला बच्चा उनके जमाई के नाम को आगे बढ़ा सके। पम्मी का पुत्र अपने पिता की अनुपस्थिति में ही इस दुनिया में आ गया था।

और हरदीप अपने पुत्र को देखे बिना ही इस दुनिया से चला गया था...अपनी रणनीति के अनुसार हरदीप बैंकाक होते हुए टोकियो पहुँच गया था। अपने पुराने साथियों के साथ ही जाकर रहने का ठिकाना भी कर ही लिया था...एक ही कमरे में दस-बारह अवैध रूप से घुसे लड़के वहाँ रहते थे। ...कुछ एक की पत्नियाँ पीछे हिन्दुस्तान में प्रतीक्षा कर रही थीं। ...कुछ एक जापान में ही विवाह करने की जुगाड़ बना रहे थे। ...जापानी कन्या से विवाह करने पर वो जापान में रहना वैध हो जाता।

फ़रीदाबाद का वैध नागरिक, खाते-पीते घर का 'काका', जापान में अवैध काम करके को अभिशप्त था। ...वहाँ वो कुली भी बन जाता था तो कभी रेस्टॉरेंट में बर्तन भी मांज लेता था...हर वो काम जो हरदीप अपने देश में किसी भी क़ीमत पर नहीं करता, जापान में सहर्ष कर लेता था। ...कारण? ...झूठी शान के अतिरिक्त, और क्या हो सकता है...कि लड़का जापान में काम करता है।

काम करता है! ...दारजी सब समझते हैं, कि काका क्या काम करता है। घर में एक वहीं तो हैं जो पम्मी की बात से सहमत हैं कि हरदीप को जापान नहीं जाना चाहिए। ...पर काके को बीजी की पूरी शह है। ...बीजी का मन तो इम्पोर्टेड सामान के साथ बंधा रहता है। ...फिर न जाने उन्हें इम्पोर्टेड बहू के ख्याल से क्यों डर लगता था।

डर तो पम्मी को भी था कि कहीं कोई जापानी गुड़िया उसके हरदीप को अपने जाल में न फंसा ले। हरदीप को सख्त हिदायत थी कि हर सप्ताह वह पम्मी को फोन करेगा। ...हरदीप भी अपना वादा हर सप्ताह निभाता था।

फिर एक सप्ताह हरदीप का फ़ोन नहीं आया। ...पम्मी का माथा ठनका। बीजी ने झिड़क दिया, 'ना! जे एक हफ्ता फोन नहीं आया तां हो की गया... मुंडा कहीं बिजी हो गया होगा। ...आजकल की लड़कियाँ तो अपने खसम को गुलाम बनाकर ही रखना चाहती हैं।'

पम्मी ने भी एक गुलाम की तरह चुप्पी साध ली थी। अपनी भावनाओं को दिल में ही दबा दिया था।

परन्तु विदेश में बैठे हरदीप का बुखार उसके शरीर में दबकर रहने को तैयार

नहीं था। ...भेद खुल जाने के डर से डॉक्टर से दवा लेने में भी नहीं जा सकते थे। दोस्त लोग मिलकर ही दवा करवा रहे थे। शरीर कमजोर पड़ गया था। . ..दो कदम चलते ही चक्कर आने लगते थे। अवैध कर्मचारी को तो रोज़ के पैसे रोज़ काम करने पर ही मिलते हैं। काम नहीं तो दाम नहीं। ...मन ही मन हरदीप को यह चिंता भी खाये जा रही थी। बस इसीलिये कमज़ोरी की हालत में भी काम पर निकल पड़ा था।

पम्मी को हर दिन काटने को दौड़ रहा था। ...वह अपनी माँ से मिलने तक नहीं जा पा रही थी। ...अगर पीछे से हरदीप का फोन आ गया तो? माँ का फ़ोन तो कई बार आ चुका था और पिता जी भी दो बार लेने आ चुके हैं। आख़िरकर, पम्मी ने सेक्टर पंद्रह से अटठारह के बीच की सड़क लांघने का मन बना ही लिया।

सड़क पार करते हुए हरदीप को ज़ोर का चक्कर आ गया। तेज़ रफ्तार से आती कार के ड्राइवर ने पूरे ज़ोर से ब्रेक लगाई थी। ...परन्तु हरदीप के जीवन का दीप गिज़ा की व्यस्त सड़क के बीचों बीच बुझा पड़ा था।

हरदीप के साथियों में शोर मच गया। हड़कंप की-सी स्थिति थी। अवैध लाश! ...लावारिस! ...उसे लेने कौन जाये? ...हरदीप के दसों दोस्त भी तो अवैध थे-लावारिस ज़िन्दा लाशें। ...जो भी लाश लेने जायेगा, वही धर लिया जायेगा। ...पर सतनाम के पास तो वैध वीज़ा था। ...वो तो हरदीप की दोस्ती के कारण सबके साथ रहता था। ...फिर गुज़ारा भी सस्ते में हो जाता था। सतनाम ने जाकर लाश को पहचाना। ...पर अब लाश का करें क्या?

ज़िंदा इंसान का हवाई जहाज़ का किराया कम लगता है, परंतु लाश को जापान से भारत भेजना बहुत महंगा सौदा बन जाता है। किसी प्रोफेशनल से लाश पर लेप चढ़वाना, ताबूत का इंतज़ाम, सरकारी लाल फीताशाही, और हवाई जहाज़ का किराया! ...सतनाम ने सभी दोस्तों से बातचीत की...सभी बड़े दिल वाले थे। पंजाबी खून ने ज़ोर मारा और दो दिन में ही तीन लाख भारतीय रुपये के बराबर पैसा इकट्ठा हो गया। ...सभी दोस्तों ने अपने यार को श्रद्धांजलि के रूप में यह पैसा एकत्रित किया था।

सतनाम भारतीय दूतावास जाने की सोच रहा था। एक नया अफ़सर है, नवजोत सिंह। सुना है खासा मददगार इंसान है। दोस्तों ने टोका, 'यार, यह एम्बेसी के चक्कर में न पड़ो। हिन्दुस्तानी एम्बेसी वाले तो बनता काम बिगाड़ने के लिए मशहूर हैं।'

'याद नहीं पिछली बार अवतार सिंह के साथ क्या किया था।' सतनाम

परेशान हो उठा, 'भाई, एक बार चलकर तो देख लें।'

सभी सतनाम की बात मान गये। आख़िर इन सभी 'इल-लीगलों' में एक वही तो 'लीगल' था। गैर कानूनी ढंग से दूसरे देश में जाकर सिंह भी कैसे चूहे हो जाते हैं।

नवजोत सिंह भारतीय दूतावास में पिछले साल भर से है। पिछली बार पंजाब के एक लड़के ने आत्महत्या की थी, तब भी उसी के सिर सारा काम आन पड़ा था। उस लड़के का मृत शरीर, अभी तक नवजोत को झुरझुरी दिला जाता है।

सतनाम सिंह की बात नवजोत पूरे ध्यान से सुनता रहा। उसने सतनाम की पीठ ठोंकी, 'तुम सबने तो अपनी दोस्ती निभा ली यारो। ...दो दिन में तीन लाख रुपये इकट्ठे कर लिये! ...अब मुझे कुछ सोचना है।'

सतनाम मुँह नीचा किये खड़ा रहा। ...नवजोत के माथे पर पड़ते बल इस बात की घोषणा कर रहे थे कि वह गहरी सोच में डूबा हुआ है।

'एक बात बताओ सतनाम सिंह तुम कह रहे थे कि हरदीप सिंह की बीवी और एक बच्चा भी है।' नवजोत ने ठंडी सांस लेकर पूछा।

'है जी!'

'तुमसे एक बात कहूँ, तो बुरा तो नहीं मानोगे?'

'कहो न साबजी! ...इस परदेस में आप ही तो हमारे माई-बाप हैं।'

'सतनाम, अगर यह सारा पैसा इस लाश को हिन्दुस्तान भेजने में खर्च हो गया, तो हरदीप की बीवी को क्या मिलेगा...बस एक लाश! ...उस पर वो अभागन क्रिया-कर्म का खर्चा करेगी, सो अलग।'

'आप कहना क्या चाहते हैं बाऊजी?'

'अगर हम इस लाश का क्रिया-कर्म यहीं जापान में कर दें, तो इसकी अस्थियाँ तो मुफ्त में भारत भेजी जा सकती हैं डिप्लोमैटिक मेल में भेज देंगे. ..ये पैसा...उसके काम आ आयेगा।'

सतनाम किंकर्तव्यविमूढ़ होकर रह गया था। उसे समझ ही नहीं आ रहा था, कि उसकी प्रतिक्रया क्या हो। उसे नवजोत सिंह बहुत ही घटिया आदमी लगा, क्योंकि भावनाओं की कद्र उस इंसान में बिल्कुल भी नहीं थी। ...उसे नवजोत सिंह बहुत अच्छा इंसान लगा। ...क्योंकि वह जीवित व्यक्ति के बारे में सोच रहा है...सिर्फ लाश के बारे में नहीं। 'बाऊजी, आप जो ठीक समझें, वहीं करो जी।'

सतनाम ने वापिस आकर सारे मित्रों को नवजोत सिंह के मन की बात बताई। सभी की आँखों में नवजोत का चरित्र पेण्डुलम की तरह नायक और खलनायक के बीच झूल रहा था। बुत बने बैठे थे सब। किसी भी निर्णय पर

पहुँच पाना आसान था क्या? एक राय पर सभी मित्र एकमत थे कि फ़रीदाबाद में हरदीप की बेवा से बात की जाये। जो वह ठीक समझे वही किया जाये।

फोन की घंटी बजी। दोपहर का समय था। दारजी ने फ़ोन उठाया। जापान से फ़ोन था। ...दारजी की आवाज़ स्वयमेव ही ऊँची हो गई, 'हाँ जी! ...मैं उसका फ़ादर बोल रहा हूँ जी। ...उसकी वाईफ़ घर में नहीं है। ...जी! ...व्हाट!...

'हलो, मिस्टर सिंह! ...आप हमारी आवाज़ सुन रहे हैं?'

दारजी की गीली भर्राई हुई आवाज़ निकली, 'क्यों जी? काके का फ़ोन था. ..क्या बोला?'

'अब वोह कभी नहीं बोलेगा, भागवाने!'

'शुभ-शुभ बोलोजी! वाहेगुरु मेहर करे!'

'हरदीप दी बीबी, काका सानूं छड के चला गया...जापान वाले काके दा क्रिया-कर्म वहीं करके उसके पैसे पम्मी के नाम भेज रहे हैं।'

तूफ़ान का झोंका एक भूचाल की तरह आया। बीजी फटी हुई आँखों से अपने पति को देख रही थीं, जिसने ऑल इंडिया रेडियो की तरह अपने पुत्र की मौत का समाचार सुना दिया था। बीजी का स्यापा घर की दीवारों की सीमा पर करके पड़ोसियों के घरों तक पहुँचने लगा था। वह बदहवास हुए जा रही थीं। हरदीप के दोनों भाई भौंचक्के खड़े थे।

'पुत्तर नूं तां खा गई, हुण ओसदे पैसे बी खा जायेगी।'

'अकल दी बात कर, कुलवंत! ...ओस बेचारी को तो अभी तक यह भी नहीं पता कि वो विधवा हो चुकी है।' दारजी को दुःख और गुस्से दोनों पर काबू पाना भारी पड़ रहा था।

'दारजी, भरजाई को बुलाने से पहले एक बात हम आपस में तय कर लें।'

'हमें क्या तय करना है पुत्तर जी?'

'दारजी या तो वीरजी की लाश लेने हम दोनों भाइयों में से कोई जायेगा. ..या फिर...!'

'बोलो पुत्तर, चुप क्यों हो गये?'

'या फिर जापान वालों से कहिये कि पैसे बीजी के नाम से भेजें।'

'पुत्तर जी, अगर तुम लाश लेने जाओगे तो क्या खास बात हो जायेगी?' दारजी का गुस्सा बाहर आने को बेताब हो रहा था।

'दारजी, हम वहाँ वीरजी की जगह टोकियो में रहने का चक्कर चला सकते हैं।' कुलदीप ढिठाई से बोला।

'ओये, हरदीप की मौत से भी तुमने कोई सबक नहीं लिया?'

'चलो जी हम एक मिनट के लिये मान भी जायें कि काके दा क्रिया-कर्म जापान में हो जाये, तो सारे पैसे कल दी आई कुड़ी को क्यों मिलें। पुत्तर तो हमारा गया है!' बीजी ने कुलदीप के सुर में आवाज़ मिलाई।

दारजी सिर पकड़कर बैठ गये। उन्हें विश्वास ही नहीं हो रहा था कि इस औरत के साथ उन्होंने इतना लंबा जीवन बिता डाला, 'ओ, जिसका खसम गया है, पहले उसे तो बताओ कि वोह बेवा हो चुकी है।'

'पर दारजी, पम्मी भाभी के आने से पहले हम घरवालों को कोई फैसला तो कर लेना चाहिए। ...दोबारा जापान से फोन आ गया तो क्या जवाब देंगे?' यह गुरप्रीत था, सबसे छोटा।

दारजी अपने परिवार को देखकर हैरान थे, क्षुब्ध थे...अपने ही पुत्र या भाई के कफ़न के पैसों की चाह इस परिवार को कहाँ तक गिरायेगी, उन्हें समझ नहीं आ रहा था। मन किया सब कुछ छोड़-छाड़कर संन्यास ले लें। पर अगर वे नहीं होंगे तो पम्मी का क्या होगा? ...यह गिध्द तो सामूहिक भोज करने में जरा भी नहीं, हिचकिचाएँगे।' पुत्तर जी आप अपणे भाई और माँ के साथ फ़ैसले करो, मैं ज़रा जाकर अपनी बहू को उसकी बरबादी की खबर दे आऊँ।'

पंद्रह सेक्टर पर गिरी बिजली को दारजी अट्ठारह सेक्टर अपने साथ ले गये। सरदार वरयाम सिंह और सुरजीत कौर के तो पैरों के नीचे से मानों ज़मीन ही निकल कई। पम्मी तो चीख मारकर बेहोश ही हो गई। ...बस चार-पांच महीने ही तो बिताये थे अपने पति के साथ।

'वरयाम सिंह जी, आप जी दी क्या राय है? ...जापान वालों को क्या जवाब दिया जाये?'

'सरदार साहब, आप बड़े हैं, अक्लमंद हैं, दुनिया देखी है आपने। आप जो फैसला करेंगे...वोह तो ठीक ही होगा।' सरदार वरयाम सिंह के हाथ जुड़े हुए थे।

'देख भाई वरयाम सिंह, यह फैसला मैं अकेला नहीं कर सकता...मेरी हालत से तो तू अच्छी तरह वाकिफ है...अभी तक न जाने कैसे सब कुछ सहे जा रहा हूँफ'

'सरदार साहिब, आप जो भी फैसला करें...जरा पम्मी के भविष्य का ज़रूर ख्याल करें।'

'भविष्य की बात तो बाद में सोचेंगे...अभी तो पम्मी को मेरे साथ रवाना करें। घर मे सौ अफ़सोस करने वाले आयेंगे।' दारजी उठ खड़े हुए।

वरयाम सिंह और सुरजीत कौर पम्मी और उसके पुत्र को लिये पंद्रह सेक्टर की ओर चल दिय। ...भीम बाग़ और जैन मंदिर पम्मी की सूजी आँखें देखकर

भी चुप थे। ...निरपेक्ष खड़े थे।

बीजी ने सबको देखा तो उनका स्यापा और ऊँचा हो गया। दारजी ने पम्मी को अलग से बुलाया और उससे एक बार फिर वही सवाल किया। ...पम्मी के पास सिवाय रोने के और कोई जवाब नहीं था। दारजी के दिमाग में वरयाम सिंह की आवाज़ गूँज रही थी, 'ज़रा पम्मी के भविष्य का ख़्याल ज़रूर करें।'

जापान से फ़ोन आया। दारजी ने फ़ोन उठाया। पम्मी की ओर देखा। पम्मी की रोती हुई आँखों में लाचारी साफ़ दिखाई दे रही थी। बीजी, कुलदीप और गुरप्रीत की आँखें और कान दारजी की ओर ही लगे हुए थे।

'हांजी, नवजोत सिंह जी, आप...ड्राफ़्ट परमजीत कौर के नाम से ही बनवाइयेगा। ...और...और अस्थियाँ थोड़ी इज्ज़त से किसी कलश में भिजवा दीजियेगा।' दारजी के आँसुओं ने उनकी आँखों से विद्रोह कर दिया। और वे निढाल होकर ज़मीन पर ही बैठ गये।

पूरा घर तनाव से भर गया। बीजी ने पूरा घर सिर पर उठा लिया, 'ऐस कमीनी नूं तां पैसा मेरे पुत्तर तो ज़्यादा प्यारा हो गया। ...अपने पुत्तर दे आखरी दर्शन वी नहीं कर सकांगी। ...खसमाँ नूं खाणिये तेरा कख ना रहे।'

दारजी ने पम्मी के सिर पर हाथ फेरकर उसे कमरे में जाने को कहा। ...पम्मी एक लुटे-पिटे मुसाफिर की तरह किसी तरह अपने कमरे तक पहुँच गई।

रात को बीजी ने एक और चाल चली, 'सुणोजी, मैं एक बात कहूँ, बुरा तो नहीं मानोगे।'

'बोलो', दारजी की दर्द भरी आवाज उभरी।

'अगर कुलदीप पम्मी पर चादर डाल दे, तो कैसा रहे? ...घर की इज्ज़त भी घर में रह जायेगी और...'

अस्थियाँ और बैंक ड्राफ्ट आ पहुँचे हैं। बाहर बीजी का प्रलाप जारी है, दारजी दु:खी हैं। और अंदर कमरे में पम्मी अपनी सूजी आँखों से कलश को देख रही है। ...उसने तीन लाख रुपये का ड्राफ्ट उठाया। ...उसे समझ नहीं आ रहा था कि यह उसके पति की देह की क़ीमत है या उसके साथ बिताये पांच महीनों की क़ीमत।

उसका पुत्र अभी भी जुकाम से बंद नाक से सांस लिये जा रहा है।

खिड़की

अगले सप्ताह उसका साठवां जन्मदिन है।

आज सुबह भी अलार्म तीन बज कर चालीस मिनट पर ही बज गया। ज़ाहिर है कि उसकी नींद में ख़लल पड़ा होगा। वह स्वयं ही भूल जाता है कि शनिवार की रात उसे अपने ब्लैकबरी फ़ोन से अलार्म की सेटिंग हटा देनी चाहिये। हमेशा ऐसा ही होता है। हर रविवार की सुबह झुंझला कर उठता है और अपने आप को कोसता है। फिर अपने फ़ोन पर अलार्म को 'डिसमिस' करता है और दोबारा सोने का प्रयास करता है।

पिछले दो वर्षों से वह अकेला रह रहा है। उसकी दिनचर्या हमेशा एक-सी ही रहती है। सुबह की शिफ़्ट हो या दोपहर की पूरा सप्ताह एक-सा ही बीतता है। सुबह की शिफ़्ट में तीन चालीस पर उठता है; ब्रश करता है; टॉयलट से फ़ारिग़ होता है; स्नान करता है; अपने लिये सैण्डविच बनाता है जिसे किचन फ़ायल में पैक करके; चाय बनाकर एक डाइजेस्टिव बिस्कुट के साथ सुड़क लेता है; यूनिफ़ॉर्म पहनता है; अपनी ई-मेल चेक करता है और तब तक टैक्सी के आने का समय हो जाता है। चार बज कर चालीस मिनट पर टैक्सी लेने आ जाती है और वह अपना बैग ले कर टैक्सी में बैठ जाता है।

वह रेलवे में काम करता है। यात्रियों की सेवा उसका धर्म है। क़रीब पंद्रह वर्षों से यही तो कर रहा है। वाटफ़र्ड हाई स्ट्रीट, और बुशी में वर्षों काम करता रहा है। आजकल हैच-एण्ड स्टेशन की टिकट खिड़की पर बैठा अपनी मुस्कान बिखेरता रहता है। उम्र के बढ़ने ने उसकी मुस्कान में कोई कमी नहीं आने दी है।

वह अपने यात्रियों से कभी भी अक्खड़पन से बात नहीं कर पाता। दरअसल अक्खड़पन उसके व्यक्तित्व में शुमार ही नहीं। उसके साथ यह समस्या रही है कि उसके हंसकर बोलने के अंदाज़ के कारण बहुत-सी महिलाओं को

ग़लतफ़हमी हो जाती है कि वह उन्हें पसन्द करने लगा है।

उसके यात्रियों में सभी तरह के लोग शामिल हैं यानि कि गोरे, काले, चीनी और दक्षिण एशियाई मूल के लोग। वह विद्यार्थियों के प्रति अधिक कोमल बना रहता। एक-सी यूनिफ़ॉर्म में सजे हुए बच्चे उसे बहुत प्यारे लगते। उसके साथ बहुत बार होता रहा है कि किसी विद्यार्थी ने अपना ऑयस्टर कार्ड गेटलाइन पर छुआया और पाया कि उसके कार्ड में पैसे समाप्त हो चुके हैं। विद्यार्थी छोटा-सा मुँह बना कर उसकी खिड़की के सामने खड़ा हो गया कि वह स्कूल कैसे जाए। मन ही मन वह उस बच्चे के माता-पिता पर झुंझलाता कि वे इतना भी ख़्याल नहीं रखते कि बच्चे के पास स्कूल आने जाने का किराया भी है या नहीं। ऐसे बहुत से बच्चों के ऑयस्टर कार्ड में वह कई बार एक या दो पाउण्ड डाल चुका है। वह रेसिस्ट तो कदापि नहीं था। मगर फिर भी सोचने को मजबूर हो जाता कि भारतीय उप महाद्वीप के किसी विद्यार्थी के पास कभी किराए की कमी नहीं होती थी। यह सवाल उसे हैरान भी करता और भारतीय होने पर गर्व भी महसूस करवाता।

वह रेलवे में होने वाले बदलावों का साक्षी रहा है। जब उसने रेलवे में नौकरी शुरू की थी तो पूरे ब्रिटेन की रेलवे राष्ट्रीयकृत थी। उसका एक ही नाम था-ब्रिटिश रेल। सभी कर्मचारियों को पूरे देश में मुफ़्त यात्रा करने के सुविधा मिलती थी। फिर सबकुछ बदल गया। रेलवे के टुकड़े हो गये। हर टुकड़ा एक निजी कम्पनी बन गया। रेलवे की सबसे बड़ी यूनियन आर.एम.टी। और ड्राइवरों की यूनियन ऐज़लेफ़ ने कड़ी चुनौतियों का सामना करते हुए सभी पुराने कर्मचारियों की सुविधाओं को बचाए रखा। यानि कि उसे आज भी पूरे देश में मुफ़्त यात्रा की सुविधा मिलती है। मिलने को तो उसकी पत्नी और बच्चों को भी मिल सकती है...बस परिवार के बारे में सोचते ही उसके विचारों में दर्द का अहसास शामिल हो जाता है। न जाने उससे कहाँ क्या ग़लती हो गई कि सब रिश्ते जीवित होते हुए भी वह अपना परिवार खोज रहा है। उसने अब सोचना बन्द कर दिया है कि ग़लती किस की थी। दो रिश्तों के बीच पैदा हुई दरार के बारे में सच्चाई उन दोनों को ही मालूम होती है। बाकी सब तो झूठ ही कहलाएगा।

झूठ सच के मसले भी तो उसके जीवन को मथते रहते हैं। कभी-कभी तो लगता है कि सारे जहाँ का दर्द बस उसी के दिल में है। उसे इस बात की भी परेशानी है कि रेलवे ने भला ऑयस्टर कार्ड का सिलसिला शुरू ही क्यों किया। अच्छे भले काग़ज़ के बने टिकट होते थे। जब जी चाहे ख़रीदो और यात्रा के

बाद मामला ख़तम। मगर नहीं काग़ज़ के स्थान पर प्लास्टिक के कार्ड बना दिये हैं। कर्मचारियों की संख्या घटा कर हर स्टेशन पर लाखों रुपये के गेट लगवा दिये। ऑयस्टर कार्ड गेट को छुआया और खुल जा सिमसिम की तर्ज़ पर गेट खुल गया। अरे भाई, जीवन में मशीन पर इतना आश्रित क्यों हुआ जाए। मशीन रोज़ाना तंग करती है; ग़लतियाँ करती है; फिर उन्हें सुधारा जाता है। यदि गेट खुले हैं तो कभी-कभी यात्री अपना कार्ड छुआना भूल सकता है। ऐसी हालत में मशीन लुटेरे का किरदार निभाती है और एक पाउण्ड पचास पैंस के स्थान पर चार पाउण्ड साठ पैंस खा जाती है। बुशी में आज तक गेट नहीं लगे। मगर वहाँ भी ऑयस्टर रीडर लगा दिये गये हैं। बेचारे यात्री! भूल ही जाते हैं कि उन्हें ऑयस्टर मशीन पर छुआना है वर्ना धर लिये जाएँगे।

फिर भी उसे लंदन एक मामले में दिल्ली और मुंबई से बेहतर लगता है। यहाँ यदि यात्री बिना टिकट यात्रा करता भी है तो उसे अपराधी नहीं माना जाता। वह उस स्टेशन पर जा कर भी टिकट ख़रीद सकता है जहाँ उसे उतरना है। बस सच सच बता दे कि वह कहाँ से आ रहा है। यहाँ वह पाता है कि प्रवासियों ने ब्रिटेन की इस सहृदयता का अनुचित लाभ उठाया है।

हैच-एण्ड स्टेशन बहुत ही ख़ूबसूरत स्टेशन है। वहाँ प्लेटफ़ॉर्म नम्बर एक पर फूलों की ऊँची-सी दो क्यारियाँ से बना दी गई हैं। स्टेशन के मुख्य द्वार पर लिखा है कि स्टेशन उन्नीस सौ ग्यारह में बना था। उस समय यह मेन लाइन का स्टेशन था। आजकल केवल लोकल रेल चलती है इस लाइन पर। स्टेशन के ऊपर एक क्लॉक टॉवर भी बना है। दूर से समय दिखाई दे जाता है। कबूतर बहुत आते हैं स्टेशन पर और बैठे-बैठे प्लेटफ़ॉर्म पर अपने होने के निशान अपनी बीट के रूप में छोड़ जाते हैं। रोज़ाना दिन में दो बार ऐसी जगहों को धोया जाता है। फिर सोचता है, क्या भारत में ऐसा हो सकता है...

वह महसूस करता है कि हैच-एण्ड स्टेशन पर पेंशन पाने वाले लोगों की संख्या कहीं अधिक है। लंदन में साठ वर्ष से अधिक उम्र के लोगों को सरकार द्वारा एक फ्रीडम पास दिया जाता है। इस पास के चलते कोई भी वरिष्ठ नागरिक लंदन में बस या अंडरग्राउण्ड रेल में मुफ़्त यात्रा कर सकता है। ये फ्रीडम पास भी मुफ़्त ऑयस्टर का ही एक रूप हैं। मगर मशीन इनके साथ अधिक ज़्यादती करती है। मुफ़्त के माल को पहचान नहीं पाती है और उसे ख़ुद उठ कर पेंशन-याफ़्ता लोगों के लिये गेट खोलना पड़ता है।

दोपहर के समय यात्रियों की आवाजाही में कुछ कमी हो जाती है। हैच-एण्ड मूलतः एक रिहायशी इलाक़ा है। सुबह से दोपहर तक यात्री शहर की

तरफ़ निकलते हैं और शाम को वापिस घर की तरफ़ लौटते हैं। केवल दोपहर का ही समय ऐसा होता है जिसमें बुकिंग ऑफ़िस की खिड़की कुछ समय के लिये खाली रहती है। इसी काल के दौरान कुछ ऐसे पेंशन-याफ़्ता यात्री उससे कुछ सूचनाएँ मांगने आते हैं। कुछ रटे रटाए से प्रश्न –

"मुझे अगले महीने की बीस तारीख़ को मैनचेस्टर जाना है और पच्चीस को वापिस आना है। टिकट कितने का होगा?"

"वॉटफ़र्ड जंक्शन के लिये कौन-सा प्लेटफ़ॉर्म होगा?"

"आज रेल सर्विस ठीक चल रही है?"

"सीनियर सिटीज़न रेल कार्ड कितने का पड़ता है? इससे कितना डिस्काउण्ट मिलता है?"

एक गुजराती महानुभाव तो एक ही बात हर रोज़ पूछते, "इस सप्ताहान्त में रेलगाड़ियाँ चल रही हैं न? कोई इंजनीयरिंग काम तो नहीं चलने वाले?"

शुरू-शुरू में उसे बहुत हैरानी होती कि ये कुछ जाने पहचाने से चेहरे बस एक से सवाल पूछ कर चले जाते हैं। उसके साथी कर्मचारी उनका मज़ाक उड़ाते। किन्तु उसे उनकी आँखों में एक विचित्र-सा सूनापन महसूस हो जाता। जिस दर्द को वह अपने भीतर छिपाए हुए था, वही दर्द खिड़की की दूसरी ओर उसे झिंझोड़ता दिखाई देता। ऐसा क्या है जो उसे उनके दर्द को अपना दुःख बना रहा है? ज़ाहिर है कि ये लोग पागल तो हो नहीं सकते। उसने तय कर लिया है कि अब वह उन्हें टालेगा नहीं। उन्हें यही महसूस करवाएगा कि उनकी बात को गंभीरता से सुन रहा है। अब वह बहाने से उनका नाम भी पूछने लगा।

"जी आपको कब यात्रा करनी है?...आपका नाम, टेलिफ़ोन नंबर?"

अब उसके पास क़रीब आठ नाम हो गये हैं। पांच अंग्रेज़, दो भारतीय और एक अश्वेत नाम। उसके भीतर का भारतीय इस बात से परेशान था कि अकेलेपन के इस सफ़र में भारत के लोग क्यों शामिल हैं? फिर अपने भीतर झांकता... अकेलेपन की एक लम्बी डगर...दूर-दूर तक सन्नाटा...कहीं कोई आवाज़ नहीं. ..चींटी के सांस लेने की आवाज़ भी उसके भीतर सुनाई दे जाए...पत्नी अकाल-मृत्यु को प्राप्त हो गई...पुत्र लंदन के एक हिस्से में ही रहता है...पुत्री भारत में है...और वह अपना भोजन स्वयं बनाने को अभिशप्त है।

अब उसने खिड़की को ही एक घर बना लिया है। उसके मित्रों ने भी आपस में दिन बांट लिये हैं। समय वही रहता है दोपहर के एक बजे से तीन बजे के बीच। उसी समय यात्रियों की भीड़ नहीं होती और उसके पास तुलनात्मक रूप से काम कम रहता है।

अब उन्हें टिकट की झूठी इंक्वायरी करने की आवश्यकता महसूस नहीं होती। वे सीधे आकर उससे बात करते हैं। वह भी उन महिलाओं को गॉरजियस, ब्यूटीफुल, लवली लेडी कह कर संबोधित करता है। पुरुष उसके लिये यंग मैन होते हैं। दर्द सबका एक ही सा...टीस उठती...हैरानी भी होती है कि सबकी समस्या एक-सी क्यों है। यह अकेलापन किसी मज़हब, किसी जात, किसी समुदाय का मोहताज नहीं होता। बस किसी को भी अपने शिकंजे में जकड़ लेता है।

सबरीना इटली से है। यहाँ आकर बस गई है। बच्चे बड़े होकर फुर्र से उड़ गये। उसे बस मदर्स डे पर कार्ड आ जाता है...उसे नहाना तक याद नहीं रहता। जबसे खिड़की पर आकर खड़ी होने लगी है, नहाने के बाद परफ़्यूम भी लगाने लगी है।

जॉन की समस्या है कि उसके तीन-तीन बेटे हैं मगर उसे काउंसिल के भरोसे ओल्ड पीपल्स होम में रहना पड़ रहा है। वह अपने अच्छे दिनों की यादें बांटने के लिये खिड़की पर आ खड़ा होता है।

मुड़ी पीठ लिये पटेल साहब अफ़्रीका से इदी अमीन द्वारा निकाले गये थे। बच्चों ने भी दिल से निकाल दिया। हर गुरुवार नॉर्थविक पार्क अस्पताल में कम्यूनिटी सर्विस करते हैं। मगर अकेलापन अपना ज़हर उन पर भी फुंफकारता रहता है।

उसकी सबसे प्रिय मित्र बन गई है कैसी। कैसी सत्तर साल की है। छरहरी है...प्रतिदिन एक्सरसाइज़ करती है...साफ़ सुथरी है...मगर आँखों में ख़ालीपन के अतिरिक्त कुछ भी नहीं...पहले दिन का प्रश्न था, "लंदन यूस्टन से 12.57 पर चलने वाली गाड़ी कितने बजे तक हैच-एण्ड पहुँचेगी?" और फिर दूसरे, तीसरे, चौथे दिन वही सवाल। उसे हैरानी हुई। वह सोच में पड़ गया कि इसके पीछे कारण क्या हो सकता है। लगभग गीली आँखों से प्रश्न कर पाना आसान नहीं था। उसका पुत्र उसे बिना बताए ही कहीं चला गया। सात वर्ष हो गये हैं उसे प्रतीक्षा करते। उसे यह भी याद नहीं रहा कि वह लंदन से किस समय की गाड़ी में चढ़ता था। ना जाने कहाँ से 12.57 का आंकड़ा उसके दिमाग़ में जम गया था।

"डीयर कैसी, तुम अब अपने बॉय की जगह कोई बॉय फ़्रेण्ड ढूंढना शुरू कर दो। अभी तुम्हारी उम्र ही क्या है...तुम्हें चाहने वाले एक नहीं कई मिल जाएँगे।" उसने कैसी के मन में एक नई उमंग भर दी, जीने की चाह।

खिड़की ने अचानक सबके जीवन में जीने की ललक पैदा कर दी है। जी

तो वे पहले भी रहे थे मगर अब वापिस इन्सान बन गये हैं क्योंकि इन्सान को जानवर से अलग करने वाली चीज़ है सम्प्रेषण। यदि आप बातचीत ही नहीं कर सकते तो भला इन्सान किस प्रकार के हुए।

अब उस स्टेशन पर उसने अपना एक परिवार खड़ा कर लिया है। अपने मित्रों के लिये चिकन करी बना कर लाता है। अलग-अलग प्लास्टिक के डिब्बों में डालता है। दोनों भारतीय शाकाहारी हैं। मगर बाक़ी सभी उसकी स्वादिष्ट पाक कला का आनंद उठाते हैं।

अबाना अफ़्रीका से है। वह अपने हाथों से उसके लिये मटन पुलाव बना कर लाती है। उसे जीने का कारण मिल गया है। हैच एण्ड स्टेशन की यह खिड़की अचानक स्वर्ग का द्वार बन गई है। उसे मिला कर नौ लोगों को जीने का कारण मिल गया है।

पिछले सप्ताह भर से सोच रहा है कि अपना साठवां जन्मदिन कैसे मनाए। मनाए भी या नहीं। बस हो गया निर्णय। अब खिड़की को केवल खिड़की नहीं बनी रहने देगा। अब खिड़की से बाहर निकलना होगा। उसने देखा है कि परिवार अपने बच्चों का जन्मदिन मैक्डॉनल्ड रेस्टॉरेण्ट में गुब्बारे और सजावट के साथ मनाते हैं। उसे अपने भीतर भी एक बच्चा चहकता महसूस हुआ। उसने निर्णय ले लिया था। उसके खिड़की के साथी बच्चे सभी मिल कर मैक्डॉनल्ड में ही उसका जन्मदिन मनाएँगे।

उसने फ़ोन उठाया और मैक्डॉनल्ड का नम्बर मिलाने लगा।

क़ब्र का मुनाफ़ा

"यार कुछ न कुछ तो नया करना ही पड़ेगा। सारी ज़िन्दगी नौकरी में गँवा चुके हैं। अब और नहीं की जायेगी ये चाकरी", ख़लील ज़ैदी का चेहरा सिगरेट के धुँए के पीछे धुँधला-सा दिखाई दे रहा है। नज़म जमाल व्हिस्की का हलका-सा घूँट भरते हुए किसी गहरी सोच में डूबा बैठा है। सवाल दोनों के दिमाग़ में एक ही है-अब आगे क्या करना है। कौन करे अब यह कुत्ता घसीटी।

ख़लील और नज़म ने जीवन के तैंतीस साल अपनी कम्पनी की सेवा में होम कर दिये हैं। दोनों की यारी के किस्से बहुत पुराने हैं। ख़लील शराब नहीं पीता और नज़म सिगरेट से परेशान हो जाता है। किन्तु दोनों की आदतें दोनों की दोस्ती के कभी आड़े नहीं आती हैं। ख़लील ज़ैदी एक युवा अफ़सर बन कर आया था इस कम्पनी में, किन्तु आज उसने अपनी मेहनत और अक्ल से इस कम्पनी को युरोप की अग्रणी फ़ाइनेन्शियल कम्पनियों की कतार में ला खड़ा किया है। लंदन के फ़ाइनेन्शियल सेक्टर में ख़लील की ख़ासी इज्ज़त है।

"वैसे ख़लील भाई क्या ज़रूरी है कि कुछ किया ही जाये। इतना कमा लिया अब आराम क्यों न करें...बेटे, बहुएं और पोते पोतियों के साथ बाकी दिन बिता दिये जायें तो क्या बुरा है?"

"मियाँ, दूसरे के लिये पूरी ज़िन्दगी लगा दी, कम्पनी को कहाँ से कहाँ पहुँचा दिया। लेकिन...कल को मर जाएँगे तो कोई याद भी नहीं करेगा। अगर इतनी मेहनत अपने लिये की होती तो पूरे फ़ाइनेंशियल सेक्टर में हमारे नाम की माला जपी जा रही होती।"

"ख़लील भाई, मरने पर याद आया, आपने कार्पेण्डर्स पार्क के क़ब्रिस्तान में अपनी और भाभी जान की क़ब्र बुक करवा ली है या नहीं? देखिये उस क़ब्रिस्तान की लोकेशन, उसका लुक, और माहौल एकदम यूनीक है। ...अब ज़िन्दगी भर तो काम, काम और काम से फुर्सत नहीं मिली, कम से कम मर

कर तो चैन की ज़िन्दगी जियेंगे।"

"क्या बात कही है मियाँ, कम से कम मर कर तो चैन की ज़िन्दगी जियेंगे। भाई वाह, वो किसी शायर ने भी क्या बात कही है कि, मर के भी चैन न पाया तो किधर जाएँगे...यार मुझे तो कोई दिक्कत नहीं। तुम्हारी भाभी जान बहुत सोशलिस्ट किस्म की औरत हैं। पता लगते ही बिफर जाएगी। वैसे, तुमने आबिदा से बात कर ली है क्या? ये हव्वा की औलादों ने भी हम जैसे लोगों का जीना मुश्किल कर रखा है। अब देखो ना..."

नजम ने बीच में ही टोक दिया," ख़लील भाई इनके बिना गुज़ारा भी तो नहीं। नेसेसरी ईविल हैं हमारे लिये; और फिर इस देश में तो स्टेट्स के लिये भी इनकी ज़रूरत पड़ती है। इस मामले में जापान बढ़िया है। हर आदमी अपनी बीवी और बच्चे तो शहर के बाहर रखता है, सबर्ब में-और शहर वाले फ़्लैट में अपनी वर्किंग पार्टनर। सोच कर कितना अच्छा लगता है।" साफ़ पता चल रहा था कि व्हिस्की अपना रंग दिखा रही है।

"यार ये साला क़ब्रिस्तान शिया लोगों के लिये एक्सक्लूसिव नहीं हो सकता क्या? .। वर्ना मरने के बाद पता नहीं चलेगा कि पड़ोस में शिया है सुन्नी या फिर वो गुजराती टोपी वाला। यार सोच कर ही झुरझुरी महसूस होती है। मेरा तो बस चले तो एक क़ब्रिस्तान बना कर उस पर बोर्ड लगा दूँ-शिया मुसलमानों के लिये रिज़र्व्ड।"

"बात तो आपने पते की कही है ख़लील भाई। लेकिन ये अपना पाकिस्तान तो है नहीं। यहाँ तो शुक्र मनाइये कि गोरी सरकार ने हमारे लिये अलग से क़ब्रिस्तान बना रखा है। वर्ना हमें भी ईसाइयों के क़ब्रिस्तान में ही दफ़न होना पड़ता। आपने कार्पेण्डर्स पार्क वालों की नई स्कीम के बारे में सुना क्या? वो खाली दस पाउण्ड महीने की प्रीमियम पर आपको शान से दफ़नाने की पूरी ज़िम्मेदारी अपने पर ले रहे हैं। उनका जो नया पैम्फ़लैट निकला है उसमें पूरी डिटेल्स दे रखी हैं। लाश को नहलाना, नये कपड़े पहनाना, कफ़न का इन्तज़ाम, रॉल्स रॉयस में लाश की सवारी और क़ब्र पर संगमरमर का प्लाक-ये सब इस बीमे में शामिल है।"

"यार ये अच्छा है, कम से कम हमारे बच्चे हमें दफ़नाते वक्त अपनी जेबों की तरफ़ नहीं देखेंगे। मैं तो जब इरफ़ान की तरफ़ देखता हूँ तो बहुत मायूस हो जाता हूँ। देखो पैंतीस का हो गया है मगर मजाल है ज़रा भी ज़िम्मेदारी का अहसास हो...कल कह रहा था, डैड कराची में बिज़नस करना चाहता हूँ, बस एक लाख पाउण्ड का इंतज़ाम करवा दीजिये। अबे पाउण्ड क्या साले पेड़ों पर

उगते हैं। नादिरा ने बिगाड़ रखा है। अपने आपको अपने सोशलिस्ट कामों में लगा रखा है। जब बच्चों को माँ की परवरिश की ज़रूरत थी, ये मेमसाब कार्ल मार्क्स की समाधि पर फूल चढ़ा रही थीं। साला कार्ल मार्क्स मरा तो अंग्रेज़ों के घर में और कैपिटेलिज़्म के ख़िलाफ किताबें यहाँ लिखता रहा। इसीलिये दुनियाँ जहान के मार्क्सवादी दोगले होते हैं। सालों ने हमारा तो घर तबाह कर दिया। मेरा तो बच्चों के साथ कोई कम्यूनिकेशन ही नहीं बन पाया।" ख़लील ज़ैदी ने ठण्डी सांस भरी।

थोड़ी देर के लिये सन्नाटा छा गया है। मौत का-सा सन्नाटा। हलका-सा सिगरेट का कश, छत की तरफ़ उठता धुआं, शराब का एक हलका-सा घूंट गले में उतरता, थोड़ी काजू के दांतों से काटने की आवाज़। नज़म से रहा नहीं गया, "ख़लील भाई, उनकी एक बात बहुत पसन्द आई है। उनका कहना है कि अगर आप किसी एक्सीडेन्ट या हादसे का शिकार हो जाएँ, जैसे आग से जल मरें तो वो लाश का ऐसा मेकअप करेंगे कि लाश एकदम जवान और ख़ूबसूरत दिखाई दे। अब लोग तो लाश की आख़री शक्ल ही याद रखेंगे न। नादिरा भाभी और आबिदा को यही आइडिया बेचते हैं, कि जब वो मरेंगी तो दुल्हन की तरह सजाई जायेंगी।"

"यार नज़म, एक काम करते हैं, बुक करवा देते हैं दो-दो क़ब्रें। हमें नादिरा या आबिदा को अभी बताने की ज़रूरत क्या है। जब ज़रूरत पड़ेगी तो बता देंगे।"

"क्या बात कही है भाई जान, मज़ा आ गया! लेकिन, अगर उनको ज़रूरत पड़ गई तो बताएँगे कैसे? बताने के लिये उनको दोबारा ज़िन्दा करवाना पड़ेगा. ..हा। हा..हाहा.।"

"सुनो, उनकी कोई स्कीम नहीं है जैसे बाई वन गैट वन फ़्री या बाई टू गैट वन फ़्री? अगर ऐसा हो तो हम अपने-अपने बेटों को भी स्कीम में शामिल कर सकते हैं। अल्लाह ने हम दोनों को एक-एक ही तो बेटा दिया है।"

"भाई जान अगर नादिरा भाभी ने सुन लिया तो खट से कहेंगी, "क्यों जी हमारी बेटियों ने क्या कुसूर किया है?"

"यार तुम डरावनी बातें करने से बाज़ नहीं आओगे। मालूम है, वो तो समीरा की शादी सुन्नियों में करने को तैयार हो गई थी। कमाल की बात ये है कि उसे शिया, सुन्नी, आग़ाख़ानी, बोरी सभी एक समान लगते हैं। कहती हैं, सभी मुसलमान हैं और अल्लाह के बंदे हैं। उसकी इंडिया की पढ़ाई अभी तक उसके दिमाग़ से निकली नहीं है।"

"भाई जान अब इंडिया की पढ़ाई इतनी खराब भी नहीं होती। पढ़े तो मैं

और आबिदा भी वहीं से हैं। दरअसल मैं तो गोआ में कुछ काम करने के बारे में भी सोच रहा हूँ। वहाँ अगर कोई टूरिस्ट रिज़ॉर्ट खोल लूँ तो मज़ा आ जायेगा...! भाई, सच कहूँ, मुझे अब भी अपना घर मेरठ ही लगता है। चालीस साल हो गये हिन्दुस्तान छोड़े, लेकिन लाहौर अभी तक अपना नहीं लगता। ..यह जो मुहाजिर का ठप्पा चेहरे पर लगा है, उससे लगता है कि हम लाहौर में ठीक वैसे ही हैं, जैसे हिन्दुस्तान में...अछूत।"

"मियाँ चढ़ गई है तुम्हें। पागलों की-सी बातें करने लगे हो। याद रखो, हमारा वतन पाकिस्तान है। बस। यह हिन्दू धर्म एक डीजेनेरेट, वल्गर और कर्रप्ट कल्चर है। हिन्दुओं या हिन्दुस्तान की बढ़ाई पूरी तरहे से एन्टी-इस्लामिक है। फ़िल्में देखी हैं इनकी, वल्गैरिटी परसॉनीफ़ाईड। मेरा तो बस चले तो सारे हिन्दुओं को एक कतार में खड़ा करके गोली से उड़ा दूँ।"

नजम के खर्राटे बता रहे थे कि उसे ख़लील ज़ैदी की बातों में कोई रूचि नहीं है। वो शायद सपनों के उड़नखटोले पर बैठ कर मेरठ पहुँच गया था। मेरठ से दिल्ली तक की बस का सफ़र, रेलगाड़ी की यात्रा और आबिदा से पहली मुलाक़ात, पहली मुहब्बत, फिर शादी। पूरी ज़िन्दगी जैसे किसी रेल की पटरी पर चलती हुई महसूस हो रही थी।

महसूस आबिदा भी कर रही थी और नादिरा भी। दोनों महसूस करती थीं कि उनके पतियों के पास उनके लिये कोई समय नहीं है। उनके पति बस पैसा देते हैं घर का ख़र्चा चलाने के लिये, लेकिन उसका भी हिसाब किताब ऐसे रखा जाता है जैसे कंपनी के किसी क्लर्क से खर्चे का हिसाब पूछा जा रहा हो। दोनों को कभी यह महसूस नहीं हुआ कि वे अपने-अपने घर की मालकिनें हैं। उन्हें समय-समय पर यह याद दिला दिया जाता था कि घर के मालिक के हुक्म के बिना वे एक कदम भी नहीं चल सकतीं। आबिदा तो अपनी नादिरा आपा के सामने अपना रोना रो लेती थी लेकिन नादिरा हर बात केवल अपने सीने में दबाये रखतीं।

नादिरा ने बहुत मेहनत से अपने व्यक्तित्व में परिवर्तन पैदा किया था। उसने एक स्थाई हंसी का भाव अपने चेहरे पर चढ़ा लिया था। पति की डांट फटकार, गाली गलौच यहाँ तक कि कभी-कभार की मार पीट का भी उस पर कोई असर दिखाई नहीं देता था। कभी-कभी तो ख़लील ज़ैदी उसकी मुस्कुराहट से परेशान हो जाते, "आख़िर आप हर वक्त मुस्कुराती क्यों रहती हैं? यह हर वक्त का दांत निकालना सीखा कहाँ से है आपने। हमारी बात का कोई असर ही नहीं होता आप

पर।"

नादिरा सोचती रह जाती है कि अगर वो ग़मगीन चेहरा बनाये रखे तो भी उसके पति को परेशानी हो जाती है। अगर वो मुस्कुराए तो उन्हें लगता है कि ज़रूर कहीं कोई गड़बड़ है अन्यथा जो व्यवहार वे उसे दे रहे हैं, उसके बाद तो मुस्कुराहट जीवन से ग़ायब ही हो जानी चाहिये।

नादिरा ने एक बार नौकरी करने की पेशकश भी की थी। लखनऊ विश्वविद्यालय से एम.ए। पास है वह। लेकिन ख़लील ज़ैदी को नादिरा की नौकरी का विचार इतना घटिया लगा कि बात, बहसमें बदली और नादिरा के चेहरे पर उंगलियों के निशान बनाने के बाद ही रुकी। इसका नतीजा यह हुआ कि नादिरा ने पाकिस्तान से आई उन लड़कियों के लिये लड़ने का बीड़ा उठा लिया है जो अपने पतियों एवं सास ससुर के व्यवहार से पीड़ित हैं।

ख़लील को इसमें भी शिकायत रहती है, "आपका तो हर खेल ही निराला है! मैडम कभी कोई ऐसा काम भी किया कीजिये जिससे घर में कुछ आये। आपको भला क्या लेना कमाई धमाई से। आपको तो बस एक मज़दूर मिला हुआ है, वो करेगा मेहनत, कमाएगा और आप उड़ाइये मज़े।" अब नादिरा प्रतिक्रिया व्यक्त नहीं करती। जैसे ही ख़लील शुरू होता है, वो कमरा छोड़ कर बाहर निकल जाती है। वह समझ गई है कि ख़लील को बीमारी है-कंट्रोल करने की बीमारी। वह हर चीज़, हर स्थिति, हर व्यक्ति को कंट्रोल कर लेना चाहता है-कंट्रोल फ्रीक। यही दफ़्तर में भी करता है और यही घर में।

अपने-अपने घरों में आबिदा और नादिरा बैठी हैं। आबिदा टी.वी. पर फ़िल्म देख रही है-लगान। वह आमिर ख़ान की पक्की फ़ैन है। उसकी हर फ़िल्म देखती है और घंटों उस पर बातचीत भी कर सकती है। पाकिस्तानी फ़िल्में उसे बिल्कुल अच्छी नहीं लगतीं। बहुत लाउड लगती हैं। लाउड तो उसे अपना पति भी मालूम होता है लेकिन इसका कोई इलाज नहीं है उसके पास। उसे विश्वास है कि नादिरा आपा कभी ग़लत हो ही नहीं सकती हैं। वह उनकी हर बात पत्थर की लकीर मानती है।

लकीर तो नादिरा ने भी लगा ली है अपने और ख़लील के बीच। अब वह ख़लील के किसी काम मे दख़ल नहीं देती। लेकिन ख़लील की समस्या यह है कि नादिरा दिन प्रतिदिन ख़ुदमुख़्तार होती जा रही है। जब से ख़लील ज़ैदी ने घर का सारा ख़र्चा अपने हाथ में लिया है, तब से वो घर का सौदा सुलुफ़ भी नहीं लाती। ख़लील कुढ़ता रहता है लेकिन समझ नहीं पाता कि नादिरा के अहम् को कैसे तोड़े।

नादिरा ख़लील के एजेण्डे से पूरी तरह वाक़िफ़ है, जानती है कि ज़मींदार ख़ून बरदाश्त नहीं कर सकता कि उसकी रियाया उसके सामने सिर उठा कर बात कर सके। परवेज़ अहमद के घर हुये बार-बे-क्यू में तो बदतमीज़ी की हद कर दी थी ख़लील ने। बात चल निकली थी प्रजातन्त्र पर, कि पाकिस्तान में ते छद्म डेमोक्रेसी है। परवेज़ स्वयं इसी विचारधारा के व्यक्ति हैं। उस पर नादिरा ने कहीं भारत को विश्व का सबसे बड़ा प्रजातंत्र कह दिया। ख़लील का पारा चढ़ गया। "रहने दीजिये, भला आप क्या समझेंगी" बस यही कह कर एकदम चुप हो गया। नादिरा ने स्थिति को समझने में ग़लती कर दी और कहती गई, "परवेज़ भाई मैं क्या ग़लत कह रही हूँ। भारत का प्रधानमंत्री सिख, वहाँ का राष्ट्रपति मुसलमान और कांग्रेस की मुखिया ईसाई। क्या दुनिया के किसी भी और देश में ऐसा हो सकता है? "

फट पड़ा था ख़लील, "आप तो बस हिन्दू हो गई हैं। आप सिंदूर लगा लीजिये, बिन्दी माथे पर चढ़ा लीजिये और आर्य समाज में जा कर शुद्धि करवा लीजिये...लेकिन याद रखियेगा, हम आपको तलाक दे देंगे।" सन्नाटा छा गया था पूरी महफ़िल में। नादिरा भी सन्न रह गयी। उसने जिस निगाह से ख़लील को देखा अपने इस जीवन में ख़लील उसकी परिभाषा के लिये शब्द नहीं खोज पायेगा। फिर नादिरा ने एक झटका दिया अपने सिर को और चिपका ली वही मुस्कुराहट अपने चेहरे पर। ख़लील तिलमिलाया, परेशान हुआ और अंततः चकरा कर कुर्सी पर बैठ गया। महफ़िल की मुर्दनी ख़त्म नहीं हो पाई। परवेज़ शर्मिंदा-सा नादिरा भाभी को देख रहा था। उसे अफ़सोस था कि उसने बात शुरू ही क्यों की। महफ़िल में क़ब्रिस्तान की-सी चुप्पी छा गई थी।

घर में भी क़ब्रिस्तान पहुँच गया। नादिरा आम तौर पर ख़लील के पत्र नहीं खोलती। एक बार खोलने का ख़मियाज़ा भुगत चुकी है। लेकिन इस पत्र पर पता लिखा था श्री एवं श्रीमती ख़लील ज़ैदी। उसे लगा ज़रूर कोई निमन्त्रण पत्र ही होगा। पत्र खोला तो हैरान रह गई। अपने घर से इतनी दूर किसी क़ब्रिस्तान में इतनी पहले अपने लिये क़ब्र आरक्षित करवाने का औचित्य समझ नहीं पाई। क्या उसका घर एक ज़िन्दा क़ब्रिस्तान नहीं? इस घर में ख़लील क्या नर्क का जल्लाद नहीं। घबरा भी गई कि मरने के बाद भी ख़लील की बग़ल में ही रहना होगा। क्या मरने के बाद भी चैन नहीं मिलेगा?

चैन तो उसे दिन भर भी नहीं मिला। पाकिस्तान से आई अनीसा ने आत्महत्या का प्रयास किया था। रॉयल जनरल हस्पताल में दाख़ल थी। उसे देखने जाना था, पुलिस से बातचीत करनी थी। अनीसा को क़ब्र में जाने से

रोकना था। अनीसा को दिलासा देती, पुलिस से बातचीत करती, सब-वे से सैण्डविच लेकर चलती कार में खाती वह घर वापिस पहुँची।

घर की रसोई में खटपट की आवाज़ें सुनाई दे रही थीं। यानि कि अब्दुल खाना बनाने आ चुका था। रात का भोजन अब्दुल ही बनाता है। ख़लील के लिये आज ख़ास तौर पर कबाब और मटन चॉप बन रहीं थीं। नादिरा ने जब से योग शुरू किया है, शाकाहारी हो गई है। उपर कमरे में जा कर कपड़े बदल कर नादिरा अब्दुल के पास रसोई में आ गई है। अब्दुल की ख़ासियत है कि जब तक उससे कुछ पूछा ना जाये चुपचाप काम करता रहता है। बस हल्की-सी मुस्कुराहट उसके व्यक्तित्व का एक हिस्सा है। आज भी काम किये जा रहा है। नादिरा ने पूछ ही लिया, "अब्दुल तुम्हारी बीवी की तबीयत अब कैसी है। और बेटी ठीक है न।"

"अल्लाह का शुक्र है बाजी। माँ बेटी दोनो ठीक हैं।" फिर चुप्पी। नादिरा को कई बार हैरानी भी होती है कि अब्दुल के पास बात करने के लिये कुछ भी नहीं होता। अच्छा भी है। दो घरों में काम करता है। कभी इधर की बात उधर नहीं करता।

ख़लील घर आ गया है। अब शरीर थक जाता है। उसे इस बात का गर्व है कि उसने अपने परिवार को ज़माने भर की सुविधाएँ मुहैय्या करवाई हैं। नादिरा के लिये बी.एम.डब्लयू। कार है तो बेटे इरफ़ान के लिये टोयोटा स्पोर्ट्स। हैम्पस्टेड जैसे पॉश इलाके में महलनुमा घर है। घर के बाहर दूर तक फैली हरियाली और पहाड़ी। बिल्कुल पिक्चर पोस्टकार्ड जैसा घर दिया है नादिरा को। वह चाहता है कि नादिरा इसके लिये उसकी कृतज्ञ रहे।

नादिरा तो एक बेडरूम के फ़्लैट में भी खुश रह सकती है। खुशी को रहने के लिये महलनुमा घर की ज़रूरत नहीं पड़ती। सात बेडरूम का घर अगर एक मकबरे का आभास दे तो खुशी तो घर के भीतर घुसने का साहस भी नहीं कर पायेगी। दरवाज़े के बाहर ही खड़ी रह जायेगी।

"ख़लील ये आपने अभी से क़ब्रें क्यों बुक करवा ली हैं? और फिर घर से इतनी दूर क्यों? कार्पेण्डर्स पार्क तक तो हमारी लाश को ले जाने में भी ख़ासी मुश्किल होगी।"

"भई, एक बार लाश रॉल्स राईस में रखी गई तो हैम्पस्टैड क्या और कार्पेण्डर्स पार्क क्या। यह क़ब्रिस्तान ज़रा पॉश किस्म का है। फ़ाइनेंशियल सेक्टर के हमारे ज़्यादातर लोगों ने वहीं दफ़न होने का फ़ैसला लिया है। कम से कम मरने के बाद अपने स्टेट्स के लोगों के साथ रहेंगे।"

"ख़लील, आप ज़िन्दगी भर तो इन्सान को पैसों से तौलते रहे। क्या मरने के बाद भी आप नहीं बदलेंगे। मरने के बाद तो शरीर मिट्टी ही है, फिर उस मिट्टी का नाम चाहे अब्दुल हो नादिरा या फिर ख़लील।"

"देखो नादिरा अब शुरू मत हो जाना। तुम अपना समाजवाद अपने पास रखो। मैं उसमें दखल नहीं देता तुम इसमें दखल मत दो। मैं इन्तज़ाम कर रहा हूँ कि हम दोनों के मरने के बाद हमारे बच्चों पर हमें दफ़नाने का कोई बोझ न पड़े। सब काम बाहर बाहर से ही हो जाए।"

"आप बेशक करिये इन्तज़ाम लेकिन उसमें भी बुर्जुआ सोच क्यों? हमारे इलाके में भी तो क़ब्रिस्तान है, हम हो जायेंगे वहाँ दफ़न। मरने के बाद क्या फ़र्क पड़ता है कि हम कहाँ हैं।"

"देखो मैं नहीं चाहता कि मरने के बाद हम किसी ख़ानसामा, मोची, या प्लंबर के साथ पड़े रहें। नज़म ने भी वहीं क़ब्रें बुक करवाई हैं। दरअसल मुझे तो बताया ही उसी ने। मैं चाहता हूँ कि तुम्हारी ज़िन्दगी में तो तुमको बैस्ट चीज़ें मुहैय्या करवाऊँ ही, मरने के बाद भी बेहतरीन ज़िन्दगी दूँ। भई अपने जैसे लोगों के बीच दफ़न होने का सुख और ही है।"

"ख़लील अपने जैसे क्यों? अपने क्यों नहीं? आप पाकिस्तान में क्यों नहीं दफ़न होना चाहते? वहाँ आप अपनों के करीब रहेंगे। क्या ज़्यादा ख़ुशी नहीं हासिल होगी? "

"आप हमें यह उल्टा पाठ न पढ़ाएँ। इस तरह तो आप हमसे कहेंगी कि मैं पाकिस्तान में दफ़न हो जाऊँ अपने लोगों के पास और आप मरने के बाद पहुँच जाएँ भारत अपने लोगों के क़ब्रिस्तान में। यह चाल मेरे साथ नहीं चल सकती हैं आप। हम आपकी सोच से अच्छी तरह वाकिफ़ है बेग़म।"

"ख़लील हम कहे देते हैं, हम किसी फ़ाइव स्टार क़ब्रिस्तान में न तो ख़ुद को दफ़न करवाएँगे और न ही आपको होने देंगे। आप इस तरह की सोच से बाहर निकलिये।"

"बेग़म कुरान-ए-पाक भी इस तरह का कोई फ़तवा नहीं देती कि क़ब्रिस्तान किस तरह का हो। वहाँ भी सिर्फ़ दफ़न करने की बात है।"

"दिक्कत तो यही है ख़लील, यह जो तीनों आसमानी किताबों वाले मज़हब हैं वो पूरी ज़मीन को क़ब्रिस्तान बनाने पर आमादा हैं। एक दिन पूरी ज़मीन कम पड़ जायेगी इन तीनों मज़हबों के मरने वालों के लिये।"

"नादिरा जी, अब आप हिन्दुओं की तरह मुतासिब बातें करने लगी हैं। समझती तो आप कुछ हैं नहीं आप तो यह भी कह देंगी की हम मुसलमानों को

भी हिन्दुओं की तरह चिता में जलाना चाहिये।" ख़लील जब गुस्सा रोकने का प्रयास करता है, तो नादिरा के नाम के साथ जी लगा देता है।

"हर्ज़ ही क्या है इसमें? कितना साफ़ सुथरा सिस्टम है। ज़मीन भी बची रहती है, ख़ाक मिट्टी में भी मिल जाती है।"

"देखिये हमें भूख लगी है। बाकी बात कल कर लेंगे।"

कल कभी आता भी तो नहीं है। फिर आज हो जाता है। किन्तु नादिरा ने तय कर लिया है कि इस बात को क़ब्र में नहीं दफ़न होने देगी। आबिदा को फ़ोन करती है, "आबिदा, कैसी हो? "

"अरे नादिरा आपा कैसी हैं आप? आपको पता है आमिर ख़ान ने दूसरी शादी कर ली है। और सैफ़ अली ख़ान ने भी अपनी पहली बीवी को तलाक़ दे दिया है। इन दिनों बॉलीवुड में मज़ेदार ख़बरें मिल रही हैं। आपने शाहरूख़ की नई फ़िल्म देखी क्या? देवदास क्या फ़िल्म है!"

"आबिदा, तुम फ़िल्मों की दुनिया से बाहर आकर हक़ीकत को भी कभी देखा करो। तुम्हें पता है कि ख़लील और नज़म कार्पेण्डर्स पार्क के क़ब्रिस्तान में क़ब्रें बुक करवा रहे हैं।"

"आपा हमें क्या फ़र्क पड़ता है? एक के बदले चार-चार बुक करें और मरने के बाद चारों में रहें। आपा जब ज़िन्दा होते हुए इनको सात सात बेडरूम के घर चाहियें तो मरने के बाद क्या खाली दो गज़ ज़मीन काफ़ी होगी इनके लिये। मैं तो इनके मामलों में दख़ल ही नहीं देती। हमारा ध्यान रखें बस। ...आप क्या समझती हैं कि मैं नहीं जानती कि नज़म पिछले चार साल से बुश्रा के साथ वक्त बिताते हैं। आप क्या समझती हैं कि बंद कमरे में दोनों कुरान शरीफ़ की आयतें पढ़ रहे होते हैं? पिछले दो सालों से हम दोनों भाई बहन की तरह जी रहे हैं। अगर हिन्दू होती तो अब तक नज़म को राखी बांध चुकी होती।"

धक्क-सी रह गई नादिरा। उसने तो कभी सोचा ही नहीं कि पिछले पांच वर्षों से एक ही बिस्तर पर सोते हुए भी वह और ख़लील हम-बिस्तर नहीं हुए। दोनों के सपने भी अलग-अलग होते हैं और सपनों की ज़बान भी। एक ही बिस्तर पर दो अलग-अलग जहान होते हैं। तो क्या ख़लील भी कहीं...वैसे उसे भी क्या फ़र्क पड़ता है। "आबिदा, मैं ज़ाती रिश्तों की बात नहीं कर रही। मैं समाज को ले कर परेशान हूँ। क्या यह ठीक है जो यह दोनों कर रहे हैं?

"आपा, मुझे कोई फ़र्क नहीं पड़ता। मेरे लिये यह बातें बेकार-सी हैं। जब मर ही गये तो क्या फ़र्क पड़ता है कि मिट्टी कहाँ दफ़न हुई। इस बात को लेकर मैं अपना आज क्यों ख़राब करूँ? हाँ अगर नज़म मुझ से पहले मर गये, तो मैं

उनको दुनिया के सबसे ग़रीब क़ब्रिस्तान में ले जाकर दफ़न करूँगी और क़ब्र पर कोई कुतबा तक नहीं लगवाऊँगी। गुमनाम क़ब्र होगी उसकी। अगर मैं पहले मर गई तो फिर बचा ही क्या? "

ठीक कहा आबिदा ने कि बचा ही क्या। आज ज़िन्दा है तो भी क्या बचा है। साल भर बीत जाने के बाद भी क्या कर पाई है नादिरा। आदमी दोनो ज़िन्दा हैं लेकिन क़ब्रें आरक्षित हैं दोनों के लिये। ख़लील और नज़म आज भी इसी सोच में डूबे हैं कि नया धन्धा क्या शुरू किया जाए। क़ब्रें आरक्षित करने के बाद वो दोनों इस विषय को भूल भी गये हैं।

लेकिन कार्पेण्डर्स पार्क उनको नहीं भूला है। आज फिर एक चिट्ठी आई है। मुद्रा स्फीति के साथ-साथ मासिक किश्त में पैसे बढ़ाने की चिट्ठी ने नादिरा का ख़ून फिर खौला दिया है। ख़लील और नज़म आज ड्राइंग रूम में योजना बना रहे हैं। पूरे लन्दन में एक नज़म ही है जो ख़लील के घर शराब पी सकता है। और एक ख़लील ही है जो नज़म के घर सिगरेट पी सकता है। लेकिन दोनो अपना-अपना नशा खुद साथ लाते हैं-सिगरेट भी और शराब भी।

"ख़लील भाई, देखिये मैं पाकिस्तान में कोई धन्धा नहीं करूँगा। एक तो आबिदा वहाँ जायेगी नहीं, दूसरे अब तो बुश्रा का भी सोचना पड़ता है, और तीसरा यह कि अपना तो साला पूरा मुल्क ही कर्रपशन का मारा हुआ है। इतनी रिश्वत देनी पड़ती है कि दिल करता है सामने वाले को चार जूते लगा दूँ। ऊपर से नीचे तक सब कर्रप्ट। अगर हम दोनों को मिल कर कोई काम शुरू करना है तो यहीं इंगलैण्ड में रह कर करना होगा। वर्ना आप कराची और हम गोआ। मैं तो आजकल सपनों में वहीं गोआ में रहता हूँ। क्या जगह है ख़लील भाई, क्या लोग हैं, कितना सेफ़ फ़ील करता है आदमी वहाँ।"

"मियाँ तुमको चढ़ बहुत जल्दी जाती है। अभी तय कुछ हुआ नहीं तुम्हारे अन्दर का हिन्दुस्तानी लगा चहकने। तुम साले हिन्दुस्तानी लोग कभी सुधर नहीं सकते। अन्दर से तुम सब के सब मुतासिब होते हो, चाहे मज़हब तुम्हारा कोई भी हो। तुम्हारा कुछ नहीं हो सकता।"

"तो फिर आप ही कुछ सोचिये ना। आप तो बहुत ब्रॉड-माइन्डेड हैं।"

"वही तो कर रहा हूँ। देखो एक बात सुनो.। "

नादिरा भुनभुनाती हुई ड्राइंग रूम में दाख़िल होती है," ख़लील, मैंने आपसे कितनी बार कहा है कि यह क़ब्रें कैंसिल करवा दीजिये। आप मेरी इतनी छोटी-सी बात नहीं मान सकते? "

"अरे भाभी, आपको ख़लील भाई ने बताया नहीं कि उनकी स्कीम की

ख़ास बात क्या है? उनका कहना है कि अगर आप किसी एक्सीडेन्ट या हादसे का शिकार हो जाएँ, जैसे आग से जल मरें तो वो लाश का ऐसा मेकअप करेंगे कि लाश एकदम जवान और ख़ूबसूरत दिखाई दे। अब आप ही सोचिये ऐसी कौन-सी ख़ातून है जो मरने के बाद ख़ूबसूरत और जवान न दिखना चाहेगी? "

"आप तो हमसे बात भी न करें नज़म भाई। आपने ही यह कीड़ा इनके दिमाग़ में डाला है। हम आपको कभी माफ़ नहीं करेंगे...ख़लील आप अभी फ़ोन करते हैं या नहीं। वर्ना मैं ख़ुद ही क़ब्रिस्तान को फ़ोन करके क़ब्रें कैंसिल करवाती हूँ।"

"यार तुम समझती नहीं हो नादिरा, कैंसिलेशन चार्ज अलग से लगेंगे। क्यों नुकसान करवाती हो? "

"तो ठीक है मैं ख़ुद ही फ़ोन करती हूँ और पता करती हूँ कि आपका कितना नुकसान होता है। उसकी भरपाई मैं ख़ुद ही कर दूँगी।"

नादिरा गुस्से में नम्बर मिला रही है। सिगरेट का धुँआ कमरे में एक डरावना-सा माहौल पैदा कर रहा है। शराब की महक रही सही कसर भी पूरी कर रही है। फ़ोन लग गया है। नादिरा अपना रेफ़रेन्स नम्बर दे कर बात कर रही है। ख़लील और नज़म परेशान और बेबस से लग रहे हैं।

नादिरा थैंक्स कह कर फ़ोन रख देती है। "लीजिये ख़लील, हमने पता भी कर लिया है और कैन्सिलेशन का आर्डर भी दे दिया है। पता है उन्होंने क्या कहा? उनका कहना है कि आपने साढ़े तीन सौ पाउण्ड एक क़ब्र के लिये जमा करवाए हैं। यानि कि दो कब्रों के लिये सात सौ पाउण्ड। और अब इन्फ़लेशन की वजह से उन कब्रों की कीमत हो गई है ग्यारह सौ पाउण्ड यानि कि आपको हुआ है कुल चार सौ पाउण्ड का फ़ायदा।"

ख़लील ने कहा, "क्या चार सौ पाउण्ड का फ़ायदा, बस साल भर में!" उसने नज़म की तरफ़ देखा। नज़म की आँखों में भी वही चमक थी।

नया धन्धा मिल गया था!

ढिबरी टाइट

गुरमीत एकाएक ठहाका लगाकर हंसा।

घर के सभी सदस्य चौंक पड़े। गुरमीत तो लगभग दो वर्ष से दुःख के उस गहरे समुद्र में डूब चुका था, जहाँ से उसे खींचकर निकाल पाना शायद कठिन ही नहीं असंभव -सा भी लग रहा था। फिर वही गुरमीत, एकाएक बच्चों की-सी प्रसन्नता के साथ हंसने और नाचने लगा था।

'कर दी सालों की ढिबरी टाइट...खा गया सालों को, ...उनकी तो मां...!'

सभी अवाक् गुरमीत को देखे जा रहे थे। 'कहीं इतने दिनों की चुप्पी से पागल तो नहीं हो गया?'...पर अभी-अभी ठीक-ठाक था। ...हाँ, शायद आजकल गुरमीत का चुप रहना ठीक ही लगता है। वो पुराना ज़िन्दादिल गुरमीत तो न जाने कहाँ खो गया है। ...आज जैसे उस पुराने गुरमीत की राख में से ही तो, गुरमीत की हंसी निकल कर आई है। ...यह गुरमीत है या कोई फ़िनिक्स?

घर के सभी लोग टेलीविज़न के सामने बैठे थे। वही परिचित-सी राष्ट्रीय कार्यक्रम की धुन बजी थी और फिर समाचार की। तब तक तो गुरमीत के चेहरे पर चुप्पी मनहूसियत की तरह चिपकी हुई थी। फिर समाचार वाचक ने समाचार पढ़ा, 'आज ईराक़ीद्न फ़ौज ने अचानक कुवैत पर हमला कर के उसे अपने कब्ज़े में ले लिया है...' और उससे आगे का समाचार न तो गुरमीत को सुनना था और ना ही घर का कोई अन्य सदस्य सुन पाया।

जैसे उन्माद का एक दौरा ही पड़ गया था गुरमीत पर। इराक द्वारा कुवैत पर कब्ज़ा जैसे गुरमीत के जीवन की सबसे सुखद घटना बन गई थी। कहीं उसके दुःखी और अशांत मन को लगने लगा था जैसे उसने स्वयं ही कुवैत पर कब्ज़ा कर लिया हो। वह कमरे से बाहर आया। ...बत्ती जलाई और सहन में पड़े दो-तीन खाली डिब्बों को ठोकरें मारने लगा...'यह साला अमीर गया; यह गया क्राउनप्रिंस...स्साला कहता था-सोने की चादर की कार बनवाऊँगा...भाग गया

उल्लू का पट्ठा। ...सब स्साले भाग लिए...ओये दारजी खुशियाँ मनाओ ओए...आज तो जी भर के शराब पियो...ओयेओन्हाँ दी तां माँ मर गई ओए...लै गया सौरयांनू. ..करती सालयाँ दी ढिबरी टाइट।'

हंसी का जो बांध उसने अपनी आसुंओं के सामने खड़ा किया था उसमें दरारें उभरने लगीं और थोड़ी ही देर में वह बांध पूर्ण रूप से ध्वस्त हो गया.. .गुरमीत जितनी जोर से हंसा था उतने ही ज़ोर से रोने लगा।

दारजी ने बेटे को संभाला। माँ तो एक साल पहले ही पुत्तर को छोड़कर स्वर्गों में ठिकाना कर चुकी थी। गुरमीत अभी भी उन्माद में बड़बड़ाए जा रहा था, 'हुण नहीं छोड़ेगा जी, हुण कुछ नहीं बचेगा। सारे दा सारा गल्फ़ तबाह हो जाएगा। दारजी हुण ओथे कुछ नहीं बचना जे।'

दारजी को तो यह समझ नहीं आ रहा था कि वे दुःखी हों या प्रसन्न! एक ओर तो उनका पुत्र रो रहा था और दूसरी ओर प्रसन्नता इस बात की कि बेटा दो साल के बाद बोला तो! दो वर्ष से चुप्पी का एक ऐसा आवरण गुरमीत के चेहरे पर चढ़ा हुआ था कि उसके नीचे का दर्द किसी को दिखाई ही नहीं दे पाता था। गुरमाती कुछ बोले, तभी तो दर्द दिखाई दे।

दर्द भी तो उसने स्वयं ही मोल लिया था। अच्छा खासा घर था; खेती-बाड़ी थी; यह सब छोड़कर गया ही क्यों वह? अधिक पाने की चाह में जो कुछ था वह भी लुट गया। मनुष्य संतुष्ट क्यों नहीं रह पाता? क्यों अधिक से अधिक पा लेना चाहता है!

गुरमीत के भी कई मित्र विदेश हो आए थे। हर एक के पास विदेश की अलग-अलग रसीली कहानियाँ थी। वहाँ की कारों की दास्तां, डिपार्टमेंट स्टोर, सोने की दुकानें, न जाने क्या-क्या...सब के सब गुरमीत को अपनी ओर आषित कर रहे थे। नहीं तो गुरमीत को क्या कमी थी। कुछ अर्सा पहले ही उसने कुलवंत कौर से विवाह किया था। खेतों की मुण्डेरों पर पला प्यार विवाह के बंधन में बंध गया था और फिर गर्भवती पत्नी और सभी परिवारजनों को छोड़कर गुरमीत कुवैत चला गया।

उसे तो केवल तरसेमलाल को दिखाना था कि वह भी विदेश जाने की कुव्वत रखता है। तरसेमलाल तो केवल आठवीं पास है, फिर भी देखो कैसे दुबई में नौकरी का जुगाड़ बना लिया और आज उसका घर देशी-विदेशी चीजों से भरा हुआ है। कौन कहेगा कि तरसेमलाल का पिता मूंगफली और गजक बेचकर गुजारा करता था। ...फिर गुरमीत के यहाँ तो वैसे ही खुशहाली है और वह तो ग्यारहवांद्न पास भी है! ट्रैक्टर चलाता हुआ क्या बांका जवान लगता था।

बस कर लिया निर्णय-मैं भी विदेश जाऊँगा।' दारजी या बड़े भाई के समझाने का कोई असर नहीं। बस एक ही ज़िद्द। हठीला तो बचपन से ही था। पहुँच गया एक ट्रैवल एजेंट के पास।

'ट्रैवल एजेंट' भी तो सपनों के सौदागर होते हैं। विदेश के ऐसे रंगीन सपने बेचते हैं कि सपने खरीदने के लिए इन्सान घर-बार भी बेचने को तैयार हो जाए। इन्हीं सपनों ने गुरमीत के दिल में भी विदेश जाने की इच्छा को दीवानेपन की हद तक भर दिया था।

गाँव में गुरमीत का घर हमारे घर से कोई अधिक दूर नहीं है। अब तो उसे एक गाँव कहना भी ठीक नहीं होगा। अनाज की बड़ी-सी मण्डी है और एक छोटे से शहर की लगभग सभी सुविधाएँ वहाँ मौजूद हैं। हम दोनों के पिता अच्छे मित्र हैं। मेरे पिताजी की एक डिस्पेंसरी है वहाँ। अच्छी खासी प्रेक्टिस है। गुरमीत के पिता सरदार वरयाम सिंह का नाम बड़े किसानों में लिया जाता है।

गुरमीत जब कुवैत गया था तो पहले मेरे ही पास बंबई आया था, 'वीर जी, कमाल है! इतना बड़ा जहाज और कहते हैं एयर बस! ओए भला ऐ क्या बात होई जी? भाई जहाज जहाज है और बस बस! हमें वेवकूफ क्यों बनाते हैं... भराजी, मेरे तो पेट में खलबली मची रही जब तक जहाज बंबई में आकर उतर नहीं गया। ...पर वीरजीपिण्ड वाले (गाँव वाले) आपकी भी बहुत तरीफें करते हैं जी। हर आदमी इको ही गल (बात) करता है कि डॉक्टर जेतलीदापुत्तर बिल्कुल नहीं बदलया। देखो हवाई जहाज चलाता है पर अकड़ बिल्कुल नहीं।'

गुरमीत धारा प्रवाह बोले जा रहा था। मेरी पत्नी तो शहर की है-खास बंबई शहर की। मैं कभी गुरमीत की ओर देखता और फिर अपराधी नज़रों से पत्नी की ओर भी देख लेता। परंतु पत्नी भी गुरमीत की बातों का आनंद ले रही थी। गुरमीत की निश्चल बातें उसे अच्छी लग रही थीं।

मैं स्वयं ही गुरमीत को कुवैत छोड़ने गया था। एअरलाईन की नौकरी के कुछ तो लाभ भी होते हैं ना।

वहाँ अपने दोस्त दिनेश बतरा से मिलवा भी आया। दिनेश तो लगभग दस वर्षों से कुवैत में चार्टडआकाउण्टेंट है। गाँव के गुरमीत को परदेस में भी एक जानकार तो मिल ही गया था।

गुरमीत ने अपने सरल स्वभाव और व्यवहार से शीघ्र ही अपने आपको वहाँ सुव्यवस्थित भी कर लिया था। उसे रहने के लिए हिल्टन होटल के पीछे ही एक जगह मिल गई थी। उसने स्वयं ही यह स्थान पसंद किया था। कुछ गाँव के घरों जैसा घर था। आंगन के मुख्य द्वार से घर तक पहुँचने तक ही तीन मिनट

तो चलना ही पड़ता था। चारों ओर ऊँची दीवार और बीच मध्य में उसका तीन कमरे का वातानुकूलित घर! जी जान से मेहनत कर रहा था गुरमीत और वहाँ जगरांव में कुवंत ने एक फूल-सी बेटी को जन्म दिया।

लाख चाहने पर भी गुरमीत अपनी पुत्री के जन्म पर जगरांव नहीं जा पाया। विदेश में छुट्टी अपनी मर्ज़ी से तो मिलती नहीं है। इस बीच मैं भी गाँव हो आया था। कुलवन्त और गुड्डी को देख आया था अब मैं ही तो एक सूत्र था-गुरमीत और उसके परिवार के बीच।

मेरा एक चक्कर कुवैत का फिर लगा। अब गुरमीत में कई बदलाव आ चुके थे। अपनी कार में मुझे लेने आया और दोपहर का खाना सीज़र्सरेस्टॉरेन्ट में खिलाने ले गया। उसके भीतर का बालक अभी भी ज़िंदा था, 'भराजी, इस परदेस में तो घर से कोई चिट्ठी आ जाए उसी का तो एक सहारा होता है। यह अजब देश है जी जहाँ डाकिया ही नहीं होता। बस पोस्ट बॉक्स से आपे ही चिट्ठियाँ निकाल लाओ।' गुरमीत की आँखों में एक दर्द की टीस-सी उभरी। कुलवंत की याद और बिन-देखी गुड्डी की प्यारी-सी शक्ल ज़हन में उभरी।' आपने तो गुड्डी को देखा है ना जी? किस पर गई है? फोटो से तो कुछ पता ही नहीं चलता।'

मुझे लगा जैसे गुरमीत मेरी आँखों में कुलवंत और गुड्डी की छवि देखने की चेष्टा कर रहा है।

'भराजी, मैं दिनेश जी को कम ही मिलता हूँ। बहुत पढ़े-लिखे लोग हैं, कई बार तो अपने पर ही शर्म आ जाती है। उनकी मम्मी तो बहुत ही बढ़िया औरत हैं जी। खाना खिलाए बिना आने ही नहीं देती और भाभी जी ने तो कुवैत में तहलका मचा दिया जी। कितना चंगा गातीं हैं जी। 'कुवैतटाइम्स' और 'अरब टाइम्स' दोनों में उनकी फोटो छपी थी जी।'

मैं बेसाख्ता उस इंसान को देखे जा रहा था। कितना सरल, कितना प्यारा।

मेरा जब भी कुवैत जाना होता, गुरमीत के पास हर बार कोई-न-कोई नई कहानी, नया किस्सा रहता-मुझे सुनाने के लिए। उनमें से आधी से अधिक घटनाओं में तो केवल उसके अंदर का बच्चा ही बोलता रहता था। विदेशी चमकीली वस्तुओं के प्रति एक बालक का आकर्षण स्वाभाविक ही था।

किंतु एक दिन बहुत उदास बैठा था, 'भराजी, यहाँ की पुलिस तो बहुत ही खराब है। इक तांनिरी अनपढ़ पुलिस है जी। अंगरेजी का तो इक अक्षर भी नहीं बोलणाआंदा जी। ...सो जी पकड़ लिया एक दिन हमारे एक मलयाली भाई को. ..ओजी वोही ...नायर को जी। पहले चौक पर उसकी वैन की तलाशी ली जी

और 'ठुल्ला' (पुलिसवाला) अपनी ही बन्दूक उसकी वैन में भूल गया। और जी अगल चौराहे पर दूसरे ठुल्लेचेकिंग कर रहे थे। बस जी वैन में बंदूक मिली। ...कर दी अगले की पिटाई। वोहबिचारा दुबला-पतला घास-फूसखाणेवाला आदमी जी, शरीर में कोई ज़्यादा दम भी नहीं-फंस गया इन डंगरो के बीच जी। थाणे ले गये जी। बहुत मारा जी। वोअपणी अरबी में पूछे जा रहे थे और यह अपणा बंदा अंग्रेजी और मलयाली में रोए जा रहा था। ...रब ने बचा लिता जी ओस बन्दे नूं। पता लग गया जी कि बंदूक उनके अपने ठुल्ले की है जी। ... पर अपणाबन्दांतां अधमोया कर ता न जी। ...ऐथे अरबी बोली तां, भराजी, ज़रूर आणी चाही दी।'

विदेश में अकेले पड़ जाने का खौफ गुरमीत की आँखों में स्पष्ट रूप से दिखाई दे रहा था। सात समुद्र पार करके विदेश जाने वाली ललक थी गुरमीत में। पर एक ही समुद्र के उस पास पहुँच कर उसका दिल दहल गया था।

फिर कुछ ऐसा भी हुआ कि कुछ महीनों के लिए कम्प्यूटर ने कुवैत और मेरे नाम के बीच भी एक समुद्र भर दिया। और मेरा नाम कुवैत की फ्लाइटों पर दिखाई नहीं दिया। इस बीच पत्रों से ही सूचना मिली कि गुरमीत गाँव का चक्कर लगा आया है और कुलवंत और गुड्डी भी कुवैत पहुँच गये हैं।

कुलवंत और गुरमीत, साथ ही कुछ महीनों की गुड्डी-एक प्यारा-सा परिवार। मैं भी यह सोच कर प्रसन्न था कि चलो दोनों का अकेलापन समाप्त हुआ। आख़िर कुलवंत भी तो इतने परिवारजनों के बीच अकेली ही थी। गुरमीत के बिना उसे किसी और से कितना सरोकार होगा। और अब वही गुरमीत उसके पास था, उसके पास-उसका अपना गुरमीत। अब कोई गोरी मेम उसके गुरमीत को उड़ा कर नहीं ले जायेगी। अरब की हूरें भी तो जादू जानती हैं-बेचारी कुलवन्त!

दिनेश का फ़ोन कुवैत से आया तो मैं उस समय जापान गया हुआ था। यह नौकरी भी तो एक जगह टिक कर नहीं बैठने देती ना। दुनिया भर के शहरों का चक्कर काटता फिरता हूँ। घर में टिक कर रह पाना तो एक बहुत बड़ी उपलब्धि जैसा लगता है।

दिनेश ने कोई विशेष संदेश भी नहीं छोड़ा था। बात भी तो हमेशा संयत ढंग से ही करता है। समय ने उसे संपूर्ण रूप से परिपक्व बना दिया है। उसकी आवाज तो सदा ही सपाट-सी लगती है, किसी भी उत्तेजना या भावुकता से रहित। पत्नी ने उसे बता दिया था कि मैं जापान से कब लौटूंगा। और उसने भी बस इतना भर ही कहा कि श्मैं फिर फ़ोन कर लूँगा।'

'इकबाल भाई ने ईद पर सिवइयाँ भिजवाईं थीं। नाराज़ हो रहे थे। कह रहे

थे कि इतना बड़ा मोटर ट्रेनिंग स्कूल चला रहे हैं और हमारी भाभी हैं कि अभी तक गाड़ी भी नहीं चला पाती हैं। ...आपको काफी डांट रहे थे कि बीवी को घर में कैद करके रखा हुआ है।' पत्नी ने सूचना दी।

इकबाल भाई को ईद-मुबारक कहने के लिए टेलीफ़ोन किया और चाय की चुस्की भरने लगा।

दिनेश का फोन फिर आया। वही संयत आवाज, 'सुरेन तुम कल ही कुवैत आ जाओ। बहुत जरुरी काम है। मैं एयरपोर्ट पर तुम्हारे लिए वीज़ा लेकर आ जाऊँगा। कम से कम एक हफ्ते की छुट्टी लेकर आ जाओ। काम बहुत ज़रूरी है। गुरमीत को तुम्हारी सख्त ज़रूरत है।'

मैं हलो-हलो कहता रहा। पर दिनेश को तो बस सूचना देनी थी और यह काम वह पहले ही कर चुका था।

पत्नी की नाराज़गी के बावजूद मैं कुवैत की ओर चल दिया। ना जाने क्या अनबूझ-सा रिश्ता बन गया था मेरे और गुरमीत के बीच।

घर से निकलने की सोच ही रहा था कि बाहर फ़ायर इंजन के चिंघाड़ने की आवाज आई। पता नहीं कहाँ आग लगी थी। टैक्सी में बैठा तो पास से सर्र करती हुए एंबुलैंस निकली। रास्ते में अंधेरी के श्मशान घाट के सामने से टैक्सी गुजरी तो शरीर में झुरझुरी-सी उभरी।

कुवैत पहुँचकर दिनेश मुझे सीधा अपने घर ही ले गया। गुरमीत वहीं पर था। चुप! एकदम चुप! उस हर समय चहकने वाले गुरमीत के स्थान पर जैसे किसी ने उसकी पत्थर की मूरत बनवा कर रखी दी हो। मुझे देखकर भी उस पर कोई विशेष प्रतिक्रया नहीं हुई। उसकी आँखों में कोई पहचान या खुशी नहीं उभरी। उस ज़िंदादिल गुरमीत को एक ज़िंदा लाश बना देने के लिए किसे कसूरवार ठहराया जाए-नियति को या...और मैं कुछ भी नहीं सोच पा रहा था; केवल गुरमीत की एक ही बात, हथौड़े की तरह, बार-बार मेरे दिमाग में बजे जा रही थी, 'भराजी, यहाँ की पुलिस बड़ी खराब है जी।'

अगले ही दिन मैं और दिनेश गुरमीत को साथ लिये एक बार फिर उस रास्ते पर चल दिये जहाँ सब कुछ घटा था। गुरमीत की आँखों में फैले आतंक, खालीपन और सूनापन मुझे उस दिन की तमाम घटना सुनाते दिख रहे थे।

कुलवन्त माँ बनने वाली थी। बेटी के बाद बेटा होने की दोनों को प्रबल आकांक्षा थी। कुलवंत पूरे दिनों से थी। उसने गुरमीत को कहा भी, 'सुणो जी, आज कम ते ना जाओ। लगदा है आज हस्पतालजाणापयेगा।'

'ओ भागवाने डरने की क्या गल है? ये फोन रख्या है न; बस कर देणा।

मैं गोली वांगभजया आऊँ। डरीदा नहीं होंदा। कल तोंतां ईद दियांछुट्टियानें।'

हुआ वही जिसका कुलवंत को डर था। प्रसव वेदना शुरू हो गई। थोड़ी देर तक तो वह सहती रही। फिर जब नहीं सहा गया तो उसने गुरमीत को फोन किया। गुरमीत भी काफी उत्तेजित था। प्रसन्नता और चिंता की मिश्रित भावनाएँ लिए वह अपनी कार की ओर भागा। गुड्डी के जन्म के समय तो वह कुलवंत से बहुत दूर था किंतु इस बार वह कुलवंत के साथ होगा, उसे स्वयं सहारा देगा। साथी ने बधाई भी दी, श्गुरमीत सिंह अब तो ईद पर बेटा होने वाला है। बहुत किस्मत वाला होगा।'

आँखों में कुलवंत, गुड्डी और होने वाले पुत्र की तस्वीरें लिए गुरमीत ने अपनी कार स्टार्ट की। घर पहुँचने की जल्दी में गुरमीत ने एक्सीलेटर पर अपने पैर का दबाव बढ़ा दिया।

अभी वह 'सी-फेस' पर पहुँचा ही था कि पुलिस का सायरन सुनाई दिया। किंतु वह तो अपनी ही धुन में गाड़ी चलाए जा रहा था। कुवैतटॉवर के पास पहुँचते-पहुँचते पुलिस की गाड़ी ने उसे रुकने का इशारा किया। गुरमीत घबरा गया। न जाने क्या अपराध हुआ है उससे। ठुल्ला अरबी भाषा में चिल्लाए जा रहा था और 'स्पीडो मीटर' की ओर इशारा किए जा रहा था। काफ़ी कठिनाई से गुरमीत को समझ आया कि उसे तेज़ गाड़ी चलाने के जुर्म में पकड़ा जा रहा है। उसने अपने सारे कागज पुलिस के हवाले कर दिये। एकाएक विचार कौंधा कि कुलवंत की क्या हालत होगी। अपनी टूटी-फूटी अंग्रेजी में अरबी के शब्द मिलाकर वह पुलिस वालों को यह समझाने लगा कि उसकी पत्नी की 'डिलीवरी' होने वाली है और बच्चा किसी भी क्षण पैदा हो सकता है। किंतु उसकी बात न तो कोई सुन रहा था और ना ही किसी को समझ आ रही थी।

गुरमीत को ले जाकर कोतवाली में बंद कर दिया गया। वह गिड़गिड़ाया; उसने मिन्नतें की; वास्ते दिये। उसने हर एक पुलिस वाले से बात करने की चेष्टा की कि शायद किसी को उसकी बात समझ में आ जाए और उस पर दया करके उसे छोड़ दे।

हम तीनों दिनेश की कार में सवार कुवैतटॉवर तक पहुँच गये और गुरमीत की आँखों का दर्द जैसे कई गुणा बढ़ गया था। कुछ न कर पाने का अहसास उसे अंदर ही अंदर खाये जा रहा था।

गुरमीत को जेल में डालकर इंस्पेक्टर तो ईद की छुट्टियाँ मनाने चला गया। और गुरमीत चार दिन तक उस जेल की दीवारों से सिर टकराता रहा, चिल्लाता रहा; अपनी कुलवंत को याद करता रहा।

फिर ख्याल आया, कुलवंत के पास दिनेश जी का घर का फोन नंबर तो हैं। शायद भाभी जी को फोन कर लिया हो। शायद जब वह जेल से बाहर निकले तो कुलवन्त और बेटा दोनों हस्पताल में सुरक्षित हों।

कुलवन्त बेचारी गुरमीत की प्रतीक्षा करते-करते दर्द से निढाल होने लगी थी। गाँव की लड़की परदेस में अकेली। हिम्मत करके दिनेश बतरा के घर फ़ोन किया। पर वहाँ कोई फ़ोन ही नहीं उठा रहा था। जब दर्द असह्य हो गया तो सलवार उतार कर ज़मीन पर चटाई बिछा कर लेट गई। फिर विचार आया कि अगर बच्चा ज़मीन पर गिर गया तो...वापिस जाकर पलंग पर लेट गई। सोचा मोमजामा बिछा लूँ। ...गुड्डी के जन्म के समय तो उसे कुछ सोचना ही नहीं पड़ा था। सब कुछ माँ के घर ही हुआ था। ...दर्द था कि बढ़ता ही जा रहा था।

डेढ़ साल की गुड्डी माँ की हालत देखकर रोने लगी थी। पर माँ की कराहटें उसके बाल सुलभ मन को पीड़ित किये जा रही थीं।

कुलवंत दर्द से चीखे जा रही थी। गुरमीत को भी याद किये जा रही थी और अपनी माँ को भी। ...जब तक ईद का चांद पैदा हुआ कुलवंत बेहोश हो चुकी थी। उसे पता ही नहीं चला कि उसका बेटा हुआ या बेटी। बच्चा रोया या नहीं?

गुड्डी भी रोये जा रही थी। उसकी माँ का शरीर खून से लथपथ था और उसके साथ बंधा हुआ था एक छोटा-सा नन्हा मुन्ना। मुन्ना तो रोये जा रहा था। वह भी तो रक्त में सना पड़ा था। गुड्डी ने उसे हाथ लगाया तो उसे अपने हाथ में चिपचिपाहट महसूसू हुई। अब वह पूर्ण रूप से घबरा गई। अपने नन्हें-नन्हें कदमों के सहारे दरवाज़े की ओर भागी। किंतु दरवाजे की चिटकनी तो उस नन्हीं-सी गुड़िया की पहुँच से काफी ऊपर थी। काफी देर तक दरवाजा पीटती रही। मगर कोई सुन पाता तभी तो खोलता।

अब न तो माँ की कराहटें सुनाई दे रहीं थीं और ना ही ही मुन्ने का रोना। पूरे घर में एक भयानक-सा सन्नाटा छाया हुआ था। रोते-रोते ही गुड्डी की भूख तेज होने लगी। वह बेचारी फ्रिज खोलने की कोशिश करने लगी। किंतु फ्रिज था कि खुल ही नहीं रहा था।

गुरमीत के सामने जेल में खाना पड़ा था। वह बेसुध कभी उस खाने की ओर देखता तो कभी दीवारों की ओर शून्य में ताकने लगता। और उधर गुड्डी पूरे घर में कुछ-न-कुछ खाने को खोज रही थी। आख़िर थक कर चूर हो गई और रोते-रोते सो गई।

गुरमीत हवलदार के पैर छूकर गिड़गिड़ा रहा था, एक टेलीफ़ोन करने की

अनुमति मांग रहा था। पर 'वहाँ की पुलिस वाले तो बहुत खराब होते हैं ना जी।'

सोते-सोते गुड्डी के पेट में मरोड़ ज़रूर उठा होगा। जाकर माँ को जगाने की कोशिश करने लगी। पर कुलवन्त तो गहरी नींद में सो चुकी थी। गुड्डी के लिए एक बार फिर खाना ढूंढने और रोने का काम शुरू।

चौथे दिन गुरमीत की रिहाई हुई। वह सीधा घर पहुँचा। चाबी से बाहर से ही दरवाजा खोला और अंदर घुसते ही उसे नाक पर हाथ रखना पड़ा। सामने कुलवन्त और बच्चे की नंगी लाशे पड़ी थीं। गुड्डी को खोजा। वह फ्रिज के पास ही पड़ी थी।

'हरामज़ादो!' वह दहाड़ा, श्मैं तुम्हें ज़िंदा नहीं छोड़ूंगा। एक -एक को मार डालूँगा...सबको चुन-चुनकर मार डालूँगा।' वह चिल्लाए जा रहा था। कुलवन्त, गुड्डी और मुन्ने की लाशों पर काफ़ी देर तक रोता रहा। थोड़ा संभला और दिनेश बतरा को फ़ोन किया।

दिनेश अपने चिर-परिचित अंदाज़ में गुरमीत को हौसला दिलाता रहा।

श्दिनेश जी मैं अब यहाँ नहीं रहूँगा जी। पर जाने से पहले सबका काम तमाम कर दूँगा जी। किसी हरामजादे को नहीं छोड़ूंगा।' रह-रहकर गुरमीत के भीतर का हिंसक पशु जाग उठता।

दिनेश ने उसे बड़ी कठिनाई से संभाला। और अब हम दोनों उसे समझा रहे थे।

अपनी गृहस्थी खुद अपने हाथों से जलाकर गुरमीत वापस आ गया था, दारजी के पास। पर सब कुछ सह जाने और कुछ न कर पाने की अपनी असमर्थता के कारण गुरमीत भीतर ही भीतर घुटता रहा-एक भयानक चुप्पी ओढ़े हुए।

और यह चुप्पी आज ही टूटी थी जब वह हर्षोल्लास से चिल्ला उठा था- 'कर दी सालों की ढिबरी टाइट!'

हथेलियों में कंपन

नरेन के लिये यह पहली हरिद्वार यात्रा नहीं है...

वह इससे पहले बहुत बार हरिद्वार जा चुका है। उसके रिश्तेदारों में शायद ही कोई ऐसा परिवार होगा जिसके परिवार के किसी न किसी सदस्य की अस्थियाँ उसने वहाँ जा कर गंगा में न बहाई हों। वह शिव है...हर परिवार की मृत्यु का ज़हर वह स्वयं पी जाता है।

वैसे मुझे उनके बारे में आदर से बात करनी चाहिये क्योंकि वे मेरे मौसा हैं। किन्तु नरेन्द्र नाथ त्रिखा लिखने में वह बात नहीं आती जो नरेन में है। पूरा नाम लिखने से आदर भाव तो आ जाएगा मगर चरित्र पूरे का पूरा बदल जाएगा। मौत का जो ज़हर उन्होंने अपने भीतर कहीं छिपा कर रखा हुआ है, उस ज़हर का आभास नरेन नाम से अधिक हो सकता है।

मृत्यु क्या केवल एक शारीरिक स्थिति है? क्या कर्मकाण्ड जीवन और मृत्यु के साथ जुड़ा रहना चाहिये? क्या किसी की मृत्यु पर रोना आवश्यक है?...मुझ जैसे अज्ञानी लोग इन सवालों से जूझते रहते हैं। नरेन को इन सवालों से कुछ लेना देना नहीं है। उसका बचपन जीन्द नाम के छोटे से शहर में बीता है। उसके पिता घर में स्याही बनाने का काम करते थे और अपने शहर में सप्लाई करके किसी तरह घर का ख़र्चा चलाते थे। आर्य-समाजी थे पिता। घर में हर रविवार को हवन होता था। पूरे घर में हवन-सामग्री और देसी घी की खुशबू हमेशा महसूस की जा सकती थी। उसी हवन-सामग्री और देसी घी से बना था नरेन का व्यक्तित्व।

सादगी की इन्तेहा यह कि जो कपड़े उनकी पत्नी ख़रीद देती, बस पहन लेते। जब विवाह हुआ था तो भारतीय रेल में फ़ायरमैन की नौकरी करते थे। फ़ायरमैन आजकल नहीं होते क्योंकि रेलगाड़ी अब भाप के इंजिन से नहीं चलती। फ़ायरमैन अब केवल हमारी यादों का हिस्सा हैं। वह रेलगाड़ी चलाते

नहीं थे उनका काम होता था भाप इंजिन में कोयला भट्टी में झोंकना। फिर उस कोयले से पानी गरम होता और भाप बनती जिससे इंजिन चलता और रेलगाड़ी को खींचता।

मुझे भी मौक़ा मिला था नरेन मौसा के साथ उनके इंजिन में बैठकर दिल्ली से जीन्द जाने का। उनके ड्राइवर का नाम शिवनाथ था...गहरी दोस्ती थी दोनों में। दो महीने पहले उसकी अस्थियाँ भी हरिद्वार पहुँचाने गये थे। शिवनाथ का शरीर पांच फ़ुट ग्यारह इंच से सिकुड़ कर शायद पांच फ़ुट का ही रह गया था. ..कैंसर...शरीर को खोखला कर के, उसे निचोड़ कर बस एक कमण्डल भर अस्थियों में परिवर्तित कर गया था।

मुझे याद है कैसे नरेन मौसा जब इंजिन की भट्ठी में कोयला डाल रहे थे तो उनके गोरे बदन पर कोयलों की कालिख़ भी उन्हें स्मार्ट-लुक दे रही थी। नरेन मौसा उन दिनों बिल्कुल फ़िल्म कलाकार धर्मेन्द्र जैसे दिखा करते थे। दिसम्बर की छुट्टियाँ जब क्रिसमिस मनाने लोग दिल्ली और मुंबई जाते थे, मैं ऐसे समय में जीन्द जा रहा था। छठी कक्षा में भी मैं अंग्रेज़ी अच्छी बोल लेता था...नरेन मौसा रास्ते भर मुझ से अंग्रेज़ी में बात करते रहे...शायद ड्राइवर शिवनाथ अंकल पर मेरी अंग्रेज़ी की धौंस जमा रहे थे। इंजिन की आग की गर्मी दिसम्बर की सर्दी को हमसे दूर रखे हुए थी। इंजिन का माहौल भी कुछ रहस्यमयी-सा था...गाड़ी बहादुरगढ़ और रोहतक होती हुई जीन्द जा रही थी। मुझे इंजिन यात्रा का वह रोमांच जीवन भर याद रहेगा...मैं सारी रात जागता रहा...बाल मन की उत्सुकताएँ...भला कैसे आसानी से शान्त हो पातीं...

नरेन मौसा का विवाह मुझे हमेशा उन पर अत्याचार जैसा लगा। नरेन मौसा के मुक़ाबले हमारी विमला मौसी सादा और घरेलू ही मानी जाएगी। कहने को तो दोनों ही दसवीं पास थे...उस ज़माने के पंजाब मैट्रिक...सुनकर बहुत अच्छा लगता था कि फ़लां-फ़लां ने पंजाब मैट्रिक पास कर ली है। फिर कुछ लोग प्रेप करते थे, फिर इन्टर और बाद में बी.ए...मगर न तो नरेन मौसा ने ही बी.ए। की और न ही विमला मौसी ने। मगर नरेन मौसा ने हमारी मौसी को हमेशा बहुत आदर सत्कार के साथ रखा...पूरे परिवार में उनकी पूरी इज्ज़त थी।

नरेन मौसा को अब तो हरिद्वार का रास्ता भी अच्छी तरह याद हो गया है। दिल्ली से ग़ाज़ियाबाद, मेरठ, मुज़फ़्फ़र नगर, रूड़की और हरिद्वार...करीब पांच घण्टे का रास्ता पड़ता है कार से। वैसे पानीपत और सहारनपुर के रास्ते भी हरिद्वार जाया जा सकता है, मगर नरेन मौसा को मेरठ और मुज़फ़्फ़र नगर वाला रास्ता ही पसन्द है।

अपने पिता, चाचा, मामा, दो साढुओं, एक साली, एक साले, अपने समधी और कई दोस्तों की अस्थियाँ हरिद्वार पहुँचा चुके हैं। आजकल हमारे कुनबे के वरिष्ठ नागरिक हैं। उन्हें परिवार के बारे में पूरी जानकारी भी है कि मेरी माँ झंग (अब पाकिस्तान में) में कहाँ रहती थीं, या फिर मेरे पिता जी पाकिस्तान में कहाँ रहते थे। भारत में भी अम्बाला, करनाल, फ़िरोज़पुर, दिल्ली, मुंबई-सभी जगह के रिश्तेदारों के साथ उनका संपर्क रहता है। वे सबके हैं...बस सवाल एक ही है क्या कोई उनका भी है।

"काका, असी पंजाती ब्राहम्ण होन्दे हाँ...यानि पंज जातां...तुसी मोहला हो. ..ते मैं त्रिखा...ते तुहाडे माता जी होए झिंगन...यानि कि त्रिखा, मोहला, झिंगन, जेतली ते कुमड़िया...बस ऐ पंज जातां होन्दियाँ ने। साढ़ा इलाका वेस्ट पंजाब है ते असी सारस्वत ब्राहम्ण होन्दे हाँ। गोत्र साढे सारियाँ दे अलग-अलग ने। साढा गोत्र है वशिष्ट, ते तुहाडी माता जी दा है भारद्वाज, पर तुहाडा गोत्र बड़ा मुश्किल वाला है...बड़ा घट सुणन विच आन्दा है...तुसी लोग सोमस्थम गोत्र वाले हो...बहुत पुराणे ऋषि-सी सोमस्थम...कहन्दे ने कि वेदां दे हिसाब नाल हवन शुरू करन वाले ऋषि सी।" यह मेरी नरेन मौसा के साथ पहली हरिद्वार यात्रा थी।

नरेन मौसा जानते हैं कि मुझे पंजाबी ठीक से समझ नहीं आती...अधिकांश समय मुंबई में बीता है...अंग्रेज़ी में पढ़ाई, रहने को मुंबई शहर...थोड़ी बहुत मराठी तो समझ भी लेता था, बोल भी लेता था मगर पंजाबी भला किस-किस के साथ बोलता। फिर भी मुझ से हमेशा पंजाबी में ही बात करते हैं। वैसे मेरी माँ भी मुझसे पंजाबी में ही बात करती हैं...माँ की पंजाबी के एक-एक शब्द का अर्थ समझ जाता हूँ।

भाषा किस तरह का जुड़ाव पैदा कर देती है। मराठी का काम-चलाऊ ज्ञान होने के बावजूद जब आसपास कोई मराठी बोलता है तो लगता हे कि मेरा कोई अपना है। ठीक उसी तरह पंजाबी में पैदल होने के बावजूद जब कोई पंजाबी बोलता है तो भी अपना ही लगता है। मगर घर से इतनी दूर विदेश में बसने के बाद तो किसी भी भारतीय भाषा बोलने वाला अपना लगता है।

हरिद्वार के पण्डों की भाषा मुझे बिल्कुल समझ नहीं आई थी। नरेन मौसा ने मुझे रास्ते में ही समझा दिया था, "काका, तूं उत्थे कुझ बोलणा नहीं। बस चुप करके देखदा रहीं। मैनूं गल करण दईं। ऐह पण्डे खल लाह लैन्दे नें।"

नरेन मौसा इन पण्डों को अच्छी तरह समझते थे। उन्हें इन सबसे बातचीत करने का एक लम्बा अनुभव है। यह सोचने पर मजबूर हो जाता हूँ कि इतने धार्मिक होने के बावजूद नरेन मौसा कर्मकाण्ड में पूरा विश्वास नहीं रख पाते।

दरअसल आर्यसमाजी होने की वजह से भी सोच कुछ अलग थी...

हरिद्वार पहुँचते ही मेरे मन में विचार आया कि सुबह तक प्रतीक्षा करते हैं और सुबह अपने पारिवारिक पण्डे को ढूंढ कर उसी से श्रद्धापूर्वक सारी विधि करवा ली जाए। मगर नरेन मौसा भला कहाँ मानने वाले थे, "ओय, तैनू नहीं पता, सब दे सब लुटेरे ने। असी कोई सीधा सादा पण्डा ढूंढ के उससे अस्थि विसर्जन करवा लेंगे...बस सवेरे जा कर तुम्हारे परिवार के पण्डे के पास जा कर मौत दर्ज करवा लेंगे। उसके पास यही ज़रूरी काम है।"

बाऊजी की मृत्यु के झटके से भला कहाँ उबरा था। नरेन मौसा की एक-एक बात मेरे लिये फ़रमान था। मुझे आशा थी कि किसी ऐसी जगह जाकर अस्थि विसर्जन करेंगे जैसा कि गंगा नदी को चित्रों में देखा है। मगर नहीं...एक पण्डा मिला जिसने कहा कि यहाँ ऊपर जो धारा बहती है यहाँ बेहतर अस्थि विसर्जन होता है। नरेन मौसा ने हामी भर दी।

मुझे कुछ समझ नहीं आ रहा था...मृत्यु सीधी और सरल क्यों नहीं हो सकती? क्यों कुछ लोग मृत्यु में भी ऑनर्स और पीएच.डी. कर लेते हैं। क्यों हम मरने के बाद उनके द्वारा लूटे जाने पर भी उफ़ नहीं करते? क्यों हर मज़हब का इन्सान मौत के सामने इतना बेचारा हो जाता है? क्यों हम मृतक की आत्मा की शान्ति के लिये बेवक़ूफ़ियों पर बेवक़ूफ़ियाँ करते चले जाते हैं? हम तो महानगरों में रहने के कारण पूरी तरह से धार्मिक नहीं रहे...मगर जो छोटे शहरों, कस्बों या गाँव में रहते हैं...उनका शोषण ये धर्म के ठेकेदार किस तरह करते होंगे।

मैनें एक बार फिर शंका जताई कि हमें अपने पुरखों वाले पण्डे को सुबह ढूंढना चाहिये। इस पर पण्डे को लगा कि शिकार हाथ से गया। बिना वक्त गंवाए बोला, "जी, अपना नाम बताइये, मरने वाले का नाम बताइये...पूरा नाम...आपसे क्या रिश्ता था...कहाँ के रहने वाले थे...उनके पिता का नाम...गोत्र क्या था..." पूरी तरह से यांत्रिक तरीक़े से बातचीत हो रही थी। पण्डा सही-ग़लत संस्कृत में श्लोक बोले जा रहा था और मुझे अपने पीछे दोहराने के लिये कह रहा था। जितना मुझे समझ आ रहा था उतना मैं दोहराए जा रहा था।

इतने में उसे पीछे से एक आवाज़ आई। लगा कि कोई और नई आसामी फंसने वाली है। पण्डे ने कहा, बस थोड़ी देर के लिये रोक के रख। अभी आता हूँ।

मुझे अपने बाऊजी की बातें याद आ रही थीं...बाऊजी अब केवल अस्थियाँ बन चुके थे। मेरे बाऊजी अपने ज़माने के मॉडर्न आदमी थे। उनका एक अंग्रेज़ औरत से इश्क था। दोनों शादी करना चाहते थे। मगर दादा जी के दबाव, परिवार

की कटती नाक, और बिरादरी का डर...सब मेरे बाऊजी के प्रेम पर हॉवी हो गये...बाऊजी अपनी मर्जी का विवाह नहीं कर पाए। और भारत का बंटवारा हो गया...स्वतन्त्र भारत में जिस औरत के साथ दादा जी ने बांध दिया...बंध गये।

अगर बाऊजी ने उस अंग्रेज़ औरत से विवाह कर लिया होता तो क्या मेरा कोई वजूद होता? फिर तो बाऊजी का बेटा एंग्लो इण्डियन होता...क्या वह मेरे बाऊजी की अस्थियाँ ले कर हरिद्वार आता। वैसे कई बार यह भी सोचा कि अचानक एक दिन एक गोरा-सा लड़का आकर सामने खड़ा हो जाए और मेरे बाऊजी से कहे कि मैं तो आपका पुत्र हूँ...मैं तो पल भर में उसे बाहों में भर कर अपना भाई बना लेता...मगर मां...! उन पर क्या गुज़रती...? लेकिन मेरा विवाह बाऊजी और माँ ने मेरी मर्ज़ी के हिसाब से कर दिया था। एक बार भी नहीं कहा कि पूनम के माँ बाप की जाति हमसे नीची है या फिर बिरादरी का रोना...कुछ भी नहीं हुआ...बस मैंने बताया और बाऊजी और माँ जा कर पूनम के माता-पिता से बात कर आए।

पण्डे ने मेरी सोच को झटका दिया, “जी जजमान, आपने अभी ग्यारह पण्डितों को भोजन करवाने का संकल्प लिया है। आप उसके पांच सौ पचास रुपये यहाँ रख दीजिये।”

“मगर, मैंने कब संकल्प लिया?”

“अरे अभी आप मेरे श्लोकों के पीछे दोहरा रहे थे न।”

मौसा जी का एक नया ही रूप मेरे सामने उभर कर आया, “देख भाई जवान, हमारे काके ने ग्यारह नहीं इक्कीस ब्राहम्णों को खाणा खिलाणे का संकल्प लित्ता है। मगर वो खाणा यहाँ नहीं खवाएगा। ये खाणा खिलावेगा मुम्बई में, जहाँ ये रहता है। आप इक्कीस ब्राह्मण ले कर इनके घर पहुँच जाओ, बस जाके छक के भोजन कर आवो।”

पण्डा बगलें झांक रहा था। “ऐसे थोड़े ही होता है सेठ।” अचानक हम यजमान से सेठ बन गये थे।

“ओए गल्ल सुण जवान, तूं साढे नाल मज़ाक ना कर, ते हम तेरे नाल मजाक नहीं करेंगे। लै पकड़ इक सौ इक्यावन रुपय्ये...आप वी खुश रह ते सानू वी खुश रहण दे।” मौसा जी का अनुभव उनके शब्दों में साफ़ सुनाई दे रहा था।

अंतिम संस्कार में भी दुकानदारी...फिर वही पुरानी कहावत याद आती है. ..कहावतें पुरानी हो कर भी अपना अर्थ नहीं खोती हैं...घोड़ा अगर घास से यारी करेगा तो खाएगा क्या...शायद इन पण्डों के लिये भी मजबूरी है। महंगाई के साथ-साथ घर चलाना है...कोई और ज़रिया तो है नहीं आमदनी का...जैसे डॉक्टर

अपने मरीज़ों के साथ सहानुभूति नहीं कर सकता ठीक वैसे ही मरघट और हरिद्वार के पण्डे भी अपने ग्राहकों के साथ रियायत नहीं कर सकते। इनका रिश्ता ही ऐसा है।

रिश्ते कैसे हमें छोड़ छोड़ कर कहीं दूर चले जाते हैं। मगर हम उन्हें केवल हरिद्वार तक पहुँचा पाते हैं...हरिद्वार से हरि तक की यात्रा वे अकेले ही करते हैं. ..हरिद्वार जब पहली बार रात को देखा तो समझ ही नहीं आया कि जो हम पिक्चरों में देखते हैं वह हरिद्वार कहाँ है...नरेन मौसा रात को अपने जाने पहचाने गेस्ट हाउस में ले गये। न जाने वहाँ कितनी बार ठहर चुके हैं...रिसेप्शन पर बैठे व्यक्ति ने उन्हें पहचान भी लिया। उसकी आँखों में एक प्रश्न दिखाई दे रहा था, "अबकी किसे ले आए?"

नरेन मौसा भी देख कर खुश थे कि रिसेप्शनिस्ट उनको पहचानता है, "देख भाई जवान, हमें एक कमरा चाहिये जिसमें दो बेड हों, साफ़ सुथरा हो, और बस आज की रात ही रहना है हमको...और हाँ नाश्ता हम बाहर ही करने वाले हैं. ..अगर सुबह की चाय मिल जाए तो हमारा काम हो जाएगा।" मैनें होटल का नाम पढ़ा...हर की पौड़ी!

अब मेरी बारी थी। नरेन मौसा अब मुझे समझाने लगे, "देखो पुत्तर, रहणे को तो हम फाइव स्टार होटल में भी रह लें। मुझे पता है कि तुझे पैसे की कोई कमी नहीं। पर असी अपणा पैसा सुट्टिये क्यों? रातां दिया नौकरियाँ कर कर के पैसा कमाया है तूं।"

रात को नीन्द कैसे आती...क्या रात अभी बाक़ी थी...घड़ी देखी...अब इसे सुबह के दो बज कर पैंतालीस मिनट कहे या फिर या फिर रात के। सुबह-सुबह तो नहा धो कर निकलना होगा अपने पण्डे को खोजने।

"काका तूं वेखीं...कोई परेशानी नहीं होणीं...बस असी उत्थे किसी वी पण्डे नूं पुछ लांगे कि साढा पण्डा किथे है, ते मजाल है कि कोई वी साढे नाल झूठ बोल जावे...इन्हाँ पण्डयाँ विच आपस विच बड़ी ईमानदारी है। कोई किसे दा जजमान नहीं मारदा। तूं कल वेखीं।"

मौसा जी को शायद थोड़ी परेशानी हो रही थी कि मैं कुछ जवाब नहीं दे रहा था। मैं लगातार सोच रहा था कि बाऊजी को रात को कैसा महसूस हुआ होगा। ऐसा कैसे संभव है कि एक इन्सान रात को सोए और सुबह उठे ही नहीं। नरेन मौसा भी कह रहे थे, "काका तेरे बाऊजी नूं तां देवतयाँ वर्गी मौत मिली है। इस तरह नीन्द विच उडारी भर लैणी...बड़े किस्मत वालियाँ नूं एहो जही मौत मिलदी है।"

बात करते-करते नरेन मौसा के ख़र्राटे सुनाई देने लगे। उनका जीवन कितना सरल है कितना निश्छल। मेहनती इन्सान हैं, मानवता उनमें कूट-कूट कर भरी है। किसी के साथ छल कपट नहीं। मेरे बाऊजी ने ही उनका रिश्ता मेरी मासी से करवाया था। बाऊजी हमेशा कहा करते-"भाई नरेन्दर ने निभाया बहुत सोहणा है...अपणे परवार लई जान देंदा है।"

मेरे शरीर का कुछ ऐसा हाल था कि जागूँ तो नींद आए और सोने का प्रयास करूँ तो नींद निकट न आए। उस थके हुए शरीर को जब गरम पानी से स्नान करवाया तो महसूस हुआ कि शरीर अभी जीवित है। कमरे में फ़ोन नहीं था। नरेन मौसा मुझसे पहले ही नहा चुके थे। मैंने अभी तक कमरे को ठीक से देखा नहीं था। दो सिंगल बैड जोड़ कर बिछाए हुए थे। इसीलिये रात को दोनों को अलग-अलग कम्बल मिल गये थे। कम्बलों के नीचे और ऊपर सफ़ेद रंग की चादरें थी। कपड़े टांगने की एक अल्मारी, एक मेज़ और एक कुर्सी। टी.वी। या रेडियो जैसी कोई चीज़ नहीं दिखाई दे रही थी। हाँ ऊपर एक सीलिंग फ़ैन यानि कि छत का पंखा ज़रूर लगा हुआ था। मौसम ऐसा नहीं था कि हमें उस पंखे की आवश्यकता महसूस होती। कमरा साफ़ था...यही वादा नरेन मौसा ने किया भी था कि कमरा साफ़ होगा।

नरेन मौसा के आदेशानुसार ट्रे में रखी दो चाय और बिस्कुट भी आ पहुँचे। मौसा चाय को सुड़क कर पीते हैं। कहते हैं कि जब तक चाय को सुड़का ना जाए तो चाय का स्वाद ही नहीं पता चलता। चाय पीते पीते ही एक सवाल दाग़ दिया, "मौसा जी, जब अस्थि विसर्जन हो ही गया है तो फिर हम अपने पण्डे से मिलने क्यों जा रहे हैं।"

"काका जी, बात ये है कि हमने जाके आपके पण्डे के पास बाऊजी की मौत रजिस्टर करवानी है। ये पण्डे दुनियाँ के किसी भी कम्प्यूटर से ज़्यादा ऑर्गेनाइज़्ड हैं। ये आपकी पिछली सात पुश्तों की हिस्टरी आपको बता सकते हैं। आपके बाऊजी जब अपने पिता जी को यहाँ छोड़ने आए थे तो उन्होंने एक रजिस्टर में साइन किये होंगे। उसकी एन्ट्री भी आपको मिलेगी। इन पण्डों के बहीखाते तो गिनेस बुक में रजिस्टर होणे चाहियें।"

मौसा जी ने पहले एक दुकान पर रुक कर पूरी भाजी का ऑर्डर दिया... वहीं कुर्सियाँ लगी थीं। अनमने भाव से मैंने पूरी खानी शुरू की...वैसे ही पूरी परांठे छोड़े हुए एक लम्बा अर्सा हो गया है...कमर का कमरा बनता जा रहा है. ..मगर बेदिली से ही पूरी और आलू की भाजी खाने लगा...पूरियाँ अच्छी बनी थीं मगर जब खाने की इच्छा न हो तो माल पूड़े भी लौकी और तुरई जैसे लगने

लगते हैं।

मैंने अपने मन की दुविधा नरेन मौसा के सामने उड़ेल दी, "मौसा जी, ब्राह्मण तो हम भी हैं, फिर हम अपने ही अंतिम संस्कार के लिये आचार्य और पण्डों पर क्यों निर्भर करते हैं। हम लोग अपने परिवार में ही किसी को यह विधि क्यों नहीं सिखा लेते?"

"कौण सिखेगा? ना तूं सिखेंगा?...काका कहणा बड़ा असान है, पर करण वास्ते कोई तैयार नहीं होन्दा। तूं आप हवाई जहाज दी नौकरी करदां हैं...भला तूं एह कम किवें कर सकदा हैं...दरअसल असी उच्चे कुल दे ब्राहम्ण होन्दे हाँ। ऐह आचार्य वगैरह मैले ब्राह्मण होन्दे ने...छोटे ब्राहम्ण...मुर्दयाँ दा ऐही खा सकदे ने। सानु मनाही है मुर्दयाँ दा खाणा।"

बातें करते करते हम पहुँच गये हर की पौड़ी...मुझ जैसा नास्तिक भी उस दृश्य को देख कर कुछ समय के लिये परमात्मा में विश्वास करने लगा...अद्‌भुत नज़ारा...वहाँ एक पण्डे से पूछा कि पंजाब के मोहला लोगों के महन्त कहाँ होते हैं...उन लोगों ने आपस में कुछ खुसर पुसर की...इससे पहले कि कोई हमें बता सकता एक और पण्डा आया, "बोलो साब, क्या काम है?"

पहले पण्डे ने उसे बीच में ही टोक दिया, "अरे कुछ नहीं, इनका अपना महन्त है...जी सेठ, आपके पण्डे का नाम है पंडित हुकुम चन्द पाठक...दरअसल आपके पण्डे थे पाठक जी, उनकी तो हो गई मृत्यु। आजकल उनका काम उनकी पत्नी देख रही है-शकुन्तला पाठक। यहाँ नज़दीक ही बड़े बाज़ार में उनकी हवेली है-रामगिरी हवेली। यहाँ से कोई दस बारह मिनट लगेंगे पैदल चलने में। ...वहाँ आप मौत रजिस्टर करवा सकते हैं...वैसे वह डांट देती है...बुरा ना मानियेगा।"

इतनी ईमानदारी बहुत कम देखी थी। अभी कुछ ही क़दम चले थे के मौसा जी ने कहा, "काका जी, गंगा-स्नान करणा है?"

"जी मौसा जी, पहले काम कर आते हैं, फिर वापसी में कर लेंगे।"

मौसा जी को पण्डों का मज़ाक उड़ाने में बहुत आनन्द की अनुभूति होती थी, "काका, ऐथों दे पण्डयाँ ने इक अलग दुनियाँ वसाई होई है। ऐ लोग इन्सान दी छिल लाह लैन्दे ने...आ तैनूं इक तमाशा दिखावां।"

इसके साथ ही मैंने देखा कि चारों तरफ़ से घिरा एक स्थान है जहाँ एक गाय बंधी खड़ी है, एक चारपाई है, एक बिस्तर बंधा हुआ है, एक लालटेन, एक छाता, एक टाइम पीस, एक जोड़ी मर्दाना कपड़े और एक जोड़ी ज़नाना कपड़े, एक मर्दानी चप्पल और एक ज़नाना चप्पल। वहाँ पास एक और खटिया

पर एक पण्डा सुस्ता रहा था। मैं अनायास पूछ बैठा, "ये सब क्या है?"

नरेन मौसा से पहले ही पण्डा स्वयं बोल पड़ा, "देखो बेटा हम यहाँ क्रियाकर्म करते हैं। मरने वाले की आत्मा की शान्ति के लिये हम वे सब चीज़ें यहाँ रखते हैं जिनकी उसे अगली ज़िन्दगी में ज़रूरत होगी। तुम यहाँ मृतक के नाम से जो जो चीज़ें दान कर जाओगे, वे सब उसे स्वर्ग में मुहैय्या हो जाएँगी। यहाँ पांच सौ से ले कर पांच हज़ार तक के क्रियाकर्म की सुविधा मौजूद है।"

मेरी आँखों में अनिश्चितता देख कर पण्डा स्वयं ही बोल पड़ा, "इसमें परेशान होने की तो कोई बात ही नहीं ना। देखिये अगर आपका बजट पांच सौ रुपये का है तो बस आप खाट, बिस्तर और कपड़ों को हाथ लगा दीजिये। ये मृतक के नाम से दान हो जाएँगे। जैसे जैसे आप नग बढ़ाते जाएँगे, वैसे वैसे दाम बढ़ते जाएँगे। पांच हज़ार में गौदान का लाभ भी मिल जाएगा।"

हड्डियाँ दिखाई देती गाय जैसे पुरज़ोर तरीके से हमें बता रही थी कि जो पैसे गौदान से पण्डे को मिलते हैं उनके दस प्रतिशत भी गाय के पेट में नहीं जाता। कहते हैं कि धर्म श्रद्धा पर निर्भर करता है मगर यहाँ तो धर्म का पूरा व्यवसायीकरण हो चुका है।

मेरी कोई रुचि न देखकर पण्डे ने आख़िरी अस्त्र चलाया, "देख लीजिये सेठ, आपको डिस्काउण्ट भी मिल सकता है। चलिये हटाइये साढ़े तीन हज़ार में पांच हज़ार वाली क्रिया करवा लीजिये। आपको कुछ ख़ास तो करना नहीं है, बस जो जो चीज़ क्रियाकर्म में शामिल करनी है उसको छूना है और मेरे पीछे मन्त्रों का जाप करना है। ज़्यादा से ज़्यादा बीस मिनट का काम है।" और मैं सोच रहा था कि यह सारा सामान जो सामने रखा है, दिन भर में कितनी आत्माओं की शांति के लिये इस्तेमाल में लाया जाता होगा...दिन-ब-दिन, सप्ताह दर सप्ताह और फिर महीना और साल। आत्माओं को भी ठगा जा रहा है।

मुझे यह भी समझ नहीं आ रहा था कि मैं अपने बाऊजी के अस्थि विसर्जन के लिये आया हूँ या आलू बैंगन ख़रीदने। कितनी बेशरमी से मोल भाव हो रहा था। ढिठाई उस पण्डे के चेहरे पर बेग़ैरती से छाई हुई थी। वहाँ रुकना संभव नहीं लग रहा था। बाज़ारवाद तो यहाँ नहीं पहुँचा फिर यह सब क्या है? एक तरह से मृत्यु का बाज़ार तो लगा ही है...गंगा के किनारे आपके सामने नदी से पानी भर भर कर गंगाजल बिक रहा है...सबकुछ देख कर लग रहा था जैसे यहाँ से सारा सामान हमारे मृतकों की आत्माओं के साथ हवाई जहाज़ द्वारा भेज दिया जाएगा।

वहाँ से गंगा नदी की ख़ूबसूरती देखते देखते हम चल दिये अपने महन्त का

अड्डा देखने के लिये। रास्ते में बातें बाऊजी की सोच के बारे में हो रही थीं। क्या वे यह सब करते जो हम कर रहे हैं। फिर याद आया कि बाऊजी भी तो मेरे दादाजी की अस्थियाँ यहाँ लाए थे। उनके हस्ताक्षर भी देखने को मिलेंगे। आज बाऊजी की अनुपस्थिति में उनके हस्ताक्षर देखने के विचार से ही रोमांच-सा हो रहा था।

हम पहुँच भी गये। हमारा महन्त तो ख़ासा खाता पीता इन्सान लग रहा था। भव्य-सी धर्मशाला और बहुत से कमरे। एक कर्मचारी ने थोड़ी बेरूख़ी से पूछा, "किससे काम है?"

"भाई हम दिल्ली से आए हैं, अस्थि विसर्जन..." उसने बात पूरी भी नहीं होने दी, बीच में ही काटते हुए बोला, "पण्डिताइन से मिल लीजिये। वही करती हैं सब हिसाब किताब।"

उस व्यक्ति ने हमें एक मोटी, ठिगनी, गोरी, चश्मेधारी महिला के सामने ले जा कर खड़ा कर दिया। वह नरेन मौसा को शायद पहचान भी गयी थी, "हाँ जी कहाँ है अस्थियाँ?" उसने बिना किसी ख़ैर-ख़रीयत पूछते हुए सवाल दाग़ दिया। और मैं तो शर्म के मारे गढ़ा जा रहा था।

"वह काम तो हम कर आए...अब तो नाम लिखवाने आए हैं।"

जैसे बिफर ही तो पड़ी पण्डताइन, "आप जजमान लोगों के सिर पर ही तो इतनी बड़ी धर्मशाला खड़ी की है। न तो आप आकर इसमें रहो, और न ही आप हमसे अस्थि विसर्जन करवाओ। तो हम यह तामझाम किसके सिर पर चलाएँगे. ..ना उस पण्डे ने भी तो अस्थि विसर्जन की दक्षिणा कुछ न कुछ तो ली होगी. ..हमारे तो रेट भी सामने बोर्ड पर लिखे हैं। अब आप बताइये कि आपकी रजिस्ट्री करने में हमारा टाइम बरबाद न होगा क्या?"

मैं उस पण्डिताइन के सामने अपराधी-सा महसूस करने लगा। मैं नहीं चाहता था कि नरेन मौसा उसके साथ किसी भी तरह की बहस में पड़ें। बिना किसी ना नुकर ने मैंने एकदम ठण्डी आवाज़ में पूछा, "जी, अगर आप अस्थि विसर्जन करवातीं तो कितना पैसा लगता।"

"हम कोई लुटेरे नहीं है जजमान, हम भी सिर्फ़ दो सौ इक्यावन रुपये ही चार्ज करते हैं...देख लो सामने बोर्ड पर लिखा है। वैसे आप चाहें तो जो मर्ज़ी हो दान कर सकते हैं...यह सब चलाने में ख़र्चा तो होता है ना।"

"और अगर हम दोनों एक रात आपकी धर्मशाला में रहते, तो कितना पैसा लगता?"

"उसके सौ रुपये लगते...सुबह की चाय हम मुफ़्त में देते हैं।"

मैंने चुपचाप अपनी जेब से पर्स निकाला और पांच सौ रुपये निकाल कर पण्डिताइन के हाथ में रखते हुए कहा, "माफ़ कीजियेगा, हमसे ग़लती हो गई। ये पांच सौ रुपये आपके बनते हैं। हमें इधर-उधर कहीं भटकना ही नहीं चाहिये था। सीधे आप ही के पास आना चाहिये था। अब आप हमारे पिता जी की मृत्यु दर्ज कर लीजिये।" नरेन मौसा कसमसाए, मगर मौक़े की नज़ाकत को देखते हुए चुप रह गये।

पण्डिताइन हमें एक बड़े से हॉल में ले गई, जहाँ लाल रंग की पोथियाँ ही पोथियाँ रखी थीं, "ऐसे चार हॉल हैं हमारे पास जिनमें आप जजमानों के रिकॉर्ड रखे हैं। इनकी संभाल आपको मालूम कितनी कठिन होती है?...हाँ रे जरा देखियो...ये मोहला हैं झंग के...देखो जी, अगर आपकी सूचना सही होवे न तो हमारे यहाँ ढूंढने में पांच से दस मिनट लगते हैं बस...क्यों रे, मिला के...?"

और मैं हतप्रभ उन पोथियों की महक महसूस कर रहा था...उन पोथियों में कितने मृतकों के नाम दफ़न होंगे...उन्हीं में आज मैं भी अपने बाऊजी का नाम भर कर अपने हस्ताक्षर कर दूँगा...वहाँ बाऊजी के भी हस्ताक्षर होंगे...दादाजी का भी नाम होगा...कल को मेरा पुत्र यदि यहाँ आता है तो, वह भी मेरा नाम दर्ज करवा के अपने हस्ताक्षर करेगा...इन पोथियों में मरे हुए नामों के साथ ज़िन्दा लोगों के हस्ताक्षर साक्षी हैं कि जीवनधारा अविरल बहती रहती है...कभी रुकती नहीं।

लगभग बारह मिनट में पण्डिताइन के कर्मचारी ने एक बहीखाता मेरे सामने लाकर रख दिया। उसमें लिखा था कि मेरे बाऊजी वहाँ अपने पिता की अस्थियाँ लेकर आए थे। बाऊजी अपने हस्ताक्षरों में अंग्रेज़ी के 'कैपिटल लेटर 'का इस्तेमाल नहीं करते थे बल्कि 'लोअर केस' से ही काम चलाते थे। यही उनके हस्ताक्षरों की पहचान भी थी 'एन' और 'जी' को जिस तरह मिलाया करते थे...मैंने देखा, और बाऊजी को उन काग़ज़ के पन्नों पर महसूस किया...उन हस्ताक्षरों पर अपने दाएँ हाथ की उंगलियाँ फिराईं...आँखें बन्द करके मैंने अपनी ज़िन्दगी भर की बेहूदगियों के लिये बाऊजी से क्षमा मांगी।

उस बहीखाते में मैंने अपने हाथों से अपने बाऊजी की मृत्यु के बारे में विवरण लिखा। ऐसा लगा जैसे बाऊजी की मृत्यु अब हुई है, इसी पल। कमरे की सीलन...बहीखातों की महक...और फ़ाउण्टेन पेन से की गई एन्ट्री...आँखों में जमे हुए आँसू...एक बार छत की तरफ़ देखा...कम से कम बीस फ़ुट ऊँची तो होगी ही...ऊपर तक बहीखाते ही बहीखाते...चारों तरफ़ से दीवारें तो दिखाई ही नहीं दे रही थीं...ट्यूब-लाइट जल रही थी...कमरा उजला था...बस लाल लाल

बहीखाते...क्या कभी ये सभी नाम एक दूसरे से बातचीत करते होंगे...ये तो सभी एक ही बिरादरी, भाषा और क्षेत्र के लोग हैं...क्या उस कमरे में सराय की भाषा सुनाई देती होगी...ये मृतक आपस में क्या बातें करते होंगे...इतनी शांति मुझे अस्थि विसर्जन करते समय नहीं मिली थी जितनी कि शकुन्तला पाठक की हवेली में मृत्यु दर्ज करवाते समय मिली।

यह देख कर अच्छा लगा कि नरेन मौसा ने शकुन्तला पाठक के साथ मेरे व्यवहार पर एक भी टिप्पणी नहीं की। शायद उन्हें भी पहली बार महसूस हुआ था कि मैं बड़ा हो गया हूँ। या फिर पैसे की ताक़त होती ही ऐसी है कि सामने वाला उसके दबाव में आ ही जाता है। मेरे रिश्तेदारों में मेरी छवि एक अमीर आदमी की है। न जाने कैसे बन गई है...मगर महसूस करता हूँ कि...वहीं रिश्तेदारों की एक ऐसी जमात भी है जो मुझे आज भी लोअर मिडल क्लास का लड़का ही समझती है...मुझे कोई फ़र्क नहीं पड़ता। ...

दिमाग़ में सुकून लिये हम वापिस गंगा जी के सामने आ पहुँचे...वहाँ पानी के बहाव को देखकर कुछ डर का-सा अहसास होने लगा था। किन्तु सामने महिलाओं, पुरुषों और बच्चों को पानी में डुबकी लगाते देख मन में ज़ोरदार इच्छा जागृत होने लगी कि गंगा जी में हम भी उतर ही जाएँ। मौसा जी ने मेरे मन की इच्छा को भांप लिया था। मैं जीवन में पहली बार किसी नदी में उतरा था, और वह भी सीधे गंगा-स्नान...क्या सच में मेरे लिये इतना महत्वपूर्ण है यह पल...न जाने क्यों अच्छा लग रहा है...पानी का तापमान मेरी हड्डियों को महसूस हो रहा था...बहाव इतना तेज़ था कि वहीं लगी लोहे की संगलों को पकड़ कर खड़ा होना पड़ रहा था...पाँव के नीचे से ज़मीन को पानी उड़ाए लिये जा रहा था.. .जैसे मैं अचानक जीवित हो उठा था।

मौसा चाहते थे कि मैं रात को महा-आरती देख कर ही जाऊँ, "काका जी, गंगा जी दी आरती दुःखां नूं ग़ायब कर देन्दी है। मन दे विचों सारे कष्ट आपे ही ख़तम हो जान्दे ने।"

मेरी चुप्पी नरेन मौसा के लिये स्वीकृति थी और मैं अपने आप को छल रहा था। मेरे भीतर का वामपन्थी यह मानने को तैयार नहीं था कि मुझे इस सबसे सुख प्राप्त हो रहा है। मैं अपने आपसे कह रहा था कि मैं तो नरेन मौसा की बात रख रहा हूँ...मगर क्या यह सच था...नहीं...मैं गंगाजी के वैभव से इतना सम्मोहित हो चुका था कि उन्हें केवल गंगा नहीं कह पा रहा था...अचानक वहाँ की हर नकारात्मक चीज़ सकारात्मक लगने लगी...आरती यदि न देखी होती तो शायद कभी न पता चलता कि जीवन में किस चीज़ की कमी रह गयी...पानी

पर चलते दीपक...पानी और आग का ऐसा संगम...अद्‌भुत!

नरेन मौसा के साथ पहली यात्रा की वापसी भी वैसी ही रही जैसी कि शुरूआत थी। मौसा जीवन, मृत्यु, गरुण पुराण, भगवत गीता और मनु स्मृति की बातें करते रहे। बाऊजी को याद करते रहे...और मैं सुनता रहा।

मगर आज, बात दूसरी है...यह हमारी दूसरी यात्रा है आगे टैक्सी ड्राइवर और पीछे मैं और नरेन मौसा। आज उनके हाथ में उनके पुत्र की अस्थियाँ हैं। तीस वर्षीय पुत्र...हमारे घरों में शायद सभी पुत्रों को काका ही कहा जाता है...नरेन मौसा उसे भी काका ही कहते हैं...वैसे नाम तो अमर था...जिसका अमरत्व बस तीस वर्ष तक ही चल पाया...

आज मौसा की आँखों में मौत का सन्नाटा पसरा हुआ था। उनका भविष्य उनके साथ एक कलश में बन्द था...कैंसर ने अमर को परास्त कर दिया था.. .कभी छोटा-सा अमर ऐसे ही नरेन मौसा की गोद में खेलते खेलते सो जाता होगा. ..तीन बहनों का अकेला भाई...पत्नी बेहाल...अभी कोई बच्चा नहीं...बस दो साल पहले ही विवाह हुआ था...चेहरे पर हमेशा मुस्कान...बड़ों का सम्मान...इज्ज़त... स्नेह...आज गंगा उल्टी बहने वाली है...आज पुत्र अपने पिता की मृत्यु बहीखाते में नहीं भरेगा...आज पिता अपने पुत्र का नाम लिख कर हस्ताक्षर करेगा...ठीक उसी पन्ने में नीचे जहाँ उसने अपने पिता की मृत्यु का विवरण भरा था।

आज टैक्सी कहीं रास्ते में नहीं रुकेगी...कोई पण्डा हमें कहीं अन्जान जगह पर ले जाकर ग्यारह पण्डितों को भोजन करवाने का संकल्प नहीं करवाएगा... आज टैक्सी सीधी बड़े बाज़ार की रामगिरी हवेली के सामने जा कर रुकी। नरेन मौसा और मैं उसी धर्मशाला में जा कर टिके जिसकी मालकिन शकुन्तला पाठक थी।

सुबह मुलाक़ात हुई हवेली के नये मालिकों से-शकुन्तला पाठक के दोहते नन्द कुमार और राजीव से। पढ़े लिखे महन्त...एक कंप्यू टर एक्सपर्ट तो दूसरा गुरुकुल कांगड़ी का विद्वान। छोटे राजीव ने बताया, "हमारा प्रयास यह है कि हमारे पास जितना भी डाटाबेस है उसे हम कंप्यूटर की हार्ड डिस्क में सेव कर लें। काम जारी है मगर आप समझ सकते हैं कि कितना बड़ा काम है...हो सकता है कि जब आप अगली बार आएँ तो आपको हमारी ये पोथियाँ दिखाई ही न दें...कम्प्यूटर ने सब काम बहुत सरल कर दिया है। मेरा मानना है कि वैज्ञानिक उपलब्धियों का इस्तेमाल जीवन में होना बहुत ज़रूरी है।"

आज नरेन मौसा ने इतनी बड़ी सूचना पर कोई प्रतिक्रिया नहीं दी। उनकी आँखों में गहरे तक केवल मौत की सच्चाई थी। उनके अपने भविष्य मे उल्टा

हो रहा था...कंप्यूटर से बहीखाते की ओर वापसी हो रही थी। दो बेटियों की शादी हो चुकी है...अभी तीसरी तो घर पर है कुंवारी...और काका उन्हें छोड़ अपनी अंतिम यात्रा पर निकल चुका है...

अबकी बार कोई डुबकी नहीं, बस बेदिली से किया गया नाश्ता...केवल टोस्ट और चाय...अबकी बार तो अस्थि-विसर्जन भी नन्द कुमार ने ही किया. ..शकुन्तला को किया वादा उसके दोहतों के साथ निभाया जा रहा था।

टैक्सी वापिस दिल्ली की यात्रा के लिये चल दी थी। नरेन मौसा की आँखों से आँसू बाहर आना चाह रहे थे। मैं देखता था मगर नहीं देखता था। उनकी गीली आँखों में भी एक सवाल था कि कल को उनकी अस्थियाँ कौन लाएगा...कौन संभालेगा उनका उत्तरदायित्व?

जैसे जैसे दिल्ली निकट आ रही थी, मेरे मन की बेचैनी बढ़ती जा रही थी. ..मैंने नरेन मौसा का हाथ अपने हाथ में ले लिया, उनकी नम आँखों की तरफ़ देखा। मेरी हथेली उनकी हथेली से कह रही थी, "नरेन मौसा...बस...आज से आपको आपकी ज़िम्मेदारियों से रिटायर कर रहा हूँ...अब परिवार की यह ज़िम्मेदारी मेरी है...जब तक जीवित हूँ...मैं हूँ न..."

नरेन मौसा की हथेलियों में कंपन साफ़ सुना जा सकता था।

मलबे की मालकिन

समीर ने यह क्या कह दिया!

एक ज़लज़ला, एक तूफ़ान मेरे दिलो दिमाग़ को लस्त-पस्त कर गया है। मेरे पूरे जीवन की तपस्या जैसे एक क्षण में भंग हो गई है। एक सूखे पत्ते की तरह धराशाई होकर बिखर गई हूँ मैं। क्या समीर मेरे जीवन के लिये इतना महत्वपूर्ण हो गया है कि उसके एक वाक्य ने मेरे पूरे जीवन को खंडित कर दिया है?

फिर मेरा जीवन सिर्फ़ मेरा तो नहीं है। नीलिमा, मेरे जीवन का एक महत्वपूर्ण हिस्सा है। नीलिमा को अलग करके, मैं अपने जीवन के बारे में सोच भी कैसे सकती हूँ? नीलिमा का जन्म ही तो मेरे वर्तमान का सबसे अहम कारण है। उससे पहले तो मैं अत्याचार सहने की आदी-सी हो गई थी। नीलिमा ने ही तो मुझे एक नई शक्ति दी थी। मुझे अहसास करवाया था कि मैं भी एक जीती जागती औरत हूँ, कोई राह में पड़ा पत्थर नहीं कि इधर से उधर ठोकरें खाती फिरूँ।

एक भाई की चार चिंताएँ और उनमें मैं माता-पिता की चौथी चिंता थी। मुझसे पहले की तीन चिंताओं से मुक्त होते-होते पिता की कमर टेढ़ी हो चुकी थी। मैं थी कि पढ़ना चाहती थी। चिंता दर चिंता! लड़की यदि अधिक पढ़-लिख गई, तो लड़का कहाँ से मिलेगा! अपनी बिरादरी में तो ज़्यादा पढ़े-लिखे लड़के ढूंढे से नहीं मिलते।

कहते हैं ढूंढने से तो भगवान भी मिल जाते हैं। परन्तु भगवान के बनाये हुए इंसान! इंसान न भी मिले तो क्या फ़र्क पड़ता है? जो भी मिले उसी के पल्ले बांध दो। माँ-बाप को तो गंगा नहानी है। लाख समझाती रही, मिन्नतें करती रही पर नहीं! पढ़-लिख कर खराब होने से कहीं अच्छा है अपना घर बसाओ; पति का ध्यान रखो और बच्चों को पालो। कुछ यूँ-सा महसूस होने लगा था, जैसे

मैं कोई इंसान नहीं हूँ, केवल एक मादा शरीर हूँ, जिसे किसी भी नर शरीर के खूंटे पर बांध देना है।

बंधना नहीं चाहती थी, ऐसा भी नहीं था। रजत को देखकर मेरे मन में कुछ-कुछ होता था। मन चाहता था उसे खिड़की से देखती रहूँ। हम दोनों के घर लगभग आमने-सामने थे। उसकी खिड़कियों का रंग बाहर से नीला था। उसी खिड़क़ी में नीली कमीज़ पहने खड़ा रजत; मुझे आकर्षित करने के लिए ज़ोर से चिठकनी बन्द करता था। मैं अपनी खिड़की में खड़े होकर कभी बाल बनाने लगाती तो कभी कुछ गुनगुनाने लगती। हम खिड़कियों के फ़्रेम में जुडे फ़ोटो ही बने रह गये। खिड़कियों से कभी बाहर ही नहीं निकल पाये।

रजत को मेरा खुले बालों में कंघी फिराना बहुत अच्छा लगता था। वैसे, अभी हमारी उम्र ही क्या थी। मैं तो दसवीं में पढ़ रही थी...बचपना! पर बचपन का प्यार क्या कभी भुला पाता है कोई? मैं माता-पिता को रजत के बारे में कभी कुछ बता नहीं पाई थी। रजत ने एक दिन कहा भी था कि उसके कालेज की पढ़ाई के बाद, नौकरी लगते ही हम शादी कर लेंगे। रजत, मुझे प्यार तो करता था, किन्तु मेरी पढ़ाई से उसे भी कोई सरोकार नहीं था। उसने भी कभी अपने मुँह से यह नहीं कहा था कि मेरी पढ़ाई विवाह के बाद भी पूरी हो सकती है। उस समय तो मुझे रजत की यह अदा भी बुरी नहीं लगती थी। उसके लिए तो मैं अपना सर्वस्व, अपना जीवन, होम करने को तैयार थी।

जीवन तो अंततः होम हो ही गया था। माता-पिता के हठ के सामने मेरी एक भी नहीं चल पाई थी। अपने दूर के किसी रिश्तेदार के पुत्र के साथ बांध दिया था मुझे पिताजी ने। अभी तो सत्रह की ही थी कि अमिता से श्रीमती यादव हो गई थी। अभी श्रीमती बनने का शहूर भी तो नहीं सीखा था। रजत की चांदनी बनना और बात थी। परन्तु रामखिलावन यादव के परिवार के तो नियमों तक से वाकिफ़ नहीं थी मैं।

वाक़िफ़ होने में क्या समय लगना था। पहली ही रात को पति के वहशियाना बर्ताव ने सब कुछ समझा दिया था कि अमिता यादव बने रहने के लिए, जीवन भर क्या-क्या सहना पडेग़ा। जैसे एक भेड़िया टूट पड़ा था अपने शिकार पर। निरीह मेमने की तरह बेबस-सी पड़ी थी मैं। पीड़ा की एक तेज़ लहर टांगों को चीरती हुई निकल गई थी। शराब और तंबाकू की महक, उबकाई को दावत दे रही थी। दर्द ने चीख़ को बाहर निकलने को मजबूर कर ही दिया। चीख की परवाह किसे थी। चादर लहू से लथपथ हो रही थी। चेहरे पर विजयी मुस्कान लिये वोह! जो मेरा रखवाला था, स्वयं ही मुझे ज़ख्मी और आहत छोडक़र

आराम की नींद सो रहा था।

आराम! इस शब्द से अब मेरा सम्बन्ध सदा के लिए टूट चुका था। रामखिलावन यादव के परिवार ने एक दरिद्र परिवार की पुत्री को अपने घर की बहु बनाया था। बहु के लिए आवश्यक था कि वह घर में ग़रीब बैल की तरह जुटी रहती। ग़रीब पिता के घर भी ग़रीब थी, और अमीर ससुराल में भी ग़रीब। नौकरों के घर में होते हुए भी ऐसा क्यों होता था कि मैं स्वयं अपने आपको उन्हीं नौकरों में से एक पाती थी। मैं क्यों अपने आपको उस घर का सदस्य नहीं बना पा रही थी। कुछ यूँ-सा भी तो लगने लगा था जैसे मैं किसी दूसरे ग्रह से भटककर इस ग्रह में पहुँच गई हूँ। इस भटकाव का ख़मियाज़ा भुगत रही थी।

भटकाव! मेरे पति के जीवन में ऐसा भटकाव क्यों था? इस सवाल का जवाब ढूंढ पाना आसान काम नहीं था। मैं रूप सुन्दरी चाहे ना रही होऊँ, परन्तु मुझे एक बार देखकर लड़के दोबारा मुड़कर अवश्य देखते थे। बहुत से लडक़े मुझसे दोस्ती करने को उत्सुक रहते थे। वोह सब केवल उम्र का तकाज़ा था या मैं उन्हें सचमुच अच्छी लगती थी.दर्पण तो आज भी मेरे रूप की गवाही देने से नहीं चूकता। फिर मेरे पति को मुझमें क्या कमी दिखाई देती थी? क्यों वह मुझे छोडक़र किसी भी ऐरी-गैरी के पीछ भागता रहता था। सास को भी इसमें कोई बुराई नहीं दिखाई देती थी। उसे लगता था कि उसका लाडला है ही इतना सुन्दर कि उसे देखकर किसी भी लड़की का उस पर मर मिटना स्वाभाविक ही है।

स्वाभाविक तो था मेरा उस घर से उब जाना। माता-पिता से निराशा, ससुराल से निराशा, पति से निराशा। इतनी सारी निराशा के बावजूद मैं ज़िन्दा थी। सोती थी, जागती थी, मुस्कुरा भी लेती थी, रोती थी। रोती तो थी ही रोने के अतिरिक्त और कर भी क्या सकती थी। और अब तो रोने के साथ सुबह की उल्टियाँ भी शामिल हो गई थीं।

घर की हर चीज़ उल्टी थी। उसके साथ उल्टियाँ तो हानी ही थीं। मैं माँ बनने वाली थी.मां! माँ तो मेरी भी बहुत अच्छी है। पर मुझे अपनी माँ जैसी माँ नहीं बनना था। ढेर से बच्चे पैदा करो और जीवन भर उनकी परवरिश में खटते रहो। कैसा जीवन है यह? कभी सोचा करती थी, बस! मुझे एक ही बच्चा चाहिए.बेटा हो या बेटी? इसके बारे में कभी सोचा ही नहीं था। भला मैं अपने बच्चे के लिंग के बारे में क्यों सोचती? क्यों चिंता करती? जिनको करनी है, करें।

चिंता करने वालों की कमी थी क्या? भला मेरे सोचने या ना सोचने से क्या

फ़र्क पडने वाला था। बाकी सभी को चिंता खाये जा रही थी कि बेटा होगा या बेटी.लड़ती होगा तो क्या नाम रखेंगे। उसके ननिहाल से क्या आयेगा। कैसा समारोह मनाया जायेगा। ढोल-ताशों का प्रबन्ध कैसा रहेगा। मुहल्ले भर में मिठाइयाँ बंटेंगी। जाने क्या-क्या किया जायेगा।

कुछ नहीं हुआ। कुछ नहीं करना पड़ा। सब उल्टा-पुल्टा हो गया। घर में लक्ष्मी ने अवतार लिया था। लक्ष्मी के पुजारी, यादव परिवार वाले लक्ष्मी के आगमन पर भौंचक रह गये थे। उन्हें यह समझ नहीं आ रहा था, कि यह सब कैसे हो गया। मेरी सास के आँसू वर्षा ऋतु के बरसाती नालों को मात देने में व्यस्त थे।मेरा अपना पति तो पुत्री-जन्म के दो दिन बाद घर लौटा। उसे रेज़गारी कभी पसन्द नहीं आती थी। बड़े-बड़े नोटों से ही उसे लगाव रहता था। लक्ष्मी जी की चिल्लर भला उसे कहाँ भाने वाली थी। ससुर जी की तो नाक ही कट कई थी.

अब मेरी सहनशक्ति भी जवाब देने लगी थी। किसी हत्यारे को भी सम्भवत: ऐसा दंड कभी ना दिया गया होगा जो दंड मुझे नीलिमा को इस संसार में लाने के जुर्म में दिया जा रहा था। शरीर की नस-नस में ज़हर भरा जा रहा था।

'हरामज़ादी! लौंडी पैदा करके बहुत तीर मारी हो का? का समझती हो अपने आप को! हमरा सामने मुँह चलाती है! ससुरी के सभेई दांत तोडे ड़ाले है ना! तभे ही मारी बात समझेगी-पतुरिया!'

इतनी बेइज्ज़ती! ऐसा निरादर! सांस लेने के लिए भी मार खानी पडेग़ी? समय आ गया था निर्णय लेने का। परन्तु मैं कौन होती थी निर्णय लेने वाली। मैं तो यादव खानदान की मात्र बहू थी। निर्णय लेना मेरे अधिकार क्षेत्र के बाहर की चीज़ थी। निर्णायकों ने निर्णय ले ही लिया था। मैं.। मैं अब रामखिलावन यादव के परिवार के लिए आवश्यक वस्तु नहीं रह गई थी.कह दिया गया; बहुत आसानी से कह दिया गया, "इस परिवार को तुम्हारी कोई ज़रूरत नहीं। अपनी मनहूस सूरत और उससे भी अधिक मनहूस बेटी को उठाओ और यहाँ से दफ़ा हो जाओ।"

दफ़ा तो हो जाती। पर जाती कहां? माता-पिता तो सुनते ही बेहोश हो जाते। बसा बसाया घर त्यागकर उनकी बेटी वापिस आ गई। भाई और बहनों की भी हमदर्दी तो थी परन्तु सभी की मजबूरिया थीं। भाई की धर्मपत्नी थी तो बहनें किसी ना किसी की धर्म-पत्नियाँ थी। हम लोग कितने धार्मिक हो जाते हैं। धर्म के रिश्ते, खून के रिश्तों के मुकाबले कहीं अधिक वज़नदार हो जाते हैं।

ऐसे में अपने एक पुराने अध्यापक की याद आई थी। अपना बनने के लिए, अपना ना होना कितना आवश्यक होता है। जो अपने होते हैं, वो कितनी आसानी से अपने नहीं रहते। और जो अपने नहीं होते, बिना किसी स्वार्थ के किसी को अपना लेते हैं। ऐसे ही हैं अपने पुरी सर! बिना किसी मतलब के अपना संरक्षण भरा हाथ मेरे सिर पर रख दिया था। उनके संरक्षण का सीधा-सा अर्थ था मेरी पढ़ाई का पुनजीर्वित होना। आज भी उनका मार्गदर्शन मेरे जीवन के लिए उतना ही आवश्यक है जितना कि घर से निकाले जाने के बाद, पहले दिन था।

तब से जीवन का हर दिन ही पहला दिन लगने लगा है। क्या कुछ नहीं बीत गया इतने वर्षों में। समुद्र की गहराई की थाह पा सकना यदि कठिन है, तो जीवन की गहराई की थाह पा सकना तो लगभग असम्भव है। उसी जीवन की गहराई खोजने में ही सारी जिन्दगी खर्च होती जा रही है।

अब मुझे आदमी की ज़ात से नफ़रत होने लगी थी.हर आदमी में मुझे केवल नर शरीर ही दिखाई देता था, जो कि किसी भी मादा पर झपटने को तैयार हो। यदि कोई नर शरीर मुझे बस या गाड़ी में छू भी जाता तो एक जुगुप्सा की-सी भावना होती थी। पूरे जीवन का बस एक ही केंद्रबिंदु बनकर रह गया था-नीलिमा। नीलिमा को क्या अच्छा लगता है, नीलिमा कैसे नहाती है, कैसे खाती है, कैसे तुतलाती है। नीलिमा का वजूद मेरे ज़िन्दा रहने का एकमात्र कारण था। डरती थी कहीं सूर्य की गरम किरण भी उसके शरीर को छू ना जाये.

गरमी, सर्दी, वर्षा, वसन्त, पतझड-सभी तो नीलिमा के शरीर को छूते गये। नीलिमा की उम्र देखकर याद आया कि मुझे भी अखबार के दफ्तर में काम करते पंद्रह वर्ष से ऊपर हो गये। अपने नाम के साथ यादव लिखना तो मुझे कभी भी अच्छा नहीं लगा था।अब तो जैसे अपना नाम ही भूल गई हूँ। एक बार प्रियदर्शिनी के नाम से लिखना शुरू किया तो बस कॉलम दर कॉलम यही नाम मेरे साथ जुडता चला गया। नीलिमा का नाम भी स्कूल में नीलिमा प्रियदर्शिनी ही हो गया था।

प्रियदर्शिनी के साथ भी कई लोगों ने जुड़ने का प्रयास किया था। शायद किसी ना किसी का प्यार सच्चा भी रहा हो। किन्तु मेरे पास फुरसत ही कहाँ थी, किसी की भावनाओं को समझने की। हर आदमी को देखकर यादव ही याद आता था। और ऐसा होते ही लगता था कि मेरे साथ-साथ मेरे माहौल की हवा का भी दम घुटने लगा हो।

माहौल से लड़ पाना कौन-सी आसान बात है। अखबार की दुनियाँ में अपने आप को खपा पाना तो और भी मुश्किल काम था। यहाँ हर आदमी अपने आप

को फ़न्ने ख़ां समझता है। ग़लती से भी किसी के मुँह से दूसरे की तारीफ़ नहीं निकलती। तारीफ़ के मामले में कंजूसी, जेब में हाथ डालने में कंजूसी। हर बन्दा दूसरे का गला काटने को तत्पर। सुबह-शाम आसामियाँ ढूंढने का चक्कर! शाम की दारू का जुगाड़। यह था मेरा माहौल-जहाँ मुझे अपने आप को ज़िन्दा रखना था।

ज़िन्दा रहना! जिजीविषा! कितनी अर्थपूर्ण स्थिति! ज़िन्दा तो माँ-बाप के घर में भी थी; ज़िन्दा तो यादव के घर में भी थी। फिर ज़िन्दा तो यादव के घर से निकाले जाने के बाद भी थी। ज़िन्दा तो आज भी हूँ.पर क्या यह सारी स्थितियाँ एक जैसी हैं? क्या इन सब स्थितियों को एक ही शब्द 'ज़िन्दा 'वर्णित कर सकता है? क्या घुटे दम सांस लेने को भी ज़िन्दा रहना कहेंगे। क्या इंसान को केवल इसलिए ज़िन्दा मान लिया जाये क्योंकि उसके दिल की धड़कन अभी तक चल रही है?

नीलिमा सांस लेती थी तो मेरे दिल की धड़कन सुनाई देती थी। बिंदियों वाला लाल फ्रॉक पहने, बालों की पोनी टेल बनाए, सफेद जूते पहने जब नीलिमा दौड़ती हुई मेरी बांहों में आकर लिपट जाती थी, तो जैसे मैं सारी कायनात को अपनी बांहों में समेट लेती थी। जब पहली बार उसने मुझे 'मम्मा' कहा था तो इस शब्द के अर्थ ही मेरे लिए बदल गये थे। आकाश में उड़ते बादल जैसे वर्षा की फुहारों के रूप में इसी शब्द को बार-बार धरती की ओर प्रेषित कर रहे थे।

वर्षा का भाई सौरभ भी तो मुझे अपने मन की भाषा प्रेषित करने की असफल कोशिश करता रहा। वैसे तो उसकी भावनाएँ मुझे समझ आ गई थीं। सम्भवत: मेरी भावनाएँ अपनी निद्रा से जाग भी जातीं। पर वर्षा ने उन भावनाओं को अपने गुस्से की बाढ़ में बहा दिया। वह कहने को तो श्मेरी सहेली' थी किंतु यह बरदाश्त नहीं कर पा रही थी कि उसका अपना भाई किसी परित्यक्ता से सम्बन्ध जोड़े। हमारी मित्रता रिश्तों के बोझ तले दब गई थी।

बोझ तले तो जीने की सारी आकांक्षाए/, अरमान, दबे हुए थे। नीलिमा, इस बीच, उस बोझ से बेखबर, बडी हुई जा रही थी। मेरी चिंता में बढ़ोत्तरी होती जा रही थी। नीलिमा है भी तो सरू की तरह लंबी। सुन्दर भी कितनी है, मरी! एक बार जो उसे देखता है, तो नज़रें ही नहीं हटती। पांच बच्चों का ग्रहण लगने से वहले मेरी माँ भी ऐसी ही सुंदर दिखती थी।

मां! यह शब्द मेरे मुँह से निकले तो एक अर्सा ही बीत गया है। पर नीलिमा के मुँह से यह शब्द सुनकर जैसे मरूस्थल से मेरे दिल में ठण्डी हवा का एक

झोंका-सा महसूस होता है। अब तो कालेज जाने लगी है। आत्मविश्वास तो कूट-कूट कर भरा है उसमें। उसकी उम्र में जब मैं थी तो उसे गोद में लिये घर से निकाली भी जा चुकी थी।

हैरानी की बात यह है कि मैं भी नीलिमा को घर से निकालने के बारे में सोचने लगी थी.सोचती थी कि उसे विदा कर दूँ, उसके हाथ पीले कर दूँ। फिर एकाएक मन में डर-सा बैठने लगा था। नीलिमा को पढ़ाई करनी होगी। मेरी तरह उसकी किस्मत किसी यादव के घर से नहीं बंधेगी। उसे किसी अंकल पुरी की सरपरस्ती का मोहताज नहीं होना पडेग़ा.नीलिमा की पढ़ाई में कम से कम मैं स्वयं तो रोडे नहीं ही अटकाऊँगी। नीलिमा को अपने पैरों पर खड़ा होना होगा। जब इतना जीवन बीत ही गया है, तो आज अचानक नीलिमा के विवाह के बारे में सोचना क्या उचित होगा?

उचित-अनुचित की परवाह किये बिना ही किस्मत हमारी ही बिल्डिंग में समीर को ले आई थी। समीर ने हाल ही में डॉक्टरी की थी। अमरावती से पढ़ाई पूरी करके आया था। पास ही के हस्पताल में 'हाऊस-जॉब' कर रहा था।उससे मुलाकात भी अनायास ही हो गई थी। लिफ़्ट रूक गई थी.काफ़ी शोर-सा सुनाई दिया था। बाहर आकर देखा तो लिफ़्ट अटकी पड़ी थी। मेरा तो जीवन ही किसी अटकी हुई लिफ़्ट के समान था। ऊर्जा का अभाव, दिशा विहीन, स्पंदनहीन।

फिर भी लिफ़्ट में से मैंने ही उसे बाहर निकाला था। यद्यपि लिफ्ट में फ/सने का मेरा अपना तो कोई अनुभव नहीं है, परन्तु एक छोटी-सी जगह में घुटन का आभास मैं अच्छी तरह महसूस कर सकती हूँ। इसीलिए मैंने वाचमैन से अच्छी तरह सीख लिया था, कि लिफ्ट के फंस जाने पर निकलने का रास्ता कैसे बनाते हैं।

समीर के चेहरे की मासूमियत ने मुझे पहली नज़र में ही आकर्षित कर लिया था। उसके बात करने का ढंग, तहज़ीब किसी को भी प्रभावित करने में सक्षम थे। सम्भवतः लिफ्ट में फ़ंसा होने की शर्म से उबर नहीं पाया था, अभी। घबराहट और बौखलाहट से बना पसीना उसकी कमीज़ को गीला किये हुए था। माथे पर उभरी पसीने की बूँदें अपनी कहानी स्वयं ही सुना रही थीं।

कहानी तो हर व्यक्ति के जीवन का एक अभिन्न हिस्सा होती हैं। कहानिया/ बनती हैं टूटती हैं। ज़िन्दगी की टूटन, कहानियों की टूटन से कहीं अधिक दर्द पैदा कर जाती है। समीर के जीवन की भी एक कहानी थी। उसके सुखी बचपन की कहानी। पिता के पार्टनर के धोखे की कहानी? हवालात में बन्द पिता की कहानी! माता-पिता की आत्महत्या की कहानी! उसके अकेलेपन की कहानी!

इस विकराल दु:ख की कहानी के बावजूद डॉक्टर बनने के अपने सपने को साकार करने की कहानी।

सपने तो मेरे मन में भी जगा गया था समीर! एक बार फिर नीलिमा और समीर को लेकर सपनों के जाल बुनने लगी थी। समीर अब रात का खाना अक्सर हमारे साथ खाने लगा था। परिवार में अचानक एक मर्द के आ जाने से वातावरण अलग-सा होने लगा था। नीलिमा समीर से छोटी-छोटी बातों पर झगड़ने लगती थी। समीर का धीर गंभीर चेहरा, नीलिमा की हर बेहूदगी बरदाश्त कर जाता। अगर मैं नीलिमा को डांटती तो नीलिमा की ही तरफ़दारी करता, 'आप क्यों डांटती हैं उसे। बच्ची है अभी।' मेरा सपना और इंद्रधनुषी हो जाता।

इंद्रधनुष के सातों रंगों में से अलग-अलग कोई भी मेरा प्रिय नहीं है। पर सातों रंग मिलकर जब सफ़ेद रंग बनता है तो मुझे अपना-सा लगने लगता है। 'सैल्फ प्रिंट' की सफ़ेद साडी लिये समीर, मेरे जन्म-दिन पर सुबह-सुबह आ पहुँचा था। बहुत मना करने पर भी मुझे यह उपहार लेना ही पड़ा। और उसी साड़ी क़ो पहनकर हम शाम को चौपाटी की रेत पर खेलते रहे।

उस शाम मैंने नीलिमा की आँखों में एक विशेष चमक देखी थी। हालांकि नीलिमा अपने चेहरे के भाव आसानी से व्यक्त नहीं होने देती। पर मैं तो उसकी माँ हूँ। जब वो रूई के फाहे की तरह मुलायम-सी गुड़िया थी, तब से उसे देख रही हूँ। उसकी आँखों का क्षणिक बदलाव भी भला मेरी नज़र से कैसे बच सकता है। उसका समीर की ओर देखना और पकड़े ज़ाने पर शरमा कर नज़रें झुका लेना।

दूसरी ओर समीर का धीर गम्भीर चेहरा। सब ठीक है। मुझे ऐसा ही दामाद चाहिए, जो नीलिमा को पति के प्यार के साथ-साथ, पिता होने का अहसास भी करा दे। उन दोनों का समुद्र की लहरों से खेलना देखकर, मैं मन ही मन अंदाज़ लगा रही थी कि जीवन की लहरों से यह दोनों कैसे निबटेंगे।

पहले तो नीलिमा को पढ़ाई और नाटक के अतिरिक्त और कुछ नहीं भाता था। समीर आकर बैठा रहता था, मुझसे बातें करता रहता था और नीलिमा अपने आप में मस्त रहती थी.फिर धीरे-धीरे उसमें एक बदलाव आया.वो समीर में मगन दिखाई देने लगी थी। रंगमंच के नाटक से कहीं अधिक अनोखा मोड़ उसके अपने जीवन में आ रहा था। घर में पालक-पनीर अक्सर बनने लगा था। चाय की पत्ती की जगह 'टी-बैग' इस्तेमाल होने लगे थे, रात को कॉफ़ी बनने लगी थी, नये फ़िल्मी गीतों को जगजीत सिंह ने परे धकेल दिया था और नीलिमा स्कर्ट और मिडी की जगह सलवार कमीज़ पहनने लगी थी। उसे यह

सब करने को मैंने तो नहीं कहा था।

नीलिमा की इन्हीं बातों ने मुझे इतनी हिम्मत दी कि मैं समीर से नीलिमा के बारे में बात कर सकूँ। केवल सही समय और सही मौके की तलाश थी। सचमुच के घर बनाने और रेत के घरौंदे बनाने में तो बहुत फ़र्क होता है। रेत के घरों को तेज़ हवाएँ उडा ले जाती हैं। समुद्र की तेज़ लहरें उसे बहा ले जाती हैं। मैं भी डर रही थी कहीं मेरे ख़्याली पुलाव भी समुद्री फ़ेन की तरह न साबित हों।

ख़्याल तो मुझे सीधे रजत के पास ले जाते थे। कहीं मन में यह भी विचार उठ रहे थे कि जो काम मैं और रजत पूरा नहीं कर पाये, वाह काम नीलिमा और समीर शायद अंजाम दे पायें। डॉक्टर दामाद के बारे में सोचकर सुख से भीगी जा रही थी।

सुख के ऐसे ही एक क्षण में समीर से बात शुरू कर बैठी। बाहर हल्की-हल्की बयार चल रही थी जो खिडक़ी के पल्ले से टकराकर घर के अन्दर तक फैलती जा रही थी। सूरज की लालिमा शाम का साथ छोड़ती जा रही थी और रात को दावत दे रही थी। नीलिमा कहकर गई थी कि शाम को घर आने में देर हो जायेगी। ऐसे में समीर घर में दाख़िल हुआ। बडे अधिकार से एक कप चाय की मांग की.मैं अपना कॉलम लिख रही थी। कॉलम छोडक़र किचन में जाना अच्छा लग रहा था।

चाय बनाकर समीर के सामने रख दी। उसने एक बिस्कुट स्वयं ही उठा लिया था। आराम से चाय में डुबा-डुबाकर खा रहा था अपना बिस्कुट। अपनी पुरानी आदत अपने सामने सजीव देख रही थी। हिम्मत जुटा ही ली, 'समीर, विवाह के बारे में कुछ सोचा है?'

'आपके अलावा मेरा है ही कौन जो मेरे विवाह के बारे में सोचे।' समीर ने दूसरा बिस्कुट उठा लिया था।

मेरे दिल की धडक़न तेज़ हो गई थी। आखिर नीलिमा के भविष्य का फ़ैसला होने वाला था।' 'नहीं समीर, मेरा मतलब था, क्या तुम खुद शादी के बारे में मन पक्का कर रहे हो?'

'जी! सोच तो रहा हूं/'

'अपनी होने वाली पत्नी के बारे में कुछ सोचा है तुमने?' तुम्हें कैसी पत्नी की तलाश है?'

समीर कुछ क्षणों के लिए सोच में पड़ ग़या। और फिर बोला, 'प्रियदर्शिनी जी, बस कोई अपने जैसी ढूंढ दीजिये.फट से कर लूँगा शादी।'

मैं हवा मैं तैरने लगी थी। नीलिमा से बढ़कर मेरे जैसी कौन हो सकती थी? जैसे समीर ने मुझे हरी झंडी दिखा दी थी। मेरे सपनों को साकार करने का इशारा दे दिया था।' 'समीर, नीलिमा के बारे में तुम्हारी क्या राय है? उससे बढ़कर तो मेरे जैसा कोई नहीं होगा। क्या वो तुम्हारी पत्नी की तस्वीर में रंग भर सकती है?'

'जी आपने एकदम सही फ़रमाया कि मैं आजकल सीरियसली शादी के बारे में सोच रहा हूँ। पर नीलिमा! नीलिमा तो अभी बच्ची है। उससे शादी के बारे में कैसे सोचा जा सकता है? मैं ...मैं उसे पसन्द करता हूँ, प्यार करता हूँ, पर शादी के लिए नहीं.मैं उसका बड़ा भाई हो सकता हूँ, पिता हो सकता हूँ। आपको लगता है, इस दुनियाँ में नीलिमा सबसे ज़्यादा आप जैसी हो सकती है। मैं ऐसा नहीं मानता। आप जैसी सबसे अधिक आप ख़ुद हो सकती हैं। मैं इस घर में रोज़-रोज़ आता हूँ तो आपके लिए। नीलिमा के लिए नहीं। मुझे आपसे अच्छी पत्नी कहीं नहीं मिल सकती। मैं ...मैं आपसे प्यार करता हूँ प्रियदर्शिनी!' समीर एक तूफ़ान की तरह मेरे कानों से टकराया.उसने अपना हाथ मेरे हाथ पर रख दिया था।

तूफ़ान ने सारे घर को हिलाकर रख दिया था। मुझे लगा घर की दीवारें ध्वस्त होकर नीचे गिर पड़ी हैं। समीर के शब्द दीवारों के पार खड़ी नीलिमा को आहत कर गये हैं। मैंने अपना हाथ हटा लिया। मैं! नीलिमा की मां, प्रियदर्शिनी...स्वयं उस की सौत! समीर यह तुमने क्या कह दिया? मेरी वर्षों की तपस्या की चूलें हिला दीं। मैंने नज़रें उठाईं तो समीर जा चुका था। मैं टूटी हुई दीवारों का मलबा समेटनी लगी।

मुझे मार डाल बेटा..!

''जीतू बेटा! अब और नहीं सहा जाता!.। मुझे मार डाल बेटा!.। मुझे...श्श

यह फुसफुसाहट तो बाऊजी की ही लग रही है। मेरे बढ़ते कदम रूक गये हैं। सोचता हूँ कि बाऊजी की ओर मुड़ कर देख लूँ। साहस नहीं जुटा पाता हूँ। क्या सचमुच यह बाऊजी ने ही कहा है या यह मेरा वहम ही है? आजकल बाऊजी फुसफुसाहट में ही बात कर पाते हैं। उनकी कही बात को समझने का प्रयास ही हम सबका काम है-मां, भैया जी, हम दोनों की पत्नियाँ और जब दीदी यहाँ हों तब। मन में कहीं यह डर भी तो है कि यदि बाऊजी ने सचमुच ही यह सब कहा हो, तब?

पिछले कुछ समय से बाऊजी ने एक चुप्पी-सी ओड़ रखी है। एक शब्द भी तो नहीं बोलते। यदि उनसे कुछ पूछते हैं तो भी अस्फुट से स्वरों में हाँ या नहीं जैसा उत्तर ही मिलता है। हिम्मत नहीं जुटा पा रहा कि बाऊजी की आँखों में आँखें डाल कर देख पाऊँ। न जाने उन आँखों में क्या भाव हों। जब बाऊजी ने यह बात कही होगी, उस समय उनकी अपनी मनःस्थिति क्या रही होगी? वे क्या सोच रहे होंगे? फिर इस काम के लिये उन्होंने मुझे ही क्यों चुना? मैं तो पेशे से भी सिविल इन्जीनियर हूँ। कृष्णकांत भैया चाहे दान्तों के ही सही, कम से कम डाक्टर तो हैं। आजकल तो जया दीदी भी आई हुई हैं। और फिर माँ तो सारा समय उनके पास ही रहती हैं। क्या बाऊजी यह बात बाकी सबसे पहले ही कर चुके हैं? मैं बात को सुन कर भी अनसुना कर जाता हूँ।' 'जी बाऊजी, आपके लिये चाय ले कर आता हूँ।"

सीधा रसोईघर की ओर बढ़ ज़ाता हूँ; बाऊजी के लिये मसाले वाली चाय बनाता हूँ.जबसे बाऊजी की मित्रता पटेल अंकल से हुई है, तभी से चाय में मसाले का प्रयोग करने लगे हैं। दफ़तर में चाहे कैसी भी चाय पी लेने वाले बाऊजी, घर में हमेशा मसाले वाली चाय ही पीते हैं। ईंलिग रोड से जब भारतीय

दालें, चावल और आटा आदि मंगाये जाते हैं तो चाय मसाले का पैकेट लाना कभी नहीं भूलती मां। कल रात से लन्दन और उसके आसपास के क्षेत्रों में भारी हिमपात हो रहा है .बाऊजी के बारे में सोचते सोचते, कड़ाके की बर्फ़ीली ठण्ड में भी मेरे माथे पर पसीने के बूँदें दिखाई दे रही हैं।

किचन टॉवल से ही माथा पौंछ लेता हूँ.बाऊजी को हमेशा से ही बाऊण्टी के किचन टॉवल पसन्द आते हैं। थोड़े मंहगे अवश्य होते हैं किन्तु उनका काग़ज़ मज़बूत और मुलायम होता है, उस पर नीले फूलों की बेल बनी रहती है। घर में वर्षों से यही किचन टॉवल खरीदे जाते हैं।

चाय लेकर बाऊजी के निकट पहुँच जाता हूँ। बाऊजी की ओर देखता हूँ। उनकी आँखों में याचना स्पष्ट दिखाई दे रही है। जैसे मुझ से प्रार्थना कर रही हों, क्यों नहीं मुक्ति दिला देते मुझे इस नरक से! मैं अचानक एक गहरी सोच में डूब जाता हूँ। बाऊजी ने तो कभी जान बूझ कर किसी का दिल तक नहीं दुखाया; सदा ही सबसे हंस कर बातचीत करते; जीवन्त व्यक्तित्व के स्वामी; किसी को कभी दु:ख देने के बारे में तो कभी सोचा ही नहीं होगा। तो फिर बाऊजी इस नरक में जीने को क्यों अभिशप्त हैं?

बाऊजी की आँखों में बसे प्रश्नों का मेरे पास कोई उत्तर नहीं है। पांच फुट दस इन्च कद के बाऊजी, आज बस एक व्हील चेयर पर विराजमान कृषकाया ही बन कर रह गये हैं। पेशे से चार्टर्ड अकाऊण्टेण्ट, बाऊजी को लन्दन के आर्थिक जगत में एक विशेष दर्जा हासिल था। इस क्षेत्र में वे अकेले भारतीय, या कहा जाये कि एशियन रहे होंगे तो अतिश्योक्ति न होगी। इंग्लैण्ड में भारतीय मूल के लोगों को हाथ के काम वाले क्षेत्र में तो आसानी से काम मिल जाया करता है, परन्तु जहाँ कहीं प्रबंधक या इस से ऊपर की बात होती है तो गोरी चमड़ी एक अनिवार्य योग्यता बन जाती है। आपसे कहीं कम पढ़े लिखे गोरे लोग वाया भटिण्डा आपसे आगे कूदते फांदते निकल जाते हैं। उस दिन विजय भाई भी अपने रेडियो स्टेशन का रोना रो रहे थे जहाँ उनका गोरा स्टूडियो मैनेजर सैम उनका ही बॉस बना बैठा है।

किन्तु बाऊजी का तो जलवा ही दूसरा था। मैनें तो बाऊजी को कभी भी थ्री-पीस सूट के बिना दफ्तर जाते नहीं देखा। भला कौन-सा ऐसा सुरूचिपूर्ण रंग होगा जिस रंग का सूट बाऊजी के पास न हो। उन्हें मार्क्स अण्ड स्पैन्सर के सेंट माईकल के सूट ही अच्छे लगते हैं। उसी कम्पनी की टाई, कमीज़ें और स्वैटर भी। उस से सस्ते कपडे उन्हें पसन्द नहीं आते ओर उससे मंहगे कपडे उन्हें फ़िज़ूलखर्ची लगती है। वैसे बाऊजी को काले रंग का सूट हमेशा ही

अधिक पसन्द आता है। कभी-कभी तो बन्द गले की काली कमीज़ पहन लेते हैं तो टाई लगाने के झंझट से बच जाते हैं। घर में बाऊजी सदा ही सफ़ेद कुर्ता पजामा पहनते हैं। लखनऊ से विशेष रूप से मंगवाया करते हैं।

थियेटर में उन्हें विशेष रूचि रही है। साऊथ बैंक का इलाका उनका प्रिय इलाका है। सत्येन्द्र जी और बाऊजी घन्टों नाटकों पर बातें कर सकते हैं। कई बार दोनों शाम को टेम्स के किनारे साहित्य, राजनीति और नाटकों के विषय में बतियाते रहते हैं। सत्येन्द्र अंकल हिन्दी साहित्य के प्रेमी हैं तो बाऊजी अंग्रेज़ी और उर्दु के। किन्तु दोनों ही अंग्रेज़ी नाटक साथ-साथ देखा करते थे। जब से बाऊजी ने व्हील चेयर का साथ अपना लिया है सत्येन्द्र अंकल अकेले पड ग़ये हैं। अब उन्हें नाटक अच्छे नहीं लगते। पूरा जीवन ही एक नाटक लगने लगा है।

सत्येन्द्र अंकल माँ को भी छेड़ते रहते थे।''भाभी जी इसे ज़रा काबू में रखा करें। गोरी मेमें भी इस पर मरती हैं। यह जब काले रंग का ओवरकोट, सिर पर फ़ेल्ट हैट और मुँह में पाईप लगा कर चलता है तो के.एनं.सिह तक को कम्पलेक्स दे देता है। ''बाऊजी का तो व्यक्तित्व ही ऐसा है कि किसी को भी मिलें तो अपने व्यक्तित्व की एक अमिट-सी छाप छोड़ जाते हैं। हैं? ...या थे? बाऊजी के जीवित रहते उनके बारे में थे कह पाना कितना कठिन लगता है?

बाऊजी कई बार पुराने किस्से सुनाया करते थे।' 'बेटा जी, बंगे से चले थे तो पांच पाउण्ड ले कर आये थे। तुम्हारी माँ की गोद में तो जया भी थी। यह जो सब घर में देखते हो न; यह सब तुम्हारी माँ का प्रताप है। इस भागवन्ती ने जो ज़िन्दगी की लडाई में साथ दिया है, उसकी तो मिसाल भी नहीं मिल सकती। यह जो आज की पीढ़ी है न, जो बिना शादी ब्याह के ही 'लिव-इन अरेन्जमेण्ट' की बात करती है, वो इस त्याग, इस मेहनत को समझ नहीं सकती। यह अन्नपूर्णा मेरे साथ न होती तो मैं कब का थक कर हार चुका होता।' माँ बस शरमा कर मुँह फेर लेती। उसे बच्चों के सामने अपनी तारीफ़ सुनना अजीब-सा लगता।

कितना अजीब-सा लग रहा है बाऊजी को व्हील चेयर पर बैठा देख कर। कैसे एक भरा पूरा स्वस्थ शरीर प्रकृति के एक ही झटके से धम से गिरता है और कुर्सी से चिपक कर रह जाता है। कभी-कभी अच्छे मूड में होते तो मुकेश के दर्द भरे गीत गुनगुनाया करते। राज कपूर की पूरी टीम ही उन्हें प्रिय थी- शैलन्द्र, शंकर जयकिशन, मुकेश और राज कपूर-सजनवा बैरी हो गये हमार! अब तो सारा जीवन ही बैरी हो गया है!

चाय देख कर भी बाऊजी ने कोई प्रतिक्रिया नहीं व्यक्त की है। बस एक

ओर ही देखे जा रहे हैं। चाय देख कर राज कपूर की फ़िल्म तीसरी कसम का डायलॉग सुनाया करते थे, "चाह की तासीर गर्म होती है जी!" आज एकदम चुप हैं। ऐसा क्यों हो जाता है? कैसे हो जाता है?

बाऊजी सेवानिवृत होने वाले थे। वे चाहते तो उनकी कम्पनी उन्हें एक्स्टेंशन दे सकती थी। परन्तु बाऊजी माँ के साथ भारत दर्शन के लिये जाने का निर्णय लिये बैठे थे। पाकिस्तान जाने का भी तो कार्यक्रम था। झंग के उस क्षेत्र में भी जाना चाहते थे जहाँ उनकी पुश्तैनी तिकोनी हवेली थी। बाऊजी के दादाजी के दो भाई और थे। यानि कि कुल तीन भाई; इसीलिये तिकोनी हवेली। गीली आँखों से बाऊजी याद किया करते हैं कि कहाँ उनके दादाजी घोड़ा बांधा करते थे; कैसे कन्धे पर बन्दूक लगी रहती थी; कुल्ले वाली पगड़ी और बडी बडी मूंछें! स्वयं बाऊजी के चौड़े कन्धे और ऊँचा कद, दादाजी की ही तो देन थी। बाऊजी सेवा-निवृति के बाद माँ के साथ दक्षिण भारत की सैर भी करना चाहते थे। कन्या कुमारी में विवेकानंद स्मारक पर खड़े हो कर भारत की विशालता को नाप लेना चाहते थे।

उनका इरादा वैष्णो देवी के दर्शन करने का भी था तो साथ ही साथ चारों धामों की यात्रा का भी कार्यक्रम था। जीवन में एक ही वस्तु की तो कमी रह गई थी। अपनी मातृभूमि को जी भर कर देख लेना। मातृभूमि भी तो बंट गई थी। जब विभाजन हुआ था, तो परिवार 'बंगा' नामक स्थान पर रहने आ गया था। शरणार्थी! अपने ही देश में शरणार्थी! पीड़ा...विस्थापन की पीडा! अपनी मर्ज़ी से विदेश में बसने जाना एक अलग बात है परन्तु तलवार के ज़ोर पर अपने ही देश में विस्थापित हो जाना? कभी-कभी कलम उठा लेते थे तो अपने वतन की याद में कुछ पंक्तियाँ स्वयंमेव ही उतर आती थीं, श्शकरदा है मन मत्थे लांवां, मुड़ वतन दी खाक नूं / कर के सजदे सिर झुकावां, उस ज़मीने पाक नूं!'

मैं तो पूछ ही लेता था, 'बाऊजी आप पाकिस्तान की ज़मीन को इतना क्यों याद करते हैं?'

'ओये लल्लू यह ज़मीने पाक का मतलब पाकिस्तान की ज़मीन नहीं है। इसका मतलब है पाक यानि कि पवित्र ज़मीन। आई बात समझ में?'

सेवानिवृति के बारे में सोच कर ही बाऊजी की आँखों में एक विशेष-सी चमक आ गई थी। एक भरा पूरा जीवन सम्मानपूर्वक जी लेने का सुकून! बस दो महीने बाद बाऊजी और माँ भारत भ्रमण पर निकलने वाले थे। बाऊजी पहले पाकिस्तान जाना चाहते थे, तो माँ भारत! माँ का कहना था कि सारे रिश्तेदार तो भारत में ही हैं, इसलिये पहले वहाँ चलते हैं। जवकि बाऊजी का विचार था कि

पहले झंग का चक्कर लगाया जाये ताकि सारे रिश्तेदारों को अपनी मातृभूमि का आँखों देखा समाचार सुनाया जा सके। माँ का बचपन तो बंगे में ही बीता था। भला उसे झंग में क्या दिलचस्पी हो सकती थी! परन्तु माँ तो माँ ही है न। बाऊजी की प्रत्येक इच्छा माँ के लिये हुक्म के समान हो जाती है। इसीलिये माँ भी पहले झंग चलने को तैयार हो गई थी। वे भी देखना चाहती थीं कि हीर स्याल के इलाक़े में ऐसा क्या है जो बाऊजी को वहाँ जाने के लिये इतना आतुर बना रहा है।

कहीं भी अपनी इच्छानुसार जा पाना इतना ही आसान होता है क्या? बाऊजी तैयारियों में लग गये थे। अधिकतर रिश्तेदारों को एक लम्बे अर्से के पश्चात मिलने वाले थे। झंग के अपने पड़ोसियों के तो चेहरे भी खासे धुंधले पड़ चुके थे। इकबाल नाई; उनके कालेज के साथी मंजूर, परवेज़ और मुन्ना! क्या वे सब वहाँ झंग में होंगे? दुनियाँ कितनी बदल चुकी है। यदि वे स्वयं पांच नदियों का जल छोड़कर टेम्स के किनारे आ बसे हैं, तो क्या उनके मित्र अभी भी वहीं के वहीं खडे होंगे? पाकिस्तान से भी तो कितने नौजवान खाड़ी के देशों में किस्मत आज़माने निकल चुके हैं।

बढ़िया भोजन बाऊजी की कमज़ोरी है। अच्छे खाने के लिये बाऊजी वेम्बले से इलफ़र्ड तक कार चला कर जाने से भी नहीं हिचकिचाते थे। भारतीय, क कांटिनेन्टल, चाईनीज़ और इटैलियन खाने उन्हें एक समान प्रिय थे। किन्तु जब जब आवश्यक्ता होती तो वे ऑमलेट और डबल रोटी खा कर भी गुज़ारा कर लेते। तीन महीने बाद ही बाऊजी पैंसठ के होने वाले थे। और मैं सोच-सोच कर हैरान होता कि यह कभी न बूढ़ा होने वाला इन्सान, सेवा निवृत्त जीवन किस प्रकार बितायेगा!

किन्तु बाऊजी के पास तो पुस्तकों का एक विशाल भण्डार-सा था। बाऊजी का सपना था कि उनके पास एक निजी पुस्तकालय हो। उनकी इस लायब्रेरी में न जाने कितने प्रकार की पुस्तकें थीं। अनगिनत पुस्तकें, बेशुमार विषय। इनमें कानून की पुस्तकें थीं तो उपन्यास भी थे, महत्वपूर्ण व्यक्तियों की जीवनियाँ थीं तो शेक्सपीयर के नाटक भी थे। उर्दू, पंजाबी, और हिन्दी की पुस्तकें भी दिखाई दे जाती थीं। माँ तो पंजाबी और हिन्दी के उपन्यास ही पढ़ती है। अंग्रेज़ी और उर्दू का असला बाऊजी के लिये है। बाऊजी की प्रिय पुस्तकों में एमिली ब्रॉन्टी का उपन्यास वदरिंग हाईट्स और चार्ल्स डिकन्स का उपन्यास डॉबे एण्ड सन हैं। बाऊजी उपहार में पुस्तकें ही लेना-देना पसन्द करते थे। उनके अनुसार पुस्तक से बेहतर साथी मिलना असंभव नहीं तो कठिन अवश्य है। भारत के राजनीतिक

जगत पर एक उपन्यास की भी योजना बना रखी थी। उन्होंने उपन्यास का नाम भी सोच रखा था, ''जीना यहाँ-किसके लिये!''

आज उनके उपन्यास का शीर्षक उनके अपने जीवन का शीर्षक बन गया है। जिस दिन बाऊजी को पक्षाघात हुआ उस दिन मैं घर पर ही था। पढ़ते पढ़ते मुझे गहरी नींद आ गई थी। अधखुली पुस्तक मेरे सीने पर ही रखी थी। बाहर लन्दन की तेज़ ठण्डी हवाएँ चाल रही थीं। कुछ गिरने की-सी आवाज़ से मैं चौंक कर उठा। गुसलख़ाने में से आवाज़ें आ रही थीं, जैसे कोई सहायता के लिये फ़र्श पर प्रहार करके हमें बुलाने का प्रयास कर रहा हो।

मैं भाग कर गुसलख़ाने तक पहुँचा तो वहाँ माँ पहले से ही बाऊजी को उठाने का प्रयास कर रही थी। माँ रोये जा रही थी, उसका पूरा शरीर कांप रहा था। मुझे देखते ही उसकी रूलाई ज़ोरों से फूट पडी, 'ज़ीतू पुत्तर, वेख एह की हो गया! हाय रब्बा! ऐहनां दी आई मैनूं आ जाये!'

मैंने माँ को बाऊजी से अलग किया। बाऊजी के असहाय शरीर को कन्धे पर उठाया और बिस्तर पर वापिस ले आया। वे खड़े नहीं हो पा रहे थे। माँ स्थिति को और बिगाड़ रही थीं क्योंकि स्वयं भी बेहोश हुये जा रही थी। मैंने एम्बुलैंस के लिये फ़ोन किया। माँ को संभाला और उन्हें अपने साथ मिला कर बाऊजी के पैरों के तलवों की मालिश करने लगे। सर्द तलवों में गरमाहट पैदा करने की एक बेकार-सी कोशिश!

बाऊजी ने मुझे सदा से ही अपना मित्र समझा है। बाऊजी जब कंबल में सिर लपेटे पड़े थे, तो मैं उन्हें हौसला देने के लिये मज़ाक में कह रहा था कि वे बंगे वाली पागल नर्स जैसे दिखाई दे रहे हैं। बाऊजी जब कभी भी बंगे के बारे में बात करते हैं तो उस पागल नर्स का ज़िक्र अवश्य हो जाता है जो के कमेटी के दफ्तर के बाहर गुदड़ी में लिपटी रहती। उसे एक मरीज़ से प्रेम हो गया था, जिसकी हस्पताल में ही मृत्यु हो गई। तब से वह नर्स पागलों का-सा व्यवहार करने लगी। सड़क पर गिरे सिगरेट के टुकड़ों का आनंद उठाती और जून की चिलचिलाती धूप में भी कंबल ओढ़े रहती। पागल नर्स का ज़िक्र भी बाऊजी के होंठों पर मुस्कुराहट नहीं ला पाया। उनकी हालत देख कर मेरे पेट में मरोड़-सा उठने लगा। यह विचार भी दिमाग़ को मथे जा रहा था कि कहीं बाऊजी का अन्तिम समय तो नहीं आ पहुँचा।

बाऊजी के मुँह से अजीब अजीब आवाज़ें निकल रही थीं। कुछ गुर्राहट, फुसफुसाहट और फुंकार का-सा मिश्रण। कुछ बेमेल बेमतलब से शब्द। उनकी आँखों में बेचारगी, मजबूरी और दयनीयता के भाव साफ़ दिखाई दे रहे थे। न

जाने क्यों, मैंने एक बार फिर उन्हें कंबल ठीक से ओढ़ाया।

बाऊजी उस रात मरे नहीं; किन्तु उन्होंने जीना बंद कर दिया था। अब वे, केवल सांस लेता हुआ, व्हील चेयर से चिपका आधा अधूरा-सा शरीर मात्र रह गये थे। उनके भीतर कुछ मर गया था। जैसे उनके भीतर की अग्नि बुझ चुकी थी। यह उनका सबसे तीव्र संघर्ष था, किन्तु उनके संघर्ष करने की शक्ति जैसे चुक-सी गई थी।

हस्पताल के डाक्टर भी बाऊजी की तबीयत में सुधार लाने में असफल रहे थे। बाऊजी को अधरंग हो चुका था। अब वे स्वयं अपना कोई भी काम करने में सक्षम नहीं थे। उन्हें उठने, बैठने, नहाने, खाने सभी कामों में किसी न किसी की सहायता की आवश्यक्ता पड़ती थी। त्रासदी तो यह थी कि पक्षाघात के इस हमले से उनकी नज़र पर भी असर हुआ था और वे नज़रें टिका कर कुछ भी पढ़ पाने में असमर्थ हो चुके थे। और सबसे गहरा असर उनके व्यक्तित्व पर हुआ था। उनके दिमाग़ में बीमारी से लड़ने की शक्ति छिन चुकी थी। मैं और भैया बाऊजी की हर ज़रूरत का ध्यान रखने का प्रयास करते। किन्तु मां! माँ को तो और कुछ सूझता ही नहीं था। कौन विश्वास करेगा कि इस औरत ने एक पूरा जीवन इंग्लैण्ड में बिता डाला है। पश्चिमी सभ्यता की हवा उसके संस्कारों को ज़रा भी तो भेद नहीं पाई। बाऊजी की हर फुसफुसाहट भरी बात माँ को समझ में आ जाती। उनकी नज़रों के भावों को माँ आसानी से पढ़ लेती।

बाऊजी की बुझी हुई निगाहें मुझ पर टिकने का प्रयास कर रही हैं। लैंगलैण्ड कम्पनी का फ़ाइनेंस निर्देशक अपने ही पुत्र से कुछ मांगने की कोशिश कर रहा है। वही फुसफुसाहट मेरे पूरे जिस्म पर एक बार फिर रेंग गई है, ''मुझे मालूम है बेटा, अब मैं बचने वाला नहीं.प्लीज़ किल मी माई सन.मुझ पर दया...!'' कुछ शब्द उनके गले में अटक कर रह गये हैं।

'अरे बाऊजी, आप भी कैसी बातें करने लगे? आप बिल्कुल ठीक हो जायेंगे। मेरे हाथ की चाय पीजिये। अभी तो अपने ममी को चारों धामों के दर्शन करवाने हैं।' मेरी आवाज़ मेरे लिये ही अजनबी हुई जा रही है। आवाज़ का खोखलापन मुझे ही समझ नहीं आ रहा। बाऊजी की आँखें दूर कहीं शून्य की ओर ताके जा रही हैं। मेरी बनाई हुई चाय मेज़ पर पड़ी ठण्डी होती जा रही है।

लन्दन में ठण्ड पडना कोई अनहोनी बात नहीं है। ऐसे सर्द देश के ठण्डे दिल वाले लोगों के बीच बाऊजी को अपना जीवन शुरू करना था। बाऊजी ने बंटवारे का दर्द सहा था। परदेस के अन्जान वातावारण में अपने जीवन को स्थापित करने की चाह! बाऊजी में ग़ज़ब का आत्मविश्वास। बाऊजी यह भी

समझते थे कि भारत की पढ़ाई को यहाँ कोई कुछ नहीं समझता। इसीलिये सुबह नौकरी और रात को पढ़ाई। इस देश की डिग्री हासिल करनी है। जीवन में कुछ बनने का जुनून। और मुकाबला उस समाज से, जहाँ बड़े-बड़े अक्षरों में लिखा होता 'कुत्ते, काले और आयरिश के लिये प्रवेश वर्जित!' यह प्रवेश वर्जन किराये पर मकान लेने, रेस्टॉरेण्ट में भोजन करने, कॉलेज में पढ़ाई और नौकरी के लिये आवेदन जैसे सभी क्षेत्रों पर लागू होता।

पहले पहल तो बाऊजी को इंग्लैण्ड के लोगों की अंग्रेज़ी समझ ही नहीं आती थी। क्योंकि यहाँ अंग्रेज़ी तो कोई बोलता ही नहीं। कोई स्कॉटिश है तो कोई यार्कशरमैन; कोई कॉकनी बोलता है तो कोई अंग्रेज़ी के नाम पर कुछ भी बोल लेता है। किन्तु बी.बी.सी. पर बोली जाने वाली अंग्रेज़ी तो गिने चुने अंग्रेज़ ही बोल सकते हैं। इस के बावजूद सभी बाऊजी के अंग्रेज़ी बोलने के अन्दाज़ का मज़ाक उडाते। ऐसे विपरीत वातावरण में बाऊजी ने अपने जीवन की शुरूआत की थी।

संघर्ष और काम में व्यस्त बाऊजी फ़िल्मों के लिये समय निकाल ही लेते थे। हिन्दी फ़िल्मों में वे मोतीलाल और राजकपूर के प्रशंसक थे तो अंग्रेज़ी फ़िल्मों में वे पॉल न्यूमैन, मार्लन ब्राण्डो, के अतिरिक्त चार्लट्न हेस्टन की ऐतिहासिक फ़िल्में पसन्द करते थे। वैसे देखने के लिये तो जॉन वेन और जेम्स बॉण्ड की फ़िल्में भी देख ही लेते थे।

मैं बाऊजी को देखने हर रोज़ नॉर्थविक पार्क हस्पताल जाता। यद्यपि लंदन में रहने के कारण मेरी विचारधारा भी कुछ-कुछ पश्चिमी ढंग की हो गई है; फिर भी जब क्लेयर नें मेरे रोज़ाना हस्पताल जाने पर शिकायत की तो मुझे कुछ अच्छा नहीं लगा, ''जेट्स, व्हाई डू यू हैव टु-सी युअर फ़ादर एवरी डे? अवर लाईफ़ इज़ गेंटिग डिस्र्टब्ड! "मैं सोच में पड़ ग़या," अभी तो हमारी शादी नहीं हुई, बाद में क्या होगा?'

मैं क्लेयर को समझा नहीं पा रहा था कि मेरा बाऊजी को हस्पताल देखने जाना मेरे व्यक्तित्व का एक अंग ही है। बाऊजी हमारे लिये क्या हैं, यह मैं उसे कैसे समझाता! बाऊजी के बिना जीवन के विषय में सोच कर ही रीढ़ क़ी हड्डी में सनसनी दौड़ जाती है। कई बार तो मैं हस्पताल जा कर भी बाऊजी की ओर देखने का साहस नहीं जुटा पाता। जैसे मुझ में सच्चाई का सामना कर पाने की हिम्मत चुकती जा रही हो। फिर अचानक एक अपराध बोध मेरे मन में घर बना लेता है। मैं कई बार बाऊजी से बात करने का प्रयास भी कर चुका हूँ, किन्तु सामने से कोई प्रतिक्रिया ही नहीं होती। बाऊजी का शरीर इतना दुबला हो गया

है कि अब तो लगने लगा है जैसे हम उनसे न मिल कर किसी अन्जान व्यक्ति से मिल रहे हों।

दो महीने तक बाऊजी हस्पताल में रहे। इन दो महीनों में माँ ने न जाने कितने उपवास रखे होंगे। शिव चालीसा, हनुमान चालीसा तो पढ़ती ही थीं, महामृत्युंजय मंत्र का जाप प्रतिदिन 108 बार करतीं। न जाने कितने यंत्र और तावीज़ अम्बाले से मंगवाये। जब तक हस्पताल वाले बाहर निकलने को न कहते बाऊजी के पास ही रहतीं। बाऊजी वापिस घर आये तो नीचे के एक कमरे को ही उनका बेडरूम बनाना पड़ा। लंदन में बेडरूम और बाथरूम तो पहली मंज़िल पर होते हैं न! बाऊजी की व्हील चेयर अन्दर बाहर आसानी से लाई जा सके, इसलिये मुख्य द्वार पर रैम्प भी बनवाना पडा। बाऊजी की आवाज़ कुछ हद तक वापिस आ गई और शारीरिक हरकत भी; किन्तु उनके मस्तिष्क को जो क्षति पहुँच चुकी थी, उसका अन्दाज़ हम पहले से नहीं लगा पाये थे।

एक हंसता खेलता चार्टर्ड एकाउंटेण्ट जो बड़े से बड़े आदमी की बड़ी से बड़ी समस्याएँ चुटकियों में हल कर सकता था, आज निरीह, असहाय और लाचार बना बैठा था। आज कोई ठहाके नहीं, पाईप नहीं, और ग्लैनफ़िडिश भी नहीं। मित्र की हालत का असर सत्येन्द्र अंकल पर भी हुआ–बाई पास सर्जरी!

अब बाऊजी समझ चुके थे कि स्थितियों पर उनका नियंत्रण नहीं रहा। इस बात की झल्लाहट भी उनमें दिखाई देती थी–नहाना, कपड़े बदलना, बाल बनाना, नाखून काटना, खाना खाना यानि कि हर बात के लिये वे किसी न किसी पर निर्भर थे–विशेषकर माँ पर। और यही उन्हें कचोटता था।

बाउजी के चेहरे और व्यक्तित्व में इतना अधिक परिवर्तन आता जा रहा था कि उन्हें पहचानना और भी कठिन होता जा रहा था। एक विचित्र–सा अजनबीपन पैठ रहा था हमारे सम्बन्धों के बीच! सभी विषयों पर बातचीत बन्द हो गई थी। कैसे वे फ़िल्मों की बातें किया करते थे, अनगिनत पुस्तकों से उदाहरण देते थे जिन्हें कि उन्होंने रात–रात भर जाग कर पढ़ा था। भारतीय और ब्रिटिश राजनीति पर धड़ल्ले से बहस किया करते थे। जय प्रकाश नारायण की बहुत प्रशंसा किया करते थे। वे उन्हें नेहरू जी की ही तरह स्वप्नदृष्टा लगते थे। अब एक ही झटके में सब समाप्त! दिलीप कुमार की नाटकीय अदाकारी; मोतीलाल का सहज अभिनय और राजकपूर का निर्देशन; अब यह सभी विषय बाऊजी के ज्ञान से वंचित रह जायेंगे। हस्पताल से वापिस आने के बाद से वे अपने ही नाम की प्रतिछाया बन कर रह गये थे।

मेरे दिमाग़ में हर समय बाऊजी के कहे शब्द बजते रहते हैं।' मुझे मार डाल

बेटा! अब और नहीं सहा जाता!' वे माँ के सामने ऐसे शब्द नहीं बोलते। मैं रातों को नींद से हड़बड़ा कर उठ बैठता हूँ दुःस्वप्न मुझे परेशान किये रहते हैं। कभी मुझे महसूस होता है कि मैंने बाऊजी के चेहरे पर तकिया रख कर उनका दम घोंट दिया है तो कभी उन्हें मुक्ति दिलवाने के लिये बेहिसाब नींद की गोलियाँ खिला देता हूँ। मुझे समझ ही नहीं आता कि मैं करूँ क्या! जो संस्कार मुझे माँ और बाऊजी से मिले हैं उनके रहते तो मैं किसी को कष्ट तक पहुँचाने के बारे में नहीं सोच सकता; किसी को मारना तो दर किनार रहा। फिर भला मैं अपने ही पिता की जान कैसे ले सकता हूँ? मैं यह तो कर सकता हूँ कि कोई मौत की कगार पर खड़ा हो तो उसे बचाने के लिये जी जान से जुट जाऊँ, किन्तु किसी को मौत देना!

मैं समझ रहा था कि बाऊजी का दर्द शारीरिक होने के मुकाबले मानसिक कहीं अधिक है। किन्तु मैं उनकी बात कैसे मान लेता? यूथेनेसिया यानि कि रहम या दया वाली मौत के विरूध्द तो बाऊजी स्वयं कितनी बार पुरज़ोर दलीलें दे चुके थे, "मैं कहता हूँ आप भगवान कैसे बन सकते हैं। जब जीवन देना आपके बस में नहीं तो आप जीवन ले कैसे सकते हैं। डाक्टरों को क्या मालूम कि मरीज़ कब ठीक हो जाये। क्या हमने चमत्कार होते स्वयं नहीं देखे?" डाइनिंग टेबल पर बाऊजी इस विषय पर कितनी बार अपने विचार प्रकट कर चुके थे। यही वह समय होता था जब बाऊजी फ़ांसी की सज़ा, पुलिस को हथियार दिये जाना और ब्रिटेन और अमरीका के सम्बन्धों पर हमसे बात किया करते थे।

धीरे-धीरे बाऊजी यह बात समझते जा रहे थे कि मैं उनकी बात मानने वाला नहीं हूँ। किन्तु उन्हें यह बात समझ नहीं आ रही थी कि उनका बार-बार मुझे यह बात कहना कितना विचलित कर रहा है। भीतर ही भीतर मैं कितनी बार मर रहा हूँ। उन्हें मारने का अर्थ मेरे लिये आत्महत्या ही तो है। उनके भीतर जो मैं ज़िन्दा हूँ, उसकी हत्या भला मैं किस प्रकार कर सकता हूँ?

बाऊजी ने निर्णय ले लिया था। उन्हें सदा ही स्थितियाँ अपने नियंत्रण में लेना सही लगता था। अब भी उन्होंनें ठीक वैसा ही किया। उन्होंने बिना किसी से कुछ कहे खाना-पीना छोड़ दिया। उनका शरीर बस एक कंकाल बनता जा रहा था। वे बिना हिले-डुले बिस्तर पर पड़े रहते, घन्टों शून्य में ताकते रहते। उनकी ओर देखने भर से ही मन में दर्द होने लगता था।

बाऊजी के इस सत्याग्रह ने घर में सब की पीड़ा और तकलीफ़ें इतनी अधिक बढ़ा दी थीं कि परिवार का प्रत्येक व्यक्ति अपने आप को दोषी महसूस करने लगा था। मेरे मन में कभी-कभी यह चाहत भी सिर उठाती कि किसी

भी तरह घर का माहौल एक बार फिर से नॉर्मल हो जाये। कई बार बाऊजी पर क्रोध भी आता कि वे ऐसा क्यों कर रहे हैं। दुनियाँ में कितने लोगों को पक्षाघात होता है। वे सब जीवन के साथ किस आसानी से समझौता कर लेते हैं। किन्तु बाऊजी ने तो! अचानक मैं स्वयं ही अपराधबोध से ग्रस्त हो जाता; शर्म से अपना सिर छुपा लेता; दु:खी हो जाता। यदि मेरा यह हाल था तो माँ किन हालात से गुज़र रही होगी.

अब तो मैं भी मन ही मन भगवान से प्रार्थना करने लगा था कि किसी भी तरह बाऊजी के जीवन का अंत हो जाये। मैं उन्हें इस प्रकार घिसटते; तड़पते नहीं देख सकता था। मुझे अहसास हो चुका था कि बाऊजी की तबीयत में अब कोई सुधार नहीं आने वाला है। मैं सुबह जब नींद से जागता तो मन के किसी कोने में यह उम्मीद-सी लगी होती कि समाचार मिलेगा कि बाऊजी चल बसे.

चार वर्ष बीत गये इसी समाचार की प्रतीक्षा में। इस बीच क्लेयर मेरी पत्नी बन चुकी थी। बाऊजी मृत्यु की प्रतीक्षा में पड़े थे और मेरे लिये निर्णय लेने की घड़ी आ पहुँची थी। मुझे जीवन और मृत्यु में से एक का चुनाव करना था। किन्तु यह निर्णय बाऊजी के विषय में नहीं था। मेरी पत्नी क्लेयर माँ बनने वाली थी। बाऊजी के मन में भी एक बार फिर से जीने की तरंग जाग उठी थी। वे मेरे बच्चे को गोद में लेना चाहते थे। पुरानी कहावत है कि असल से सूद अधिक प्यारा होता है। वे भी अपने सूद को देख लेना चाहते थे; महसूस कर लेना चाहते थे। उस रात उन्होंने मुझे बुला कर कहा था, 'जीतू, मैं कुछ दिन और जीना चाहता हूँ यार। तेरा बेटा देख कर मरूँ तो चैन से मरूँगा।' मुझे पल भर के लिये महसूस हुआ कि बाऊजी में जिजीविषा एक बार फिर जाग गई है। मैं चहका था,' बाऊजी जुडवां होने वाले हैं! जुडवां! एक दादी का एक दादा का!'

एक हल्की फीकी-सी मुस्कान!

क्लयेर को अभी छठवां महीना ही चल राह था। उसे जचगी की दर्दे होने लगीं। डाक्टरों का कहना था कि डिलिवरी तत्काल करना आवश्यक था क्योंकि गर्भाश्यि में ही बच्चों की मृत्यु हो जाने का भय था। सिज़ीरियन ऑपरेशन ही एकमात्र विकल्प था। अल्ट्रासाऊण्ड के माध्यम से यह पता चलते ही कि जुडवां पुत्र होने वाले हैं हमने तो उनके नाम भी रख लिये थे-भारतीय नाम हरीश और आनंद, किन्तु क्लेयर के लिये हैरी और एण्डी। अपने मित्रों में तो वे इन्हीं नामों से जाने जाएँगे।

किन्तु डाक्टरों के एक प्रश्न ने हमारे सामने एक विकट स्थिति पैदा कर दी, 'देखिये, मिस्टर मेहरा, फ़ैसला आप को करना है। इन बच्चों के जीवित रहने

के कोई विशेष आसार नहीं हें। फिर भी हम कोशिश करके देख सकते हैं। बात यह है कि यह दोनों जितना समय भी जीवित रहेंगे, सुइयों और दवाइयों के बल पर ही। यदि हम कुछ भी न करने का निर्णय ले लें, तो हम इन दोनों को मुक्ति दे सकते हैं।' क्लेयर रो दी। वह किसी भी तरह अपने बच्चों को बचा लेना चाहती थी।

मेरे सामने एक बार फिर से जीवन और मृत्यु का प्रश्न आ खड़ा हुआ था। बाऊजी की याचना भरी आँखें मुझ में दहशत पैदा किये जा रही थीं। लगा जैसे बाऊजी ही एक बार फिर मेरे कानों में फुसफुसा रहे हों, 'मुझे मार डाल बेटा! मुझे मार डाल!' और मैं कुछ भी सोच पाने में असमर्थ महसूस कर रहा था। जो काम मैं अपने बाऊजी के लिये नहीं कर पाया क्या अपने होने वाले बच्चों के लिये कर पाऊँगा। क्या उन नन्हीं नन्हीं उंगलियों को, उन गुलाबी होंठों को, उन कमज़ोर बालकों को मुक्ति दिलाना मेरे लिये संभव हो पायेगा? समस्या कठिन है! हल कहाँ से ढूंढूं?

क्लेयर की ओर एक बार फिर देखा; नज़रों ही नज़रों में कुछ समझाया। किन्तु क्लेयर आज जिस स्थिति में थी उसे मैं भली भांति समझ रहा था। क्लेयर के हाँ करने का तो प्रश्न ही नहीं था। मैंने स्वयं ही डाक्टर को अपना निर्णय सुना दिया। हैरी और एण्डी अब इंजेक्शनों का दुःख नहीं सहेंगे। उन्हें मुक्ति अवश्य मिलेगी।

बाऊजी के लिये यह समाचार जानलेवा सिध्द हुआ। उनकी मुक्ति भी हैरी और एण्डी के साथ ही साथ हो गई।

मेरे मन में एक विचित्र-सा अपराध बोध घर करने लगा था। मैं पांच वर्ष तक अपने बाऊजी को नरक में घिसटता देखता रहा, उनकी मुक्ति के लिये कुछ नहीं कर पाया। किन्तु अपने उन पुत्रों के लिये मैंने इतनी जल्दी निर्णय कैसे ले लिया। क्या मैं अपने बाऊजी को अपने अजन्में पुत्रों से कम प्यार करता था?

ज़मीन भुरभुरी क्यों है...?

आज की सुबह कल या परसों जैसी नहीं है।

कोकिला बेन के लिये आज की सुबह जीवन के नये अर्थ खोलने वाली है। लंदन में गर्मियों में सुबह साढ़े चार बजे ही सूर्य खिड़कियों पर दस्तक देने लगता है। कुन्ती के ज़माने से अपनी आदतें भूला नहीं है। कोकिला बेन की सास ने बहुत समझाया कि पति आज डेढ़ वर्ष के बाद घर आने वाला है। उसे लिवाने ज़रूर जाए। मगर कोकिला ने तय कर लिया है कि वह घर बैठ कर ही पति की प्रतीक्षा करेगी। सास का बार-बार कहना या बच्चों की प्रश्नवाचक आँखें कोकिला के मन में कोई अपराधबोध या गिल्ट पैदा नहीं कर पाए। उसका फ़ैसला बदलने वाला नहीं था।

..."जूरी, अब अपना फ़ैसला सुनाएँ कि उनकी राय में राजन देसाई दो लाख सात हज़ार पाउण्ड के ग़बन के दोषी हैं या नहीं।" विग पहने हुए गोरे जज ने जूरी में बैठे आठ सदस्यों की तरफ़ देखते हुए आदेश दिया।

जूरी की बेंच में थोड़ी-सी हलचल हुई। लॉयड बैंक में मॉरगेज एडवाइज़र निकी बेस्ट काग़ज़ ले कर खड़ी हो गई। राजन पटेल की पत्नी कोकिला बेन ने आँखें बन्द कर हाथ जोड़ कर कृष्ण भगवान से प्रार्थना शुरू कर दी। मन ही मन मन्नत मानने लगी। राजन शून्य में ताक रहा था। "जूरी का एकमत फ़ैसला है-गिल्टी!"

पिछले तीन दिनों से लगातार सुनवाई हो रही थी और हर रोज़ राजन, कोकिला और बच्चे कोर्ट की कार्यवाही के बाद अपनी कार में बैठ कर वापिस घर पहुँच जाया करते थे। निकी बेस्ट के एक शब्द-'गिल्टी' ने सब कुछ बदल दिया था।

जज ने फ़ैसला सुनाना शुरू कर दिया था, "राजन पटेल को पोस्ट ऑफ़िस में दो लाख सात हज़ार पाउण्ड के ग़बन के आरोप में जूरी ने एकमत से दोषी

पाया है। राजन पटेल को तीन साल की क़ैद की सज़ा सुनाई जाती है। राजन को यहाँ से ब्रिक्स्टन जेल भेजा जाएगा। मगर दो से तीन सप्ताह के भीतर राजन को किसी डी-क्लास ओपन जेल में भेज दिया जाएगा। अगर राजन का व्यवहार ठीक पाया गया तो एक साल के बाद राजन के मामले में रिव्यू किया जाएगा।"

"क्या यह घर जा कर वापिस आ सकते हैं?" कोकिला बेन के भोले सवाल पर अदालत में हल्की-सी हंसी की आवाज़ गूँजी।

किन्तु जज ने कोकिला बेन की बात को गंभीरता से लेते हुए सूचना दी, "मिसेज़ पटेल, आई ऐम सॉरी, आपके पति यहाँ से सीधे ब्रिक्स्टन जेल जाएँगे। ब्रिक्स्टन जेल में वहाँ के कपड़े ही पहनने पड़ते हैं। वहाँ से इन्हें डी-क्लास की किसी ओपन जेल में भेज दिया जाएगा। वहाँ के लिये आप कुछ दिन बाद घर से इनके कपड़े देने जा सकती हैं।"

कोकिला बेन की रुलाई फूट पड़ी। आज सारा परिवार इकट्ठा सदर्क क्राउन कोर्ट में पहुँचा था। अब अचानक राजन पराया हो चला था। राजन पुलिस की वैन में बैठ गया और वैन चल दी ब्रिक्स्टन जेल की तरफ़। कोकिला बेन और राजन को एक दूसरे के गले मिल कर विदा देने का समय भी नहीं मिला। राजन एक शब्द 'गिल्टी' के बाद सज़ायाफ़्ता मुजरिम बन गया था। अब वह जब कभी किसी भी तरह का फ़ॉर्म भरेगा उसमें भरना पड़ेगा कि उसका अपना क्रिमिनल रिकॉर्ड है। पूरी सतावीस गाँव बिरादरी में बात फैलते भला कितनी देर लगेगी?

लोग तो बातें बना भी रहे हैं, "अजी यह तो पूरा ख़ानदान ही मुजरिमों का है। एक भाई ने अपने मालिक का पूरा बिज़नेस हथिया लिया। बड़े साले ने दिवाला निकालकर लाखों खा लिये। बच्चे पढ़ाई लिखाई में पैदल हैं और आज देखिये...न जाने कब से पोस्ट ऑफ़िस को चूना लगा रहा था!...यह देश तो हम सभी को एक-सी सुविधाएँ देता है...गोरे काले में कोई भेद नहीं करता...यह बस हमारे ही लोग हैं जो कि पूरे हिन्दुस्तान का नाम बदनाम करते हैं। देखो तो कोकिला बेन क्या रोने का नाटक कर रही है। दस लाख पाउण्ड डकार कर भी मगरमच्छी आँसू बहाते उसे लाज भी नहीं आती!

...आँसू तो आज भी नहीं रुक पा रहे। अट्ठारह महीने इसी लाज से लड़ती रही है कोकिला। आज उसकी सास ने राजन की पसन्द के पचास पकवान बनाने का हुक्म दे दिया है। उसकी सास को शायद कुछ ऐसा महसूस हो रहा है कि उसका बेटा जैसे किसी विदेश यात्रा से वापिस आ रहा है। कोकिला बेदिली से रसोई के काम में जुट गई है। स्वयं उसने बस एक कप चाय और एक हल्का-सा क्रैकर बिस्कुट ही लिया है। उसकी किचन की हर गतिविधि के साथ जुड़ी हैं

राजन की यादें। फिर ऐसा क्या है जो उसे परेशान किये जा रहा है। आज भी कुछ सुझाई नहीं दे रहा। उस दिन भी कुछ ऐसा ही था।

...कोकिला बेन सदर्क क्राउन कोर्ट से अपने बच्चों के साथ घर वापिस तो आ गई; मगर उसे कुछ सूझ नहीं रहा था। उसे तो राजन ने पैसों के बारे में कुछ बताया तक नहीं। घर का अकाउण्ट तो जाइंट था किन्तु कोकिला बेन ने कभी बैंक का चक्कर भी नहीं लगाया था। उसने बस किसी तरह कैश मशीन से पैसे निकालने सीख लिये थे। जब कभी ख़रीददारी करनी होती तो अपना डेबिट या क्रेडिट कार्ड इस्तेमाल कर लेती। उसके कार्ड भी राजन की पत्नी के तौर पर थे। उसका अपना अकेला न तो कोई अकाउण्ट ही था और न ही क्रेडिट कार्ड।

घर पहुँच कर कोकिला बेन को महसूस हुआ कि वह घबरा गई है। राजन के बिना दो बेटों और एक बेटी की परवरिश कैसे करेगी। दो बच्चे प्राइवेट स्कूल में पढ़ते हैं और तीसरा 'ए' लेवल कर रहा है। राजन हमेशा गर्व से कहा करता था, "मेरे बच्चे उसी स्कूल में पढ़ते हैं जहाँ कभी पंडित जवाहर लाल नेहरू पढ़ा करते थे।" साल भर की फ़ीस वह पहले ही सेमेस्टर में जमा करवा दिया करता था। पलक, कर्ण और विमलेश जब स्ट्रॉ हैट पहन कर स्कूल के लिये निकलते, राजन और कोकिला बेन को एक दूसरे की आँखों में देख गर्व की अनुभूति होती।

बच्चों की ओर निगाह गई तो मन में एक सोच उठी, "इन बच्चों की प्राइवेट पढ़ाई का क्या होगा? क्या इनको वहाँ से निकाल कर पब्लिक स्कूल में दाख़िल करवाना होगा? पोस्ट ऑफ़िस वालों ने दोनों जगह ताला लगवा दिया है। वैम्बले वाला पोस्ट ऑफ़िस तो इंडस्ट्रियल पार्क में है। मगर बुशी वाला तो रिहायशी इलाक़े में है।"

...बेटा किचन में चला आया है, "मां, दादी हमारे साथ चल रही है न?"

"हाँ बेटा, दादी तो साथ जाएगी ही।"

"मां, आप क्यों नहीं चल रहीं? पापा को बुरा लगेगा न।"

"नहीं बेटा, उनको बुरा नहीं लगेगा। और फिर मैं घर में बैठ कर उनके लिये खाना बना रही हूँ न।"

"हम खाना तो बाहर भी खा सकते हैं।"

"नहीं बेटा, घर का खाना खाए उनको बहुत टाइम हो गया है।" फिर स्वयं ही सोचने भी लगती है। अगर बुशी वाले पोस्ट ऑफ़िस के चक्कर में न पड़ते तो ये दिन तो नहीं देखने पड़ते।

कोकिला बेन शुरू से ही बुशी वाला पोस्ट ऑफ़िस ख़रीदने के विरुद्ध थी।

वह बेचारी थोड़े में खुश होने की आदी है। राजन के परिवार वालों ने कोकिला को इसीलिये पसन्द भी किया था कि उसके व्यवहार की प्रशंसा पूरे गाँव में होती थी। कोकिला बेन निम्न-मध्यवर्गीय परिवार से थी और देखने में भी साधारण कद काठी की थी। अपने व्यवहार से उसने राजन की माँ की दिल भी जीत लिया था। सभी कहते थे, "किस्मत वाली है कोकिला जो देवधर काका के घर की बहू बनी है।" किन्तु आज उसकी किस्मत उससे नाराज़ हो कर कहीं मुँह छिपाए बैठी है।

"कोकी, एक नये पोस्ट ऑफ़िस का ऑफ़र आ रहा है। बुशी में है, बहुत दूर भी नहीं है...सोचता हूँ कि ले ही लूँ।" राजन ने अपने दिल की बात पत्नी के सामने रख दी।

"हमें क्या ज़रूरत है जी? हमारा अपना वैम्बले वाला पोस्ट ऑफ़िस अच्छा भला चल रहा है। फिर क्यों भला सिरदर्द मोल लें?" शांत स्वर में कोकिला बेन का जवाब आया था

"मैं सोचता हूँ कि अपने दोनों बेटों के लिये बिज़नेस खड़ा कर दूँ। अगर ज़िन्दगी में और कुछ न भी करें तो भी चलता हुआ बिज़नेस तो संभाल ही लेंगे।" राजन दूर कहीं भविष्य में देखता हुआ बोल रहा था।

"एक बात बताइये, हैरो स्कूल में पढ़ने के बाद बच्चे या तो ऑक्सफ़र्ड जाएँगे या फिर केम्ब्रिज। वे भला पोस्ट ऑफ़िस चलाने को राज़ी हो जाएँगे क्या?" कहते कहते मुस्कुरा दी थी कोकिला बेन।

"पढ़ाई काम के आड़े नहीं आनी चाहिये और फिर पोस्ट ऑफ़िस का मालिक होना किसी बड़ी कम्पनी के नौकर होने से तो कहीं बेहतर है।"

"नहीं राजन, इन बच्चों की ज़िन्दगी को नियंत्रित करने की कोशिश न करें। इनको अपना भविष्य खुद ही बनाने दें।"

बिज़नेस के मामले में राजन ने कभी कोकिला बेन की बात नहीं सुनी। हाँ उसे उसकी औक़ात ज़रूर याद दिला देता था, "अब देखो तुम्हारी सोच, तुम्हारी फ़ैमिली बैकग्राउण्ड हमसे अलग है...हम युगांडा में भी बिज़नेस ही करते थे.. .यहाँ भी...देखो बुरा मत मानना, मैं तुम्हारा दिल नहीं दुखाना चाहता था..."

और कोकिला बुरा नहीं मानती। कम से कम राजन तो यही सोचता है। उसका दिल नहीं दुखता...बस यही सोच लेती कि क्या कह देने भर से दिल दुखना बन्द कर देता है?...थोड़ी हैरान भी होती है कोकिला। ...बैम्बले पोस्ट ऑफ़िस की पोस्ट मास्टर कोकिला बेन ही है...क्योंकि राजन की पढ़ाई पूरी नहीं हो पाई थी। उसके पास तजुरबा है मगर डिग्री नहीं है। कोकिला बेन की परवरिश

ने कभी भी उसे अपने पति के सामने बोलने नहीं दिया। मज़ेदार बात यह है कि राजन का भाई रमणीक भी पढ़ाई के मामले में पैदल ही है। इसीलिये बुशी वाले पोस्ट ऑफ़िस की पोस्ट मास्टर हैं रमणीक की बी.ए. पास पत्नी ललिता।

कोकिला बेन इसलिये भी चुप रह जाती है क्योंकि उसके पति ने उसके भाई को बिज़नेस शुरू करवाने में महत्वपूर्ण भूमिका अदा की थी। अब उसके भाई का रेस्टॉरैन्टि इलाक़े की पहचान के रूप में उभर आया है। राजन का निर्णय और उसकी सहायता को लेकर कोकिला बेन और उसका भाई राजन के अहसान तले दबे हैं। अगर राजन ने कोकिला बेन की बात मान ली होती तो आज यह दिन न देखना पड़ता।

मगर अब तो हो चुका जो होना था...लेकिन ये बार-बार जो आयरिश औरत का नाम बीच बीच में आता रहा है आख़िर वह है कौन? कैथलीन का नाम तो बहुत बार सुना है-मुकदमे से पहले भी और मुकदमे के दौरान भी। भला राजन जैसा अक्लमंद आदमी ऐसे कैसे आसानी से बेवक़ूफ़ बन गया।

बेवक़ूफ़ बना, इसीलिये तो आज की रात ब्रिक्स्टन जेल में बितायेगा। इस जेल के बारे में कोकिला बेन तक ने सुन रखा है कि वहाँ हत्यारे, लुटेरे, आतंकवादी कैदियों को रखा जाता है। भला ऐसे लोगों के बीच राजन कैसे रह पाएगा। क्या वहाँ रह कर राजन भी उन जैसा ही बन जाएगा? कहीं वे लोग राजन को नुक़सान तो नहीं पहुँचाएँगे? वैसे रहना तो वहाँ बस एक सप्ताह ही है। फिर भी ऐसी भयानक जगह! राजन को तो सर्दी में सर्दी भी अधिक लगती है और गर्मी में गर्मी भी। सोचते सोचते कोकिला कब घर पहुँच गई कुछ मालूम नहीं हुआ।

...ज़ीरा चिकन पक गया है, ढोकला, पंजाबी दाल मक्खनी, पुलाव, बैंगन मटर की सूखी सब्ज़ी, घीये का रायता, और गाजर का हलवा भी तैयार हैं। कोकिला के कपड़ों में गुजराती मसालों की महक पूरी तरह घर कर गई थी। सोच रही है क्यों न ऐसे ही राजन का घर आने पर स्वागत करूँ? उसे भी पता चले कि मुझे कैसी ज़िन्दगी जीने को छोड़ गये हैं। श्रीखण्ड और पूरी वैसे ही नहीं बन जाती। मेहनत करनी पड़ती है। डाइनिंग टेबल पर रखे पकवानों को घूरे जा रही है।

...उस दिन भी घर में बैठी बस दीवार को घूरे जा रही थी। तार इतने उलझे हुए थे कि उनका सिरा मिल पाना आसान नहीं था। कोकिला बेन के कानों में सन्नाटे की आवाज़ें सायं-सायं कर रही थीं। पैसे का हिसाब किताब राजन हमेशा अपने पास ही रखता था। कोकिला को बस घर चलाने के लिए पैसे मिल जाते।

वैसे राजन ने कभी कोई कमी नहीं की। फिर भी वह सदा राजन पर आश्रित रही। पैसे कहाँ से आते थे और कहाँ निवेश होते थे, इस सबसे कोकिला का कुछ लेना देना नहीं था। मकान की क़िश्त, कार की किश्त, पोस्ट ऑफ़िस की लीज़ का भुगतान, पोस्ट ऑफ़िस के आगे की दुकान के लिये माल ख़रीदना वगैरह-वगैरह सब राजन ही तो करता था। हाँ उसका छोटा भाई रमणीक शारीरिक मेहनत के काम कर दिया करता था। रमणीक पढ़ा लिखा तो था नहीं। उससे भला कैसे उम्मीद की जा सकती थी कि वह राजन का काम संभाल ले। उस पर उसकी शराब की लत। कोकिला बेन ने अपनी देवरानी ललिता की तरफ़ देखा। ललिता चुप बस अपनी जेठानी को देखे जा रही थी। दोनों की आँखों में आँसू थे मगर कोकिला बेन का दिमाग़ पूरे वेग से गतिमान था। वह उठी और उसने ललिता को आवाज़ दी, "ललिता बेन इसी पल से घर में मातम का माहौल ख़त्म करना होगा। उठो और किचन में चलो। दाल, भात, शाक और रोटी बनाते हैं। आज की रात कोई भूखा नहीं सोयेगा।"

रात को बिस्तर भी काटने को दौड़ रहा था। न कोई चुहल, न कोई मज़ाक और न ही कोई शिकायत। वैसे राजन कभी-कभी काम के सिलसिले में घर से बाहर भी चला जाता है। उन दिनों भी कोकिला बेन बिस्तर में अकेली सोती है। मगर आज का मामला अलग है। आज के अकेलेपन के साथ बहुत कुछ और भी जुड़ा है। कल सुबह के सूरज का सामना कैसे करेगी कोकिला? क्या सच में राजन ने पैसे ग़बन किये हैं? क्या उस आयरिश औरत के साथ राजन के शारीरिक संबंध भी थे?...क्या वे अब भी मिलते जुलते थे? अपने रिश्तेदारों को अपना चेहरा कैसे दिखायेगी? प्रश्नों के बोझ तले दबी कोकिला कब सो गई उसे पता ही नहीं चला।

...थक गई है काम करते करते। बेदिली से ही सही, बिस्तर की चादर, तकिये और रज़ाई के गिलाफ़ बदल दिये हैं। राजन को पैलोमा पिकासो परफ़्यूम की महक अच्छी लगती है। आज वही लगायेगी। आज बहुत से ख़्याल दिमाग़ को मथते जा रहे हैं। सोचती है कुछ पल आराम कर लूँ। पीठ में आजकल दर्द रहने लगा है। राजन के जेल जाने ने उसकी ज़िन्दगी को हिला कर रख दिया है। बस एक मशीन की तरह काम करती रहती है। कोई रंगीन पल नहीं जीवन में। पति जेल में होने के बावजूद बंटा हुआ है। दिन में भी अंधेरा दिखाई देने लगा है।

...लंदन में सुबह भी तो अंधेरे में ही हो जाती है। सर्दियों की विशेषता यही तो है। सूर्य अगर अच्छे मूड में हो तो दस बजे के आसपास एक हल्की-सी

झलक दिखलाने आ जाता है और फिर तीन साढ़े तीन बजे फिर से रात होने लगती है। दिन तो बस पांच छः घन्टे का ही होता है। कोकिला बेन की सुबह अब आने वाले तीन सालों के लिये तो अंधेरी ही होने वाली है। वह सोच-सोच कर परेशान थी कि क़ैदियों के कपड़ों में राजन कैसा दीखता होगा।

सुबह ही राजन का फ़ोन आ गया था। आवाज़ में भर्राहट साफ़ सुनाई दे रही थी। मगर अपने आप पर नियंत्रण करते हुए उसने कोकिला बेन को बता दिया, "कोकिला, घबराने की ज़रूरत नहीं है। बस चार-पांच दिन की बात है। उसके बाद मुझे स्टैण्डफ़र्ड जेल में ट्रांसफ़र करने वाले हैं। वह डी-क्लास की ओपन जेल है। वहाँ बिल्कुल मुश्किल नहीं होगी। यहाँ ब्रिक्सटन में तो जेल के कपड़े पहनने पड़ते हैं मगर ओपन जेल में घर के कपड़े ही चलते हैं। वहाँ तो सुना है कि काम भी करने को मिलता है।"

सुनते सुनते कोकिला की रुलाई फूट पड़ी, "पता नहीं किस की नज़र लग गई!...अच्छी भली ज़िन्दगी चल रही थी। अब न जाने कल अख़बारों में क्या क्या छपेगा...अगर गुजरात समाचार में छप गया तो सारे समाज में बात वायरस की तरह फैल जाएगी। पूरी दुनियाँ कितनी बातें बनाएगी। ...कहीं हैरो ऑब्ज़र्वर और लीडर में आ गया तो ...सोच कर ही पसीना आ रहा है। तुमको मालूम है, तुम्हारा इतना पुराना दोस्त भरत भाई, पूरी सतावीस गाँव में तुम्हारी बुराई करता फिर रहा है?"

"देखो कोकिला, अब हमारे हाथ में कुछ नहीं है। भगवान ने दो कान दिये हैं न, एक से सुनो और दूसरे से निकाल दो...अभी तो हमको बस थोड़ा टाइम गुजारना है। मुझे जेलर ने कल ही बताया है कि मुझे तीन साल जेल में नहीं रखने वाले। जास्ती से जास्ती बस चौदह से सोलह महीने। कोकिला ये तुम्हारे लिये इम्तहान का वक्त है।"

"मगर मुझे तो कुछ भी नहीं पता है कि घर में पैसे कहाँ हैं। कौन से बैंक में कहाँ कितना पैसा है..." कोकिला फिर रो पड़ी।

"तुम जभी आओगी न मुझसे मिलने तभी पूरी प्लैनिंग करेंगे...सुनो, जेलर कह रहा था कि मुझे जिस जेल में भेजने वाले हैं वह बहुत ही अच्छी जेल है। वहाँ कोई कठिन काम नहीं करवाते। बल्कि काम सिखाते हैं। मुझे पूरा कम्पयूटर का कोर्स भी करवा देंगे...मैंने बताया न...स्टैण्डफ़र्ड जेल है उसका नाम। मैं तुमको फ़ोन पर सब बता दूँगा।"

शैपी क्लस्टर जेल को स्टैण्डफ़र्ड हिल जेल भी कहते हैं। यह जेल उनके घर हैरो वील्डस्टोन से क़रीब पचहतर मील दूर है। अगर ट्रैफ़िक अधिक न हो तो कार से दो घन्टे से भी अधिक समय लगता है। मगर कोकिला बेन के पास

तो कार चलाने का लाइसेंस ही नहीं है। बस एक बार प्रोवीज़नल लाइसेंस बनवाया था। मन में एक अजीब-सा डर लिये कोकिला बेन पक्का लाइसेंस नहीं बनवा पाईं। किसे कहें कि उसे जेल तक ले जाए। कहाँ कभी सोचा था कि जेल यात्रा भी करनी होगी। फिर कैसे जाए पति से मिलने?

याद आया कि अशोक तन्ना तो सिल्वर लिंक रेल्वे में नौकरी करता है। फ़ोन मिलाया, "अशोक भाई, ...!" और कोकिला बेन की रुलाई फूट पड़ी। अशोक ने रिसीवर क्रैडल पर रखा और पत्नी को साथ लिये कोकिला बेन के घर पहुँच गया, "अरे कोकिला बेन अब आपको ही मज़बूत बनना होगा। वरना ये बच्चे लोग कैसे अपनी ज़िन्दगी जी सकेंगे?"

"अशोक भाई, परसों मंगलवार है न, हमें राजन से मिलने जेल जाना है। उसके साफ़ कपड़े ले जाने हैं; एक कंप्यूटर की किताब देनी है और उसको हनुमान चालीसा भी देनी है...मैंने पता किया है कि जेल में मिलने के लिये बस मंगलवार और गुरुवार ही जा सकते हैं-और वह भी दोपहर को दो और चार के बीच।"

"अरे भाभी, आप ट्रेन से भी जा सकती हैं। हैरो से सिल्वरलिंक की फ़ास्ट ट्रेन ले कर लंदन यूस्टन जाइये। वहाँ से नार्दर्न या विक्टोरिया अंडरग्राउण्ड ट्रेन ले कर क्रिंग्सक्रॉस सेंट पैन्क्रॉस स्टेशन पर चली जाएँ। वहाँ से आपको मिलेगी साउथ ईस्टर्न की गाड़ी जो ले कर जाएगी सिटिंगबोर्न और वहाँ से आपको जो गाड़ी मिलेगी वो जाती है शीयरनेस-ऑन-सी। वहाँ से जेल के लिये बस मिलती है और लीजिये आप पहुँच गईं स्टैण्डफ़र्ड हिल जेल...कुल जमा ख़र्च करके आपको क़रीब अढ़ाई घन्टे लग जाएँगे। हैरो से जेल तक।"

कोकिला बेन बस सुने जा रही थी। घर से निकल कर अगर सब कुछ तयशुदा तरीक़े से होता चला जाए तो भी उसे घर से दस बजे तो निकल ही जाना होगा। मिलने का समय है केवल दो घन्टे। अगर उसे पहुँचने में देरी हो गई तो पति के साथ समय बिताने को नहीं मिलेगा। हैरो से निकल कर वैम्बले तक रोज़ जाने वाली और शाम को घर वापिस आ जाने वाली कोकिला बेन के लिये इतनी सारी रेलगाड़ियों और बसों का सफ़र करके जेल में पहुँचना किसी कठोर सज़ा से कम नहीं था। काश! आज भी राजन घर में होता और कोकिला को कार में बैठा कर जेल तक ले जाता!

...कोकिला अपने आप से पूछ बैठती है कि प्रतीक्षा क्यों कर रही है राजन की। उसे आना है आ जाएगा। क्या उसके कहने पर कहीं गया है जो वह इन्तज़ार में विरह गीत गाये...डाइनिंग टेबल पर राजन की पसन्द के डिनर सैट की प्लेटें

सजा रही है। रह-रह कर आयरिश ब्लॉण्ड का चेहरा आँखों के सामने आने लगता है। ज़माने को राजन के पैसे ग़बन करने के मामले में रुचि थी। कोकिला के दिमाग़ में बस एक ही सवाल है, मुझ में क्या कमी थी? अगर किसी ने इन दोनों को इकट्ठे देखा होगा तो? यह मुझे किस जन्म की सज़ा दी है राजन ने?

...सज़ा तो अगले दिन गुजरात समाचार में गुजराती और अंग्रेज़ी दोनों भाषाओं में छप गई। समाचार विस्तार से प्रकाशित हुआ था। लगता था जैसे कि समाचार किसी जान पहचान वाले ने अन्दरूनी जानकारी दे कर छपवाया हो। भरत भाई की भी तो वहाँ जान पहचान है। कहीं उन्हींने तो...? राजन पर पैसा बनाने के आरोप के साथ-साथ आयरिश औरत के साथ शारीरिक संबंन्धों का भी आरोप लगा था और कहा जा रहा था कि राजन उस औरत को बचाने के चक्कर में ही केस हार गया।

सुबह सुबह फ़ोन आने शुरू हो गये। ऊपरी तौर पर सब सहानुभूति प्रदर्शन कर रहे थे मगर बहुत-सी आवाज़ों में मज़ा लेने का अन्दाज़ साफ़ पता चल रहा था। अब इक्कीस गाँव के पूरे समाज में बात फैलते कहाँ देर लगने वाली थी। अशोक समाचारपत्र के साथ घर आ गया, "भाभी, आप इस ख़बर से बिल्कुल भी परेशान न हों।"

"अशोक भाई, मुझे तो समझ नहीं आ रहा कि लोगों का सामना कैसे करूँगी। लगता है हर निगाह में एक ही सवाल है। फ़ाइनेंशियल मामले में तो राजन का साथ देने में कोई दिक्कत नहीं। मगर उस आयरिश ब्लॉण्ड के बारे में सोच कर बहुत दर्द होता है अशोक भाई। लगता है कि पूरा समाज मिल कर ज़ोर से मुझे गाली दे रहा है।"

"इस आयरिश ब्लॉण्ड का नाम क्या है?"

"राजन जब कभी उसके बारे में बात करते थे तो कैथलीन ही कहते थे। मैं उससे बस एक ही बार मिली थी। मुझे वैम्बले वाले पोस्ट ऑफ़िस से फुरसत ही कहाँ मिलती थी?"

"भाभी देखिये अब ख़बर छपी है तो लोग बातें तो करेंगे ही। लेकिन लोगों की याददाश्त बहुत कमज़ोर होती है। आज अपने राजन के बारे में बात करेंगे तो कल उनको कोई दूसरा राजन मिल जाएगा। दुनियाँ मे राजनों की कमी नहीं है।"

"मैनें कितनी बार मना किया था कि दूसरा पोस्ट ऑफ़िस नहीं चाहिये हमें। मगर ये सुनते ही कहाँ हैं!"

"भाभी आप तो जेल के बारे में सोचें और राजन से मिल कर बातचीत करें कि अब आगे क्या किया जाए।"

"अशोक भाई," कोकिला की आवाज़ आँसुओं से फट गई, "आपको लगता है कि राजन ने पैसा बनाया होगा? पता नहीं क्यों मेरा दिल नहीं मानता। मगर पोस्ट ऑफ़िस में रेड होते ही सबसे पहले उसने यह घर मेरे नाम करवा दिया था। मैंने पूछा भी था कि ऐसी क्या ज़रूरत है...अब समझ में आता है। अगर यह घर राजन के नाम होता तो कोर्ट इस घर को बेच कर पैसे वापिस लेने की कोशिश कर सकती थी...कुछ समझ नहीं आ रहा!"

"ऐसे प्रश्नों से जूझने से फ़िलहाल कुछ हासिल नहीं होगा भाभी। अपना ध्यान घर, काम और बच्चों की तरफ़ लगाइये।"

"अशोक भाई, पहले विज़िट में आप भी चलिये न। मुझे थोड़ा हौसला रहेगा।"

"नहीं भाभी, जेल में जाने के बाद पहली बार केवल घर के सदस्यों को ही जाना चाहिये। अगले हफ़्ते मैं भी आपके साथ चलूँगा।"

अशोक चला गया मगर गुजरात समाचार की अपनी प्रति वहीं छोड़ गया। कोकिला बेन की निगाह बार-बार उसी समाचार पर अटक जाती थी-'कहा जाता है कि राजन देसाई का अपने पोस्ट ऑफ़िस की आयरिश महिला कर्मचारी कैथलीन के साथ अफ़ेयर चल रहा था। दोनों मिल कर सरकार को चूना लगा रहे थे। जब से राजन ने बुशी का पोस्ट ऑफ़िस संभाला है तब से ही उन सरकारी वाउचरों को कैश करने में बढ़ोतरी हुई जिनकी अंतिम तिथि निकल चुकी होती थी। ...'कोकिला को लग रहा था जैसे राजन ने अपने बाईस साला विवाहित जीवन को सफ़ेद चमड़ी की ख़ातिर दाग़दार बना लिया!

कोकिलाबेन क्या करे? पति इस समय जेल में है। कैथलीन नौकरी छोड़ कर कहाँ गई है, पता नहीं। क्या सच में राजन का कोकिला के साथ शारीरिक रिश्ता था? राजन ऐसा कैसे कर सकता है? पिछले एक वर्ष से केस चल रहा था। कोकिला के दिमाग़ में कभी यह खलबली नहीं मची थी ; मगर राजन को पैसों के मामले में अपराधी घोषित किये जाने के बाद से कैथलीन उसके मन को मथे जा रही है।

...क्या कैथलीन भी जेल गई होगी राजन को लाने? यही तो एक कारण है कि कोकिला वहाँ नहीं गई। नहीं चाहिये उसे बंटा हुआ राजन। जब उससे ब्याह करके उस लंदन लाई थी तो एकदम उल्लू ही तो था, कुछ भी तो नहीं आता था उसे। पाँव तक चूमता था कोकिला के। मगर आज यह सब क्या हो गया. ..नहा चुकी है कोकिला। मगर मन के भीतर कहीं अब तक मैला परेशान कर रहा है।

...परेशान उस समय क्या कम थी। समय थमता भी तो नहीं। जैसे दिमाग़ के घोड़े हमेशा गतिमान रहते हैं, कभी थकते नहीं, ठीक वैसे ही समय बीत जाता है, गुज़र जाता है। राजन के लिये पकाए नमकीन और पकवान लिये कोकिला बेन अपने बेटों के साथ यूस्टन स्टेशन पहुँच गई है। उसे हौसला हुआ कि उसके बच्चे उससे कहीं अधिक आत्मविश्वास से परिपूर्ण हैं। आगे बढ़-बढ़ कर साइन बोर्ड पढ़ रहे हैं और उसे सही प्लैटफ़ॉर्म की तरफ़ ले जा रहे हैं। राजन के साथ होने या न होने से कितना कुछ बदल सकता है।

कल शाम से ही उसने राजन के पसन्दीदा नमकीन बनाने शुरू कर दिये थे। खाण्डवी, ढोकला और जीरा चिकन। जब कभी घर में कोई मेहमान आता तो राजन बहुत गर्व से कहता है, "जीरा चिकन बनाती है तो कोकिला बेन। जिसने जीरा चिकन की रेसेपी बनाई होगी वह भी कोकी जैसा टेस्टी जीरा चिकन नहीं बना सकता।" कोकी यह सुनती और शरमा जाती। मगर कल जैसे वह हर चीज़ एक मशीन की तरह बना रही थी। उसे हर खाने में कैथलीन का चेहरा दिखाई दे रहा था। पति के जेल जाने से कहीं अधिक तक़लीफ़ उसे अपने व्यक्तित्व के अनादर से हो रही थी। अगर कैथलीन बीच में न होती तो वह राजन से मिलने के लिये सुबह नौ बजे ही पहुँच जाती। उसका हर काम आज ढीला ढीला हो रहा था।

बड़ा बेटा कर्ण माँ को हौसला दे रहा था। कोकी के पेट में तितलियाँ-सी उड़ रही थीं। पति को क़ैदी के रूप में देख कर कैसा महसूस करेगी। उसे राजन के जेल जाने से दर्द क्यों नहीं हो रहा। वह हर बार सदर्क कोर्ट में पति के साथ जाती रही है। एक लम्बा विवाहित जीवन जिया है उसके साथ। मगर केथलीन ने सब कुछ तहस नहस कर दिया। अख़बार ने चटख़ारे ले कर लिखा था कि राजन और कैथलीन पोस्ट ऑफ़िस में बाक़ी स्टाफ़ के जाने के बाद अकेले रह जाते थे और वहीं अपनी शारीरिक भूख मिटाया करते थे। एक ख़बर ने सब कुछ समाप्त कर दिया था। छपे हुए शब्द की सच्चाई सुने सुनाए शब्द से कहीं अधिक गहरी होती है।

गाड़ियाँ बदलते, ठण्ड से लड़ते और भावनाओं को दबाते हुए कोकी अपने बच्चों के साथ डेढ़ बजे ही जेल पहुँच गई। उस पल के बारे में सोच कर ही दिल में कुछ-कुछ हो रहा था कि जब पति से सामना होगा। क्या उसकी आँखों में अपराध बोध दिखाई देगा, क्षमा याचना की भावना होगी? कर्ण ने ही यहाँ भी पुलिस अधिकारी से बात की। अपने क़ैदी पिता का नाम बताया, "जी ऑफ़िसर, हम राजन देसाई से मिलने आए हैं। कोकिला बेन देसाई, कर्ण देसाई, पलक

देसाई और विमलेश देसाई।"

"क्या आप ने सब के लिये पहले से अनुमति ले ली थी। कोई एक्सट्रा आदमी तो नहीं है।"

"जी ऑफ़िसर, टेलिफ़ोन पर पहले ही नाम दिये थे। मैंने ही बात की थी।"

पुलिस अधिकारी ने कंप्यूटर पर चैक किया और उन्हें एक हॉल में बैठ कर इंतज़ार करने को कहा। चारों का सिक्योरिटी चैक हुआ। सही भी है कि कहीं किसी क़ैदी को नुक़सान न पहुँच जाए। चारों उस हॉलनुमा कमरे में दाख़िल हुए। कुछ एक परिवार उनसे पहले ही वहाँ पहुँचे हुए थे। कुछ एक गोल मेज़ें थीं तो कुछ आयताकार। वहाँ आए रिश्तेदारों में गोरे, काले, चीनी एशियाई मूल सभी प्रकार के चेहरे दिखाई दे रहे थे। अपने जैसे चेहरे मोहरे वाला एक ही परिवार दिखाई दे रहा था। माँ और पुत्र ही लग रहे थे। पंजाबी शलवार और कमीज़ पहनी औरत को देखते ही कर्ण ने टिप्पणी की, "मॉम, ये ज़रूर पाकी है।"

"ऐसा नहीं कहते बेटा। उन्होंने सुन लिया तो बुरा मान जाएँगे।"

"माँ सब लोग ऐसे ही कहते हैं। बल्कि इनके चक्कर में गोरे लोग हमें भी पाकी कह देते हैं।"

घोषणा हो गई कि पांच मिनट में क़ैदी आने वाले हैं। कोकी को समझ नहीं आ रहा कि उसकी प्रतिक्रिया क्या हो। क्या राजन को पता है कि वह केवल क़ानून का अपराधी नहीं, बल्कि अपनी पत्नी का भी अपराधी है? क्या उसे मालूम है कि गुजरात समाचार ने उसका कच्चा चिट्ठा छाप दिया है। मगर नहीं. ..इस समय वह नकारात्मक बातें नहीं सोचेगी।

अब तक सारी मेज़ें भर चुकी थीं। दरवाज़ा खुला पहला क़ैदी एक अधेड़ उम्र का गोरा था। फिर एक युवा-सा काला लड़का आया। राजन से पहले सात आठ क़ैदी हॉल में आ कर बैठ गये। अपने लोगों के बीच। उनके चेहरे पर कहीं किसी अपराध बोध जैसी कोई भावना नहीं दिखाई दे रही थी। वे आकर अपने परिवार से वैसे ही मिल रहे थे जैसे किसी बहुत महत्वपूर्ण काम के लिये इस जेल में रह रहे हों। कोकी की आँखें अभी भी उस पल के बारे में सोच रही थी कि उस दरवाज़े से आता राजन कैसा लगेगा। और राजन दरवाज़े पर आ गया। शेव किये हुए, बाल ठीक से बने हुए, जेल की टी-शर्ट पहने, मुस्कुराते हुए राजन ने हॉल का मुआयना किया। कोकी ने देखा, एक फीकी-सी मुस्कुराहट उसके चेहरे पर आई। कर्ण और नकुल एकदम से उठे और अपने पापा की तरफ़ लपके। विरल थोड़ा माँ के और निकट हो गया।

"अरे कैसे आये सब लोग? कोई कार से नहीं लाया?" बात कहीं से तो

शुरू करनी थी। मगर इस खोखली-सी टिप्पणी पर कोकी ने कोई प्रतिक्रिया नहीं व्यक्त की।

कोकी के चेहरे की झिझक पति तक पहुँच गई। फिर भी हंसते-हंसते राजन कर्ण को बताने लगा, "बेटा यहाँ कोई दिक्कत नहीं है। सुबह उठ कर एक्सरसाइज़ करवाते हैं; फिर नाश्ता; उसके बाद मेरी कंप्यूकटर क्लास होती है। आजकल माइक्रोसॉफ़्ट वर्ड और एक्सेल शुरू करवा दिया है। एक साल में पूरा ऑफ़िस करवा देंगे। पॉवर पाइण्ट और एक्सेस भी। मुझ से पूछ रहे हैं कि मैं कौन-सा काम सीखना चाहूँगा। मैंने टोकरी बनाने के लिये हामी भर दी है... कोकी तुम परेशान न होना। मेरा अपना एक अलग कमरा है, जिसमें दो लोग रहते हैं। मेरा रूम-पार्टनर एक गोरा है। उसका भी फ़ाइनेंशियल चक्कर है। ..." राजन बात तो कर्ण से कर रहा था मगर चाह रहा था कि कोकी सब कुछ जान ले।

कोकी ने राजन की तरफ़ आँख उठा कर देखा। फिर मुँह बाईं ओर फेर लिया। उधर एक काला क़ैदी पूरी शिद्दत से अपनी प्रेमिका के होंठ चूस रहा था। घबरा कर, शरमा कर उसने निगाह वापिस फेर ली। नज़ारा हर तरफ़ ऐसा ही था। इस देश का कल्चर कितना फ़र्क है। बेडरूम को यहाँ जेल के हॉल में ले आए हैं! आँखों की हया जैसे इन लोगों में है ही नहीं। उसका अपना मन राजन को लिपटने का क्यों नहीं कर रहा? क्यों पराया पराया-सा लगने लगा है राजन? बेदिली से साथ लाए नमकीन और चिकन के डिब्बे निकाल कर राजन के सामने रखने लगी।

"नहीं कोकी, अभी हम लोग लंच करके आए हैं। मैं यह सब साथ रख लूँगा। मैं और मेरा रूम-पार्टनर मिल कर खाएँगे...बेसन के लड्डू बनाए?" मुस्कुराते हुए राजन ने पूछा।

"जी...राजन, पोस्ट ऑफ़िस तो बन्द हो चुके हैं। अब घर कैसे चलेगा? कर्ण तो कह रहा है कि वह अब पढ़ाई नहीं करेगा। उसने सब-वे सैण्डविच और पिज़्ज़ा हट एक्सप्रेस वालों से बात की है। इस सब में पैसे लगेंगे। क्या सोचा है? अब दो साल तो निकालने हैं।"

"नहीं नहीं कोकी। जेलर बता रहा था कि ज़्यादा से ज़्यादा एक साल नहीं तो चौदह महीने में मेरी छुट्टी हो जाएगी। बारह महीने के बाद तो वीकेण्ड पर घर में रहने की इजाज़त भी मिल जाएगी। बस साल भर की बात है। भगवान की दया से निकल ही जाएगा...तुम ऐसे करना कि अगले हफ़्ते अशोक को साथ लेकर आना। कोशिश करते हैं कि घर को री-मॉरगेज करके कुछ इक्विटी निकाल ली जाए। तुम्हारे पास बैंक में कैश रहेगा तो तुम्हें घर चलाने में कोई

मुश्किल पेश नहीं आएगी।"

कोकी उम्मीद लगाए बैठी थी कि शायद राजन किसी से मिलने को कहे जहाँ से पोस्ट ऑफ़िस से बनाए पैसे मिलने का तरीक़ा बन सके। क्या सचमुच राजन बेक़ुसूर है? क्या सच उसने पैसे ग़बन नहीं किये? अगर पैसे बनाए हैं तो मुझे क्यों ग़रीबी में रहने को अकेला छोड़ रहा है? कहीं सारे पैसे कैथलीन के पास तो नहीं हैं? कहीं यह सब उसकी अपनी कल्पना ही तो नहीं? हो सकता है कि कैथलीन और राजन में कुछ हो ही नहीं।

"बाल डाई नहीं किये?"

"दिल ही नहीं करता।"

"अपना ध्यान रखा करो। अब तुमको ही तो परिवार चलाना है। अपना ख़्याल नहीं रखोगी तो बच्चों को कैसे संभालोगी?"

"तुम तो दो हफ़्ते में ही कमज़ोर लगने लगे हो।"

"कमज़ोर नहीं कोकी, स्लिम हो गया हूँ। यहाँ बहुत डिस्पलिण्ड शैडयूल होता है। सुबह से रात तक सब कुछ टाइम-टेबल के हिसाब से। तुम देखना थोड़े दिन में यह तोंद पूरी तरह से अन्दर चली जाएगी!" राजन की हंसी कोकी को कुछ खोखली-सी लगी।

...आज कोकिला ने जान बूझ कर बाल डाई नहीं किये। देखना चाहती है कि अपनी बूढ़ी पत्नी को किस तरह मिलता है डिस्पलिण्ड शैड्यूल वाला पति। बच्चे कितने भोले होते हैं। मगर आजकल तो यही सुनने को मिलता है कि माडर्न बच्चे बहुत इंटेलिजेन्ट होते हैं। फिर भला मेरे बच्चे मेरी समस्या क्यों नहीं समझ पाए। मेन दरवाज़ा खोला और पेटियो में हल्का-सा झाड़ू लगा दिया। अब तो कुछ ही घन्टे बाक़ी हैं।

...दो घंटे कितने छोटे हो सकते हैं। पहली घन्टी बजी कि पन्द्रह मिनट बाक़ी हैं। कोकी ने एक नज़र भर कर राजन को देखा। बस अब कुछ ही पल की बात है। कोकी का व्यवहार पूरी समय अनमनस्यक-सा था। राजन को लग रहा था कि जैसे कोकी उसके जेल में होने से चिन्तित है। सच्चाई कहीं कैथलीन के साथ उड़ान भरने गई थी। यह भी तय हो गया कि सप्ताह में दो दिन राजन से टेलिफ़ोन पर बात भी हो सकती है। दो घन्टे पूरे हो गये। गोरे और काले क़ैदी अपनी-अपनी संगिनी को और ज़ोर से चूमने लगे। राजन ने आगे बढ़ कर कोकी को हल्के से आलिंगन में लिया। सामने बैठी दूसरी औरत की आँखें आँसुओं से गीली थीं। अब कर्ण को वह पाकी नहीं लग रही थी। एक-एक करके सभी क़ैदी उसी दरवाज़े से वापिस जेल के भीतर चले गये। वह कमरा जहाँ अभी

तक आवाज़ों का एक जाल-सा बनता जा रहा था एक बार फिर सन्नाटे से दोस्ती करने लगा।

"मॉम जेल कोई ख़राब जगह नहीं लगी। बस एक ही बात है कि पापा हमसे मिल नहीं सकते। वे तो देखने में खासे ठीक ठाक लग रहे थे।" कर्ण ने अपनी सरल-सी टिप्पणी करते हुए कह दिया।

सोच तो कोकी भी यही रही थी। मगर उसे अगले बावन सप्ताह इसी तरह हैरो वील्डस्टोन से स्टैण्डफ़र्ड जेल तक ट्रेन से यात्रा करनी पड़ेगी। 'नहीं! उसने तय कर लिया कि उसे कार चलाना सीखना है और तीन महीने के भीतर-भीतर राजन से मिलने के लिये स्वयं कार चला कर जाएगी।'

उसकी हर परेशानी में साथ खड़ा होने के लिये एक ही नाम था-अशोक। लंका में पूरी वाटिका थी-अशोक वाटिका। यहाँ केवल अशोक। अंतर था तो बस इतना कि यहाँ राम कारागार में था। कोकी भी टेम्स नदी को पार करते हुए, समुद्र के किनारे से होती हुई राजन तक पहुँचती थी।

अगले दिन ही कर्ण से बी.एस.एम. को फ़ोन करने को कहा। कर्ण ने समझाने का प्रयास किया, "मॉम, बी.एस.एम. एक-एक लेसन के बहुत पैसे लेते हैं। दूसरे ट्रेनिंग स्कूल आधे पैसों में कार चलाना सिखा देते हैं।"

"कर्ण बेटा, हमने जीवन में कभी भी घटिया चीज़ें इस्तेमाल नहीं कीं। चाहे तुम बच्चों के लिये या फिर घर के लिये। मेरे पिता हमेशा कहा करते थे कि जो लोग शॉर्टकट से आगे बढ़ने की कोशिश करते हैं वे कभी लम्बी दौड़ के घोड़े नहीं बन सकते। मैं कार चलाना तो बी.एस.एम. से ही सीखूंगी।"

कोकिलाबेन ने तय कर लिया था कि अब उसे भीतर से मज़बूत बनना है। एक साल के लिये केवल जीन्स पहनेगी। भारतीय परिधान नहीं पहनेगी। किसी भी सामाजिक कार्यक्रम में शामिल नहीं होगी-शादी-ब्याह, जन्मदिन, त्यौहार, आदि आदि। कहीं नहीं जाएगी और अपने बाल डाइ नहीं करेगी।

दो सप्ताह बाद ही कोकिलाबेन और अशोक हैलीफ़ैक्स बिल्डिंग सोसाइटी की हैरो ब्रांच के मॉर्गेज एडवाइज़र के सामने बैठे थे, "मिसेज़ देसाई, अभी छः महीने पहले ही तो आपने यह घर अपने नाम पर करवाया है। आपको अचानक पैसे की क्या ज़रूरत पड़ गई।"

"वैल मिशेल, कुछ तो घर की रिपेयर वगैरह में जाएगा और कुछ क्रेडिट कार्ड्स वगैरह का भुगतान और दूसरे कर्ज़ चुकाने के लिये।" जवाब अशोक ने दिया।

काम हो गया। कोकिला के अकाउण्ट में पैसे आ गये। घर चलने लगा। मगर

बड़ा बेटा कर्ण अभी भी वापिस पढ़ाई में जाने को तैयार नहीं था। उसने सब-वे सैण्डविच कम्पनी से संपर्क कर लिया। कम्पनी जिस किसी को फ्रेंचाइज़ी देती है उसे ट्रेनिंग के लिये न्यूयॉर्क भेजती है। उधर कोकिलाबेन कार ड्राइविंग की लिखित परीक्षा पास कर चुकी है। उसके इंस्ट्रक्टर का कहना है कि वह ड्राइविंग टेस्ट के लिये तैयार है। कर्ण भी पीछे पड़ गया है, "मॉम, पहले ड्राइविंग टेस्ट उसके बाद न्यूयॉर्क।

इस बार जेल जाने के लिये कोकी, अशोक और कर्ण ही थे और कोकी चला रही थी कार। कोकी को कार चलाते देख अशोक से रहा नहीं गया, "भाभी, आप कितने आत्म -विश्वा्स से कार चला रही हैं। लगता नहीं कि पहली बार हाइवे पर कार ले कर आई हैं।" कोकी बिना कोई प्रतिक्रिया दिये नज़रें विंडस्क्रीन पर गढ़ाए कार चलाती रही। रास्ते में एम 25 मोटरवे पर गैटविक एअरपोर्ट, डार्टफ़र्ड, डोवर चैनल टनल आते गये, मगर कोकी की ड्राइविंग में कोई बदलाव नहीं था-बस आत्म-विश्वास!

"ममी सच आप तो पापा से भी अच्छी कार चला रही हैं। कोई झटका भी नहीं लग रहा।" कर्ण से भी रहा नहीं गया।

अब तो कोकी, कर्ण और राजन को जेल के हॉल में मिलने का अभ्यास-सा हो गया था। कुछ नया नहीं लगता था। "पापा आपको पता है कि ममी आज खुद कार चला कर लाई हैं।"

"नहीं! ...सच कोकी? तुमने कार चलाना सीख लिया?" राजन की आँखों में अविश्वास की झलक थी। कोकी बस मुस्कुरा दी। राजन कोकी के व्यवहार में बदलाव महसूस कर रहा था। अब वह बहुत कम बोलती थी। मगर आज वह बोली, "राजन, मुझे और कर्ण को पांच दिन की ट्रेनिंग न्यूयॉर्क जाना पड़ेगा। सब-वे के साथ डील फ़ाइनल हो गई है। मैंने पलक और विमलेश के लिये अपनी भाभी से बात कर ली है। एक हफ़्ता वे बच्चों को अपने पास रख लेंगी।"

"राजन यार, भाभी में कमाल का कॉन्फ़िडेंस आ गया है न?"

"भाई मुझे तो डर लगने लगा है।" राजन शायद सच्चे दिल से अपने मन की बात कह रहा था।

...अल्मारी खोल कर साड़ियाँ देख रही है। साड़ी पहने या फिर जीन्स ही पहने रखे। सच्चाई कितनी कड़वी होती है। सत्तावीस गाँव के सभी नाते रिश्तेदार उंगलियाँ उठा रहे थे। कोकिला ने अपना घर ठीक करवाया तो बात फैल गई कि पोस्ट ऑफ़िस का पैसा दीवारों पर लग रहा है। सब-वे सैण्डविच बार खोला तो बातें निकलने लगीं। अपने पति के पाप के भार के नीचे दबते दबते भी

कोकिला ने जीना बन्द नहीं किया।

...सब-वे चल निकला था। कर्ण अपने पापा से बेहतर बिज़नेसमैन बन रहा था। सुबह से दोपहर कर्ण काम पर बैठता तो बाद का आधा दिन कोकी काम देखती। अब कर्ण के पास जेल में अपने पापा से मिलने का टाइम नहीं मिलता था। कोकी की परेशानी अब तक वहीं की वहीं थी कि चौथाई मिलियन पाउण्ड गये तो गये कहाँ। एक डर भी था कि कहीं पैसे कैथलीन के पास न हों। जेल से बाहर आ कर राजन कहीं उसके साथ ही न बस जाए।

राजन को पैरोल मिल गई। चौदह महीने बाद ही उसे जेल से छुट्टी के ऑर्डर हो गये। जेल में राजन ज़्यादातर ट्रैक सूट ही पहनता था। इसलिए कोकी को सोचने का अवसर ही नहीं मिलता था कि राजन देखने में कैसा लग रहा है। अब राजन को वापिस आना है। अकेले ज़िन्दगी से चल रही लड़ाई अब शायद यहीं रुक जाए। कोकिला के सफ़ेद बाल उसके संघर्ष की कहानी को बयान करते हैं। और उसकी आँखों में डर बसा है कि राजन कहीं उसे छोड़ तो नहीं जाएगा। राजन को जेल से लाने की हिम्मत वह नहीं जुटा पाई। उसने तीनों बेटों और अशोक को भेजा कि राजन को ले कर आएँ। उसने पूरे घर को साफ़ करने का ज़िम्मा अपने ऊपर ले लिया।

कोकिला की निगाहें बार-बार खिड़की के बाहर देख रही थीं और कान डोरबेल पर लगे थे। घन्टी बजी...पहले तीनों बच्चे कमरे में घुसे और फिर राजन। कोकिला देखती रह गई। राजन तो बिल्कुल जवान हो गया था। पेट पूरी तरह से पिचक कर अन्दर चला गया था। चेहरे पर रौनक। नीली टी शर्ट और जीन्स के साथ स्पोर्ट्र्स शूज़ में एकदम अपना ही युवा रूप लग रहा था। जेल का जीवन जैसे उसे रास आ गया था।

कोकिला ने परदे की ओट से राजन को देखा। कमरे से बाहर नहीं निकली। शीशे में अपने को देखा। सफ़ेद बाल, चेहरे पर चिन्ता की छपी रेखाएँ और थकावट। जैसे टूट गई थी वह। उसे लगा कि सामने वह जज खड़ा है जिसने राजन को जेल की सज़ा सुनाई थी। कोकिला आगे बढ़ कर उस जज का गिरेबान पकड़ लेती है, "बहुत न्याय करते हो जज साहब! कैसा फ़ैसला सुनाया आपने? आपका मुजरिम तो राजन था न? फिर कैसा फ़ैसला सुनाया आपने? कैसी सज़ा दी? आपकी सज़ा ने राजन को तो दोबारा नौजवान बना दिया। आज कंप्यूटर का मास्टर बना हुआ है। माइक्रोसॉफ़्ट ऑफ़िस में पूरा काम करता है। टोकरियाँ बना लेता है। मेरा क्या कुसूर था? मुझे क्या मिला? मेरे हिस्से में सिवाय संघर्ष और दुःखों के और क्या रहा इन चौदह महीनों में। जवाब दीजिये जज साहब आपका

यह फ़ैसला कैसा न्याय है?"

अभी कोकिला बेन को राजन की बेवफ़ाई से लड़ना है। कैथलीन से निपटना है। उसने आँखें पोंछीं, और राजन का सामना करने के लिये कमरे में दाखि़ल हो गई।

उड़ान

बंबई मुझसे छूट रहा है। गाड़ी मुझे यहाँ से दूर दिल्ली की ओर ले जा रही है। क्या मैं दिल्ली वापस जाने के लिए यहाँ आयी थी? ऐसा तो नहीं सोचा था मैंने। और भी किसने सोचा होगा? पिताजी कह रहे थे, 'वीनू बेटा, अब तू एयर-होस्टेस हो गयी है। मेरा तो सिर का बोझ हल्का हो गया। अपने भाई-बहनों को अब तुझे ही सँभालना है।' कितना स्नेह है उनको मुझसे! हर समय मेरी ही चिंता रहती थी उनको। मैं कैसे अकेली बंबई जैसे शहर में रह पाऊँगी? मेरे खाने-पीने और रहने की चिंता...

बांद्रा के होस्टल से अब वापस कटरा नील, चाँदनी चौक! यह सब मुझे बहुत अजीब-सा क्यों लग रहा है? मैं अपने ही घर तो वापस जा रही हूँ।

घर! क्या वह घर है? पिताजी के शरीर की तरह ओवर-टाइम कर-करके जर्जर हो रहा है। दादाजी ने कभी पंद्रह रुपये महीने किराये पर लिया था। पिताजी आज भी पंद्रह रुपये ही देते हैं। छत पर मुड़े हुए शहतीर, अंगीठी और स्टोव के धुएँ से लटकते हुए काले जाले। पिछले सात वर्षा से तो घर की पुताई भी नहीं हो पायी। सूर्य की रोशनी तो कभी भी उस घर की अभेद्यता को बींध नहीं पायी। उस घर में वापस जाऊँगी मैं? नाली में बहता वह गंदा पानी और नथुनों को बींधती गंध! क्यों न जंजीर खींचकर नीचे उतर जाऊँ?... पर वापस तो जाना ही है, बंबई में अब मेरा है ही कौन? नीलम भी धीरे-धीरे मुझे भुला देगी। कौन किसको याद रखता है!

'वीनू! जब मैं बंबई आयी थी, तो तुम्हारी तरह भाग्यशाली नहीं थी। यहाँ इस कमरे में अकेली दीवारों को घूरा करती थी। मुझे तो इस नौकरी और बंबई, दोनों से ही घृणा-सी हो गयी थी। मगर अब धीरे-धीरे अभयस्त हो गयी हूँ।'

श्नीलम, मैं सोचती हूँ, सचमुच कितनी भाग्यशाली हूँ मैं! बी.ए. पास करते ही एयरलाइन की नौकरी और अब तुम्हारे जैसी सहेली, मुझसी भाग्यवान तो

शायद ही कोई और हो!'

भाग्यवान! क्या अर्थ हैं इस शब्द के? मैं अपने माँ-बाप, भाई-बहनों को छोड़ बंबई रहने में भाग्यवान थी, और आज जबकि अपने घर वापस जा रही हूँ, तो स्वयं को अभागी मान रही हूँ।

क्या मुझे फिर उसी सड़क पर बार-बार चलना होगा, जिस पर मेरे जीवन के पिछले बीस वर्ष बीते थे? फतेहपुरी की मस्जिद से लाल किले तक। रास्ते में टाउन हॉल, फव्वारा, कोतवाली, सीसगंज गुरुद्वारा, चर्च, शिवजी का मंदिर, मोती सिनेमा तथा चिड़ियों का अस्पताल... किस शान से दुनिया को जीना सिखाते हैं! कहीं पूरियाँ बिकती हैं, तो कहीं कोई हकीम साहब मूँछों पर ताव दिये मर्दानगी बेचते हैं। परंतु मेरे मन की कमजोरी मुझे कहाँ ले जायेगी? इसका क्या इलाज है?

मेरे सामने बैठा लड़का किस बेहयाई से मुझे घूर रहा है! घूरता तो मुझे राजू भी था... मगर कितने प्यार से! उसकी तो अदा ही कुछ और थी। नीले रंग के कपड़ों में उसका व्यक्तित्व कैसा निखर उठता था! उसके गोरे रंग पर मूँछें कितनी फबती थीं! पहली ही नज़र में वह मुझे कुछ खास ही अच्छा लगने लगा था। मुझे अपने घर भी तो ले गया था। अपनी माँ से भी मिलवाया था।

'वीनू! आज तुम्हें माँ से मिलवाने ले जा रहा हूँ। तुम साड़ी पहनकर आना। वही पीली साड़ी। उसमें तुम बहुत प्यारी लगती हो।'

'राजू, मूझे पसंद कर लेंगी माँजी?'

'जो तुम्हें पसंद न करे, उसकी अपनी ही नज़र में कुछ दोष होगा!'

दोष! किसको दोषी ठहराऊँ मैं? इन छः महीनों में कितना लंबा सफर तय कर आयी हूँ मैं। हँसती-खिलखिलाती वीनू से एक गंभीर चिंतनशील नवयुवती हो गयी हूँ मैं।

गाड़ी सूरत स्टेशन पर रुकी है। वह लड़का अब भी ढिठाई से मेरी ओर ताक रहा है। चायवाला 'चाय गरम' की आवाजें लगा रहा है। क्या यह भी एयर-होस्टेस का ही दूसरा रुप है? क्या मैं भी हवाई जहाज में चाय-कॉफी के लिए पुछती ऐसी ही लगती होऊँगी?... नहीं!... मैं ऐसी नहीं हो सकती... मैं मात्र चाय या शराब बेचने वाली नहीं हो सकती। मैं तो एयरहोस्टेस थी। मेरा काम था यात्रियों के आराम की देखभाल। मैं तो घर की मालकिन की तरह उनकी तथा उनके बच्चों की आवभगत करती थी। उनको खाना खिलाना तो केवल श्एक काम' था। मैं तो और भी बहुत कुछ करती थी। 'कंपार्टमेंट' की हर चीज पीली-सी दीखने लगी है। आँखों के सामने अँधेरा-सा छा रहा है। क्या अँधेरा

पीला भी होता है?

'तुम्हारी यूनिफॉर्म की साड़ियों के दो रंग हैं... पीला और हरा। दोनों में ही काले और लाल रंग के डिजाइन हैं। वीनू! तुम्हें कौन-सा रंग पसंद है?'

'जी, पीला, मैडम!'

मिस्टर शाह मेरी क्लास को पढ़ाने आते थे। उनकी मूँछें कुछ विशिष्ट ही थीं। वह चेहरे से कोई मेजर या कर्नल लगते थे। थे बहुत ही सहृदय व्यक्ति। मुझे चीज और वाइन ने नाम कभी याद नहीं हो पाते थे। सभी फ्रांसीसी नाम थे। वह मुझे कभी डाँटते नहीं थे। हमेशा वीनू बेटा ही बुलाते थे। एयरलाइन के और लोग तो 'हनी', 'डार्लिंग' और श्लव' ही बुलाते हैं सब लड़कियों को। काश, वे इन शब्दों का अर्थ समझ पाते! अर्थशून्य लोग!

मेरी पहली ही फ्लाइट दुबई और मस्कट के लिए थी। एयरलाइन में नया नियम बनाया गया था। ट्रेनीज केवल गल्फ फ्लाइट्स पर ही जायेंगे। उन्हें लंदन या लंबी फ्लाइट्स पर नहीं भेजा जायेगा।

'अरे वीनू, जब मैं ट्रेनी थी, तो पहली ही फ्लाइट्स पर मैं हाँगकाँग गयी थी। तुम लोगों किस्मत तो दुबई तक ही सिमट गयी है।'

नीलू बेगम! यदि किस्मत की खराबी यहाँ पर ही रुक जाये, तो कोई बात नहीं, कहीं और बढ़ती न जाये!'

मुझे हॉस्टल से लेने के लिए एयरलाइन की गाड़ी आयी थी। उसमें एक होस्टेस और दो परसर भी बैठे थे। परसर को हम मर्दाना होस्टेस भी कहते हैं। मैंने सबको अपना परिचय दिया। वह हवाई अड्डे पहुँचे, तो सभी लोग एक ऑफिस में इकट्ठे हुए। वहाँ भी मुझे सबको अपना परिचय देना था। यूनिफॉर्म में सभी चहरे एक-से लग रहे थे। मैं हड़बड़ाहट में कई लोगों को अपना परिचय दो या तीन बार दे गयी। मेरी चेक-होस्टेस ने मेरा साहस बढ़ाया और फ्लाइट के विषय में कुछ हिदायतें दीं। विमान को पहली बार अंदर से देखकर मैं अपने-आपको संयत नहीं रख पा रही थी। एक गरीब क्लर्क की बेटी और 382 सीटों वाला विशालकाय जंबो जेट। फ्लाइट में घोषणाएँ मुझे ही करनी थीं। मैंने बोलना शुरू किया। आँसू जैसे बाहर आना ही चाहते थे। घबड़ाहट, खुशी और मौके की नज़ाकत सब अपना रंग दिखा रहे थे। विमान के उड़ते ही शरीर को एक झटका-सा लगा। खिड़की से झाँककर देखा तो बंबई रात की बाँहों में बिजली की तरह चमक रही थी। जुगनुओं की कतारों जैसी बत्तियाँ...

गाड़ी चलती जा रही है अपने गंतव्य की ओर। पेड़ पीछे छूटते जा रहे हैं। नंग-धड़ंग बच्चे फटी-फटी आँखों से गाड़ी को देख रहे हैं। जैसे कोई इस्पात

का दैत्य धड़धड़ाता हुआ भागा जा रहा हो। कभी विमान देखकर मेरी भी ऐसी ही हालत होती होगी। आँखें फट जाती होंगी। मेरा भी दिल आइकैरस की भाँति उड़ान भरने को होता होगा। उसी की तरह मेरे पंख भी गल गये। मैं धरती पर आ गिरी। आकाश को अपनी बाँहों में न समेट सकी।

सामने बैठे लड़के ने भाड़-सा मुँह खोलकर जम्हाई ली, तो कीड़े लगी दाढ़ें दिखायी देने लगीं।

'तुम अपने दाँत डॉक्टर को दिखाओ, वीनू! अभी से तुम्हारी एक दाढ़ मे कीड़ा लग गया है।'

'तुम्हें सदा मेरी कितनी चिंता रहती है, राजू! चलो, डॉ. अरोड़ा से मिल लेते हैं।'

चाचाजी की दाढ़ में भी कीड़ा लग गया था। कितना दर्द हो रहा था उनको! वह अमेरिका से दिल्ली आये थे। पिताजी के साथ मैं भी उन्हें हवाई अड्डे पर लेने गयी थी। चाची भी उनके साथ आयी थी। चाचा-चाची हमारे घर न चलकर सीधे बुआ के घर लोधी कॉलोनी चले गये थे। गरीब भाई के घर से अमीर बहन का घर कहीं अधिक सुहाता होगा उनको। पिताजी भी तो सत्यकाम बने रहते हैं। क्यों नहीं लेते औरों की तरह रिश्वत? हमारा भी एक सुंदर-सा घर होता। गरीबी सुरसा की तरह हमारे घर को न निगलती। चाची हमारे घर भी तो आयी थी।

'वीनू! बहुत बड़ी हो गयी हो! और देखो, कितनी सुंदर भी! तुम्हें तो फिल्मों का शौक तो कभी भी नहीं था, पर एयर-होस्टेस के नाम से ही शरीर में सनसनी दौड़ जाती थी। अनु की बहन मधु भी तो एयर-होस्टेस है। अन्य किसी भी आकर्षण से अधिक तो मुझे अनु से ही यह प्रेरणा मिलती थी कि मैं भी एयर-होस्टेस बनूँ। कैसे चटखारे ले-लेकर मुझे अपनी विदेश यात्रा के किस्से सुनाती थी! मधु दीदी का जीवन तो फाइव स्टार होटलों के ग्लैमर में ही व्यतीत होता रहा है। उनके घर में तो हर काम के लिए स्प्रे ही इस्तेमाल होता है, यहाँ तक कि मच्छर मारने के लिए भी मधु दीदी लंदन से स्प्रे ही लाती है। उस दिन तो हद ही हो गयी, जब मैंने मधु दीदी को हाथ से छूकर देखा कि क्या होस्टेस भी हाड़-मांस की ही बनी होती है?

'तुम इतनी घबड़ा क्यों रही हो, वीनू? अनु मुझसे अक्सर तुम्हारे बारे में बात करती है। जैसे मैं अनु की दीदी, वैसे ही तुम्हारी थी। हाँ, तुम्हें होस्टेस बनने का शौक है न?'

'शौक, दीदी! यह तो मेरे जीवन का सपना है। पंछियों के समान पंख लग जायेंगे मेरे। आज लंदन में तो कल सिडनी। सारी दुनिया देखूँगी मैं। क्या ऐसा

हो सकता है, मधु दीदी?'

'अरे क्यों नहीं हो सकता! पहले पढ़ाई तो पूरी कर लो अपनी। अब तो बी. ए. पूरी होने में बस डेढ़ ही साल बाकी है।'

डेढ़ साल। कितना थोड़ा समय लगता है सुनने में, और बीतने में जैसे सदियाँ! आकाश में उड़ते हर विमान को निहारा करती थी उन दिनों। अपनी ही धुन में मस्त रहने लगी थी मैं। किसी भी और कार्य में तो मेरी रुचि नहीं होती थी।

गाड़ी एकाएक रुक गयी है। बाहर तो कोई स्टेशन भी नहीं है। एकदम उजाड़-सा है। दूर तक वृक्ष फैले हैं। गाड़ी को रुका देखकर वे भी रुक गये हैं। जैसे गाड़ी का हाल पूछ रहे हों। दौड़ समाप्त हो गयी है परंतु मेरी मंजिल तो अभी दूर है। गाड़ी में किसी बच्चे के रोने की आवाज आने लगी है। उसकी माँ उसे डाँट रही है। माँ तो डाँटती ही है।

'वीनू! तू एयर-होस्टेस नहीं बनेगी। हमारे खानदान में आज तक कभी कोई लड़की इस मटरगश्ती वाली नौकरी में नहीं गयी। किसके भरोसे तुझे देश-विदेश जाने दूँ? तू बी.ए. पूरी कर ले, तो मेरे हाथ पीले कर दूँ। मुझे नहीं चाहिए तेरी कमाई। रूखी-सूखी खा लेंगे, पर बेटी को ऐसी बेशरम नौकरी नहीं करने देंगे। वह पुरी साहब की छोकरी मधु को देखो। क्या कपड़े पहनती है! राम-राम! मालूम ही नहीं होता, लड़की है या लड़का! सुन लिया न तूने?'

मैं तो अपने मन की बात बहुत पहले से सुन चुकी थी। एयर-होस्टेस बनना तो मेरे जीवन का ध्येय बन गया था। पिताजी ने सदा की भाँति फिर मेरा साथ दिया था। और मैंने एयर-होस्टेस की नौकरी के लिए प्रार्थनापत्र भेज दिया। करीब दो महीने पश्चात् मुझे साक्षात्कार के लिए बुलाया गया। में दिन-रात तैयारी करती रही। साक्षात्कार के लिए जाते समय मेरी टाँगे काँप रही थी। गला खश्क-सा हो रहा था। फिर भी स्वयं को संयत करते हुए मैंने हर प्रश्न का उत्तर सहजता से दे दिया था।

फिर शुरू हुआ इंतज़ार, और पाँच महीने बीत गये। फिर एक दिन एयरलाइन की चिट्ठी आ ही पहुँची कि मेरी नियुक्ति हो गयी है। दिनकर और मीनू बहुत प्रसन्न थे। उनकी दीदी एयर-होस्टेस बनने वाली थी। उन्होंने तो पहले से ही अपनी फरमाइशों की सूची मुझे बना दी थी। मेरे पाँव धरती पर नहीं पड़ रहे थे। मेरा सपना मेरे कितने समीप था! सपना सच हो रहा था।

'पिताजी, मेरा नियुक्ति-पत्र आ गया है। मुझे दस दिन में बंबई पहुँचना है। अब तो तैयारी करनी होगी।'

'हाँ, बेटा। मैं भी यही सोच रहा हूँ। तुम्हारे लिए नये कपड़े लेने होंगे। और हमारी बेटी चेयर-कार से जायेगी। तुम घबराओ नहीं, बेटा, मैं सब प्रबंध कर लूँगा।'

पिताजी ने प्रबंध कर ही लिया। बतलाया तक नहीं, कहाँ से कर्ज लिया। मैं तो वह कर्ज भी नहीं उतार पाया।

बंबई में मामी के व्यवहार ने एक सप्ताह में ही बता दिया कि मुझे रहने के लिए हॉस्टल ढूँढ़ना पड़ेगा। नीलम ने मेरी कितनी सहायता की उन दिनों! रिश्तेदारों के सारे उत्तरदायित्व उसने अपने ऊपर ले लिये थे। मुझे पैसे ही कितने मिलते थे ट्रेनिंग में! उस पर बंबई जैसे महानगर में होस्टल में रहना। हर परेशानी का एक ही हल था... नीलम।

'विनू! तुम्हारे लिए लंदन से यह लिपस्टिक और नेल-पॉलिश लायी हूँ। हाँ, यह ड्रेस भी तुम्हारी ही है।'

'नीलू, इतनी अच्छी न बनो कि मैं अपने-आपको छोटी महसूस करने लगूँ।'

'बकवास नहीं करते। मैं कोई एहसान नहीं करती तुम पर!'

'नीलू! क्या मैं भी कभी लंदन जाऊँगी? मेरे जीवन का सबसे बड़ा सपना भी सच होगा?'

'अब तो ट्रेनिंग पूरी होने को है तुम्हारी। बस, अगले ही महीने तुम्हारी फ्लाइंग शुरू हो जायेगी। लंदन जाने लगो, तो हमें भूल नहीं जाना।'

'मैं तुम्हें कैसे भूल सकती हूं नीलू?मेरी तो यादों का स्त्रोत तुम ही हो। दिल्ली में भी सदा तुम्हारे ही बारे में सोचूँगी।'

गाड़ी फिर रुक गयी है। बाहर स्टेशन नहीं दीख रहा। अँधेरा कुछ अधिक ही है-बाहर भी और भीतर भी। कुछ भी सुझायी नहीं दे रहा। राजू, नीलम, पिताली, माँ, बांद्रा, चाँदनी चौक, दिल्ली, बंबई-सब एक फिल्म-से बन गये हैं। गाड़ी के अँधेरे में यह फिल्म सुचारू रूप से जारी है। अँधेरे में भी वह लड़का मुझे बिल्लीनुमा आँखों से घूर रहा है। बिलकुल झपटने को तैयार है अपने शिकार पर।

एयरलाइन में ऐसी बहुत-सी आँखों से मैं परिचित हूँ... जो कि मौका मिलने ही अपने शिकार को शिकंजे में जकड़ लेती हैं। मैं भी उनके लिए एक नया बकरा ही थी। कोई मेरी आँखों की प्रशंसा करता, तो कोई किसी-न-किसी बहाने छूने की चेष्टा करता। मैं सोचती, कितना कृत्रिम है यहाँ का वातावरण! किसी में कहीं भी सहजता नहीं। बनावट-ही-बनावट है।

इतनी ठसाठस भरी हुई गाड़ी में अकेलापन मुझे बुरी तरह से कचोट रहा

है। कभी भीड़ से भरी बंबई नगरी में भी अकेलापन मुझे यूँ ही जकड़ लेता था।

मुझे ट्रेनी फ्लाइट्स करते तीन महीने हो चुके थे। मेरी चेक होस्टेस ने मुझे सोलो दे दी थी यानी कि अब मैं स्वतंत्र रूप से अयर-होस्टेस हो गयी थी। मेरा दिल खुशी से झूम उठा था। पहली ही सोलो पर मुझे रोम, लंदन और फ्रैंक्फर्ट जाना था। एक ही फ्लाइट में पूरा यूरोप। नीलू मुस्करा रही थी मेरी प्रसन्नता पर। कभी वह भी ऐसे ही हालात से गुजर चुकी थी।

मैं बहुत नर्वस थी। अपना अटैचीकेस मैं नीलू की सहायता से तैयार कर रही थी। नीलू भी तो हद कर देती है!

'वीनू! तुम तो ऐसे घबरा रही हो, जैसे डोली में ही बैठने वाली हो।'

'नहीं, यार! पहली बार विदेश में अकेले रहूंगी न, इसी को लेकर परेशान हूं। हमारे साथ के लड़के कैसा व्यवहार करेंगे, यही सोच रही हूं।'

'देखो! परेशान होने की कोई बात नहीं। किसी को ज़रूरत से ज़्यादा लिफ्ट देने की ज़रूरत नहीं। तुम्हें ठंडे और शालीन बने रहना है। कोई भी तुम्हें कुछ नहीं कह सकेगा। अपने-आपको समेटे रखो और किसी से भी अधिक खुलो नहीं।'

हम दोनों बातें करती-करती रात को बहुत देर से सोयी थीं। अगली सुबह ड्राइवर एयरलाइन की गाड़ी लेकर हमारे हॉस्टल आ गया। उसने मेरे बारे में पूछा, और मुझे एक चिट्ठी देकर बोला, 'मेम साहब, आपके लिए मैसेज है।' मेरे माथे पर पसीना आ गया। यह क्या नयी चीज है, मैं सोच रही थी। नीलू ने मेरी हिम्मत बढ़ायी और पत्र खोला...

गाड़ी किसी नदी के पुल से गुजर रही है। धड़-धड़ का शोर बढ़ता ही जा रहा है। वह लड़का मुझसे बात करने का दो बार असफल प्रयत्न कर चुका है। शोर और बढ़ता जा रहा है।

कुछ इसी तरह का शोर मुझे वह पत्र पढ़कर महसूस हुआ था। कुछ इसी तरह का पीला अँधेरा उस समय भी था। कितने व्यावसायिक ठंडेपन से लिखा गया था:

'एयरलाइन में होस्टेसों का चयन आवश्यकता से अधिक हो गया है। इसीलिए आपको एयरलाइन की सेवा से मुक्त किया जाता है। तीन महीने के वेतन का चेक संलग्न है।'

मेरे सभी सपने आकाश से गिरकर पाताल में धँस गये थे। क्या यह चेक मेरे परिवार के सपनों को पूरा कर सकता है?

हर व्यक्ति हमें अपने ढंग से दिलासा देता। मुझ जैसी और भी कई थीं।

परायी सांत्वना हमारे हृदय को छील देती। केवल नीलू के कंधों पर सिर रखकर रो लेती। उसी समय हम यूनियन के कार्यालय पहुँचे। वहाँ आपात्कालीन स्थिति दिखायी दे रही थी। यूनियन ने कितना शोर किया था, पर ऊपर बैठे लोग बहुत ऊपर बैठे थे। उन्हें वह शोर सुनायी ही नहीं दिया।

राजू तो मेरी नौकरी छूटते ही पराया-सा हो गया। मुझे दिलासा देने तक नहीं आया। वाह रे प्यार! पिताजी ने बहुत धैर्य-भरा पत्र लिखा था, 'तू चली आ, वीनू बेटे! मैं सब सँभाल लूँगा। अपने दिल को कुछ मत लगाना। बस, चली ही आ।'

और मैं जा रही हूँ वापस। अपने परिवार के जीवन-स्तर को ऊँचा उठाने के सपने की लाश को ढोये। सामने बैठा लड़का उसी चिता में से कुछ बची हुई चिनगारियाँ ढूँढ़ रहा है। उसे क्या मालूम, इस गाड़ी में एक लुटा हुआ काफिला वापस जा रहा है। उसके लुटने के लिए कुछ भी नहीं बचा है।

गंध

"ओए! तुझे नहीं पता...इन नीची जात वालों के बदन से एक अलग किस्म की बू आती है...हमारे घर में भला यह लड़की कैसे अपने आप को एडजस्ट कर पाएगी?"

"पापा, आप कैसे इस तरह की बातें सोच लेते हैं? अरे...भूमि मेरी क्लास में पढ़ती थी। हम दोनों ने डॉक्टरी इकट्ठे ही तो की है। उसके परिवार वाले टोकरी नहीं उठाते सिर पर...अगर आपको बताया न जाए तो आपको पता ही नहीं चलेगा कि भूमि हमारी बिरादरी की नहीं है...और पापा, भूमि के बदन से कोई बू नहीं आती।" ...

"ओए उनका रहना, खाणा, जीना सब बू से भरा हुआ है। सोच के ही दहशत होती है कि जोशियों का बेटा ऐसी जगह जा के गिरा है...ओए, अपनी माँ की सोच...उसने तो सारी जिन्दगी तेरी बहू के साथ निभाणी है...क्या वो तैयार है इसके लिये?"

"पापा सारी उम्र मुझे बितानी है उसके साथ, माँ को नहीं।" विवेक ने अभी तक अपना विवेक नहीं खोया था। उसने पहले ही तय कर लिया था कि आज पापा से लड़ेगा नहीं, मगर अपनी बात पूरे तर्क के साथ रखेगा...उसने अपना तर्क बाण छोड़ते हुए बात आगे बढ़ाई..."पापा ये लोग खटीक हैं...चमार या वाल्मीकि नहीं...इनका अपना एक इतिहास है। इनके घर साफ़ सुथरे होते हैं और उनके बच्चे अच्छे स्कूल और कॉलेजों में पढ़ते हैं। ..." विवेक को अपने आप पर हैरानी हो रही थी कि वह कैसे घटिया तर्क अपने पिता के सामने रख रहा है। क्या वह सीधे-सीधे नहीं कह सकता कि उसे कोई फ़र्क नहीं पड़ता कि भूमि की जाति क्या है। उसे भूमि से प्यार है, क्या यह काफ़ी नहीं है दोनों के विवाह के लिये।

"हाँ जी खटीक तो जैसे दलितों के ब्राह्मण हो गए..ओए मैं भी जानता हूँ

कसाई होते हैं कसाई...और वो भी...सुअर का मांस काटते और बेचते हैं...भगवान माफ़ भी नहीं करेगा तुझे कि कसाइयों की बेटी ब्राह्मणों के घर ला के बिठा दी।"

विवेक की माँ के लिए यह ज़िन्दगी का सबसे बड़ा झटका था। उसने कितने सपने सजा रखे थे...जब जब वह अपने विवेक को किसी भी लड़की के साथ हंसते बोलते देखती तो मन ही मन लड्डू बनाने लगती...मगर आज उसकी सारी उम्मीदें धराशाई हो गईं थीं...अपने पुत्र को इतना प्यार करती है कि कुछ कह नहीं पा रही है...उसकी आँखों के भाव साफ रहे हैं के घर में एक मौत हो चुकी है...उसकी आँखों में मौत का सन्नाटा पसरा हुआ है।

"यार तूं अपनी गूगल की नॉलेज अपने पास रख। तूं इतनी बेसिक बात नहीं समझ रहा कि शादी सिर्फ़ लड़के-लड़की के बीच नहीं होती...इसमें दो परिवार शामिल होते हैं...यहाँ तो लगेगा जैसे विष्णु जी के बेटे की बारात शंकर भगवान के घर जा रही है...यार तू हमें जीते जी ना मार...हम तो शादी का रिसेप्शन भी अरेंज नहीं कर पाएँगे..."

विवेक अब बात को और बिगाड़ना नहीं चाहता था। फिर शाम को भूमि से मिलने कार्यक्रम भी बना रखा था। चुपके से खिसक लिया। मगर माता-पिता के लिये एक बम का धमाका-सा कर गया था।

उधर भूमि के घर का दृश्य भी कुछ ख़ास अलग नहीं था। उसके पिता भी परेशान थे और माँ मरने को तैयार..."बेटा जी, भला खटीक बिरादरी में तन्ने कोई छोरा पसन्द ना आयो...ना बिरादरी के छोरे मर गे के...ये ऊँची जात वाले बहला फुसला के शादी तो कर लेंगे पर सारी उमर जूती के नीचे रखेंगे..."

"इन पण्डितों ने हज़ारों साल हमको लूटा है।। ग़ुलामों की तरह रखा है... आज मेरे ही घर पर डाका डाल रहे हैं। एक बात सुन ले बेटी...मैं तन्ने जान से तो मार सकता हूँ...मगर किसी बाहम्ण के घर कभी नहीं बिहाने वाला।"

"और बेवकूफ़ अपने होने वाले बच्चों को अभी से हाशिये पे डाल देगी। उन्होंने तेरा के बिगाड़या है...बाह्मण के बेटे को रिज़र्वेशन ना मिलणे वाली। उनको पूरी दुनियाँ से मुकाबला करणा पड़ेगा...तुझे तो रिजर्वेशन कोटे में एडमिशन मिल गी थी...तैं बण ली डाक्टरनी...ईब तेरे बच्चों का के होवेगो.।?"

आहत हो गई थी भूमि...उसके अपने पिता को उसकी योग्यता पर कोई भरोसा नहीं...पांच साल अपने मेडिकल कॉलेज में वह विद्यार्थियों के ताने सुन सुन कर दुःखी थी कि वह रिज़र्वेशन कोटे से है।। मगर आज उसके अपने पिता ने कह डाला...कितनी मौतें मरी भूमि उस दिन...अपने दलित होने पर पहली बार

उसे ग्लानि का अनुभव हुआ था...इस बात पर तो वह विवेक से भी भिड़ जाती थी...उसे हर बात पर मज़ाक करने की अनुमति थी मगर इस विषय पर कोई रियायत नहीं।

वैसे भूमि के पिता ग़लत भी नहीं कह रहे थे कि उनकी बिरादरी में भूमि के बराबर पढ़ाई-लिखाई वाला लड़का मिलना आसान नहीं। मगर जाति के बाहर भी विवाह किया जा सकता है...यह तो वे सोच भी नहीं सकते थे...जबसे समाचार मिला था कि बेटी ब्राह्मण लड़के से प्यार करने लगी है तो बस एक ही बात दिमाग़ में आ रही है...अपने हाथों से काटना पड़ा तो काट दूँगा...मगर जाति के बाहर ब्याह कभी ना करूँगा छोरी का।

कैसे हो जाता है कि जो बेटी लक्ष्मी का अवतार लगती है...जिसे रात रात भर छाती से लिपटा कर ज़माने भर की बुराइयों से बचाया जाता है, वही बेटी अचानक अपनी दुश्मन लगने लगती है।

रिश्ते कैसे बदल जाते हैं...कभी मीठे, कभी खट्टे तो कभी कड़वाहट से भरपूर...ख़ून के रिश्ते भी स्थाई परिभाषा नहीं बचाए रख सकते...

भूमि को कभी भी अपनी बिरादरी के लड़कों में कोई रुचि नहीं थी। वह खुले आसमान के नीचे सांस लेने की आदी बन चुकी थी। उसके लिये आसान नहीं था अपने पिता की बात मान पाना...विवेक उसके व्यक्तित्व का अटूट हिस्सा बन चुका था। वह उसके पिता से बात करने के लिये भी तैयार था...मगर भूमि जानती थी कि यदि वह बात करने गया तो शायद जीवित वापिस न आ पाए.

..

विवेक एक मामले में बहुत सीधा है...उसे जाति पांति की कोई समझ ही नहीं है। वह हमेशा कहता है, "यदि मैं ब्राह्मण हूँ तो इसमें मेरा क्या कुसूर है? और हाँ इसमें मेरा कोई योगदान भी नहीं है...हाँ...एक बात...जो मैं आज क्वालिफ़ाइड डॉक्टर हूँ, इसके लिये मैंने मेहनत की है।"

यही वह भूमि के मामले में भी मानता है कि भूमि के खटीक होने में न तो उसका कोई योगदान है और ना ही कोई कुसूर, "मां, भूमि से विवाह मैं करने वाला हूँ, इसमें हमारे ख़ानदान की इज़्ज़त कहाँ से बीच में आ गई। अरे किसके पास समय है हमारे ख़ानदान के बारे में सोचने का? आप बताइये, क्या आज हर रोज़ दूरदर्शन के नेशनल चैनल पर हमारे ख़ानदान के बारे में समाचार दिये जाते हैं या फिर एन.डी.टी.वी की बरखा दत्त हमारे ख़ानदान पर प्रोग्राम करती रहती है? कितने लोगों को पता चलेगा कि विवेक शुक्ला ने किसी ग़ैर-ब्राह्मण लड़की से विवाह कर लिया है...माँ हमारे कुल रिश्तेदार हैं कितने?...उनमें से कितने

दिल्ली में रहते हैं?...जो केवल जान पहचान वाले हैं वे सब तो याद भी नहीं रख पाएँगे कि कभी विवेक के विवाह में गये भी थे।

भूमि की सहेलियों को भी भूमि से कुछ जलन-सी होने लगी थी...उनमें हिम्मत नहीं थी कि अपने-अपने परिवार से विद्रोह कर सकें...मन ही मन उनके दिलों में भी दूसरी जातियों के लड़के घर किये बैठे थे...मगर आसान नहीं है सत्ता के विरुद्ध खड़ा हो पाना...कहने को वक़्त बदल रहा है...दिल्ली, कानपुर, भोपाल, सागर, जयपुर और कितने ही शहरों में खटीक लड़कियाँ पढ़ लिख गई हैं...फिर भी उनके विवाह के इश्तिहार समाचारपत्रों और डॉट.कॉम जैसे वेबसाइट पर दिखाई दे जाते हैं। उन्हें शादी तो अपने परिवार की मर्ज़ी के अनुसार ही करनी होगी...

"जब तुम विवेक की बाहों में होती होगी, लगता होगा न कि उसकी छाती जैसे विशाल आकाश हो...तुम दोनों हिम्मत वाले हो...मगर यह तो बताओ कि शादी करोगे कैसे...अगर परिवार वाले केवल रिश्ते तोड़ लें तो कौन परवाह करता है...दिक्कत तो यह है कि यहाँ ख़ून की नदियाँ बहने वाली हैं...मुझे तुम दोनों की बहुत फ़िक्र होती है..." रक्षा को भूमि की फ़िक्र हो रही थी या फिर वह अपना भविष्य भूमि और विवेक में खोजना चाह रही थी...कहना आसान नहीं.
..

"सोच, तू भूमि शुक्ला हो जाएगी...भला कौन पूछने आने वाला है कि तुम पहले सोनकर थीं या फिर चन्देल, सोलंकी या पवार। सब कहेंगे भूमि शुक्ला. ..सोचकर ही रोमांच हो उठता है। तुम्हारा अपना आकाश होगा एक नया क्षितिज. ..तुम्हारी उड़ान की कोई सीमा नहीं होगी...तुम पर जाति का बन्धन नहीं होगा. ..काश! हम सब भी तुम्हारी किस्मत ले कर पैदा होतीं।" रक्षा जैसी और सहेलियाँ भी तो ईर्ष्या का शिकार हो रही थीं।

विवेक भी परेशान था कि भूमि से विवाह करे भी तो कैसे...इस बीच उन दोनों ने लन्दन के एक अस्पताल में नौकरी के लिये एप्लाई कर दिया। ब्रिटेन का एन.एच.एस. (नेशनल हेल्थ सर्विस) तो भारतीय डॉक्टरों की सिर पर ही चल रहा है। भूमि ने गायनॉकॉलॉजी और विवेक ने न्यूरो सेक्शनों में एप्लाई किया है। दोनों का पत्राचार जारी है। उम्मीद की डोर मज़बूत होती जा रही है..."भूमि, अब तो बस एक ही तरीक़ा दिखाई दे रहा है। या तो यहीं कोर्ट में शादी कर लें और पति-पत्नी के तौर पर वहाँ जाया जाए, या फिर वहाँ पहुँच कर दोनों लन्दन में ही शादी कर लें...हमारे माता-पिता तो साथ देने वाले हैं नहीं।"

"मेरा ख़्याल यह है कि हम दोनों अपना वीज़ा अलग-अलग लें और लन्दन

चले जाएँ। दोनों के माता-पिता यही समझेंगे कि चलो अच्छा हुआ...दिल्ली से दूर होंगे तो सिर से प्यार का बुख़ार उतर जाएगा...और हम वहाँ लन्दन में सैटल हो कर शादी कर लेंगे...उसके बाद सोचेंगे कि दिल्ली कभी आना है या नहीं।" भूमि की आवाज़ में दृढ़ता साफ़ सुनाई दे रही थी।

"अजी सुणते हैं आप, छोरी कह रही कि लन्दन में नौकरी के लिये बुलावा आ गया उसको। तीन साल का कन्ट्रैक्ट है...जाणा चाह रही है। आपसे पूछणे में डरती है।"

"अरे दिल्ली में रह के तो मुँह पे कालिख पोत रही है, विलायत में जाके पता नीं के गुल खिलावेगी। वहाँ किसी गोरे या काले से शादी कर बैठी तो के कर लेंगे? यहाँ चाहे बाह्मण का छोरा है, है तो हिन्दुस्तानी। भूरे काले बच्चे तो नहीं पैदा होंगे ना।?"

"मैं कहूँ, जा लेणे दो जी। फिलहाल तो आज के तूफ़ान से बचने का इससे बढ़िया कोई तरीका दिखाई नहीं दे रहा..."

"सुणो, ऐसा करते हैं कि दिलबाग सिंह के छोरे से बात चलाते हैं... अकाउण्टेण्ट हैं...सी.ए. भी कर ही लेगा...इंग्लैण्ड ने मारो गोली...बस शादी करो छोरी की। डॉक्टरी तो पढ़ बैठी...इब और कौण-सा तीर मार लेगी विलायत जा के!"

विवेक के पिता ने ठीक वही सोचा जो विवेक का अन्दाज़ था, "हुम्म.. .किस अस्पताल में नौकरी मिल रही है?"

"लन्दन कॉलेज हॉस्पिटल में, पापा।"

"जब तूं पांचवीं में पढ़ता था तो हमारे पुरोहित जयदेव वशिष्ठ जी ने भविष्यवाणी की थी कि तुम विदेश ज़रूर जाओगे...उनका कहा सच हो रहा है। कितने साल का कॉन्ट्रैक्ट है?"

"शुरूआत में तो तीन साल का है पापा, मगर नेगोशिएबल है। आपसी समझ से बढ़ भी सकता है।"

"बेटा क्या यह नहीं हो सकता कि तूं भारद्वाज साहिब की बेटी से शादी करके विदेश जाता। वो भी डेन्टिस्ट्री के आख़री साल में पढ़ रही है। तुम्हारी ट्रेड की भी है और ब्राहम्ण परिवार की भी है...तुम्हारी बात भी रह जाएगी कि बिरादरी के बाहर शादी करनी है और हमारी बात भी रह जाएगी कि ब्राह्मण बहू घर में आ जाएगी।"

"पापा, आप मुझे पहले कैरियर बना लेने दें। शादी के बारे में बाद में सोचेंगे।" माँ ने अपने पति का हाथ दबाते हुए बात को वहीं ख़त्म करने का इशारा

किया। शुक्ला साहब बेदिली से अपनी पत्नी की बात मान गये।

बस तय हो गया कि विवेक दस दिन पहले लन्दन पहुँचेगा और वहाँ जा कर होस्टल या रहने का इन्तज़ाम देखेगा और दस दिन बाद जब भूमि वहाँ पहुँचेगी तो उसे हीथ्रो एअरपोर्ट पर लिवाने पहुँच जाएगा।

एक नई दुनियाँ, नये लोग, नये सपने...सब नया होगा...वहाँ दोनों एक साथ होंगे...अपनी नई दुनियाँ का निर्माण करेंगे। दोनों की पहली हवाई यात्रा होगी। भूमि इस अनुभव को भी विवेक के साथ जी लेना चाहती थी। मगर डर कि कहीं एअरपोर्ट पर दो ब्रह्मास्त्रों का टकराव ना हो जाए।

भूमि के लिये दस दिन बिना विवेक के अपने घर में रह पाना कुछ ऐसा था जैसे अचानक हवा रुक गई हो...जीवन थम गया हो...वह एक सुरंग में फंस गई हो...दूर तक अन्धेरा है...रौशनी की कोई उम्मीद नहीं...अपनी मां, अपने पिता पराए से लग रहे हैं...शब्द उसका साथ छोड़ गये हैं...अपना सूटकेस तैयार करके बैठी है...पिता...

लन्दन पहुँच कर विवेक और भूमि ने एक नया संसार देखा...यहाँ कोई किसी की जात नहीं पूछता है। उनके अस्पताल में काले, गोरे, चीनी, युरोपीय, भारतीय सभी तरह के लोग काम करते हैं। विश्वास नहीं होता था कि अस्पताल सरकारी है...उन्होंने भारत के सरकारी अस्पताल भी देखे थे और प्राइवेट अस्पताल भी। यह अस्पताल सरकारी हो कर भी प्राइवेट का अहसास क्यों करवा रहा है।

विवेक का मिलनसार व्यक्तित्व में कुछ ऐसा आकर्षण है कि सामने वाला खिंचा चला आता है।

नॉर्थविक अस्पताल में दोनों को काम मिला था। दोनों की किस्मत अच्छी थी कि अस्पताल की एक नई पॉलिसी के तहत दोनों को एक्सीडेण्ट एण्ड एमरजेंसी सेक्शन में ट्रेनी डॉक्टर की नौकरी मिल गई थी। वरना ब्रिटेन में डॉक्टर की नौकरी पाने के लिये पहले पीलैब टेस्ट पास करना होता है।

मित्रों ने पहले ही बता रखा था कि हैरो या वैम्बली में रहोगे तो भारत की याद कम आएगी और अगर साउथहॉल या हाउन्सलो में रहोगे तो लगेगा जैसे पंजाब या दिल्ली के बाज़ारों में घूम रहे हो। विवेक चाह रहा था कि उसका अस्पताल उसे रहने के लिये होस्टल में ही जगह दे-दे। कुछ रस्साकशी-सी चल रही थी।

नये स्थान, नई मिट्टी, नये लोग...क्या इतना ही आसान है वहाँ जा कर अपने आपको जमा लेना।

"यार भूमि, लगता है कि यहाँ हमारे फेफड़ों को बहुत परेशानी होने वाली

है।"

"ऐसा क्यों?"

"यार हमारे फेफड़े तो आदी हैं दिल्ली के पॉल्यूशन और ट्रैफ़िक जाम के। यहाँ तो इतनी साफ़ हवा है कि हमारे फेफड़े हैरानी के मारे जगह छोड़ कर बाहर आ जाएँगे।"

"सच विवेक, यहाँ का हरा रंग कितना गहरा हरा है। लन्दन से थोड़ा बाहर निकलते ही लगता है कि जैसे हरे रंग की आपसे में ही प्रतियोगिता हो रही हो। कितने तरह के हरे रंग दिखाई देते हैं यहां।"

"भूमि, अब हमें जल्दी से जल्दी शादी कर लेनी चाहिये।"

"अरे, इतनी जल्दी भी क्या है? अभी तो हम लन्दन में आए ही आए हैं। कुछ दिन इसका लुत्फ़ तो उठा लें ज़रा। हम दोनों तय कर लें कि शनिवार और रविवार हम गोरे लोगों की तरह बस घूमें, फिरें और जियें।"

विवेक अभी भी उहापोह का शिकार बना खड़ा था। एक पल के लिये उसके मन में एक विचित्र-सा अहसास जन्म लेने लगा..."क्या लन्दन पहुँच कर भूमि शादी के बारे में कुछ नये ढंग से सोचने लगी है...क्या पिता का डर उसे यह क़दम नहीं उठाने दे रहा...क्या ज़रूरी नहीं की जल्दी से जल्दी शादी हो और एक बच्चा भी हो जाए...कहीं भूमि अपने कैरियर के चक्कर में अपनी निजी ज़िन्दगी को हाशिये की तरफ़ तो नहीं धकेल रही..."

फिर अपने आप को समझाता है। नहीं...भूमि ऐसा नहीं कर सकती...उसकी आँखों से साफ़ ज़ाहिर होता है कि वह अपने विवेक के बिना जीवन के बारे में सोच भी नहीं सकती...वह कितनी बेतुकी बातें सोचने लगा है...वह क्यों नहीं समझ पा रहा कि भूमि एक नये देश, नये माहौल और नये लोगों के साथ जीवन में पहली बार मिली स्वतन्त्रता का आनन्द ले रही है। यहाँ उसके सलोने रंग को लोग पसन्द कर रहे हैं...उसमें आत्मविश्वास किस क़दर बढ़ गया है...उसके भीतर से जाति का अहसास जैसे आहिस्ता-आहिस्ता समाप्त होता जा रहा है... और शायद यही ठीक भी है कि जब वे दोनों विवाह के बंधन में बंधें तब तक भूमि के मन से यह ग्रन्थि पूरी तरह निकल जाए कि वह दलित परिवार से है।

भूमि बोलती कम है...लोग उसके दिल की थाह नहीं पा सकते। उसके व्यक्तित्व में एक अनूठा अपनापन है। जो उसे मिलता है उसका हो कर रह जाता है...शायद हर किसी को अपनी बात कहने की जल्दी है...दूसरे की सुनने का समय किसी के पास नहीं है...संभवतः इसीलिये हर व्यक्ति अपनी-अपनी राम कहानी भूमि को सुना जाता।

एकाएक विवेक के चेहरे पर मुस्कुराहट उभर आई...फ़्लैट किराए पर लेना था...एस्टेट ऐजेन्ट भारतीय मूल का गुजराती...रमणीक भाई...दिल्ली के प्रॉपर्टी डीलर यहाँ एस्टेट ऐजेन्ट कहलाते हैं...क्या नाम बदल जाने से फ़ितरत भी बदल जाती है?...सोच कहीं रुकने का नाम क्यों नहीं लेती...भूमि सोनकर!...भूमि शुक्ला!...हाँ हाँ...ज़रूर बदल जाती होगी सोच...मगर यहाँ लन्दन में तो सब उसे बूम्ज़ी ही कहेंगे...तो क्या केवल भारत में पहचान बदलेगी?

लन्दन में अस्पताल के साथी कर्मचारी कभी भी भूमि के नाम का सही उच्चारण नहीं कर पाते थे। समस्या तो अंग्रेज़ी ज़बान की है न कि साथी मित्रों की। अंग्रेज़ी ज़बान में 'भ' जैसी कोई ध्वनि नहीं होती। इसीलिये सब साथी भूमि को बूमि कह कर पुकारते। फिर बूमि से बना बूम्ज़ और अंतत: बूम्ज़ी पर जा कर रुका। अब भूमि सोनकर केवल बूम्ज़ी बन कर रह गई है। वह इस नये अवतार से प्रसन्न भी है। इस नये नाम में रमती जा रही है...अब न वह दलित है और न ही विवेक ब्राह्मण।

भूमि चिल्लाए जा रही है...लेक डिस्ट्रिक्ट की ख़ूबसूरत 'विण्डरमेअर झील' का पानी उसकी भावनाओं का साथ दे रहा है। "ओ विवेक, आइ लव इट हीअर. ..मुझे बहुत अच्छा लग रहा है...यहाँ तुम सिर्फ़ मेरे विवेक हो और मैं तुम्हारी बूम्ज़ी...हम यहीं बस जाएँगे...मुझे नहीं वापिस जाना उस नर्क में...भगवान, तुम सुन रहे हो न...तुमने नाइन्साफ़ी की मेरे साथ...मगर यह मुल्क़ यह शहर...ये लोग. ..सब ग्रेट हैं...तुम्हारे लिखे को मिटा दिया है इन्होंने...आइ लव इट...विवेक आई लव यू..."

विवेक शान्त खड़ा भूमि की भावनाओं को निहार रहा है...निश्छल भावनाएँ. ..जीवन में पहली बार आज़ादी का अहसास मिला है उसे। आवेश में आकर उसने सरे-आम विवेक को होठों पर चूम लिया है...आज विवेक झिझक रहा है...बन्द कमरे के रिश्ते को पश्चिमी माहौल सड़क पर ले आया है...यह विद्रोह नहीं हो सकता...यह उत्सव है...समारोह...भूमि अचानक बुद्ध बन गई है...उसे ज्ञान हो गया है...समझ आ गया है उसे कि राम राज्य यदि कहीं है तो यहाँ है...समाजवाद के नारे नहीं...केवल सच्चा समाजवाद यहीं है...वह आगे बढ़ता है और भूमि को अपनी बाहों में ले लेता है। भूमि उसकी छाती में अपना सिर छुपा लेती है...खुशी अचानक गीली हो जाती है...एक पिक्चर पोस्टकार्ड बन जाता है...विवेक की छाती पर सिर रखे भूमि आहिस्ता-आहिस्ता चल रही है...झील, पहाड़, आकाश और धुन्ध सभी उनके प्यार की गवाही दे रहे हैं।

"विवेक मुझे नहीं लगता कि मैं वापिस भारत जाकर अपने आपको एडजस्ट

कर पाऊँगी।"

"क्यों जान? भला भारत से ऐसी कौन-सी ग़लती हो गई?"

"तुम्हें याद है, परसों हम दोनों आदिति पाण्डे के घर डिनर पर गये थे?"

"इन रोमांटिक पलों में तुम्हें आदिति पाण्डे का डिनर क्यों याद आ रहा है?"

"उस डिनर में एक ऐसी बात हुई जिसने मेरे दिल पर अमिट छाप छोड़ दी है। आदिति ने मेरे व्यक्तित्व को झिंझोड़ कर रूढ़ियों से आज़ाद कर दिया है। मैं दो दिन से तुम्हें बताने को बेचैन हूँ..."

"तो बता दो न, तुम्हें रोका किसने है?"

"विवेक, परसों जब मैंने अपना खाना प्लेट में डाल लिया और खाने लगी तो आदिति मेरे पास आकर बोली-कैसी लग रही है हमारी कुकिंग, बूम्ज़ी?-ज़ाहिर है कि मैंने खाने की तारीफ़ की। लेकिन साथ ही साथ यह भी कह दिया-अरे तुम ख़ुद ही टेस्ट करके देख लो न...लेकिन उसके बाद जो आदिति ने किया. ..मैं सोच भी नहीं सकती थी।"

"आख़िर ऐसा भी क्या कर डाला आदिति ने?"

"उसने आगे बढ़ कर मेरी प्लेट में से रोटी का एक टुकड़ा तोड़ा और मटर पनीर की सब्ज़ी में से एक टुकड़ा पनीर का लिया और अपने मुँह में डाल लिया। और बोली-भाई वाकई...खाना तो टेस्टी बना है। और मेरी प्यारी-सी बूम्ज़ी की प्लेट से लिया खाना तो और भी अधिक टेस्टी हो गया है।"

विवेक बहुत ध्यान से भूमि की बात सुन रहा था...भूमि के लिये यह घटना और भी अधिक महत्वपूर्ण हो गयी थी क्योंकि आदिति तो जानती है कि भूमि दलित है। यानि आदिति भी ठीक विवेक की ही तरह मनुष्य को उसकी जाति से जोड़ कर नहीं देखती।

उसी शाम दोनों ने विवाह का निर्णय भी ले लिया था। वापिस जाकर हैरो सिविक सेन्टर में अपने विवाह का आवेदन भी जमा करवा दिया। दोनों ने अपने-अपने परिवार को इस विषय में कोई सूचना न देने का निर्णय किया था। मगर दोनों को अपनी-अपनी माँ पर बहुत भरोसा भी था और प्यार भी। दोनों ने एक-एक फ़ोन किया और एक दूसरे की माँ से बातचीत भी करवा दी। दोनों माओं को जलती आग पर खड़ा करके विवेक और भूमि ने मैरिज रजिस्ट्रार के सामने हस्ताक्षर करके जीवन भर के लिये एक दूसरे का हो जाने के निर्णय पर मोहर लगा दी थी।

"विवेक, मैं आज से भूमि शुक्ला हो गई! एक नई पहचान...एक नया जीवन. ..सोच कर कहीं कुछ अच्छा लग रहा है।"

"भूमि अगर तुम अपना नाम भूमि सोनकर शुक्ला लिखना चाहो तो मुझे कोई आपत्ति नहीं होगी...मैं उन लोगों में से नहीं हूँ जो अपनी पत्नी पर दबाव डालें कि विवाह के बाद अपना नाम बदलना ही होगा।"

"तुम कितने अच्छे हो विवेक...मुझे एक किस्सा याद आ गया। मेरी एक सहेली थी माया वाल्मीकि। उसने भी मेरी ही तरह प्रेम विवाह किया था। उसका पति शायद अरोड़ा था...हाँ याद आ गया...प्रशांत अरोड़ा। स्टेट बैंक में अफ़सर था। माया ने अपना नाम माया वाल्मीकि अरोड़ा रखा था। वह दलितों को मिलने वाली सुविधाओं से वंचित नहीं होना चाहती थी। उसके पति को भी सुविधाजनक लगता था। मैं हैरान होती थी कि आख़िर माया को क्या मजबूरी है। स्वयं भी बैंक में थी और पति भी। अच्छी भली कमाई थी। फिर अपने आपको क्यों दलित कहलाना चाहती थी। ...एक बात बताऊँ विवेक..."

"कहो न..."

"हम दलित यह भी चाहते हैं कि लोग हमें दलित न कहें...न समझें...मगर हम अपनी सुविधाओं को खोना भी नहीं चाहते...हमें आरक्षण भी चाहिये और सम्मान भी।"

"भूमि तुम किन पचड़ों में पड़ गईं...आज हमारी पहली रात है...बस प्रेम की बातें करेंगे...राजनीति से हमें क्या लेना।"

"तुम्हारे लिये बहुत आसान है विवेक...मैंने बचपन से ले कर एम.बी.बी.एस. तक बहुत सहा है...इन दबावों से मुक्ति पा लेना मेरे लिये इतना आसान नहीं है. ..माया की भी शिकायत हो गई थी...फिर उसे आरक्षण कोटे से हाथ धोना पड़ा था। वर्ना बेचारी को प्रोमोशन जल्दी मिल जाती।"

"सुनो हम बच्चा जल्दी नहीं करेंगे...पहले जी भर कर ऐश करेंगे। छुट्टियों में पेरिस, जिनेवा, एम्सटर्डम, रोम...पूरा युरोप देखेंगे।"

"मेरे दिल में एक डर है...हम दोनों के हालात साधारण नहीं हैं...बच्चा परिवार को बांधकर रखता है। हम दोनों का पहला बच्चा जल्दी होना ज़रूरी है। वरना हमारे माता-पिता हमें अलग करने का प्रयास ज़रूर कर सकते हैं।"

अचानक वही माँ-बाप विलेन बन जाते हैं जिन्होंने बचपन से लेकर जवानी तक पाला पोसा होता है और पढ़ाई करवाई होती है। जो चलना सिखाते हैं, बोलना सिखाते हैं, सोचना सिखाते हैं...वही बदलती सोच को समझने से इन्कार कर देते हैं। ऐसा नहीं कि भूमि और विवेक के मन में कोई उहापोह नहीं है। वे दोनों परेशान हैं सोच कर कि जब वापिस भारत जाना होगा तो अपने-अपने परिवार का सामना कैसे कर पाएँगे।

जहाँ इन्सान काम करता हो वहीं एक दिन जब ग्राहक के रूप में पहुँच जाता है तो कुछ विचित्र-सा तो लगता ही है। भूमि भी उसी वार्ड में पहुँच गई थी जहाँ वह गर्भवती महिलाओं की जचगी करवाती रही थी। उसने बहुत-सी औरतों को दर्द से तड़पते देखा है। नहीं चाहती कि विवेक उसे दर्द सहते हुए देखे। हालांकि स्वयं डॉक्टर है मगर अपनी भूमि के दर्द को सह नहीं पाएगा। इसीलिये भूमि ने उसे डिलीवरी के समय लेबर रूम में रहने से रोक दिया है।

उसकी डॉक्टर ने तो कह दिया, "बूम्ज़ी, यू लुक टू कम्फ़र्टेबल फ़ॉर डिलीवरी।"

भला डॉक्टर को क्या मालूम कि भूमि कितना दर्द सहने का माद्दा रखती है। उसके चेहरे पर शिकन तक नहीं थी। किन्तु वह जानती थी कि एक दो घन्टों में डिलीवरी होने ही वाली है। दोनों को मालूम है कि बेटी होगी...साइंस के कुछ लाभ भी होते हैं...दोनों बहुत ही उत्साहित हैं...विवेक ने बेटी का नाम भी सोच रखा है...ऊर्जा...मगर भूमि का मत इस बारे में स्पष्ट है। नाम वैसा होना चाहिये जिसका उच्चारण यहाँ के लोकल अंग्रेज़ आसानी से कर सकें। भूमि से बूम्ज़ी की यात्रा उसके दिमाग़ में ताज़ा है। उसकी सोच व्यवहारिक है, "विवेक, हमारी बिटिया का नाम 'ए', 'बी' या 'सी' से शुरू होना चाहिये। 'एस' से 'ज़ेड' वाले बच्चे हमेशा लिस्ट में सबसे नीचे रहने को अभिशप्त होते हैं। वैसे भी हमारा सरनेम शुक्ला तो 'एस' से ही शुरू होता है।"

उसने एक सूची भी बना ली थी...अन्या, अनीता, आयशा, आलिया, बेला, डेज़ी, डालिया, जिया...बस 'जी' से आगे नहीं जाएगी। ये नाम ब्रिटिश गोरे आसानी से बोल पाते हैं।

भूमि ने मदर केयर से एक किताब भी ख़रीद ली थी। उसमें वह अपनी पुत्री के बचपन से बड़े होने तक के सारे रिकॉर्ड नोट करेगी। उसके पहले बाल; छोटे-छोटे हाथ और पैरों के निशान; दांतों का पूरा रिकॉर्ड...और पहली फ़ोटो से लेकर पांच वर्ष तक के सारे चित्र। उसमें बच्ची के दादा के और नाना के परिवार के सभी नामों का एक पेड़ भी बना था। अपने-अपने दादा-दादी और नाना-नानी के नाम तो भूमि और विवेक को याद थे। उससे आगे कुछ नहीं...विवेक से रहा नहीं गया...उसने सोच ही लिया...जब हमें अपने दादा-दादी और नाना-नानी से पहले पूर्वजों के नाम ही याद नहीं तो काहे का ख़ानदान और काहे की बिरादरी।

विवेक का मानना है कि बिरादरी शब्द बिरादर से निकला है। यानि कि आपके भाई-बन्द। उसे याद नहीं कि इस बिरादरी ने कभी किसी का भला किया है...हाँ राह में रोड़े ज़रूर बिछाए हैं। इसी बिरादरी ने ही तो उसे और भूमि

को देश निकाला दिया है।

विवेक की माँ से नहीं रहा गया। उसने अपने पति को सब कुछ बता दिया। वह अपनी पोती के जन्म पर आकर स्वयं अपनी बहू की देखभाल करना चाहती थी। पति ने पुत्र को माफ़ नहीं किया मगर पत्नी को जाने से रोका भी नहीं। माँ आ पहुँची थी। भूमि और पोती की देखभाल के लिये...विवेक को भी माँ के हाथ का खाना मिलने लगा था। वह हैरान भी था...कहीं कोई तनाव नहीं। माँ ने एक बार भी नहीं कहा कि घी और मेवों से भरी पंजीरी खानी आवश्यक है। वैसे भी माँ कम बोलती है...उसे सुकून इसी बात का था कि वह अपने हाथों अपनी पोती की देखभाल कर रही है।

हर रोज़ अमिता की मालिश करतीं...नहलातीं...और कपड़े बदलतीं। उसके रोने पर चुप करातीं...भूमि को पूरा आराम मिल रहा था और माँ का व्यक्तित्व उस पर छाया जा रहा था। बस एक आदेश ज़रूर दिया था, "भूमि बिटिया को अपना दूध पिलाएगी। ऊपर के दूध पर नहीं पलेगी बच्ची।" उस आदेश को मानने में भूमि ने कोई आपत्ति भी नहीं की।

दिल्ली में बैठे नाना को कुछ पता नहीं था कि लन्दन में क्या कुछ घटित हो रहा है। उन आँखों में अभी दूसरी तरह के सपने थे। वे अपने सपनों में अपनी बेटी का विवाह देख रहे थे...जबकि बात वहाँ से बहुत आगे बढ़ चुकी थी।

"सुनो भूमि...क्या आवश्यक है कि हम भारत जाएँ ही? क्या यह नहीं हो सकता कि हम दो सप्ताह के लिये युरोप के ट्रिप पर चले जाएँ और वापिस लन्दन आ जाएँ?"

"परमानेंट स्टे के लिये ज़रूरी है कि हम एक चक्कर भारत लगा कर आएँ, ..यही तो बताया गया है न।"

माँ का फ़ोन आ गया था, "तुम दोनों ने ऐसा सोचा भी कैसे कि तुम अपने घर न आ कर कहीं और जाओ?"

एअरपोर्ट पर भी अकेली माँ ही लेने आई थी...विवेक की निगाहें पिता को ढूंढ रही थीं...मगर क्या इतना ही आसान था...

घर पहुँच कर भी पिता ने पुत्र को आशीर्वाद नहीं दिया...बस अपनी पोती को गोद में उठा कर अपने कमरे में चले गये। माँ ने आँखों ही आँखों में विवेक को समझा दिया। पिता अपनी पोती से खेल रहे थे।

भूमि ने अपनी माँ को फ़ोन किया। माँ घबरा गई, "सुनो बेटी, मैं अभी तक तुम्हारे बाऊजी से बात नहीं कर पाई। कल सुबह वे तीन दिन के लिये जलंधर जा रहे हैं। तुम दोपहर को आ जाना...दो दिन रह जाना...हाँ दामाद जी और बिटिया

को ज़रूर ले कर आना। अभी तक दोनों को शगुन नहीं डाला..."

"विवेक भूमि और अमिता को लेकर दोपहर के समय अपने ससुराल जा पहुँचा। पूरा मोहल्ला जैसे इकट्ठा हो गया था। सब उचक उचक कर भूमि और उसके परिवार को देख रहे थे। भूमि आख़िर लन्दन से आई थी और साथ में परिवार लाई थी।

विवेक भूमि और अमिता को छोड़ कर चला गया। अब माँ ने पहली बार बेटी से बातें शुरू कीं। उसके दिल में पति का डर अपना फन बार-बार उठा रहा था। अमिता रह-रह कर रोने लगती...

भूमि ने माँ को अपने लन्दन जीवन के बारे में बहुत कुछ बताया...उसकी आँखें पूरे घर का जायज़ा ले रही थीं...कुछ नहीं बदला था...घर का पेण्ट तक नहीं करवाया गया था...शायद भूमि के न होने के कारण ही पिता ने कुछ करवाया नहीं था...दीवारों का पलस्तर भी जगह-जगह से उखड़ रहा था। ...

रह-रह कर भूमि को घर के बिस्तर और पर्दों में से एक अजीब-सी गंध महसूस हो रही थी। शायद उसी गंध की वजह से अमिता भी बीच-बीच में रोने लगती...

भूमि के लिये यह गंध सहना असह्य हुए जा रहा था। उसे अपनी माँ की बातें ठीक से सुनाई नहीं दे रही थीं। उसका दिल अपने ही घर में नहीं लग रहा था। उसे विश्वास नहीं हो रहा था कि इसी घर में उसने अपना पूरा जीवन बिताया था...उसने अपना सामान बांधना शुरू कर दिया...माँ ने लाख पूछा...मगर भूमि ने बस इतना ही कहा...माँ अभी हमें अकेले रहने की आदत नहीं है। विवेक को मुश्किल होगी...

भूमि टैक्सी में बैठ कर वापिस चल पड़ी...उसे महसूस हुआ जैसे टैक्सी में भी उसकी माँ के घर की गन्ध भर गई है...वह डर गई, कहीं उसकी बेटी की सांस उस गन्ध के मारे रुक न जाए...उसने टैक्सी की खिड़कियाँ खोल दीं...

काला सागर

विमल महाजन ने आज दफ़्तर से अवकाश ले रखा था। उन्हें कई दिनों से लग रहा था जैसे उनका शरीर आवश्यकता से अधिक थकता जा रहा है। उन्होंने फैसला किया कि आज केवल आराम ही किया जाए, देर तक सोए। उठकर आराम से सुबह के कामों से निवृत्त हुए, और समाचार-पत्र लेकर बैठ गए।

आजकल समाचार-पत्र पढ़ने में उन्हें कोई विशेष रुचि नहीं रही थी। पंजाब में हो रही घटनाओं को पढ़कर उन्हें एक अजीब-सी बेचैनी होने लगती। उन्हें हमेशा याद आता था अपना वह छोटा-सा गाँव...जगरांव...जहाँ उनका जन्म हुआ था, लुधियाना के करीब ही। जब कभी बहुत प्रसन्न मुद्रा में होते, तो कहते, 'इस जगरांव में हिंदुस्तान की दो महान विभूतियों ने जन्म लिया है-एक थे लाला लाजपत राय, और दूसरा...' और वह हंस पड़ते। किंतु आजकल जैसे स्वयं से ही सवाल पूछते रहते थे, 'क्या हो गया है अपने पंजाब को?' एक दिन बहुत भावुक होकर बोले, 'रंजना, हम तो एकदम स्टेट-लेस' होकर रह गए हैं। यहाँ बंबई वाले तो नारा लगाते हैं 'सुंदर मुंबई मराठी मुंबई', यानी हम तो यहाँ के कभी नहीं हो सकते। और पंजाब जाने का अर्थ है, मौत को दावत देना। इतना बुरा हाल तो सैंतालीस में भी नहीं हुआ था।' और फिर वे एक गहरी सोच में डूब गए थे। कितना भयावह विचार है! आपकी मातृभूमि आपसे छिन जाए, बिना किसी अपराध के।

विमल महाजन को एयरलाइन की नौकरी करते तीस वर्ष हो गए थे। बस, चार-पांच वर्ष में रिटायर होने वाले थे। सारी दुनिया ही उनके छोटे से संसार का हिस्सा बनी हुई थी। एक विमान-परिचारक की हैसियत से उन्होंने नौकरी शुरू की थी। परंतु अपनी मेहनत व ईमानदारी के बल पर इस उच्च पद पर पहुँच गए थे। इस बीच उनका विवाह भी हुआ और तीन बच्चे भी। कैसे समय निकलता जा रहा है उनकी मुठ्ठी से! वैसे उन्हें देखकर कोई यह नहीं मान

सकता था कि वे दो-दो बच्चों के नाना भी हैं। इसका कारण संभवतः उनका पहनावा था, जिसके प्रति वे अतिरिक्त सचेत थे। इतने ही वे अपनी सेहत के बारे में भी थे। स्पष्टवादिता उनकी एक और विशेषता थी, जिसके कारण वे कभी प्रशंसा तो कभी आलोचना के पात्र बनते थे।

विमल महाजन ने समाचार-पत्र को दो-तीन बार उलट-पुलटकर देख लिया था और आरामकुर्सी पर अलसा रहे थे तभी फ़ोन की घंटी बजी। उन्हें काफ़ी कोफ़्त हुई। आज का दिन वे आराम से ही बिताना चाहते थे। टेलिफ़ोन या और कोई भी विघ्न उन्हें नहीं चाहिए था। अन्यमनस्क भाव से उन्होंने फ़ोन उठाया, फ़ोन एअरपोर्ट से ही था। वे झुंझलाए से स्वर में बोले, "भई, आज तो आराम करने दो।"

महाजन साहब, ग़ज़ब हो गया।' ज़ीरोनाइन वन क्रैश हो गई। लंदन के पास।"

"क्या? मैं अभी पहुँचता हूँ।"

विमल महाजन के जबड़े थोड़े भिंच गए थे। वे जैसे याद करने का प्रयत्न कर रहे थे कि 'ज़ीरोनाइन वन', पर कौन-कौन क्रू-मेंबर होगा। लगभग बदहवासी की-सी स्थिति में उन्होंने कपड़े पहने और ऑफ़िस चलने को तैयार हो लिए।

रंजना, उनकी पत्नी, समझ गई कि कोई गड़बड़ अवश्य है। जब कभी विमल महाजन परेशान होते तो उनके जबड़े भिंच जाते थे।

"क्या बात है? आप तो आज आराम करने वाले थे। फिर एकाएक कहाँ की तैयारी होने लगी है?"

"रंजू, न्यूयार्क फ़्लाइट क्रैश हो गई है। दफ्तर..."

"क्या? अरुण भी तो न्यूयार्क ही गया है।"

"अरुण! हे भगवान! सब ठीक हो। देखों, मैं अभी ऑफ़िस जाकर तुम्हें फ़ोन करूँगा..." विमल महाजन का स्वर भर्रा उठा था और वे अपनी बात पूरी नहीं कर पाए थे।

रास्ते-भर अरुण के विषय में ही सोचते रहे। उन्हें समझ नहीं आ रहा था कि अरुण की पत्नी को वे कैसे समाचार दे पाएँगे। अरुण उन्हें अपने बेटे के समान प्रिय था। उसके विवाह में वे अपने सारे सिद्धांतों को ताक पर रखकर, सिर पर पगड़ी बांधकर, घोड़ी के सामने नाचे थे। अनुराधा, अरुण की पत्नी भी उनका बहुत आदर करती थी। उनके हाथ ठंडे हुए जा रहे थे। नास्तिक होते हुए भी, भगवान से प्रार्थना कर रहे थे कि अरुण सुरक्षित हो।

दफ्तर के बाहर कुछ लोग जमा थे यानी खबर फैल चुकी थी। सबके चेहरों

पर सहमी हुई उत्सुकता थी। सब दुर्घटना के विषय में जानना चाहते थे। पर कैसे पूछें, कौन पूछे। उनके सहायक अफ़ज़लखान ने ही उन्हें बताया, "सर, फ्लाइट ज़ीरोनाइन वन मांट्रियल से लंदन आ रही थी। रास्ते में ही लंदन के करीब सागर के ऊपर ही फ्लाइट में एक धमाका हुआ और फ्लाइट क्रैश हो गई। अभी पूरी डिटेल्स आनी बाकी है।"

विमल महाजन ने अपने आपको व्यवस्थित किया, और लंदन फ़ोन मिलाने लगे ताकि पूरा समाचार मिल सके और वे आगे की कार्यवाही आरंभ कर सकें। परंतु फ़ोन मिल नहीं पा रहा था।

क्रूलिस्ट देखी। अरुण का नाम उसमें नहीं था। उन्हें काफ़ी राहत महसूस हुई। पर....पर जो लोग फ्लाइट पर थे, वे सभी उनके अपने परिचितों में से थे।

रमेश कुमार! जिसका अभी-अभी तीन महीने पहले ही विवाह हुआ था। माँ-बाप की इच्छा के विरुद्ध एक पारसी एअर होस्टेस से विवाह किया था उसने। दोनों ही इस फ्लाइट पर थे। काश, यह खबर झूठी हो! वे मन-ही-मन प्रार्थना कर रहे थे।

खबर फैलने के साथ-साथ लोगों की उत्सुकता बढ़ती जा रही थी। फ़ोन-पर-फ़ोन आ रहे थे। पर विमल महाजन का मन हो रहा था कि वे कानों पर हाथ रखकर बैठ जाएँ चुपचाप। किसी के प्रश्नों का कोई उत्तर न दें। पर चिंतित संबंधियों की जिज्ञासा शांत करना उनका कर्तव्य था।

यदि विमल महाजन स्वयं इस दुर्घटना से इतने विचलित हो गए हैं तो जिनके भाई-बहन, माँ-बाप, पति और न जाने कितने रिश्तेदार उस विमान में आ रहे थे, उनकी चिंता स्वाभाविक थी। और वे बिना अपना धैर्य खोए फ़ोन 'अटैंड' करने लगे।

टेलेक्स की खटखट शुरू हुई। लंदन से पहला संदेश आया: 'अनुमान है कि विमान आतंकवाद का शिकार हुआ है। विमान में 'क्रू' व यात्रियों सहित तीन सौ उनतीस लोग थे। अभी किसी के बचने की कोई सूचना नहीं'...यदि कोई बचा भी तो क्या ठंडे एटलांटिक के बर्फ़ीले पानी में जीवित रह पाएगा? विमल महाजन के मस्तिष्क के घोड़े जा रहे थे कहाँ तो यात्री और क्रू-मेंबर लंदन पहुँचने के बारे में सोच रहे होंगे, और कहाँ गहरे सागर का काला अंधेरा!

'क्या आतंकवाद का कोई धर्म होता है?' सोच जारी थी, 'क्या एक विमान उड़ा देने से आतंकवादियों की बातें मान ली जाएँगी? क्या इन तीन सौ उनतीस लोगों को भी शहीद कहा जाएगा? जलियांवाला बाग में भी तो बिल्कुल इतने ही लोग शहीद हुए थे। देश उन्हें आज तक नहीं भुला पाया। क्या इन शहीदों को

भी लोग याद रख पाएँगे? मारा तो उन्हें भी गोरी सरकार के आतंकवादी अफ़सरों ने था। निहत्थे वे भी थे और निहत्थे ये भी। क्या फिर ऊधमसिंह खड़ा होगा जो कि इन आतंकवादियों का सफ़ाया करेगा?'

टेलिफ़ोन की घंटी बजी। विमल महाजन की तंद्रा टूटी। फ़ोन घर से था। रंजना भी अरुण के लिए परेशान थी।

शाम के सात बज गए थे। यात्रियों के नाते-रिश्तेदारों के टेलिफ़ोनों का तांता लग गया था। अब तो लोग एअरपोर्ट पर इकट्ठे हो चुके थे। सबके मुँह पर एक ही सवाल था, 'कोई खबर आई?' सब मन-ही-मन अपने संबंधियों की खैर की प्रार्थना कर रहे थे। उन सबकी भावनाओं के तूफ़ान को संभाल पाना एअरलाइन के कर्मचारियों के लिए कठिन पड़ रहा था। विमल महाजन स्वयं सब को तसल्लियाँ दे रहे थे। लंदन से विस्तृत समाचार की प्रतीक्षा हो रही थी।

पत्नी का फ़ोन फ़िर आया। "आप एक बार घर आकर खाना खा जाते।" उन्होंने अपनी झुंझलाहट रंजना पर ही उतार दी।

ऐसे में भला कोई खाने के विषय में कैसे सोच सकता है?किंतु नहीं...उनके मातहत एक-एक करके अपने पेट को खूब शांत कर आए थे। केवल विमल महाजन स्वयं लोगों को दिलासा देने में व्यस्त थे। टेलेक्स से समाचार आ रहे थे। लंदन से सत्तर मील दूर आकाश में एक धमाका हुआ था और विमान सागर में खो गया था। यह भी कि नौकाएँ और पनडुब्बियाँ खोज के लिए भेजी जा रही हैं। विमल महाजन यंत्रवत् अपना काम किए जा रहे थे। निश्चय हो गया था कि कोई नहीं बचा इस दुर्घटना में।

जहाज कप्तान विक्रम सिंह विमल महाजन के मित्र थे। बंबई में जब कभी इकट्ठे होते तो दोनों खार जिमखाना में शामें बिताया करते थे। ब्रिज दोनों का प्रिय खेल था। पर विमल महाजन कभी पैसे लगाकर ताश नहीं खेलते थे। कप्तान विक्रम सिंह सदा ही उन्हें 'पोंगा पंडित' कहकर चिढ़ाते थे। छः महीने में ही रिटायर होने वाले थे। पर अब जैसे कुछ भी शेष नहीं रहा था...न ब्रिज, न पोंगा पंडित कहने वाला उनका दोस्त।

फ्लाइट परसर अनिरुद्ध सेन की तो केवल छः महीने की बेटी है जब उनकी पत्नी को यह समाचार मिलेगा तो वह कैसे सहन कर पाएगी इस वज्रपात को? कई क्रू-मेंबर एअरपोर्ट पर इकट्ठे हो गए थे। विमल महाजन ने कुछ लोगों को घरों में जाकर सूचना देने का काम सौंपा। बहुत कठिन काम था, वे जानते थे। समाचार सुनकर घर के सदस्यों की प्रतिक्रिया सोचकर उनका दिल बैठा जा रहा था। कैसे कहेंगे एक पत्नी को कि उसका पति अब कभी नहीं लौटेगा? कैसे

कहेंगे एक बच्ची को कि तुम्हारे पापा अब कभी भी तुम्हारे लिए 'मिकीमाउस' और 'डोनाल्डडक' के खिलौने नहीं लाएँगे?

तीन-चार दिन सब कुछ अस्त-व्यस्त रहा। एअरपोर्ट पर संबंधियों का तांता लगा रहा। विमल महाजन भी पिछली कई रातों से सो नहीं पाए थे। समाचार-पत्रों में भी एक ही समाचार सुर्खियों में था। विमान-दुर्घटना के कारणों का पता लगाना था, 'ब्लैक बॉक्स' की चर्चा थी, जांच-समिति का गठन, और बहुत-सी औपचारिकताएँ।

दो दिनों से फाका करते, सड़क के किनारे पर बैठे ननकू को भी कहीं से खबर लग गई थी। पोलियो ग्रस्त हाथ से सींगदाना चबाते हुए उसने अपने साथी पीटर को खबर सुनाई थी, "यार, यह विमान अगर गिरना ही था, तो साला समुद्र में क्यों गिरा? सोच, कितनी बढ़िया-बढ़िया चीज़ें-वी.सी.आर., टी.वी., सोना, साड़ियाँ सब-के-सब बेकार! यहीं कहीं अपने शहर के आसपास गिरता तो कुछ तो अपने हाथ भी लगता।"

"ए मैन, अभी धंधे का टाइम है। खाली-पीली टाइम वेस्ट करने का नहीं. ..क्या...हाँ भाई, गॉड का वास्ते इस ग़रीब को भी कुछ दे दो। जीज़सक्राइस्ट भला करेगा। ..."

विदेश के कई आतंकवादी गुटों ने इस दुर्घटना का उत्तरदायित्व ओढ़ा। जैसे कोई बहुत महान कार्य किया गया हो और वे उसका श्रेय लेना चाहते हों। बीमार, विकृत मानसिकता के लोग, जो निर्दोष लोगों को मौत की नींद सुलाकर गर्वान्वित अनुभव कर रहे हैं। विमल महाजन का मन वितृष्णा से भर गया।

एअरलाइन के हेडक्वार्टर में कई मीटिंगें हुई। तय हुआ कि विदेशी नागरिकों का वहाँ के कानून के अनुसार मुआवज़ा दिया जाएगा और भारतीयों को भारतीय कानून के अंतर्गत। रंगभेद का यह भी एक रूप था, चमड़ी-चमड़ी में फ़र्क जो है।

विमल महाजन ने प्रस्ताव रखा कि एक विमान 'चार्टर' किया जाए और मरने वालों के निकटतम संबंधियों को लंदन भेजा जाए, जिससे वे अपने प्रियजनों की लाशें तो पहचान सकें। उच्च अधिकरियों ने स्वीकृति दे दी।

'क्रू यूनियन' ने प्रत्येक मृतक क्रू-मेंबर के परिवार के लिए एक-एक लाख रुपया देने का फ़ैसला किया था। विमल महाजन को झटका-सा लगा जब रमेश कुमार के पिता उनसे मिलने दफ्तर पहुँचे।

"मिस्टर महाजन, मैं रमेश का पिता हूँ। आजकल मैं और मेरी पत्नी तलाक लेकर अलग-अलग रह रहे हैं। आपको याद होगा कि पिछले क्रैश में मेरी बेटी

नीना की मौत हो गई थी। उस समय भी एअरलाइन और क्रू-यूनियन ने मुआवज़ा मुझे ही दिया था। मैं चाहता हूँ कि अब भी मेरे बेटे और बहू की मृत्यु का मुआवज़ा मुझे ही मिले। इससे पहले कि मेरी पत्नी इसके लिए अर्ज़ी दे, मैं आपके पास अपने क्लेम की यह अर्ज़ी छोड़े जा रहा हूँ ताकि आप इन्साफ़ कर सकें। ...मैं तो अब बूढ़ा हो चला हूँ। कमाई का अब और कोई ज़रिया है नहीं।"

''ठीक है, आप अर्ज़ी छोड़ जाइए। समय आने पर उस पर विचार किया जाएगा।"

''बड़ी कृपा होगी आपकी। नहीं तो इस उम्र में कोर्ट कचहरी जाने की तो शरीर में ताकत नहीं रह गई। चलता हूँ।"

विमल महाजन किंकर्तव्यविमूढ़ से कुर्सी पर बैठे थे।

शिनाख़्त के लिए संबंधियों को लंदन ले जाने की पूरी ज़िम्मेदारी विमल महाजन को ही सौंपी गई। लंदन जाने के लिए संबंधियों का तांता लग गया था। विमल महाजन तय नहीं कर पा रहे थे कि किसे भेजें, किसे रोकें। हर रिश्तेदार अपना रिश्ता अधिक नज़दीकी बताता था।

लंदन जाने के लिए विमान तैयार था। रोते-कलपते रिश्तेदारों के बीच विमल महाजन को स्वयं को संयत रख पाना काफ़ी मुश्किल लग रहा था।

मिसेज़वाडेकर की हिचकियाँ अभी भी जारी थीं। उनका बेटा विदेश से बंबई केवल विवाह करने के लिए आ रहा था। उन्हें क्या पता था लंदन जाना पड़ेगा, डोली के स्थान पर अर्थी लेने। "मैं तो अपने बेटे को दूल्हा बनाकर ही विदा करूँगी।" मिसेज़वाडेकर विक्षिप्त अवस्था में बड़बड़ाए जा रही थीं।

मगनभाई की बीस वर्षीया पोती विदेश से अकेली आ रही थी। उसके पिता को छुट्टी नहीं मिल पाई थी उसके साथ आने के लिए। खिड़की के पास बैठे हुए वे जैसे शून्य में देख रहे थे।

दो-दो मौतों का बोझ लिए दीपिंदर विमान में बैठा था। पिछले सप्ताह ही उसके पिता का देहांत हो गया था और उन्हीं के अंतिम संस्कार के लिए उसका भाई सुक्खी अमेरिका से आ रहा था। दुःख में सब एक थे। किसी का भी कोई धर्म, मज़हब नहीं था। सुख में था भी तो आतंकवादियों को उससे कोई लेना-देना नहीं था। वह हर धर्म वाले को अपनी पशुता का शिकार बना लेते हैं।

विश्व-भर से अलग-अलग एजेंसियों ने एटलांटिक में खोजबीन शुरू कर दी थी। पहले विमान के कुछ क्षतिग्रस्त हिस्से मिले। फिर विक्षिप्त लाशें मिलनी शुरू हुई। लाशों को जैसे किसी ने उधेड़ दिया हो, चिंदी-चिंदी हुए शरीर। लाशें पहचानना भी बहुत कठिन काम था।

लंदन में सभी रिश्तेदारों के रहने, खाने-पीने की व्यवस्था एयनलाइन की ओर से मुफ्त की गई थी। विमल महाजन सभी कार्य बड़ी तत्परता से निभा रहे थे। स्वयं उन्हें अपने खाने-पीने और सोने का भी ध्यान नहीं था। वंचित लोगों की सेवा करके संभवतः वे स्वयं को संतुष्ट करना चाहते थे। उनका यही प्रयत्न था कि किसी भी यात्री को कोई शिकायत या असुविधा न हो।

एक यात्री विमल महाजन तक पहुँचा, "मिस्टर महाजन, खाना-पीना तो ठीक है, पर हमें आप कुछ अलाउंस वग़ैरह भी दिलवाने का प्रबंध करवा दें तो अच्छा होगा। हम सब इतनी जल्दी में आए हैं कि एफ़.टी.एस. का प्रबंध नहीं हो पाया। कम-से-कम इतना रोज़ाना भत्ता तो हमें मिलना चाहिए, जिससे हमें कहीं बाहर आने-जाने में मुश्किल न हो।"

विमल महाजन हैरान!

शीला देशमुख के पिता किसी सरकारी महकमे में उच्च अधिकारी थे, "महाजन साहब, हमारी बेटी ने तो एअरलाइन के लिए जान दे दी। उसके बदले में आप हमें क्या देंगे? चंद रुपए। इस बुढ़ापे में हम उन रुपयों का क्या करेंगे? हमारी दूसरी बेटी अमेरिका में रहती है। हम चाहते हैं कि जब तक हम जिएं, मुझे व मेरी पत्नी को हर वर्ष अमेरिका आने-जाने का मुफ़्त टिकट मिले, मैं मिनिस्टर साहिब से भी इस विषय में बात करूँगा।"

विमल महाजन की इच्छा हुई कि सब काम-धाम छोड़कर वापस चले जाएँ। इंसान इतना स्वार्थी भी हो सकता है! ये भावनाविहीन लोग इस हादसे से अपना-अपना स्वार्थ सिद्ध करने की कोशिश में लगे हैं। ...पर वे तो यह सारा काम अपने सहयोगियों को श्रद्धांजलि के रूप में कर रहे थे। उन्हें यह सब करना ही होगा। धैर्य के साथ...

लंदन के विक्टोरिया अस्पताल का एक हिस्सा। वहाँ लाशें इकट्ठी की गई थीं। लाशें! लाशें!! गहरे नमकीन पानी में से निकाले गए विकृत शरीर। कौन कैसे पहचान कर पाएगा! भगवान ने कितनी दर्दनाक मौत लिखी थी कुछ इन्सानों के लिए! नवजात शिशु से लेकर सत्तर वर्ष तक की बूढ़ी लाशें। कहीं हाथ ग़ायब है तो कहीं टांग नदारद। कहीं केवल धड़ ही है-ऊपर और नीचे के दोनों ही हिस्से ग़ायब। किसी की अंगूठी पहचानने की कोशिश की जा रही थी, तो किसी का लॉकेट।

केवल एक लाश साबुत मिली थी। अपने मासूम चेहरे पर अपार दर्द लिए नैंसी, माँ और तीन छोटी बहनों का पेट भरने वाली नैंसी। चेंबूर की झोंपड़पट्टी से ऊँची उठी नैंसी। बिन बाप की बेटी नैंसी। कमज़ोर नारी होते हुए भी बलवान

पुरुषों से कहीं अधिक पौरुषपूर्ण नैंसी। अब कभी भी खड़ी न हो पाएगी। माँ पछाड़ खाकर गिर पड़ी और संभली। एक सच्चे ईसाई की भांति वीरता दिखाई। बेटी की लाश को चूमा। बूढ़ी कोख में हलचल हुई। अपना पराया हो गया। किंतु अभी तीन बेटियाँ और घर में हैं। एक ने इसी साल बी.ए. किया है, बाकी दोनों स्कूल में हैं। उनके लिए माँ को मज़बूत बनना है। बेटी को घर ले जाने की तैयारी करने लगीं।

चेहरों पर निराशा साफ़ दिखाई देने लगी थी। किसी भी और लाश को पहचानना लगभग असंभव-सा लग रहा था। फ़ैसला किया गया कि सभी लाशों का सामूहिक क्रिया-कर्म किया जाए। यह भी तय किया गया कि क्रिया-कर्म सागर-तट पर ही होगा और वहीं मरने वालों की याद में एक स्मारक भी स्थापित किया जाएगा ताकि विश्व को चेतावनी मिले कि आतंकवाद क्या कर सकता है।

विमल महाजन धम्म से कुर्सी पर बैठ गए। रिश्तेदारों की दिक्कतें दूर करते, ब्रिटिश सरकार व एअरलाइन अधिकारियों से संपर्क व बातचीत करते उनका शरीर व दिमाग दोनों की थक गए थे। उस पर इतनी सारी लाशों का सामूहिक क्रिया-कर्म, उन्होंने आँखें मूंद लीं।

"मिस्टर महाजन!"

"जी।" उन्होंने आँखें मूंदे ही पूछा।

"आपसे एक सलाह चाहिए।"

"कहिए।" नेत्र खुले।

"जिस काम के लिए आए थे, वो तो हो गया। ज़रा बताएँगे, यदि शापिंग वग़ैरह करनी हो तो कहाँ सस्ती रहेगी? नए हैं न..."

उसके आगे बात सुनने की ताक़त विमल महाजन में नहीं थी।

हाउंसलोहाइस्ट्रीट पर पचास-सौ की गिनती बढ़ने से कोई विशेष अंतर नहीं पड़ता। हर काम यथावत जारी है। डिक्संज़, बूट्स, मार्क्स, वुलवर्थ हर जगह कुछ अनजाने चेहरे दिखाई दे रहे थे। कल सुबह तो वापस बंबई चले जाना है। सभी यथासंभव सामान बटोरने में लगे थे।

लंदन में गर्मियों में भी सूर्य-देवता आँख मिचौली खेलते रहते हैं। आज उन्होंने पूर्ण विश्राम करने का निर्णय ले लिया है। बादल आसमान में चहलकदमी कर रहे थे। एअरपोर्ट पर एअरलाइन के काउंटर पर भी जो नज़ारे थे, वे कुछ कम क्षोभ पैदा करने वाले नहीं थे। सभी यात्री अधिक-से-अधिक सामान के साथ 'चेक-इन' करने की कोशिश कर रहे थे। काऊँटर क्लर्क शौकत अली जी को समझा रहा था।

"मिस्टर, पच्चीस किलो का तो आपका टी.वी. ही है। कुल मिलाकर साठ किलो वज़न है आपके सामान का। और हैंडबैग अलग। आप केवल बीस किलो सामान ले जा सकते हैं।"

"मगर मैं तो यहाँ अपने भाई की लाश पहचानने आया हूँ। हमारा केस फ़र्क है..."

"यह भाई की मौत का वज़न से क्या संबंध है?" एक बार फिर विमल महाजन को ही जा कर अनुरोध करना पड़ा। क्षुब्ध विमल महाजन जैसे-तैसे सबको समझाकर यात्रियों को 'चेक-इन' करवा पाए।

विमान ने उड़ान भरी। सीट-बेल्ट बांधने के संकेत बंद हुए, तो केबिन में हलचल बढ़ने लगी। विमल महाजन अपनी रिपोर्ट लिखने में व्यस्त थे। यात्रियों को खाना दिया गया। विमल महाजन केबिन का मुआयना कर रहे थे। मिसेज़ वाडेकर ने खाने को छुआ तक नहीं था। वह अपने बेटे की लाश को दूल्हा नहीं बना पाई थीं। लाश की शिनाख्त ही नहीं हो पाई।

दीपिंदर दस दिन में दो-दो लाशों के क्रियाकर्म के ग़म से उबर नहीं पाया था।

कुछ यात्री ग़म ग़लत करने के लिए पेग-पर-पेग चढ़ा रहे थे।

"यार, पी ले आज, जी भरके। हमें कौन-से पैसे देने हैं। यह काम अच्छा किया है एअरलाइन ने।"

विमल महाजन थोड़ा और आगे बढ़े।

"क्यों ब्रदर, आपने कौन-सा वी.सी.आर. लिया?"

"मुझे तो एन.वी.450 मिल गया।"

"बड़ी अच्छी किस्मत है आपकी। मैंने तो कई जगह ढूंढ़ा। आखिर में जो भी मिला, ले लिया। हमें कौन-सा बेचना है!"

"..."

"..."

"आपने 'सोनी' ढूंढ़ ही लिया। कितने इंच का लिया?"

"27 इंच का। और आपने?"

"हमारे भाग्य में कहाँ जी! जे.वी.सी। का लिया है। पर देखने में अच्छा लगता है। फिर च्वाइस कहाँ थी!"

मौसम में थोड़ी खराबी हुई, यात्रियों को एक झटका-सा महसूस हुआ। विमान 'ब्लैक सी' के नज़दीक उड़ान भर रहा था।

सिलवटें

कितने दिन, कितने महीने, कितने वर्षों तक इस दर्द को सहा है मैंने। लगता है अब यह दर्द जान लेकर ही रहेगा। और फिर दर्द भी तो कोई छोटा-मोटा दर्द नहीं है। भावनाओं का दर्द है।

भावनाओं का ही तो खून हुआ था। क्या इसे केवल भावनाओं का खून कह सकते हैं? नहीं मेरे शरीर पर भी तो वह दुर्घटना कुछ ऐसे निशान छोड़ गई थी जो कभी ना मिट पाएँ। निशान यदि मिट भी जाएँ तो क्या उनकी याद कभी मिट पाएगी। यादों को मिटा देना क्या इतना ही आसान है?

यादें तो मनुष्य की धरोहर हैं। और फिर एक स्त्री तो यादों के सहारे अपना सम्पूर्ण जीवन बिता लेती है। किन्तु मेरी यादें तो शरीर में सिहरन पैदा कर देती हैं। फिर भी उन यादों को कितनी बार जिया है मैंने। उस घटना को तो मैं स्वयं ही भुलाना नहीं चाहती। वह घटना तो मेरे जीवन का आधार ही बन गई है और उस याद को नासूर बनाकर पाल रखा है मैंने।

वो तो दिन ही कुछ और थे। कालिदास के साहित्य की दीवानी थी मैं। मेघदूत और शाकुन्तल की तो एक-एक पंक्ति मुझे कण्ठस्थ थी। शाकुन्तल के बारे में सोच-सोच कर लजा जाती थी कई बार। होस्टल की मेरी सहेलियाँ भी तो शकुन्तले कह कर चिढ़ाया करती थीं। अब वो हँसी-खुशी के दिन कहाँ। उस दुर्घटना के बाद कॉलेज भी तो छूट ही गया था। बस किसी तरह बी.ए। पूरी कर ली थी। वह था भी तो बी.ए.का अन्तिम वर्ष ही।

उस अन्तिम वर्ष की याद मेरी चिता तक मेरा साथ नहीं छोड़ेगी। कॉलेज के लड़के मुझसे कितना डरते थे। किसी में भी हिम्मत नहीं होती थी मुझसे आँख मिला कर बात करने की। एक ने हिम्मत की थी और एक अश्लील वाक्य मेरी ओर उछाल भी दिया था। बेचारे का दुर्भाग्य। उस समय हॉकी खेलकर आ रही थी और उसने यही भर तो कहा था, 'हाय! इन नाजुक हाथों से हॉकी का

बोझ कैसे उठता होगा। हमें यह बोझ दे दो शकुन्तले!'

कहने भर की देर थी और मेरी हॉकी उसके माथे पर पहुँच गई थी और वहाँ एक घाव छोड़ आई थी। कहते हैं ना कि स्त्री का आभूषण लज्जा होती है। किन्तु मेरा आभूषण तो मेरी हॉकी ही थी। कॉलेज के किसी भी लड़के में मुझे छेड़ने का साहस नहीं था। फिर शकुन्तले तो मुझे मेरी खास सहेलियाँ कहती थीं। इस मुए को किसने यह हक दे दिया था कि मुझे शकुन्तले कह कर पुकारे। यह नाम भी तो मुझे नाटक ने ही दिया था। मेरा असली नाम यह थोड़े ही था।

नाम भी तो बदल जाते हैं। अब लोग मुझे मिसेज़ कोहली कहते हैं। पति अब भी सुलु कहते हैं। अधेड़ होने लगी हूँ। कभी खाली सुलु और कभी सुलु डार्लिंग। सुलक्षणा नाम इनको बहुत लम्बा-सा लगता है। कहते हैं, 'देखो सुलु, यह सुलक्षणा नाम कुछ ऐसा लगता है जैसे नाम लेना शुरू करो तो रात है और जब तक नाम ख़त्म हो तो सुबह हो जाती है। और मुझे तो रात के समय नाम लेने के अलावा भी कुछ करना होता है। सो, मैं तो अपना काम सुलु कह कर ही चला लूँगा।

माँ तो तब भी मुन्नी ही कह कर बुलाती थी और अब भी मुन्नी ही कहती है। उसे तो मेरी कोई भी बात समझ नहीं आती। वह बेचारी तो सारा जीवन एक ही बात कहती रही हैं, 'अब मुन्नी को कौन समझाए!' माँ को मुझ से यही शिकायत है कि मैंने कभी उनकी बात नहीं मानी, मनमानी करती हूँ।

शिकायत तो मुझे भी है। विशेष रूप से अपने पति से। विवाह के समय उन्होंने मुझे एक वचन दिया था। किन्तु अपने व्यापार के चक्कर में वे अपने वचन को भूल गए थे। और यह भी भूल गए थे कि मेरा तो सारा जीवन ही उस वचन, उस दुर्घटना पर आधारित है।

आधार जब डगमगा जाए तो कोई क्योंकर जीना चाहे। मैं भी यही सोचती हूँ कि अब इस जीवन का अन्त हो ही जाए तो मेरे लिए बेहतर होगा। ...और सम्भवत: मेरे पति के लिए भी। क्योंकि अब मैं बीमार रहने लगी हूँ। पहले केवल मानसिक रूप से परेशान थी। अब तो शरीर भी रोगी हो गया है। जान चली जाएगी तो पति को भी इस रोगी शरीर से छुटकारा मिल जाएगा...आख़िर उनका क्या दोष है...वे क्यों, सारा जीवन, इस रोगी शरीर को सुलु या सुलु डार्लिंग, कहते रहें। मेरी बीमारी से उन्हें भी तो परेशानी होती होगी।

परेशान तो मैं भी कम नहीं। खुद अपने बेटे गौरव को भी अपने पास नहीं रख पाती। उसकी उपस्थिति मुझे फिर उस दुर्घटना की याद दिला जाती है और मैं और बीमार हो जाती हूँ। गौरव के रहते मैं अपने पति से और खिन्न रहने लगती

हूँ। क्रोध भी आता है कि यह इन्सान अपनी पत्नी के लिए शारीरिक सुख की सभी वस्तुएँ उपलब्ध कराने की चेष्टा कर रहा है, किन्तु जो काम मुझे असीम सुख दे सकता है, वह काम मेरा पति क्यों नहीं करता। ...किन्तु वह दुर्घटना घटी कैसे? वो घाव मुझे लगा कैसे...मेरे सीधे सादे जीवन में वो सिलवटें कैसे पड़ गईं!...थक-सी गई हूँ। शायद नींद आ जाए!

सचमुच यह नींद ही तो मेरी दुश्मन है। इतनी गहरी नींद भी किसी की होती है क्या! एक बार बिस्तर पर गिरी तो घण्टों सोई रहती थी। चाहे मेरे सिर पर बैठकर ढोल भी बजाता रहे, तो भी मेरी नींद नहीं खुलती थी। इसी नींद ने एक दिन मेरा सुख चैन लूट लिया था। और आज कोशिश के बावजूद भी नींद नहीं आती।

उस दिन बहुत थक गई थी मैं। शाम को समय तक हॉकी का अभ्यास किया था। मेरी 'रूम पार्टनर' कविता उस दिन विशेष अवकाश लेकर अपने किसी सम्बन्धी के यहाँ गई थी। होस्टल में बत्ती चली गई थी। रोज़ ही तो बत्ती गायब रहती थी। फिर भी अच्छा था कि उस दिन ठण्डी हवा चल रही थी। शाम को ही रात का-सा आभास होने लगा था। मैंने मोमबत्ती जला ली थी। हवा के झोंकों के साथ मोमबत्ती जूझ रही थी। कब मोमबत्ती बुझी और कब मैं निद्रा देवी की गोद में समा गई मुझे पता ही नहीं चला।

सपने भी बहुत देखती थी। उस रात भी एक मधुर सपने में खो गई थी। लगा कोई हाथ आहिस्ता-आहिस्ता मेरे बदन पर रेंग रहे हों। वह हाथ कभी मेरे उरोज़ों पर रुक जाता था तो कभी गुप्तांगों से खेलने लगता। शरीर में एक ज़ोरदार तनाव-सा उत्पन्न हो रहा था...एक आनन्दमयी अनुभूति-सी हो रही थी।

स्वप्न भंग हुआ जब दो जलते हुए होंठों ने मेरे होठों को अपनी कैद में ले लिया। तब कहीं मालूम हुआ कि यह स्वप्न नहीं था। मैंने चिल्लाना चाहा था, किन्तु उसने अपने होंठों का दबाव और भी बढ़ा दिया। ...मैंने स्वयं को उसकी ज़कड से छुड़ाना चाहा, पर हाथ-पाँव तो बँधे हुए थे...पहली बार अपनी नींद पर गुस्सा आया...उस अधम के शरीर के नीचे मेरा कमज़ोर शरीर छटपटा रहा था...किन्तु वह तो पूरी तैयारी के साथ आया था...मेरे मुँह से अपने होंठ हटाने से पहले ही अपनी हथेली मेरे मुँह पर रख दी और फिर एक कपड़ा मेरे मुँह में ठूँस दिया। मैं निसहाय अपना शील भंग होते महसूस कर रही थी। अन्धेरा इतना था कि कुछ भी सुझाई नहीं दे रहा था, दिखाई देने का तो प्रश्न ही नहीं था।

सब कुछ पलभर में नष्ट-भ्रष्ट हो गया था। यह सब इतनी शीघ्रता से घटित

हुआ कि मुझे कुछ भी सोचने या करने का अवसर नहीं मिला। काफी समय तक यूँ ही निढाल पड़ी रही थी। बहुत यत्न करके अपनी रस्सियाँ खोल पाई थी. ..सिसक रही थी, रो रही थी। तन और मन दोनों बुरी तरह से घायल थे। इतने में बत्ती जल उठी। मेरे बिस्तर की सिलवटें, बल्ब की रौशनी में मेरे सर्वनाश की कहानी सुना रही थीं। बत्ती बन्द कर दी।

किन्तु कब तक ऐसे ही बैठी रहती। एकाएक दिमाग़ में एक विचार कौंधा। फुर्ती से बत्ती फिर जलाई। खोजने लगी-सम्भवतः उस पापी की कोई निशानी जल्दी में छूट गई हो। पर कहीं कुछ नहीं था।

अपने आप को समेटा। वार्डन के पास पहुँची। उसे अपने लुटने की बात बताई। उसे एकाएक विश्वास नहीं हुआ। किन्तु प्यार तो वह भी मुझे बहुत करती थीं। उसी क्षण वह मुझे लेकर प्रिंसीपल के पास पहुँची। प्रिंसीपल ने भी कमाल ही कर दिया था। सब कुछ सुनने के बाद बोली, 'सुलक्षणा, भूल जाओ तुम्हारे साथ कुछ भी हुआ है। हमारे समाज में जो भी लड़की विवाह से पहले कौमार्य खो बैठती है, उसकी ओर कोई आँख भी उठाकर नहीं देखता। अपनी प्रतिष्ठा के बारे में सोचो, अपने माँ-बाप के बारे में सोचो और फिर होस्टल और कॉलेज की भी तो बदनामी होगी ना!'

यहाँ मैं लुटी-पिटी खड़ी थी और प्रिंसीपल को कॉलेज और होस्टल की बदनामी की चिन्ता हो रही थी। नारी होकर भी नारी की व्यथा को नहीं समझ पा रही थी वह। ऐसा क्यों हो जाता है? मनुष्य इतना निष्ठुर कैसे हो पाता है? क्या वह अपनी बेटी को यह सब कह पाती? पराए के दुःख को समझना कितना कठिन होता है ना!

ऐसे में हमारी वार्डन ने मेरा पूरा साथ दिया था। पुलिस में रिपोर्ट भी उसी ने ही लिखाई थी। पुलिस आई भी थी। तब तक पुलिस वालों के बारे में केवल सुना ही था। उनसे मिली तो अपनी प्रिंसीपल तो देवी समान लगने लगी थी। पुलिस अधिकारियों से मिलने के बाद पता चला कि निष्ठुरता की सीमाएँ कितनी विस्तृत हैं। भद्दे अश्लील सवाल, हवस भरी निगाहें आज भी याद करती हूँ तो शरीर में सिहरन-सी दौड़ जाती है।

चार-पाँच दिन में ही टूट गई थी। अपने आप पर कितना भरोसा, कितना गर्व था मुझे। किन्तु सब कुछ अस्त-व्यस्त हो गया था। सोचा, कुछ दिनों के लिए माँ के पास चली जाती हूँ। सम्भवतः उसकी ममता की छाँव मेरे घावों पर मरहम लगा सके। प्रिंसीपल ने एक बार फिर कहा था, 'अपने माँ-बाप को कुछ मत

बताओ। इसे एक दुःस्वप्न की तरह भूल जाओ। समय सब कुछ भुला देता है। पढ़ाई में मन लगाने की चेष्टा करो। इसी में तुम्हारी भलाई है।'

प्रिंसीपल की पहली बात ना मानने का परिणाम देख चुकी थी। उनसे बहस करने की हिम्मत नहीं हो रही थी। उनकी बात मान ही ली। किन्तु क्या सहज हो पाना इतना ही सरल है? और फिर उन सब में तो बात फैल ही चुकी थी जो मेरे अपने नहीं थे। तो जो अपने हैं उनसे यह बात क्योंकर छुपाऊँ। यदि उन्हें किसी बाहर वाले से पता चला तो क्या होगा?

सवाल तो बहुत से थे, किन्तु किसी एक सवाल का भी जवाब मेरे पास नहीं था। सामने केवल अन्धेरा था। सुरंग के दूसरी ओर रोशनी दिखाई पड़ जाए। किन्तु रोशनी तक पहुँचने के लिए घुटन भरे अन्धेरे की यात्रा भी तो मुझे ही करनी थी। अकेले! निपट अकेले! सभी चेहरे एक-एक करके उस अन्धेरे में गुम होते जा रहे थे-माँ, पिताजी, वार्डन, प्रिंसीपल, सहेलियाँ!

अभी तक तो पुलिस के सवाल ही दिमाग पर छाए हुए थे। 'हाँ तो आप कैसे लेटी हुई थीं?...यानि कि आपको पता ही नहीं चला कि कोई आपके साथ कुछ कर रहा है?...कमाल है!...फिर भी, आपको किस स्टेज पर पता चला कि आपके साथ जो हो रहा है वह हो रहा है?...यानि कि आप उसका चेहरा भी नहीं देख पाईं...मेरा मतलब है वह तो आपके बहुत करीब रहा होगा ना?...आप कहना चाहती हैं कि फिर भी आप उसका चेहरा नहीं देख पाईं...अजीब बात है...अच्छा, आपको उसके शरीर की गन्ध तो याद होगी...क्या इससे पहले ऐसी गन्ध वाले किसी पुरुष से आपका...' मैं रोने के अतिरिक्त और कर भी क्या सकती थी। कई बार इन्सान के लिए रोना कठिन हो जाता है, किन्तु अधिकतर तो रोना रोकना अधिक कठिन हो जाता है। गर्मी, उमस! साँस लेना तक दूभर हो रहा है, इस उमस के मारे।

इस उमस में भी एक ठण्डी हवा का झोंका-सा महसूस हुआ था। विजय! हाँ विजय! मेरे साथ नाटक में दुष्यंत का रोल कर चुका था। अधिकतर चुप ही रहता था। ना जाने रंगमंच पर अपने संवाद कैसे बोल पाता होगा। मेरा तो बहुत ही आदर करता था। मेरे नाम के साथ सदा जी लगा कर बात करता था। सुन्दर, सभ्य, शिष्ट इन्सान!

"सुलक्षणा जी, कई दिनों से आपसे मिलने के विषय में सोच रहा था, किन्तु तय नहीं कर पा रहा था।'

"..."

"बात यह है कि मुझे बात घुमा-फिरा कर करने की आदत नहीं है। मैं

आपको केवल इतना कहने आया हूँ कि मुझे अपना मित्र समझिए। इस दुर्घटना को भूल जाइए और जीवन की शुरुआत एक बार फिर दिल लगा कर कीजिए।'

"विजय, क्या तुम समझते हो कि मुझे इस तरह बीमार बने रहना अधिक सुहाता है?...मैं लुट चुकी हूँ विजय...टूट चुकी हूँ। ..."

"सुलक्षणा जी, ज़िन्दगी में इतनी जल्दी हार नहीं मान लेनी चाहिए। हिम्मत रखिए हम आपके साथ हैं। अगर मैं आपके काम आ सकूँ तो मुझे काफी खुशी होगी।' -वह कुछ देर चुप रहा, 'मेरा मतलब है अगर आपको एतराज ना हो तो मैं आपसे शादी करने को तैयार हूँ। हाँ, आपके माता-पिता नहीं आए, उन्हें इस हादसे के बारे में मालूम हो चुका है या नहीं?'...वह कुछ क्षण रुका। मेरे चेहरे को पढ़ने की कोशिश कर रहा था शायद-'कोई जल्दी नहीं है अप अच्छी तरह सोच लें मैं कल फिर आऊँगा।'

और मैं उसे जाते हुए देखती रही। क्षण भर के लिए समझ नहीं पाई कि यह एक इन्सान है या कोई देवता जो इस हालात में भी मुझे स्वीकार करने को तैयार है। कहाँ एक और पुलिस, प्रिंसीपल और अन्य सहपाठी थे जिनके लिए मैं एक हास्य का विषय बन चुकी थी तो दूसरी ओर विजय! किस सरलता और सभ्यता से अपनी बात कह गया था। आज तक तो किसी में भी यह साहस नहीं हुआ था। विजय के नयनों की मूक भाषा सदा ही कुछ कहती-सी प्रतीत होती थी, केवल एक दुर्घटना मुझे इतना क्षीण बना गई थी। किन्तु मुझे विजय की बात का बुरा तो नहीं ही लगा था। सचमुच मुझे उस वक्त किसी ऐसे ही सहारे की आवश्यकता थी जो मुझे उठाकर खड़ा कर सके और मैं फिर से चलने लायक हो सकूँ और शायद कभी उस दरिन्दे से अपने ऊपर हुए जुल्म का बदला ले सकूँ। यही सोचकर, विजय को दिमाग़ में रखकर, भविष्य का ताना-बाना बुनने लगी थी।

कहीं यह मुझ पर दया तो नहीं कर रहा? नहीं मैं किसी की दया का पात्र बन कर अपना बाकी जीवन नहीं बिता देना चाहती। यह सचमुच मुझे प्यार करता है या मेरी विवशता का लाभ उठाना चाह रहा है? किन्तु जो कुछ कह रहा है, वो सब है तो मेरी भलाई के लिए ही ना!...आज यदि माँ यहाँ होती, तो कम-से-कम उनके कन्धे पर सिर रखकर रो लेती।

हॉकी खेलना भी छूट गया था। लगता जैसे हर खिलाड़ी मेरा मज़ाक उड़ा रहा हो। बॉल कभी मेरी हॉकी पर आती ही नहीं थी-जैसे हॉकी को मुँह चिढ़ाकर दूर से ही निकल जाती थी। स्टेज के बारे में तो सोच ही नहीं पाई थी। विजय भी तो मुझे नाटक के कारण ही जानता था। उसने नाटक के दुष्यंत की तरह

अपनी शकुन्तला को नहीं भुलाया था। समय ने ही शकुन्तला को उपहास का पात्र बना दिया था।

यह मैं क्या सोचने लगी थी। विजय तो नाटक में ही दुष्यंत बना था। वह शकुन्तला का दुष्यंत तो हो सकता था–पर मेरा दुष्यंत! क्या विजय मेरा दुष्यंत हो सकता था।

कुछ सुझाई नहीं दे रहा था। अन्ततः माँ के पास जाने का इरादा कर ही लिया। एकाएक ज़ोर की उबकाई हुई। चक्कर आ गया। वहीं फर्श पर बैठ गई। कविता ने मेरी हालत देखी तो घबरा–सी गई। वार्डन को बुला लाई। डॉक्टर भी आ गई। नाड़ी की परीक्षा करने लगी। डॉक्टर और वार्डन थोड़ी देर के लिए कमरे से बाहर चले गए।

थोड़े ही समय बाद दोनों कमरे में वापिस आए। वार्डन ने बड़े ममता भरे अन्दाज़ में मेरे सिर पर हाथ फेरा, 'सब ठीक हो जाएगा, सुलक्षणा। तुम घबराना नहीं। ...पर आपरेशन से पहले तुम्हारे मम्मी–डैडी को बुलवाना ही पड़ेगा।'

"ऑपरेशन!...कैसा आपरेशन..! मुझे हुआ क्या है?'

"सुलक्षणा...तुम...माँ बनने वाली हो। तुम्हारे...

मेरी आँखों के सामने काला भयानक अन्धेरा ताण्डव करने लगा था। वार्डन की आगे की बात तो सुन भी नहीं पाई थी। आत्महत्या ही एक रास्ता सुझाई दे रहा था। क्या अब भी विजय मुझे अपनाने की बात करेगा। अब तक तो मेरे तन पर केवल एक घाव ही था। किन्तु क्या विजय एक नासूर के साथ अपना बाकी जीवन व्यतीत कर पाएगा। वार्डन अब भी मेरे सिर पर हाथ फेर रही थी।

फिर शाम हो आई! मेरे जीवन की सन्ध्या तो काली रात में बदलती जा रही थी। सुबह, दोपहर, शाम, रात में मुझे कोई अन्तर प्रतीत नहीं हो रहा था। मन में अजीब से ताने–बाने बुने जा रहे थे। यह होगा तो क्या होगा–और वो होगा तो क्या होगा। यदि यह होता तो क्या होता और यदि वो होता तो क्या होता। किन्तु होना तो वही था जो हो रहा था। बहुत से विकल्पों के बारे में सोचा। अन्ततः यही निर्णय किया कि कोई भी निर्णय लेने से पहले एक बार केवल एक बार विजय से अवश्य सलाह करूँगी। केवल वही तो एक इन्सान है जो बिना किसी मतलब के मेरा भला सोच रहा था।

अगली ही सुबह विजय आ पहुँचा था। वार्डन भी उसके साथ ही थी, 'देखो तो सुलक्षणा, कौन आया है!'

अपने पसन्दीदा नीले कपड़ों में विजय मेरे सामने खड़ा था। मैं मन–ही–मन शब्द खोज रही थी कि किस तरह विजय को स्थिति से अवगत कराऊँ। विजय

ने धीरे से मेरे कन्धे पर हाथ रखा। वार्डन की उपस्थिति भी उसे ऐसा करने से नहीं रोक पाई। 'सुलु, वार्डन दीदी ने मुझे सब कछ बता दिया है।'

वार्डन ने मुझे एक बहुत कठिन स्थिति से उबार लिया था। अपने लुटने की बात मैं स्वयं अपने मुँह से कैसे विजय को बता पाती। मैं आँखें ऊपर नहीं कर पा रही थी। पाँव के अंगूठे से ज़मीन को कुरेदती रही थी बस।

"सुलु, जो होना था वह तो हो चुका। उसका तो अब कोई इलाज नहीं है। किन्तु जो बच्चा तुम्हारे पेट में पल रहा है उसका क्या दोष है। फिर भला उसकी बलि क्यों चढ़ाई जाए। ...मैं तुम्हें तुम्हारे इस होने वाले बच्चे सहित स्वीकार करने को तैयार हूँ। तुमसे केवल एक ही प्रार्थना है। अपने आपको दोषी मानना छोड़ दो, दूसरे मुझे देवता मानना बन्द कर दो और इस दुर्घटना को अपने 'सिस्टम' में से पूरी तरह से निकालने की कोशिश करो। जो तुम्हारे बस में नहीं, उसके बारे में दिमाग़ खराब करने का क्या लाभ!'

मैं एकटक उस इन्सान को देखे जा रही थी। ऐसे भी इन्सान होते हैं! किस जन्म का रिश्ता है मेरा इस इन्सान से! क्या ऐसे लोग इस युग में भी जन्म लेते हैं?...नारी स्वतन्त्रता की एकनिष्ठ सिपाही होते हुए भी मेरा मन चाह रहा था कि सामने खड़े इन्सान के चरण छू लूँ। पर ना जाने मुझे एकाएक क्या जो गया। मुझे लगा जैसे मेरा अपना स्वर मेरा ना होकर किराए का स्वर है, 'विजय जी, (आज पहली बार मैंने विजय के नाम के साथ जी का प्रयोग किया था) मैं शर्तें रखने की स्थिति में तो नहीं हूँ। किन्तु आपसे एक वचन चाहती हूँ।

विजय प्रश्नवाचक दृष्टि से मुझे देखते रहे।

"मैं आपसे एक वचन चाहती हूँ। केवल एक वचन, कि आप जीवन भर, मेरे साथ हुई दुर्घटना को भूलेंगे नहीं। और मेरी खातिर, केवल मेरी खातिर, उस इन्सान...नहीं..उस जानवर को खोज निकालेंगे जो मेरी इस हालत के लिए उत्तरदायी है। ताकि मैं उसका न्याय कर सकूँ।'

विजय कुछ नहीं बोले। केवल मुझे अपने गले से लगाकर मेरी पीठ पर हाथ फेरते रहे, 'सब ठीक हो जाएगा सुलु, सब ठीक हो जाएगा।'

अब ठीक होने को रह ही क्या गया था। फिर भी उनका मौन आश्वासन मुझे खासी शक्ति प्रदान कर रहा था कि अन्ततः यह इन्सान मेरे उस शत्रु को खोज ही निकालेगा जिसने मेरे जीवन की नींव ही हिला दी थी।

नए जीवन की नींव पड़ गई थी। मेरे माता-पिता मेरे विवाह के निर्णय से हतप्रभ रह गए थे। विजय तो माता-पिता की इकलौती संतान थे। उनकी तो सारी आशाएँ ही धूल-धूसरित हो गई थीं। वे एक गर्भवती लड़की को अपनी बहू

मानने को बिल्कुल तैयार नहीं थे। किन्तु विजय में गजब का हौसला था। किसी की परवाह नहीं की। बस मुझे अपनी पत्नी बना लिया। सारा संसार देखता रहा। कुछ एक लड़कियाँ तो ईष्या भी कर रही थीं। बहुत-सी लड़कियाँ विजय को देखकर आहें भरा करती थीं। दुष्यंत के सपने देख कर आहें भरा करती थीं। सब की सब आश्चर्यचकित थीं, 'यह विजय देखकर भी मक्खी कैसे निगल गया!'

कुछ लोग विजय की महानता की तारीफें कर रहे थे। उनके लिए एकाएक विजय सचमुच का हीरो बन गया था। और फिर काम भी तो उसने ऐसा ही किया था। मैं तो उनके एहसान तले दब ही गई थी। उनके प्यार को केवल प्यार तो मान ही नहीं पा रही थी। यक़ीन ही नहीं होता था कि विजय भी केवल एक इन्सान ही है।

हमारी सुहागरात भी क्या विचित्र-सी सुहागरात थी। ना दुल्हन का घँघट, ना शरमाना, ना छेड़छाड़। एक विचित्र-सी चुप्पी छाई हुई थी सारे कमरे में। विजय को देवता मान चुकी थी फिर भी ना जाने किन आशंकाओं में घिरी बैठी थी। विजय मेरा सिर अपनी गोद में लेकर मेरे बालों को सहलाते रहे। कब मैं सो गई कुछ मालूम ही नहीं हुआ। सुबह नींद भी खुली तो विजय के जगाने पर। मेरे सामने ट्रे में चाय लिए खड़े थे। शर्म से गड़ गई थी मैं। अपने आप को रोक नहीं पाई। जैसे गिर ही गई थी उनके कदमों पर।

बहुत प्यार से मुझे उठाया। गाल पर हलकी-सी चपत लगाई। सिर पर प्यार किया, 'आजकल अपना ख्याल रखा करो। एकदम झटके से उठना बैठना तुम्हारे लिए ठीक नहीं। फिर हमारा भी तो ख्याल रखा करो। हमें भी तो आपसे बेटा चाहिए ना!'

"विजय इतने अच्छे क्यों हैं?' इस प्रश्न का कोई भी उत्तर मैं नहीं खोज पाती थी। मेरे कारण अपने माता-पिता को भी त्याग दिया था। उनकी माँ तो एक-दो बार मिलने भी आ गईं किन्तु मेरे ससुर जी ने तो जैसे हमसे नाता तोड़ ही दिया था। विजय अकेले ही हर समय मेरा ध्यान रखते। और फिर एक नर्स भी घर पर ही रखवा ली थी। घर का काम नौकर करते और मेरी देखभाल नर्स व स्वयं विजय। मैं केवल बैठे-बैठे मुटिया रही थी।

फिर गौरव का जन्म हुआ। विजय तो पहले ही उसका नामकरण कर चुके थे। कई बार कह भी देते, 'सुलु, मेरे लिए इस बच्चे का जन्म बहुत गौरव की बात है। इसका नाम हम गौरव ही रखेंगे। हमें और बच्चा तो चाहिए ही नहीं। और ना ही हमारा कोई और बच्चा होगा भी। कहीं गौरव के प्रति हमारे प्यार में कोई कमी ना आ जाए।'

विजय के चेहरे पर गौरव के जन्म की प्रसन्नता देख-देख कर मैं अपराध बोध से ग्रस्त हो जाती थी। सोचने लगती यदि गौरव स्वयं विजय का पुत्र होता तो विजय उसके लिए क्या-क्या करते? किन्तु क्या कोई भी पिता अपना पुत्र उत्पन्न होने पर इससे अधिक कुछ भी कर सकता है जो विजय ने गौरव के जन्म पर किया है। ढोल, नगाड़े, फंक्शन, मिठाइयाँ, हिज़डे, दान, ब्रह्मणों को भोजन, ना जाने क्या-क्या।

गौरव थोड़ा बड़ा हो गया तो उसका शरीर भी भरने लगा। छोटा-सा गोल-मटोल बोनी बेबी दिखाई देने लगा। मेरी तरह गोरा रंग और बड़ी-बड़ी आँखें। किन्तु उसका माथा काफी चौड़ा है और नाक एकदम तीखा। मेरी नाक को लेकर तो विजय भी कई बार मज़ाक कर बैठते हैं, 'सड़क का रोलर हमारी मेम साहिब के नाक पर फिर गया। पता नहीं बेचारी साँस कैसे लेती होंगी।'

चुप रह जाती हूँ। कई बार शीशे में देखती हूँ। मन को सान्त्वना देती हूँ। आख़िर इतनी भी तो चपटी नाक नहीं है मेरी।

दोस्त सम्बन्धी आते और आकर विजय के दिल पर घावों के निशान छोड़ जाते, 'अरे सारे का सारा विजय पर ही गया है। नाक देखो, माथा देखो और होंठ सब के सब बाप पर ही गए हैं। विजय है दूसरा विजय!' विजय नज़र चुराकर मेरी ओर देखते तो दिल पर ना जाने क्या गुज़रती थी। मन-ही-मन सोचती कि यह रिश्तेदार ना ही आया करें तो अच्छा है।

समय बीतते भी तो समय नहीं लगता है। विजय अपने व्यापार में व्यस्त थे और मैं गौरव में। हर बार गौरव को देखती तो एक ओर तो उस छोटे से बच्चे पर प्यार उमड़ता तो दूसरी ओर मेरे मन का घाव फिर से हरा हो जाता। विजय तो जैसे अपने वचन को भूल ही गए थे।

ज्यों-ज्यों गौरव बड़ा हो रहा था, उसे देखकर मैं चिड़चिड़ी होती जा रही थी। उसका अस्तित्व मुझे उस दुर्घटना को भूलने नहीं दे रहा था। अब गौरव मुझे अपना पुत्र कम और अपने अपमान की निशानी अधिक लगने लगा था।

विजय में भी तो गज़ब की सहनशक्ति है। उन्हें मेरा रूखापन, चिड़चिड़ापन, गुस्सैल व्यवहार-कुछ भी तो क्रोध नहीं दिख पाते थे। हर बार उनका एक ही जवाब रहा, 'सुलु, धीरे-धीरे तुम भी यह सब भूल जाओगी। अब तो तुम्हारा एक पुत्र भी है। उसकी देखभाल करो, अपने पति को प्यार करो। ...अपने शत्रु को क्षमा कर देने में ही महानता है। अपने घर को संभालो।'

मैं उन्हें कैसे समझाती कि मैं उनके समान महान नहीं हो सकती। मैं एक हाड़-माँस की बनी साधारण स्त्री हूँ। मुझे जब चोट लगती है तो दर्द होता ही

है। मुझे देवी बनना नहीं, इन्सान बने रहना ही अधिक रुचिकर लगता है। ...और फिर गौरव की देखभाल ही तो सबसे कठिन और दुष्कर कार्य लग रहा था। उसे देखते ही जैसे कलेजे में एक टीस-सी उठती थी। मेरे साथ अन्याय हुआ था और मैं न्याय चाहती थी। कुछ अधिक भी तो नहीं चाहती थी।

गौरव स्कूल जाने योग्य हुआ तो मैं अड़ गई। गौरव को बोर्डिंग स्कूल ही भेजूँगी। जिना मुझसे दूर रहेगा उतनी ही मैं सहज हो पाऊँगी। उसकी उपस्थिति मुझे पागल किए जाती थी।

विजय मेरी ओर अविश्वसनीय निगाहों से देखते रहे, 'सुलु, कोई भी व्यक्ति यह मानने को तैयार नहीं होगा कि तुम गौरव की माँ हो। अरे उस छोटे से बच्चे को किस दोष का दण्ड दे रही हो। वह बेचारा हमारे बिना कैसे रह पाएगा!' किन्तु मैं तो तय कर चुकी थी और फिर लगा, इस दुःख को सहन ना कर पाने की स्थिति में सम्भवतः विजय मेरा काम कर ही दें।

भूल गई थी कि गौरव पुत्र तो मेरा ही है विजय तो बस...कहीं अपने अपराध की सज़ा मैं अनजाने में विजय को देकर सुकून तो नहीं पा रही थी। आख़िर विजय भी तो पुरुष ही हैं ना!

गौरव का दसवाँ जन्मदिन आ पहुँचा। मेरी सूरत देखकर कोई भी मुझे क्षय रोगी समझ रकता था। इतने वर्षों से दिल पर एक बोझ लिए जी रही थी। हताश होकर मर जाना ही अब अपनी नियति लगने लगी थी। अब तो विजय से भी इस विषय पर बात करनी छोड़ दी थी। इस विषय पर तो क्या अब तो उनसे वैसे ही बहुत कम बात होती थी। एक ही छत के नीचे रहते हुए भी अजनबी से होते जा रहे थे। किन्तु विजय ने ना तो मुझे कभी डाँटा ना ही शिकायत की। मुझे देखकर परेशान अवश्य रहते थे।

गौरव का जन्म दिन गर्मी की छुट्टियों में ही आता है। वह भी होस्टल से आया हुआ था। जन्म दिन को अभी दो दिन बाकी थे। गौरव बड़े चाव से अपने पापा को अपनी रमाइशें बता रहा था। और मैं निर्लिप्त-सी अलग एक कोने में बैठी किसी उपन्यास के पन्ने उलट-पुलट रही थी। एकाएक विजय उठकर मेरे पास आ गए थे। उनसे शायद वातावरण का बोझिलपन सहन नहीं हो पा रहा था। मेरे से भी यह सब कहाँ सहन होता है। किन्तु अब तो यह सब जीवन का एक अंग ही बन गया है। गौरव उठ कर बाहर चला गया। मैं विजय की ओर देखती रही।

"देखो सुलु, मनुष्य को चाहत तो बहुत-सी वस्तुओं की होती है। किन्तु हर मनुष्य हर वस्तु पा जाए, ऐसा तो नहीं होता है ना! मैं कितने वर्षों से तुम्हें यूँ

घुलते हुए देख रहा हूँ। अब तो हद हो चुकी। परसों तुम्हारे बेटे का जन्म दिन है और तुम्हें इसका कोई शौक ही नहीं। अब तो मेरा भी दम घुटने लगा है। जीवन का इस तरह आगे चल पाना अब सम्भव नहीं लगता। ...आज तक मैंने तुम्हें कुछ नहीं कहा है, केवल तुम्हें सुना ही है। आज मैं कहूँगा और तुम केवल सुनोगी। मैं उस इन्सान को जानता हूँ जिसने तुम्हारे साथ बलात्कार किया था।'

मैं विजय की ओर एकटक देख रही थी।

"मैं उसे केवल जानता ही नहीं पहचानता भी हूँ। क्योंकि...क्योंकि...वह इन्सान...मैं स्वयं हूँ। ...हाँ, मैंने ही उस रात अन्धेरे और तुम्हारी नींद का लाभ उठा कर तुम्हारा शील भंग किया था। ...मैं तुम्हें बहुत चाहने लगा था। तुम्हें कह पाने की हिम्मत नहीं हो रही थी। किन्तु तुम्हें पा लेने की लालसा बलवती होती जा रही थी। मुझे लगा यदि तुम्हारा आत्मबल टूट जाए तो तुम अवश्य ही मुझे स्वीकार कर लोगी। और मैंने वही किया और तुम्हें पा लिया। अब तो तुम्हें अपने अपराधी का ज्ञान हो गया। अब तुम्हें जो भी सज़ा मुझे देनी हो दे दो। किन्तु अपना और मेरा जीवन यूँ ना बरबाद करो।'

विजय एक ही साँस में सब कुछ बोलते जा रहे थे और मैं उन्हें देखते जा रही थी। वे बोलते-बोलते हाँफने से लगे थे। मुझ पर अपनी बात की कोई प्रतिक्रिया ना देखकर वे और भी परेशान लगने लगे थे। और में उन्हें चुप देखती जा रही थी। उन्हें उलझन होने लगी थी। मेरी चुप्पी उन्हें दुविधा में डाले हुए थी, 'अब कुछ कहो भी, या यूँ ही मुझे परेशान किए जाओगी?'

"आप तो मेरे कुछ कहने पर भी परेशान हो जाते हैं और कुछ ना कहने पर भी। ...आप जो बात मुझे आज बता रहे हैं, वह मुझे कई वर्षों से मालूम है। . ..कभी सोचा, क्यों मैं गौरव की उपस्थिति बरदाश्त नहीं कर पाती थी। क्यों उसके घर आते ही मैं बीमार हो जाती थी। क्योंकि उसकी सूरत हू-ब-हू आप से मिलती है। मेरी बीमारी का कारण अब केवल वह दुर्घटना नहीं थी, मेरी बीमारी का सबसे बड़ा कारण आप स्वयं हैं। मैं तो यह सोच-सोच कर घुलती जा रही हूँ कि मैं उस व्यक्ति की पत्नी हूँ जिसमें अपना गुनाह कबूल करने की हिम्मत नहीं। ...जब वह कुकृत्य करते हुए आप नहीं डरे तो इतने वर्षों अपनी पत्नी को क्यों अन्धेरे में रखा? आप तो मेरी दो मिनट की चुप्पी नहीं सह पा रहे, मैंने तो आपकी चुप्पी को वर्षों तक सहा है।'

विजय अवाक् मेरी ओर देखे जा रहे थे। उन्हें एकाएक विश्वास ही नहीं हुआ कि मैं सच बोल रही हूँ। और मैं आज तक यह तय नहीं कर पा रही हूँ कि क्या मैंने अपने पति को सचमुच क्षमा कर दिया है।

दीवार में रास्ता

छोटी जान आज़मगढ़ आ रही हैं।

मोहसिन को महसूस हुआ कि अब दीवार में रास्ता बनाना संभव हो सकता है।

भावज ने पोपले मुँह से पूछ ही लिया, "अरे कब आ रही है? क्या अकेली आ रही है है या जमाई राजा भी साथ में होंगे? सलमान मियाँ को देखे तो एक ज़माना हो गया है...वैसे, मरी ने आने के लिये चुना भी तो रमज़ान का महीना!" भावज की आँखों के कोर भीग गये।

रात को सकीना ने अपनी परेशानी मोहसिन के सामने रख दी, "सुनिये जी, क्यों आ रही हैं छोटी जान? अचानक पचास साल बाद क्यों हमारी याद आ गयी?"

"कुछ साफ़ तो मुझे भी नहीं पता। सुनने में आ रहा है कि छोटी जान इंग्लैण्ड में बड़ी सियासी शख़्सियत बन गयी हैं...शायद एम.पी। हो गयी हैं...शहर वालों ने इज्ज़त देने के लिये बुलाया है...मगर उनके आने में अभी तो देर है।"

"पता नहीं क्यों, मेरा तो दिल डोल रहा है।"

"घबरा नहीं, सब ठीक हो जाएगा!"

मोहसिन की आँखों से भी नींद ग़ायब है। बिस्तर छोड़कर कमरे से बाहर आ गया है...उसके पीछे सकीना की प्रश्न पूछती आँखों की जोड़ी भी साथ आ गयी है। गोल बरामदे तक चला आया है। कभी शाही शान-ओ-शौकत वाला गोल बरामदा आज भुतहा अहसास दे रहा है। खण्डहर-सा लग रहा है। हल्की बूँदाबांदी शुरू हो गयी है। अपने खेतों पर निगाह डालता है। ...कितने वर्ष बीत गये हैं...कितने दशक! ...उसके हालात क्यों नहीं बदलते? .। इतने बड़े घर और इतनी ज़मीन का मालिक, इक ग़रीब की ज़िन्दगी जीने को क्यों अभिशप्त है?

अभिशप्त तो ये सारी प्रापर्टी ही लगती है। बस पैसे डाले जाओ, जितने चाहो

डाले जाओ, लेकिन कहीं कोई बदलाव आने वाला नहीं। प्रापर्टी तो खंडहर बनती जा रही है...अब तो ठाकुरों ने प्रापर्टी के भीतर आने का रास्ता तक बन्द कर दिया है। इस मुल्क में ग़रीब का और ज़्यादा साथ देने वाला कोई नहीं...फिर ऊपर से अगर ग़रीब मुसलमान भी हो तो...!

"छोटी जान कितने वक़्त के लिये आ रही होंगी? ...क्या उनको पहचान भी पायेगा मोहसिन? ...उनका आज इस जायदाद से क्या रिश्ता हो सकता है? उनके बाक़ी भाई बहन तो यहाँ ज़्यादा रहे भी नहीं...बस उनका बचपन ही तो बीता है इस घर में ...दरिया महल में...क्या छोटी जान को आज भी लगाव होगा इस घर से? सकीना भी न जाने क्या क्या सोचती रहती है..."

आवाज़ें पीछा नहीं छोड़ती हैं...आवाज़ें कभी-कभी सवाल बन जाती हैं तो कभी आईना बन कर सामने खड़ी हो जाती हैं। मोहसिन को ये आवाज़ें कभी भी कहीं से भी सुनाई देने लगती हैं। क्या कारण है कि इतनी बड़ी जायदाद का अकेला रखवाला समाज में अपना कोई स्थान नहीं बना पाया? जबकि इसी प्रापर्टी के दूसरी तरफ़ रहने वाली संध्या ठाकुर सियासत में अहम् स्थान बनाए हुये है...उसका पति जनार्दन ठाकुर जाना माना डाक्टर है...उनसे मुक़ाबला भी तो नहीं कर सकता...अगर सबकुछ बेच बाच दे तो कहीं तीन बेडरूम का सुन्दर-सा घर ले कर अपने परिवार को रख सकता है-सुख दे सकता है अपनी औलाद को ; बीवी को और बूढ़ी माँ को...अचानक मेंढक टर्राने लगा है ...झींगुर की आवाज़ भी साथ में शामिल हो गयी है!

"नींद नहीं आ रही न? "सकीना आ खड़ी हुई है।

"बस छोटी जान के बारे में सोच रहा था।"

"आज तो अम्मा भी बहुत बेचैन हैं। उन्होंने ही तो छोटी जान को बचपन में पाला था। आज बहुत भावुक हो रही हैं। बस कहे जा रही हैं कि अल्लाह-ताला छोटी जान के आने तक उन्हें सेहत बख़्श दें। उनको देखे बिना तो जन्नत भी नहीं जाना चाहतीं।"

"कल पता करता हूँ कि आख़िर आने का सबब क्या है। सोचता हूँ कि इम्तियाज़ भाई से कुवैत में बात कर लूँ। शायद उनसे कोई बातचीत हुई हो।"

"मेरा ख़्याल है कि आप सीधे लन्दन फ़ोन घुमाइये...चाहें तो मोबाईल से ही कर लीजिये...इन लोगों के आने की ख़बर से मुझे न जाने क्यों बेचैनी हो रही है।"

"बेचैनी किस बात की? "मोहसिन के माथे पर भी विचारों की धार अपना घर बनाती जा रही थी।

"ये लोग, हमसे प्रापर्टी वापिस तो नहीं मांग सकते न?"सकीना की आवाज़ में भय ने अपना चेहरा दिखा ही दिया।

"अरे नहीं! ...हमारे पास पक्के काग़ज़ हैं...और फिर, अब तो ये लोग पाकिस्तानी हो गये हैं। ...यहाँ भारत में इनका किसी चीज़ पर कोई हक़ नहीं रह गया...हमारे दादा हुज़ूर ने बाक़ायदा पेमेन्ट कर के ख़रीदा है दरिया महल!. ..अब ये सिर्फ़ हमारा है।"

"अम्मा तो कुछ और ही कहती हैं। वे तो इन लोगों का अहसान मानते नहीं थकतीं। अपनी फुफिया सास को हमेशा अपनी नमाज़ में दुआ देती हैं कि हमारे जीने और रहने का पक्का इन्तज़ाम कर गयीं।"

"अरे अम्मा की भली कही! वे बूढी हो चली हैं। उनकी याददाश्त भी उनकी तरह बुढ़ा रही है।"

"फिर भी पता तो कीजिये कितने दिन के लिये आ रही हैं; उनका प्रोग्राम क्या है।" कहते-कहते सकीना मोहसिन के और निकट आ खड़ी होती है। गीली हवा में सकीना के बदन की महक मोहसिन की सांसों में तनाव उत्पन्न करना शुरू कर देती है।

मोहसिन के जीवन से रोमांस जैसे ग़ायब ही हो चुका है...एक बेटी और दो बेटों के जन्म के बाद से जीवन केवल ज़िम्मेदारियों का पुलिन्दा बन गया है। आज अचानक सकीना के बदन की महक को बाहों में भर लेने को जी चाहा है। चांदनी रात में हल्की फुहारों के बीच सांवली सकीना ने दिल के तारों को झंकृत कर दिया है। मोहसिन अपने आपको रोक नहीं पा रहा। अपने टेन्शन को सकीना के बदन में गहरे उतार देने को बेचैन हो रहा है...सकीना कसमसा रही है...मोहसिन की बाहों की गर्मी में पिघलती जा रही है...कुछ ही पलों में पास पड़ी चारपाई पर दो बदन गुत्थमगुत्था होने लगते हैं ...कुछ देर बाद सब शान्त हो जाता है।

सुबह अपने साथ एक बार फिर वही सवाल ले आई है। उलझनें-सुलझाने का प्रयत्न करता है मोहसिन। काश! छोटी जान अपना सियासी सुलूक यहाँ इस्तेमाल कर सकें। क्या इंग्लैण्ड के सियासतदान के रुतबे से संध्या ठाकुर प्रभावित हो सकती है?...संध्या ठाकुर की पहुँच तो यू.पी. की सत्ता के गलियारों में ख़ासी अन्दर तक है...स्थानीय बी.जे.पी. की बड़ी लीडर हैं। भला सीधा सादा मोहसिन उससे पार पाये भी तो कैसे? लड़ाई तो दादा हुज़ूर और संध्या ठाकुर के ससुर के ज़माने से चली आ रही है। अब्बा जान ने अगर ठाकुरों से सुलह कर ली होती, तो हमारी ज़िन्दगी तो बेहतर हो जाती! कोर्ट कचहरी भला किसी

के सगे हुए हैं क्या? बड़े भाई तो ऐसे कुवैत गये कि मुड़ कर पीछे नहीं देखा!

मोहसिन अकेला ही कोर्ट कचहरी से जूझता फिर रहा है। ठाकुर परिवार से लोहा लेना कोई आसान काम भी तो नहीं रहा। छोटी अदालत से लेकर इलाहाबाद हाई कोर्ट तक मोहसिन अकेला ठाकुर परिवार से कानूनी लड़ाई लड़ रहा है। खगेन्द्र ठाकुर स्वयं अपने ज़माने के बड़े सर्जन थे और उनके बेटे जनार्दन और निरंजन भी डाक्टर ही हैं। बड़े लोगों से लड़ाई ने मोहसिन को बहुत छोटा बना दिया है। मुसतफ़ा साहब ने तो बुलवा भी भेजा था, "क्यों मोहसिन मियाँ, कैसी छन रही है?"

"जी आप तो अच्छी तरह वाक़िफ़ हैं। अब तो ठाकुरों ने दरिया महल तक पहुँचने के रास्ते तक बन्द करवा दिये हैं...भला कौन-सा कानून इस बात की इजाज़त देता है?...लेकिन कानून भी तो अमीर आदमी की भैंस हैं ; उसी के हिसाब से करवट लेता है।"

"मियाँ दिल छोटा न करें। हम अगली मजलिस में आपका केस रखवा देते हैं...इन ठाकुरों से मुझे भी कई हिसाब तय करने हैं ....संध्या ठाकुर चुनाव लड़ने के चक्कर में है....। चलो छोड़ो ...बात तुम्हारी प्रापर्टी में दाख़िल होने की हो रही थी...बोलो, अबकि ठाकुरों ने क्या नई चाल चली है?"

"अब तो उन्होंने शराफ़त की सभी हदें पार कर दी हैं...हमारी दिक्कत यह है कि कोर्ट से जब-जब हमारे हक़ में कोई फ़ैसला बनता है, ठाकुर कोई न कोई ऐसी चाल चल देते हैं कि लगता है जैसे फ़ैसला उनके हक़ में हुआ हो।"

"पहेलियाँ तो बुझाइये मत मोहसिन मियाँ। अन्दर की बात बताइये।"

"ठाकुरों ने हमारे घर में घुसने वाले रास्ते पर पक्की दीवार खड़ी कर दी है। हमें अपने ही घर में दाख़िल होने के लिये कच्चे रास्ते का दो मील का रास्ता तय करना पड़ता है...अब आपको तो मालूम है कि हमारी अम्मा कितनी बूढ़ी हैं। उन्हें आँखों से ठीक से दिखाई भी नहीं देता...हमारी बेग़म को भी परेशानी होती है और बच्चों को स्कूल जाने के लिये डेढ़ दो मील की एक्सट्रा दूरी तय करनी पड़ जाती है। हम तो अपने ही घर में क़ैदी हो गये हैं।"

"यार तुम ये प्रापर्टी बेच क्यों नहीं देते?। कहो तो हम ही ख़रीद लेते हैं।"

मोहसिन ये सुन कर कुछ कसमसाया।

"अरे भाई अगर यह मंजूर नहीं तो मजलिस के नाम कर दो...खुद किसी ठीक-ठाक घर में रहो...अपना परिवार पालो...यह खेती तुम्हारे बस का काम नहीं है।"

मोहसिन अचानक खड़ा हो जाता है। मुस्तफ़ा साहब की तरफ़ देखता है,

"भाई जान की मर्ज़ी के बिना कुछ नहीं कर सकता। वे तो कुवैत में बैठे हैं। "मोहसिन ने अपने कुर्ते के कफ़ को कुछ यूँ कस कर पकड़ा लिया है जैसे प्रापर्टी उसी कफ़ के काज में से निकल कर मुस्तफ़ा साहब तक पहुँचने वाली है।

"एक बात बताओ मोहसिन मियाँ, आप ठाकुर से सीधे सीधे भिड़ क्यों नहीं जाते? बिना जेहाद किये कभी कुछ हासिल हुआ है क्या?"

"मालिक, हमारा उनसे क्या मुक़ाबला! संध्या ठाकुर बड़ी नेता हैं; औरतों की रहनुमा हैं; उनके ख़ाविन्द बड़े डाक्टर हैं; दबदबा है उन लोगों का...भला हमारी क्या औकात है?"

"सुनिये मोहसिन मियाँ, बस एक बार भिड़ जाइये! अल्लाह कसम आग लगा देंगे शहर में...समझ क्या रखा है इन ठाकुरों ने? ...रजवाड़ों वाले दिन लद गये। आज का मुसलमान दबने को तैयार नहीं है। माइनारिटी कमीशन हमारे साथ है...आप शुरूआत करिये; हल्ला हम बोल देंगे।"

डरा सहमा मोहसिन वापिस घर आ गया। जलते हुए शहर के बारे में सोच कर ही डर गया है। उसकी बीमारी हल्का-सा बुख़ार है और मुस्तफ़ा साहब आपरेशन की सलाह दे रहे हैं। ...अगले हफ़्ते फिर से कोर्ट के आर्डर आने की उम्मीद है...पिछली बार अम्मा को भी ले गया था कोर्ट में। उस बार तो जज भी मुसलमान था-क्या अच्छा-सा नाम था...फ़ैसला मोहसिन ही के हक़ में हुआ था। यह कैसी व्यवस्था है? ...कैसा निज़ाम है? ग़रीब की कोई सुनवाई ही नहीं! . । जज तो मोहसिन को डांट भी रहा था, "अरे क्या मार ही डालोगे अपनी अम्मा को? इतनी बूढ़ी औरत को कचहरी में लाने की ज़रूरत क्या थी?" मन में कहीं उम्मीद थी कि शायद यही तरक़ीब काम कर जाए।

जज ने तो आर्डर भी कर दिया था कि रास्ता खोल देना चाहिये। दीवार तोड़ देनी चाहिये...लेकिन दीवारें तोड़ना क्या इतना ही आसान है? जज के आदेश को कार्यान्वित करने वाले भी तो होने चाहिये। वे सब तो संध्या ठाकुर की मुट्ठी में हैं।

संध्या ठाकुर कहने को तो महिलाओं की हिमायती हैं; उनके हक़ की लड़ाई लड़ती हैं; फिर मोहसिन की बूढ़ी अम्मा और पत्नी की दुर्दशा उनकी आँखों से कैसे छिपी रह पाती है?...

भावज को छोटी जान के आने की सबसे अधिक प्रतीक्षा है। या यूँ कहा जाए कि उनकी प्रतीक्षा निःस्वार्थ है। वे केवल अपनी बिट्टो की प्रतीक्षा कर रही हैं, "अरे मोहसिन, तेरी बात लंदन हुई क्या? कब आ रही है मेरी बिट्टो?...क्या

बताऊँ तुम्हें, मरी जब छोटी थी तो आम के पेड़ पर चढ़ जाया करे थी! कच्ची कैरी की तो चटोरी थी। बड़े बच्चे तो सभी होस्टलों में रह कर पढ़े, एक यही थी जो मेरे हाथ से पली!रोज़ाना डांट खावे थी...आ रीसकीना, तुझे एक बात बताती हूँ...यहाँ घर में शक्कर रखने का एक बहुत बड़ा-सा ड्रम हुआ करता था। आदमकद से भी बड़ा...बिट्टो को शक्कर खाने का बहुत शौक था। न जाने कैसे चढ़ी उस ड्रम पर और धड़ाम से अन्दर छलांग लगा गई। पहले तो मज़े-मज़े से शक्कर खाती रही। जब जी भर गया तो बाहर निकलने की सोची। अब इतने ऊँचे ड्रम पर वापिस चढ़े कैसे? जितनी ऊपर चढ़ने की कोशिश करे उतने ही पाँव शक्कर में धंसे जाएँ। डर के मारे किसी को आवाज़ भी नहीं दे पा रही थी। घबरा गई। रूआँसी हो कर वहीं सो गई। घर में ढूंढ मच गई। सब उसे ढूंढ रहे थे। न कहीं दिखाई दे और न ही सुनाई। अचानक मुझे लगा कि मुझे कोई आवाज़ दे रहा है...भावज मुझे निकालो!...मैं हैरान कि आवाज़ आ कहाँ से रही है। आवाज़ शर्तिया बिट्टो की ही थी। अरे...कितनी मुश्किलों से मरी को उस ड्रम में से निकाला...फिर जो उसकी जम कर पिटाई हुई है। फूफी जान उसे मारे जाएँ और मैं उसके बदन को ढके जाऊँ। मुझे ही कितने थप्पड़ पड़ गये। मजाल है उसमें ज़रा भी बदलाव आ जाए। सारा-सारा दिन खुराफ़ातें सूझती थीं उसको। ...पता नहीं कहाँ-कहाँ से घूमती बड़े पुल के नीचे जा छुपती थी...मरी को सभी खेल लड़कों वाले पसन्द थे...उसके दोस्तों की फ़ेहरिस्त भी कमाल की थी...रामदीन धोबी का बेटा, शंभुनाथ माली का बेटा, और रसोइये का बेटा तो उसका ख़ास दोस्त था...और फिर पढ़ी भी तो यहीं के सरकारी इस्कूल में। इसीलिये बाक़ी भाई बहनों की तरह अंग्रेज़ नहीं बन पाई। मगर मेरी बिट्टो पहुँच गयी इंग्लिस्तान. ..कितनी चाह थी कि उसकी डोली दरिया महल से उठती...इस घर की दीवारों तक से जुड़ी थी मेरी बिट्टो! ...लेकिन शादी के लिये तो उसे सरहद पार जाना पड़ा।"

सकीना को आजकल अम्माँ की भावनाएँ रोज़ाना सुननी पड़ती हैं। उसने स्वयं तो छोटी जान को कभी देखा तक नहीं। भला उन्हें छोटी जान क्यों कहा जाता है, यह तक तो उसे मालूम नहीं। वह बस उतना ही जानती है जो उसकी सास उसे बता देती है। उसकी सास ने दरिया महल के शाही ठाठ भी देखे हैं; और आज की ग़रीबी भी। छोटी जान के आने से उनके अपने जीवन में क्या बदलाव आ सकते हैं? बस यही सोचती रहती है...फिर अपने घर की तरफ़ देखती है...क्या छोटी जान इस घर में एक रात भी बिता पायेंगी? बिना एअरकंडीशन के कहाँ सो पाएँगी वे?

छोटी जान आकर रहेंगी कहां? उनका मेज़बान कौन होगा? क्या वे पहले हमें मिलने आएँगी या फिर कहीं ठहर कर हमें वहाँ बुलाएँगी? शहर में कोई बड़ा होटल तो है नहीं...शायद शिवली कालेज के प्रिंसिपल ने बुलवाया होगा...या फिर किसी राजनीतिक पार्टी की मेहमान भी हो सकती हैं...एक तो मोहसिन भी ठस के ठस बैठे रहते हैं...अभी तक तो कुवैत भी फ़ोन नहीं किया...बस छोटी जान हमारा एक काम करवा दें तो हमारा जीवन सुधर जायेगा...बस हमारा रास्ता खुलवा दें...दीवार में एक रास्ता बनवा दें...संध्या ठाकुर शायद उनकी सुन ही लें।

मोहसिन स्वयं परेशान है। अगर छोटी जान दो चार दिन रुकती हैं, तो उनको रखा कहाँ जाएगा?.। दिक्कत तो ये है कि सलमान मियाँ भी साथ होंगे। अब छोटी जान तो फिर भी घर की हैं, मगर फूफा जान के सामने तो इज़्ज़त बचा कर रखनी ही होगी...वैसे अगर छोटी जान एक मीटिंग संध्या ठाकुर के साथ करवा दें तो मामला सुलझ भी सकता है...अगर अब्बा हुज़ूर ने डॉ. खगेन्द्र ठाकुर से कोई समझौता कर लिया होता तो मामला इतना पेचीदा न बनता।

सकीना की अलग समस्या है, "अम्मा, ये छोटी जान का हमसे रिश्ता क्या लगता है? आप कहती हैं कि आपने इन्हें पाला है। मोहसिन कुछ और लम्बा-सा रिश्ता बताते हैं। आख़िर वे हमारी लगती क्या हैं?"

"वो क्या है बहूरानी, ये जो दरिया महल है, इसके मालिक थे डॉ. अमानुल्लाह। उनकी बेग़म के जो सग़े भाई थे वे मोहसिन के दादा थे। छोटी जान डॉ. अमानुल्लाह की तेरहवीं औलाद हैं। उनकी मौत के वक्त छोटी जान बस दो साल की रही होंगी। अब फूफी जान के ज़िम्मे तो सारे काम आन पड़े। वे ही कचहरी संभालती थीं और वे ही खेती...तो ऐसे में छोटी जान की सारी ज़िम्मेदारी मेरे सिर आन पड़ी। वह जब तक आज़मगढ़ में रही, उसकी हर छोटी बड़ी ज़रूरत का ख़्याल मैं ही रखती थी...बिट्टो को दूध पीने में बहुत दिक्कत होती थी। दूध पीने के बाद हमेशा उसके पेट में दर्द होता था।। बहुत चिल्लाती थी. । फूफी जान को कभी समझ नहीं आता था कि उसे दूध पचता नहीं है...वो मरी अंग्रेजी में क्या बोले हैं।। उसे अलर्जी है दूध से...मेरे तो पीछे पड़ी रहती थी.। कहती...भावज...आप इतना हंसती क्यों हैं?...(ठण्डी सांस).। अब तो हंसे हुए भी एक ज़माना हो गया है।" भावज का पोपला मुँह एक बार फिर यादों में खो गया है।

चाहत सकीना की भी एक ही है कि छोटी जान एक बार संध्या ठाकुर से मिलकर दीवार में से रास्ता खुलवा दें। जवान लड़की को खेतों में से होकर वक्त बेवक्त जाना पड़ता है; कहीं कोई अनहोनी न घट जाए। पति पर भी झुंझलाहट

हो रही है कि अभी तक लंदन फ़ोन पर बात नहीं की है।

मोहसिन बिना बात किये ही सपने देखे जा रहा है। सलमान मियाँ ख़ुद भी तो इतने बड़े बैंकर हैं। छोटी जान और सलमान मियाँ से घर की मरम्मत के लिये भी तो बात की जा सकती है। अगर एक कमरा और पक्का बनवा लिया जाए, तो नई बैठक सज सकती है...मगर फ़िलहाल जो बैठक है उसमें भी तो कोई फ़र्नीचर नहीं है...वैसे भी तो ईद के अलावा घर में आता ही कौन है?...बस ईद से पहले टेण्ट वाले से फ़र्नीचर किराए पर ले लिया जाता है। हफ़्ते भर की अय्याशी के बाद फ़र्नीचर वापिस हो जाता है। पिछली ईद पर तो कोई भी मेहमान घर तक नहीं पहुँच पाया। लोग साफ़ कहने लगे हैं कि कौन खेतों में से हो कर आए। मोहसिन मियाँ, आप लोग ही हमारे यहाँ आ जाया करिये...आज ज़रूर छोटी जान को फ़ोन करेगा। मोहसिन ने निर्णय ले लिया है।

फ़ोन भी तो अजीब किस्म की चीज़ है। उस पर मोबाईल का तो कहना ही क्या!...कभी भी कहीं भी बज उठता है। मोहसिन भी अपने बजाज चेतक स्कूटर पर घर से निकला ही था कि उसका मोबाइल बज उठा। देश में मोटर साइकिल क्रान्ति आ जाने के बावजूद मोहसिन अपने पुराने दुपहिये को जोते जा रहा है। स्कूटर रोका.। मोबाइल पर एक अनजान नम्बर उभरते देखा.। माथे पर सिलवटें पड़ीं...

"हेलो!"

आवाज़ में एकाएक तेज़ी आ गई..."अरे छोटी जान! कैसी हैं आप?...कब आने का पक्का किया है?...फूफा मियाँ भी साथ आ रहे हैं न?..."

जब तक बात ख़त्म हुई मोहसिन तनाव के मारे पसीने पसीने हो रहा था. ..अब उसमें स्कूटर चलाने की ताक़त शायद नहीं बची थी...यह कैसे हो सकता है?...यह कैसी साज़िश है?...क्या दीवार में रास्ता बनने के बजाए दीवार और ऊँची उठा दी जाएगी?...सक़ीना को कैसा लगेगा? ...अम्मा क्या सोचेंगी? ये हुआ कैसे?...अल्लाह मियाँ कैसे-कैसे इम्तहान लेते हैं! क्या पूरे आज़मगढ़ में एक भी मुसलमान इस काबिल नहीं था जो छोटी जान का मेज़बान बन पाता?

तीन महीने पहले जब एक शूटर ने अपनी मोटर साइकिल से मोहसिन पर गोली चलाई थी, उससे तो बच निकला था मोहसिन...मगर इस समाचार की मार से कैसे बचा पाएगा अपने आपको?...सकीना को बताता हूँ...अल्लाह भी कैसे कैसे मज़ाक करता है ग़रीब बन्दों के साथ?...

सकीना को तो मोहसिन थोड़ा खिसका हुआ लगा। भला छोटी जान ऐसा कैसे कर सकती हैं? यह कैसी राजनीति है? छोटी जान की मेज़बान संध्या

ठाकुर! यह नहीं हो सकता। भला संध्या ठाकुर ने ये क्या प्रपंच रचा है। अल्लाह की मार पड़ेगी उस पर!"बोलीं क्या छोटी जान?"

"वो बोलीं कि कोई संध्या ठाकुर हैं जिन्होंने उन्हें बुलाया है। बस एक रात के लिये आ रही हैं। बनारस से आज़मगढ़ इनोवावैन से आयेंगी। साथ में फूफा जान तो हैं ही; दो हिन्दू जर्नलिस्ट भी हैं...पहले अपने इस्कूल जाएँगी; वहाँ से हमारे घर आकर दोपहर का खाना खायेंगी। फिर नेहरू हाल में उनका पब्लिक रिसेप्शन है; शाम को प्रेस कान्फ्रेंस हैं और रात का डिनर संध्या ठाकुर के घर। वैसे शाम को ही डी.एम. के साथ चाय भी है। "

"दोपहर का खाना हमारे घर?...या अल्लाह!रोज़ा नहीं रखती हैं क्या?"

"बड़े लोगों की बड़ी बातें होती हैं। फिर उम्र भी तो खासी हो गई है। साथ में हिन्दू जर्नलिस्ट भी हैं। पांच लोगों के खाने की बात कह रही हैं।"

"अगले दिन कहाँ जा रही हैं? ...कहीं आसपास घूमने जा रही हैं क्या? सुनिये, क्या आपको डी.एम. के घर चाय पर साथ नहीं ले जा सकतीं? आप उनसे भी बात कर सकते हैं।"

"मैं तो यह सोचकर परेशान हो रहा हूँ कि संध्या ठाकुर से हमारे बारे में बात कब करेंगी?"

एक लम्बी-सी चुप्पी छा जाती है। पति-पत्नी दोनों गहरे सोच में डूबे बैठे हैं...क्या छोटी जान को मालूम है कि संध्या ठाकुर का परिवार हमें कितना कष्ट दे रहा है?.। फिर वे ऐसा क्यों कर रही हैं? ...संध्या ठाकुर के गुण्डों ने तो मुझ पर गोली भी चलाई थी...फिर क्या कारण हो सकता है?

"अरे पगले, भला उस मासूम को कहाँ पता होगा कि संध्या ठाकुर ने ही हमारी ज़मीन हड़प रखी है। उसे तो यह भी नहीं मालूम होगा कि संध्या उन्हीं ठाकुरों की बहू है जिनको सैंतालीस में सरकार ने दरिया महल का हिस्सा दे दिया था...अगर शाहिद और जमाल सैंतालीस में पाकिस्तान न चले जाते तो ठाकुर दरिया महल के इतने बड़े हिस्से पर कब्ज़ा नहीं कर सकते थे। उन दोनों भाईयों ने किसी की नहीं सुनी...मेरी बिट्टो तो सड़सठ तक भारत में रही...जब तक फूफी ने उसकी शादी कराची में नहीं कर दी...दरिया महल के साथ सबसे गहरी तो मेरी बिट्टो ही जुड़ी थी...यहाँ के चप्पे-चप्पे से प्यार था उसको...उसे तो इलाहाबाद और बनारस से भी बहुत प्यार था। बहुत रोई थी जब उसकी शादी कराची में तय हो गई थी। मेरे अलावा कोई नहीं समझ सकता कि वो आज़मगढ़ क्यों आ रही है...उसे अच्छी तरह मालूम है कि दरिया महल अब उसका नहीं है...लेकिन दरिया महल उसके दिल में है...आत्मा में है। मुझे मालूम है यहाँ का

हाल देख कर उसकी आँखों से ख़ून के आँसू निकलेंगे। मैं जानती हूँ वह ठाकुरों से ज़रूर बात करेगी...अरे पगले तूने क्या कभी बिट्टो को बताया है कि ठाकुरों के शूटर ने तुम पर गोली चलाई थी? और फिर अब दरिया महल तुम्हारी ज़िम्मेदारी है...वह बेचारी तो अपने बचपन को दोबारा जीने आ रही है...मेरे गले लग कर रोने आ रही है। तुम उसे अपने पचड़े में मत फंसाओ...मैने तो सुना है कि जमाई राजा खासे सख़्त आदमी हैं। न मालूम बिट्टो कैसे गुज़ारा कर रही होगी।" भावज अपनी कमज़ोर नज़र से पुराने चित्रों को इकट्ठा कर रही थी। आज उनकी यादों का बांध टूट रहा था; यादें छन-छन कर बाहर आ रही थीं।

"अरे छुटकी-सी थी। वो पगला कासिम यहाँ आया करता था। दोनो बंसी ले कर निकल जाते थे मछली पकड़ने। यह छुटकी नदी किनारे मिट्टी से केंचुए निकाल-निकाल कर बंसी पर लगा कर कासिम को देती थीं। दोनों घन्टों मछली पकड़ते रहते। फिर बिट्टो मछली लाकर मुझे देती। गर्मी के मारे मुँह लाल हो जाता था उसका। मैं उसका मुँह धुलवाती थी और उसकी लाई मछली उसे फ़्राई करके देती थी। कितने चाव से खाती थी मेरी बिट्टो! मुझे तो डर ही लगा रहता था कि कहीं कासिम को पागलपन का दौरा न पड़ जाए मछली पकड़ते पकड़ते। मगर मजाल है कि यह छटांक भर की छोकरी ज़रा भी डरे। बस दो चोटियाँ बनवाती थी और उनमें लाल रिबन पहन लेती थी। सारे काम लड़कों वाले। मरी को चैन तो मिलता ही नहीं था। चोटें तो इतनी लगतीं थीं उसे कि बदन का कोई न कोई हिस्सा तो फटहड़ रहता ही था...मगर प्यारी बहुत है मेरी बिट्टो। ख़ुद ही देख लीजो।"

सकीना और मोहसिन ने कभी अम्मा को किसी के प्रति इतना भावुक होते नहीं देखा था। कभी उनकी आवाज़ गीली होती तो कभी आँखें। सक़ीना की समस्या सबसे अलग है। उसे ऐसे मेहमान की प्रतीक्षा करनी है जिसे कभी देखा नहीं। केवल सुन सुन कर किसी भी रिश्ते को कैसे महसूस करे!मोहसिन ने भी छोटी जान को कितना देखा होगा?.। छोटी जान तो चालीस साल पहले शादी करके कराची चली गईं थी। मोहसिन तो उस वक्त दस साल के रहे होंगे। उनकी यादें भी कुछ ख़ास गहरी नहीं होंगी...फिर भी छोटी जान का रुतबा है...उन्होंने विलायत में अपने लिये जगह बनाई है...कहते हैं कि पाकिस्तान की सियासत में भी उनकी अच्छी पैठ है...शायद यहाँ हिन्दुस्तान में भी उनकी चलती हो...एक तो मोहसिन भी सीधी बात करना नहीं जानते। इधर-उधर की हांकने लगते हैं। मूल मुद्दा कहीं ग़ायब हो जाता है। क्या मुझे खुद छोटी जान से बात करनी चाहिये?...मुझे तो छोटी जान का नाम भी ठीक से मालूम नहीं!...आज अम्मा से

पूछती हूँ...अम्मा भी तो उन्हें बिट्टो ही कह कर काम चला लेती हैं।

लंदन से एक बार फिर फ़ोन आया है। बीस तारीख़ को आ रही हैं छोटी जान...बीस तारीख़...सकीना का जन्मदिन बीस फ़रवरी; उसके पुत्र परवेज़ का जन्मदिन बीस नवम्बर!मोहसिन और सकीना की शादी बीस मार्च!मोहसिन गोली से बाल-बाल बचा-बीस जुलाई! और अब छोटी जान का आगमन-बीस सितम्बर! बीस तारीख़ का सकीना के जीवन में बहुत महत्व है।

"सुनिये, आप मौलवी जी से पूछिये कि छोटी जान का बीस तारीख़ को आना क्या अल्लाह की किसी ख़ास मरज़ी से हो रहा है।"

"मुझे नहीं लगता कि इस मामले में मौलवी साहब कुछ बता सकते हैं। वह रस्तोगी न्यूमोरोलोजिस्ट है, उससे बात करता हूँ। यह नम्बरों और तारीख़ों के बारे में उसकी नालेज बेहतर है।"

"हाँ बात करके देखिये। शायद ये बीस तारीख़ हमारा काम बनवा दे।"

"लेकिन छोटी जान ने कहा है कि उनके साथ दो जर्नलिस्ट भी हैं...हमें कमरे में कुछ फ़र्नीचर तो रखवाना ही पड़ेगा।"

"हाँ उन्नीस तारीख़ से एक हफ़्ते के लिये टेंट वाले से भाड़े पर ले लीजिये. ..एक तो सोफ़ासेट ले लीजिये...दो टेबल खाना लगाने के लिये...साथ में डोंगे, प्लेटें, कटलरी वगैरह...बारह लोगों के लिये आर्डर कर दीजिये...उस्मान मियाँ को कह दीजिये।"

"बीस की दोपहर का खाना भी आफ़ताब के रेस्टोरेण्ट से आर्डर कर देता हूँ।"

"रहने दो जी ...घर में सस्ता पड़ेगा।"

"मैं तो तुम्हें आराम देने के ख़्याल से कह रहा था। रोज़ा रख कर तुम्हें डबल मेहनत पड़ जायेगी।"

"आप मेरी फ़िक्र छोड़िये...और फिर छोटी जान तो, आपने बताया, कि लहसुन और प्याज़ भी नहीं खाती हैं। ...बस एक डिश गोश्त की बना लूँगी और एक चिकन की...बाकी सब तो वेजिटेरियन ही बनाना है...अम्मा कह रही हैं कि अचारी करेले और अरहर की दाल तो वे ही बनाने वाली हैं। छोटी जान को बचपन में ये दोनों चीज़ें बहुत पसन्द थीं।"

"चलो फिर मीनू तुम ही तय कर लेना।"

"ज़रा बच्चों को एक-एक जोड़ा नया बनवा दीजिये। छोटी जान तो घर की हैं मगर फूफा जान के सामने पुराने कपड़ों में कैसे दिखेंगे...वैसे भी ईद पर तो लेने ही हैं, थोड़ा पहले ही ले लेते हैं।"

"हाँ ये भी ठीक रहेगा...तुम परेशान न होना। मैं इन्तज़ाम कर लूँगा...पहले तो रस्तोगी से बात कर लेता हूँ। शायद यह बीस तारीख़ हमारी ज़िन्दगी में एक नया रास्ता खोल दे।" "इंशा-अल्लाह!"

इन्तज़ार की घड़ियाँ भी अजीब होती हैं। कभी कटती नहीं और कभी धड़ाधड़ दौड़ती हैं...मोहसिन का जी चाह रहा है कि संध्या ठाकुर से जा कर पूछ ले कि बीस तारीख़ का पूरा प्रोग्राम क्या है। उहापोह मची है और बीस तारीख़ का सवेरा भी हो गया है। सुबह के आठ बज गये हैं और मोहसिन के दिल में धुकधुकी हो रही है। आज वह सुबह-सुबह दीवार के पास तक चलकर आया है। दीवार को छू भी लिया है...दीवार के इस तरफ़ पलस्तर नहीं किया गया है बस ईंटों में बेढब-सा सीमेन्ट दिखाई दे रहा है। दीवार के दूसरी तरफ़ पूरी तरह से पलस्तर किया गया है। मोहसिन दीवार को ताके जा रहा है और मन ही मन दुआ कर रहा है-या अल्लाह छोटी जान के हाथों में ऐसी बरक़त बख़्शना कि ये दीवार उनके हाथों से ही टूटे!

दस बज गये हैं। सकीना रसोईघर में काम किये जा रही है। आज गोश्त में खास तौर पर चाप्स मंगवाई गयी हैं और चिकन मुग़लई स्टाइल का बनाया गया है। भावज ने आज बरसों बाद किचन में कदम रखा है। वह मसालों के साथ-साथ अपनी मुहब्बत भी उंडेल रही हैं। वहीं से मोहसिन को आवाज़ भी दे रही हैं, "अरे मोहसिन पता तो लगइयो कहाँ तक पहुँचा है काफ़िला मेहमानों का?...मैं भी अजब अहमक हूँ अपनी बिट्टो को ही मेहमान कहे जा रही हूँ।" अरहर की दाल में ज़ीरे का छौंक लगा कर उस पर हरा धनिया छिड़क रही हैं भावज। आम के अचार के मसाले से भरवां करेले बना रही हैं। सक़ीना ने मीठे के लिये बाज़ार से रसमलाई मंगवाई है तो घर में सिवइयाँ बनाई हैं। लगता है कि रमज़ान महीने के बीचोबीच अचानक चांद दिखने की उम्मीद में आज ही ईद मनाई जा रही हो। भावज के दिल का चांद तो आज दोपहर ही निकलने वाला है।

मोहसिन का मोबाइल बज उठा है। काफ़िला बनारस से संध्या ठाकुर की बहन रूपा सिंह के घर से नाश्ता करके चल पड़ा है। मोहसिन परेशान है। पहले केवल संध्या ठाकुर उनके हक़ पर डाका डाल रही थी। अब उसकी बहन भी साथ जुट गई है। एक डेढ़ बजे तक स्कूल पहुँच जाएगा काफ़िला। मोहसिन से वहीं आने को कह दिया गया है ताकि वह उन्हें अपने घर ले जा सके। क्या संध्या ठाकुर की बहन से छोटी जान ने बात की होगी?

सकीना बच्चों को नहाने को कह रही है। आज उन्हें नहा कर नये जोड़े

पहनने हैं। बच्चे खुश हैं मगर फिर भी कुछ सहमे-सहमे हैं। आज उनके घर एक अमीर रिश्तेदार आने वाला है। निलोफ़र सलाद काट कर माँ का हाथ बंटा रही है। अरशद और नवाब बरतन धोकर पोंछ रहे हैं और मेज़ पर लगा रहे हैं। घर में सही तौर पर त्यौहार का माहौल है। अचानक घड़ी की सुइयाँ आहिस्ता-आहिस्ता चलने लगी हैं। घड़ियाँ प्रतीक्षा की जो हैं।

मोहसिन सोच में डूबा है। उसने आज छोटी जान को दिखाने के लिये ट्रैक्टरकिराए पर ले रखा है; एक टोयोटाक्वालिस भी मंगा ली है। ड्राइवर नहीं बुलाया। खुद ही चलाएगा। दोनो बेटे बार-बारक्वालिस को छूकर देख रहे हैं। मोहसिन ने अपने बाल भी एक दिन पहले ही रंग लिये हैं। मूंछों को भी काला किया है। साढ़े बारह बज गये हैं। यानि कि काफ़िला किसी भी पल राजकीय उच्चत्तर कन्या विद्यालय तक पहुँच जायेगा। सोचते ही मोहसिन के पेट में मरोड़-सा उठा है। लपक कर लैट्रिन में दाखिल हो गया है। आज उसने हाथ धोने के लिये भी अस्थायी वाशबेसिनटेन्ट वाले से ही किराये पर ले लिया है। दुकान वाले को उसकी बात ठीक से समझ नहीं आई, वह ग़लती से दो वाशबेसिन ले आया है। मोहसिन दोनों वाशबेसिन में पानी भर रहा है।

मोबाइल फिर बजा है। छोटी जान स्कूल पहुँच गई हैं। भावज ने डांट लगाई है, "अरे अभी तक घर में घुसा हुआ है। तुझे तो वहाँ पहले से खड़ा रहना चाहिये था। वह जब गाड़ी से उतरती तो उसका इस्तेकबाल करता। अब तो वो लोगों से घिर जायेगी। उसे मिलेगा कैसे?"

"अरे अम्मा तुम चिन्ता न करो। मैं उनसे बात कर लूँगा।"

मोहसिनक्वालिस के स्टीयरिंगव्हील पर बैठ गया है अरशद और नवाब भी साथ हो लिये हैं। आज़मगढ़ है ही कितना बड़ा? बस पांच सात मिनट में इस्कूल के बाहर पहुँच गया। वहाँ भी कुछ त्यौहार का-सा माहौल लग रहा था। मोहसिन ने देखा कि लखनवी शलवारसूट पहने, कटे बालों वाली एक महिला को स्कूल की प्रिंसिपल हार पहना रही थी। जीन के नीले रंग का कुर्ता पहने एक पुरुष उनके फ़ोटो खींच रहा था। यह ज़रूर उन पत्रकारों में से एक होगा-सोचने लगा मोहसिन। एक बुज़ुर्ग से सज्जन के साथ लाल कमीज़ पहने एक और पुरुष खड़ा था। मोहसिन को अन्दाज़ लगाने में ज़रा भी कठिनाई नहीं हुई कि बुज़ुर्ग दिखाई देने वाले सज्जन उसके फूफा हैं और लाल कमीज़ वाला दूसरा पत्रकार। फिर ये पांचवां इन्सान कौन हो सकता है जिसके लिये छोटी जान खाना बनाने की बात कह रही थीं। कोई और दिखाई भी नहीं दे रहा। मोहसिन ने हाथ हिला कर छोटी जान को बताना चाहा कि वह आ चुका है। मगर छोटी जान अपने प्रशंसकों

से घिरी हुई थीं।

मोहसिन ने देखा कि प्रिंसिपल छोटी जान को अपने कमरे में ले गईं। साथ ही कैमरे वाला पत्रकार, बुज़ुर्ग सज्जन और लाल कमीज़ वाला भी अन्दर चले गये। मोहसिन कमरे के भीतर घुसने की हिम्मत नहीं जुटा पाया। उसने बाहर से देखा कि प्रिंसिपल ने छोटी जान को अपनी कुर्सी पर बिठा दिया है। छोटी जान थोड़ा शर्माते हुए मुस्कुरा रही हैं और प्रिंसिपल से बात कर रही हैं। कैमरे वाला पत्रकार फ़ोटो खींच रहा है। बुज़ुर्ग सज्जन न तो मुस्कुरा रहे हैं और न ही बातचीत में कोई दिलचस्पी दिखा रहे हैं। वे और लाल कमीज़ वाला आपस में बात कर रहे हैं।

छोटी जान के लखनवी शलवार सूट का सफ़ेद रंग उनके व्यक्तित्व को भव्यता प्रदान कर रहा है। छोटी जान स्कूल में जिधर भी जा रही हैं उनके पीछे अध्यापकों और विद्यार्थियों की भीड़-सी चल पड़ती है। मोहसिन ने कभी सोचा भी न था कि छोटी जान इतनी बड़ी हस्ती हो सकती हैं। थोड़ी देर बाद ही संध्या ठाकुर भी आ गई हैं। उन्हें भी जब छोटी जान को दी जाने वाली इज़्ज़त का अहसास हो गया, तो वे भी बुज़ुर्ग सज्जन के साथ बातचीत में व्यस्त हो गईं। वे तीनों अब आपस में बात कर रहे थे। अचानक वह कैमरे वाला पत्रकार आकर इन तीनों के चित्र खींचने लगा। छोटी जान के निकट एक बन्दर आकर उनके साथ खेलने की मुद्रा में आ गया। छोटी जान भी उसके साथ बात करने लगीं। फ़ोटोवाले का कैमरा खटाखट वाली मुद्रा में आ गया।

मोहसिन ने देखा कि छोटी जान ने कैमरे वाले पत्रकार को नज़दीक बुलाया और उसे कुछ कहा। उसने अपना पर्स निकाला और हज़ार-हज़ार के कुछ नोट गिन कर एक लिफ़ाफ़े में डाले और वह लिफ़ाफ़ा छोटी जान को दे दिया। छोटी जान ने प्रिंसिपल के कान में कुछ कहा और वह लिफ़ाफ़ा उनके हवाले कर दिया। मोहसिन को लगा जैसे उसके हिस्से के कुछ पैसे बंट गये हों। किसी ने उसके हक़ पर डाका डाल दिया हो। उसने अपने पुत्रों की तरफ़ देखा; वे दोनों इन सभी बातों से अनभिज्ञ आपस में बातें कर रहे थे।

छोटी जान अपने साथियों के साथ अपनी सफ़ेद इनोवावैन की तरफ़ बढ़ीं। स्कूल की लड़कियों ने जो एक बार आटोग्राफ़ लेने का सिलसिला शुरू किया तो थमने में ही नहीं आ रहा था। छोटी जान हंसते-हंसते सभी को खुशियाँ बांट रही थीं। संध्या ठाकुर ने उनको अपनी कार में बिठा लिया और बाकी सभी लोग इनोवा में समा गये। काफ़िला चल दिया। मोहसिन ने अपनी क्वालिसवैन उनके पीछे लगा ली।

छोटी जान की गाड़ी संध्या ठाकुर के घर के सामने जा कर रुक गई। मोहसिन ने देखा कि छोटी जान दीवार की तरफ़ इशारा करके संध्या ठाकुर से कुछ बात करने लगी। संध्या ठाकुर के चेहरे पर शर्मिन्दगी के भाव उभरे। वे जैसे छोटी जान को कुछ आश्वासन देती-सी दिखाई दीं। इतने में मोहसिन की जेब में मोबाइल बज उठा। छोटी जान ही बात कर रही थीं, "जी छोटी जान, मैं मेन रोड पर आपका इन्तज़ार कर रहा हूँ। इस्कूल से आपके साथ ही साथ आया हूँ।"

"अरे तुम स्कूल तक आये थे क्या? फिर मिले क्यों नहीं?"

छोटी जान संध्या ठाकुर की कार से उतरीं और मोहसिन जा कर उनसे तपाक से मिला, "छोटी जान!कैसी हैं आप?"

छोटी जान ने उसे गले से लगा लिया, "देखो मोहसिन मैंने संध्या जी से बात कर ली है। अब तुम मेरे पीछे इनसे मिल कर इनकी मदद मांग लेना। अब यही तुम्हारी मुश्किल हल करेंगी।"

"जी छोटी जान।" मोहसिन ने संध्या ठाकुर को सलाम करते हुए कहा। उसे संध्या ठाकुर का चेहरा दीवार में से निकले रास्ते जैसा दीखने लगा।

छोटी जान संध्या ठाकुर की कार से निकल कर मोहसिन की क्वालिस में बैठ गईं हैं। दोनों बेटे पीछे की सीट पर बैठे अपने मेहमान को टुकरटुकर ताके जा रहे हैं।

"भावज कैसी हैं मोहसिन? और सकीना? उससे तो आज पहली बार मिलने जा रही हूँ...और इन दोनों के क्या नाम हैं?"

"यह नीली कमीज़ वाला बड़ा है अरशद दूसरे का नाम नवाब है। बेटी का नाम निलोफ़र है। बड़ा वाला सेकण्ड ईयरकामर्स में है, निलोफ़र प्लसटू के फ़ाइनल यानि कि बारहवीं में है और नवाब मियाँ दसवीं में हैं। ..सक़ीना और अम्मा आपका इन्तज़ार कर रही हैं।"

"देखो मोहसिन अभी लोहा गरम है, तुम जल्दी से संध्या ठाकुर से बात कर लेना। अगर देर हो गई तो मामला ठण्डा हो जाएगा। वह कम से कम दिखा तो रही है कि उसका इस सारे झगड़े से कुछ लेना देना नहीं है।"

"आप तो कह रही थीं कि पांच लोग खाना खायेंगे। आप लोग तो चार ही हैं।"

"अरे मोहसिन, हमारा ड्राइवर भी तो खाना खायेगा! उसके समेत तो पांच ही हुए न?"

"ओह, मैंने सोचा ही नहीं। ...आपका प्रोग्राम अचानक कैसे बन गया?"

"अरे मैं जनवरी में दुबई गई थी हिन्दी कान्फ़रेन्स में हिस्सा लेने। वहाँ यह

जो लाल और नीली कमीज़ वाले पत्रकार हैं न, हमारे साथ ही थे। नीली कमीज़ वाले मेहरा जी हैं, लन्दन से हैं और लाल वाले हिन्दी की एक मैगज़ीन से हैं। इन दोनो ने ही हमारे ट्रिप को संभाल रखा है। हम कहाँ जाएँगे, कहाँ रहेंगे, क्या खाएँगे, इस सब का ख़्याल ये दोनों रखते हैं। वैसे तुम्हारे फूफा का ख़्याल भी यही रखते हैं। यहाँ से मैं गया जाऊँगी और फिर वापिस कानपुर और दिल्ली। वहाँ से दुवई और फिर लंदन। यह पूरा ट्रिपलिटरेरी है। बस यहाँ आज़मगढ़ आई हूँ आप लोगों से मिलने और अपना बचपन दोबारा जीने।"

मोहसिन की क्वालिस मुख्य सड़क से हट कर कच्चे रास्ते की तरफ़ मुड़ ही रही थी कि छोटी जान ने मोहसिन से पूछा, "अरे, ये तो बड़ा पुल है न?"

"जी छोटी जान।"

"अरे ये तो कितना छोटा लगने लगा है। हमारे बचपन में तो यह बहुत बड़ा लगा करता था। इसके जो ये गोल दायरे बने हैं, इनमें घुस कर हम बैठ जाया करते थे।"

मोहसिन बस मुस्कुरा भर देता है। अब क्वालिस कच्चे रास्तों में झटके देती आगे बढ़ रही है और उसके पीछे पीछे इनोवा भी आ रही है। छोटी जान खेतों को देख रही हैं और बीते वक्त को याद कर रही हैं। आज स्कूल में मिले स्नेह ने उन्हें भावनाओं से ओतप्रोत कर दिया है। वे सोच रही हैं क्या इतनी भावनाओं को वे संभाल पाएँगी? उन्हें वह पीपल का पेड़ नहीं दिखाई दे रहा न ही कैरी का, "मोहसिन वहाँ एक पीपल का पेड़ हुआ करता था और उधर दूसरी तरफ़ कैरी का। उनका क्या हुआ।"

"छोटी जान आप तो पचास साल पुरानी बातें कर रही हैं। अब तो कई पेड़ कट चुके हैं।"

अपने प्रिय पेड़ों के कट जाने का दुःख छोटी जान को भीतर तक भिगो गया है। क्वालिस रुकने लगी है। छोटी जान ने कुछ पलों के लिये आँखें भींच कर बन्द कर ली हैं। गाड़ी पूरी तरह से रुक जाती है। मोहसिन उतर कर छोटी जान की तरफ़ का दरवाज़ा खोलता है। छोटी जान उतरती हैं। उनके पीछे की इनोवा से फूफा जान, और दोनों पत्रकार उतरते हैं।

सबसे पहले सकीना आकर छोटी जान के गले मिलती है। फिर पीछे होकर छोटी जान के चेहरे को अपनी आँखों में उतारती है। भावज अन्दर बैठी हैं। छोटी जान खुद आगे बढ़कर भावज के गले मिलती हैं। भावज अपना रोना रोक नहीं पाती हैं। उनकी कम देखती आँखें भी आँसुओं की धार की तेज़ी को महसूस कर लेती हैं। छोटी जान भावज के हाथ अपने हाथों में लेकर बैठ जाती हैं। नीले

कुर्ते वाला पत्रकार भावज के पाँव छूता है। फिर लाल कमीज़ वाला भी वही करता है। फूफा जान को गर्मी महसूस हो रही है। पंखे का रुख़ उनकी तरफ़ कर दिया जाता है।

सकीना अपनी बेटी को लाती है। छोटी जान से मिलवाती है। न जाने क्यों नये कपड़ों के बावजूद, छोटी जान की मौजूदगी में, उसे अपने बच्चे साफ़ सुथरे नहीं लगते। छोटी जान का गोरा चिट्टा रंग और सफ़ेद शलवार कमीज़ की भव्यता के सामने हर चीज़ बौनी होती जा रही है। सकीना महसूस करती है कि बातचीत के लिये कोई नया विषय बन नहीं पा रहा है। वह जल्दी से खाना लगवा देती है। छोटी जान, फूफा और दोनों पत्रकार महसूस कर रहे हैं कि सारा फ़र्नीचर किराए का है। सब चुप हैं। एक मेज़पोश पर मदीनाटेण्ट हाउस कढ़ाई करके लिखा भी हुआ है। छोटी जान भरपूर कोशिश कर रही हैं कि वातावरण सहज बना रहे। लेकिन कोई भी सहज नहीं है। बस भावज की ख़ुशी एकमात्र सहज भावना दिखाई दे रही है। छोटी जान ने अपनी प्लेट में करेला, आलू की सूखी सब्ज़ी और दाल की कटोरी रख ली है। फूफा की प्लेट में केवल मीट है। लाल कमीज़ वाले पत्रकार की प्लेट ऊपर तक भर गयी है। नीली कमीज़ वाले का कैमरा फ़ोटो खींचे जा रहा है। छोटी जान के बोलने से पहले ही फूफा जान कह उठते हैं, "अरे मेहरा जी, अब आप भी प्लेट बना लें। फ़ोटो तो होती रहेंगी।"

"जी, भाई साहब।" और वह भी अपनी प्लेट लगाने लगता है। सभी लोग अलग-अलग व्यंजनों की तारीफ़ कर रहे हैं। भावज ख़ुश है क्योंकि दाल और करेले की तारीफ़ सभी कर रहे हैं। भावज छोटी जान के साथ उनके बचपन की बातें कर रही हैं। फूफा जान मीट खा चुके हैं। अब चिकन के साथ रोटी खा रहे हैं। लाल कमीज़ वाला पत्रकार अब चावल पर मीट का शोरबा और चाप्स डाल रहा है। नीले कुर्ते वाला पत्रकार करेले का मज़ा ले रहा है। छोटी जान का खाना भी चिड़िया के चुग्गे जैसा ही होता है। उनके सामने रसमलाई का दोना और सिंवइयाँ रख दी गई हैं। छोटी जान के भीतर की बच्ची अचानक मचलने लगी है। वे थोड़ी-सी सिंवइंयों के ऊपर एक रसमलाई डाल कर थोड़ा रस भी डाल लेती हैं। फिर तो फूफा जान को छोड़ कर सभी ऐसा ही करते हैं।

हाथ धोने के लिये सब बाहर की तरफ़ आ जाते हैं। वही टेण्ट हाउस वाले वाशबेसिन पर हाथ धोए जाते हैं। छोटी जान पूछ लेती हैं, "अरे मोहसिन यह पानी की टंकी कैसी? क्या कोई पार्टी वगैरह रखी थी?"

मोहसिन बात को टाल जाता है। छोटी जान ने मोहसिन को कहा कि वे घर देखना चाहेंगी। घर के नाम पर जो कुछ बचा था, वह छोटी जान को ज़ख़्मी किये

जा रहा था। उनके घर के गोल खम्भों वाला बरामदा देखने के लिये लोग दूर दूर से आया करते थे। छोटी जान, फूफा और दोनो पत्रकार उस बरामदे तक पहुँचे। किसी भुतहा फ़िल्म का दृश्य लग रहा था। कई खम्भे टूट-फूट गये थे। रंग पीला पड़ गया था। मकड़ी के घने जाले लटक रहे थे। "ये कैसे हो गया?" छोटी जान अपनी निराशा को अभिव्यक्त किये बिना रह नहीं पाई। मोहसिन चुप ही रह सकता था।

छोटी जान ने जब कुआं देखा तो उसे पाट दिया गया था, "छोटी जान ये बच्चे छोटे थे न तो हमें लगा कि कहीं गिर-गिरा न जाएँ। इस लिये कुएं को पटवा दिया।" छोटी जान को अपना बचपन याद आए जा रहा था जो इस कुएं के इर्दगिर्द ही बीता था।

"हमारे दादा जान की कब्र कहाँ है। है या वह भी..." छोटी जान दुआ मना रही थीं कि कहीं वह कब्र भी हटा न दी गयी हो।

"वह है, मगर झाड़ झंखाड़ खासे बड़े हो गये हैं; इसलिये दिखाई नहीं दे रही। दरअसल कुछ हिन्दुओं ने उस पर दीया वगैरह जलाना शुरू कर दिया था। इसलिये हमें बताना पड़ा कि हमारे दादा की कब्र है; किसी पीर या औलिया की नहीं। हमें तो यह भी डर था कि कहीं इस कब्र के ऊपर कोई मन्दिर खड़ा करने की संध्या सिंह की कोई चाल न हो। इस तरह वह हमारी बची खुची ज़मीन भी मार सकती थी।"

छोटी जान मोहसिन की कोई भी बात सुन नहीं पा रही थीं। उनकी आँखों से आँसू बहने लगे और हिचकियाँ बंध गईं। फूफा ने आगे बढ़ कर छोटी जान को आग़ोश में ले लिया; और छोटी जान उनके कन्धे पर सिर रख कर फफक पड़ीं। मोहसिन को समझ नहीं आ रहा था कि उसकी प्रतिक्रिया क्या हो;सकीना हड़बड़ा कर घर के अन्दर चली गई; लाल कमीज़ वाला पत्रकार खम्भों को देखता रहा और नीले कुर्ते वाला पत्रकार फूफा के कन्धों पर रोती छोटी जान के आँसुओं को अपने कैमरे में कैद करता रहा।

छोटी जान के आँसू थमे। टेण्ट से लाये गये वाश-बेसिन पर उन्होंने मुँह धोया और छोटे तौलिये से मुँह को पोंछ लिया। फिर अचानक उनके भीतर की छोटी-सी लड़की ज़िन्दा हो उठी। वे पैदल चलती हुई दूर बहती नदी की ओर चल दीं जहाँ कभी मछलियाँ पकड़ा करती थीं। फूफा के लिये वहाँ तक चल पाना संभव नहीं था। लाल कमीज़ वाला पत्रकार वहीं फूफा से बातें करता रहा। मोहसिन छोटी जान के पीछे पीछे चल पड़ा और नीले कुर्ते वाला पत्रकार ऐसा कोण ढूंढने लगा जहाँ से नदी छोटी जान के सिर से निकलती दिखाई दे सके।

छोटी जान को पता ही नहीं चला कि कब नदी अपना स्थान छोड़ उनकी आँखों से बहने लगी।

वापिस आकर छोटी जान ने फूफा के कान में कुछ कहा। फूफा अपना ब्रीफ़केस एक कोने में ले जाकर कुछ खोजने लगे। उन्होंने छिपाते हुए कुछ गिना और एक लिफ़ाफ़े में डाल कर छोटी जान को दे दिया। छोटी जान ने फूफा के कान में फिर कुछ कहा। फूफा ने इन्कार में गर्दन हिला दी। छोटी जान को स्वयं ही वह लिफ़ाफ़ा सक़ीना और मोहसिन को देना पड़ा। सब चलने को तैयार थे। अबकी बार छोटी जान अपनी इनोवा में ही बैठीं। मोहसिन अपने दो पुत्रों के साथ क्वालिस में आगे आगे नेहरूहॉल की तरफ़ रास्ता दिखाते हुए आगे बढ़ रहा था। उसके दिल और दिमाग़ में एक ही सवाल खलबली मचाए था कि लिफ़ाफ़े में कितना होगा? किन्तु उसके लिये नेहरूहॉल तक जाना और वहाँ रुकना मजबूरी थी।

छोटी जान और फूफा को तिलक लगा कर फूलों की माला पहनाई गई। उनके गले में लहरिया प्रिन्ट की चुनरी डाली गई। फिर दोनों पारम्परिक दीया जलाने लगे। मोहसिन चुपके से उठा और मोबाइल से अपने घर फ़ोन मिलाने लगा।

मोबाईल फ़ोन में रिसेप्शन नहीं मिल रहा था। मोहसिन ने दो एक बार फ़ोन को झटका फिर देखा, किन्तु कुछ दिखाई नहीं दिया। एक दो बटन दबाए, किन्तु कुछ हासिल नहीं हुआ।

मोहसिन का दिल कार्यक्रम में नहीं लग रहा था। मन ही मन हिसाब किये जा रहा था, "फ़र्नीचर, क्वालिस, ट्रैक्टर, और खाना वगैरह मिला कर कुल नौ दस हज़ार रुपये तो ख़र्च हो ही गये होंगे। अगर छोटी जान इस से कुछ कम दे गईं तो बहुत नुक़सान हो जाएगा। एक बार फिर फ़ोन की तरफ़ देखता है। हॉल में स्थान बदलता है। किन्तु रिसेप्शन है कि मिल ही नहीं रहा। सोचता है कि हॉल के बाहर जा कर कोशिश करे।

अचानक पूरा हाल तालियों से गूँज उठा। मोहसिन ने सहसा पलट कर देखा; फ़ोन बन्द कर दिया और तालियाँ बजाने लगा।

ख़्वाहिशों के पैबन्द...

ऐसे हादसे मेरे साथ ही क्यों होते हैं...

अच्छी भली ज़िन्दगी चल रही थी। अचानक माइकल मेरे जीवन में कहाँ से चला आया?अगर आया भी था तो मुझे अच्छा क्यों लगा?...अगर अच्छा भी लगा तो मुझे उससे प्यार क्यों हुआ?

मैं बचपन से आयरिश लोगों का मज़ाक उड़ाया करती थी। उनकी सोच. ..उनकी भाषा...उनका जीने का ढंग...कुछ भी तो मुझे अच्छा नहीं लगता था। मैं तो पैदा भी लंदन में हुई और पढ़ी लिखी भी यहीं...

वैसे पढ़ा तो माइकल भी वारिकयुनिवर्सिटी से था। हम दोनों ने पढ़ाई भी तो एक ही विषय में की थी –थियेटर! नाटकों के बारे में पढ़ते-पढ़ते जीवन भी एक नाटक ही बन गया। ऐसा तो बस फ़िल्मों में होते देखा था। कभी सोचा भी नहीं था कि मेरे जीवन में भी फ़िल्मी सिचुएशन आ जाएगी। एक रिश्ता बनने से पहले ही संबंध तक टूट गये।

टूटन तो पूरे शरीर, आत्मा और व्यक्तित्व में फैल गयी है। सोआसयुनिवर्सिटी का वो सेमिनार मेरे जीवन में न जाने कैसे तूफ़ान ले आया। 290 सीटों वाली ब्रूनाई गैलरी पूरी तरह से ठसाठस भरी थी। पूरे यू.के. से डेलिगेट्स आये थे। माइकल आजब्रेख़्त के नाटकों पर बात करने वाला था।

ब्रेख़्त मेरा फ़ेवरिट नाटककार तो नहीं है। मगर एक ज़रूरी नाटककार तो है ही। दरअसल मुझ में एक ख़ास आदत है। जो भी नाटककार मुझे प्रिय नहीं होते, मैं ज्ञानवर्धन के चक्कर में उन पर दिये गये सभी लेक्चर सुन लेती हूँ... नोट्स बना लेती हूँ। अगर कहीं बात करनी पड़े तो सबके सामने बेवक़ूफ़ न सिद्ध हो जाऊँ।

मुझे तो माइकल के लेक्चर से ही पता चला कि ब्रेख़्त केवल 58 वर्ष की ज़िन्दगी जिये। वैसे 'मदरकरेजएण्ड हर चिल्ड्रन' नाटक तो मैंने वेस्टएण्ड में देखा

था। मगर इसके अलावा कुछ ख़ास नहीं जानती थी। माइकल तो 'मदरकरेज' के अतिरिक्त 'दिथ्रीपेनीओपेरा', 'लाइफ़ ऑफ़ गैलिलियो', 'दिकॉकेशियनचॉकसर्कल' जैसे सभी नाटकों पर बोल रहा था।

जैसे-जैसे माइकलकी बात आगे बढ़ती जाती मेरी रुची ब्रेख़्त के नाटकों के साथ जुड़ती जा रही थी। वह ब्रेख़्त के 'एपिकथियेटर', 'ए-इफ़ेक्ट', 'एलिनियेशन थियोरी' पर पूरे अधिकार से बात कर रहा था। मुझे अपनी बातों के साथ बहाए लिये जा रहा था माइकल। वह ब्रेख़्त के यथार्थवाद की बात कर रहा था और मेरे भीतर भावनाओं के समुद्र की लहरें ऊँची ऊँची उठ रही थीं।

माइकल के भाषण के दौरान, थोड़ी थोड़ी देर बाद, तालियों की गड़गड़ाहट सुनाई दे रही थीं। उसकी आवाज़ ख़ासी गहरी थी। उस भारी आवाज़ के साथ ब्रेख़्त के नाटकों के संवाद भी सुना रहा था। पुरुष पात्रों, नारी पात्रों और बच्चों के संवाद पूरे ड्रामाई अंदाज़ में प्रस्तुत कर रहा था।

मैं प्रतीक्षा कर रही थी लंचब्रेक की। तय कर लिया था कि इस ब्रिलिएंट स्पीकर से जान-पहचान बनानी ही है। अपनी बेहतरीन तकरीर के बाद ज़ाहिर है कि माइकल सुंदरियों से घिरा हुआ था। शर्माता हुआ प्रशंसा और अभिनंदन बटोर रहा था। पूरी तरह से कैज़ुअल कपड़े पहने था। डेनिम की जीन्स, हल्के नीले रंग की कमीज़ और उस पर नीला ब्लेज़र। कुछ खिलाड़ी जैसा लग रहा था। बाल कुछ बेतरतीब से थे...मगर बहुत ही आकर्षक लग रहे थे।

मैंने जल्दी से एक रेडवाइन ख़रीदी और माइकल के निकट पहुँच गयी, "माइकल, मुझे पूरा विश्वास है कि लंच के साथ आप एक ग्लासरेडवाइन का ज़रूर पसन्द करेंगे।"

माइकल मेरी ओर प्रश्नवाचक दृष्टि से देखने लगा। अब जब वह मुझे जानता ही नहीं था तो ऐसी ही नज़रों से तो देखता। मैं भी बिंदास बोली, "अरे पहले गिलास तो पकड़िये। फिर अपना परिचय भी देती हूँ।"

माइकल ने थैंक्स करते हुए वाइन गिलास पकड़ लिया। वैसे मुझे इस बात का ज्ञान बिल्कुल भी नहीं था कि माइकल को रेडवाइन अच्छी लगती है या फिर व्हाइटवाइन। बस तुक्के से रेडवाइन ले गयी। कुछ ऐसा महसूस करने लगी थी कि माइकल मेरा गहरा दोस्त बनने वाला है। रेडवाइन की तरह मेरे जीवन में भी कुछ रंगीन होने वाला है...मैं अभी तकमाइकल की बातों की लहरों के साथ बहे जा रही थी...एक-एक शब्द जैसे दिल के हर तार को छू रहा था।

"वैसे मेरा नाम सैली है...सैलीस्मिथ। मैं आज अंतिम सेशन में शेक्सपीयर के नारी पात्रों पर लेक्चर करने वाली हूँ...ओफ़िलिया, डेस्डिमोना, कॉर्नीलिया,

बिएंका...वगैरह वगैरह..."

"अरे आप को देख कर मैं तो समझ रहा था कि आप शायद अभी किसी कॉलेज में पढ़ती होंगी। अब तो मुझे शाम तक रुकना पड़ेगा। मैं तो सोच रहा था कि लंच के बाद निकल जाऊँगा। मुझे वापिस ऑक्सफ़र्ड जाना है।"

मुझे शरमाना चाहिये था...मगर मैं भी पूरी बेशरम हूँ। या फिर मुझे कॉम्पलिमेण्ट लेना ही नहीं आता। अपनी बेशरमी जारी रखते हुए, "मैं आपके लिये लंच प्लेट करके ले आऊँ माइकल?" वैसे मुझे लग रहा था कि मैं किसी टीनेजर की तरह व्यवहार कर रही थी। मगर माइकल का जादू ही कुछ ऐसा था जो मुझ से ग़लती-पे-ग़लती करवाता जा रहा था।"

मैं कोई ऐसी लड़की नहीं हूँ जो लड़कों के पीछे भागती फिरती हूँ। माइकल तो मुझ से उम्र में भी कुछ बड़ा ही दिख रहा था। मगर मुझे उसमें कुछ ऐसा विशेष दिखाई दे रहा था जो मेरे हमउम्र लड़कों में कभी दिखाई न देता।

मैं कोई वर्जिन नहीं हूँ। पंद्रह वर्ष की आयु में स्कूल में ही सब हो चुका था...मगर अनुभव बहुत ही घटिया था। लेसली को तो कुछ करना भी नहीं आता था और मेरा कौमार्य एक बेवक़ूफ़ अनुभव में ज़ाया हो गया। ख़ासा लिसलिसा-सा रहा सबकुछ। मगर माइकल को देख कर मेरी भीतर जो आग लगी है...वो माइकल के साथ एक हो जाने से ही अपनी तपिश की पराकाष्ठा पर पहुँच पाएगी। सच तो यह है कि मुझे आजतक कभी किसी भी पुरुष के बारे में ऐसा महसूस ही नहीं हुआ जैसा कि मैं माइकल के बारे में कर रही थी।

माइकल ने मुस्कुराहट के साथ मेरी ऑफ़र को ठुकरा दिया और स्वयं आगे बढ़ कर अपने लिये सलाद और ग्रिल्ड चिकन प्लेट कर लिया। वह खड़ा हो कर भी किस नफ़ासत से अपना भोजन खा रहा था कि मैं केवल उसे निहारती रह गयी। मुझे याद ही नहीं रहा कि यह मेरा भी लन्च टाइम है और मुझे भी इसी समय में अपना भोजन करना है।

मुझे ऐसा लग रहा था जैसे ब्रह्मांड की सभी शक्तियाँ मुझे कह रही हों कि यही है वह व्यक्ति जिसका तुम्हें इंतज़ार था। मेरे भीतर ऐसी भावनाओं का ज्वार उठ रहा था जो मुझे बार-बार समझा रहा था कि इसी आदमी के साथ मैं अपना सारा जीवन बिताने वाली हूँ। माइकल की एक निगाह ने मेरे दिल को जैसे मोम की तरह पिघला दिया था। मुझे विश्वास था कि अब कायनात की सारी ताकतें मुझे और माइकल को मिलाने में हमारा साथ देंगी।

अचानक माइकल की आँखें मुझ से मिलीं, "अरे सैली तुम थियेटर की आलोचक ही हो या स्वयं अभिनय भी करती हो? वैसे तुम तो इतनी सुंदर हो

कि किसी भी काल के नाटक की नायिका बन सकती हो।"

"उस आवाज़ ने जैसे मेरे दिल में मीठी-मीठी घंटियाँ बजा दी थीं..."नहीं माइकल, मैं केवल समीक्षा और आलोचना ही लिखती हूँ। मगर मेरा फ़ेवरिट पीरियड शेक्सपीयर का काल है। मुझे मार्लो, वेबस्टर बेनजॉन्सन और शेक्सपीयर के समय के अन्य नाटककारों में अधिक रुचि है। मेरी हर शाम तो ग्लोबथियेटर में ही बीतती है...कभी तुम भी आओ वहाँ। वहाँ का माहौल अलग ही होता है।"

"हाँ कुछ अनुभव तो मुझे भी है। मेरी भी कई शामें साउथ बैंक में गुज़री हैं। ऑक्सफ़र्ड में बसने का विशेष कारण यही था कि मैं साहित्य और नाटक के करीब रहना चाहता हूँ। मेरी ज़िन्दगी का मक़सद बस मँच और नाटक ही हैं। मुझे नाटक में प्रयोग बहुत अच्छे लगते हैं...आकर्षित करते हैं मुझे। लुइजीपिरेंडलो और इबसन मुझे प्रिय हैं...दरअसल 'सिक्सकै रेक्टर्स इन सर्चऑफ़ एनऑथर' मेरे सबसे प्रिय नाटकों में से एक है।"

भला लंच टाइम में इससे अधिक बातें कहाँ हो सकती थीं। घन्टीबजी। और सब वापिस हॉल के भीतर दाख़िल होने लगे। ढीठ बन कर मैं माइकल के साथ वाली सीट पर जा कर बैठ गयी। दिल धड़क रहा था कि मैं अपना भाषण ठीक से पढ़ पाऊँगी या नहीं। सेमिनार में एक फ़ायदा तो होता है कि हमें पेपर पढ़ना होता है। इसलिये घबराहट में शब्द भूलने जैसी स्थिति नहीं पैदा होती।

हालाँकि माइकल गोरा है...मगर जब मैं अपने लेक्चर में डेस्डिमोना के बारे में बात कर रही थी तो मुझे कुछ ऐसा महसूस हुआ कि माइकल मेरा ओथेलो है...मैं भी तूफ़ानों को चीरती हुई साइप्रस के तट पर जा कर कह सकती हूँ, "इफ़इट वर नाऊ टुडाई, इटवुड नाऊ टुबीदिमोस्टहैप्पी!"

माइकल को भी मेरा लेक्चर पसन्द आया। ऑडिटोरियम से निकल कर हम साथ-साथ चलने लगे। "सैली, मैंने तो बता दिया कि मैं ऑक्सफ़र्ड में रहता हूँ। मगर तुमने नहीं बताया कि तुम कहाँ रहती हो।"

"मैं तो लंदन में ही रहती हूँ...सबर्ब में पिन्नर...मेट्रोपॉलिटन लाइन।"

"मैं तो कार लेकर आया हूँ। क्या तुम्हारा घर ऑक्सफ़र्ड के रास्ते में पड़ेगा?"

"तुमतो ए-40 से जाओगे न?...चलो यहीं कहीं कॉफ़ी लेते हैं फिर तुम निकल जाना। मुझे तो पास ही यूस्टन स्क्वेयर से मेट्रोपॉलिटन अण्डरग्राउण्ड मिल जाएगी।"

दोनों रसेल स्क्वेयर तक पैदल चल कर आ गये। थोड़ी ही दूर कोस्टाकॉफ़ी दिखाई दे गया। हम दोनों आहिस्ता-आहिस्ता चल कर वहाँ पहुँच गये। मैं चाहती

थी कि कॉफ़ी का बिल मैं अदा करूँ। मगर माइकल नहीं माना। उसने काउंटर गर्ल से बात करने से पहले पूछा, "तुम क्या लोगी?"

"कॉफ़ीलाते...मीडियम।" ...मैं घर में भी दूध में ही कॉफ़ी बनाती हूँ। सुबह सुबह मशीन ऑन कर देती हूँ...'कॉफ़ी पर कोलेटर' से कॉफ़ी पाउडर के भीगने पर जो महक घर में भर जाती है...बहुत रोमांटिक लगता है। पहली कॉफ़ी मज़े ले-ले कर पीती हूँ।

माइकल ने अपने लिये भी 'कॉफ़ी लाते'मीडियम ही ऑर्डर की। दोनों अपनी-अपनी कॉफ़ी लेकर एक मेज़ पर पहुँच गये। मैं तो कॉफ़ी में चीनी नहीं लेती मगर माइकल ने ब्राउनशुगर के दो पैकेट उठा लिये। मैं माइकल के एक-एक एक्शन को पूरे ध्यान से देख रही थी। कितनी नफ़ासत से हर काम करता था। उसकी उंगलियाँ भी बहुत आर्टिस्टिक थीं। कॉफ़ी में चीनी मिलाना भी एक कलात्मक क्रिया हो सकती है...आज पहली बार पता चला था।

माइकल से पूछ ही बैठी, "माइकल, तुम्हारे घर में और कौन-कौन है?"

"मैं तो अकेला ही रहता हूँ। माँ-बाप सब डबलिन के एक सबर्ब में रहते हैं। एक बहन भी है। वह वाशिंगटनडी.सी। में रहती है। उसका पति वहाँ सरकारी नौकरी करता है।"

मैं तो मन ही मन खुश हो रही थी कि माइकलशादीशुदा नहीं है। मैं कुछ कह पाती उससे पहले माइकल ने ही पूछ लिया, "तुम क्या अपने पेरेंट्स के साथ रहती हो?"

"अब मैं इतनी भी बच्ची नहीं हूँ। मैं एडल्ट हूँ...वैसे तुम्हारी तरह मैं भी अकेली ही रहती हूँ।" बातचीत करते कब घन्टा भर निकल गया, कुछ पता ही नहीं चला। जानती थी कि माइकल को वापिस ऑक्सफ़र्ड तक ड्राइव करना है। जी चाह रहा था कि आज की रात माइकल मेरे फ़्लैट पर ही बिताए। मगर मैं सुबह अपने फ़्लैट को ठीक से साफ़ करके भी नहीं आई थी। ऐसे में माइकल को साथ कैसे ले जाती...कितना ग़लत इंप्रेशन पड़ता!

"तुम से मिल कर बहुत अच्छा लगा। हम दोनों एक ही फ़ील्ड से हैं...नेचर भी मिल ही रहा है...उम्मीद है कि दोस्ती लम्बी चलेगी।"

"आमीन!"

हम दोनों उठे और एक साथ कोस्टा से बाहर निकले। वापिस कार पार्क की तरफ़ बढ़ चले जहाँ माइकल की कार खड़ी थी। रास्ते में चलते हुए हम दोनों के हाथ टकराए और माइकल ने आहिस्ता से मेरा हाथ पकड़ लिया...मैं तो कब से इस पल की प्रतीक्षा कर रही थी। उसे रोकने का तो कोई कारण हो ही

नहीं सकता था...मन ही मन सोच रही थी कि जाने से पहले क्या माइकल किस करने को कहेगा...क्या मुझे नख़रा करना चाहिये...वैसे ऐसा करना तो मूर्खता ही कहलाएगा...

माइकल के पास काले रंग की मिनीकूपर कार थी। यानि कि बन्दे का टेस्ट अच्छा था। मेरे लिये संतोष की बात यह थी कि कार में पांच दरवाज़े थे। मुझे थ्री-डोर कारें बिल्कुल पसन्द नहीं हैं। इस कार में घुसना और निकलना आसान होगा। "चलो सैली, तुमको यूस्टनस्क्वेयर स्टेशन के बाहर उतार देता हूँ। मुझे मॉलिबों रोड से ही जाना है।"

बिना कुछ कहे उसने यात्री साइड का दरवाज़ा खोल दिया और मैं कार के भीतर बैठने लगी। अचानक माइकल ने मेरा हाथ पकड़ा और मुझे आहिस्ता से गले लगा लिया। शायद उसके मन में भी वही चल रहा था जो कि मेरे। ज़ाहिर है कि दिल की धड़कन बढ़ गयी...उसने हल्के से मेरे गाल पर किस किया और कार में बैठने दिया। स्वयं ड्राइवर वाली साइड से कार के भीतर बैठ गया। दोनों ने सीट बेल्ट लगाई...एक दूसरे की तरफ़ मानीख़ेज़ अन्दाज़ से देखा और मुस्कुरा दिये।

यूस्टनस्क्वेयर आ गया...मुझे उतरना था...माइकल की तरफ़ देखा...उसने कार साइड में खड़ी की और मेरी तरफ़ देखा, "मेरा ख़्याल है कि तुम्हारा मोबाइल नंबर माँग ही लेता हूँ...वरना हम दोनों एक दूसरे से बात कैसे करेंगे?"

हड़बड़ी में गड़बड़ी करने जा रही थी। मुझे तो कोस्टाकॉफ़ी में ही मोबाइल नंबर ले लेना चाहिये था। मगर कहीं अच्छा भी लगा कि माइकल को भी मेरे फ़ोन नंबर की चाह थी। मैंने अपना मोबाइल निकाला और माइकल से उसका नंबर पूछा, "तुम अपना नंबर बताओ। मैं तुम्हें कॉल करती हूँ...नंबर अपने आप आ जाएगा। ..."माइकल अच्छे बच्चे की तरह बात मान गया। वो नंबर बोलता गया...मैं की-पैड पर उंगलियाँ चलाती गयी...अचानक माइकल के फ़ोन की घन्टी बजी...और मैंने कहा, "लो, अब मेरा नंबर तुम्हारे पास पहुँच गया।"

माइकल मुस्कुरा दिया। और अब मेरी बारी थी। मैंने उसकी बाईं गाल पर हल्का-सा किस किया और मन मार कर कार से उतर गयी...

मुझे समझ नहीं आ रहा था कि मैं चल रही हूँ या उड़ रही हूँ...जब आपको अपने सपनों का राजकुमार अचानक कहीं मिल जाए तो भला आप सहज कैसे रह सकते हैं?...मैं पुराना गीत गुनगुना रही थी..."आई जस्टकॉल्डटु से आई लवयू...एण्ड आई से इटफ़्रॉमदिबॉटमऑफ़माईहार्ट!"

अपने ही फ़्लैट में घुसते हुए लग रहा था जैसे किसी अन्जाने घर में जा रही

हूँ। घर की दीवारों तक को नहीं पहचान पा रही थी। अचानक सब कुछ बदल गया था। घर तो वैसे ही बिखरा-बिखरा था, अब तो जी चाह रहा था कि सब कुछ उठा-उठा कर पटक दूँ...

हैरान भी थी कि मुझ में तो जल्दी से किसी पुरुष के प्रति रुचि जागती ही नहीं, फिर यह मुझे क्या हो रहा है। शायद इसीलिये कहते हैं कि प्रेम किया नहीं जाता...बस हो जाता है। सवाल तो यह है कि क्या माइकल मुझे सिर्फ़ अच्छा लग रहा है या मुझे प्यार हो गया है।

और रात को ठीक नौ बज कर बीस मिनट पर फ़ोन भी आ गया...माइकल का नाम मोबाइल में चमक रहा था...क़रीब दस सेकण्ड तक उस नाम को निहारती रही। फिर कॉलरिसीव की, "हैलो!"

"सैली, मैंने सोचा कि तुम्हें बता दूँ कि मैं ठीक से ऑक्सफ़र्ड पहुँच गया हूँ। और हाँ, तुम्हें मिलने के बावजूद ठीक से पहुँचा...कुछ कुछ घायल-सा महसूस करता रहा रास्ते भर मगर दर्द अच्छा लग रहा था।"

"तो साहब को रोमांटिक बातें करना भी आता है! मुझे तो लगा कि बस गंभीर आलोचना और थियेटर...इसके अलावा साहब को कुछ समझ ही नहीं आता।"

"अभी तो आज पहली बार मिले ही हैं। इतने ड्राई भी नहीं हैं हम...मगर हमारा जीवन का नियम है आहिस्ता-आहिस्ता।"

"और पता चला कि आपकी आहिस्ता-आहिस्ता में सैली को कोई और ही ले उड़ा।"

"अब तो ऐसा संभव नहीं लगता। मुझे आज एलविसप्रेसली का एक गीत याद आ रहा था।"

"अरे, तुम्हें भी पुराने गाने अच्छे लगते हैं!...मुझे भी। मैं भी जब घर आई तो स्टीवीवण्डर का गीत गुनगुना रही थी...वही, वुमन इन रेड वाला। ...'आई जस्टकॉल्डटु से, आई लवयू...' और तुम्हें कौन-सा गीत याद आ रहा था?"

"वही, 'आरयूलोनसमटुनाईट, डूयू मिस मीटुनाईट, आरयूसॉरीवीड्रिफ़्टिडअपार्ट. .."

"सच मैं सॉरी तो हूँ...हम क्यों अलग हुए...मैं कहना चाह रही थी कि रात मेरे फ़्लैट पर ही रुक जाओ।"

"ठीक है, तो मैं अभी चल पड़ता हूँ...!"

"हा...हा...हा...तुम मज़ाक अच्छा कर लेते हो।"

"नोडीयर, आई मीन इट। तुम कहो तो अभी वापिस ड्राइव शुरू कर दूँगा।"

"क्या तुम भी मुझे प्यार करने लगे हो या फिर केवल सेक्स के लिये?"

"सच तो यह है कि मुझे पहली बार कोई ऐसी महिला मिली है जिसके साथ मैं इंटेलेक्चुअली कंपैटीबल फ़ील कर रहा हूँ। तुम औरों से पूरी तरह अलग हो।"

"माइकल सच तो यह है कि मैं जब से तुम्हें मिली हूँ...तुम्हारी दीवानी हो गयी हूँ।"

"यह बताओ की अगले वीकेण्ड में तुम क्या कर रही हो...अगर फ़्री हो तो लेक डिस्ट्रिक्ट चलते हैं। शुक्रवार शाम को चलेंगे। शुक्रवार और शनिवार की रात वहाँ रहेंगे और रविवार दोपहर बाद वापिस...और वहाँ तो वर्डस्वर्थ का घर भी है...आराम से बातें भी होंगी...और..."

"बातें तो ज़रूर होंगी...मगर यह और...और भी होगा न?"

और हम दोनों खिलखिला कर हंस दिये...

"सैली, तुमको लेने आ जाऊँ...?"

"मैं ज़रा चेक कर लूँ कि वीकेण्ड पर कुछ कर तो नहीं रही...मगर तुम्हें आने की ज़रूरत नहीं है। मैं मेट्रोपॉलिटन से यूस्टनस्कवेयर चली जाऊँगी और फिर यूस्टन से विंडरमीयर। तुम टाइम फ़िक्स कर के मुझे विंडरमीयर से उठा लेना। वहीं कहीं बेड एण्ड ब्रेकफ़ास्ट में डबल रूम ले लेंगे।"

"पहले तुम कंफ़र्म करो। कमरा तो मैं ऑनलाइन बुक कर लूँगा...अब तो बस शुक्रवार का इंतज़ार है!"

मैंने कहने को तो कह दिया कि चेक करती हूँ कि वीकेण्ड को फ़्री हूँ या नहीं। मगर सच तो यह है कि मुझे कहाँ परवाह है किसी और काम की...सुबह -सुबह ही अपना ओवरनाइटट्रॉली बैग तैयार कर लूँगी। इन्सान प्यार में अपने आप के साथ भी कैसे मुस्कुरा लेता है! कल जाकर कॉंट्रासेप्टिव गोलियाँ भी ख़रीद लूँगी...कंडोम तो माइकल लेकर ही आएगा...सोच कहाँ-कहाँ तक ले जाती है! क्या माइकल भी ऐसा ही सोच रहा होगा...कल सुबह टेक्सट कर दूँगी कि मैं फ़्री हूँ। मुझे ज़्यादा उतावलापन नहीं दिखाना है।

मगर इस बार तो समय उतावला हो गया था और लगा कि मंगलवार के बाद सीधा शुक्रवार ही आ गया है...कहा जाता है कि इन्तज़ार की घड़ियाँ लम्बी होती हैं। मगर यहाँ तो मामला उलटा लग रहा था।

मुझे सुबह उठ कर अपनी रेलवे की टिकट भी बुक करनी थी। मैंने रात को ही चेक कर लिया था कि मुझे लंदनयूस्टन से प्रेस्टन जाना होगा और वहाँ से विंडरमीयर। यानि कि एक जगह ट्रेन बदलनी होगी...और वहाँ भी केवल दस

मिनट की प्रतीक्षा है...यानि कि समयानुसार पहुँच जाऊँगी। मैंने अपने ओवरनाइट केस में अपनी बेस्टलॉँज़री रखी...एक हल्के जामुनी रंग की और एक लाल रंग की। अपनी सी-थ्रूनाइटी भी रख ली थी...माहौल को पूरी तरह से रोमांटिक बनाने की तैयारी...मन में कहीं डर भी था कि यदि किसी काम की ज़रूरत से अधिक तैयारी की जाए तो मामला टांय-टांयफिस्स हो जाता है।

मेरी ट्रेन का समय दोपहर के ठीक एक बजे का था...वर्जिन ट्रेन...लाल रंग का पेंट लिये...मैं आज सच में खुश थी। जी चाह रहा था कि बिना टिकट यात्रा करूँ। जान बूझ कर कुछ ऐसा करूँ जिससे मेरा पागलपन दुनिया देखे। दिमाग़ में बीटल्स का गीत गूँज रहा था..."शीहैज़गॉट ए टिकट टुराईड...बट शीडोण्टकेयर. .."

आज बीटल्स मानने वाले नहीं हैं...फिर कान में पूछ रहे हैं, "आई डोण्टनो व्हाईइज़शी राइडिंग सो हाई!" अब उनको कैसे समझाऊँ कि मामला क्या है। वैसे कह तो मेरे ही मन की बात रहे हैं मगर कम से कम ट्रेन को चलने तो दें। जब ट्रेन चलेगी, तभी तो उसके चलने की आवाज़ के अनुसार मेरा दिल धड़केगा।

आज यूस्टन स्टेशन पर खासी भीड़ है। मैंने कोस्टाकॉफ़ी और सैण्डविच ख़रीद लिया है। ट्रेन के चलने के बाद पेट पूजा भी हो जाएगी। तीन घन्टे दस मिनट की यात्रा है। आज सुबह नाश्ता भी ढंग से नहीं कर पाई थी। बस थोड़े से कॉर्नफ़्लेक्स ले लिये थे।

विंडरमेयर लेक के किनारे माइकल के हाथों में हाथ डाले दिन भर घूमने का ख़्याल ही रोमांचित कर जाने वाला था। यूस्टन से निकल कर ट्रेन कुछ पलों के लिये 'वॉटफ़र्ड' में रुकी। मुझे तो ख़्याल था कि सीधी 'मिल्टनकीन्ज़' जा कर पहला स्टॉप होगा। मगर मुझे क्या फ़र्क पड़ता है। मैं तो अपनेसैण्डविच और कोस्टाकॉफ़ी में बिज़ी थी।

एक सोच मन को बार-बार छुए जा रही थी। मुझे हैरानी भी थी कि मुझे किसी पुरुष के व्यक्तित्व ने कभी ऐसा नहीं छुआ जैसे कि माइकल ने...डर भी रही थी इतनी अधिक आशाएँ जगाने के बाद कहीं निराशा के बादल न हमारे संबन्धों पर छा जाएँ। इतना आसान नहीं होता है कि सब कुछ आपकी सोच के अनुसार होता चला जाए। मिल्टनकीन्ज़ पहुँच गयी गाड़ी। रास्ते में हेमेलहेम्पस्टेड स्टेशन भी आया था...कहीं सरसों के पीले-पीले फूल हवा के झोंकों से लहलहा रहे थे तो कहीं सफ़ाई से कटी घास दिल को लुभा रही थी।

'प्रेस्टन' में गाड़ी बदलनी थी। शायद नॉर्दर्नलाईन की ट्रेन लेनी थी। तेज़ी से प्लैटफ़ॉर्म बदला और पहुँच गयी अपनी सीट पर। अब तो बस पचपन मिनट

की यात्रा और बचीथी। दिल धड़क रहा था। माइकल को बता दिया था कि ट्रेन कितने बजे विंडरमीयर पहुँचने वाली है। वैसे माइकल ने दो बार फ़ोन किया मगर मैंने ही उसे मना कर दिया कि कार चलाते हुए फ़ोन पर बात न करे। मुझे सड़क पर सुरक्षा नियमों का पालन करना आवश्यक लगता है।

'बरबरी' का काले रंग का रेनकोट पहने माइकल मेरी प्रतीक्षा कर रहा था। बरबरी के कोट से यह तो अन्दाज़ा हो गया कि माइकल का टेस्ट ऊँचे दर्जे का है। कई बार मैं भी जजमेण्टल हो जाती हूँ। फिर अपने को ही डाँट भी लगा लेती हूँ। वैसे स्वयं भी ब्रैण्डिड चीज़ें पहनने की शौकीन हूँ। सस्ते कपड़े, टायलेटरी या परफ़्यूम नहीं ख़रीद पाती। कभी भी सेल का इन्तज़ार नहीं करती। जब कुछ ख़रीदने का जी चाहता है बस ख़रीद लेती हूँ। सेलफ़्रिजस या जॉनलुईस के अलावा कहीं से ख़रीददारी नहीं करती। बस अण्डर-गार्मेन्ट्स मार्क्स एण्ड स्पेन्सर से ख़रीदती हूँ-सेंट माइकल के।

मैं आगे बढ़ी और माइकल के गले लिपट गयी। माइकल ने आहिस्ता से मेरे सिर पर किस किया और फिर एक हल्की-सी किस मेरे होंठों पर। मेरा ट्रॉली केस पकड़ा और अपनी कार की ओर ले चला। मैं मंत्रमुग्ध उसके साथ चल रही थी। सोच रही थी कि आज उसके कोलोन का ब्रैण्ड कौन-सा होगा। महसूस हो रहा था जैसे कि 'अज़ारो' का 'वान्टेड' है। पूछना चाह कर भी पूछ नहीं पाई।

मेरा ट्राली बैग कार की डिकी में रख कर माइकल कार के अगले दरवाज़े की तरफ़ चल दिया। जब तक वह ट्राली बैग डिकी में रख रहा था मैं चुपके से आगे की सीट पर बैठ चुकी थी। "हम कहाँ ठहर रहे हैं? किसी चेन होटल में तो नहीं?"

"मेरे उतावलेपन पर माइकल के होंठों पर मुस्कान उभर आई। एक प्यारी-सी कॉटेज है -'मेकॉटेज'। इसमें बड़े कमरे हैं और बड़े-बड़े बेड। इतने बड़े कि हम उस पर कुश्ती कर सकते हैं। और कमरे का डेकोर भी नीले रंग का है। और सबसे बड़ी बात किविंडरमेयर लेक से केवल पाँच मिनट की पैदल दूरी पर है। और इस स्टेशन से सिर्फ़ डेढ़ मील दूर है। इस कॉटेज को पति-पत्नी की जोड़ी चलाती है। यानि कि घर जैसा खाना भी मिलेगा। उनका कहना है कि अगर सुबह ब्रेकफ़ास्ट के वक्त उन्हें डिनर के लिये अपनी पसन्द का मीनू बता दिया जाए तो वे अपने मेहमान के अनुसार बना देते हैं।

कम शब्दों में माइकल ने 'मे-कॉटेज' का पूरा ब्यौरा दे दिया। मेरी आँखों में नये सपने पैदा कर दिये थे। क्या मैं लेक पर जाना भी चाहूँगी...या बस कमरे में बन्द होकर माइकल के साथ लिपटी रहना चाहूँगी।

बस दस मिनट में हम में-कॉटेज के रिसेप्शन में खड़े थे। घर के मालिक जोआना और साइमन हमारा स्वागत इस तरह कर रहे थे जैसे कि हम उनके घर के सदस्य हों। पूरी कॉटेज के सामने फूल ही फूल दिखाई दे रहे थे। वैसे मैं फूलों के मामले में पूरी तरह से अनपढ़ हूँ। किसी के भी नाम याद नहीं। कमरे की एक खिड़की से तो लेक भी दिखाई दे रही थी। देख कर मन मचल गया कि हमें अभी घूमने चलना चाहिये। सूर्य तो रात दस बजे तक नहीं डूबने वाला था।

हमने अपना-अपना ओवरनाइट केस ठीक से रखा और टायलटकिट निकाल कर बाथरूम में सेट कर दी। फिर जल्दी से लिस्टरीन से माउथवॉश किया और कमरे में वापिस। "सुनो सैली, रात का डिनर यहाँ करना है या बाहर खा कर ही आएँगे?"

"मेरा ख़्याल है कि बाहर ही खाएँगे।"

"कैसा फ़ील कर रही हो?"

"दरअसल माइकल ऐसा कभी फ़ील किया ही नहीं। मैं इन तीन दिनों को जी लेना चाहती हूँ। किसी तरह की कोई रोक-टोक नहीं।"

माइकल ने आगे बढ़ कर मुझे अपनी ओर हल्के से खींच लिया। और पहली बार हम दोनों ने एक दूसरे को डीप किस किया। मेरा पुराना अनुभव बहुत ख़राब था। इसलिये मैं जल्दबाज़ी में कुछ नहीं करना चाहती थी। मैंने माइकल को सलाह दी कि चलो लेक पर चलते हैं। लेक के किनारे प्यार करने का मज़ा अलग ही होगा।

पतली सड़कों और दुकानों के बीच से निकलते हुए हम विंडरमेयर लेक की ओर चल दिये। चलते-चलते माइकल मुझे हल्का-सा लिपटा भी लेता। उसके कोलोन का नाम वान्टेड था और मुझे लग रहा था कि माइकल के लिये मैं वान्टेड हूँ। ...उसके कोलोन की खुशबू मेरे नथुनों में हलचल पैदा कर रही थी। मैंने भी आज अपना फ़ेवरिट 'डिप्टीक' लगा रखा था। माइकल ने पूछा भी, "यह परफ़्यूम बहुत हट के है...क्या नाम है।" जब मैंने नाम बताया तो बेचारे ने नाम ही नहीं सुन रखा था। मगर तसल्ली भी हुई कि महिलाओं को परफ़्यूमगिफ़्ट नहीं करता फिरता।

शाम आहिस्ता-आहिस्ता रात के आग़ोश में समाती जा रही थी। माइकल ने कहा, "सैली, उस दिन मैंने रेडवाइन तुम से ले भी ली और पी भी ली। दरअसल मैं वाइन या शैम्पेन नहीं पीता। मैं स्कॉच पीता हूँ...और वो भी सिंगलमाल्ट... ऑनदिरॉक्स...आज हम अभी किसी पब में चलेंगे...वैसे तुम क्या

पीना चाहोगी?"

"तुम्हारा साथ देने के लिये तो मैं कुछ भी पी लूँगी...मगर वोदका और डाइट कोक चलेगी। उस में नींबू का एक स्लाइस।"

बस फिर तो बन गया काम...चलो सामने पब है...शायद वहाँ डिनर भी सर्व करते हों...देख लेते हैं।

"सुनो माइकल, मैं अपना शेयर देना चाहूँगी। मुझे नहीं अच्छा लगता कि तुम सारा ख़र्च करो।"

"सैली, मैं आयरिश हूँ। हमारी सोच इंग्लिश सोच से अलग है...इस ट्रिप पर तुम मेरी मेहमान हो। इसलिये न तो तुम रहने का ख़र्च शेयर करोगी और न ही खाने का। भविष्य में देखा जाएगा कि ऊँट किस करवट बैठता है।"

मेरे लिये यह भी एक नया अनुभव था। जब मेरी इंडियन या पाकिस्तानी सहेलियाँ बताया करती थीं कि उनके प्रेमी उन्हें कभी बिल नहीं अदा करने देते तो मैं हैरान हुआ करती थी...ऐसा कैसे हो सकता है। जब खा दो लोग रहे हैं जो कि पति-पत्नी नहीं हैं तो दोनों को अपने-अपने खाने का बिल अदा करना चाहिये।

आज मैं भी माला और हिना की तरह महसूस कर रही हूँ...इस बार मैं भी उनके सामने शान बघार पाऊँगी कि मेरे प्रेमी ने भी मेरा पूरा बिल दिया। ...

कई बार कितनी छोटी-छोटी ख़ुशियाँ जीवन को जीने के क़ाबिल बना देती हैं। पब में माइकल ने अपने लिये ग्लेनलिवेट का डबलपेगऑनदिरॉक्सऑर्डर किया और मेरे लिये एब्सोल्यूटवोदका का डबलपेग और डाइट कोक साथ में दो क्यूब बर्फ़ और एक नीबू का स्लाइस। और साथ में स्नैक्स के तौर पर फ़िशफ़िंगर्स।

माइकल के साथ का नशा और उस पर वोदका का एब्सोल्यूट नशा...अब और इन्तज़ार करना आसान नहीं था।

आज माइकल को देख कर कहीं कोई आयरिशजोक याद नहीं आ रहा था. ..रूमी की लाइनें याद आ रही थीं...'ए मुमेण्ट ऑफ़ हैप्पीनेस...सिटिंग इन ए पब!"वराण्डा' की जगह पब लगा कर बहुत मज़ा आ रहा था...हम दोनों ने एक-एकड्रिंक ही लिया...माइकल का तो सिस्टम ही ग्रेट है...वो हर शाम बस एक ही डबलपेग लेता है...पचास एम.एल। ग्लेनलिवेटऑनदिरॉक्स...और उसे ख़त्म करने में क़रीब एक घन्टा ले लेता है। इतनी देर में मैं दो पैग ले गयी.. .मैं तो टल्ली हो गयी...कुछ ऐसा महसूस कर रही थी।

पब में डिनर की ख़ुशबू अच्छी आ रही थी। ख़ास तौर पर मछली की।

माइकल ने 'ग्रिल्डसामन' का ऑर्डर दिया तो मैंने 'सी-बास' का। हमारे साथ वाली टेबल पर चिकन टिक्का मसाला खाया जा रहा था...मन में आया कि मैं भी यही ऑर्डर करती हूँ...फिर डर लगा कि सारी रात मसालों की महक साँसों और बदन में छाई रहेगी। मन मार कर रह गयी।

खाने के बाद हम दोनों उठे और वापिस लॉज की तरफ़ चल दिये। पहली मंज़िल वाले अपने कमरे में पहुँच गये। पहले माइकल ने ब्रश किया और फ़्रेश हुआ। मैंने कहा, "अभी आती हूँ।" और अपनी नाइटी और लाल अण्डर-गार्मेण्ट्स ले कर बाथरूम में गयी। तरोताज़ा होकर अपनी तैयारी पूरी की...अपने आप को सामने लगे शीशे में निहारा। और वापिस कमरे में आ गयी।

माइकल के मुँह से सीटी बज गयी, "माईगॉड, तुम तो पूरी वीनस लग रही हो...तुम ने अपने बदन को बहुत सलीक़े से मेन्टेन किया हुआ है...जिम जाती हो क्या?"

"नहीं...जिम तो नहीं जाती। मगर सप्ताह में चार दिन वॉक और जॉग करती हूँ...पसीना निकालती हूँ और फ़्री-हैण्ड एक्सर साइज़ करती हूँ।"

"यह अच्छा है...वैसे फ़्री हैण्ड एक्सरसाइज़ का यह बेस्ट समय है...!"

अचानक सेंसोडाइनटुथपेस्ट की ख़ुश्बू मेरे नज़दीक आ गयी और कॉलगेट टोटल की ख़ुश्बू के साथ मिल गयी। रूमी फिर कान में अपनी कविता गुनगुनाने लगा, "ऐपेरेन्टलीटू, बट वन इनसोल, यूएण्ड आई!" सच ही तो है...हम दोनों आहिस्ता-आहिस्ता दो बदन और एक रूह होते जा रहे थे...कमरे की बत्तियाँ बुझी हुई थीं, भीतर ज्वाला धधक रही थी और बाहर आकाश पर सितारे टिमटिमा रहे थे।

बिस्तर की सिलवटें हम दोनों की कहानी अपने भीतर समेटे थीं...और मैं अचानक रोने लगी। यह अनुभव ज़बरदस्त भी था और कन्फ़्यूज़िंग भी...मगर मैंने कुछ कहा नहीं...बस रात भर सोचती रही...

सुबह जब ब्रेकफ़ास्ट पर जाने का वक्त हुआ तो सोचा माइकल से बात करूँ...मगर अनुभव ने बताया कि कोई भी निगेटिव बात खाने के वक्त नहीं करनी चाहिये। जब वर्डस्वर्थ के घर जा रहे होंगे...तब बात शुरू करूँगी।

माइकल पूरी तरह से तृप्त लग रहा था। उसे नहीं मालूम था कि मेरे भीतर क्या तूफ़ान चल रहा है। उसने ब्रेकफ़ास्ट ख़ूब इन्जॉय किया। मैं हल्का ही खा सकी। उसने पूछा भी, "सैली, तुम्हारी तबीयत तो ठीक है?" उसकी आवाज़ में मेरे लिये चिन्ता थी। सुन कर अच्छा लगा और मेरे भीतर की नकारात्मकता थोड़ी कम होने लगी...मगर नारी हूँ न। चीज़ों को जल्दी पकड़ लेती हूँ। फिर

बातें दिमाग़ में घुमड़ती रहती हैं।

ब्रेकफ़ास्ट के बाद दोनों लॉज में वापिस...माइकल ने किस करना चाहा... मैंने रोक दिया। उसे समझ नहीं आया क्यों...समझ तो मुझे भी नहीं आया...मगर बस कर दिया। समझ नहीं पा रही थी कि माइकल से बात कैसे करूँगी...

पार्किंग से गाड़ी निकाली और चल पड़े वर्डस्वर्थ के घर की ओर। माइकल ने अपने गूगल मैप में पोस्ट कोडफ़ीड कर दिया था। "सैली, तुम्हारा मूड कुछ उखड़ा हुआ है...सब ठीक तो है?"

"मैं कल रात से बहुत परेशान हूँ माइकल। हमारे बीच जो कुछ भी हुआ, वो अद्‌भुत था। मुझे इतना सुख कभी नहीं मिला। मगर मैं फिर भी बहुत कन्फ़्यूज़्ड हूँ।"

"मैं समझ गया। तुम्हें कुछ भी कहने की ज़रूरत नहीं।"

"क्या समझ गये?"

"तुम मेरी छातियों को लेकर परेशान हो न?"

"तो तुम इस बारे में पहले से सब जानते हो?"

"ज़ाहिर है कि समस्या मेरी है तो जानकारी भी मुझे ही होनी चाहिये।"

"तुम्हें नहीं लगता कि तुम्हें मुझे पहले से बताना चाहिये था?"

"दरअसल हम दोनों के बीच सब कुछ इतनी तेज़ी से हुआ कि कुछ भी बताने का कोई मौक़ा ही नहीं मिला...अभी भी कहाँ देर हुई है। अब बता देता हूँ।"

मेरे मुँह का स्वाद कसैला-सा हो रहा था। मैं अपने आप को समझा नहीं पा रही थी कि मेरे साथ जो हुआ वो क्यों हुआ। क्या यह सब होना चाहिये था. ..यह तो अच्छा हुआ कि अपने पिछले नाटक में मुझे ट्रांसजेण्डर के बारे में काफ़ी कुछ पढ़ना पड़ा। शायद इसीलिये मैं रात को भड़की नहीं। और न ही मैंने अपने मुँह से कुछ भी कहा...मैं चाह रही थी कि बिना कहे ही माइकल को समझ आ जाए कि मुझे किस बात की चिन्ता हो रही है।

"सुनो सैली...मैं जब बीस वर्ष का था तो मुझे पहली बार महसूस हुआ कि मेरे भीतर एक औरत भी है। मैंने उस समय कुछ हारमोनल दवाइयाँ ली थीं। मगर मैं सर्जरी के ज़रिये अपने आप को बदलने के लिये तैयार नहीं था। मैं अपने साथ संघर्ष करता रहा। मुझे अपना पुरुष रूप पसन्द है...मैंने समाज में एक स्थान बनाया है और वो माइकलनिक्सन का ही है। मैंने उस स्थान को बहुत मेहनत से हासिल किया है। मुझे औरत बनने का कोई शौक़ नहीं है...यह सच है कि मेरे भीतर बदलाव के सिम्पटमपैदा हुए थे। मगर मैं उनके लिये तैयार नहीं था। इसलिये

मैंने उस बदलाव को वहीं दबा दिया। ...सैली मैं निन्यानवे प्रतिशत पूरा और पक्का पुरुष हूँ...अगर कहीं एक प्रतिशत गड़बड़ होगी भी तो मैं या हम दोनों मिल कर उसे ठीक कर लूँगा।"

मैं माइकल को कैसे बताती कि वो निन्यानवे प्रतिशत पुरुष तो मुझे जीवन की सबसे बेहतरीन खुशियाँ दे सकता है। मुझे समस्या तो उस एक प्रतिशत की है। क्या मैं उस एक प्रतिशत को हैण्डल कर पाऊँगी?"तुम्हारी छातियां..."

माइकल ने मुझे वाक्य पूरा नहीं करने दिया, "यह उन हॉरमोन्स का नतीजा है जो मैंने उस समय लिये थे जब मैं ट्रांज़ीशनफ़ेज़ से गुज़र रहा था। वोहॉरमोन छोड़ने के बाद यह वहीं रुक गये। अब और आगे नहीं बढ़ेंगे...अगर तुम कहोगी तो मैं इनकी सर्जरी करवा लूँगा...मगर मुझे छोड़ने के बारे में मत सोचना!"

माइकल की आवाज़ का दर्द कहीं मुझे भीतर तक छू गया। मेरा कन्फ़्यूज़न और बढ़ गया। मैं जानती थी कि मैं माइकल से प्यार करने लगी हूँ...मगर...सच तो यह है कि यह माइकल का एकपास्ट है...उसका भूतकाल...अब तो वह पूरी तरह से मर्द है और उसने रात को साबित भी कर दिया...फिर मैं क्यों ऐसी बेवक़ूफ़ी कर रही हूँ...मुझे माइकल को हर्ट नहीं करना चाहिये...

"क्या हमें वर्डस्वर्थ के घर जाना चाहिये, या फिर समझ लें कि हमारा ट्रिपफ़ियेस्को में बदल चुका है?..."

माइकल को अचानक खो देने का डर मेरे दिल में ख़ौफ़ पैदा कर गया। कल रात को मिले सुख ने दिल के कोने से आवाज़ दी...और मैं सोच में डूब गयी...माइकल के पास्ट के लिये मैं उसे आज क्यों सज़ा दूँ...माइकल एक अच्छा इन्सान है...पढ़ा लिखा इंटेलेक्चुअल है...अगर वो मेरा बन कर रहना चाहता है तो मैं उसे मना क्यों करूँ...मगर दिमाग़ ने प्रश्न चिन्ह खड़ा कर दिया...तुम इतना बेवक़ूफ़ी भरा निर्णय कैसे ले सकती हो?माइकल भीतर से औरत है और बाहर से मर्द...अब तो बाहर से भी मर्द और औरत दोनों ही है...

मेरे पास समय कम था। निर्णय तुरन्त लेना था। अभी तो केवल आकर्षण ही हुआ है। मगर महसूस तो यूँ हो रहा है कि हम सदियों से जानते हैं। अगर मुझे माइकल का प्यार मिलता है तो क्या मुझे नकारने से नुक़सान होगा या लाभ. ..मैं इतनी घटिया बातें कैसे सोचने लगी...प्यार में हानि और लाभ का हिसाब लगाने लगी...

सोचने के लिये समय अधिक नहीं था...मुझे तय करना था कि क्या मैं छली गयी थी या मुझे अपने सपनों का इन्सान मिल गया है। रात का एक-एक पल एक फ़िल्म की तरह मेरे सामने से गुज़र रहा था। इतने में हम 'ग्रासमीयर' के

'डवकॉटेज' के बाहर खड़े थे। सवाल यह था कि जिस घर में विलियमवर्डस्वर्थ नौ साल रहा...जहाँ 'प्रिल्यूड' जैसी महान कविता लिखी...क्या यह घर मेरे नये जीवन का प्रिल्यूड बन पाएगा। मैं भी वर्डस्वर्थ की ही तरह आसमान में इन्द्रधनुष को छू लेना चाहती थी...

माइकल कार रोक कर मेरी प्रतिक्रिया की प्रतीक्षा कर रहा था...मैंने उसके हाथों को एक बार फिर देखा। एक कलाकार के ख़ूबसूरत हाथ...यह आदमी मुझ से छल नहीं कर सकता...इसे मेरे प्यार की ज़रूरत है...मेरे मन के भीतर से यह आवाज़ बार-बार मेरे दिल-ओ-दिमाग़ को छू रही थी...

मैंने एक बार आकाश की ओर देखा...वहाँ सूरज की रौशनी में मेरा इन्द्रधनुष पूरी चमक के साथ मौजूद था...अब बादलों के लिये कोई जगह नहीं थी...मैंने अपने सिर को हल्का-सा झटका दिया और माइकल से कहा, "चलो कार को पार्किंगलॉट में खड़ा करो और टिकट विन्डो से टिकट ख़रीदो।"

माइकल ने कार पार्किंग लॉट की ओर बढ़ा दी...

वन्स ए सोल्जर...!

कैप्टन बिलीमेहता को 'मे-डे' कहने का अवसर भी नहीं मिला...

भारतीय सेना में बीस साल चीता और चेतक हैलिकॉप्टर उड़ाए। यहाँ लंदन में दस साल डी.एच.एल.एअरलाईन में विमान उड़ाए मगर कभी भी उसे किसी ऐसी एमरजेंसी का सामना नहीं करना पड़ा कि उन्हें 'मे-डे' का सिग्नल देना पड़ा हो।

हैलिकॉप्टर और विमान उड़ाने के दौरान सिग्नल देना नहीं पड़ा और आज जब कार एक्सीडेण्ट हुआ तो सिग्नल देने का कोई प्रावधान ही नहीं था। बस सामने एक लॉरी पलटी और कैप्टन बिली मेहता की कार सीधी उस लॉरी के भीतर समाती चली गयी। मैं उस समय वहीं खड़ा था...मेरी मृत्यु भी कल वहीं और उसी जगह हुई थी...मोटर-वे एम-1 जंक्शन 15...

मुझे तो दरअसल जाना भी उसी एग्ज़िट तक था...मगर मैं नॉर्थैम्प्टन की जगह किसी ऐसे स्थान पर पहुँच गया जहाँ से वापिस नहीं आया जाता। मगर शायद मेरी आत्मा के लिये अभी तय नहीं हुआ था कि स्वर्ग जाना है कि नर्क। बस इसीलिये वहीं भटक रहा था। और फिर यह भी हो सकता है कि मुझे बिलीमेहता और उनकी पत्नी प्रभजोत के साथ ही ऊपर जाना था...

कमाल तो यह कि मुझे लेने न तो यमराज आए, न भैंसा और न ही कोई ऐसी सुरंग दिखाई दी जिसमें से मेरी आत्मा निकल कर किसी भगवान के दिव्य दर्शन करती। सच्ची बात तो यह है कि मैं उम्र भर न तो भगवान में विश्वास पैदा कर पाया और न ही उसे नकार पाया। कम से कम बिलीमेहता अपने आपको पूरा हिन्दू तो मानते थे। मंदिर और गुरुद्वारे भी जाते थे। पत्नी सरदारनी थी...अब तो 'थी' ही कहना पड़ेगा।

बिलीमेहता और प्रभजोत कार एक्सीडेन्ट के बाद बहुत हल्का महसूस कर रहे थे। बिली ने मुझे देखा, "ओएदीपक, तूंऐथे की कर रिहा हैं?"

शायद अभी तक कैप्टन बिलीमेहता को समझ नहीं आया था कि उनकी मृत्यु हो चुकी है। और साथ ही प्रभजोत की भी। मगर मुझे तो अच्छी तरह पता था कि मामला क्या है। "कैप्टन साब, मैंनूतां शायद तुहाडे वास्ते ही ऐथेरोकया होया सी। हुण इकट्ठे ही चलांगेतिन्नों।"

बिलीमेहता ने अपनी नीली आँखों को चमकाते हुए अंग्रेज़ी में बात शुरू कर दी। दरअसल उनका भी कोई कुसूर नहीं। वेडी.एच.एल। एअरलाइन में बात करते करते आधे से अधिक तो अंग्रेज़ हो ही चुके हैं। मुझे तो उनके जीवन की एक-एक घटना के बारे में पता है। हालांकि हमारी दोस्ती तो लंदन में ही हुई मगर कल तक हम दोनों इस दुनियाँ में एक दूसरे के सबसे करीबी दोस्त थे। और आज मरने के बाद भी।

बिलीमेहता का शराब पीने का अंदाज़ निराला था। रात को डिनर से पहले तीन पेग लेते थे...सिंग्लमॉल्ट। अपना ब्राण्ड बदलते रहते थे...जो सेल में मिलता वही ख़रीद लेते...ग्लेनलिवेट, ग्लेनफ़िडिश, ग्लेनमोराँज़ी, ग्लेनमोरे, हाईलैण्डसिंग्लमॉल्ट, टैलिस्कर, बो-मोर...उन्हें किसी भी ब्राण्ड से कोई परहेज़ नहीं था, "ओएदीपक, बस मति ही ताँ मारनी है, ब्राण्ड नाल की फ़रकपैंदा है?" लेकिन पीते सिंग्लमॉल्ट ही थे...मजाल है किसी और व्हिस्की के बारे में सोच भी लें।

"यार दीपक, जब आर्मी में थे तो मेस में रम ही मिला करती थी...उसी से काम चलाना पड़ता था। मगर अब अगर भगवान ने मौक़ा दिया है कि ढंग की व्हिस्कीपियें तो फिर बेस्ट क्यों न पियें। रम और कोक पी-पी कर टेस्ट का सत्यानाश हो गया था...इसीलिये बस सिंग्लमॉल्टऑनदिरॉक्स...साली सोडे और पानी का कोई चक्कर ही नहीं...बोतल अपनी और बर्फ़ प्रभजोत जी की...ज़िन्दगी रॉक्स..."

प्रभजोत भी तो अद्‌भुत पत्नी है...नहीं...थी। उन्होंने कभी भी बिली से कभी कोई शिकायत नहीं की। बिली उनका हीरो था और है। जब कारगिल युद्ध हुआ था तो बिली के ज़िम्मे हीफ़्रण्टलाइन सैनिकों को हथियार, गोला बारूद और दवाइयाँ पहुँचाने का काम था। बिलीमेहता को कारगिल के बाद वीर चक्र से सम्मानित भी किया गया था। और प्रभजोत अपने हीरो को निहारती नहीं थकती।

बिलीमेहता का पूरा नाम तो बलजीत सिंह मेहता था...मोना पंजाबी। मगर फ़ौजियों के लिये वह बिली ही था और वही नाम उसके साथ चिपक कर रह भी गया था। बिली जब फ़ौज में दाख़िल हुआ था तो उसका एक ही स्वप्न था कि वह हैलिकॉप्टर उड़ाए। उसे टैंक तोप चलाने या विमान उड़ाने के मुक़ाबले हैलिकॉप्टर उड़ाने में एक अलग किस्म की चुनौती दिखाई देती।

बिना ज़मीन पर दौड़ लगाए...बस जहाँ खड़े हैं वहीं से सीधे ऊपर उड़ान भर लेने की सोच ही उसे गर्व से भर देती थी। "दीपक यार इन्फ़ेन्टरीका तो बस एक ही काम होता है...मारना! फ़ाइटर पायलट का भी एक ही काम हैं...बम्ब गिराना और दुश्मन के विमान को मार भगाना। जब कि हैलीकॉप्टर उड़ाने वाले पायलट काकाम अलग ही होता है। वह एक तरफ़ तो गोला बारूद सीमा पर पहुँचाता है, वहीं दूसरी ओर जवानों के लिये दवाई और दूसरे समान भी पहुँचाता है...घायल जवानों को भी हस्पताल पहुँचाता है!"

तब समझ में आया कि कैप्टन बिलीमेहता ने एअर फ़ोर्स की मुख्यधारा में शामिल न हो कर सेना के हैलीकॉप्टर क्यों चुने। उन्हें उनके साथियों ने समझाया भी था, "देखो यार अगर पायलट ही बनना है तो एअर फ़ोर्स प्रॉपर ज्वाइन करो। यह भला क्या तुक हुई कि आप बनें पायलट और काम करें आर्मी के साथ!"

मगर बिलीमेहता तो बचपन से ही ज़िद्दी थे। अपनी बात मनवा कर ही दम लेते थे। और फिर यहाँ तो सवाल ही उनके उसूलों का था। वे एक ऐसे सकारात्मक इन्सान थे जो युद्ध में भी कुछ न कुछ सकारात्मक खोज लेते थे।

बिलीमेहता ने कार में क्षत-विक्षत अपने और अपनी पत्नी के शवों को देखा, "यार दीपक, कभी शेव करते हुए कट भी लग जाता था तो जब तक ठीक नहीं हो जाता था किसी को चेहरा दिखाने का दिल नहीं करता था। कैसा डरावना लग रहा हूँ मैं? भला ये कैसी मौत हुई?"

"कैप्टन साब हालांकि मैं तो आपकी तरह हुस्न-परस्त नहीं हूँ। मगर कल मैं भी ठीक आप ही की तरह सोच रहा था। और हाँ पहले तो मुझे यह घबराहट हुई कि मेरा शरीर तो यहाँ पड़ा है एम-1 पर, भला मेरे बेटे को ख़बर कौन देगा?. ..फिर एकदम याद आया कि मैंने तो अपना फ़्यूनरल पहले से बुक कर रखा है। उसके सर्टिफ़िकेट की एक कॉपी ग्लव-बॉक्स में भी रख ली थी। जब पुलिस वाला कार की तलाशी ले रहा था, तो उसको अचानक वो सर्टिफ़िकेट दिखाई दे गया। उन्होंने सीधे फ़्यूनरलएजेंन्ट को फ़ोन किया। उसे और कहीं फ़ोन करने की ज़रूरत ही नहीं पड़ी...मेरे बेटे को भी उन्होंने ही फ़ोन किया होगा...राजीव ने आपको फ़ोन करके बताया नहीं क्या?"

"नहीं फ़ोन तो नहीं आया। पहले बेचारा दूसरे रिश्तेदारों को फ़ोन कर रहा होगा। और मीरा बेटी तो अमरीका में है न? उस बेचारी पर पता नहीं क्या गुज़रेगी. ..देखो वो पुलिस भी आ गयी है। देखते हैं अब हमारे शरीरों को कैसे बाहर निकालते हैं...तुम्हें क्या लगता है दीपक, हमारे जिस्म साबुत बाहर निकल आएँगे या काट के निकालना पड़ेगा...यार मरने के बाद भी अपने शरीर से मोह कम

नहीं हुआ।"

"बात तो आप ठीक कह रहे हैं कैप्टन साब। जब तक यहाँ से दूर नहीं चले जाएँगे तो शायद तब तक शरीर से जुड़ाव कम नहीं हो पाएगा...देखिये पुलिस ने अपना काम शुरू कर दिया है। आपकी जेब से आपका मोबाइल भी निकाल लिया है। वैसे आप लक्की हैं कि आप मर्सीडीज़ चला रहे थे। कोई दूसरी गाड़ी होती तो गाड़ी के परखच्चे उड़ जाते।"

"यार एक बात माननी पड़ेगी कि यहाँ की पुलिस हमारी लाशों के साथ भी ख़ासी इज़्ज़त से पेश आ रही है। इसमें कोई रंगभेद का चक्कर नहीं चला रही।"

"देखिये पुलिस वाला आपका आई.डी। कार्ड देख रहा है। अरे हाँ यह तो वही पुलिस वाला है जो कल मेरे एक्सीडेण्ट के वक्त आया था। हैरान हो रहा होगा कि दो दिन एक ही समय पर दो दुर्घटनाएँ कैसे हो सकती हैं। और दोनों दिन मरने वाले भारतीय मूल के लोग!...वैसे अब उसे पता चल जाएगा कि आप डी.एच.एल। के साथ पायलट हैं...वैरी गुड उसने ग्लवकंपार्टमेण्ट भी खोल लिया है। आपका फ़्यूनरलसर्टीफ़िकेट मिलेगा और पुलिस वाला तो पगला ही जाएगा कि दोनों ने एक ही जगह फ़्यूनरल भी बुक करवा रखा है।"

"यह अच्छा है कि अब फ़्यूनरलएजेण्ट हमारे घर वालों को फ़ोन कर लेंगे। तुम्हें क्या लगता है, क्या हमें अपने घरों में जाकर देखना चाहिये कि बेचारे कितना रो रहे हैं?"

"कैप्टन साहब हम एक मामले में लक्की हैं कि हमारे बच्चे हमें सचमुच प्यार करते हैं। और मैंने तो जीते जी ही सब कुछ बेटे-बेटी के नाम कर दिया है। ज़ाहिर है कि मेरे मरने से उन्हें कुछ अलग से तो मिलने वाला है नहीं। बस ले दे के एक बैंक अकाउण्ट है और कंपनी की पेन्शन। उसमें मेरे दोनों बच्चे बराबर केनॉमिनी हैं।"

"दीपक, तुम तो कल से यहाँ हो। कहीं से कोई ख़बर मिली कि हम अब जाएँगे कहां?आख़िर हमें भटकने के लिये क्यों छोड़ा जा रहा है?"

"मुझे तो बस एक ही अफ़सोस रहेगा कैप्टन साब। हम दोनों ने कितनी बार प्रोग्राम बनाया कि भारत जाकर आपके उस इलाके को देखा जाए जहाँ आप हैलिकॉप्टर उड़ाया करते थे। मगर ऐसा हो नहीं पाया। भाभी जी तो अपने दिल्ली वाले घर को भी देखने जाना चाहती थीं।"

"वैसे अभी भी क्या बिगड़ा है दीपक। अब तो किसी फ़्लाइट की टिकट लेने की भी ज़रूरत नहीं...क्यों प्रभजोत जी...दीपक को ले चलें इंडिया?"

"कैप्टन साब, थोड़ा इन्तज़ार कर लेते हैं। पुलिस आपकी लाशों को एम्बुलैंस में रख कर ले जाए। और हम भरोसा कर लें कि सब ठीक-ठाक हो गया है तो हम दिल्ली और कश्मीर भी पहुँच जाएँगे।"

कैप्टन साब को लगा कि मैं बात तो ठीक ही कर रहा हूँ। हम तीनों न तो थक रहे थे और न ही बोर हो रहे थे। बस एक बात समझ नहीं आ रही थी कि क्या हम तीनों भी फ़िल्मी तरीके से एम-1 से अंतर्ध्यान हो कर सीधे दिल्ली में प्रकट हो जाएँगे या फिर हमें भी हनुमान जी की तरह उड़ते हुए भारत पहुँचना होगा। तीनों नयी-नयी आत्मा बने हैं...कोई अनुभव तो है नहीं। कुछ कन्फ़्यूज़न ऐसे होते हैं जो मरने के बाद भी हल नहीं हो पाते हैं...परेशान करते रहते हैं। हम बहुत-सी बातें तो फ़िल्मों से ही सीखते रहे हैं या फिर कहानियों से। मगर असली अनुभव तो पहली बार करने जा रहे हैं।

यह यात्रा एक अनूठा अनुभव सिद्ध होने वाली है। हम किसी को दिखाई नहीं दे रहे हैं और हम सबको देख पा रहे हैं। मैंने हमेशा कैप्टन बिलीमेहता को या तो सिविल कपड़ों में देखा है या फिर डी.एच.एल. के पायलट के रूप में। भारतीय फ़ौजी की यूनिफ़ॉर्म में तो बस उनके फ़ोटो ही देखे हैं। अब तो वे कपड़े कभी बदलेंगे ही नहीं। बस जिन कपड़ों में मौत हुई अब तो उन्हीं कपड़ों में रहना पड़ेगा। मगर आत्मा तो कपड़े पहनती नहीं...फिर हमनें अभी तक कपड़े क्यों पहन रखे हैं। शायद हम अभी पूरी तरह से आत्मा नहीं बने हैं। कुछ बीच की-सी स्थिति में हैं।

प्रभजोत भाभी थोड़ी इमोशनल हो रही थीं। उनके पार्थिव शरीर को एम्बुलैंस में रखा जा रहा है। उनका चेहरा ख़ून से सना है। विण्ड-स्क्रीन का शीशा चकनाचूर हो कर उनके चेहरे में जगह-जगह धंस गया था। उनके शरीर को तो दर्द महसूस करने का अवसर ही नहीं मिला था। बस एक पल वे ज़िन्दा थीं और दूसरे ही पल शरीर से बाहर।

एक मित्र की मृत्यु के बाद उसकी तेरहवीं पर पंडित जी को बोलते सुना था। "जब इन्सान की मृत्यु होती है तो इन्सान की आत्मा केवल अंगूठे भर की ही रह जाती है। उसे यमराज के दो सेवक आकर यमलोक ले जाते हैं जहाँ उनकी शिनाख़्त की जाती है कि सही व्यक्ति की ही मृत्यु हुई है। और आत्मा को एक बार फिर धरती पर भेजा जाता है। आत्मा के वापिस आने से पहले शरीर का अंतिम संस्कार करना अति आवश्यक होता है। अन्यथा आत्मा अपने शरीर में वापिस प्रवेश करने का प्रयास करती है।" पंडित जी तो प्रेत और भूत की बातें कर रहे थे। श्राद्ध की भी। मगर यहाँ तो हम तीनों अभी तक एम-1 से आगे नहीं

बढ़े थे।

एम्बुलैंस चल दी। पुलिस की गाड़ियाँ भी खिसकने लगीं। हम तीनों स्थिति को समझने का पूरा-पूरा प्रयास कर रहे थे। यदि जीवन में कैप्टन बिलीमेहता मेरे सीनियर थे तो मरने के मामले में मैं उनसे एक दिन वरिष्ठ था। कैप्टन बिलीमेहता मेरी ओर देख रहे थे कि शायद मैं ही कोई निर्णय लूँ। जबकि मैं पिछले एक दशक से हमेशा कैप्टन बिलीमेहता की बातों को अपने लिये निर्देश समझता रहा हूँ।

मैं तो कैप्टन बिलीमेहता के मज़ाक को भी गंभीरता से लिया करता था, "दीपक, आर्मी में कर्नल के ओहदे पर पहुँच गया था। सब लोगों से सैल्यूट लेने का आदी हो गया था। जब यहाँ एअरलाइन में फ़्लाइंग शुरू की तो लोग कैप्टन कहने लगे। यार लगता था जैसे मेरा डिमोशन हो गया है। कर्नल से वापिस कैप्टन। मुझे इस नयेटाइटल से एडजस्ट करने में ख़ासा वक्त लग गया था।"

अब मुश्किल यह थी कि दिल्ली के कैरिअप्पा विहार कैसे पहुँचा जाए। कुछ ऐसा महसूस हो रहा था कि हम आत्माओं के मामले में अभी प्रोबेशनपीरियड में हैं। न कोई ट्रेनिंग और न ही कोई अनुभव। जैसे किसी को पानी में फेंक दिया जाए और कहा जाए कि चलो अब तैरना शुरू करो।

कैप्टन बिलीमेहता ने मेरी तरफ़ देखा, "दीपक ऐसा करते हैं कि मैं और प्रभजोत अपना ध्यान दिल्ली कैण्ट और कैरिअप्पा विहार पर फ़ोकस करते हैं। और तुम अपना ध्यान हम दोनों पर फ़ोकस करो। देखते हैं शायद यह ट्रिक काम कर जाए। क्योंकि हम तो अब इस बड़े से शून्य का हिस्सा हैं। हमें सफ़र करने के लिये किसी मीडियम की ज़रूरत तो है नहीं।"

"यह ठीक रहेगा कैप्टन साब। आप भी फ़ोकस करिये और मैं भी। अच्छा आपको एक बात और बता दूँ। हमें रात और दिन का भी कोई फ़र्क नहीं पड़ेगा। मुझे रात को भी सब ठीक दिखाई दे रहा था।"

बस चल दी हम तीनों की टीम और सीधे पहुँच गये कैरिअप्पा विहार के गेट पर। प्रभजोत भाभी को मज़ा आ रहा था। क्योंकि एण्ट्रीपायंट पर तैनातसंतरी को हम दिखाई ही नहीं दिये। किसी रजिस्टर पर साइन नहीं करना था। भाभी को तो 17/345 वाला फ़्लैट देखने की जल्दी थी। उस फ़्लैट से उनका वर्षों का नाता जो था।

वे जल्दी से जल्दी वहाँ पहुँचना चाहती थीं। कैप्टन बिलीमेहता थोड़े झिझके। ज़ाहिर है फ़ौजी भी रहे हैं और दस साल से लंदन में भी रह रहे हैं। "सुनिये, न जाने जो लोग आज वहाँ रह रहे हैं, वे किस हालत में होंगे। अचानक

किसी के घर पर धावा बोलना अच्छा नहीं लगेगा। उनकी प्रिविसी का भी तो ख़्याल रखो।"

भाभी को कप्तान साहब की बात समझ में आ गयी। इधर-उधर देखती रहीं. ..पुरानी पहचान वाला तो कोई भी नहीं दिखाई दे रहा था। नीचे वाली मिसेज़कपूर, और वोसाउथ इंडियन जानकी...कितनी ख़ूबसूरत यादें थीं इस बिल्डिंग के साथ। आज यह केवल एक बिल्डिंग है। कल उनका घर इसी बिल्डिंग में था। बेटा रवि और बेटी प्रीत यहीं रह कर तो पढ़े थे...यूनिवर्स्टीस्पेशल में जाया करते थे।

भाभी को समझ नहीं आ रहा था कि अगर घर के अन्दर नहीं जाना था तो वहाँ आए क्यों। कैप्टन साब ने स्थिति को संभालते हुए कहा, "चलो गोपीनाथ बाज़ार तक चलते हैं। तुम्हारी चाट की दुकान याद है तुम्हें?"

भाभी इमोशनल तो हो रही थीं मगर उनकी आँखें नम नहीं हो पा रही थीं। शायद मरने के बाद मृतक की आँखें नम नहीं होतीं...जो पीछे रह जाते हैं उनकी आँखों में ही पानी आता है।

आज भाभी को गोपीनाथ बाज़ार में कोई ख़ास रुचि महसूस नहीं हो रही थी। वे शायद इन यादों से दूर चले जाना चाहती थीं। जिस शौक़ से वे यहाँ आईं थीं वो शौक़ बरक़रार नहीं रख पा रही थीं। अचानक रवि और प्रीत अपनी छोटी उम्र के रूप में सामने आ खड़े हुए। भाभी ने कैप्टन साब को दिखाया...आप इन सब बातों को नहीं देख पाते थे...देखो कितने प्यारे लग रहे हैं दोनों। आप तो बॉर्डर पर चले जाते थे...पीछे से अकेली मैं ही इनको बड़ा होते देखती थी...अचानक कितनी बड़ी-बड़ी बातें करने लगते थे।

दरअसल कैप्टनसाब को तो पता ही नहीं कि बच्चे बड़े कैसे हो गये। उनके एक दोस्त ने एक बार उनसे कहा भी था...बिली भाई मैंने अपने बच्चों को हॉरीज़ॉन्टल बड़े होते देखा है...वर्टीकल नहीं। जब मैं सुबह काम पर जाता हूँ तो वे सो रहे होते हैं और जब रात को वापिस आता हूँ तो भी सो रहे होते हैं...उनको खड़े तो कभी देखा ही नहीं...कुछ ऐसी ही स्थिति कैप्टन साब की भी थी...वे फ़ौजी बन कर बॉर्डर पर देश रक्षा करते रहे और बच्चे सिविलियन बन कर बड़े होते रहे। आज बेटा आई.टी। एक्सपर्ट है और बेटी वकील है।

दरअसल मेरी रुचि तो कप्तान साहब को फ़ौजी यूनिफ़ॉर्म में हैलिकॉप्टर उड़ाते हुए देखने की थी। कैरिअप्पा विहार तो मैं भाभी जी को ख़ुश करने के चक्कर में चला आया। वरना मुझे गोपीनाथ बाज़ार की चाट में क्या इंटरेस्ट था। मुझे तो साउथहॉल की गुप्ता चाट भण्डार की चाट भी मज़ेदार लगती थी और

सकोनी की दही पापड़ी चाट भी।

भाभी एक बार फिर कैरिअप्पा विहार जाने की ज़िद करने लगी...फिर बोली चलिये एक चक्कर सदर का भी लगा लेते हैं। शायद आत्मा में ठहराव आसानी से आ जाता है। कैप्टन बिलीमेहता ने चुहल की, "फिर तो तुम आर। आर। अस्पताल भी जाना चाहोगी। वहाँ से भी तो बहुत-सी यादें जुड़ी हैं।"

अचानक सामने एक पोस्टर दिखाई दिया। राफ़ाल विमान कल अम्बाला एअरबेस पहुँच रहे हैं। कैप्टन बिलीमेहता ने अपना निर्णय खट से सुना दिया, "फ़िलहाल टाइम वेस्ट नहीं करना है। कल फ्रांस से राफ़ालफ़ाइटर जहाज़ अम्बाला एअर बेस पहुँच रहा है। अब हमारी अगली उड़ान वहीं की होगी। एअर चीफ़ मार्शल की उपस्थिति में राफ़ाल अम्बाला पहुँचेंगे। मेरे लिये तो इससे बड़ा मौक़ा कोई हो नहीं सकता। अब तो उनके साथ ही खड़ा होकर राफ़ाल आते हुए देखूंगा...दीपक, किसी भी फ़ौजी के लिये ये सीना चौड़ा करने वाला पल होगा।"

"मैनें भी पंगा लिया...तो ट्रेन से चलना है या टैक्सी कर लें?"

"बदमाशी!" कैप्टन बिलीमेहता ने मुस्कुराते हुए कहा।"

"मेरा यहाँ आना तो बेकार ही हो गया। न किसी पड़ोसी को देख पाई। न कैण्टीन गयी। कोई पुराना सेवादार तक नहीं दिखाई दिया। सुनिये सदर वाले गुरुद्वारे ही मत्था टेक आते हैं।" प्रभजोत भाभी को राफ़ाल में कोई ख़ास रुचि दिखाई नहीं दे रही थी।

"चलो जी गुरुद्वारे जाने में तो कोई प्रॉब्लम ही नहीं है। वाहेगुरु का आशीर्वाद ले के चलेंगे तो कल राफ़ाल के दर्शन चंगे हो जाएँगे।"

और हम तीनों गुरुद्वारे में शबद सुनने लगे। एक बात तो तय हो गयी थी कि हम तीनों में से बुरी आत्मा कोई भी नहीं था। वरना गुरुद्वारे में एन्ट्री कैसे मिलती! मैं लंदन में भी गुरुद्वारे में लंगर खाने जाया करता था। वहाँ का माहौल ही अलग होता है। कुछ वैसी ही खुश्बू यहाँ भी मौजूद थी। रागी पूरी तन्मयता से शबद गा रहे थे। भाभी साहिबा का बस चलता तो वहीं बैठी रहतीं। अचानक फिर से इमोशनल हो गयीं, "चलो जी वापिस लंदन चलते हैं। राफ़ाल नहीं देखेंगे तो क्या फ़रक पड़ेगा। अपने बच्चों के पास चलते हैं!"

"ओ भागवन्ती अब ये सब तेरे बच्चे हैं। जैसे तूं इनको नहीं छू सकती वैसे ही अब अपने बच्चों को भी नहीं छू पाएगी। न ही उनसे बात कर पाएगी। क्यों अपना दिल ख़राब करती है। कल अम्बाला चलेंगे। वहाँ मेरा स्कूल भी है एअरफ़ोर्स स्कूल अम्बाला कैण्ट। मैं वहीं पढ़ा था...जब भारत छोड़ा था तो उसका

गेट नीले रंग का होता था। अभी भी वैसा ही होगा। एअर फ़ोर्स का रंग नीला ही है। मेरा पूरा कैरैक्टर उसी स्कूल के मास्टरों ने बनाया था। एक सूबेदारसाब परेड करवाया करते थे। क्या कड़क मूंछे थीं उनकी। उनका नाम था मूलचन्द...मुल्तानी थे। मुल्तानी में ज़बरदस्त गालियाँ दिया करते थे।"

साफ़ महसूस हो रहा था कि कैप्टन साब पूरी तरह से नॉस्टेलजिक हो चुके हैं। अब वे हमें गंभीरता से अंबाला, श्रीनगर, कारगिल ले जाएँगे। और कप्तान साहब यह नहीं समझ पा रहे कि उनके साथ-साथ मैं और भाभी भी राफ़ाल विमान को एअर चीफ़ के साथ ही खड़े हो कर देखेंगे।

कैप्टन बिलीमेहता हमें दिल्ली कैण्ट से सीधे अम्बाला कैण्ट ले गये और हमें एअर फ़ोर्स स्कूल, अंबाला कैण्ट के सामने खड़ा कर दिया। उन बच्चों को देख कर बहुत अच्छा लगा। जब हम उन बच्चों को देख कर भाव विभोर हो रहे थे, कैप्टन बिलीमेहता उनमें उस बच्चे को देख रहे थे जो सूबेदार साबमूल चन्द जी का विद्यार्थी था। उनके कानों में वही आवाज़ गूँज रही थी-बाएँ से तेज़ चल। एक दो एक, एक दो एक, एक दो एक...आगे की पंक्ति में बाएँ हाथ पर खड़े लड़के को हम एक एअरफ़ोर्स के विद्यार्थी की तरह देख रहे थे। जबकि कैप्टन बिलीमेहता का विद्यार्थी स्वरूप स्वयं वहाँ जा कर परेड करने लगा था। सूबेदारमूलचन्द की कड़क मूंछें अब भी कैप्टन बिलीमेहता को दिखाई दे रही थीं।

वे हमें अन्दर ले गये। वहाँ एक बोर्ड लगा था। उसमें वर्ष के श्रेष्ठ विद्यार्थियों की सूची थी। वहाँ कैप्टन मेहता ने मुझे दिखाया...साफ़ लिखा था...वर्ष का श्रेष्ठ विद्यार्थी-बलजीत सिंह मेहता। प्रभजोत भाभी भी पहली बार ही इस स्कूल में आई थीं। ज़ाहिर है कि उन्हें भी अपने पति पर गर्व हो रहा था। उन्हें मरने के बाद विश्वास हो गया था कि उनका पति अपने समय का श्रेष्ठ विद्यार्थी भी था। ख़ाली बच्चों पर रौब नहीं गांठते थे।

कैप्टन साब आत्मा होने का एक नुकसान होता है। हम अम्बाला कैण्ट स्टेशन पर तो गये ही नहीं। हमें अपनी यात्रा तरीके से प्लैन करनी चाहिये। हम रास्ते में चक्रवर्ती लेक पर भी नहीं रुके। वहाँ आमतौर पर लोग थोड़ा आराम कर लेते हैं।

"ओय काका, आराम वो लोग करते हैं जो थकते हैं। हम कहाँ थकने वाले हैं। हमारे अन्दर तो थकने वाला सॉफ़्टवेयर ही नहीं लगा है...वैसे यह तो सच है कि मेरे वक्त का यहाँ न तो कोई विद्यार्थी होगा और न ही कोई अध्यापक। और हमें देख कोई सकता नहीं। तो प्रिंसिपल को मिलने का भी कोई मतलब नहीं

बनता।"

मगर कैप्टन साहिब की ज़िन्दगी का सबसे बेहतरीन पल वाला अभी आने ही वाला था...राफ़ाल विमानों का अम्बाला एअर बेस पर उतरना। अब इसे 'ज़िन्दगी' का कहा जा सकता है या नहीं...इस पर बहस हो सकती है। मगर वे अम्बाला आए तो इसी सिलसिले में हैं। 29 जुलाई 2020 कैप्टन बिलीमेहता के लिये एक अहम तारीख़। दोपहर को करीब तीन बजे राफ़ेल विमान लैण्ड करेंगे।

अम्बाला में मौसम ख़राब हो रहा था। बादल छाए हुए थे। कहा जा रहा था कि यदि राफ़ाल विमान अम्बालामें लैण्ड नहीं कर पाए तो उन्हें जोधपुर ले जाया जाएगा। कैप्टन बिलीमेहता को चिन्ता होने लगी कि यदि अंतिम क्षणों में यह निर्णय लिया गया तो हम राफ़ाल विमानों की लैण्डिंग कैसे देख पाएँगे। इतने इमोशनल हो गये थे कि भूल चुके थे कि हम राफ़ाल से अधिक गति से जोधपुर पहुँच सकते हैं।

मैं तो भूल ही गया था कि कैप्टन बिलीमेहता पहले फौजी हैं और बाद में पति या दोस्त। इसी जल्दबाज़ी और ख़ुशी के माहौल में अचानक कैप्टन बिलीमेहता बोले उठे, "दीपक और प्रभजोत एक बात ध्यान से सुनो। अब हम अम्बालाएअरबेस में प्रवेश करने वाले हैं। यार इसमें सिविलियन नहीं जा सकते। तुम दोनों को बाहर रुकना पड़ेगा। यह तो सिक्योरिटी का मसला है। अगर तुम दोनों को अन्दर तक ले जाता हूँ तो सिक्योरिटीब्रीच हो जाएगा।"

अब तक मुझ में भी थोड़ा कॉन्फ़िडेंस आ चुका था। आख़िर मैं तो उनसे पहले आत्मा बना था, "ओ कप्तान साब, आप हमें न ले चलिये। अपने एअर चीफ़ के साथ जा कर राफ़ाल का मज़ा लीजिये। मैं और भाभी अपने आप आ जाएँगे। आख़िर हम सिविलियन्स की भी कोई इज़्ज़त है। हम भी भारत को प्यार करते हैं। हम दोनों आपसे थोड़े दूर खड़े हो कर आपके चेहरे की ख़ुशी का मज़ा लेंगे।" भाभी के चेहरे पर थोड़े कन्फ़्यूज़न के भाव थे। अभी तीन बजने में क़रीब पंद्रह बीस मिनट का समयबाक़ी था।

वाटरसैल्यूट की तैयारी की जा रही थी। एअर फ़ोर्स की यही परम्परा है। किसी भी नये विमान का स्वागत वाटरसैल्यूट से ही किया जाता है। कैप्टन मेहता उहापोह में थे, "वैसे दीपक अगर जहाज़ यहाँ लैण्ड करते हैं तो मुझे बहुत तसल्ली होगी क्योंकि यह मेरा ओरिजिनलबेस है। वैसे जोधपुर कौन-सा दूर है. ..अगर वहाँ लैण्ड करेंगे तो वहाँ चले जाएँगे...और फिर हमें कौन-सा बाई रोड ट्रैवल करना है।"

उद्घोषणा हो गयी की राफ़ाल विमान समय पर ही लैण्ड करने वाले हैं।

कैप्टन बिलीमेहता ठीक एअर चीफ़ मार्शल भदौरिया के साथ खड़े हो गये। ज़ाहिर है कि उससे अच्छा व्यू तो और कहीं से मिल नहीं सकता था। कैप्टन बिलीमेहता के दिमाग़ में यह बात ज़रूर आई होगी कि उन्हें एअर चीफ़ के शरीर में प्रवेश कर लेना चाहिये। इससे वे एअर चीफ़ के दिल की धड़कनें भी महसूस कर पाएँगे।

राफ़ाल की चिंघाड़ती हुई लैण्डिंग हुई। करतल ध्वनि सुनाई थी। सब कुछ प्लान के अनुसार हुआ। कैप्टन बिलीमेहता के चेहरे पर गर्व के भाव थे। उनका मन चाह रहा था कि एक बार राफ़ाल के भीतर चक्कर लगा आएँ। मगर उनके सिद्धान्त आड़े आ रहे थे। इस विमान का काम तो दुश्मनों को मौत देना है। देशभक्त हो कर भी...फ़ौजी हो कर भी वे अपने जीवन सिद्धान्त को भूले नहीं थे।

"कप्तान साहब आप क्या सोचते हैं एक बार वापिस लंदन जाकर देख आएँ कि हमारे शरीरों के साथ कोरोनर क्या कर रहे हैं? अब तक तो हमारे अंतिम संस्कार की तारीख़ भी तय हो गयी होगी। कम से कम अपने-अपने फ़्यूनरल पर तो हमें हाज़री लगानी ही चाहिये।" मेरे दिमाग़ में एक विचार कौंधा।

"दीपक बाबू, कम से कम पाँच दिन तो फ़्यूनरल की तारीख़ मिलने में लगते ही हैं। हम यहाँ से चलते हैं श्रीनगर और वहाँ से कारगिल। उसके बाद सीधे लंदन चलेंगे। हमें यह भी जांचने का मौक़ा मिल जाएगा कि जिस फ़्यूनरल सर्विस एजेन्सी ने हमसे पैसे ले रखे हैं, वो कम्पनी असली भी है या बस धोखा ही है।"

बात में दम था। राफ़ाल की लैण्डिंग देख ही ली थी। बस चल दी सवारी श्रीनगर बेस के लिये। वहाँ के चेहरे भी कप्तान साहब को बदले-बदले दिखाई दे रहे थे। मगर डिस्पलिन वही था। वहाँ चीता और चेतक दोनों हैलिकॉप्टर आज भी दिखाई दे रहे थे, "दीपक जी ये जो सामने हैलिकॉप्टर खड़े हैं न उनमें चेतक भी है और चीता भी। जो पूरी तरह से ढका हुआ है, वोचेतक है। और जो पीछे से खुला लग रहा है, इसे चीता कहते हैं। हमारी फ़ौज में मज़ाक से कहा भी जाता है कि चीता जंगल में नंगा घूमता है...जब मैंने एअर फ़ोर्स ज्वॉइन की थी तो इन हैलिकॉप्टरों को आए करीब दस साल हो गये थे। मेरे फ़ौज छोड़ने के वक्त भी इन्हीं हैलिकॉप्टरों से काम चल रहा था। यानी कि उस वक्त ये तीस साल पुराने हो चुके हैं। और आज भी दिखाई दे रहे हैं। बस यही एक बात मुझे हमेशा खटकती रही है कि फ़ौज में जहाज़, हथियार मॉडर्न करने में सालों साल बीत जाते हैं। हमारे बहुत से अफ़सर तो इसी चक्कर में जान दे बैठते हैं।"

"कप्तान साब आपने इसी चक्कर में तो फ़ौज नहीं छोड़ दी थी?"

"वैसे एक वजह तो ये भी थी। पर सच यह है कि फ़ौज में एक ख़ास पोज़ीशन पर पहुँचने के बाद हमें पता चल जाता है कि अब आगे की प्रोमोशन होने की कोई उम्मीद नहीं है। कर्नल के बाद एक बॉटल-नेक बन जाती है। प्यासे बहुत होते हैं और पानी के गिलास कम। हमारे बहुत से फ़ौजी फ़्रस्ट्रेशन से बचने के लिये सिविलियन एअरलाइन से जुड़ जाते हैं। रैंक में न सही पर तन्ख़ाह में तो ख़ासी तरक्की हो ही जाती है।"

"दीपक जी हम यहाँ से सॉर्टी भरते थे। वो जो यंग अफ़सर जा रहा है। उसका काम यही है कि वह हैलिकॉप्टर से ऊपर करगिल, द्रास और दूसरी जगहों पर सामग्री पहुँचाता है...यही काम मैंने सालों तक किया है...आज तो मेरी मेम साब भी बॉर्डर पर आ गयी हैं। इनको भी पता चल गया कि हम कैसी ज़िन्दगी जीते थे यहाँ...ज्योति जी वेखलवो..."

प्रभजोत भाभी लगभग फटी-फटी आँखों से पूरे दृश्य को देख रही थीं। और कप्तान साहब बताए जा रहे थे, "हमारी ट्रेनिंग तो भूचाल और बाढ़ में सहायता करने की भी होती है। सिर्फ़ लड़ाई में काम नहीं करते। शांति के समय भी जब जब कोई आपदा आती है, उसका सामना हम करते हैं। कितनी बार तो बाढ़ में फंसे लोगों को निकाला है।"

मैं महसूस कर रहा था कि अगर कप्तान साहब को मौक़ा मिले तो अभी यूनिफ़ॉर्म पहन कर हैलिकॉप्टर ले कर उड़ान भर लेंगे। कारगिल देखना बहुत ज़रूरी था। वैसे श्रीनगर की सुन्दरता इंग्लैण्ड की हरियाली को चुनौती देती लग रही थी।

हम निकल पड़े अगली उड़ान पर। कप्तान साहब बता रहे थे, "दुश्मन से हमारा सबसे ख़तरनाक मुकाबला द्रास सेक्टर के तोलोलिंग की पहाड़ियों, प्वाइंट 5140 और टाइगर हिल पर हुआ। ये डिफ़ेंस के हिसाब से बहुत महत्वपूर्ण थे। यहाँ पर दुश्मन हमारा लेह का रास्ता रोके हुए काफी नुक़सान पहुँचा रहा था। यहाँ हमें अपने जवानों को गोला बारूद और हथियार पहुँचाने होते थे। श्रीनगर-लेह की रोड को भी चलाए रखना था।"

"कप्तान साब आज कैसा महसूस कर रहे हैं? आपके सामने आज वही ज़मीन है जिसे आपने लड़ाई के ज़माने में देखा और फ़ौजियों की मदद की। आज तो आप ख़ासे इमोशनल फ़ील कर रहे होंगे?"

"सच तो यह है कि उस वक्त प्रॉपर हैलिपैड तक नहीं था। बस एक जज़्बा था देश के लिये मर मिटने का। अपने जांबाज़ फ़ौजियों की मदद करने का।

मुल्क़ के लिये कुछ कर गुज़रने का...दीपक, एक सिविलियन, कभी भी फ़ौजी के दिल की भावनाओं को समझ नहीं सकता। हमारे लिये यह सिर्फ़ पैसे कमाने वाली नौकरी नहीं होती। हमारी ट्रेनिंग अलग किस्म की होती है। सच तो ये है कि हमारा शरीर मर सकता है मगर हमारे भीतर का फ़ौजी कभी नहीं मरता। याद रखना...वन्स ए सोल्जर, ऑल्वेज़ ए सोल्जर!"

हमारी यात्रा पूरी हो चुकी थी। अभी यह तय नहीं हुआ था कि हमारा दूसरी दुनियाँ में जाने का समय तय हुआ है या नहीं। मगर हमें अपना-अपना अंतिम संस्कार देखने तो वापिस लंदन जाना ही था। कैप्टन बिलीमेहता ने मरने के बाद मेरे दिल में भी एक फ़ौजी पैदा कर दिया था। और मैं मन ही मन फ़ौजियों को सैल्यूट कर रहा था...दिमाग़ में बिलीमेहता के शब्द बार-बार गूँज रहे थे...कश्मीर की वादियों में गूँज रहे थे...हवाओं से एक ही आवाज़ आ रही थी...वन्स ए सोल्जर, ऑल्वेज़ ए सोल्जर!

पाँच ग़ज़लें...

पाँच ग़ज़लें...

मेरी मजबूर-सी यादों को चिता देते हो
ये जो तुम मुझको मुहब्बत में सज़ा देते हो
मेरी ख़ामोश वफ़ाओं का सिला देते हो.
मेरे जीने की जो तुम मुझको दुआ देते हो
फ़ासले लहरों के साहिल से बढ़ा देते हो.
अपनी मगरूर निगाहों की झपक कर पलकें
मेरी नाचीज़-सी हस्ती को मिटा देते हो.
हाथ में हाथ लिए चलते हो जब गैर का तुम
मेरी राहों में कई कांटे बिछा देते हो.
तुम जो इतराते हो माज़ी को भुलाकर अपने
मेरी मजबूर-सी यादों को चिता देते हो.
जब कि आने ही नहीं देते मुझे ख़्वाबों में
मुश्किलें और भी तुम मेरी बढ़ा देते हो.
राह में देख के भी, देखते तुम मुझको नहीं
दिल में कुछ जलते हुए ज़ख्म लगा देते हो.

रास्तों को क्या हुआ...

रास्तों को क्या हुआ, चुपचाप हैं सुनसान हैं
लग रहा है ज्यों सड़क पर खुल गये शमशान हैं!

दूरियाँ दो ग़ज़ की कैसे प्यार में संभव भला
घर में बैठे हैं मगर सब लग रहे अन्जान हैं।

एड़ियाँ फटनेलगीं हैं, ख़ून भी रिसने लगा
गाँव तो जाना ही है, ख़तरे में चाहे प्राण हैं।

शहर हो चाहे कोई भी, इक-सा ख़तरा हर जगह
लोग कितने चल बसे, बस इस ख़बर पर कान हैं।

क़ब्र ने भी इस तरह अपना बढ़ाया दायरा
एक ही में जाने कितने रह रहे मेहमान हैं।

आदमी की ज़ात बने...

हरेक शख्स को है प्यार अपने नग़मों से
यहाँ किसी के लिए वाह कौन कहता है;
वो शख्स जिसको गुमाँ है कि वो ही बेहतर है
अकेला कांच के घर में ही बंद रहता है।
कोई कहे मैं बाएँ हाथ से ही लिखूंगा
मेरे सफ़ों पे तो मज़दूर या किसां होंगे;
मुझे तो भूख या ग़र्दिश से सिर्फ़ निस्बत है
जहाँ के दर्द मेरे हर्फ़ में अयाँ होंगे.
कोई है और भी जो प्रेम का पुजारी है
कहे कि चाह में उसकी सदा मैं गाऊँगा;
मेरा हबीब ही मेरा खुदा है सब जानें
उसी की याद में दिन रात मैं बिताऊँगा.
किसी को प्यार है कुदरत के हर नज़ारे से
ज़मीं से, चांद से, सूरज से हर सितारे से;
कलम से उसके नई बात जब निकलती है
मचल के मिलती है हर मौज तब किनारे से.
कि मैं ही मैं हूँ, चलो सोच ऐसी दफ़न करें
हरिक को दाद मिले और कोई बात बने;
फ़िदा जो अपने पे होना हमारा छूटे तो
विवाद खत्म हो, और आदमी की जात बने.

घर जिसने किसी ग़ैर का आबाद किया है...

घर जिसने किसी ग़ैर का आबाद किया है
शिद्दत से आज दिल ने उसे याद किया है।
जग सोच रहा था कि है वो मेरा तलबगार
मैं जानता हूँ उसने ही बरबाद किया है।
तू ये ना सोच शीशा सदा सच है बोलता
जो खुश करे वो आईना ईजाद किया है।
सीने में ज़ख्म है मगर टपका नहीं लहू
कैसे मगर ये तुमने ऐ सैय्याद किया है।
तुम चाहने वालों की सियासत में रहे गुम
सच बोलने वालों को नहीं शाद किया है।

ज़िन्दगी को मज़ाक में लेकर

कुछ जो पीकर शराब लिखते हैं बहक कर बेहिसाब लिखते हैं
जैसा-जैसा खमीर उठता है, अच्छा लिखते, खराब लिखते हैं।
रूख से परदा उठा के दर परदा, हुस्न को बेनकाब लिखते हैं
होश लिखने का गो नहीं होता, फिर भी मेरे जनाब लिखते हैं।
साकी पैमाना सागरो मीना, सारे देकर ख़िताब लिखते हैं
अपने महबूब के तसव्वुर को, खूब हुस्नो शबाब लिखते हैं।
लिखने वालों की बात क्या कहिये, जब ये बनकर नवाब लिखते हैं
यार लिख डालें ज़हर को अमृत, आग को आफ़ताब लिखते हैं।
जो भी मसला नज़र में हो इनकी, ये उसी का जवाब लिखते हैं
ज़िन्दगी को मज़ाक में लेकर, ज़िन्दगी की किताब लिखते हैं।

तेजेन्द्र शर्मा की
5 कविताएँ...

टेम्स का पानी

टेम्स का पानी, नहीं है स्वर्ग का द्वार
यहाँ लगा है, एक विचित्र माया बाज़ार!
पानी है मटियाया, गोरे हैं लोगों के तन
माया के मकड़जाल में, नहीं दिखाई देता मन!
टेम्स कहाँ से आती है, कहाँ चली जाती है
ऐसे प्रश्न हमारे मन में नहीं जगा पाती है!
टेम्स बस है! टेम्स अपनी जगह बरकरार है!
कहने को उसके आसपास कला और संस्कृति का संसार है!
टेम्स कभी खाड़ी है तो कभी सागर है
उसके प्रति लोगों के मन में, न श्रध्दा है न आदर है!

बाज़ार संस्कृति में नदियाँ, नदियाँ ही रह जाती हैं
बनती हैं व्यापार का माध्यम, माँ नहीं बन पाती हैं!
टेम्स दशकों, शताब्दियों तक करती है गंगा पर राज
फिर सिकुड़ जाती है, ढूंढती रह जाती है अपना ताज!
टेम्स दौलत है, प्रेम है गंगा; टेम्स ऐश्वर्य है भावना गंगा
टेम्स जीवन का प्रमाद है, मोक्ष की कामना है गंगा
जी लगाने के कई साधन हैं टेम्स नदी के आसपास
गंगा मैय्या में जी लगाता है, हमारा अपना विश्वास

क्या पतझड़ आया है?

पत्तों ने ली अंगड़ाई है
क्या पतझड़ आया है
इक रंगोली बिखराई है
क्या पतझड़ आया है?
रंगों की जैसे नई छटा
है छाई सभी दरख़्तों पर
पश्चिम में जैसे आज पिया
चलती पुरवाई है
क्या पतझड़ आया है?
पत्तों ने कैसे फूलों को
दे डाली एक चुनौती है
सुंदरता के इस आलम में
इक मस्ती छाई है
क्या पतझड़ आया है?
कुदरत ने देखो पत्तों को
है एक नया परिधान दिया
दुल्हन जैसे करके श्रृंगार
सकुची शरमाई है
क्या पतझड़ आया है?
पत्तों ने, बेलों ने देखो
इक इंद्रधनुष है रच डाला
वर्षा के इंद्रधनुष को जैसे
लज्जा आई है

क्या पतझड़ आया है?
नारंगी, बैंगनी, लाल सुर्ख
कत्थई, श्वेत भी दिखते हैं
था बासी पड गया रंग हरा
मुक्ति दिलवाई है
क्या पतझड़ आया है?
कोई वर्षा का गुणगान करे
कोई गीत वसंत के गाता है
मेरे बदरंग से जीवन में
छाई तरूणाई है
क्या पतझड़ आया है?

गिलहरी...

रहती है मेरे घर के पीछे
बाग़ के एक दरख़्त पर
उछलती, कूदती, फरफराती
एक डाल से दूसरी पर
बंदरिया-सी छलांग लगाती।
ये मेरे बाग़ की गिलहरी है।
इस देश के गोरे नागरिकों की
करती है नकल, अपनी
फ़रदार पूँछ को हिलाती है
अलग-अलग दिशा में नचाती है
चेहरे पर रोब लाए
करती है प्रदर्शन, अपनी
अमीरी का, अपनी सुन्दरता का
हाँ, ये मेरे बाग़ की गिलहरी है।
अपने आगे के पैरों को देती है
हाथों-सी शक्ल और वैसा ही काम
कुतरती है सेब, मेरे ही बाग़ के
ऐंठती हुई करती है अठखेलियां
पेड़ों से टकराती ब्यार से
उफ़! ये मेरे बाग़ की गिलहरी।
जब जी चाहे पहुँच जाती है
मेरे ज़ीने पर, मेरे स्टोर में
कुतर डालती है, दिखाई देता है जो भी

मैं, बस सुनता हूँ आवाज़ें
घबराता हूँ, मांगता हूँ दुआ
पुस्तकों की खैरियत की।
मुझे भक्त बना देती है
ये जो है मेरे बाग़ की गिलहरी।
एक दिन सपने में मेरे आ खड़ी होती है
चेहरे पर दंभ, रूप से सराबोर
गदराया बदन, दबी मुस्कुराहट
आज आने वाली है उससे मिलने
उसकी दूर की एक रिश्तेदार!
उस शहर से जहाँ बीता था मेरा बचपन
हाँ वो भी तो एक गिलहरी ही है।
ग़रीबी के बोझ से दबी
सिमटी, सकुचाई, शरमाई
अपने सलोने रंग से सन्तुष्ट
संग लाई है अपने अमरूद
बस वही ला सकती थी
महक मेरे शहर की मिट्टी की
पाता हूँ वही महक कभी अमरूद में
तो कभी उसमें जो मेरे शहर की गिलहरी है।
मेरे बाग़ की गिलहरी को नहीं भाती
गंवई महक अमरूद की, या फिर
मेरे शहर की मिट्टी की वो गंध
जो मेरे शहर की गिलहरी ले आई है
अपने साथ, अपने शरीर अपनी सांसों में।
वह रखती है अपनी मेहमान के सामने
केक, चीज़ और ड्राई फ़्रूट
कितनी भी खा ले, पूरी है छूट
कितने बड़े दिलकी मालकिन है
वो जो मेरे बाग़ की गिलहरी है।

मेरे शहर की गिलहरी सीधी है सादी सी

निकट है प्रकृति के, सरल और मासूम
बस खाती है पेड़ों के फल, कैसे पचाए
केक, चीज़ और ड्राई-फ्रूट
देखती है, मुस्कुराती है, पूछती है हाल
अपनी मेज़बान के, उसके परिवार के।
परिवार यहाँ नहीं होता, सब रहते हैं
अलग-अलग, यह मस्त देश है
ऊँचे कुल की दिखती है वो
जो मेरे बाग़ की गिलहरी है।
सुनो...तुम यह सब नहीं खाती हो
इसी लिये सेहत नहीं बना पाती हो
मुझे देखो, कितना खूबसूरत देश है मेरा
कैसा है मेरा स्वरूप, रंग रूप...देखो
मेरे बाग़ में कितने सुन्दर पेड़ हैं
रंग बिरंगी पत्तियों वाले पौधे!
यहाँ का हरा रंग कितना गहरा है!
यहीं आ बसो, यहाँ है कितना सुख
कितनी शान, मौज है मस्ती है।
आत्ममुग्ध हो जाती है, जो
मेरे बाग़ की गिलहरी है।
चुप नहीं हो पाती है, जारी है
बोलना उसका और इठलाना।
मेरे देश में इन्सान से अधिक
होती है परवाह हमारी
यही है वो देश जहाँ कभी
अस्त नहीं होता था सूर्य
जब कभी उदय होता है पूर्व में
तब भी चमकता है मेरा यह
पश्चिम का देश। और चमकने
लगता है चेहरा, मेरे बाग़ की गिलहरी का।
शांत किन्तु दृढ़ आवाज़ में
देती है जवाब, गिलहरी मेरे शहर की।

माना कि तुमु हो बहुत सुन्दर और सुगठित
धन और धान्य से भरपूर है शहर तुम्हारा।
तुम्हारे देश में हैं सुख, सुविधाएँ और आराम।
देखो मेरी ओर, देखो मेरे इस साधारण बदन को,
यह तीन उंगलियाँ जिसकी हैं
उसका नाम है राम! इस तरह देती है सुख
मुझे असीम, वो जो मेरे शहर की गिलहरी है।

मेरे पासपोर्ट का रंग

मेरा पासपोर्ट नीले से लाल हो गया है
मेरे व्यक्तित्व का एक हिस्सा
जैसे कहीं खो गया है।
मेरी चमड़ी क़ा रंग आज भी वही है
मेरे सीने में वही दिल धड़क़ता है
जन गण मन की आवाज़, आज भी
कर देती है मुझे सावधान!
और मैं, आराम से, एक बार फिर
बैठ जाता हूँ, सोचना जैसे टल जाता है
कि पासपोर्ट का रंग कैसे बदल जाता है।
भावनाओं का समुद्र उछाल भरता है
आइकैरेस सूरज के निकट हुआ जाता है
पंख गलने में कितना समय लगेगा?
धड़ाम! धरती की खुरदरी सतह
लहु लुहान आकाश हो गया!
रंग आकाश का कैसे जल जाता है?
पासपोर्ट का रंग कैसे बदल जाता है?
मित्रों ने देशद्रोही कर दिया करार
लाख चिल्लाया, लाख की पुकार
उन्हें समझाया, अपना पहलू बताया
किन्तु उन्हें, न समझना था
न समझे, न ही किया प्रयास
मित्रों का व्यवहार कैसे छल जाता है!

कि पासपोर्ट का रंग कैसे बदल जाता है।

जगरांव से लुधियाना जाना,
ग्रामद्रोह कहलायेगा
लुधियाने से मुंबई में बसना
नगरद्रोह बन जायेगा
मुंबई से लंदन आने में
सब का ढंग बदल जाता है
पासपोर्ट का रंग बदल जाता है।

हिन्दी की दुकानें

हम उनके करीब आये,
और उनसे कहा
भाई साहिब,
हिन्दी की दो पुस्तकों का है विमोचन .
यदि आप आ सकें,
और संग औरों को भी ला सकें
तो हिन्दी की तो होगी भलाई,
और हो जायेगा प्रसन्न
हमारा तन और मन!
सुनकर वो मुस्कुराये,
अपने लहज़े में हैरानी भर लाये
हिन्दी की दो-दो पुस्तकों का विमोचन
एक साथ! और वो भी लंदन में!
यह आप में ही है दम!
वैसे किस दिन रखा है कार्यक्रम?
शनिवार शाम को रखा है भाई
आप तो आइये ही, अपने मित्रों
को भी लेते आइयेगा
कार्यक्रम की शोभा बढ़ाइयेगा.
शनिवार शाम!
उनकी मुस्कुराहट हो गई गायब
और बोले वो तब
अरे तेज भाई, शनिवार

ही तो ऐसा है वार
जब सुपर मार्केट से सौदा सुलुफ
लाता है सारा परिवार .
घर में हूवर लगता है
भरने होते हैं बिल
ऐसे में
किसी कार्यक्रम में जाने को
भला किसका करेगा दिल?

सुन कर उनकी समस्या
मैं गड़बड़ा गया,
सूने हॉल का दृश्य
मेरे दिल को दहला गया.
जब कोई नहीं आयेगा
तो कार्यक्रम कैसे होगा सफल
किन्तु विमोचन का कार्यक्रम
था बिल्कुल अटल!
फिर मैंने सोचा, और उनको उबारा
दिया एक मौका था उनको दोबारा
चलो मेरे भाई, हम हैं तैयार
विमोचन का कार्यक्रम
रख लेते हैं रविवार!
हमें विश्वास है कि अबकी बार
साथ होगा आपका सारा परिवार!
सुनकर वो कुछ सकपकाये
हल्का-सा बुदबुदाये
रविवार! परिवार की अच्छी कही
सप्ताह भर खटती पत्नी
इसी दिन तो कर पाती है आराम .
बेटी को तो वो भी नसीब नहीं
ए-लेवेल का है एग्जाम!
बेचारी हिन्दी!

सुपर मार्केट, आराम और एग्जाम
के बीच फंसी खड़ी है
समस्या बहुत बड़ी है .
हिन्दीभाषी को लगता है
कि जैसे वह अंग्रेजी बोलने वाले
का दास है
हिन्दी यदि बहू
तो अंग्रेजी सास है...

हिन्दी जब देखती है चहुँ ओर
तो पाती है बहुत-सी दुकानें
जो उसके नाम पर चल रही हैं
भोली जनता को छल रही हैं .
वहाँ आते हैं मंत्री और सभासद
बातें होती हैं बड़ी-बड़ी
बौने हैं उनके कद
अपने बच्चों को अंग्रेजी स्कूल
में भेज कर
वे करते हैं आव्हान, सब
हिन्दी स्कूलों में भेजो
अपनी-अपनी संतान.
खाली बातें करने से
उनकी जेबें भरती हैं
हिन्दी सिकुड़ती है
उसकी हालत बिगड़ती है .
किन्तु फिर भी कुछ दीवाने हैं
हिन्दी है शमा तो वो परवाने हैं
हिन्दी की शमा जलाने को
अपना घर जलाते हैं
शमा तो जलती ही है
खुद भी जल जाते हैं .

❑❑❑

www.ingramcontent.com/pod-product-compliance
Lightning Source LLC
Chambersburg PA
CBHW031335230926
51848CB00002B/240
* 9 7 8 8 1 9 5 4 1 0 7 6 7 *